読んでわかる俳句

日本の歳時記

The Shogakukan Haiku Compendium

春

小学館

編集委員・季語解説・名句鑑賞・例句鑑賞

宇田喜代子
西村和子
中原道夫
片山由美子
長谷川櫂

季語解説・例句鑑賞

大石悦子
茨木和生
小島健
井上弘美
藤田直子
小川軽舟
西宮舞
髙田正子
山西雅子
岩田由美
上田日差子
日下野由季
大谷弘至

例句鑑賞

稲畑廣太郎
黒川悦子
井越芳子
石田郷子
谷口智行
辻内京子
押野裕

俳人紹介

大谷弘至

挿画

中島千波
カバー「盛岡石割櫻」四曲一隻屏風
本文扉「岩根絞り椿」、項目扉

装幀

芦澤泰偉＋児崎雅淑

目次

凡例

季語

一、春（立春から立夏の前日）、夏（立夏から立秋の前日）、秋（立秋から立冬の前日）、冬（立冬から立春の前日）、新年（新年に関するもの）の五つに区分した。

一、各季は、時候、天文、地理、生活、行事、植物、動物の六部に分けた。

一、見出し季語の表記は原則として歴史的仮名遣いとし、振り仮名は、右傍に現代仮名遣い、左傍に歴史的仮名遣いで付した。

一、重要季語は赤色で表示した。

一、見出し語の下には、時節と、俳句でよく使われる傍題を表示した。

季語解説

一、平易でわかりやすい解説を心がけ、関連する季語との違い、句作での留意点などにも触れるよう努めた。

一、常用外漢字には振り仮名を付した。

一、解説文中に、見出し季語として立項している季語が出る場合、✚で表示した。ただし、あまりに一般的な季語（春、四月など）や参考にならない場合には表示しなかった。

一、年号は和暦を用い、必要に応じて西暦を添えた。

一、おもに季節や部分けの異なる関連季語を、[関連]として表示し、掲載頁を付した。当巻以外の巻に収録の季語は、該当巻のみを示した（夏など）。

例句

一、漢字表記は新字体を原則とした。

一、近世の例句は読みやすくするため、平仮名を漢字に、漢字を平仮名に変更した場合がある。踊り字は使用しなかった。また、必要に応じて振り仮名を付した。

一、近世の俳人は号のみで記した。

例句鑑賞

一、すべての例句に「鑑賞のヒント」を▼以下に添えた。

一、執筆にあたっては、作品の背景や作者の紹介などを中心に、俳句を読む楽しみが増すような内容となるように努めた。

名句鑑賞

一、じっくりと鑑賞したい秀句を取り上げ、鑑賞文を付した。

一、執筆者名を文末の［ ］内に表示した。

俳人紹介

一、物故した著名な俳人の紹介を、本文左頁の下欄から横書きで掲載した。掲載順は生年順、師系とした。

写真・図版

一、季語の理解をたすけるため、写真、浮世絵、日本画などを多数掲載した。

索引

一、巻末に春の「全季語索引」と夏、秋、冬／新年の「見出し季語索引」を付した。

付録

一、巻末付録として、二十四節気・七十二候表、行事一覧、忌日一覧を付した。

＊本書は、二〇一二年に弊社より刊行された『日本の歳時記』をもととし、大幅に加筆修正、増補したものである。

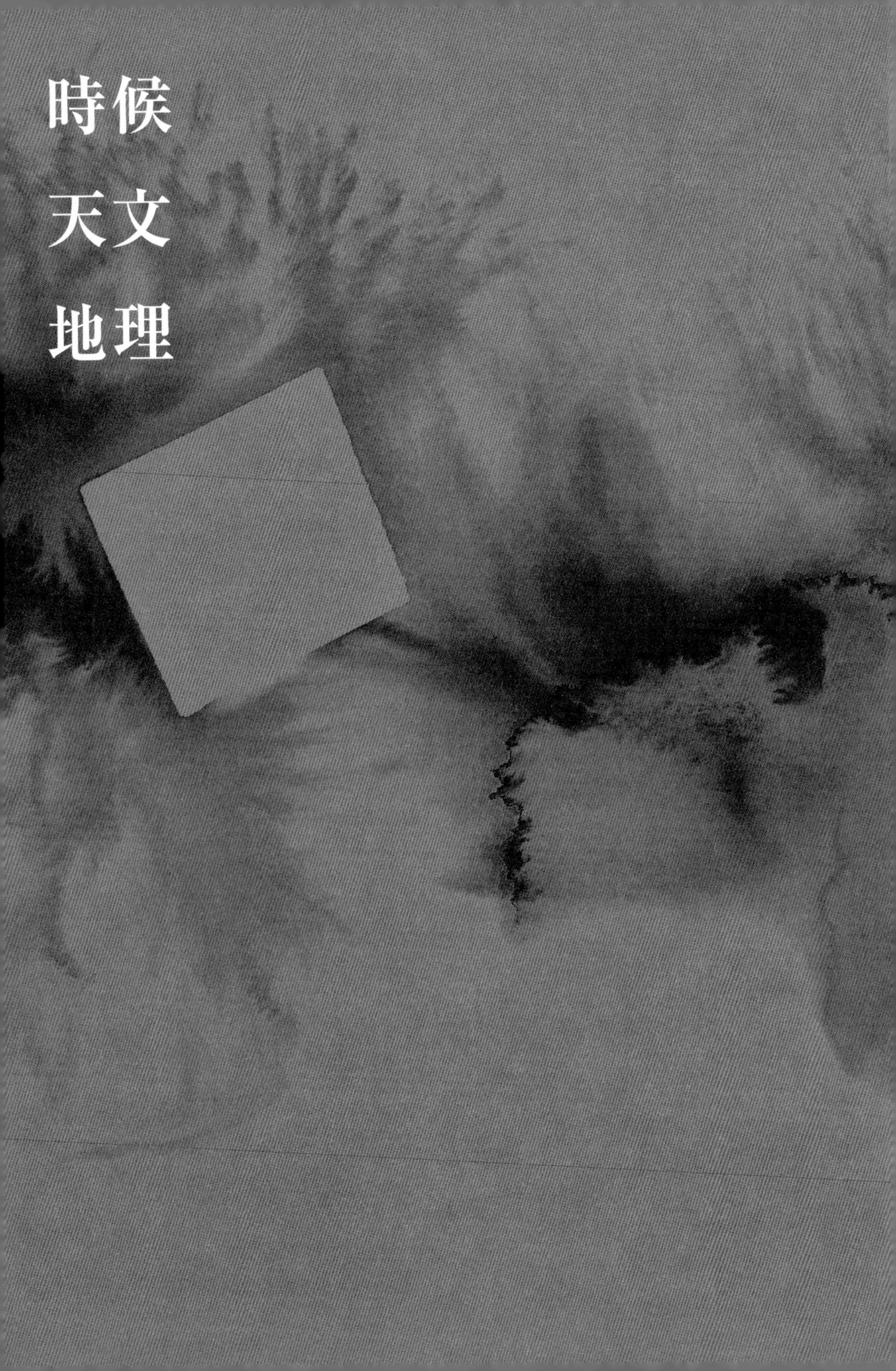

時候 天文 地理

春《はる》

三春

青春《せいしゅん》・芳春《ほうしゅん》・陽春《ようしゅん》・三春《さんしゅん》・九春《きゅうしゅん》

立春(二月四日頃)から立夏(五月五日頃)の前日までをいう。旧暦では睦月《むつき》(初春)、如月《きさらぎ》(仲春)、弥生《やよい》(晩春)にあたる。初春・仲春・晩春をまとめて「三春」といい、およそ九十日に及ぶことから「九春」ともいう。旧暦では立春の頃が正月だったので、今でも「賀春」「迎春」などの語が用いられ、「今朝《けさ》の春」「老《おい》の春」などという季語があるが、これらは新年の語である。関連 初春《はつはる》→新年

麗しき春の七曜またはじまる　山口誓子

女身仏に春剝落のつづきをり　細見綾子

春は血の汚るるごとし水に彳《た》つ　石川桂郎

春ひとり槍投げて槍に歩み寄る　能村登四郎

バスを待ち大路の春をうたがはず　石田波郷

人は影鳥は光を曳きて春　永方裕子

▼七曜は一週間。日ごと空は明るくなり、花々が開き、鳥が囀《さえず》り始める。春の讃歌。▼秋篠寺《あきしのでら》(奈良市)での作。「女身仏」とは本堂内に立つ伎芸天《ぎげいてん》のこと。音読してみると、「はるはくらく」の音韻は軽やかなかなしみを伝えてくれる。それは「もののあはれ」に通ずるかなしみである。いまなお続く剝落は、この後も永遠に続く。▼凜冽《りんれつ》たる季節が遠ざかり、すっかり暖かくなった頃の体感。▼ひとり黙々と槍《やり》投げを練習する姿から伝わってくる、ひたむきな孤独感。心が浮き立つ春なのに。▼まだ風は冷たいが、バスを待つ身ほとりに春は疑いなく来ている。あふれる光、街路樹の芽吹き、花屋の店先、人々の服装に。▼春の日射しを受け、鳥は明るく輝き、人は影を作る。その影に人の心理を思う。

名句鑑賞

今日何も彼もなにもかも春らしく　稲畑汀子

作者十代の句である。その年はじめて春らしい日を迎えて、この少女はうれしくてたまらないのだ。春を迎えた天地と、それをいち早く感じとった弾むような思いがそのまま一句になった。第一句集『汀子句集』の巻頭におかれている。〔長谷川〕

初春《しょしゅん》

初春

春の初めのひと月をいう。旧暦では一月(睦月《むつき》、正月)、太陽暦では二月にあたる。立春から立夏の前日までのおよそ三か月が春だが、これを初春、仲春《ちゅうしゅん》、晩春《ばんしゅん》に分ける。旧暦時代は元日が立春の頃にめぐってきたので、初春は新年と重なった。初春は春の初めであるとともに年の初めでもあった。太陽暦の正月を今も「初春《はつはる》」というのは、旧暦時代の名残である。

睦月《むつき》

初春

むつみ月《づき》

旧暦一月の異称。太陽暦では二月初旬の立春以後から、三月上旬頃にあたる。語源については、北村季吟《きぎん》の『増山井《ぞうやまのい》』(寛文七年)に「正月は親疎往きむつぶゆゑに、むつみ月ともいへり」とあるなど、親戚や知人が睦《むつ》み合う月の意の略であ

月にえをさしたらばよき団かな：満月に柄をさせば、なんとも風流な団扇《うちわ》となろう。

るとする説が有力である。

　みちのくは梅より松の睦月かな　長翠
　山深く睦月の仏送りけり　西島麦南
　筑紫野ははこべ花咲く睦月かな　杉田久女

▼作者は江戸期の俳人。諸国を遊歴の後、出羽《でわ》の袖ケ浦に客死した。▼まだ雪に閉ざされた山里の、手厚い野辺送りが思われる。▼春の七草の一つ、はこべが早くも花をつけている、南の国の明るい睦月である。

二月《にがつ》《にぐわつ》　初春

四日頃、立春を迎えるが、まだ風は寒く、気温も低い。雪が降ることもあり、天候に変化の多い月。しかし日一日と日は永くなり、日の光に春を感じることも多くなる。梅の花便りが聞かれ、鶯《うぐいす》の初音《はつね》に耳をそばだてる。大学入試をはじめとする受験シーズンでもある。

　眠れねば香《こう》きく風の二月かな　渡辺水巴
　面体をつゝめど二月役者かな　前田普羅
　波の穂の風に揃はぬ二月かな　鈴木真砂女
　少年がもたれ二月の桜の木　坪内稔典
　断りの返事すぐ来て二月かな　片山由美子

▼寒風の音で眠れぬ二月の夜更け、香を焚《た》いて心を鎮める。二月の夜気に立ちのぼる香は丁子《ちょうじ》か梅か。▼正月に多忙で年始回りができなかった人が、二月一日に回礼する習わしがある。その折の役者だろう。「つゝめど」がポイント。隠してもこぼれる「華」。▼春とは名のみの頃の海。高く不揃いな波頭が風に吹きちぎられる。▼二月の桜は花の気配とてないが、少年がもたれたことによって花の精が目覚めるか。春の訪れが仄《ほの》めくよう。▼にべもない返信。二月の情と響き合う。

旧正月《きゅうしょうがつ》《きうしやうぐわつ》　初春

旧正《きゅうしょう》

旧暦の正月で、略して「旧正」ともいう。現在はほとんどの地方が太陽暦で行なっているが、月齢に従って作業の手順を準備する農業や、潮の干満によって漁に出る漁業など、旧暦に関わりの深い地方では旧正月を慣行している。旧正月には懐かしい味わいがある。関連 正月《しょうがつ》→新年

　道ばたに旧正月の人立てる　中村草田男
　隣りより旧正月の餅くれぬ　石橋秀野
　旧正の雪を加ふる山ばかり　大峯あきら
　旧正の波よくのびて熊野灘　茨木和生

▼普段の生活の中に、のどかな旧正月の気分を楽しんでいるのである。▼旧正月に餅を搗《つ》き、それを隣家に配るところに旧正月らしい懐かしさがある。▼旧正月の頃に降る明るい雪を加えて、山々も早春の輝きとめでたさに満ちている。▼明るくおおらかな海辺の風景もまた、旧正月らしいものである。

宗鑑《そうかん》▶？―？山崎氏。俳諧の祖。伝記不詳。風狂の人として伝説化された。

寒明《かんあけ》

初春

寒明《かんあ》け・寒《かん》の明《あ》け・寒明《かんあ》くる・寒過《かんす》ぐ

「寒」は小寒《しょうかん》(一月五日頃)から節分(立春の前日)までの約三十日間。一年で最も寒い時期が終わる日が「寒明」である。つまり立春の日であるが、言葉の響きと意味合いがだいぶ異なる。まだまだ寒い日が続くが、ともかくも寒が終わったというほっとした気持がこめられている。季節の区切りに際して、心持ちにもひと区切りをつけるようなニュアンスの語。関連 寒《かん》の入《い》り→冬

川波の手がひらひらと寒明くる　飯田蛇笏
けものらの耳さんかくに寒明けぬ　三橋鷹女
われら一夜大いに飲めば寒明けぬ　石田波郷
寒明けの畳にひろげ形見分け　島田藤江

▼川波のきらめきを人の手のようだと見た。立春を喜ぶ明るい気分。▼獣で最も鋭敏なのは耳。耳を三角にそばだてて、春の気配を感じとっている。▼自分たちの酔いの勢いが季節を動かしたかのような、意気軒昂《けんこう》な句。▼寒明を機に、喪の心にもひと区切りをつける、はかない営み。

立春《りっしゅん》

初春

春立《はるた》つ・春来《はるく》る・春《はる》さる・立春大吉《りっしゅんだいきち》

春が始まる日である。二十四節気の最初の節気であり、二月四日頃にあたる。この日から立夏(五月五日頃)の前日までが春である。旧暦時代は立春に近い新月の日が元日だったので、ふつうは年が明けるとすぐ立春だった。時には元日より早く立春が来ることもあり、「年内立春」といった。関連 立夏《りっか》→夏／立秋《りっしゅう》→秋／立冬《りっとう》→冬

春たちてまだ九日《ここのか》の野山かな　芭蕉
音なしに春こそ来たれ梅一つ　召波
立春の雪白無垢の藁家かな　川端茅舎
立春の米こぼれをり葛西橋　石田波郷
立春の甲斐駒ケ嶽畦の上　飯田龍太

▼『笈《おい》の小文《こぶみ》』の旅の途中、故郷の伊賀上野《いがうえの》(三重県伊賀市)での句。二月半ばの故郷の野山がのびやかに詠まれる。▼音もなく訪れた春。▼大藁屋《おおわらや》を包む雪の白さはすでに春の白。▼この葛西橋《かさい》は今の葛西橋(東京)の上手にかかっていた木造の旧葛西橋。終戦直後、食糧難の時代の句。こぼれている米の白さに春を感じた。▼雪をかぶった駒《こま》ケ岳《たけ》が畦《あぜ》の上に、じかにどっしりと乗っているように詠まれている。

早春《そうしゅん》《さうしゅん》

初春

春《はる》さき

「早春賦《そうしゅんふ》」(吉丸一昌作詞)に「春は名のみの風の寒さや」とあるように、暦の上では春だが、まだ冬の気候が続いている頃をいう。二月いっぱいはそんな日が続く。しかし木々の芽は確実にふくらみ、日あたりのよい場所では草も青み始めている。人々の目が春の徴《しるし》に敏感になる頃。街のショーウインドーに

元日や神代のことも思はるる：元日の朝のすがすがしさに、遠い神代のことが親しく思われた。

寒明

春の色が目立つ頃。

早春の園鶴唳を放ちけり　富安風生
早春の月の籬に乗るごとし　田村木国
早春の門すこし濡れ朝のあめ　及川貞
早春の耳美しき音のみ聴く　池内友次郎
早春の見えぬもの降る雑木山　山田みづえ
早春の光返して風の梢　稲畑汀子

▼早春の冷たい空気に鶴の鋭い鳴き声が響き渡る。▼まるい月が籬《まがき》の上に、乗るように出た。ああ春だなと思う心躍り。▼朝のうちに降った雨の潤いが心地よい。▼春を感じ取り聴き取ろうとする意志。音楽家らしい作品。▼「見えぬもの」とは春の気配にほかならない。▼風に揺れる木々の梢《うれ》が、紛れもない春の光を返す。

春《はる》浅《あさ》し

初春

浅《あさ》き春《はる》・浅春《せんしゅん》

立春は過ぎたがまだ風は冷たく、本当の春にはほど遠い、寒

名句鑑賞

春浅し空また月をそだてそめ　久保田万太郎

まだ風は冷たい頃の、夕空にかかった三日月あたりを見て得た句であろう。空が月を育てると表現した点がポイント。どの季節でも一か月に一度月は満ちてゆくのだが、だんだん春めいてゆく空であってこそ、空が月を育むという実感が湧く。この空に月はまた満ちてゆくが、それはひと月前の月と同じではない。万物の流転の中で移ろいゆく季節、生々流転の繰り返しといったことが思われる、スケールの大きな作品。［西村］

守武《もりたけ》▶文明５年（1473）—天文18年（1549）荒木田氏。伊勢神宮の神官。師・宗鑑とともに「俳諧の祖」と称される。

さにひるむような思いで過ごす春の初めの頃。「早春」とほぼ同義だが、早春は春の早い時期をさす言葉であるのに対し、「春浅し」には体感や実感がともなう。西行《さいぎょう》の『山家集《さんかしゅう》』に「春浅きすずのまがきに風さえてまだ雪消えぬ信楽《しがらき》の里」とあるように、和歌では古くから用いられた語だが、季語として使われるようになったのは、明治の子規《しき》派以降であるという。

春浅き水を渡るや鷺一つ　河東碧梧桐
白き皿に絵の具を溶けば春浅し　夏目漱石
春浅し相見て癒えし同病者　石田波郷
病牀の匂袋や浅き春　正岡子規

▼「春浅き」と「浅き水」とが掛詞《かけことば》のよう。その水もまだ冷たいことだろう。▼日本画の絵具を溶いた時、春を感じた。景色はまだ春色ととのわぬ頃だが。▼互いに顔色を見合って癒えたことを確かめ合う。恐れつつ春を生きんとする人の思い。▼病臥《びょうが》も長引けば季節の工夫が欲しくなる。春の感情のはかないあらわれ。

冴《さえ》《さえ》返《かえ》《かへ》る

初春

しみ返《かえ》る・寒返《かんかえ》る・寒戻《かんもど》り・冱返《いてかえ》る

立春を迎えて寒さが明けた後、寒さがぶり返すこと。「冴が返る」という意味である。春の寒さをあらわす「余寒」「春寒《はるさむ》」と似ているが、この二つが寒さを静的にあらわすのに対して、「冴返る」は動的にとらえる。

柊にさえかへりたる月夜かな　丈草
君行かばわれとゞまらば冴返る　正岡子規
物置けばすぐ影添ひて冴返る　大野林火
冴えかへるもののひとつに夜の鼻　加藤楸邨

▼早春の月の光を浴びる柊《ひいらぎ》の木。▼見舞客もそろそろ帰る頃となった。病床から見送る子規の心もまた冴返っているのだ。▼今置いた物にできる影。戻ってきた寒さをそこに感じた。▼顔を撫《な》でると、冷たい鼻に触れた。

余《よ》寒《かん》

初春

残《のこ》る寒《さむ》さ

冬の寒さは立春を過ぎると、「余寒」「春寒《はるさむ》」と呼び名が変わる。このうち、「春寒」は春の寒さというだけの意味だが、「余寒」には冬の寒さがなお続いているという意味がある。立秋後の暑さを「秋暑《しゅうしょ》」「残暑」というが、秋暑に対するのが「春寒」、残暑に対するのが「余寒」である。

水に落ちし椿の氷る余寒かな　几董
世を恋うて人を恐るゝ余寒かな　村上鬼城
鎌倉を驚かしたる余寒あり　高浜虚子
章魚うすくそぐ俎の余寒かな　鈴木真砂女
いつをはるともなき余寒なりしかな　清水芳朗

▼落ちた椿の花から水輪が広がり、氷が広がり、余寒が広がっていくような感じがする。▼世間が恋しいのだが人が恐ろしい。▼その昔、鎌倉の武士たちを驚かした敵襲のように襲った余寒。▼俎《まないた》の上で薄く削《そ》がれる章魚《たこ》の白い身。▼しぶとい余寒。

鳳凰も出でよのどけきとりの年：酉年のこの長閑《のどか》さに、伝説の鳳凰《ほうおう》も出てこい。言祝《ことほ》ぎの一句。

春寒《はるさむ》

初春

春寒《はるさむ》し・春寒《しゅんかん》・春《はる》の寒《さむ》さ・料峭《りょうしょう》

春なのに寒い。こうした気候を経て、本格的な春に少しずつ近づいてゆく。「料峭」とは、春風が肌寒く感じられることで、北宋《ほくそう》の詩人蘇軾《そしょく》の詩に「漸《ようや》く東風を覚え料峭として寒し」とある。この語が「春寒」の傍題となったのは、昭和以降である。

春寒のよりそひ行けば人目ある　高浜虚子
そこらまで出て春寒をおぼえけり　田畑三千女
料峭のコップりんりん鳴らし呟く　斎藤空華
さびしさと春の寒さとあるばかり　上村占魚
料峭や波のあはひのしじら波　大橋有美子
料峭やいまも極太モンブラン　山元志津香

▼春の寒さには艶《えん》なる気分が漂う。人目を憚《はばか》りつつも寄り添い行く男と女。▼日常の何気ない立ち居に実感する季節の行き合いの情。▼ラ行の音韻の連なりが美しく響く。作者は肺結核のため、戦後まもなく三十一歳で夭逝。▼春の明るさの中で感じる寒さが、孤独な心情をより際立たせる。▼波の間に生まれるしじら織のような縞《しま》模様が、一瞬に消えるはかなさ。▼春風が肌に寒い日、使い慣れた極太モンブランで記す滑りは快い。

春《はる》めく

初春

春兆《はるきざ》す

紀貫之《きのつらゆき》の歌に「野辺《のべ》見れば若菜摘みけりむべしこその草も春めきにけれ」（『拾遺和歌集』）とあるように、平安の昔から、人は春の訪れを待ち望み、気配を感じとった。「むべしこそ」は「本当に」の強調表現。「めく」には、いち早く発見したり感じとったりする鋭敏な感覚がこめられていよう。

春めくや真夜ふりいでし雨ながら　軽部烏頭子
春めきて小夜の客ある茶の間かな　松尾静子
春めくと話して改札員同士　岡本眸
美しき奈良の菓子より春兆す　殿村菟絲子

▼真夜中に降り出した雨ではあるが、それでも春めいてきたことよ、という実感。▼茶の間で心おきなく語り合う声も聞こえてきそう。▼自動改札機が普及していなかった頃の情景。外気に触れる仕事の身には、ことさら春めいた気候が嬉《うれ》しいことだろう。▼東大寺二月堂のお水取の頃にだけ店頭に並ぶ、糊《のり》こぼしの椿をかたどった和菓子が思い浮かぶ。

魚《うを》《うお》氷《ひ》《ひ》に上《のぼ》《のぼ》る

初春

七十二候の一つで、立春第三番目の候。太陽暦では二月十四日頃からの五日間。春になって水が温《ぬる》み始めると、氷の割れ目から魚が躍り出るという意味。『礼記《らいき》』「月令《がつりょう》」に「東風解凍、蟄虫始振、魚上氷」（東風凍《こおり》を解き、蟄虫《ちっちゅう》始めて振《うご》き、魚氷に上る）とある。天、地、水の始動する気配がみごとにあらわされたくだりといえよう。「魚氷《うおこおり》を上《いず》る」とも訓《よ》めるが、季語としては「魚氷《うおひ》に上《のぼ》る」が定着している。

貞徳《ていとく》▶元亀２年（1571）―承応２年（1653）松永氏。貞門の開祖。紹巴や幽斎に学ぶなど錚々たる文化人と交わる。

何魚ぞ氷に上る夜の音　麦光

魚が氷に上るを待てり石に坐し　草間時彦

氷に上る魚木に登る童かな　鷹羽狩行

▼夜、響く水音に、季語を重ねて興じる。▼空想上の言葉を楽しむ風狂の姿。風も春めき、日も永くなり、人もこんな心持ちを抱く。▼春の訪れを真っ先に感じとるのは子供たち。もうじっとしていられない。

【雨水《うすい》】

初春

二十四節気の一つ。太陽暦二月十九日頃。雪や氷が解けて水となるという意味。大地の潤いを伝える言葉である。まだ雪も降るが、その雪もまもなく解けて水音を奏で始め、農耕の準備もそろそろ始まる頃。関連 雪解《ゆきげ》→58

薩埵富士雪縞あらき雨水かな　富安風生

大楠に諸鳥こぞる雨水かな　木村蕪城

落ちてゐし種ふくらめる雨水かな　滝沢伊代次

▼薩埵峠《さったとうげ》(静岡市)は旧東海道の峠で富士山展望の名所。山の雪縞《しま》が粗いのも、雪解けが進んでいることのしるし。▼大地も大気も潤う頃、鳥が楠《くす》の大樹に集い、思い思いに春の到来を告げる。▼落ちた種も水を吸ってふくらんでいる。まぎれもない生命の潤い。

【獺《かわうそ》《かはうそ》魚《うお》《うを》を祭《まつ》《まつ》る】

初春

獺《おそ》の祭《まつり》・獺祭《おそまつり》・獺祭《だっさい》・獺祭魚《だっさいぎょ》

七十二候の一つ。旧暦正月十六日からの五日間で、太陽暦では二月十九日頃からの五日間にあたる。捕らえた魚を岸に並べておくという獺の習性を、中国古代の人々は正月の先祖祭に見立てた。晩唐の詩人李商隠《りしょういん》は、多くの書物を左右に積んで作詩したので、「獺祭魚」と呼ばれた。正岡子規は、これにならって「獺祭書屋主人《しょおくしゅじん》」と号し、『獺祭書屋俳話』を著した。その忌日《きにち》(九月十九日の子規忌)を「獺祭忌」と呼ぶのはこれによる。

獺《かはうそ》の祭見て来よ瀬田のおく　芭蕉

茶器どもを獺の祭の並べ方　正岡子規

曳きずりし獺の祭の名残とも　辻田克巳

川石に鱗の乾ぶ獺祭　棚山波朗

捨てられぬ欠け染付も獺祭《をそまつり》　辻桃子

▼「膳所《ぜぜ》へゆく人に」と前書がある。膳所、瀬田《せた》ともに滋賀県大津市の地名。時候と場所とを巧みに詠みこんだ挨拶句の一つ。▼書物だけでなく茶器なども並べていたのだろう。「獺の祭の並べ方」とは、それなりの作法があるような、ないような。▼川原の痕跡《こんせき》から生まれた、獺が大きな魚を引きずってくることもあるだろうという楽しい想像。▼川石に乾いて貼りついた鱗《うろこ》に、ひょっとしてこれが獺祭の跡かと思う。▼染付の陶器は欠けているが宝物だ。獺祭のように身辺に置いている。

春立つやにほんめでたき門の松：二本と日本を掛ける。心の俳諧を説くも作風は言語遊戯的。

仲春《ちゅうしゅん》

仲春

春半ばのひと月をいう。旧暦では二月（如月《きさらぎ》）にあたり、太陽暦では三月にあたる。二十四節気でいえば、啓蟄《けいちつ》（三月六日頃）から春分（三月二十一日頃）の前日までにあたる。雛祭《ひなまつり》も彼岸も、仲春の行事である。後半には桜の便りが届き始める。人間界は年度末にあたり、卒業やら決算やら、何かとあわただしい時期である。

如月《きさらぎ》

仲春

衣更着《きさらぎ》・梅見月《うめみづき》・雪解月《ゆきげづき》・初花月《はつはなづき》

旧暦二月の異称。語源は諸説あるが、平安後期の歌学書『奥義抄《おうぎしょう》』に、寒さのため更《さら》に衣を重ねて着ることに由来する、とあるのが最も一般的。太陽暦では三月にあたるが、まだ大気は冴《さ》え返ることもあり、厳しい皮膚感覚をともなう語である。西行《さいぎょう》は「願はくは花の下にて春死なむそのきさらぎの望月の頃」（『山家集《さんかしゅう》』）と詠み、願いどおり如月十六日に逝った。年によっては旧暦二月半ばともなると、桜の花も咲き始める。「初花月」の異称もここからきている。

きさらぎやふりつむ雪をまのあたり　久保田万太郎

きさらぎの藪にひゞける早瀬かな　日野草城

如月や身を切る風に身を切らせ　鈴木真砂女

如月の水にひとひら金閣寺　川崎展宏

▼「きさらぎ」と声に出すと、身の緊《し》まるような清浄な春浅い気を感じる。春なのに降り積む雪を眼前にした時、その語感は実感となる。▼聴覚に訴えてくる如月の実感。雪解けで勢いを増す瀬音。藪《やぶ》には鶯《うぐいす》が笹鳴《ささなき》をしていよう。▼作者の一生はこの句のごとく潔く、辛苦を厭《いと》わぬものであった。▼水面に映る金閣は年中見られるのに、如月の水影が最も清らかで美しく、はかなく見えてくる、語感による不思議。

三月《さんがつ》《さんぐわつ》

仲春

三日は雛祭《ひなまつり》、十二日は奈良東大寺二月堂のお水取《みずとり》、中旬には彼岸に入り、「暑さ寒さも彼岸まで」の諺《ことわざ》も。寒暖を繰り返しながら本格的な春に向かいつつある日々。南の方では菜の花や桃の花が咲き、まだ雪の残る北国でも日射しは日に日に明るくなる。受験シーズンも終わり、卒業式や転勤など環境の変化も多い月。下旬には桜の開花予想も聞かれる。

三月の声のかかりし明るさよ　富安風生

三月やモナリザを売る石畳　秋元不死男

いきいきと三月生る雲の奥　飯田龍太

三月や寝足りてけぶる楢林　宮田正和

三月の甘納豆のうふふふふ　坪内稔典

▼三月の声を聞くと、たとえ寒い日でも心は明るい季節に向かう。▼街路に泰西《たいせい》名画の複製を並べ売る露天商。モナリザの謎めいた笑みは、温かくもあり、冷たくもあり。揺れがちな三月の情感と

徳元《とくげん》▶永禄２年（1559）―天保４年（1647）斎藤氏。貞門。江戸俳壇の長老。賦物連句を流行させる。

響き合う。▼本格的な春となる三月の到来。雲の奥に生命の躍動の予感がある。▼芽吹きで薄緑色に煙る楢林《ならばやし》。寝足りたのは作者でもあるし、冬の間の楢林でもある。▼甘納豆でさえ身を揺すって、うふふふふと笑い出しそう。これも三月の感興の一つ。

【啓蟄《けいちつ》】仲春

二十四節気の一つ。旧暦二月の節で、雨水《うすい》の後、太陽暦では三月六日頃にあたる。『礼記《らいき》』月令《がつりょう》に、仲春の月には「蟄虫咸《ちっちゅうみ》な動き、戸《こ》を啓《ひら》きて始めて出《い》づ」とある。冬の間、土の下で冬籠《ふゆごも》りしていた虫や蛙が春の気配を感じて「戸を啓き」地上に出てくるというあたり、ユーモラス。この頃に鳴る雷を「虫出しの雷《らい》」と呼ぶ。関連 地虫穴《じむしあな》を出《い》づ↓160

啓蟄の虫におどろく縁の上　臼田亜浪
啓蟄の蚯蚓の紅のすきとほる　山口青邨
啓蟄の運動場と焦土のみ　中村草田男
啓蟄や生きとし生きるものに影　斎藤空華
水あふれゐて啓蟄の最上川　森澄雄

▼「おどろく」は、はっと気づく意。縁側の上を這《は》う虫を目にして、ああもう啓蟄かという意識が呼び起こされた。▼土中から出てきたばかりの蚯蚓《みみず》のみずみずしさ。▼焼け跡の喪失感に満ちた句だが、季語が救いと希望をもたらしている。▼どんな小さな虫にも影があるものだと、啓蟄の陽の中で改めて気づいた。「生きとし生きるもの」という表現に愛《いと》おしさがこめられている。▼生命の活動する頃となった啓蟄。最上川も水量が増し、動植物を潤す。

【鷹《たか》化《か》《くわ》して鳩《はと》と為《な》る】仲春

七十二候の一つで、啓蟄《けいちつ》の第三候。旧暦二月十一日からの五日間、太陽暦では三月十六日頃からにあたる。『礼記《らいき》』「月令《がつりょう》」に「桃《もも》始めて華《はなさ》き、倉庚《そうこう》(雲雀《ひばり》)鳴き、鷹化して鳩と為る」とあり、この頃の穏やかな陽気に、猛禽《もうきん》の鷹もおとなしい鳩に変身してしまうという。何とも気宇壮大な空想である。これによく似た季語として「田鼠《でんそ》化《か》して鴽《うずら》と為る」(晩春)がある。

鷹鳩に化して青天濁りけり　松根東洋城
鷹鳩と化し神木は歩かれず　鷹羽狩行

▼きっぱりと晴れた青天は鷹が飛ぶにふさわしいが、仲春の霞《かす》んだ天空では鷹も温和な鳩に変身しそう。▼鷹が鳩に変身するという空想が許されるなら、暖かな陽気に神木も歩き出しそう。だが、そうはいかないところで踏みとどまっている。

【竜《りゅう》天《てん》に登《のぼ》る】仲春

中国最古の字書『説文解字《せつもんかいじ》』には、「龍《りゅう》は鱗虫《りんちゅう》の長、能く幽《くら》く、能く明《あかる》く、能く細く、能く巨《おおき》く、能く短く、能く長し。春分にして天に登り、秋分にして淵《ふち》に潜む」とある。竜はもとより空想上の動物だが、中国では神霊視され、雲を起こし雨を呼ぶとされ、鳳《ほう》・麟《りん》・亀《き》とともに四瑞《しずい》の一つ。半年間淵に潜んでいた水や雨をつかさどる竜が、春分の生気に乗って天へ駈《か》け昇るという想像は、なんとも壮大。

竜天に登ると見えて沖暗し　伊藤松宇
竜天に黄帝の御衣翻へる　石井露月
竜天に登る古墨に重さなし　福田甲子雄

▼沖が暗いのは竜が天に登る雨雲の動きによると見る、俳句的想像。▼空想上の竜や、文字・音律・医学・数学などの祖とされる古代中国の伝説の帝が、眼前に見えるかのように描かれる。▼竜の浮き彫りなどが施された古墨の現実感のない軽さが、想像と響き合う。

【春分《しゅんぶん》】 仲春

中日《ちゅうにち》・時正《じしょう》

二十四節気の一つで、太陽暦三月二十一日頃。黄道（地球から見た太陽の軌道）と赤道上の交点のうち、太陽が南から北へ赤道を通過する点を「春分点」といい、その日を「春分の日」とする。太陽は真東から昇り真西に沈み、昼と夜の長さが等しい。彼岸の中日にあたる。「時正」とは昼夜等分の意。この日から昼間の時間が長くなり、四月上旬にかけての気温の上昇率は一年で最も大きい。南では桜の開花も始まる。 関連 春分《しゅんぶん》の日《ひ》↓215／秋分《しゅうぶん》↓秋

春分のおどけ雀と目覚めけり　星野麥丘人
春分や手を吸ひにくる鯉の口　宇佐美魚目

▼雀《すずめ》の声で目が覚めた。ふだんよりもおどけたように鳴いている。雀たちも本格的な春の到来を全身で感じとっているのだろう。▼「暑さ寒さも彼岸まで」と諺《ことわざ》にあるように、池の水に手を浸してみようかという気にもなる。その手を吸いにくる鯉《こい》の動きもしなやか。

【彼岸《ひがん》】 仲春

彼岸中日《ひがんちゅうにち》・入《い》り彼岸《ひがん》・彼岸前《ひがんまえ》・彼岸過《ひがんすぎ》

春分（三月二十一日頃）を中日として前後三日、計七日間が彼岸。春分には太陽が真西に沈むので、仏教の西方極楽浄土と結びつき、彼岸の法要（彼岸会）が営まれるようになった。彼岸は春（立春から立夏の前日まで）の真ん中にあたり、これを境に、季節は「寒い春」から「暖かな春」に移り変わる。これが「暑さ寒さも彼岸まで」。秋には秋分（九月二十三日頃）を中日とする秋の彼岸がある。単に「彼岸」といえば、春の彼岸のこと。 関連 彼岸会《ひがんえ》↓221／秋彼岸《あきひがん》↓秋

精進すなといはれし親の彼岸かな　来山
彼岸前寒さも一夜二夜かな　路通
山辺には楤《たら》の芽を摘むひがんかな　白雄
我村はぼたぼた雪のひがんかな　一茶
毎年よ彼岸の入に寒いのは　正岡子規
山寺の扉《と》に雲あそぶ彼岸かな　飯田蛇笏

▼「精進すな」とは、あまり根をつめるな、命を大事にせよということ。子供の性格をよく心得た親の言葉。▼彼岸が近づくと、寒さも長続きしなくなる。▼そろそろ楤の芽も出る頃。▼一茶の故郷、

望一《もいち》▶天正14年(1586)―寛永20(1643) 杉木氏。貞門。伊勢神宮の勾当職。伊勢俳壇の中心的存在。盲目であった。

信州柏原《かしわばら》(長野県信濃町)では彼岸でも雪が降る。ただ、冬の粉雪ではなく、水気をたっぷりと含んだ春の牡丹雪《ぼたんゆき》。▼「暑さ寒さも彼岸まで」とはいうものの、彼岸の入りの頃はまだ寒い。▼大空の氷が解けたかのように雲の自由自在。

晩春《ばんしゅん》

晩春

季春《きしゅん》・春《はる》の終《お》わり

初春《しょしゅん》・仲春《ちゅうしゅん》・晩春と、春を三つに分けて呼ぶ時の、最後のほぼひと月。花時と重なるので、桜が散った後から立夏までの季節感をあらわす。山間部や高原では山桜が盛りだが、関東以西では緑も日に日に豊かになり、黄金週間も始まる。末とか終わりというより、春の季節の成熟を思わせる語感がある。

晩春の瀬瀬のしろきをあはれとす　山口誓子

晩春や目の縁去らぬものもらひ　関川竹四

▼山野を走る瀬々の白さに晩春の情趣を凝縮。瀬々にかざした枝々の緑も見えてきて、意匠的な句。▼ものもらいに悩まされたのもちょうどこの頃。あの鬱陶《うっとう》しさと晩春の空気とが、どこかで結びつく。

弥生《やよい》《やよひ》

晩春

花見月《はなみづき》・桜月《さくらづき》・春惜《はるお》しみ月《づき》・夢見月《ゆめみづき》

旧暦三月の異称。平安時代の歌学書『奥義抄《おうぎしょう》』に「風雨あらたまりて、草木いよいよ生ふるゆゑに、いやおひ月といふを誤れり」とある。「いやおひ」の省略・転訛《てんか》した語で、語感、音感ともにやわらかで艶《つや》がある。名のとおり草木が育ち、花々が咲く月。太陽暦の四月にあたるが、古典的な情感の濃い呼び名。「さくら　さくら　弥生の空は見渡すかぎり」(「さくら」作詞者未詳)という歌でも親しい。これを「四月の空」と置き換えては情緒がなくなる。

濃かに弥生の雲の流れけり　夏目漱石

花咲くといふ静かさの弥生かな　小杉余子

かなしみに溺れて生くる弥生かな　西島麦南

▼花開き、鳥が囀《さえず》る、春たけなわの一か月。流れる雲まで濃《こま》やかに見えるのは、人の心も濃やかになっているから。▼桜をはじめとする花が開く静かさは、静止の静かさとは違って、開花の喜びに満ちたものだ。▼自然界は春爛漫《らんまん》の時だが、作者の一身には深い悲しみが訪れた。花の色も鳥の声も、すべてのものが悲しい。ひたすら悲しみにくれて生きるひと月。

四月《しがつ》《しぐわつ》

晩春

桜をはじめとする花々が咲き、自然界の彩りがにわかに豊かになる月。桜の開花によって一気に華やいだ野山の景色が、鳥たちの囀《さえず》りに祝福されつつ葉桜となるまで、最も変化に富んだ一か月といえよう。人間界でも新学年が始まり、新入社員が世に出て、町は生新の気にあふれる。新年に次いで、新たな出発を迎える月である。

山葵田《わさびだ》の水音しげき四月かな　渡辺水巴

山へ船のぼりさうなり花の波：船が間違えてのぼっていきそうなくらい山は満開の桜で波打っている。

弥生

妹の嫁ぎて四月永かりき　中村草田男

▼山葵田を巡る清浄な水音も、春たけなわの四月になるといっそう豊かになる。前月までの音との対比がおのずから伝わってくる。▼妹が嫁いだ後の寂しさが、春の深まりゆく物憂い気分に託されている。

清《せい》明《めい》

晩春

清明節《せいめいせつ》

二十四節気の一つ。春分後十五日目、太陽暦では四月五日頃にあたる。「清浄明潔」の略ともいわれ、万物が清められ、寒からず暑からず、快適な時節。清く明るい水や空気に触れて、人もまた心身ともに清められる気分がする。行楽にも最適で、休日は屋外で自然に親しむ人々が多くなるのもこの頃。中国では、清明節の休暇に先祖の墓参をする習わしがある。

水替へて清明の日の小鳥籠　星野麥丘人

清明の波打ちのべし上総かな　大嶽青児

鳥ゐるや清明節のつちくれに　吉岡禅寺洞

▼水を替えて鳥籠《とりかご》という小さな世界にも新しい気を満たす。▼明るく広々とした砂浜に、まるで黄金《こがね》を打ち延べるように波が広がってゆくさまが見えてくる。▼土の塊さえ清らかでみずみずしく見える。

未得《みとく》▶天正 15 年 (1587)―寛文 9 年 (1669) 石田氏。貞門。言語遊戯的作風をもって江戸俳壇で名を馳せた。

【春暁《しゅんぎょう》《しゅんげう》】

三春

春《はる》の暁《あかつき》・春《はる》の曙《あけぼの》・春曙《はるあけぼの》・春《はる》の夜明《よあけ》

「暁」は「あかとき」から転じた語で、夜明け前、未明の意で、「曙」よりは早い時刻をいう。『枕草子』の冒頭のくだり、「春はあけぼの。やうやうしろくなりゆく山ぎは、すこしあかりて、紫だちたる雲のほそくたなびきたる」は、春のその時刻が一番いいという美意識を綴《つづ》ったものである。中国の詩では「春宵」「春夜」がよく詠まれたが、「春暁」や「春の曙」は、日本的な季節の情緒といえよう。

春暁や人こそ知らね木々の雨　日野草城
春暁のあまたの瀬音村を出づ　飯田龍太
春曙何すべくして目覚めけむ　野澤節子

▼「人こそ知らね」は係り結びの表現で、人は知らないということを強調したもの。暁にひそかに木々を潤した雨。▼豊かな水音を生む山の村。ここから一日が始まり、春が始まる。▼春の曙の寝覚めであるにもかかわらず、虚無感に満ちた句。作者は十代、二十代の娘盛りを脊椎《せきつい》カリエスのため病床に過ごした。

【春《はる》の朝《あさ》】

三春

春朝《しゅんちょう》・春《はる》あした

明けきった春の朝である。孟浩然《もうこうねん》の「春暁」は「春眠暁を覚えず」と春の夜明けをとらえた漢詩としてよく知られているが、「春の朝」はその後の時間をいう。日ごとに明るく、のどかさを増す朝に、鳥たちの鳴声もやさしい。

白粥に梅干おとす春のあさ　伊東月草
春の朝日の矢明るきロダンの像　長岐靖朗

▼ゆったりと迎えた春の朝に味わう一椀の粥《かゆ》。その色彩の妙。▼「日の矢」は日射し。「ロダンの像」に、若さとモダンな味わいがある。

【春昼《しゅんちゅう》《しゅんちう》】

三春

春《はる》の昼《ひる》

のどかで明るく、うとうとと眠くなるような春の昼間。他の季節を措《お》いて、とくに春の季題となっているのは、独特の情緒を人々が感じているからだ。こののんびりした駘蕩《たいとう》たる時間は、猫は鼠《ねずみ》を捕ることを忘れ、人は借金を忘れるなどともいわれているが、暖かさと日永《ひなが》によってのんきになるだけでなく、微妙な寂しさをも覚える。泉鏡花は小説『春昼後刻《しゅんちゅうごこく》』の中で、「暖い、優しい、柔かな、すなおな風にさそわれて、鼓草《たんぽぽ》の花が、ふっと、綿になって消えるように魂がなりそう」と、不可思議な春昼の心情に筆を尽くしている。

春昼や古人のごとく雲を見る　前田普羅
春昼といふ大いなる空虚の中　富安風生
妻抱かな春昼の砂利踏みて帰る　中村草田男
春の昼匙おちてよき音たつる　桂信子
春昼の指とどまれば琴もやむ　野澤節子

▼雲を見ているうちに古人の心と自分の心とが一つになる。▼のどかで心地良いだけでなく、虚《うつ》ろな思いも生じる詩人の心。▼愛

春ながの年の頭や福禄寿：福禄寿の長寿にあやかりたい。長寿と長頭を掛けている。

妻俳句の代表的な作品。若い生身の人間としての実感。▼床に落ちた金属の匙。春昼の物憂げな時間に、その音の響きを聞いた。▼琴の音と、それがやんだ後の昼の静寂が二つながら耳に訴えかけてくる。

春《はる》《はる》の夕《ゆう》《ゆふ》

三春

春《はる》の夕《ゆうべ》・春夕《しゅんせき》・春薄暮《はるはくぼ》

後鳥羽上皇の歌「見わたせば山もとかすむ水無瀬川《みなせがは》夕べは秋となに思ひけん」(『新古今和歌集』)は、『枕草子』の「秋は夕暮」にあらわされる美意識に、新たな発見を加えたもの。夕べの情趣は秋が最高と思い込んでいたが、なかなかどうして春の夕べもすばらしい。それを、水無瀬川の眺望が目に浮かぶように描いている点に、説得力がある。蕪村《ぶそん》のほか、この歌に賛同した俳人は多い。

春の夕たへなむとする香をつぐ　蕪村
燭の火を燭にうつすや春の夕　蕪村
野の家も麓の家も春夕べ　藤田湘子

▼蕪村は好んで春の夕の句を詠んだ。両句とも室内の情景で、艶《えん》なる雰囲気が漂う。▼大景を詠んだ句の背後に「見わたせば……」の歌が存在する。歌には人の姿はなかったが、この句は人の生活を暗示する。

春《はる》の暮《くれ》

三春

春暮《しゅんぼ》・春《はる》の夕暮《ゆうぐれ》

春の夕暮も春の終わりも「春の暮」という。どちらの意味で使われているかは一つ一つ見極めるしかない。ただ、そのどちらとも決めかねる場合が多い(三七頁「暮の春」参照)。春の夕暮のつもりでも春の終わりの感じがするし、春の終わりの意味で使っても春の夕暮が忍び入る。曖昧模糊《あいまいもこ》としたところがこの言葉のいいところ。そこを味わってほしい。秋には「秋の暮」という季語があるが、「春の暮」は華やかさに寂しさが滲《にじ》み、「秋の暮」は寂しさに華やかさが潜んでいる。

関連 秋《あき》の暮《くれ》→秋

どど川の春や暮れ行く葭の中　文草
風おもく人甘くなりて春くれぬ　暁台
しろがねのやがてむらさき春の暮　草間時彦
鈴に入る玉こそよけれ春のくれ　三橋敏雄

▼葭《よし》むらの中を勢いよく流れ去る川。「春や暮れ行く」は「春の暮れ行く」と同じ。▼「人甘くなり」というと、ふつうは厳しさが薄れるという批判的な意味で使うが、ここでは優しくなること。その「人」

名句鑑賞

いづかたも水行く途中春の暮　永田耕衣

あちこちを水が流れているというのだが、ただの風景の句ではない。人間もまた水の一つの姿。人はみなどこかからどこかへの途上にある。この句の「春の暮」は春の終わりのことだが、春の夕暮も感じさせる。〔長谷川〕

令徳《りょうとく》▶天正 17 年 (1589)―延宝 7 年 (1679) 鶏冠井氏。貞門最古参。貞門の集大成『崑山集』編纂を任された。

とは、自分。俺も優しくなって春も暮れてゆくというのだ。甘美な味わいの一句。▼白い霞が紫に染まった。この「春の暮」は春の夕暮だが、春の終わりの夕暮の感じがする。▼鈴の中に入る玉。鈴と一体になり快い音を響かせる。春の夕暮、穏やかな気分が広がる。

春《はる》《はる》の宵《よい》《よひ》

三春

春宵《しゅんしょう》・宵《よい》の春《はる》

「宵」とは日が暮れてから間もない時、または夕方と夜中の間と定義されている。つまり日が暮れてから夜更けまでのかなり長い時間をいうが、何時《いつ》から夜更けと呼ぶかは状況により異なる。「春宵一刻直千金《しゅんしょういっこくあたいせんきん》　花に清香有り、月に陰《かげ》有り」と、北宋の詩人蘇軾《そしょく》の詩にあるごとく、春の宵はことに時がはやく過ぎてゆくように感じられる。そぞろ歩きや酒宴も楽しく、濃《こま》やかな情感に満ちた時間である。

公達《きんだち》に狐化けたり宵の春　蕪村
うたゝねの肱のしびれや春の宵　佐藤紅緑

▼春の宵の妖しい気分を詠み上げた想像句。平安朝の若き貴公子は薄化粧をしていたという。しかもそれは狐《きつね》の化身という摩訶《まか》不思議な世界。▼恋人を待ってうたた寝をする女も、春宵の一情景。

春《はる》の夜《よ》

三春

春夜《しゅんや》・夜半《よわ》の春《はる》

夜は宵と深更《しんこう》の間、と定義することもできるが、大きく日没から日の出までの時間ととらえることもできる。「春宵一刻直千金」(前項「春の宵」参照)から、俳句では「春の宵」が好まれるが、それとは別に、「春の夜」も他の季節とは異なるムードの漂う時として、多く詠まれてきた。

時計屋の時計春の夜どれがほんと　久保田万太郎
春の夜の浴槽《ゆぶね》に胎児との浮力　寺井谷子
よき門に車停りぬ夜半の春　池内友次郎

▼ユーモラスな句調が作者の心の弾みを伝える。▼胎児もろともの浮力を楽しんでいる母体の期待。浴槽の湯は豊かにあふれ出たことだろう。▼晩餐会か、舞踏会か。心が引きこまれてゆく。

暖《あたた》か

三春

あたたかし・ぬくし

春が来た喜びをあらわす挨拶に「暖かくなりましたね」と言うのが一般的であることからもわかるように、春をあらわす代表的季題。日本人は「春になりましたね」とは言わず、「今日は暖かですね」「今朝、鶯《うぐいす》を聞きました」「もうじき桜が咲きますね」などと言葉を交わし、春を実感し確認し合う。気温ばかりでなく、心もほかほかしてくるような幸福感、満足感をともなう言葉でもある。

暖かや飴の中から桃太郎　川端茅舎
暖かにかへしくれたる言葉かな　星野立子
あたたかな雨がふるなり枯葎　正岡子規
あたたかやきりんの口が横に動き　後藤比奈夫

児と成るや腰に破魔弓老の春：童心にかえって子どもらと破魔弓《はまゆみ》遊びをする。

麗か

▼どこを切っても桃太郎の顔が出る単純極まりない飴《あめ》に、春の情緒を楽しんでいる。▼体感だけでなく、心の中まで届く「暖か」。言葉を返された側の安堵《あんど》感と安らぎが伝わってくる。▼「枯葎《かれむぐら》」は前の季節の遺物。枯れたままの草むらにも暖かな雨が降り注ぎ、新たな芽吹きを促す。▼ユーモラスなキリンの口の動きにも暖かさを実感する、動物園での平和なひとこま。

麗《うら》か

三春

うらら・うららけし・麗日《れいじつ》・うらうら

「うらうらに照れる春日にひばりあがり心悲しもひとりし思へば」（大伴家持《おおとものやかもち》『万葉集』）に見られる「うらうら」と同じ意味。春の陽光が惜しみなく降り注ぎ、すべてのものが明るく美しい。「麗」という字をあてている点にも、この言葉に寄せる古来のイメージが読みとれる。『源氏物語』胡蝶《こちょう》巻に「鶯《うぐひす》のうららかなる音《ね》」とあるが、これは光源氏《ひかるげんじ》絶頂期の悩みない一日を象徴している。

麗かや松を離るゝ鳶の笛　川端茅舎

うららかや猫にものいふ妻のこゑ　日野草城

麗かや水辺の童女ふつと消ゆ　佐藤鬼房

▼明るい海辺の景色が浮かんでくる。ぴいひょろろと鳴く鳶《とび》の声の、ら行の音が季語と響き合う。▼のんびりしたやさしい声音が聞こえてくるよう。▼明るい日射しが生む幻覚か、白昼夢か。

玄札《げんさつ》▶文禄３年（1594）―延宝４年（1676）高島氏。貞門。徳元とともに江戸俳壇草創期における中心的俳人。

長閑《のどか》

三春

のどけし

『古今和歌集』に、「久方《ひさかた》の光のどけき春の日に静心《しづごころ》なく花の散るらむ」（紀友則《きのとものり》）、「世の中に絶えて桜のなかりせば春の心はのどけからまし」（在原業平《ありわらのなりひら》）の歌が見られる。「のどけし」は、のんびりと落ち着いて静かなさまをあらわす言葉であった。日の暮れの遅い春、人の心ものんびりと穏やかに暮らすことから、春の言葉になったものだろう。連歌の書にすでに「三春」の語として取り上げられている。

長閑さに無沙汰の神社回りけり　太祇
のどかさや内海川の如くなり　正岡子規
いづれのおほん時にかと読む長閑かな　松根東洋城
嫁入りを見に出はらつて家のどか　富田木歩

▼のんびりと暖かく何の予定もない日なので、しばらく詣《もう》でていない神社を回ったことよ。▼川のように穏やかな内海。のどかなのは作者の心でもある。▼『源氏物語』の冒頭を、のんびりと声に出して読んでいるのだろう。▼近所で嫁入りがあるというので、皆出払ってしまった家。何とものどかな春のひととき。

日永《ひなが》

三春

永日《えいじつ》・永《なが》き日《ひ》・日永《ひなが》し

春の昼の時間が長いこと。昼の時間は、冬至を境にして伸び始める。春分を過ぎると、夜の時間より長くなり、夏至で最長になる。このように昼の時間が最も長いのは、春ではなく夏だが、春は「日永」、夏は「短夜《みじかよ》」と使い分ける。これは、昼の時間が短く、そのために、暗くて寒い冬を越して春を迎えた喜びをこめて「日永」というのだ。これに対して、夏の昼は暑く、夜は涼しいので、夜が短いのを惜しんで「短夜」というのである。一つ一つの季語には、それに対する人々の気持がこめられている。

関連 短夜《みじかよ》→夏／夜長《よなが》→秋／短日《たんじつ》→冬

鶏《にはとり》の坐敷《ざしき》を歩く日永哉《かな》　一茶
永き日や欠伸うつして別れ行く　夏目漱石
永き日のにはとり柵を越えにけり　芝不器男

▼人の目を盗んでは、座敷に上がる鶏たち。▼欠伸《あくび》が出るほど、互いに物憂くて仕方がないのだ。▼起きたことといえば、鶏が柵を越えたくらいのこと。のどかな春の一日。

遅日《ちじつ》

三春

遅《おそ》き日《ひ》・暮遅《くれおそ》し・暮《く》れかぬる・夕長《ゆうなが》し・夕永《ゆうなが》し・春《しゅん》日遅々《じつちち》

中国最古の詩集『詩経』に、「春日遅遅《しゅんじつちち》たり」の語が見える。春の日がいつまでも暮れないことをいう。「日永」と同じ意味ではあるが、一日の長さよりも、夕方の時間が長くなった実感がこめられた言葉といえよう。実際は、日の暮れるのは夏至の頃のほうが遅いのだが、日の暮れが早くて寒い季節を過ごした人々の心には、春の「遅日」のほうが、ありがたく感じられるのである。

灯ともりてなほ遅日なる木の間かな　日野草城
生簀籠波間に浮ける遅日かな　鈴木真砂女
遅き日や日輪ひそむ竹の奥　西山泊雲
をみなにも着流しごころ夕永し　岡本眸

▼家々はすでに灯をともしたが、木々の間にまだ薄明が漂っている。ほのぼのとした光景。▼まだ暮れきらないので、海に浮かしてある生簀籠《いけすかご》が見えている。そのことに何やら安心感を覚える句。▼いつまでも明るい春の野。竹藪《たけやぶ》の下のほうに夕日が赤く見えているのを、「ひそむ」と描いた点がポイント。▼「着流し」とは袴《はかま》や羽織を着けない男の略装をいう語だが、そんな構えない気楽な心というものは女にもある。こんな夕暮の長い季節にはことさらに。

花冷《はなび》え　晩春

桜が咲き、暖かな陽気に浮かれていると、思いがけなく気温が下がって驚くことがある。こんな寒さを「花冷え」と呼ぶ。どの地方にも見られる現象だが、とくに京都の花冷えは有名。京都盆地特有の地形による冷え込みと、桜の華やぎの対照が印象的である。そんな日は昨日まで明るく見えていた花の梢《こずえ》が、蒼《あお》ざめて白々と見え、異なった趣を湛《たた》える。関連 桜《さくら》→64

花冷はかこちながらも憎からず　富安風生
花冷えの城の石崖手で叩く　西東三鬼
花冷の屋敷真中の衣装蔵　山本洋子

▼冷え込みはいやだが、花冷えの情緒を楽しもうとする風雅な心情。▼城はその石崖の上に、冷え冷えとした満開の桜を戴いていることだろう。▼京都の旧家か能役者の屋敷か、そんな場所柄を想像してみよう。

木《こ》の芽時《めどき》　三春

木《こ》の芽《め》雨《あめ》・木《こ》の芽《め》晴《ばれ》・木《こ》の芽《め》風《かぜ》・木《こ》の芽冷《めび》え・芽立《めだち》

さまざまな木々の芽吹く時節のこと。木の種類や土地によって遅速はあるものの、庭や雑木林、山の木々が一斉に芽生え、春の息吹を実感する。晴れの日はむろんのこと、雨に濡《ぬ》れても、萌黄《もえぎ》色、若緑色、赤、銀色などのこまかな芽が輝いているのは心を明るくさせる。晴れにつけ雨につけ風につけ、木の芽は日々育ってゆく。その勢いも感じとりたい。関連 木《こ》の芽《め》→81

楢山の窪に蝌蚪生ふ木の芽季　水原秋桜子
古傷がおのれ苛む木の芽どき　稲垣きくの

名句鑑賞

この庭の遅日の石のいつまでも　高浜虚子

春の日がいつまでも暮れないのと同様、庭の石もいつまでも、何の変化もなく、暮れぬままである。眼前に見えているのはそれだけだが、「遅日」という悠揚迫らぬ状態にあって、ながめていると、石は、永久にここに存在し続けるようにも思えてくる。庭を見る人間は、入れ替わり立ち替わり、変転を免れ得ぬ存在だが、石はいつまでも不動だ。声に出して読んでみると、永遠というものへ思いが運ばれる。「この庭」は、京都龍安寺《りょうあんじ》の石庭。昭和二年（一九二七）の作である。［西村］

立圃《りゅうほ》▶文禄４年（1595）—寛文９年（1669）野々口氏。重頼と対立し貞門を離脱、一派をなす。連歌的で優美な作風。

鷹の巣のひとり高しや芽立前　石田波郷

▼「蝌蚪《かと》」はおたまじゃくしのこと。〝季重なり〟ではあるが、動物も植物もこぞって新しい生命が生まれるこの時期の自然界を、あるがまま描く。▼自然界の息吹に気圧《けお》され、苛《さいな》まれるように、心身の不調を覚えるのも木の芽時。この古傷は心の傷のようだ。▼芽立ち前といっても芽ごしらえはしっかりできている木。その高い梢《こずえ》に鷹の巣だけが目立っている。

【花時《はなどき》】

晩春

桜時《さくらどき》・花《はな》のころ・花過《はなす》ぎ

季節をあらわすこまやかな表現の一つ。同じ春でも、桜の花が咲く頃を「花時」、木の芽が吹く頃を「木《こ》の芽時《めどき》」といい、人事に即して卒業期とか入学シーズンというように、日本人はきめ細かく「季節」と「時」を生きている。桜が咲く頃の陽気をも含みつつ、日常の挨拶にも使われる。大方の桜が散った頃が「花過ぎ」。 関連 桜《さくら》↓64／花見《はなみ》↓167

花時の博物館をのぞきけり　青木月斗

硝子器を清潔にしてさくら時　細見綾子

白粥を所望や京の桜どき　水原春郎

▼当然、桜を見に出て来たのだが、博物館にも立ち寄ったというところに、作者の興味と心の動きが出ている。▼桜時は埃《ほこり》っぽい季節、流行病の季節でもあり、硝子《ガラス》器の汚れが目立つ頃でもある。主婦としての潔癖があらわれた句。▼京の桜時は花見の人出で賑《にぎ》わう時。桜を見尽くした心身に、白粥《しろがゆ》の淡泊が心地よい。

【蛙《かわづ》《かはづ》の目《め》借《か》り時《どき》】

晩春

春たけなわの頃に眠くなるのは、蛙が人の目を借りてゆくからだ、という俗説に基づく季語。交尾期の蛙が相手を求めて鳴きたてることから「妻狩《めか》り時」、産卵後に蛙は再び地中で眠るので「雌離《めか》り時」とする説もある。なるほど、だからこの頃眠いのか、と早とちりする人も出てきそうである。しかし、言葉遊びを好む俳人は、「目借り」の意で使う。 関連 蛙《かわず》↓131

水いとどうまし蛙の目かり時　増田龍雨

物音のしてゐる家や目借どき　岸田稚魚

▼眠りを欲する体に水がとてもうまい。こういう時節はひとしお。▼長い季語なので、終わりの五音であらわすこともある。もの憂い昼さがり。

【田鼠《でんそ》化《か》《くわ》して鴽《うずら》《うづら》と為《な》る】

晩春

七十二候の一つで、二十四節気の清明《せいめい》の第二候、太陽暦では、およそ四月十日から十四日の頃にあたる。「田鼠」はもぐらのこと。畑を荒らしまわっていたもぐらが、この頃になると鳴りを潜め、鶉《うずら》が目立ち始めるのを、もぐらが姿を変えたかのように想像した表現が楽しい。信じてはいないが、そんなこともありそうと思う時、句ごころが生じる。

天王寺蕪も民を助くるなり：天王寺蕪《てんのうじかぶ》は大ぶりの蕪で大阪・天王寺で栽培された。

とぶ鶉鼠の昔忘るるな　一茶
やはらかきもぐら鴽とならず死す　辻田克巳

▼長い季語なので、その意を踏まえて詠むことが多い。▼両句とも、俗説による空想を楽しみながら、眼前の鶉やもぐらを見ているのである。

穀雨《こくう》　三春

二十四節気の一つ。太陽暦では四月二十日頃にあたる。穀物の芽に注ぐ雨が百穀を育むという意味だが、この頃とくに雨が多いというわけではない。暖かな雨が地を潤し、穀物を育て始めたとみていたのである。農耕民族ならではの呼び名といえよう。節気の名なので、雨そのものをさす使い方ばかりではないが、一句の背景には、万物を育てる雨を感じる。

関連 春《はる》の雨《あめ》↓37

掘返す塊《つちくれ》光る穀雨かな　西山泊雲
伊勢の海の魚介豊かにして穀雨　長谷川かな女
まつすぐに草立ち上がる穀雨かな　岬雪夫

▼畑仕事の最中には雨は降っていないが、掘り返す土塊《つちくれ》は穀雨に潤った沃土《よくど》である。▼伊勢《いせ》の海の幸の豊かさを讃《たた》えながら、「穀雨」と結んだところに田畑の豊穣《ほうじょう》をも予感させるものがある。▼真っ直ぐに立つ草の芽の形状をいうだけでなく、これから伸びゆくものの素直さ、疑いのなさもあらわしている。

春《はる》深《ふか》し　晩春

春更《はるふ》く・春闌《はるたけなわ》・春闌《はるた》く・春深《はるふか》む

晩春四月の半ばを過ぎると、いよいよ春も深まった感じがする。桜の花はすでに散り果てて、草や木の芽は若葉へと変わってゆく。「春更く」「春闌く」ともいうが、こちらは「深し」というより春の盛りを過ぎてという意味になる。どれも春を惜しむ季語だが、春を振りきって目を前に向ければ、「夏近し」という季語になる。

草の葉のたはめば春も十分かな　野坡
鮑むくいせの浦人はる深し　大江丸
春更けて諸鳥啼くや雲の上　前田普羅
せせらぎも三千院の春深く　大場白水郎
まぶた重き仏を見たり深き春　細見綾子
滝もまた春たけなはの大しぶき　岩井英雅

▼春も深まって、若草の葉もようやく、たわむほどになった。▼鮑《あわび》は昔も今も伊勢《いせ》の名産。▼春深き頃の天上の光景。▼京都・大原の三千院のせせらぎも春深い音となった。▼春も深まり眠たげな仏。▼水量の増した滝の真っ白な水しぶきが豪勢。

八十八夜《はちじゅうはちや》《はちじふはちや》　晩春

立春から数えて八十八日目、五月二日頃にあたる。「夏も近づく八十八夜、野にも山にも若葉が茂る」と小学唱

重頼《しげより》▶慶長7年(1602)―延宝8年(1680)松江氏。俳諧の出発点となる『犬子集』を出版。俳諧の普及に功績。

歌「茶摘」にあるように、野山は満目の緑である。茶摘みばかりでなく、養蚕も農事もいよいよ本格的になる頃。「八十八夜の別れ霜」という言葉があるように、霜もこの頃を境に降りなくなる。季節はいよいよ夏へと移りゆく。

関連 別《わか》れ霜《じも》↓43／茶摘《ちゃつみ》↓204

ふるさとのあすは八十八夜かな　保田ゆり女

ゴッホの星八十八夜の木々の間に　相馬遷子

▼ふるさとに帰って山河を見渡しているような懐かしさがある。明日は八十八夜と、春の日々をかえりみる思い。▼ゴッホの絵で見たような、黄色い大きな星が木々の間にちりばめられ、夏も近い。

春《はる》暑《あつ》し　晩春

春《はる》の暑《あつ》さ・春《はる》の汗《あせ》

『徒然草《つれづれぐさ》』第一五五段に「春暮れてのち夏になり、夏果てて秋の来るにはあらず。春はやがて夏の気を催し」とあるように、日本の四季の移りゆきは、ある日突然、春が終わり次の季節になるわけではない。春であっても昼間は夏のような暑さとなることもある。まさに「夏の気を催す」気温。このように「季節のゆきあい」をあらわす季語が、季節の変わりめには多くある。

遺作展春の暑さに耐へざりき　石田波郷

黒服の春暑き列上野出づ　飯田龍太

▼まだその季節ではないので会場には冷房も効いていなかったのだろう。遺作展だけにやるせなさが心を占める。▼この「黒服」は学生服か。上野駅から出てきた修学旅行生の集団は、見るからに暑い。

名句鑑賞

人入つて門のこりたる暮春かな　芝不器男

門はいうまでもなく、人が来る前からそこに存在していた。しかし、人が歩いてきて門に入り、消えたことで、いつまでもそこに残って存在するものとして意識されたのだ。人影は消えても日は永く、のどかで、時間は止まったように何の変化もない。門が残ったという景に、暮春の情を最も感じたという句である。どんな門かは読み手がそれぞれ想像すればいいのだが、おのずから暮春の季節にふさわしい素朴でまろやかなかたちが思い浮かんでこよう。［西村］

暮《くれ》の春《はる》　晩春

暮春《ぼしゅん》・末《すえ》の春《はる》・春暮《はるく》る

「春の暮」（三二頁）という季語には、春の夕暮と春の終わりの両意が含まれるが、「暮の春」というと、後者の意味あいが強くなる。「暮春」とも「晩春」ともいうが、漢字や語感からくるニュアンスは微妙に異なる。「語感としては暮春の意味に、夕方の気分をうち重ねて感じて来ている」とは、文芸評論家山本健吉の定義。春の季節の終わりを実感するのは、日暮れ時であるせいかもしれない。

艸《くさ》の葉も風癖《かざくせ》ついて暮の春　一茶

人妻となりて暮春の襷かな　日野草城

▼雑草の丈《たけ》ものびて、毎日風を受けているうちに靡《なび》き癖がついてきた。これも春の終わりであればこその一景。▼娘が人妻になっ

た変化を、暮春の襷《たすき》に象徴させたもの。華やかだが少しあわれで気だるげ。

【行《ゆ》く春《はる》】

晩春

春《はる》の名残《なごり》・春《はる》のかたみ・春《はる》の行方《ゆくえ》・春《はる》の別《わか》れ・春《はる》の果《はて》・春《はる》の湊《みなと》・春行《はるゆ》く・春尽《はるつ》く

声にして、あるいは心の中で「行く春や」と唱えてみればわかるとおり、水平線に消えてゆく帆船のような春を、大きな心で惜しむ言葉である。立夏(五月六日頃)を目前にした晩春、去りゆく春を惜しむ季語には「春深し」「春惜しむ」などがあるが、その中で「行く春」は、大景の中に春をとらえた季語である。「行く春」「行く秋」とはいうが、「行く夏」「行く冬」とはいわない。春と秋は惜しむに値するよき季節だが、夏と冬はそうではなかった。この惜しむ思いに気づかなければ、この季語は春が過ぎてゆくという無機的な説明にすぎなくなる。

関連 行《ゆ》く秋《あき》→秋

行春《ゆくはる》や鳥啼《とりなき》魚《うを》の目《め》は泪《なみだ》　芭蕉
行く春に追ひぬかれたる旅寝かな　丈草
悠然と春行くみづやすみだ川　蝶夢
何いそぐ春よりさきに行く君は　正岡子規
春尽きて山みな甲斐に走りけり　前田普羅

▼『おくのほそ道』旅立ちの一句。千住《せんじゅ》(東京都足立区)まで見送ってくれた門弟や友人たちとの別れ。▼旅先の一夜のうちに春が行ってしまった。▼花も散り、春も終わりの隅田川。▼ある人の死を惜しんだ句。春が行く前に逝ってしまった。▼山国甲斐《かい》(山梨県)の春も尽きる頃。生き物のように疾走躍動する山々。

【春《はる》惜《お》しむ】

晩春

惜春《せきしゅん》・春《はる》を惜《お》しむ

春が過ぎ去ることを受け入れながら、なおも春を愛することを、「春惜しむ」という。「惜しむ」とは、時の流れとともに過ぎ去るよきものを、諦《あきら》めながらも、だからこそ愛すること。「春惜しむ」「秋惜しむ」とはいうけれども、「夏惜しむ」「冬惜しむ」とはいわないのも、このためである。

関連 秋惜《あきお》しむ→秋

春惜む人や榎にかくれけり　蕪村
春惜しむおんすがたこそとこしなへ　水原秋桜子
九品仏迄てくてくと春惜む　川端茅舎
春惜しむすなはち命惜しむなり　石塚友二
山々《やまやま》はどこへも行《ゆ》かず春惜しむ　岡田日郎

▼榎《えのき》の下《もと》を散策しながら春を惜しむ人。▼「おんすがた」とは法隆寺の百済《くだら》観音。とこしなへ(とこしえ)のお姿と讃《たた》える。▼九品仏《くほんぶつ》は東京世田谷区の土地の名。家からそこまで歩いていったというのだ。▼春も命も愛《いと》しいもの。▼人間はどこへも行けるが、山は動かない。そこにいるままで春を惜しんでいる。

【夏《なつ》近《ちか》し】

晩春

夏隣《なつどなり》

行く春を惜しむ心と並行して、来たるべき夏への期待がふくらむ頃。すぐそこまで来ている次の季節の息吹を感じる時、

任口《にんこう》▶慶長 11 年 (1606)—貞享 3 年 (1686) 貞門。京、伏見の西岸寺住職。交友が広く芭蕉や西鶴も彼のもとを訪れた。

「夏近し」「夏隣」という。桜の花はすでに散り尽くし、緑が日に日に勢いを増す。緑とひと口にいっても、黄緑から赤みがかったものまで、さまざまな色と光り方がある。自然の様相も、人々の暮らしも、服装も、町の様子も、明日はもう夏、という感じ。

夏近き吊手拭のそよぎかな　内藤鳴雪
夏近し野球部のみな丸坊主　橋本榮治

▼何に「夏近し」を実感するかは、人さまざま。手水《ちょうず》の吊手拭《つりてぬぐい》のそよぎにも夏の気配を見る。▼新入生を迎えての練習も本格化する頃。剃りたての頭が初々しい。目ざすはもちろん甲子園！

弥生尽《やよいじん》《やよひじん》

晩春

三月尽《さんがつじん》・四月尽《しがつじん》

厳密には旧暦三月の最後の日。旧暦では、睦月《むつき》・如月《きさらぎ》・弥生が春なので、「弥生が尽きる」とは、春の終わりを意味していた。太陽暦ではゴールデン・ウイークの頃にあたるので、惜春の心をこめるには「四月尽」となるだろう。単にひと月の終わりではなく、行く春を惜しむ思いがこめられた季語。したがって、どの月にもいえるものではなく、このほかには、秋を惜しむ「九月尽」がある。関連 九《く》月尽《がつじん》→秋

怠りし返事かく日や弥生尽　几董
桜日記三月尽と書き納む　正岡子規
四月尽兄妹門にあそびけり　安住敦
弥生尽旅も納めのあられ蕎麦　徳田千鶴子

▼明日から季節が変わる日にあってのけじめ。▼桜日記を書き納めるというのだから旧暦の三月晦日《みそか》である。▼弥生尽という季語の本意を、太陽暦に置き換えた例。一つの季節を惜しむ情が伝わってくる。▼旅の終わりにあられ蕎麦を食す。その貝柱を見て惜春の情を深めた。

さほ姫のかく恋草や土の筆：土筆《つくし》は春の女神佐保姫《さおひめ》が恋文を書くための筆。

春の日

春《はる》の日《ひ》

三春

春日《はるひ》・春日《しゅんじつ》・春日影《はるひかげ》・春日射《はるひざし》・春日向《はるひなた》・春《はる》の朝《あさ》日《ひ》・春《はる》の夕日《ゆうひ》・春《はる》の入日《いりひ》

春の太陽をいう場合と、春の一日をいう場合とがある。そのどちらかは、句の内容によって判断する。春の日光は暖かく、明るく、生気に満ちて降り注ぐ。春の一日はのどかで日の暮れまでが長く感じられる。実際の日照時間は夏のほうが長いが、冬の寒さが去り、日の暮れまでのんびり過ごせる生活実感が「日永《ひなが》」や「遅日《ちじつ》」の語を生み、「春日遅々」の成語となったのであろう。『万葉集』に載る大伴家持《おおとものやかもち》の「うらうらに照れる春日《はるひ》にひばり上がり心悲《こころがな》しもひとりし思へば」の歌は、近代人のアンニュイに通じるものがある。 関連 日永《ひなが》・遅日《ちじつ》→22

うちつれて汐木を拾ふ春日かな　暁台

大いなる春日の翼垂れてあり　鈴木花蓑

病者の手窓より出でて春日受く　西東三鬼

春日を鉄骨のなかに見て帰る　山口誓子

▼「汐木《しおき》」は、流木を拾って乾かし、塩焼き（製塩）に用いる薪《たきぎ》。「うちつれて（連れだって）」によって、のどかで楽しげな作業に見えてくる。▼春の日光が燦々《さんさん》と注ぐ様子が美しく描かれる。春の日射しへの讃歌《さんか》。▼窓から差し出された手は、痩せ細っていることだろう。春の太陽の光と暖かみが、それに生命力を吹きこむ。▼帰り道、建築現場の鉄骨に春の日差しを見た。現代の都会の春。

西武《さいむ》▶慶長15年（1610）—天和2年（1682）山本氏。貞徳の後継を貞室と争う。作風は貞門の風に忠実。

春光《しゅんこう》《しゅんくわう》

三春

春色《しゅんしょく》・春《はる》の色《いろ》・春望《しゅんぼう》・春景色《はるげしき》・春景《しゅんけい》

光あふれる春の情景をあらわす。本来は春の景色をいう語で、風光や光景の意味の「光」である。「光」には光線や日射しそのものの意味のほかに、光に照らし出された姿、形、色、景色の意もある。「春望」「春色」「春景色」などと同義で、「春日射《はるひざし》」「春日影《はるひかげ》」などの光線そのものをあらわす語とはニュアンスが異なる。しかし最近では、明るくやわらかな陽光の意味でこの語が用いられることが多くなった。関連 秋《あき》の色《いろ》→秋

門を出る人春光の包み去る　高浜虚子
春光や土竜《もぐら》のあげし土もまた　原石鼎
春光や遠まなざしの矢大臣　吉岡禅寺洞
目を細め春光の浜一つゞき　清崎敏郎

▼門を出た人が、春の風光の中を遠ざかってゆく情景を表現し、人もまたその一部として同化してゆくことを思わせる。▼動きが活発になったもぐらが湿った土を地上に盛り上げる。その土も春らしい光景の一つ。▼「矢大臣《やだいじん》」は神社の随身《ずいじん》門に安置してある像。作り物でありながら、その眼差《まなざ》しが、眼前に広がる春の光景を賞《め》でているように見える。▼春の浜の明るい眺望。目を細めたのは光が眩《まぶ》しいからにほかならない。

春《はる》の空《そら》

三春

春空《はるぞら》・春天《しゅんてん》

春の空はのどかに晴れ渡るイメージが強いが、どことなく霞がかかっていることが多い。春の移動性高気圧は動きが速く、晴れの日は長く続かない。また、風の強い関東より関西のほうが、霞の空が多く見られる。近年は、中国大陸からの黄砂が見られることも多くなった。抜けるように高い青空の「秋天」に対して、潤いのある霞《かす》んだ空が「春天」といえよう。

仰ぐこと多くなり春の空となる　加倉井秋を
首長きりんの上の春の空　後藤比奈夫
春天のとり落したる島一つ　清崎敏郎

▼空の明るさが増すとともに、人心も明るくなる。そして本格的な春となる。▼高い所にあるキリンののどかな顔と、その上のぼうっと霞んだ空の色が絶妙にマッチしている。▼あたかも「国生み」の時、神の視点から詠まれたような句。茫洋《ぼうよう》たる大景。

春《はる》の雲《くも》

三春

春の日射しに真っ白く輝き、やわらかくゆっくり流れている雲は、いかにものどかで春らしい。「春の夜《よ》の夢の浮橋《うきはし》とだえして峰に別るる横雲の空」(『新古今和歌集』)と藤原定家が詠み、「紫だちたる雲のほそくたなびきたる」(『枕草子』)と清少納言が描いたように、春の雲は、薄く刷《は》いたように広がる

そちは何をなげきの森のよるの蝉：夜の蝉よ、深い森の奥でいったい何を鳴いているのか。

巻層雲が代表的。また、昼間は、ふんわりと綿のように浮かぶ積雲もよく見かける。

曇りはてず又夕ばえぬ春の雲　正岡子規
春の雲ながめてをればうごきけり　日野草城
春の雲縛を解かれて飛んでをり　上野泰
春の雲塔を仰げばゐざるなり　清崎敏郎
忘れ潮いくたび春の雲通る　大嶽青児

▼薄く広がってはいるものの、曇るところまではいかない雲。その雲が夕映えに染まっている。▼ゆったりと漂う春の浮雲。しばらく眺めていて、その動きに気付いた。▼冬の間は固まっていた雲が、縛《いまし》めを解かれたように自由にさまざまな形で漂っている。▼浮雲のわずかな動きが、塔という不動の存在を軸に、改めて見えてくる。▼「忘れ潮《じお》」は満ち潮が引いた後に残る潮。わずかな水面に白雲が映っては過ぎてゆく、のどかな時間の経過。

春《はる》の月《つき》

三春

春月《しゅんげつ》・春満月《はるまんげつ》・春月夜《はるづきよ》

明るく濡《ぬ》れたように見える春の月である。春は大気中に水蒸気が多いので月も潤って見える。さらにぼうっと煙るように見える月は朧月《おぼろづき》という。月には半月も三日月もあるが、ただ「春の月」といえば、満月あるいはそれに近いまるい月を想像する。関連 月《つき》→秋

清水《きよみづ》の上から出たり春の月　許六
春の月さはらば雫たりぬべし　一茶
外《と》にも出よ触るるばかりに春の月　中村汀女
紺絣春月重く出でしかな　飯田龍太

▼清水寺《きよみずでら》の裏の東山《ひがしやま》から昇る春の月。▼水も滴る春の月。▼これは大きな春の月。外に出てごらんと、家族だけでなく、地上のすべての人に呼びかけている。▼絣を着て、山間に上った満月を眺める。荘重な調べに若き日の憂愁がにじむ。

朧《おぼろ》月《づき》

三春

月朧《つきおぼろ》・朧月夜《おぼろづきよ》

春の月の中でも朧に見える月をいう。大気が朧でない夜でも薄雲の膜を通して暈《かさ》がかかって見えることがある。『源氏物語』花宴《はなのえん》巻には、若き光源氏の前に、「朧月夜に似るものぞなき」と口ずさみ寝惜しむ女性が登場する。朧月夜の悩ましさとともに、物語の記憶はその後の文学に色濃く揺曳《ようえい》している。

大原や蝶の出て舞ふ朧月　丈草
海に入りて生れかはらう朧月　高浜虚子
くちづけの動かぬ男女おぼろ月　池内友次郎

▼大原は京都の北の山里。夜舞うのは大水青という蛾らしいが、蛾では句にならない。「蝶」にあわれさとはかなさをこめている。▼朧月に浮かび上がる海面は混沌《こんとん》として、この世の始まりのカオスのようだ。こんな海に入っていったら生まれ変われるかもしれない。虚子二十代の名吟。▼作者は音楽家として約十年間フランスに在住していた。パリのセーヌ川畔の情景であろうか。

貞室《ていしつ》▶慶長15年(1610)—寛文13年(1673) 安原氏。貞門の正統的継承者を自負、貞徳二世を名乗る。後に芭蕉が評価。

朧《おぼろ》

三春

朧夜《おぼろよ》・草朧《くさおぼろ》・水朧《みずおぼろ》・鐘朧《かねおぼろ》・灯朧《ひおぼろ》・岩朧《いわおぼろ》・谷朧《たにおぼろ》・朧影《おぼろかげ》

春の夜、何もかもぼんやりと煙るように見えることを、「朧」という。いわば夜の霞であるが、しっとりと潤った大気中で起こる現象。草朧、水朧、鐘朧（鐘の音が朧げに聞こえること）など、さまざまなものにつけて使う。みな夜の情景である。

辛崎《からさき》の松は花より朧にて　芭蕉
白魚のどつと生《うま》るるおぼろ哉　一茶
風呂の戸にせまりて谷の朧かな　原石鼎
おぼろ夜のかたまりとしてものおもふ　加藤楸邨
子を産みしことさへいつの朧かな　野田翠

▼琵琶湖《びわこ》の西岸、唐崎《からさき》神社の老松《おいまつ》を讃《たた》える。▼朧夜に川を上る白《しら》魚《うお》。この句は「白魚のどつと生るる」で切れる。▼作者深吉野《みよしの》在住時の作。山地の生活の中、身近に感じた朧。▼自分自身、もの思う朧に思えるというのだ。▼遠い昔に子を産んだこと、それさえ今は朧の彼方《かなた》。

春《はる》の星《ほし》

三春

春星《しゅんせい》・星朧《ほしおぼろ》

冬の夜空に君臨していたオリオン座や昴《すばる》が低くなってゆき、春分の頃には、南の空に獅子《しし》座、北東の空に北斗七星が見える。そういった特定の目立つ星だけでなく、この季節の星々は潤んで見える。霞《かす》みがちの空のせいで、月ばかりでなく星の光も、朧に柔らかな光を放つ。暖かくなった夕空に一番星を見つけ、幾つかの星が見えてくるまで外に佇《たたず》んでいても、もう寒くはない。

閂《かんぬき》をさすむんむんと春の星　山口誓子
遥かといふ言葉が好きよ春の星　高木晴子
乗鞍のかなた春星かぎりなし　前田普羅
妻の遺品ならざるはなし春星も　右城暮石
春の星ひとつ潤めばみなうるむ　柴田白葉女

▼「むんむんと」に、匂い立つような春の星の美しさと湧き立つエネルギーと潤いとがこめられている。▼「はるか」と声に出して言ってみると、「春の星」と響き合っていることに気づく。純真な句。▼飛騨《ひだ》山脈南部の峻峰乗鞍岳《のりくらだけ》。そのかなたに輝く春の星々。「かぎりなし」は夜空の奥行きと同時に星の永遠の光をもあらわす。▼物だけでなく星や景色にまつわる思い出も、妻の遺品であるという哀しい感慨。▼春は大気中の水蒸気が増し、夜空の星の光も潤んだように見える。

春《はる》の闇《やみ》

三春

夜の闇は一年中、同じはずなのに、春にこうした季題があるのは、『古今和歌集』の「春の夜の闇はあやなし梅の花色《いろ》こそ見えね香《か》やはかくるる」（凡河内躬恒《おおしこうちのみつね》）からきているものだろう。梅の色は見えないのに、香は濃く訴えてくる。万物の芽吹く気配か、悩ましさか、花開く息吹か。何とも不可思議な

春立つや人の心をうご霞：春になり野山も人の心も活動的に。動かすと霞が掛けてある。

春の闇である。理屈では説明できない神秘的なものを、人々は昔から感じていた。

何か居り何も居らざり春の闇　富安風生
をみなとはかゝるものかも春の闇　日野草城
春の闇幼きおそれふと復《かへ》る　中村草田男
千里より一里が遠き春の闇　飯田龍太

▼何かいる気配を感じた。しかし何もいない。でもやはりいるような感じがするのは春の闇のせい。▼「ミヤコホテル」と題して、新婚第一夜を想定して詠んだ連作の一句。ひらがな表記が女体と春の闇の柔らかさをあらわして効果的。▼幼児期に抱いた本能的な恐れが何の脈絡もなく甦《よみがえ》るのも春の闇ゆえ。▼現実の距離と心象の距離の不思議。これも「あやなき」ことの一つ。

春風《はるかぜ》

三春

春《はる》の風《かぜ》・春風《しゅんぷう》

「春風駘蕩《しゅんぷうたいとう》」という語があるごとく、のどかに暖かく穏やかに吹く風。人の髪膚《はっぷ》ばかりでなく、心の中までも柔らかくほぐすような風である。頑《かたく》なな思い、寒々しい心、つらい気持までもが慰められ、優しく包まれるような心地がする。和歌の時代から、氷を解かし、青柳を揺すり、梅の香を運ぶ風として詠まれてきた。万物の生長を促し助ける風でもある。

春風や堤長うして家遠し　蕪村
春風や闘志いだきて丘に立つ　高浜虚子
古稀といふ春風にをる齢かな　富安風生
泣いてゆく向うに母や春の風　中村汀女

▼春風に吹かれていると家の遠さも苦にならない。川の光、草青む土手、小鳥の囀《さえず》り。春の情緒を存分に味わう家路。▼大正二年(一九一三)、新たな決意をもって句作を再開した折の作。新傾向俳句に対峙《たいじ》する闘志を、春風に宣言。▼唐代の詩人杜甫《とほ》の詩「曲江《きょっこう》」の一節「人生七十古来稀《まれ》なり」からきた古稀《こき》は七十歳のこと。その年齢に至った感慨を、穏やかな春風に託した。▼泣きながら母のふところへ帰る幼子の微笑《ほほえ》ましさ。

東風《こち》

三春

こち風《かぜ》・正東風《まごち》・朝東風《あさごち》・夕東風《ゆうごち》・強東風《つよごち》・梅東風《うめごち》・桜東風《さくらごち》

春に吹く東の風。春を知らせる風でもある。春の東風から夏の南風へ、秋の西風から冬の北風へ、風の向きは時計回りに季節とともに変わる。東風の有名な歌「東風吹かば匂ひおこせよ梅の花あるじなしとて春を忘るな」は、菅原道真が大宰《だざい》府《ふ》へ左遷される時、京の屋敷の紅梅の木に贈った歌。この梅は道真を慕って大宰府へ飛び、「飛梅《とびうめ》」となる。現在、太宰府天満宮にある飛梅は白梅。

東風吹くと語りもぞ行く主と従者　太祇
亀の甲並べて東風に吹《ふか》れけり　一茶
竹生島さしてましぐら東風の船　鈴木花蓑
流れ来て瀬にたつ鳥や東風の吹く　吉田冬葉
夕東風や海の船ゐる隅田川　水原秋桜子

▼「東風が吹くようになったなあ」などと語り合いながら道を行く

梅盛《ばいせい》▶慶長 16 年 (1611)―元禄 12 年 (1699) 高瀬氏。談林の流行にあって貞門の風を墨守し支持を得た。

主《ぬし》と従者《ずさ》。▼亀が石に上り日向《ひなた》ぼこをしているところ。▼東風をものともせず竹生島《ちくぶしま》に向け琵琶湖《びわこ》をゆく舟。▼東風に乗ってどこからか鳥が飛んできた。▼隅田川に停泊する海の船。夕東風に吹かれ、下町の情緒が色濃い。

【貝寄風《かいよせ》《かひよせ》】

仲春

貝寄《かいよせ》

大阪四天王寺《してんのうじ》の聖霊会《しょうりょうえ》（聖徳太子の命日の法会《ほうえ》）は、旧暦二月二十二日の行事（現在は四月二十二日）で、石舞台の四隅に高さ六メートルほどの大きな造花を飾る。それは、かつては難波《なにわ》の浦に吹き寄せられた貝殻で作られていたので「貝の華《はな》」と呼ばれた。このことから、この頃に吹く季節風の名残を「貝寄風」といいならわしている。西風であることが多く、一日で吹きやむが、かなりの強風で、そのエネルギーが貝を寄せ集め浜に打ち上げるものと、古人は感じとっていたのだろう。

関連 聖霊会《しょうりょうえ》→226

貝寄する風の手じなや若の浦　芭蕉

貝寄風や難波の蘆も葭も角　山口青邨

貝寄風の風に色あり光あり　松本たかし

貝寄せや我もうれしき難波人　松瀬青々

▼昨日まで何もなかった和歌浦《わかのうら》（和歌山市）にたくさんの貝。▼蘆《あし》は「悪《あ》し」に通ずるので、「良《よ》し」にちなんで葭《よし》とも呼ぶ。その芽吹きを「角《つの》ぐむ」という。▼貝寄風と呼ぶと、見えない風にも春らしい色や光があるように感じる。▼貝寄風が吹く頃になると春である。春をそんなふうに実感する自分も、難波人の一人であることよ。

名句鑑賞

貝寄風に乗りて帰郷の船迅し　中村草田男

その実体は冬の季節風の名残であっても、貝寄風《かいよせ》の名は春を呼ぶ軽やかな語感である。春の言触《ことぶ》れのようにさまざまの貝を打ち寄せる西風に乗って、船は故郷へまっしぐらに向かっている。帰郷の途であることが作者の心を温かく弾ませる。岡山県の宇野《うの》から四国高松《たかまつ》へ向かう連絡船の中での作だろう。昭和十年（一九三五）の作だが、昭和四年から十一年までの句を収録した処女句集『長子《ちょうし》』の冒頭に置かれた句。作者の愛着のほどが窺《うかが》える。［西村］

【涅槃西風《ねはんにし》】

仲春

彼岸西風《ひがんにし》

旧暦二月十五日、釈迦《しゃか》入滅の日の前後に吹く季節風の呼び名。太陽暦では彼岸の頃になるので「彼岸西風」ともいう。浄土からの迎えの風ともいわれるが、実際は西風ばかりでなく、所によっては北風であったり、涅槃雪《ねはんゆき》（春最後の雪で「雪の果《はて》」とも）をもたらすこともある。それでも春を告げる風であることに違いはない。冬の季節風の名残にも春を感じていたのである。

猫は炉に鵯は椿に涅槃西風　西島麦南

かく吹くを涅槃西風とは笑止なり　森川暁水

舟べりに鱗の乾く涅槃西風　桂信子

▼家の内と外のあるがままを描いた句。猫が炉辺を離れないほど寒い日、庭では鵯《ひよ》のとまった満開の椿《つばき》が西風に揺れている。▼ま

あぢはひはからや高麗菊の酒：中国の古称である唐（から）と辛いを掛けたもの。菊の酒の行事は中国から伝わった。

だこんなに寒いのに、という思いが「笑止なり」に含まれていよう。浄土から吹く安らかな風というイメージとの落差。▼舟べりに貼りついた鱗《うろこ》が生臭くなく、美しく見えるのは季語の力。

比良八荒《ひらはっこう》《ひらはつくわう》

仲春

比良《ひら》の八荒《はっこう》・八荒《はっこう》・八講《はっこう》の荒《あ》れ

かつて旧暦二月二十四日に滋賀県の比良大明神（白鬚《しらひげ》神社）で、比叡山《ひえいざん》の衆徒が『法華経《ほけきょう》』八巻を八座《はちざ》に講ずる法会《ほうえ》（比良八講）があった。その日の前後に寒気が戻り、強風が比良山地から吹き下ろし、琵琶湖《びわこ》の荒れることが多いので、この名がついた。冬の季節風の名残の一つで、土地の人々は比良八荒が終わらないと本当の春は来ないと言い伝えた。昭和十六年（一九四一）、第四高等学校（現金沢大学）ボート部の生徒十一人が春の合宿の仕上げに琵琶湖縦断を試み、急に襲った風波に転覆し、全員が命を落としたのは、まさに比良八荒のためであった。

伊賀に吹く比良八荒の余り風　宮田正和
八荒の波の昃りのうつりゆく　高浜年尾
洗堰にも八講の荒れ及ぶ　三村純也
八講や魞を流しし比良颪　吉田冬葉

▼伊賀《いが》は三重県の西部。山を越えて比良八荒の余波が及ぶこともある。▼広い湖の水面を、風波の昃《かげ》りが移ってゆくさまを、高みから見下ろしている図。▼洗堰《あらいぜき》は琵琶湖へ注ぐ水を漉《こ》して流すためのもの。湖から離れているのに、八荒のためにうち震えている。▼八講の頃の比良颪《おろし》が、湖に据えられた魞《えり》を流してしまった。魞とは水中に竹簀を立てて魚を捕らえる仕掛け。

春一番《はるいちばん》

仲春

春一《はるいち》・春二番《はるにばん》・春三番《はるさんばん》・春四番《はるよばん》

立春後、初めて吹く強い南風で、発達した低気圧が日本海を通過する時に見られる現象。能登《のと》・志摩《しま》以西、壱岐《いき》の漁師たちが呼んでいた風の名であるという。山口県や石川県能登半島では古くから「春一」と称してきた。戦後、新聞や天気予報などでも使われるようになり、広く普及した。強風にも春の訪れを感じとっていた呼び名。春一番で木々の芽がほぐれ、春二番で花が咲き始めるといわれるが、桜が咲くまでに春四番を数える年もある。

石蓴《あをさ》打ち上げて通りし春一番　右城暮石
雀らも春一番にのりて迅し　皆吉爽雨
春一や列島藻塩まぶれとす　阿波野青畝

▼春一番が通りすぎた後の海辺。風の強さと海の荒れを具体的に描いている。▼「春一番」には、いち早く春を連れてくるといった語感がある。雀《すずめ》らも喜び勇んでいると興じた句。▼「まぶれ」は「まみれ」のこと。日本列島全体を藻塩《もしお》まみれにして、春一番が吹きまくる。

安静《あんせい》▶ ?—寛文 9 年 (1669) 荻田氏、荻野氏とも。貞門。編纂した『如意宝珠』には若き日の芭蕉の句も収める。

風《かぜ》光《ひか》る

三春

光風《こうふう》

春はさっと吹きすぎてゆく風さえ光っているような感じがする。これを「風光る」という。とはいっても、風自体が光るのではなく、風に吹かれているものが光っているのだ。芽を出したばかりの枝垂柳《しだれやなぎ》の糸、公園の池の水面、電車の窓ガラス、自転車の車輪など。この季語には春の開放感があふれている。

関連　風薫《かぜかお》る→夏

日の春のちまたは風の光り哉　暁台
鮎汲みが濡らせし岩や風光る　碧朗
覇王樹の影我が影や風光る　飯田蛇笏
山を吹き風を吹きては風光る　植田房子

▼「日の春」とは元日のこと。旧暦時代、正月は太陽暦で二月頃、季節ははや春だった。▼「鮎汲《あゆく》み」とは放流のため鮎の稚魚を掬《すく》い取ること。▼「覇王樹《はおうじゅ》」はサボテン。▼山を吹き、勢い余った風が風を追いかけている。

春《はる》疾風《はやて》

三春

春嵐《はるあらし》・春飈《はるはやて》

「はやて」「はやち」は強風をあらわす語で、古くは『竹取物語』にも見える。しかし「春疾風」という季語が使われ出したのは昭和になってからである。西高東低の気圧配置が春になってゆるみ始め、低気圧が日本海を北上する時に嵐を呼び、寒冷前線の南下に伴って突風が生じる。雨が混ざると「春の嵐」になるが、「春疾風」の語感は生暖かい強風が土埃《つちぼこり》をあげて吹き続けるものである。関東では毎年この埃っぽい季節風によって春を実感するが、関西ではこの時期、こうした疾風は吹かない。

春疾風屍は敢て出でゆくも　石田波郷
春疾風吹つ飛んで来る一老女　山田みづえ
灯台の玻璃悉く鳴り春飈　瀧春一

▼土煙が吹きつけるこんな強風の日にも、屍《かばね》は病棟を出てゆく。昭和二十四年（一九四九）、作者は東京・清瀬《きよせ》の結核療養所で生死の間をさまよっていた。▼わずかな重みしかない老女など吹き飛ばされそう。▼「玻璃《はり》」はガラス。灯台の張り巡らされたガラス窓が悉《ことごと》く鳴るほどの強風。当然海も大荒れ。字余りが効果的な句。

春《はる》の塵《ちり》

三春

春塵《しゅんじん》・春埃《はるぼこり》・砂《すな》あらし

「春塵」とは、春風に乗って飛んでくる小さな砂塵《さじん》や土埃《つちぼこり》のこと。中国大陸から襲ってくる黄砂（次項「霾《つちふる》」参照）も春塵の一つ。この国の人々は塵にも季節を感じる。

春塵の鏡はうつす人もなく　山口青邨
春塵の真只中を住処とす　渡辺遊太

▼もはや誰ものぞくことのない鏡。そこにあることさえ、忘れられた鏡。▼身のまわり、家のまわりに降り積もる春の塵。

まざまざといますが如し魂祭：そこにありありとご先祖様が在すかのような魂祭《たままつり》。

霾

霾《つちふる》

三春

霾《ばい》・霾晦《よなぐもり》・霾天《ばいてん》・黄沙《こうさ》・つちぐもり・よなぼこり

黄砂が降ること。モンゴルや中国北部の黄土地帯で、まだ草の生え揃わない三月から四月にかけて、大量の砂塵《さじん》が吹き上げられて空中に広がり、日本上空に運ばれてくる現象。日本では九州で最も顕著。このため、日射量が減るのが「霾晦」で、自動車が白くなるまで黄砂をかぶったり、室内がざらつくこともある。

真円き夕日霾なかに落つ　中村汀女
黄沙いまかの楼蘭を発つらむか　藤田湘子
鳥の道きらりきらりと黄沙来る　石寒太

▼黄砂が蔓延《まんえん》しているために、黄濁した西空に浮かぶ真円の夕日を注視することができる。▼楼蘭《ろうらん》は沙漠の中に眠る西域のかつての都。黄砂の季節のロマンに満ちた想像。▼西風に乗って渡ってくるのは鳥たちも同様。仰ぎ見ると、細かな黄砂がきらりきらりと光を放つかのよう。気象現象を美化した表現。

春《はる》の雨《あめ》

三春

「春の雨」は、春に降る雨すべてをいう。春は西から東へと次々に移動する低気圧や前線が、日本列島に暖かな雨をもたらす。この春の雨は、降り方によって名前が変わる。しめやかに降る雨は「春雨《はるさめ》」、幾日も降り続く春雨は「春の長雨《ながあめ》」、桜の花を

季吟《きぎん》▶寛永2年(1625)―宝永2年(1705) 北村氏。貞門。和歌・連歌のほか古典全般に深い学識。芭蕉も師事した。

散らす雨風は「花荒れ」。春の最後の節気である「穀雨《こくう》」は、穀物の芽吹きを促す雨のことである。関連 穀雨《こくう》→25

うるほへる天神地祇や春の雨　高浜虚子
もつれつゝとけつゝ春の雨の糸　鈴木花蓑

▼春雨に潤う天地（天神地祇《てんじんちぎ》）。▼いかにも暖かな雨の様子。雨脚を糸のように描いた。

春《はる》雨《さめ》　三春

春雨傘《はるさめがさ》・膏雨《こうう》・春霖《しゅんりん》

「春雨」はしめやかに降る春の雨のことである。「春の雨」といえば春に降る雨すべてをさすが、「春雨」は春の雨の中でも、独特の降り方をする雨をいう。江戸時代の歌学者である北村季吟《きぎん》が著した『山之井《やまのい》』（正保五年）の春雨の項には、「うそさびしく音もせでふりくる」、すなわち春雨は寂しげに音もなく降るとある。これが春雨の本意である。

春雨や美しうなるものばかり　千代女
はるさめや暮れなんとしてけふも有り　蕪村
春雨やものがたりゆく蓑と笠　蕪村
春雨のかくまで暗くなるものか　高浜虚子
春雨や一間にひとりづつこもり　廣瀬直人

▼春雨に濡《ぬ》れて草木も花もしっとりと潤う。▼春雨の夕暮、春の日永《ひなが》はなかなか暮れない。▼そぼ降る春雨の中、笠をかぶり蓑《みの》を着て道をゆく人。その蓑と笠が何やら、しめやかに昔語りでもしているかのよう。▼春雨は細かな雨なのに、意外にもこんなに暗くなることがある。▼春雨の降る家の中、家族がそれぞれ別の部屋にいる。

春《はる》時《し》雨《ぐれ》　三春

春《はる》の時雨《しぐれ》・春驟雨《はるしゅうう》

「時雨」は冬の季語だが、春や秋に断続して降るにわか雨を「春時雨」「秋時雨」と呼び、それぞれの季節の情緒を感じてきた。春時雨は明るく華やいだ感じ。通り雨に濡《ぬ》れる諸々《もろもろ》が、春の息吹を伝えるからだろう。ことに雪国の人々にとっては、春時雨の音は春のささやきに聞こえることだろう。関連 秋時雨《あきしぐれ》→秋／時雨《しぐれ》→冬

母の忌やその日のごとく春時雨　富安風生
いつ濡れし松の根方ぞ春しぐれ　久保田万太郎
みづうみの目覚めの音の春時雨　廣瀬直人
垂直に鳥飛ぶ春の驟雨中　綾部仁喜

▼忌日に降る雨に、その日の記憶が蘇《よみがえ》る。個人的なことであっても共感を覚えるのは、誰にも季節の記憶があるからだ。▼気づかぬうちに降ってやんだ春時雨の本情。▼冬期は結氷していた湖か。「目覚めの音」と聞きとったことで、季節の感情が伝わる。▼急降下する鳥の軌跡がそのまま春の驟雨の激しさとも重なろう。

風も水もなうて涼しき夕かな：死を前にして揺るがない心の涼しさ。辞世句。

菜種梅雨《なたねづゆ》　晩春

菜の花が咲く頃に降り続く雨。菜種とは油菜《あぶらな》の種子で、菜種油をとる。その花が菜の花だが、農家で呼び慣わしていた「菜種」の名で呼んだのだろう。明治の末頃から使われ始めた比較的新しい季語だが、天気予報などでもなじみ深い。本来の梅雨とは異なり、菜の花の黄色のせいか、語感の上からも明るい感じがともなう。関連 梅雨《つゆ》→夏

切貼のまことに白く菜種梅雨　京極杜藻

湘南の車中に目覚む菜種梅雨　岡本眸

豆を煮る母のうしろは菜種梅雨　鳴戸奈菜

▼破れたところだけを後から花の形などに貼り継いだ障子の白さが、明るい雨に映えて目立つ。▼湘南《しょうなん》電車は東京・沼津間の海沿いを走る中距離電車で、緑と橙色《だいだいいろ》がシンボルカラー。車中で目覚めると明るく煙った風景が流れ去る。▼ことことと豆火で長い時間をかけて豆を煮る母。背景の菜の花も雨もやわらか。

花《はな》の雨《あめ》　晩春

待ち望んでいた桜がようやく咲くと、必ずといっていいほど雨が降る。散りはしないかと、桜を惜しむ気持がおのずからこめられる。花に注ぐ雨ばかりでなく、咲いている頃の雨天をもいう。晴雨にかかわらず桜を賞《め》で、花の季節を楽しんできた日本人ならではの言葉といえよう。雨に濡《ぬ》れた桜の情緒はひとしおである。

花の雨みごもりし人の眉剃《つ》る　石川桂郎

花の雨やがて音たてそめにけり　成瀬櫻桃子

▼理髪業を営んでいた作者の句だが、ほのかな艶《なま》めかしさがある。鏡の中に、雨に濡れた桜の花。▼時間の経過と雨音の変化がさりげなくあらわされている。この雨で桜は散ってしまうかもしれない。

春《はる》の雪《ゆき》　三春

春雪《しゅんせつ》・春吹雪《はるふぶき》

立春（二月四日頃）を過ぎてから降る雪。淡雪のように、たちまち解けてしまう。春先、移動性の低気圧や前線が日本列島の南を通過する時、日本海側から湿った風が吹き込んで太平洋側に雪を降らせる。時には大雪となり、交通機関がマヒする。春の雪は東京の名物であり、いくつかの大事件の舞台と

名句鑑賞

おもひ川渡れば又も花の雨　高浜虚子

「おもひ川」（思い川）は京都の北、貴船川《きぶねがわ》に注ぐ小さな流れである。昭和三年（一九二八）の四月下旬、虚子は遅桜《おそざくら》をたずねて貴船神社に赴いた。さらに貴船川に沿って奥の宮へと辿《たど》る時、やんでいた雨が再び降ってきた。折しも「おもひ川」を渡った虚子の目に、その雨は好もしく映ったことだろう。花の雨は艶《えん》なる雨。川の名もゆかしい。貴船の地は謡曲の「鉄輪《かなわ》」にあるように、昔から、恋に悩む女たちの思いが漂っている場所である。［西村］

元隣《げんりん》▶寛永 8 年 (1631)—寛文 12 年 (1672) 山岡氏。仮名草子作家。季吟に師事、俳諧・古典注釈を学ぶ。

斑雪

水鏡見てやまゆかく川柳：水面を鏡に眉をかいている美人のような柳。

なった。

湯屋まではぬれて行きけり春の雪　来山
春雪や降るにもあらず降らぬにも　千代女
春の雪青菜をゆでてゐたる間も　細見綾子
春雪三日祭の如く過ぎにけり　石田波郷

▼母屋と離れたところに湯屋がある。▼降るかと思えば上がり、やんだかと思えば降り出す春の雪。▼青菜を茹《ゆ》でながら、ふと外を見ると春の雪が降り続いている。かすかな心の動きを詠む。▼祭のように華やかに降りしきる雪。

淡雪《あわゆき》《あはゆき》　三春

沫雪《あわゆき》・泡雪《あわゆき》・牡丹雪《ぼたんゆき》・綿雪《わたゆき》・かたびら雪《ゆき》・だんびら雪《ゆき》・たびら雪《ゆき》

『万葉集』巻八、大伴旅人《おおとものたびと》が大宰府《だざいふ》長官として赴任していた時の歌に「沫雪のほどろほどろに降り敷けば奈良の都し思ほゆるかも」。「沫」とは泡で、すぐに消えてしまう意。「沫雪の」は、のちに「消《げ》」にかかる枕詞《まくらことば》ともなった。平安時代には「淡雪」と書かれるようになった。薄々としか積もらぬ春の雪を惜しむ思いがこめられる。

あはゆきのつもるつもりや砂の上　久保田万太郎
椿濃く淡雪樹々を濡らしけり　西島麦南
淡雪や大木のもとは融けて落つ　原田種茅
淡雪やかりそめにさす女傘　日野草城
みづからを問ひつめゐしが牡丹雪　上田五千石

▼雪が「積もる」のと、心算の意の「つもり」とを重ねた言葉の面白味もさることながら、降るそばから砂に吸い込まれゆく淡雪のはかなさが心に沁《し》む。▼椿の花の色と、濡《ぬ》れた樹々の色との対照。いまだ身が緊《ひきし》まるような春先の庭。▼降る時は雪だが、大木の枝々を伝って根元に落ちる時はすでに解けて水滴となるというのも、泡のような雪なればこそ。▼「淡雪」と「かりそめ」とが、まるで縁語のように響き合う心憎い表現。▼しばらくの間、厳しく自問していた。牡丹雪の明るさに救われる思い。

斑雪《はだれ》　三春

はだら・はだれ雪《ゆき》・はだら雪《ゆき》・はだれ野《の》・斑雪山《はだれやま》

「はだれ」とは、まだら、まばら、はだらの意。斑《まだら》に積もった春雪の情景をいうが、はらはらと降る雪を「はだれ雪」と呼ぶ地方もある。『万葉集』に「はだれ霜(薄く降りた霜)」という語も見える。単なる模様としてではなく、雪が解け始めて日に日に、地面や岩肌や枯草などが露《あら》わになる、季節の動きをも見てとっているのである。

安達太良は夜雲被きぬ斑雪村　石田波郷
雪がまた斑雪の景に舞ひはじむ　清崎敏郎
斑雪野の暮色に灯す踏切よ　行方克巳

▼安達太良山《あだたらやま》は福島県北部の円錐《えんすい》状の火山で高村光太郎の詩集『智恵子抄』で知られる。夜の雲をかぶる山と、その裾野《すその》のまだらに雪を被る村の淋《さび》しさと。▼こうして幾度も雪が降ったりやんだりしながら、斑雪の景色にも春が進んでゆくのだ。▼淋しくとも懐かしい光景。ぽつんと灯《とも》った踏切は無人踏切であろう。

捨女《すてじょ》▶寛永 10 年 (1633)—元禄 11 年 (1698) 田氏。夫とともに季吟らに師事。貞門の女流として名を馳せた。

雪《ゆき》の果《はて》　仲春

名残《なごり》の雪《ゆき》・雪《ゆき》の名残《なごり》・雪《ゆき》の別《わか》れ・忘《わす》れ雪《ゆき》・終雪《しゅうせつ》・雪《ゆき》の終《おわり》・涅槃雪《ねはんゆき》・雪涅槃《ゆきねはん》

春の最後に降る雪のこと。当然その土地によって異なるが、南国では二月下旬、関東、関西では三月半ば、北海道では四月下旬に及ぶこともある。「雪の名残」「雪の別れ」「忘れ雪」などともいい、名残を惜しむ思いがこめられている。旧暦二月十五日の涅槃会《ねはんえ》の頃に降ることが多いので「涅槃雪」ともいう。釈迦《しゃか》入滅の日を思い合わせることで、単なる気象現象とは別の奥行きが生じる。

雪の果泣くだけ泣きし女帰す　大野林火
発心の小机作る雪の果　石田波郷
涅槃雪渚に蒼くつもりけり　山本洋子

▼女は心に区切りをつけた。雪も今日で終わり、この事も今日で終わり。▼「小机を作る」とは、ある事をしようと決めて机を定めた決心の形。「雪の果」は、机に膝を入れてなす事に厳しかった季節の終わりを示す。▼雪を蒼《あお》く描いて清浄を強調し、心の寂静をも示す。

春《はる》の霙《みぞれ》　二春

春霙《はるみぞれ》

「何処《どこ》やらに若き女の死ぬごとき悩ましさあり春の霙降る」と詠んだのは石川啄木。確かに春の霙には、暗くじめじめした冬の霙とは違って、むしろ明るさの中に沁《し》み入る悩ましさがある。雨の夕暮ににわかな冷え込みを感じて窓を見ると、雨脚の中に白いものが混じっていたり、春の雪が昼頃、雨混じりになったりする。 関連 霙《みぞれ》→冬

人恋し春の霙の桐火桶　奇淵
もろ〱の木に降る春の霙かな　原石鼎
浴室に種火むらさき春霙　山下知津子

▼なまじ春と思うだけに、こんな寒い日は桐火桶《きりひおけ》を抱いていても人恋しい。▼浅緑色や丹色《にいろ》や銀色に芽吹き始めた木々を悴《かじか》ませるような春の霙。▼種火の小さな紫色が、外の春霙と呼応しているように濃く灯《とも》る。

春《はる》の霰《あられ》　三春

春霰《しゅんさん》・春霰《はるあられ》

「霰」は冬の季語だが、春になってもぱらつくことがある。積乱雲から降り、雨を伴うことが多い。粒の大きなものは、農作物や若葉に傷をつけることもあるが、長時間降るものでもない。 関連 霰《あられ》→冬

古草に沈みて春の玉霰　石塚友二
半島にしばらく春の霰かな　大峯あきら
窓くらく春霰とばす雲出たり　富安風生
春霰たばしる馬酔木花垂りぬ　西島麦南

▼「古草《ふるくさ》」は前年生えてまだ枯れずにある草。「玉」は、霰の形状をあらわすと同時に美称でもある。▼北方に突き出た半島であろうか。俯瞰《ふかん》したような大景が見えてくる。▼妙に窓が暗くなったと

春の海辺かへらん事やわすれ貝：長閑《のどか》な海。帰ることを忘れることと忘れ貝とが掛けてある。

思って外を見ると、積乱雲がむくむくと育っている。案の定、霰が降ってきた。「とばす」に天の意志と勢いがこめられている。▼「たばしる」の語感が快い。春霰の華やかさを感じる。

春《はる》の霜《しも》

三春

春霜《しゅんそう》

「霜」は冬の季語だが、立春を過ぎても冷え込んだ朝には降りることがある。だが冬の霜とは異なり、日が昇ればすぐに消えてしまう。土の温《ぬく》もりによって、霜の後に湯気が立つような光景も春のもの。四月ともなれば霜の降りることは少なくなるが、春の遅霜《おそじも》は農作物に害を与えるので、「八十八夜の別れ霜」(次項参照)の頃までは警戒される。 関連 霜《しも》→冬

あけぼのや麦の葉末の春の霜　鬼貫
これきりと見えてどつさり春の霜　一茶
つかの間の春の霜置き浅間燃ゆ　前田普羅
天清く鶴能く高し春の霜　内田百閒

▼曙《あけぼの》の日の光と、育ち始めた麦の緑の葉末に置く霜の光とが印象的。▼もう霜の季節は終わったかと思っていたら、ある朝、真っ白に霜が降りた驚きが「どつさり」という俗語にあらわれている。▼すぐに消える春の霜であるだけに稀《まれ》な風景。浅間山《あさまやま》は噴煙を上げているのだろう。▼天の清い青と、春なお寒い地表とが、鶴の飛ぶ姿を美しく引き立てる。

別《わか》れ霜《じも》

晩春

晩霜《ばんそう》・終霜《しゅうそう》・霜害《そうがい》・名残《なごり》の霜《しも》・忘《わす》れ霜《じも》・霜《しも》の別《わか》れ・霜《しも》の果《はて》

「八十八夜の別れ霜」という言葉があるように、八十八夜(五月二日頃)までは、その年最後の霜が降りることがある。最後の雪を「別れ雪」「忘れ雪」と呼ぶのにならった呼び名。かつては桑の若葉が深刻な被害を受け、昨今は茶畑や果樹などで対策が講じられる。言葉としては美しいが、農作物にとっては侮れない自然の脅威である。 関連 八十八夜《はちじゅうはちや》→25

海道を染めて消えたり別れ霜　百合山羽公
別霜夜干《よぼし》のものゝ濃紫　石橋秀野
別れ霜あるべし夜の鯉しづか　早崎明

▼東海道であるなら、茶畑の霜害が思いやられる。▼別れ霜があるかもしれぬ大気の冷えと、濃紫《こむらさき》の深さと、霜の白のイメージと。▼水中の鯉《こい》はすでに深夜のただならぬ冷えを感じている。緊迫感のある句。

春《はる》の虹《にじ》

晩春

初虹《はつにじ》

「虹」は夏の季語だが、春も半ばを過ぎると、見えることがある。二十四節気の一つ、清明《せいめい》(四月五日頃)の三候(次の節気との間を三等分した第三番目)に、「虹始めて見ゆ」とある。これを「初虹」という。夏の虹より淡く、それほど長く見えているわけでもない。それだけに春の虹を空に見つけた時は嬉《うれ》しく、

風虎《ふうこ》▶元和5年(1619)―貞享2年(1685)内藤氏。奥州磐城平藩主。俳諧に熱心で江戸藩邸には俳人が出入りした。

よい事が起きる前兆のような思いがするものである。関連 虹《にじ》→夏

うすかりし春の虹なり消えにけり　五十嵐播水
春の虹となりの家も窓ひらく　大野林火
初虹や白川道を花売女　中川四明

▼ありのままを詠《よ》んでそっけない感じだが、まさに春の虹のありようを描いている。▼隣家の窓を開く音、弾んだ声が聞こえてくる。もう窓を開け放しても心地よい春の雨上がり。▼京都の白川《しらかわ》道を花売りに来るのは、頭上に戴いた箕《み》に花を盛って、「花いらんかえー」と呼ばう白川女《しらかわめ》だ。

春《しゅん》雷《らい》

三春　春《はる》の雷《らい》・初雷《はつらい》・虫出《むしだ》し・虫出《むしだ》しの雷《らい》

春に轟《とどろ》く雷。単に「雷」とだけいえば、夕立にともなう夏の雷のことだが、春もまた雷の印象的な季節。とくに二十四節気の啓蟄《けいちつ》(三月六日頃)の頃に鳴る雷は「虫出し」という。関連 雷《かみなり》→夏

どろどろと桜起すや一つ雷　野坡
春もまた雪雷《かみなり》やしなの山　一茶
下町は雨になりけり春の雷　正岡子規
比良一帯の大雪となり春の雷　大須賀乙字
あえかなる薔薇撰りをれば春の雷　石田波郷

▼桜の開花を促す春雷。▼信濃《しなの》では、春雷といっても雪を降らせる。▼春の雷雨の東京下町。▼比良《ひら》は比叡山《ひえいざん》の北に連なる山。▼銀座での作。店頭で可憐な薔薇《ばら》を選んでいたら春雷が鳴った。舗道もにわか雨に濡れる。

佐《さ》保《ほ》姫《ひめ》

三春

春をつかさどる女神の名。『改正月令《がつりょう》博物筌《はくぶつせん》』に、「春の造化の神也。かたちあるにあらず天地の色をおりなすをかりになづけたるなり」とある。秋の「龍田姫《たつたひめ》」と同様、自然界の色彩を女神が織るという想像は楽しい。霞の衣を織り、柳の糸を染め、梅の花笠を編み、桜の花を咲かせる春の象徴的存在。この名にちなんで、奈良には佐保山、佐保川があり、歌枕とされている。関連 龍田姫《たつたひめ》→秋

佐保姫や青柳の眉桃の頬　伊藤松宇
佐保姫の裳裾の沖を遠眺め　佐藤鬼房
佐保姫を迎へに出づる帆船か　大島民郎

▼佐保姫の容貌を想像してみる。柳眉《りゅうび》とは美人の眉の形容でもある。▼霞がかった沖の情景を、佐保姫の衣の裾《すそ》と見立てて興じた句。▼陰陽五行説で四季を方角に配すると、春は東にあたる。東方へ向かう帆船の、春を呼ぶような輝きをこのように描いた。

霞《かすみ》

三春　薄霞《うすがすみ》・春霞《はるがすみ》・遠霞《とおがすみ》・山霞《やまがすみ》・朝霞《あさがすみ》・昼霞《ひるがすみ》・夕霞《ゆうがすみ》・霞棚引《かすみたなび》く・霞隠《かすみがく》れ

春の大地から立ちのぼる水蒸気で潤った大気がほんのりと曇る。これが霞。大気が白く曇る現象には霧や靄《もや》もあるが、歳

されば爰に談林の木あり梅の花：談林派の隆盛を自ら祝した堂々たる一句。

陽炎

時記は、春は「霞」、秋は「霧」と分ける。これは霞という言葉に春の温《ぬく》もりを感じ、霧という言葉に秋の冷ややかさを感じてのこと。靄は無季。ただ、霞には夏霞、秋の霞、冬霞があり、霧にも春の霧、夏霧、冬霧がある。霞と春の霧、秋霞と霧はどう違うかといえば、霞はほのぼのと立ちのぼり、たなびくもの。一方、白く濃いものは霧と呼ぶ。関連 夏霞《なつがすみ》→夏／霧《きり》→秋／冬霞《ふゆがすみ》→冬

春なれや名もなき山の薄霞　芭蕉
草霞《かす》み水に声なき日ぐれ哉　蕪村
望汐《もちしほ》の遠くも響くかすみ哉　召波
鳥どもの戀さまぐ〵に霞かな　石井露月
修学院村にやすらふ春霞　中田剛

▼これこそ日本の春景色。▼音もたてずに流れ去る水。▼霞の彼方《かなた》から聞こえる春の大潮の轟《とどろ》き。▼霞の奥の鳥たちの恋。▼修学院《しゅうがくいん》村(現京都市左京区)は洛北《らくほく》の山里。この句は「修学院村にやすらふ」で切れる。

陽炎《かげろう》《かげろふ》

三春

陽炎燃《かげろうも》ゆ・陽焔《ようえん》・野馬《かげろう》・かぎろい・糸遊《いとゆう》・遊糸《ゆうし》

春の太陽に温められた地面から立ちのぼる上昇気流で、あたりのものがゆらいで見える現象。夏に入ってからのほうが盛んだが、大気のゆらぎに春を感じて春の季語にしている。糸がゆらめいているようなので「糸遊」ともいい、野原で馬が遊んでいるようなので「野馬」とも書く。

宗因《そういん》▶慶長10年（1605）―天和2年（1682）西山氏。大坂天満宮の連歌所宗匠。貞門を否定し談林派を起こした。

かげろふの我肩《わが》に立《たつ》かみこかな　芭蕉
陽炎や塚より外に住むばかり　丈草
ちら〳〵と陽炎立ちぬ猫の塚　夏目漱石
行くほどにかげろふ深き山路かな　飯田蛇笏
ギヤマンの如く豪華に陽炎へる　川端茅舎
神島は霞み伊良湖は陽炎へり　渡辺文雄

▼人間にも立つ陽炎。紙衣《かみこ》は丈夫な紙で仕立てた羽織のようなもの。▼私たちの人生は墓の外に住むばかりのもの。陽炎と同じく、はかないものである。▼『吾輩は猫である』の名前のない猫の墓。▼陽炎の中へ入ってゆくよう。▼「ギヤマン」はガラスにもいうが、もともとはダイヤモンドのこと。▼伊良湖《いらご》は渥美《あつみ》半島の先端。神島《かみしま》(三重県鳥羽市)はその沖の島。

春陰《しゅんいん》　三春

春の曇天のこと。✚花時《はなどき》の曇りを「✚花曇《はなぐもり》」というが、「春陰」は桜が咲いていない時でもいう。気象現象にとどまらず、陰鬱な感じのともなう語である。南宋《なんそう》の詩人陸游《りくゆう》の「花時遍遊諸家園詩」に春陰の語が見える。季語としては大正期になって使われ始めた。詩語の音韻が、近代人の春の憂鬱を託すのに好まれたものだろう。関連 秋曇《あきぐもり》→秋

春陰や眠る田螺の一ゆるぎ　原石鼎
映画館出て春陰の影に遇ふ　西島麦南
春陰や巌にかへりし海士が墓　加藤楸邨

▼春に泥の中から出てくる田螺《たにし》も、どんよりした曇天の下では動きが鈍るのか、眠ったように少ししか動かない。▼現実世界に戻りきれない感覚が「陰」と「影」の抽象的な語にあらわれている。▼歳月を経た墓なのだろう。自然界の一部と化すには春陰の暗さがふさわしい。

花曇《はなぐもり》　晩春

養花天《ようかてん》

✚桜が咲く頃の天候は不順だ。ちょうど冬から夏への季節風の変わり目で、低気圧が生じてどんよりした生暖かい日がある。その✚花時の薄曇をいう。頭が重いような気分を訴える人も多いが、この曇天が桜の花を養うのだという発想から「養花天」とも呼ぶ。晴れた日も曇った日も、この時季の私たちの心は桜を離れない。

頭痛にも憎まれぬ名や花曇り　也有
花曇かるく一ぜん食べにけり　久保田万太郎
ゆで玉子むけばかがやく花曇　中村汀女

▼元禄時代から見られる季語だが、体調との因果関係は今も変わらない。▼何となき倦怠感《けんたいかん》が具体的にあらわされている。▼花見の折の情景だろうか。殻から現われたゆで玉子の白い輝きは、曇天の背景でこそ際立つ。

つけば血やあけのそほ船初くぢら：鯨を突いた返り血に染まった朱の赭船《そおぶね》。

鳥《とり》曇《ぐもり》

晩春

鳥雲《とりくも》・鳥風《とりかぜ》

日本で越冬した雁《かり》や鴨《かも》などの鳥が、春に北方へ帰ってゆく頃の曇天をいう。「鳥雲に」というと「鳥雲《とりくも》に入《い》る」の略語となるが、「鳥曇」は「鳥雲に入る」頃の気象をあらわす語。この頃の雲は空一面に広がる巻層雲、高層雲が多い。「鳥風」は、帰ってゆく鳥の群れの羽ばたきが風のように聞こえるのをいうとの説もあれば、帰る鳥を乗せて送る風をいうとの説もある。渡り鳥を見送ることは季節の移りゆきを実感することであり、その後に残った曇天は淋《さび》しいものである。 関連 鳥雲《とりくも》に入《い》る↓141

海に沿ふ一筋町や鳥曇り　高浜虚子

毎日の鞄小脇に鳥曇　富安風生

また職をさがさねばならず鳥ぐもり　安住敦

底のなきしづかさにあり鳥曇　石川桂郎

▼北国の淋しい海辺の町が思い浮かぶ。単なる曇天ではなく、地上に残される存在としての人の哀れを感じる。▼季節は移りゆくが、毎日の仕事は変わらずに続く。「鞄《かばん》小《こ》脇《わき》に」という表現に、勤め人の哀歓が滲《にじ》む。▼字余りの部分にため息が聞こえてくるような句。晴れやらぬ、やるせない思いを季語が代弁。▼鳥が帰った後の静かさであろうか。曇天にも、地上にも、音というものが絶えた時間。

蜃《しん》気《き》楼《ろう》

晩春

蜃楼《しんろう》・海市《かいし》・山市《さんし》・蜃市《しんし》・喜見城《きけんじょう》・かいやぐら・きつねだな

天気がよく風が穏やかな日、海上はるかに、楼閣のようなものが幻視される現象。雪解け水の流入による海面温度の低さと大気との温度差によって太陽光線が屈折して起きる現象で、日本では富山湾が有名だが、砂漠などでも見られる。昔の人は蜃《しん》という大蛤《おおはまぐり》が気を吐いて出現させたものとみていた。狐《きつね》の仕業と考えた人もあり、地方によって呼び名が異なるのも楽しい。

生まざりし身を砂に刺し蜃気楼　鍵和田秞子

蜃気楼将棋倒しに消えにけり　三村純也

海市遠く辺《へ》波はしじに白かりき　森川暁水

▼大砂漠に蜃気楼の湖を見る。身を突き刺すように、つま先立って。▼めったに目にするものではないだけに、蜃気楼とはこのように滅びてゆくものなのかという現実感がある。▼沖の幻のような海市と、海辺に寄せる辺波《へなみ》のこまやかな白との対比が美しい。

逃水《にげみず》《にげみづ》

晩春

「あづま路にありといふなる逃水の逃げ隠れても世を過すかな」と源俊頼《としより》の歌にある(『夫《ふ》木《ぼく》和歌抄』)。遠くに水たまりが見えるのに、近づくと何もない。地表の空気の温度差によって光の屈折が生じ、実際にはないものがあるように見える現象は、蜃《しん》気《き》楼《ろう》と同じである。昔から「武《む》

玖也《きゅうや》▶元和９年(1623)―延宝４年(1676)松山氏。宗因門。大坂俳壇の最長老で能書家。西鶴も敬慕した。

蔵野《さしの》の逃水」が有名だが、どの地方にも見られる現象。高速道路などの舗装路に顕著に見られる。中国では「地鏡《ちきょう》」というらしい。

逃げ水を追ふ旅に似てわが一生《ひとよ》　能村登四郎

逃水をちひさな人がとほりけり　鴇田智哉

▼たどり着くと消えている。追えば追うほど遠くなる。そんな思いを何度してきただろうと、自分の生涯を振り返った作。▼よく見ると、たしかにそこに人影や車の往来が映っている。まざまざと見えている逃水を描写したもの。しかし近づくと逃げてしまう。

【春《はる》《はる》の夕《ゆう》《ゆふ》焼《やけ》《やけ》】

三春

単に「夕焼」といえば夏の季語であるが、四季それぞれ見られ、異なった趣がある。ダイナミックに燃え立つ夏や、濃い朱色がたちまち消えてしまう秋に比べ、春は空気中に水蒸気が多いので茜《あかね》色に柔らかく染まり、野山や街を美しく彩り、ゆったりと消えてゆく。関連 夕焼《ゆうやけ》→夏

雪山に春の夕焼滝をなす　飯田龍太

喪の家も春夕焼の一戸たり　蓬田紀枝子

▼残雪の連峰が夕焼に染まってゆく様子を、まるで滝のようだと喩《たと》えて新鮮な一句。▼喪《も》の哀《かな》しみに沈む家も、周囲の家々とともに、春の夕焼に優しく包み込まれているのである。

【フェーン】

晩春

風炎《ふうえん》

アルプス地方でつけられたドイツ語で、日本語でいう颪《おろし》の一種。湿った南風が山脈を昇る時、太平洋側は雨となるが、日本海側の山腹を下る時は乾いて高温となる。一〇〇〇メートルごとに一〇度上昇した乾いた風が吹きつけて、山火事などの原因にもなる。フェーンをもじって「風炎」と名づけたのは、中央気象台長だった岡田武松《おかだたけまつ》博士である。

立山に明日は雨呼ぶフェーン吹く　中坪達哉

風炎やめらめら流る夜の河　宇咲冬男

▼こんな風の翌日は雨になるだろうと、地形や風土を知り尽くした人の予測。作者は富山市在住。▼季節外れの異常な熱風に、不吉な予感を覚えていることが伝わってくる。

稲妻に湯浴してゐる女かな：稲妻におびえることもなく、悠然と風呂に入っている女。

春《はる》の山《やま》

三春

春山《はるやま》・春嶺《しゅんれい》

全山充血したように見える早春の芽吹き前の山も、薄緑のベールをかけたような芽吹山《めぶきやま》も、鶯《うぐいす》をはじめとする鳥たちの囀《さえず》りが聞こえ、山水が奏で、山桜が峰々を飾る晩春の山容も、すべて春の山。一年中で最も変化に富む。霞がたなびく山は遠望しても美しいが、分け入ると菫《すみれ》が咲き、朽ち葉の下から早蕨《さわらび》が頭をもたげ、眠りから覚めた山の息吹を目の当たりにする。

学校をなまけて春の山にくる　高野素十

遠ざかるごとく近づき春の山　山田弘子

春の山たたいてここへ坐れよと　石田郷子

気が遠くなる春山のてつぺんは　右城暮石

神々の座とし春嶺なほ威あり　福田蓼汀

▼春の山の明るさ、柔らかさ、優しさは、学校を怠けた心を温かく包んでくれたことだろう。▼遠近感を失うような、とらえどころのない春の山のありよう。▼地面を叩《たた》いた行為をこう表現することで、春の山の暖かさと安心感が伝わる。▼それほど高い山でなくとも、ぼうっと霞《かす》んだ山に立つと人の心も霞む。▼冬の厳しさを残した春嶺には、神宿る山の威厳がある。

山《やま》笑《わら》ふ《う》

三春

木々が芽吹き、花が咲く春の山を人間になぞらえて「山笑ふ」という。同じく夏の山を「山滴《やましたた》る」、秋の山を「山粧《やまよそお》ふ」、冬の山を「山眠る」という。「春山淡冶《しゅんざんたんや》にして笑ふが如《ごと》く」という北宋の画家郭熙《かくき》の言葉から生まれた季語。春の「淡冶」は艶《つや》やかなこと。

筆取りてむかへば山の笑ひけり　蓼太

故郷やどちらを見ても山笑ふ　正岡子規

腹にある家動かして山笑ふ　高浜虚子

▼春の山を絵に描こうと、筆を執ったところ。▼子規の故郷は四国・松山。▼山が笑えば、中腹の家は揺れ動くにちがいない。

春《はる》の野《の》

三春

「春の野にすみれ摘みにと来《こ》し我《われ》そ野をなつかしみ一夜《ひとよ》寝《ね》にける」（山部赤人『万葉集』）とあるように、万葉の昔から人々は春がくるのを待ちかねて野に遊んだ。野遊びも摘草も、自然の生命力にあやかろうとする人間の信仰から生まれた行為だが、その習慣は現代人にも受け継がれている。雪解けが始まる早春の野から、草が青み、さまざまな花の咲く晩春まで、楽しみも多い。

吾も春の野に下り立てば紫に　星野立子

信徳《しんとく》▶寛永10年（1633）―元禄11年（1698）伊藤氏。京都の富商。貞門から談林へ転身。一時芭蕉とも影響関係にあった。

春の野

春の野を持《も》上《た》げて伯耆《ほうき》大山《だいせん》を　森澄雄
背《せな》の子の起きて軽さや春野行く　田中王城
クレーンの頷きあっている春野　秋尾敏

▼春の野に下り立った時の感動を、自分も紫に染まった喜びとして表現した句。紫は春の野に咲き乱れる花の色でもあり、『源氏物語』の別称である「紫のゆかり」という語も思い出される。▼大山は中国地方第一の高峰で、別名伯耆《ほうき》富士。春の野を持ち上げて大山をつくったかのような詠みぶりが、天地創造を思わせるおおらかな句。▼おんぶした子は寝入ると重く、起きていると軽く感じる。春野を行く親の足取りも軽い。▼春の野にあると、重機の動きさえこのように見えてくる。

焼野《やけの》

初春

焼原《やけはら》・焼野原《やけのはら》・末黒《すぐろ》・末黒野《すぐろの》

野焼きした後の野。黒々と焼け跡が残り、「末黒野」ともいう。焼けた草木を「末黒」という。若草の萌芽を促すためなので、焼野の下には次の生命が控えていて、間をおかずして萌《も》え上がる。その点、単なる焼け跡とは違う期待をはらんだ季語。古《いにしえ》の喩《たと》えに「焼野の雉《きぎす》、夜の鶴」（キジは我が身の危険を顧みず野焼きから子を守り、ツルは霜降る夜に子を翼で守る）とある。

関連 野焼《のや》く↓193／末黒《すぐろ》の薄《すすき》↓105

しののめに小雨降出す焼野哉　蕪村
昼ながら月かゝりゐる焼野かな　原石鼎
末黒野の夕焼飛べぬもののため　高野ムツオ

大だひ小鯛桜よせくる網引哉：網にかかった桜鯛。花が寄せてくるかのような大漁。

▼野を焼いた翌日か。夜も火照《ほて》っていた野が、明け方の小雨によって鎮められてゆく。▼「ながら」は逆接の意。昼月の薄い白と、大地の黒々とした色との対比が美しい。▼「飛べぬもの」は翼を持たぬもの。人間もその一つ。夕焼は遥かなるものへ心を誘うが、赤と黒との間に人間は立ちつくすばかり。

春《はる》《はる》の水《みず》《みづ》

三春

春水《しゅんすい》・水《みず》の春《はる》

冬の間は涸《か》れたり凍ったりしていた水が、雪解けとともに流れ始め、量を増し勢いを増し、山野にほとばしりあふれる。水量、勢いともに生命感あふれるさまをいう。また、生活の中で使う水も温《ぬる》み、水仕事がつらかった季節が終わったことを実感する。晋《しん》末・宋《そう》初の詩人、陶淵明《とうえんめい》の詩「四時《しじ》」に「春水四沢に満ち」とあるように、春の喜びの象徴でもある。

春の水すみれつばなをぬらしゆく　蕪村
一つ根に離れ浮く葉や春の水　高浜虚子
日陰より眺め日向の春の水　深見けん二
春の水とは濡れてゐるみづのこと　長谷川櫂

▼春の野を豊かに流れてゆく水が、岸辺の菫《すみれ》や茅花《つばな》を濡《ぬ》らしてゆく情景は楽しい。▼一つの根から茎を発した水草が離れ離れに葉を浮かしている。水面の現象だけでなく、源の発見に自然への洞察力を感じる句。▼自分が日陰にいるせいで、日向《ひなた》の春水はことさらきらめいて眩《まぶ》しく見える。▼濡れ濡れと水面が照り輝いているのが春の水の本質。

水《みず》《みづ》温《ぬる》《ぬる》む

仲春

温《ぬる》む水《みず》・温《ぬる》む沼《ぬま》・温《ぬる》む池《いけ》・温《ぬる》む川《かわ》

春になると水が温む。これは自然界を根底から揺り動かしていく一大事である。水生の植物や動物は眠りから覚めて活動を始める。本来は川や湖など自然の水についていうのだが、井戸や水道水など生活の水に触れて感じることも多い。

関連 田水沸《たみずわ》く→夏／水澄《みずす》む→秋／水涸《みずか》る→冬

水ぬるむ頃や女のわたし守　蕪村
鷺烏雀が水もぬるみけり　一茶
犬の舌赤く伸びたり水温む　高浜虚子
水温むとも動くものなかるべし　加藤楸邨
水温む夜のひろがりを胸のうへ　八田木枯

▼水温む季節、浮世絵の女が現われたかのよう。▼鳥たちも水の温むのが嬉《うれ》しくてたまらない。▼長く垂れる犬の赤い舌と温む水。関係ないようにみえて響き合う。▼後鳥羽院が流された隠岐《おき》（島根

名句鑑賞

昃れば春水の心あともどり　星野立子

日が射《さ》している時は満々たる水の面がやわらかく照り、もう春の水だと見えた。風はまだ冷たいが、水面に紛れもない春を感じとったところが、昃《ひかげ》ると、急に寒々しい水に変わってしまった。「春水の心」とは、眼前の水を春水と感じた作者の心だけでなく、水自体の心でもあるような詠みぶりだ。もう春、と心が動いた直後に、まだ本格的な春は遠いことを知らされた。なまじ心が弾んだゆえの淋《さび》しさ。［西村］

惟中《いちゅう》▶寛永16年（1639）—正徳元年（1711）岡西氏。和漢の学に通暁。「俳諧寓言論」を唱え、理論面で談林派を牽引。

県)での句。何も動くものがないとは静かさの極み。▼水温む頃は夜の寒さも緩んでいる。のびやかな夜の空気を自らの体で感じた。

春《はる》の川《かわ》《かは》

三春

春川《はるかわ》・春江《しゅんこう》・春《はる》の江《え》

雪解けで水かさを増した春の川が勢いよく流れ下り、野を潤してゆく様子は、春の喜びを代表するものの一つ。「春の小川はさらさら流る　岸のすみれやれんげの花ににほひめでたく色うつくしく　咲けよ咲けよとささやく如く」と文部省唱歌「春の小川」にもあるように、水音を奏でる。初春の氷を浮かべる川も、晩春の落花を浮かべる川も、花見舟を運ぶ川も、春の光を織り込んで流れる。増水を利用して木流しの筏《いかだ》が下る所もある。

さまざまのもの流れけり春の川　二柳
春の川を隔てて男女かな　夏目漱石
海に入ることを急がず春の川　富安風生
牛曳きて春川に飲《みづか》ひにけり　高浜虚子

▼「もの」と一括して、読み手に具体的な諸々《もろもろ》を想像させる。落椿《おちつばき》や、岸辺の花びらや草、魚や木等々。▼川の両岸にいる男女。春ならば恋の気分があろう。▼海の近い平野を、ゆったりと流れる大河のおおらかさ。▼「飲《みずか》う」とは、牛馬に水を飲ませること。牛が田畑の仕事に役立っていた頃の野川の光景。

名句鑑賞

春の海終日《ひねもす》のたりのたり哉《かな》　蕪村

「のたり」とは、緩やかにうねるさまで、この語を繰り返したことで春の海のありようを最も的確に象徴的に描き得た。朝から晩まで一日中、何の変化もなくのんびりと単調な動きと音を繰り返すのみの海。豊かな造化《ぞうか》の心に接するような、計らいのない大らかさを感じる。十七音が、最も広く深い景物と、長い時間を描き出した例といえよう。［西村］

春《はる》の海《うみ》

三春

春《はる》の浜《はま》・春《はる》の渚《なぎさ》・春《はる》の磯《いそ》・春《はる》の沖《おき》

穏やかな光に満ちた海。風も暖かく、浜を歩いているうちに腰を下ろそうかという気にもなる。魚の活動も活発になり、漁船も多く出る。沖に霞のかかった海に大小の船が行き交い、いつまでも日の暮れぬ光景は、人の心ものんびりと穏やかにしてくれる。大風が吹き荒れることもあるが、「春の海」といえば、眼前に眩《まぶ》しく広がる海を誰もが思い浮かべるものである。

家持の妻恋舟か春の海　高浜虚子
春の海むかしのごとく天守より　山口青邨
春の海珊瑚の枝は伸びつつあり　福田蓼汀
汽車よりも汽船長生き春の沖　三橋敏雄

▼大伴家持《おおとものやかもち》は天平十八年(七四六)から五年間、越中守《えっちゅうのかみ》を務めた。その家持を想って能登《のと》の七尾《ななお》で詠まれた句。時空を超えた想像力のたまもの。▼春の海の眺めは昔も今も変わらない。天守閣から

いざや霞諸国一衣の売僧坊：売僧坊《まいすぼう》と自身を卑下。法衣一枚だけで諸国を巡ろうの意。

眺めると、古人の思いも伝わってくる。▼珊瑚《さんご》は海底にすむ生き物であるから、春の海の底では成長著しいことだろう。▼船上勤務が長かった作者。霞《かす》む沖を航《ゆ》く老船からの発想。

春《はる》の波《なみ》

三春

春濤《しゅんとう》・春怒濤《はるどとう》・春の浪《なみ》・春《はる》の川波《かわなみ》

穏やかに浜に打ち寄せる波も、間遠《まどお》に音をたててひそかにたたむ湖の波も、桃や桜の花びらを浮かべて流れる川面《かわも》の波も、みな春の波である。時には荒れた海からざわめき寄せる春濤もあるが、それさえ冬の厳しさ、荒々しさはない。春の波頭には光が籠《こ》もり、波音はのんびりと繰り返し、岸辺は明るく暖かい。

その上へ又一枚の春の波　深見けん二

わが死後を書けばかならず春怒濤　寺山修司

春の浪艀子楫取《かんどり》はみな立てり　山口誓子

▼薄く広く波が打ち寄せ、引き際にさらに新たな波がたたみかける。「一枚」と呼んだことで、明るく清らかな波が描く模様が見えてくる。▼死後も魂が鎮まらぬであろう思いを、「春怒濤」が象徴。波は高くとも春である点に一条の光が射す。▼「艀子《かこ》」は船頭、「楫取」は舵《かじ》取りの意。春の波は穏やかなので、舟を操る人々が立っていても不安定な感じはしない。

春潮《しゅんちょう》《しゅんてう》

三春

春《はる》の潮《しお》

春の潮は豊かにあふれる。春分の頃は秋分とともに、潮の干満が一年で最も大きくなる。瀬戸内海のような内海では、干満にともなって潮が急流となって流れ、巨大な渦潮《うずしお》が出現する。有明海では、遠浅の海全体が見渡すかぎりの干潟《ひがた》となる。

関連 観潮《かんちょう》→170

春潮といへば必ず門司を思ふ　高浜虚子

美しき春潮の航一時間　高野素十

傘させば春潮傘の内にあり　中村汀女

春潮の音の寂しきまつぴるま　加藤楸邨

▼九州への入り口の一つ、門司《もじ》。流れの速い関門海峡の春潮。▼舷《ふなばた》を流れる春の潮。▼この傘は春の日傘。足もとに寄せる春潮。▼春の潮の大きな音だけが響いている。

潮干潟《しおひがた》《しほひがた》

三春

干潟《ひがた》・大干潟《おおひがた》

干潮時、砂地が広く露出して歩けるほどになったものをいう。遠浅の海岸では浅蜊《あさり》や蛤《はまぐり》が繁殖し、潮干狩が行なわれる。とくに旧暦三月三日頃は、干満の差が一年で最大となるので（「彼岸潮」とも呼ぶ）、磯遊びや潮干狩で賑《にぎ》わう。江戸時代は江戸の芝浦や品川、大坂の住吉や堺《さかい》などが名所だったが、現在は埋め立てられた所が多い。干潟にはさまざまな鳥も集ま

三千風《みちかぜ》▶寛永16年（1639）—宝永4年（1707）大淀氏。談林派の行脚俳人。その行程は芭蕉をはるかに凌ぐ。

るので、自然観察の場にもなる。

関連 磯遊《いそあそび》・潮干狩《しおひがり》↓170

入りかねて日もただよふや潮干潟　麦水
さて穴にもどるか干潟見つくして　正木ゆう子
大干潟立つ人間のさびしさよ　野見山朱鳥

▼春の日永《ひなが》の頃の平坦で平和な干潟の様子。夕日がいつまでも干潟の表面に映っている。▼干潟に穴を掘って潜む小動物の中には、こんな動きをするものもありそう。視点が愉快。▼広く変化のない干潟には、さまざまな小動物が息づいている。立ち尽くす人間の淋《さび》しさが目立つ場所でもある。

春《はる》田《た》

三春

春《はる》の田《た》・花田《はなた》

苗を植える前の田。一面に紫雲英《げんげ》(レンゲソウ)が咲いている状態もあれば、粗《あら》く鋤《す》き返されたものもあり、水を張った田もある。田んぼの一年がいよいよ始まる、期待に満ちた状態といえよう。昔は肥料として鋤き込むために紫雲英田《げんげだ》(地方によっては「花田」とも呼ぶ)が一面に広がったものだが、近年は化学肥料が普及したために、ほとんど見られなくなった。

関連 紫雲英《げんげ》↓108

みちのくの伊達の郡の春田かな　富安風生
野の虹と春田の虹と空に合ふ　水原秋桜子
能登の海春田昃《かげ》れば照りにけり　清崎敏郎
遍照の夕日春田もその中に　廣瀬直人

▼陸奥《みちのく》という広い地方から、伊達《だて》の郡《こおり》(福島県北東部)という地名に限定し、さらに春田へと絞り込んでゆく叙法は、「ゆく秋の大和《やまと》の国の薬師寺の塔の上なる一ひらの雲」(佐佐木信綱)と同じ手法。▼春の野と田から上った虹が天空で一つにつながる。大きく豊かで、色鮮やかな春の景。▼能登《のと》の海際の春田の明と暗。海の照りが陸地をくっきりと際立たせる。▼「遍」とはあまねく行き渡ること。夕日の輝きの中の春田は大いなる予祝を受けているかのよう。

苗代《なわしろ》《なはしろ》

晩春

苗代田《なわしろた》・苗田《なえた》・短冊苗代《たんざくなわしろ》・苗代粥《なわしろがゆ》・苗代水《なわしろみず》・苗代時《なわしろどき》

稲の種の籾《もみ》を蒔《ま》き、苗を作る田のこと。『万葉集』にも見える言葉で、平安時代は歌の題として多く詠まれた。細長い短冊形の田に密生した若々しい緑は、晩春の好ましい一景でもあった。ここで育てられた苗が、田植えを待つ。近年あまり見かけなくなったのは、昭和四十年代以降、田植えの機械化が進み、苗代ではなく、育苗箱に籾種を蒔くことが普及したため。

関連 苗床《なえどこ》↓198／田植《たうえ》↓夏

苗代に雨緑なり三坪程　正岡子規
苗代の月夜ははんの木にけむる　長谷川素逝
苗代と死者を隔つる白襖　野中亮介

▼苗代に注ぐ雨を緑と描き、たった三坪ほどの苗代に凝縮された緑を強調。▼榛《はん》の木はかつて北陸から滋賀県北部にかけての田の畦《あぜ》に植えられ、稲架《はさ》(稲掛け)として利用されていた。懐かしい田園風景。▼苗代と死者。白襖を境に、内と外、生と死の世界が隣り合う。

今朝国土笑はせ初めぬ俳諧師：季語は「初笑ひ」。俳諧師としての矜持《きょうじ》がうかがえる。

春田

春《はる》の土《つち》

三春

土恋《つちこい》し・土匂《つちにお》う・土現《つちあらわ》る・土《つち》の春《はる》

「春泥《しゅんでい》」(次項参照)は市井《しせい》的、「春の土」は田園的、園芸的であると言ったのは、山本健吉。やわらかな土に親しみを覚え、土いじりの感触と匂いを楽しむ時、人は春を実感する。ことに北国の人々にとっては、雪が消えて土が現われることが春の証《あか》しである。「土恋し」「土匂う」「土現る」といった言葉には、数か月間、土を見ずに過ごした雪国の人々の思いがこめられている。

つばさあるものゝあゆめり春の土　軽部烏頭子

そこゝに春の土積み農学部　森田峠

蹼《みずかき》のしづく一滴春の土　大木あまり

星雲の匂いなりけり春の土　高野ムツオ

▼ひらがな表記が、翼を持つ生まれたばかりの生き物を思わせる。▼積み上げられた土の豊かな質感、やわらかさ、肥沃《ひよく》なこと。栽培が始まる期待感。▼春の水から春の土に上がってきた水鳥。その一歩の一滴が土に吸い込まれてゆく健やかな一景。▼誰も嗅《か》いだことのない星雲の匂いとは、こんなにも深々と密々としたものか、と思わせる想像力豊かな句。

春《しゅん》泥《でい》

仲春

春《はる》の泥《どろ》

春雨や雪解け水でできたぬかるみ。あるいは、ぬかるみの泥

高政《たかまさ》▶?—?菅野谷氏。談林派。伴天連社高政と称し新奇・放埒な句風を展開。

そのものをいう。万物の潤《うる》む春ならではの情趣があり、往来の妨げとなる一方で、春を迎えた喜びを感じることができる。

鴨の嘴《はし》よりたらたらと春の泥　高浜虚子
春泥に押し合ひながらくる娘　高野素十
北の町の果てなく長し春の泥　中村汀女
戦ひしごとき靴跡春の泥　秋元不死男
午前より午後をかがやく春の泥　宇多喜代子

▼餌をあさる嘴《くちばし》から滴る泥。▼「春泥に」とは「春泥の道を」ということ。▼原野を通るひと筋の道。それに沿ってできた町並み。▼春泥の上に足跡が乱れている。▼春の日差しに照らされる泥。午前から午後へ、その光の量が増していく。

堅雪《かたゆき》

初春　雪垢《ゆきあか》・雪泥《せつでい》

冬に積もった雪が、春になって昼間解けかかり、夜に再氷結を繰り返すうち堅くなった状態をいう。雪国独特の現象。雪国には「堅雪わたり」という遊びもあるという。宮沢賢治の童話『雪渡り』に「雪がすっかり凍って大理石よりも堅くなり」、子供たちが雪沓《ゆきぐつ》をはいて「堅雪かんこ、凍《し》み雪しんこ」と歌いながら野原に出る様子が描かれ、「いつもは歩けない黍《きび》の畑の中でも、すすきで一杯だった野原の上でも、すきな方へどこ迄でも行けるのです。平らなことはまるで一枚の板です」という。関連 雪《ゆき》→冬

堅雪の明るみに入り子を呼ぶ母　成田千空
堅雪の日なり葬列真直ぐに　北光星
堅雪へ主命待つ犬ひかり出づ　新谷ひろし
かたゆきをふみふるさとの森の星　細谷喨々

▼堅雪の表面はザラメのように光る。その明るみに立つ母の声も明るい。▼雪が柔らかなうちは歩けなかった場所も、堅雪になれば真っ直ぐに行ける。そんな日の葬列のひと筋の哀れ。▼細かな光を放つ堅雪の上に飛び出した犬もまた、輝く光のひと粒。▼宮沢賢治の童話では、堅雪の月夜に森で狐《きつね》の幻灯会が開かれる。ひらがな表記は幼児期の体験と空想を思い出させる。

残雪《ざんせつ》

仲春　残《のこ》る雪《ゆき》・雪残《ゆきのこ》る・陰雪《かげゆき》・雪形《ゆきがた》

春になっても残っている雪。野山に残る雪は春の日射しに輝いて美しい。高山に残る雪は春闌《た》けても消えない。その形で田植えの時期を予測したり、豊凶を占ったりする「雪形」も、残雪の一種。町に残る雪は埃《ほこり》をかぶったりして汚れていることが多い。家の裏や日の射さない物陰にいつまでも残っている雪を「陰雪」という。関連 雪《ゆき》→冬

残雪やごう〳〵と吹く松の風　村上鬼城
田一枚一枚づつに残る雪　高浜虚子
雪残る頂一つ国境　正岡子規
陰雪に蹴り喰はせてやるせなく　行方克巳

▼松林に残る雪は松の緑との対照が美しい。▼まだ厳しい風が松に響く。▼畦《あぜ》の雪はすでに解けたが、田には溜《た》まるように雪が残っ

郭公来べき宵也頭痛持：郭公《ほととぎす》は夜鳴くものとされた。頭痛持にはめでたくもない。

ている。誰も踏む者のない清らかな雪。▼その山の向こうは雪国であろうか。頂にいつまでも消えない雪が、山の厳しい姿を保っている。▼日陰にうずくまるように残って堅くなった雪。腹立ちまぎれに蹴《け》っとばしたが、気分は晴れない。

雪間《ゆきま》　仲春

雪《ゆき》の絶間《たえま》・雪《ゆき》のひま

雪原の雪がぽっかり解けている所。その中は土が露《あら》わになっていたり、雪解け水がせせらぎとなっていたり、早くも草が芽吹いていたりする。日の当たる部分だけ解けていることもあれば、木の幹の周りだけ丸く解けていることもある。「花をのみまつらん人に山ざとの雪まの草のはるをみせばや」（藤原家隆『壬二《みに》集』）——花はまだか花はまだかとばかり言っている人に、雪間に萌え出た草の春らしい姿を見せてあげたい。

やまどりの樵を化す雪間かな　支考

紫と雪間の土を見ることも　高浜虚子

たもとほる万葉の野の雪間かな　富安風生

▼山鳥の声に惑わされる木こり。▼雪の影が紫色に見えることもある。▼「たもとほる」は散策すること。

雪崩《なだれ》　仲春

雪《ゆき》なだれ・雪《ゆき》くずれ・なだれ雪《ゆき》・底《そこ》なだれ・地《じ》こすり・風《かぜ》なだれ

春になると、山の積雪が地中の暖気で解け始め、突然大量の雪が崩れ落ちる。根こそぎ崩れる現象を「底なだれ」「地こすり」といい、根雪の上の新雪が強風によって滑り落ちるのを「風なだれ」「表層なだれ」と呼ぶ。「なだれ」とは元来、崩落する、頽《くず》れるという意味の語だが、俳諧では雪なだれのことを「雪崩」といい、春の季語として定まった。鈴木牧之《すずきぼくし》の『北越《ほくえつ》雪譜《せっぷ》』（天保七〜十二年）に、「雪頽《なだれ》は雪吹《ふぶき》に双《ならべ》て雪国の難義とす。（中略）その響《ひびき》百千の雷《いかづち》をなし大木を折《をり》大石を倒す。此時はかならず暴風《はやて》力をそへて粉に砕《くだき》たる沙礫《こじやり》のごとき雪を飛《とば》せ、白日も暗夜の如くその慄《おそろ》しき事筆帋《ひつし》に尽《つく》しがたし」とある。

国二つ呼びかひ落とす崩雪かな　前田普羅

夜半さめて雪崩をさそふ風聞けり　水原秋桜子

青天に音を消したる雪崩かな　京極杞陽

雪崩止み日輪宙にとどまれり　岡田日郎

▼国が呼びかうとは、壮大な擬人法。地霊、あるいは国神の声と聞いてこそ生まれた句。現象はすさまじいものであるが、それは生命が再生される季節への動きなのである。▼昼間見た雪山に雪崩が起こるのではないかという不安感。▼音が届かぬほど遠くの

名句鑑賞

一枚の餅のごとくに雪残る　川端茅舎

「一枚の餅」とは、のし餅のこと。野原か田畑か、かなり広い所に無傷のまま残っている雪。白い色だけでなく、質感や柔らかさや厚みまでもがわかるような、的確な比喩である。しかも誰もが納得する直喩。「…のごとく」と表現することはそう難しい技法ではないが、その見立てが万人に受け入れられ、詩的であることは難しい。決して奇抜な比喩ではないが、それゆえにこそ、他の追従を許さない。純真な句ごころが生んだ一句。［西村］

在色《ざいしき》▶寛永20年(1643)―享保4年(1719) 野口氏。宗因門。江戸にあって談林派の発展に貢献した。

現象、しかも青天のもとであるだけに、かえって不気味。▼雪崩が止んだ安堵《あんど》感に天を見上げると、日輪は前と同じ宙にとどまっている。当然のことが不可思議に思えるほど、天地をどよもす雪崩であったのだ。

雪《ゆき》解《げ》

仲春

雪解《ゆきどけ》・雪消《ゆきげ》・雪解水《ゆきげみず》・雪解川《ゆきげがわ》・雪解道《ゆきげみち》・雪解雫《ゆきげしずく》

冬の間に積もった雪が、春になって解けることをいう。解けた水は雫《しずく》となり、小流れとなり、最後は濁流となって海に流れ入る。その水のたてる雪解けの音は春の足音でもある。江戸時代には「雪消」を冬、「雪解」を春の季語とした例もあったが、現在は、いずれも春の季語とする。

関連 雪《ゆき》↓冬／富士《ふじ》の雪解《ゆきげ》↓夏

雪消えて大声あぐる小鳥かな　桃隣
雪どけの音聞いてゐる朝寝かな　几董
雪消えて麦一寸の野づらかな　闌更
雪とけて村一ぱいの子ども哉《かな》　一茶
雪解川名山けづる響かな　前田普羅
光堂より一筋の雪解水　有馬朗人

▼雪が解けたのを喜んで大きな声で囀《さえず》る小鳥たち。▼布団の中で聞いている、遠くの雪解けの音。▼雪が消えて、さっそく伸びた麦の芽。▼子供たちも外に出て遊び始めた。▼名山の谷間を、轟《とどろ》きながら流れる雪解け水。▼中尊寺金色堂からの雪解水。この一筋の流れは、芭蕉や奥州藤原氏にまでつながっている。

雪《ゆき》しろ

仲春

雪汁《ゆきじる》・雪濁《ゆきにご》り・雪《ゆき》しろ水《みず》・春出水《はるでみず》

暖かくなるにつれて野山の雪解けが進む。その雪解け水がいちどきにあふれ出ること。「雪汁」ともいう。このために川や海が濁ることを「雪濁り」という。増水した勢いを利用して、山から伐《き》り出した木を流すこともあるが、洪水となる恐れもある。「春出水《はるでみず》」（春の洪水）は雪しろの勢い余った結果である。

雪しろのきりぎし哭かす修羅落　角川源義
雪代の激つ一日や人を見ず　榎本好宏
雪代の太き濁りを抱き眠る　大石悦子

▼木を修羅《しゅら》に載せ、雪しろの勢いに任せて流す時、切り岸（切り立った崖）が慟哭《どうこく》するようだ。▼雪しろの勢いに気圧《けお》されて人々は家に籠《こも》っている。あふれる水音が耳をおおう。▼「太き濁り」は自然界の春の勢い。そのエネルギーをわがものとしたい願望がこめられている。

凍《いて》解《どけ》

仲春

凍《いて》解《と》くる・凍《いて》ゆるむ

凍てついていた大地が春になって解けゆるむこと。寒さの厳しい地方ほど実感のある言葉。春の日射しが堅く凍った地表をほぐしてゆくにつれ、畑から水蒸気が立ちのぼったり、道がぬかるんだりする。舗装路でさえ靴音が心なしやわらかくなったような気がする。「凍ゆるむ」とは、冬の間こちこちに

酢瓶いくつ最昔《そのかみ》八岐の大生海鼠：八岐大蛇《やまたのおろち》のような大海鼠《なまこ》。酢で食べるには瓶がいくつもいる。

凍解

悴《かじか》んでいた足の指先もほぐれる感じ。関連 冱《い》つ↓冬

凍解の径光りそむ行手かな　野村泊月
凍解けのはじまる土のにぎやかに　長谷川素逝
凍てゆるむどの道もいま帰る人　大野林火

▼径《みち》が光り始めたのは水分のせいだが、行く手に光を見いだしたのは、いよいよ春が本格的になってきたことを感じとったから。▼ぬかるんだ土の表面、生命の息吹、地中の盛んな動き、すべてを含んだ「にぎやかに」の語。▼一日中、春の日射しを吸った道の夕暮時、家に帰る人の顔に浮かぶ安堵《あんど》感。

薄《うすら》《うすら》氷《い》《ひ》

初春

薄氷《うすごおり》

春になってもうっすらと氷が張ることがある。しかし日が当たると、すぐに解けて消えてゆく。解け残った薄い氷も、春先のもの。やがて消えるものであるだけに、はかなさを覚える。万葉の昔から見られる言葉だが、江戸時代までは冬の季語で、明治以降、春の季語となった。関連 凍《こお》る・氷《こおり》↓冬

薄氷の裏を舐めては金魚沈む　西東三鬼
せりせりと薄氷杖のなすままに　山口誓子
指一つにて薄氷の池うごく　後藤比奈夫
薄氷そつくり持つて行く子かな　千葉皓史

▼金魚鉢の水面にできた薄氷。その裏側を金魚が口でつつく。▼杖《つえ》を入れると割れてしまった氷。せりせりという擬音語が、薄い氷の断片のはかなさを描き出す。▼池一面に張った氷の薄さと、

松意《しょうい》▶？—？田代氏。在色と「俳諧談林」を結成。宗因没後、俳壇から消える。

さして広くはない池とが見えてくる。▼なんと危なっかしい姿だろう。次の瞬間には割れてしまうことが大人の目には見えている。

氷《こおり・こほり》解《と》く

仲春

解氷《かいひょう》・浮氷《うきごおり》・氷消《こおりき》ゆ・解氷期《かいひょうき》・氷解《こおりどけ》

冬の間張っていた氷が、春になって解けること。冬中、氷に閉ざされていた池や湖が解け始めると、春の到来の実感はひとしお。氷上のスケートや公魚《わかさぎ》釣りなどの楽しみは終わるが、その淋《さび》しさよりも春の喜びが勝る。西行は「岩間《いはま》とぢし氷も今朝《けさ》は解《と》け初《そ》めて苔《こけ》の下水道《したみづ》もとむらん」（『新古今和歌集』）と詠んだが、ちろちろと流れ始めたかすかな水音が聞こえてくるようだ。解け出した破片が浮いているのを「浮氷」という。

氷とくる水はびいどろながしかな　貞徳

薔薇色の暈して日あり浮氷　鈴木花蓑

機窓《はたまど》を開けて諏訪湖の氷解　木村蕪城

関連 氷《こおり》→冬

▼「びいどろ」は、ポルトガル語でガラス。室町末期に渡来したオランダ人により製法が伝えられた。当時としてはハイカラな比喩。▼春の水蒸気で太陽にも暈《かさ》が生じる。浮氷をさらに溶かす薔薇《ばら》色が春の象徴でもある。▼冬の間は閉ざされていた窓。機織りの作業にも明るさと安堵《あんど》感をもたらす湖の解氷の頃。

流《りゅう・りう》氷《ひょう・ひよう》

仲春

流氷期《りゅうひょうき》・流氷盤《りゅうひょうばん》・氷流《こおりなが》るる

『連歌至宝抄』（天正十四年）に「氷ながるる」とあるのは川を流れる氷のことで、江戸期まではそれを詠んだ。しかし今日、「流氷」といえば、北海道のオホーツク海沿岸に北方から押し寄せる流氷群をさす。明治以降、北海道の開拓により知られるようになった。シベリアのアムール川を源にはるばる流れ寄り、二月中旬から三月中旬頃、最も多く接岸し、オホーツク海は八割がた覆われ、二、三か月休漁せざるをえなくなる。紋別《もんべつ》や網走《あばしり》などでは砕氷船が就航し、流氷観光の人々で賑《にぎ》わう。

流氷や宗谷の門波荒れやまず　山口誓子

ある流氷女賊をのせしごと急ぐ　細谷源二

流氷の来る前ぶれの夜々の凪　金子幽霧

流氷や手を振らざりし露西亜船　中川純一

▼「宗谷」は樺太《からふと》（サハリン）と北海道との間の海峡。「門波《となみ》」とは海峡に立つ波のこと。海峡の波はただでさえ荒い。流氷の押し寄せるさなかは、いっそうダイナミック。▼トドやアザラシやオットセイをのせた流氷盤も見られる。女人の盗賊をのせたようとは愉快にして怪々。▼毎年一月中旬頃から流氷は来るという。その前ぶれの凪《なぎ》は住人にとっては不気味。▼こちらは手を振ったのに、押し黙って過ぎたロシア船。自然界は一つだが、人間界には国境がある。

植物
動物

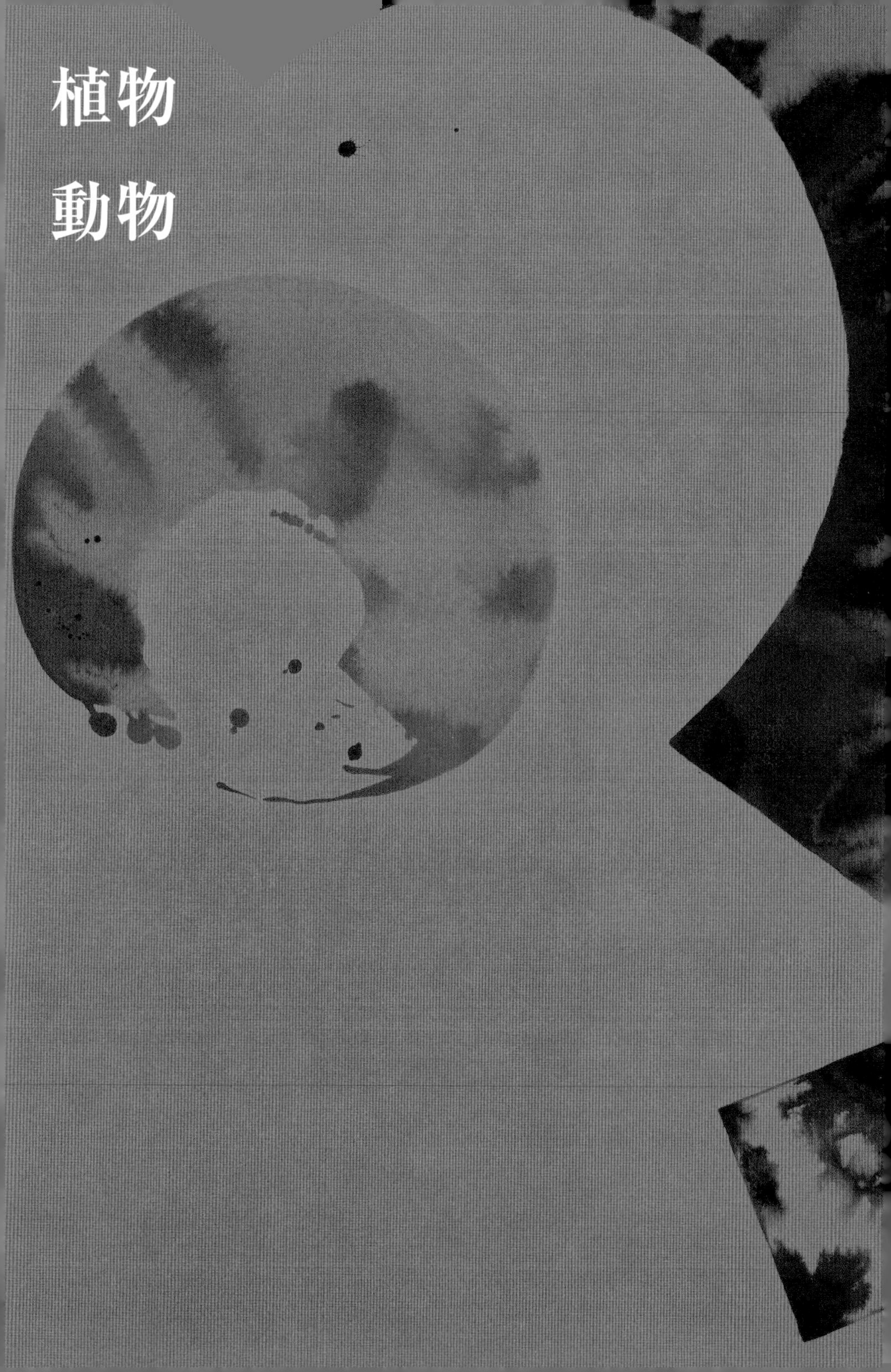

梅《うめ》

初春

春告草《はるつげぐさ》・匂草《においぐさ》・梅《うめ》が香《か》・野梅《やばい》・白梅《はくばい》・飛梅《とびうめ》・梅園《ばいえん》・梅林《ばいりん》

梅は春の到来を知らせる花。桜、桃など春咲く木の花のうち、他にさきがけて花を咲かせる。梅の花は春の花の木の中で最も香り高い。暗闇の夜でも清らかな香りによって、その在処《ありか》が知られる。それは、凡河内躬恒《おおしこうちのみつね》の歌に「春の夜《よ》の闇《やみ》はあやなし梅の花色こそ見えね香やはかくるる」(『古今和歌集』)とあるごとくである。梅はもともと日本には自生せず、古代に中国から漢方薬(烏梅《うばい》)としてもたらされた。訓読みの「うめ」は大和言葉ではなく、中国語の「梅《メイ》」が訛《なま》ったものである。この珍しい樹木は、万葉の歌人たちに愛された。『万葉集』には「梅花の歌三十二首」として、九州・大宰府《だざいふ》の大伴旅人邸で催された新年の宴で、庭の梅を題に詠まれた歌が載っている。ただ「梅」といえば「白梅」をさし、紅の梅は「紅梅」と呼んで区別する。

関連 梅見《うめみ》→166／青梅《あおうめ》→夏／探梅《たんばい》・冬《ふゆ》の梅《うめ》・早梅《そうばい》→冬

灰捨てて白梅《しらうめ》うるむ垣ねかな　凡兆
二《ふた》もとの梅に遅速を愛す哉　蕪村
火ともせばうら梅がちに見ゆるなり　召波
梅が香やおもふ事なき朝朗《あさぼらけ》　闌更
山川のとどろく梅を手折るかな　飯田蛇笏
暮れそめてにはかに暮れぬ梅林　日野草城
白梅や湯であたためて臼と杵　渡辺文雄

▼灰の煙を浴びて、梅の花の白がかすかに変わる。▼早咲きの梅と、遅咲きの梅。▼「うら梅」とは、向こうむきの梅の花。▼「おもふ事」とは気にかかること。▼谷川の轟《とどろ》きが梅の小枝にも伝わってくる。▼たちまち日の暮れる早春の一日。▼これから餅を搗《つ》こうというのだ。臼も杵も湯気をあげている。

名句鑑賞

梅が香にのつと日の出る山路かな　芭蕉

「すつと日の出る」といえば、あまりにも速やかすぎて手ごたえがない。「ぬつと」ではまるで化け物。「のつと」こそ、朝日のまろやかさも長閑《のどか》さも、さらにはその重みまで伝わる。日本語の擬態語はかくも玄妙。〔長谷川〕

紅《こう》梅《ばい》

初春

薄紅梅《うすこうばい》

紅の梅の花。単に「梅」といえば、「白梅」のこと。白梅は清らかにして、紅梅は艶やか。白梅より、やや花期が遅れる。

はなみちてうす紅梅となりにけり　暁台
紅梅にほしておく也洗ひ猫　一茶

白梅

紅梅

蛇之介がうらみの鐘や花の春：蛇之介は大酒呑をさす。花見酒も暮れの鐘で無念のお開き。

紅梅の紅の通へる幹ならん　高浜虚子
伊豆の海や紅梅の上に波ながれ　水原秋桜子
白梅のあと紅梅の深空あり　飯田龍太

▼咲き満ちても淡い色のまま。▼洗ってやったばかりの猫を「洗ひ猫」とはおもしろい。紅梅の日向で乾かしてやる。▼紅梅を眺めていると、紅が幹を流れているとしか思えない。▼近景の紅梅と、遠景の海を、一枚の絵のように詠む。▼紅梅ゆえに青空が深々と見える。

椿《つばき》

三春

山茶《つばき》・紅椿《べにつばき》・白椿《しろつばき》・乙女椿《おとめつばき》・山椿《やまつばき》・藪椿《やぶつばき》・落椿《おちつばき》・散椿《ちりつばき》

艶やかな緑の葉、その葉に隠れて咲く赤い花。椿は春、花を咲かせる常緑樹。日本に自生し、古くから詩歌にも詠まれてきた。「巨勢山《こせやま》のつらつら椿つらつらに見つつ偲《しの》はな巨勢の春野を」（坂門人足《さかとのひとたり》『万葉集』）。この歌が詠まれたのは旧暦九月で、花はまだ咲いていなかったが、椿の森を眺めて、一面に花咲く春の景色を思い浮かべようというのだ。品種改良の末、現在ではさまざまな形と色の花があるが、単に「椿」といえば、やはり藪椿の一重の赤い花である。それ以外の椿は、「八重椿」「白椿」「雪椿」などと特徴を冠して呼ぶ。「椿」という字は日本で作られた国字。中国では「山茶」という。椿は桜のように花びらが散らず、花ごと落ちるので、「散る」とはいわず、「落ちる」といい、地に落ちた椿の花を「落椿」という。 関連 椿《つばき》の実《み》→秋／冬椿《ふゆつばき》・侘助《わびすけ》→冬

鵯の嘴入るる椿かな　浪化
椿落ちてきのふの雨をこぼしけり　蕪村
慨然として起てば椿の花落つる　正岡子規
赤い椿白い椿と落ちにけり　河東碧梧桐
ゆらぎ見ゆ百の椿が三百に　高浜虚子
はなびらの肉やはらかに落椿　飯田蛇笏
いま一つ椿落ちなば立去らん　松本たかし
落椿とはとつぜんに華やげる　稲畑汀子

▼椿の花の蜜を吸う鵯《ひよどり》。▼椿の赤い花からこぼれる水。▼心を奮い立たせて起ち上がった時、椿が落ちた。▼赤い椿が落ち、すぐさま白い椿が落ちた。▼たくさんの、たくさんの椿。▼落ちた後、黒ずんでいく肉厚の花びら。柔らかな花びら、柔らかな花の肉なのだ。▼じっと椿を眺めているところ。▼一輪の椿の落花によって、あたりの空気がぱっと華やぐ。

初花《はつはな》

仲春

初桜《はつざくら》

その年の春、初めて咲いた桜の花。待ちに待った花と巡り合えた喜びをこめて、そう呼ぶ。初桜と意味は同じだが、「初桜」といえば、植物としての桜が前面に出るのに対して、「初花」といえば、初々《ういうい》しい華やかさが強調される。言葉の意味は同じでも、言葉の風味が違う。季語の風味がわかることが、季語を知るということ。

初花に命七十五年ほど　芭蕉

常矩《つねのり》▶寛永 20 年 (1643)—天和 2 年 (1682) 田中氏。貞門から談林へ転身。京にあって多くの門人を擁した。

初花も落葉松の芽もきのふけふ　富安風生

初花や竹の奥より朝日かげ　川端茅舎

▼初物を食べると寿命が七十五日延びるという。ならば桜の初花を見たからには、七十五年も延びた気がするのだ。▼高原の遅い春。初花の薄紅と落葉松《からまつ》の芽の薄緑が美しい。▼初花の咲く頃、竹林を通り抜けた朝の光が清らか。

花《はな》　晩春

花盛《はなざか》り・花明《はなあか》り・花影《かえい》・花房《はなぶさ》・花《はな》の雲《くも》・花便《はなだよ》り・花盗人《はなぬすびと》・花《はな》の宿《やど》・花月夜《はなづきよ》

「花」といえば桜のことといわれるが、「桜」と「花」は同じではない。「桜」は植物の桜をさす。朝顔や萩《はぎ》と同列の言葉である。一方、「花」は、文字どおり華やかなものをさす言葉。「花の春」（新年のこと）、「花のある人」などという時の「花」と同じ。桜は花のなかで最も華やかだから、「花」といえば桜をさすようになった。というわけで、「花」といっても桜でないこともある。「桜」は自然科学上の植物名なのに対して、「花」は心に関わる。桜を見た時、心の中にぱっと華やかな思いが広がる、それが花と思えばいい。

これはこれはとばかり花の吉野山　貞室

何の木の花とはしらず匂哉《にほひかな》　芭蕉

肌のよき石にねむらん花の山　路通

咲き満ちてこぼるゝ花もなかりけり　高浜虚子

人体冷えて東北白い花盛り　金子兜太

チチポポと鼓打たうよ花月夜　松本たかし

▼花盛りの吉野山（奈良県）を目の当たりにして「これはこれは」というほか言葉もないというのだが、「花の吉野山」の「花」は単に「桜の」というのではなく、「何と華やかな」という感嘆がこもっている。▼伊勢神宮での句。「何の木の花とはしらず」とあるとおり、桜とは限らない。▼滑らかな石の上での春の昼寝。▼華やかな、まさに満開の桜。▼花冷えの東北。この花は桜だろうか、林檎《りんご》だろうか。▼作者は能役者の家系。こんな匂やかな花月夜には、幼い頃から習い覚えた鼓でも打とう。

桜《さくら》　晩春

朝桜《あさざくら》・夕桜《ゆうざくら》・若桜《わかざくら》・老桜《おいざくら》・姥桜《うばざくら》・里桜《さとざくら》・千本桜《せんぼんざくら》・薄墨桜《うすずみざくら》・楊貴妃桜《ようきひざくら》・御所桜《ごしょざくら》

桜は花の中の花。日本列島には大昔から桜（山桜）が自生し、春のたびに野山をほのぼのと彩った。人は毎年、その桜の花を眺めては、また花の盛りに巡り合えたことを喜び、「久方の光のどけき春の日に静心なく花の散るらむ」（『古今和歌集』）という紀友則《きのとものり》の歌のように、散りゆく花を惜しんだ。「サクラ」の「サ」は田の神を意味する「サガミ」のサ、「クラ」は座の意。つまり桜は、田の神が美しい花となって姿を現わしたもの。「花見」はいわば田の神を客に迎えた宴である。江戸時代までは桜といえば、野生の山桜だったが、幕末に栽培種の染《そめ》井吉野《いよしの》が誕生し、明治以降、全国に広まった。不幸な戦争の時代、桜は軍国主義の旗印とされたこともあった。しかし日本人にとって桜は昔も今も、季節のめぐりと安らかな命の象徴である。

関連 花時《はなどき》→24／花《はな》の雨《あめ》→39／花見《はなみ》→167／夜桜《よざくら》→168／葉桜《はざくら》・桜《さくら》

秋風を追へば我身に入りにけり：「独居」の前書。孤独な我が身のうちをかけめぐる秋風。

の実《み》→夏／桜紅葉《さくらもみじ》→秋／冬木《ふゆき》の桜《さくら》→冬

さまざまの事おもひ出す桜かな　芭蕉
どんみりと桜に午時《ひる》の日影かな　惟然
水鳥の胸に分けゆく桜かな　浪化
ゆさゆさと大枝ゆるる桜かな　村上鬼城
金屏におしつけて生けし桜かな　高浜虚子
生涯を恋にかけたる桜かな　鈴木真砂女
風に落つ楊貴妃桜房のまゝ　杉田久女

▼芭蕉が郷里の伊賀上野《いがうえの》で花見をした時の句。庭の桜を眺めていると、懐かしい思い出が次々に浮かぶ。桜は思い出を甦《よみがえ》らせる花。▼満開の桜を真昼の日が照らす。「どんみり」はどんよりと淀《よど》んでいること。▼水面に浮かぶ桜の花びら。そこを進む水鳥。▼重たいほどに夥しく花をつけている大樹か。生命感あふれる姿。▼「おしつけて」の一語で桜が豪華に見える。▼桜を眺めながら、一人の人への恋を貫いた自分の半生をしみじみと顧みている。▼八重桜の一種。房ごと吹き飛んだあわれ。そのあでやかさに思わず息をのむ。

彼岸桜《ひがんざくら》

仲春

染井吉野《そめいよしの》や山桜にさきがけて、彼岸の頃（三月二十一日前後）に咲くのでこの名がある。染井吉野と同じく若葉より先に小ぶりの薄紅の花を房のように咲かせる。花が小さいので、「小彼岸桜《こひがんざくら》」ともいう。似た名前の桜に「緋寒桜《ひかんざくら》」（寒緋桜《かんひざくら》とも）がある。これは中国の沿岸部や台湾に自生する桜で、彼岸桜とは別種。日本では栽培品種として暖地に植えられ、一月中から二月初めにかけて海棠《かいどう》に似た紅《くれない》の下向きの花を咲かせる。彼岸桜とよく混同される。

尼寺や彼岸桜は散りやすき　夏目漱石

▼あっけなく散ってしまう彼岸桜。

枝垂桜《しだれざくら》

仲春　糸桜《いとざくら》・紅枝垂《べにしだれ》

枝垂桜は枝が垂れ下がり、花時には花の滝のように咲き誇る。いくつかの品種があるが、ふつう枝垂桜と呼んでいるのは「糸桜」である。糸桜で紅色の濃い花を咲かせるのは「紅枝垂」という。谷崎潤一郎が愛した桜である。

ゆき暮れて雨もる宿やいとざくら　蕪村
まさをなる空よりしだれざくらかな　富安風生

▼糸桜の下で雨宿り。▼千葉県市川市真間《まま》の伏姫桜《ふせひめざくら》を詠んだ句。

山桜《やまざくら》

晩春　吉野桜《よしのざくら》

昔から日本に自生する桜。山桜の「山」は「山猫」の「山」と同じく「野生の」という意。栽培種の染井吉野《そめいよしの》は花だけが先に咲くが、山桜は花と同時に若葉も萌《も》え出る。この若葉が緑色から臙脂《えんじ》までさまざまな色合いをしているので、遠くから眺めると、錦を織りなしたように見える。奈良県の吉野山は山桜の

来山《らいざん》▶承応3年（1654）—享保元年（1716）小西氏。宗因門。元禄期の大坂俳壇を代表する俳人。雑俳でも活躍。

一大聖域。麓の下千本《しもせんぼん》から山上の上《かみ》千本、さらに奥《おく》千本までひと月かけて咲きのぼる。

山又山山桜又山桜　阿波野青畝
花の中太き一樹は山ざくら　桂信子
日のありしところに月や山ざくら　鷹羽狩行

▼目の前に次々と山が現われ、山桜が現われる。山道をぐんぐん分け入ってゆくところ。▼堂々たる幹の山桜。▼山桜の上を太陽と月がめぐる。

八重桜《やえざくら》《やへざくら》 晩春

染井吉野《そめいよしの》などが盛りを過ぎてから、ようやく咲き出すのが八重桜。伊豆七島の大島に自生する大島桜を園芸品種として栽培したもので、三五枚以上もある花弁がかたまってぽってりと咲く姿から「八重桜」と呼ばれる。香りが高く、紅色を帯びた花が重たげに咲くさまは濃艶で、春爛漫《らんまん》の趣が漂う。祝いの席で用いる桜湯はこの花を塩漬けにしたもの。なお、ほとんどの八重桜は結実しない。

奈良七重七堂伽藍八重ざくら　芭蕉
八重桜日輪すこしあつきかな　山口誓子
山に出て山に入る日や八重桜　成瀬櫻桃子

▼伊勢大輔《いせのたいふ》の歌「いにしへの奈良のみやこの八重桜けふ九重に匂ひぬるかな」を踏まえ、大寺の七堂伽藍《しちどうがらん》から八重桜の「八重」を導き出す。▼八重桜が満開になる頃、日射しはすでに晩春のもの。▼盆地の暮らしの一日。八重桜が朝日にも夕日にも色を増す様子が浮かぶ。

遅桜《おそざくら》 晩春

桜の種類によっては、大方の花が散り終わってから咲き始めるものがある。そのように一般的な花時を過ぎてから咲く桜をいう。旅先や山中などで思いがけず目にすることもあり、心がなごむ。

ほつかりと咲きしづまりぬおそ桜　暁台
一もとの姥子の宿の遅桜　富安風生

▼「ほつかり」はほんのりと明るいさま。静かに咲いている様子がいかにも遅桜らしい。▼姥子《うばこ》は箱根にある温泉。一本の遅桜にほのぼのとした味わいがある。

落花《らっか》《らくわ》 晩春

花《はな》散《ち》る・散《ち》る桜《さくら》・散《ち》る花《はな》・花《はな》びら

桜の花が散ることを「花散る」あるいは「落花」という。その散り方をとらえたいくつかの季語がある。一片二片はらはらと散るのは「花びら」、吹雪のように舞い散るのは「花吹雪」、地面に散り敷く花びらは「花の塵」「花屑《くず》」、水面を漂う花びらは「花筏《はないかだ》」「花びら筏」。どれも散りゆく花を惜しむ季語である。

人恋し灯ともしころをさくらちる　白雄
中空《なかぞら》にとまらんとする落花かな　中村汀女

浮世の月見過ごしにけり末二年：人生五十年のところを二年余計に生きた感慨。辞世の句。

花吹雪

花ちるや瑞々しきは出羽の国　石田波郷
ちるさくら海あをければ海へちる　高屋窓秋
口開けて鯉の吸ひ込む落花かな　村松二本

▼辺りは夕暮れてきたが、しきりに桜は散るのだ。▼舞い上がり、なかなか降りてこない花びら。▼「出羽《でわ》」は現在の山形県。花は散り、木の芽の萌《も》える頃。▼海の青と桜の花の色の対比が鮮やか。▼鯉《こい》の口に流れ込む花びら筏。

【花吹雪《はなふぶき》】 晩春

桜吹雪《さくらふぶき》

桜+の花びらが吹雪のように舞うこと。眺めるのもよし、吹き包まれるのもよし。桜の花の最も美しい景色だろう。奈良の吉野山《よしのやま》では中千本《なかせんぼん》(中腹)の尾根道に沿って店や宿が並んでおり、谷底の桜が散る時、風に乗って谷底から空へ花吹雪が舞いあがる。

空をゆく一かたまりの花吹雪　高野素十
鹿のをる鹿のをらざる花吹雪　京極杞陽
ことごとく次の木に入る花吹雪　谷野予志

▼一団となって空を飛ぶ花吹雪。▼奈良公園の景だろうか。▼花吹雪が隣の桜に吹き込んでいる。

【花《はな》の塵《ちり》】 晩春

花屑《はなくず》

散り果てて塵になってしまった桜+の花びらをいう。桜の花が

西鶴《さいかく》▶寛永 19 年（1642）—元禄 6 年（1693）井原西鶴。浮世草子作家。奔放な作風から阿蘭陀西鶴と呼ばれた。

散り始めると、道の傍らに、庭の芝生の上に、あるいは家の畳の上に、花びらが舞い散る。花とはいっても塵芥《じんかい》にはちがいないが、塵となって再び土や水に還ってゆく、桜の輪廻《りんね》のひと齣《こま》である。

年々や桜をこやす花の塵　芭蕉
花の塵酒の琥珀《こはく》に吸はせけり　几董
花屑のしづかにとぢぬ鯉の道　田中王城

▼やがて桜の肥やしになる花の塵。▼盃《さかずき》に舞いこんだ花びら。▼一面の花筏《はないかだ》に背を擦ってゆく鯉《こい》。

【花《はな》筏《いかだ》】晩春

本来は、下っていく筏に散りかかる花びらをいう言葉であったと、江戸前期の歳時記に記されている。今では、水面に落ちた花びらが寄り合って流れゆくさまを筏と見た美しさのほうを珍重している。

ゆるやかに橋潜りをり花筏　石塚友二
夜の河のどこまで続く花筏　藤本草四郎

▼花びらは、水の動き、風の動きによってゆっくりと形を変えて動いてゆく。「ゆるやかに」に、花の動きと駘蕩《たいとう》たる気が感じられる。▼昼も夜も川水に沿って流れる花筏。昼間の明るい印象の花筏にも夜がくる。

【残《ざん》《ざん》花《か》《くわ》】晩春

残《のこ》る花《はな》・残《のこ》る桜《さくら》

晩春になっても咲き残っている桜⁺のこと。開花の時期が遅い種類というのではなく、大方が散ってしまった木にわずかに残っている花をいう。いささかしどけなくもあり、季節に遅れた侘《わび》しさを感じさせる。

夕ぐれの水ひろびろと残花かな　川崎展宏
さかのぼりゆくは魚のみ残花の谷　大井雅人

▼静けさが戻ってきた夕暮の池か湖か。水辺の木のまばらな花がいっそう目立つ。▼舟が通うこともない渓流。崖《がけ》の上の残花がひそやかな美しさをとどめているのは山中なればこそ。

【桜《さくら》蘂《しべ》降《ふ》る】晩春

桜⁺の花びらが散った後、萼《がく》に残った蘂が花柄とともに落ちること。樹下を歩く人の髪に降りかかったり、散り敷いて地面を赤く染める様子は、落花⁺とはまた違う美しさがあり、季語はこうしたものも言いとめている。

桜蘂ふる夢殿のにはたづみ　清水利子
桜蘂降る一生が見えて来て　岡本眸
桜蘂降る喪ごころに似たるかな　雨宮きぬよ

▼「にはたづみ」(潦)は水溜《みずたま》り。残しておきたい日本語の一つ。法隆寺の夢殿の前の潦とは、絵のような美しい場面。▼人の命や人

松風や殊に冬めく玉津島：玉津島は和歌山の和歌浦にある小島。

生への詠嘆がこめられる、特別の植物が桜。自身の行く末も予想がついたような思いになる。▼その侘《わび》しさは、喪にこもる思いに近いのだろう。

【牡丹《ぼたん》の芽《め》】 初春

冬の間じっと力を蓄えていたかのような大きな冬芽は、春になるや、ほぐれだす。それは、羽化する蝶が小さくたたまれていた翅《はね》を伸ばしてゆくさまを思わせ、鮮やかな赤い色はまるで炎のようである。 関連 牡丹《ぼたん》→夏

牡丹の芽

牡丹の芽ひくき土塀をめぐらせる　奈良鹿郎
牡丹の芽当麻の塔の影とありぬ　水原秋桜子
牡丹の芽青ざめながらほぐれけり　加藤三七子
隠国《こもりく》の風まだ荒し牡丹の芽　高瀬哲夫

▼古い屋敷であろうか、それが「ひくき土塀《どべい》」であるところに趣がある。▼奈良葛城の古刹・当麻寺《たいまでら》。塔と並んだ牡丹の芽の高貴さ。▼赤から緑へと葉らしい色になってゆくさまを「青ざめながら」といったことで、植物らしからぬ表情を描くことに成功。▼牡丹で有名な奈良の長谷寺《はせでら》のことだろう。「隠《こも》りく」は山に囲まれた所の意で、「隠国の」は本来、長谷寺のある泊瀬《はつせ》にかかる枕詞《まくらことば》。技巧的な作だが、早春の風に耐える牡丹の芽が目に浮かぶ。

【薔薇《ばら》の芽《め》】 初春

野茨《のいばら》の芽《め》・茨《いばら》の芽《め》

冬、葉を落とした薔薇は棘《とげ》が目立ち、寒々しい印象を与えるが、春になると赤い芽が炎のように萌《も》え出る。伸びるにつれて、色は変わってゆく。白や黄色の花の場合は、葉や茎も色の薄いものが多いが、芽がほぐれてゆくさまは、どれも艶やかで美しい。野生種の野茨も芽吹いてくる。 関連 薔《ば》薇《ら》・茨《いばら》の花《はな》→夏

薔薇の芽

薔薇の芽に息をころしてブロンズ像　橋本美代子
薔薇の芽のささやき無数門くぐる　澤村昭代

名句鑑賞

一寸にして火のこころ牡丹の芽　鷹羽狩行

芽吹いたばかりの牡丹《ぼたん》の芽は、その赤さだけでなく、かたちも、めらめらと燃え上がる炎を思わせる。それを単純に描写するのではなく、牡丹の芽が言挙《ことあ》げするかのようにとらえた。すべてを燃やしつくすエネルギーは、わずかばかりの火にも備わっているのである。「一寸」は実際の大きさというより、「一寸の虫にも五分の魂」のように、ごく小さなもののたとえである。やがて紅蓮《ぐれん》の炎のような大輪の花が開くことを想像させよう。［片山］

西吟《さいぎん》▶ ?―宝永6年(1709)水田氏。宗因門。西鶴の下で執筆を務め、『好色一代男』の版下を書いた。

野いばらの芽ぐむに袖をとらへらる　水原秋桜子

▼薔薇園の一角に置かれたブロンズ像。芽吹いた薔薇のエネルギーに圧倒されているかのような像が、いささかユーモラス。▼蔓《つる》薔薇をアーチ状に設《しつら》えた門か。薔薇の芽の無数のささやきに春の息吹が感じられる。▼野茨の傍らを歩いていて棘が洋服に引っ掛かった。あたかも芽吹き始めた野茨が呼び止めたように。

▼太陽はまだ沈みきっていない。その刹那《せつな》に黄金色に輝いている金縷梅の花。

【金縷梅《まんさく》】

初春

金縷梅《まんさく》の花《はな》・金縷梅《きんろばい》・万作《まんさく》・満作《まんさく》

早春の山地などで、黄色い花が枝々を包むように一斉に開く。その名は、他にさきがけて「まず咲く」が、訛《なま》って「まんさく」になったといわれ、豊年満作の連想から「万作」や「満作」の字を当てる。花弁は捻《ねじ》れた紐《ひも》状をなし、枝にかたまってつく様子は、火花が散っているようにも見える。

まんさくの淡さ雪嶺《ゆきね》にかざし見て　阿部みどり女

まんさくの黄のなみなみと暮れにけり　古舘曹人

まんさくや人立ち去れば日と月と　岸本尚毅

▼高い山々はまだ雪に覆われている頃。金縷梅をかざすと、雪のまぶしさのせいで色が淡く見える。▼枝々にびっしりついた花が夕闇の中であふれんばかり。▼人々の姿も消え、東から月が昇り、

金縷梅

【山茱萸《さんしゅゆ》の花《はな》】

初春

春黄金花《はるこがねばな》

山茱萸は、春先、葉に先立って鮮やかな黄色い花をつけるところから、「春黄金花」ともいう。細かい花が二、三〇個かたまって咲くさまは、離れて見ると、球形の花が枝にびっしりついているよう。初春に咲く木の花は黄色いものが多く、山茱萸もその一つ。また、秋に真っ赤な実がなるところから、「秋珊瑚《あきさんご》」の別名もある。

山茱萸の花

さんしゆゆの花のこまかさ相ふれず　長谷川素逝

黄昏に山茱萸の色まだ見ゆる　宮津昭彦

山茱萸や線香の火をかばひ合ふ　喜多杜子

山茱萸といふ字を教ふたなごころ　西村和子

▼密集しているようでいて、独立して咲いているさまを活写。▼夕闇迫るなか、山茱萸の花がはっきり見えるのは、黄金の花にふさわしい輝かしさゆえ。▼家族揃っての墓参。線香の火が風で消えそうなので、てのひらを寄せ合う。早春の風の冷たさが伝わってくる。▼どんな字かを尋ねられ、てのひらに指で書いて教えた

夕ぐれのものうき雲やいかのぼり：物憂く浮かぶ夕雲。まだ誰かが凧を揚げている。

のである、「山に茱萸《ぐみ》」と言っただけではわからない人に。

黄梅《おうばい》《わうばい》

初春

迎春花《げいしゅんか》

早春、葉に先立って枝垂《しだ》れた枝に六裂の筒状花をつける。名の由来は梅と同じ頃、黄色の花をつけるところから。中国原産で、中国名は「迎春花」。中国の春節（中国の旧正月）の頃に咲き、文字どおり新春を迎える花である。

黄梅の衰へ見ゆる日向かな　高木晴子
川筋に黄色が飛びて迎春花　中西舗土
春望の西安どこも迎春花　松崎鉄之介

▼日の光を浴びながら衰えてゆく哀れ。▼角ばった枝がぐいと川へ伸び、その先に黄色い花が咲いている。黄梅は前年の枝の伸びた節にしか花をつけない。▼黄梅のふるさと中国西安《せいあん》の黄色に埋めつくされた春景色。

黄梅

辛夷《こぶし》

仲春

木筆《こぶし》・山木蓮《やまもくれん》・幣辛夷《しでこぶし》・やまあららぎ・こぶしはじかみ・田打桜《たうちざくら》

早春の黄色の花々に続き、仲春になると、白い花が次々に開き始める。辛夷もその一つで、木を覆うように咲く花は遠くからでも目につく。日本原産で、各地の山中に自生していたことから呼び名も多い。「木筆」はふっくらとした苞《ほう》が筆の穂に似ているところから。稲作の最初の作業である田打+ちが始まる頃に咲き出すところから「田打桜」と呼ぶ地域もある。

関連 田打《たうち》→195

花籠に皆蕾なる辛夷かな　正岡子規
一弁の疵つき開く辛夷かな　高野素十
風の日の記憶ばかりの花辛夷　千代田葛彦
辛夷より白きチョークを置きにけり　西嶋あさ子

▼蕾《つぼみ》ばかりの辛夷はこれから次々に開き、しばし目を楽しませてくれることだろう。▼白い花は疵《きず》が目立ちやすく、蕾のうちに傷んでしまったものも。それでも懸命に咲こうとする。▼辛夷が咲く頃は、まだ冷たい風が吹く。むしろ風の中で輝いていた姿が浮かんでくるという作者。▼チョークを辛夷の花より白いと感じたのは、あちこちに咲くこの花の白さが目に焼きついているから。教職を離れることになったのかもしれない。

三椏《みつまた》の花《はな》

仲春

三月から四月頃、独特の形をした黄色い花をつける。小さな筒状花が、三〇個から五〇個ずつの塊となって、枝から下がる。その枝がつねに三叉《みつまた》に分岐することが名前の由来。樹皮を和紙の原料とするために栽培されてきた。愛らしい花が庭木としても好まれている。

才麿《さいまろ》▶明暦２年（1656）―元文３年（1738）椎本《しいのもと》氏。西武のち西鶴門。大坂俳壇で勢力を築く。蕉門とも交流。

三椏や皆首垂れて花盛り　前田普羅
三椏の花三三が九三三が九　稲畑汀子
三椏の花のつめたき雫かな　島谷征良

▼小さな塊の蕾《つぼみ》をつけて春を待つ三椏。それが開いても下を向いたままである様子を「皆首垂れて」と描く。▼枝が三本、三本と岐《わか》れて広がってゆくのを、「サザンガク、サザンガク」ととらえた楽しさ。▼筒状の花の外側は銀色。その金属的な輝きの印象が「つめたき」である。花の塊の一つ一つが銀色の雫《しずく》のようで、実際に雨が伝い落ちたとしても「つめたき雫」にちがいない。

三椏の花

ミモザ
初春

二月から三月頃、小さなボンボンのような黄色い花をつける。ミモザはラテン語でオジギソウの意だが、イギリスでは南フランスから輸入されるフサアカシアの切花をミモザと呼んだ。日本には明治初期に渡来したが、同じマメ科のギンヨウアカシア（葉が灰白色なので銀葉という）もミモザと呼び、現在ではこちらのほうが多い。古いフランス映画『ミモザ館』の影響もあってヨーロッパの雰囲気を感じさせる花として親しまれてきた。

ミモザ咲き海かけて靄黄なりけり　水原秋桜子
沸き立つといふ咲きぶりの花ミモザ　大橋敦子
花ミモザ備前の壺に溢れしむ　山本佑

▼けぶるような花の黄と海上の靄《もや》が一体となる春らしい景色。▼幹から岐《わか》れ大きく広がって垂れている枝が、花をつけると逆に盛り上がっている（沸き立つ）ように見える。▼奔放な枝そのままに投げ入れるのがミモザにはふさわしい。備前焼の壺も似つかわしい取り合わせ。

沈《じん》《ちん》丁《ちょう》《ちやう》花《げ》《げ》
仲春

沈丁《じんちょう》・丁字《ちょうじ》・丁子《ちょうじ》・瑞香《ずいこう》

沈丁花といえば、その香りがまず思い浮かぶ。木犀《もくせい》とともに香りのよい花の代表で、その名も「沈香《じんこう》」と「丁香《ちょうこう》」を合わせたもの。小さな星が集まったような花だが、花のように見えるのは筒状の萼《がく》が四裂したものである。原産地は中国で、室町時代に日本へ入ってきた。雌雄異株で、雌株は稀《まれ》のため、挿し木で増やす。

門灯をつけ忘れをり沈丁花　江國滋
沈丁や一と夜のねむり層なせる　澁谷道
ぬかあめにぬるゝ丁字の香なりけり　久保田万太郎

▼沈丁花はなぜか夕方に強く香る。門灯のつけ忘れに気づく前に、香りがふっとたったにちがいない。▼時間が積もってゆくような一晩の眠り。その眠りの層を包む闇に、沈丁花の香りが満ちている。▼雨の降り始めも匂いに敏感になる。糠雨《ぬかあめ》の中から漂ってく

菜の花を出るや塗笠菅の笠：一面の菜の花から現れる笠《かさ》をかぶった旅人たち。

る沈丁花の香りを、香りそのものが濡《ぬ》れているととらえたところが非凡。

連《れん》翹《ぎょう》

仲春

いたちぐさ・いたちはぜ

「翹」は高く弧を描いて立つ雉《きじ》の尾羽。その言葉どおり、三月頃から、鮮やかな黄色の花をびっしりつけた枝を、はね上げるように広げる。花弁が深く切れ込んだ花は一つ一つがとりわけ美しいわけではないが、全体として辺りを照らし出すような明るさが、春のみずみずしさを感じさせる。中国原産。「いたちぐさ」「いたちはぜ」は古名。

連翹

連翹の一枝円を描きたり　高浜虚子

連翹の縄をほどけば八方に　山口青邨

連翹や朝のひかりのまつしぐら　福永耕二

見ゆる雨見えぬ雨降るいたちぐさ　手塚美佐

▼枝は奔放に伸びているようでいて案外しなやか。円を描く枝もある。▼連翹は枝が株の根元から広がる。括《くく》った縄をほどいたところ八方に、というところがいかにも連翹。▼朝日と連翹の黄がぶつかったような眩《まぶ》しさ。「まつしぐら」に勢いがある。▼雨筋が見えるところもあれば、見えないところも。花の明るさにまぎれるからか。さほど激しい降りでないのも春の雨らしい。

海《かい》棠《どう》

晩春

花海棠《はなかいどう》・睡花《ねむりばな》・ねむれる花《はな》

海棠には実のなる実海棠と花を観賞する花海棠があるが、季語としては「花海棠」をいう。中国原産で、薄紅色の艶やかな花は東洋の名花とされる。唐の玄宗《げんそう》皇帝が楊貴妃《ようきひ》の酔余《すいよ》の眠たげな様子を「海棠の睡り未《いま》だ足らず」といったという故事から「睡花」や「ねむれる花」の名があり、美しい女性がうちしおれた姿を「海棠の雨に濡《ぬ》れたる風情」ともいう。そうした趣を下敷きにして詠まれた句が多い。

海棠

海棠や雨をはらめる月二夜　紫暁

海棠の雨に愁眉をひらきたる　行方克巳

名句鑑賞

連翹や真間の里びと垣を結はず　水原秋桜子

真間《まま》は千葉県市川市の地名。その昔、多くの男性に求婚されて困り果て、入水自殺をしたという美女、真間手児奈《ままのてこな》の伝説が残るところである。作者の第一句集『葛飾《かつしか》』はこの辺りを題材にした作品を多く収めているが、昭和二十年代の実景描写というより、作者が心に抱くのどかな田園風景のようだ。連翹《れんぎょう》の明るさがのびのびとした印象を与える。［片山］

団水《だんすい》▶寛文３年(1663)—宝永８年(1711)北条氏。浮世草子作家。師・西鶴の遺稿『西鶴置土産』等を刊行。

▼ぼんやりと月が見えてはいてもまた雨が降りそうだ。海棠を濡らす雨となるかもしれないが、それもまたよし。▼雨に濡れれば濡れたでまた趣を増す海棠。「愁眉《しゅうび》をひらく」が楊貴妃さながらの女性の姿を連想させる。

【木《もく》蓮《れん》】

仲春

紫木蓮《しもくれん》・木蘭《もくれん》・木蓮花《もくれんげ》・唐木蓮《とうもくれん》・更紗木蓮《さらさもくれん》

三月から四月頃、葉の出る前の枝先に赤紫色の花を多数つける。六枚の花弁の下部はカップ状に閉じていて、上部が開く。花の外側から見ると全体が赤紫に見えるが、花びらの内側は色が薄い。変種の唐木蓮は「姫木蓮」ともいい、全体に小ぶりで花の先端がやや尖《とが》っている。花びらの内側が白みを帯びているので、風に吹かれると外側の赤紫とのコントラストが美しい。

木蓮の風のなげきはたゞ高く　中村草田男
木蓮のため無傷なる空となる　細見綾子
紫木蓮くらき生家に靴脱ぐも　角川源義

▼木蓮は二～五メートルくらいの高さになるので、花が咲くと、風に揺れているのがよくわかる。強風の日の吹かれづめの花を風の嘆きと見た。▼木蓮が咲く背景に広がる青空を「無傷」と感じたところがユニーク。▼生家にまつわる思い出は必ずしも明るいものではないらしい。木蓮は心理的な陰影を感じさせる花でもある。

【白《はく》木《もく》蓮《れん》】

仲春

白木蓮《はくれん》・はくれん

三月頃、辛夷《こぶし》を追いかけるように咲き出すのが白木蓮。どちらも白い花だが、白木蓮は辛夷よりやや黄みを帯びたような白さで、花びらに厚みがある。赤紫の「紫木蓮」と同属で、白木蓮のほうが樹高が高い。五メートル以上もの木に白い花が咲き満ちている姿は遠目にも輝かしい。「はくれん」とも呼ぶが、「白蓮《びゃくれん》」というと、夏に咲く白い蓮《はす》の花のことになるので注意したい。

声あげむばかりに揺れて白木蓮　西嶋あさ子
白木蓮の散るべく風にさからへる　中村汀女
はくれんの花の占めたる夜空あり　千代田葛彦
はくれんの吹きしぼらるる疾風《はやて》かな　奥坂まや

▼大木が風を受けて揺れるさまが、歓喜の声をあげているように見えた。▼あたかも風の標的のような白木蓮。散り際にもまだ残

木蓮

白木蓮

かざり木にならで年ふる柏哉：伐られることもなく年を重ねた柏《かしわ》のめでたさ。

る力を感じさせる。▼夜になっても闇にまぎれることのない白さ。▼疾風に翻弄されているさまを「吹きしぼらるる」と鮮やかに描いてみせた。

馬酔木《あしび》の花《はな》

晩春

花馬酔木《はなあしび》・あせび・あせぼ・あせみ・あしぶ

やや乾燥した山地に自生し、晩春、白いベルのような小花を多数つける。有毒植物で、牛馬が食べると痺《しび》れて酔ったようになるという名だが、実際には食べない。高さ五メートルほどになるものもある。「あせび」「あせぼ」など異名も多く、万葉時代から歌に詠まれてきた。

馬酔木の花

馬酔木より低き門なり浄瑠璃寺　水原秋桜子

月よりもくらきともしび花馬酔木　山口青邨

花馬酔木晴れては高円山が見え　松本旭

▼「山城の春」と題して京都の浄瑠璃寺《じょうるりじ》を詠んだ四句のうちの一句。馬酔木に覆われて小さく見える門が、寺の趣を伝えている。▼灯火が暗いのではない、月が明るいのである。▼奈良には馬酔木の木が多い。春曇りの日はよく見えない高円山《たかまどやま》も今日は晴れてよく見える。

躑躅《つつじ》

晩春

花躑躅《はなつつじ》・白躑躅《しろつつじ》・蓮華躑躅《れんげつつじ》・八塩躑躅《やしおつつじ》・岩躑躅《いわつつじ》・山《やま》躑躅《つつじ》・三葉躑躅《みつばつつじ》・雲仙躑躅《うんぜんつつじ》・霧島躑躅《きりしまつつじ》

種類がきわめて多く、野生種は二〇種以上、園芸品種は数百にのぼる。名は、花が次々と咲くことから「つづき咲き」、あるいは形をいう「筒咲き」が転訛《てんか》したものといわれる。漢名の「躑躅」は物のうずくまる姿を示す言葉で、びっしりと花をつける様子をあらわすともいう。栽培しやすいため、庭木としてだけでなく駅や公園にも植えられている。三葉躑躅など薄紫の楚々《そそ》とした花もあるが、多くは色鮮やかで、晩春の日射しをいっぱいに浴びて力強く咲く。

躑躅

日の暮れてこの家の躑躅いやあな色　三橋鷹女

まなうらに燃え上がらんとつつじ濃し　野見山朱鳥

つつじ燃ゆ土から色を吹き上げて　上野章子

花びらのうすしと思ふ白つつじ　高野素十

▼昼間は鮮やかだったが。どうも好きになれない花。▼火のように鮮やかな赤い花が、瞼《まぶた》に焼きつく。▼一面に咲いた躑躅はまるで地面から色を吹き上げているかのよう。▼白躑躅の花びらは薄い。あらためてその透き通るような白さを確認する。

一晶《いっしょう》▶？—宝永４年（1707）芳賀氏。芭蕉と交わるも雑俳の道へ。西鶴の肖像画を描いた。

小粉団《こでまり》の花《はな》

晩春

小手鞠《こでまり》・団子花《だんごばな》

白い五弁の小さな花が球形に集まって咲き、それが手鞠のように見えることから「こでまり」という。垂れ下がった枝が風に揺れると、まさに鞠が弾んでいるように見える。高さ一、二メートルで、庭や公園に植えられるほか、切花としても人気がある。中国原産。江戸時代に渡来し、『毛《け》吹草《ふきぐさ》』（正保二年）などの歳時記にすでに見える。

小てまりや上手に咲いて垣の上　嵐弓

小でまりの花に風いで来りけり　久保田万太郎

活くるひま無き小繡毬《こでまり》や水瓶に　杉田久女

▼生垣から乗り出すように、白い花が見えるのだろう。▼少し重たげな鞠状の花は、風を待っていたかのように揺れ出す。▼壺に生けようと庭から切ってはきたものの、家事に追われて、ついそのままに。

小粉団の花

名句鑑賞

小でまりの愁ふる雨となりにけり　安住敦

枝がしなうほどに花をつけた小粉団《こでまり》が、雨を含んで重たげである。雨を厭《いと》う花の姿が浮かぶが、じつはこの句は作者の師である久保田万太郎の急逝を聞いて詠まれたのである。小粉団の花を詠んだ万太郎の句「小でまりの花に風いで来りけり」を踏まえていることはいうまでもない。俳句はこのように挨拶として詠まれることもある。もちろん、その際も季語の果たす役割は大きい。［片山］

雪《ゆき》柳《やなぎ》

晩春

小米花《こごめばな》・小米桜《こごめざくら》

その名のとおり、枝垂《しだ》れたさまが柳+を思わせ、三月から四月にかけて雪のように白い小花をたくさんつける。散り始めると地を真っ白に染め、それもまた雪さながらである。花びらが米粒のように細かいことから、「小米花」や「小米桜」の別名もある。庭に植えたい花の一つ。

朝《あした》より夕《ゆふべ》が白し雪柳　五十嵐播水

こぼれねば花とはなれず雪やなぎ　加藤楸邨

雪柳花みちて影やはらかき　沢木欣一

▼明るい朝ではなく、むしろ夕方のほうが白さが増すことを発見。

雪柳

踏まれけり花口おしか今一度咲け：咲けと酒を掛けた。落花よ踏まれて口惜しいならばもう一度咲け。もう一度花見酒ができる。

無心で見ることから生まれた一句だろう。▼雪柳はいわば、こぼれてこその花。「こぼれねば花とはなれず」の断定が効果的。▼黒い影の柔らかさは、花をつけた枝のしなやかさを思わせる。

藤《ふじ》《ふぢ》　晩春

藤《ふじ》の花《はな》・藤棚《ふじだな》・藤房《ふじふさ》・藤波《ふじなみ》・藤見《ふじみ》・白藤《しらふじ》・山藤《やまふじ》・野藤《のふじ》・野《の》田藤《だふじ》

藤は優雅にして清らかな花。晩春、長い花房に薄紫の花を次々に咲かせる。蔓《つる》性の落葉樹で、竜のような形をした木もある。藤は日本に自生し、野生の藤は「山藤」という。山藤の花が断崖や巨木に紫の雲がたなびくように這《は》いかかっているのを見かける。『源氏物語』では藤の花は重要な役を果たしている。この物語の発端は少年の光源氏と父の妃である藤壺中宮の道ならぬ恋である。

草臥《くたびれ》て宿《やど》かる比《ころ》や藤の花　芭蕉
藤の花雲の梯《かけはし》かかるなり　蕪村
白藤や揺りやみしかばうすみどり　芝不器男
滝となる前のしづけさ藤映す　鷲谷七菜子
藤棚を透かす微光の奥も藤　長谷川かな女
山藤が山藤を吐きつづけおり　五島高資

▼夕暮の藤。▼藤の花の咲き連なるところが「雲の梯《かけはし》」のよう。▼白藤にさすほのかな緑。このすがすがしさはすでに夏の気配を感じさせる。▼滝となって落ちる前の水に映る藤の花。▼満開の藤棚を漏れてくる微光。▼山藤の花房が次々と別の花房を吹き出しているという。まるで生き物のよう。

山吹《やまぶき》　晩春

面影草《おもかげぐさ》・鏡草《かがみぐさ》・八重山吹《やえやまぶき》・白山吹《しろやまぶき》

しなやかで長い枝に黄金色の五弁花が多数つき、若緑の新葉とのコントラストが鮮やかである。古くから日本の山野や渓谷に自生し、『万葉集』などにも詠まれてきた。一重と八重があるが八重のものは結実せず、白山吹は別種で花弁が四枚。太田道灌《おおたどうかん》が鷹狩《たかがり》の途中で雨に遭い、近くの農家で蓑《みの》を所望すると、若い女が「七重八重花は咲けども山吹の実の一つだになきぞ悲しき」という歌に掛けて、一枝の山吹を差し出したという話が伝わっている。

ほろほろと山吹ちるか滝の音　芭蕉
山吹や小鮒入れたる桶に散る　正岡子規
枝かはすところ山吹花かさね　皆吉爽雨

▼自然の中に咲く山吹。しぶきではなく音を強調したことで、むしろ滝の激しさを想像させる。▼とってきたばかりの小鮒《こぶな》を入れ

山吹 ❶一重、❷八重。

宗旦《そうたん》▶寛永13年（1636）—元禄6年（1693）池田氏。口語や俗語を駆使し伊丹風の祖といわれる。

た桶の中に、山吹が散り込んで。生き生きとした場面に日常の断面が見える。▼写生を信条とした爽雨の目がとらえたのは、すべてのもののありようである。山吹の山吹らしさが鮮やかに描出されている。

【木瓜《ぼけ》の花《はな》】

晩春

緋木瓜《ひぼけ》・白木瓜《しろぼけ》・更紗木瓜《さらさぼけ》・蜀木瓜《しょくぼけ》・広東木瓜《かんとんぼけ》・唐木瓜《からぼけ》・花木瓜《はなぼけ》・後天木瓜《こうてんぼけ》

中国原産で古くに渡来し、庭木として親しまれてきた。椀形の二センチほどの五弁花。色は朱、白、緋のほか、紅と白の混じっている更紗木瓜もある。枝に棘《とげ》があり、秋には大きな実をつける。

紬着る人見送るや木瓜の花　　許六

口ごたへすまじと思ふ木瓜の花　　星野立子

▼温かみを感じる木瓜の花に、紬《つむぎ》の着物の野趣に富む織りが似合う。▼諍《いさか》いを避けようという姿勢をしているが、心には強い意志を秘めているのだろう。木瓜の枝ぶりや棘がそう思わせる。

木瓜の花 ❶緋木瓜、❷白木瓜。

【樝子《しどみ》の花《はな》】

晩春

草木瓜《くさぼけ》の花《はな》・地梨《じなし》の花《はな》・花《はな》しどみ

山野に自生する落葉小低木で、植物名は「草木瓜」。葉の出た後に、木瓜に似た紅色の花をつける。愛らしいので盆栽にして楽しんだりもする。実は秋に熟し、地面すれすれになるところから、「地梨」ともいわれる。

関連 樝子《しどみ》の実《み》→秋

土ふかくしどみは花をちりばめぬ　　軽部烏頭子

花しどみ妻には妻の歩幅あり　　福永耕二

草木瓜や故郷のごとき療養所　　石田波郷

▼低い枝についた花の様子を「土ふかく」といい止め、それによって花の赤さがクローズアップされた。▼夫婦でつかず離れず歩く。遅れがちな妻を急《せ》かしたりはしない夫の眼差しが優しい。▼結核で入退院をくり返した作者。小康を得ての散策か。草木瓜の花の親しさ。

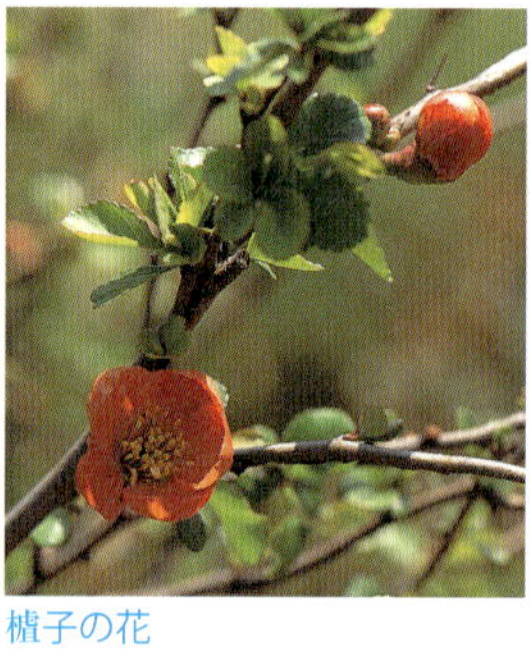

樝子の花

【桃《もも》の花《はな》】

晩春

桃林《とうりん》・桃畑《ももばたけ》・桃見《ももみ》・白桃《しらもも》・緋桃《ひもも》・枝垂桃《しだれもも》・桃《もも》の宿《やど》・桃園《ももぞの》・桃咲《ももさ》く

桃は梅、桜と並ぶ春の三大花木の一つ。桃の花の美点は梅や桜のように洗練された美しさではなく、溌剌《はつらつ》とした華やかさにある。「春の苑《その》紅《くれなゐ》にほふ桃の花下《した》照《で》る道に出で立つ娘子《をとめ》」

日本紀や銀杏に埋む神無月：銀杏《いちょう》は紙魚《しみ》を防ぐ。『日本書紀』書中の神々もろとも埋めた。

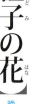

(大伴家持《おおとものやかもち》『万葉集』)。この歌の乙女もふくよかな少女である。桃の節句というように雛祭《ひなまつり》にはなくてはならない花である。桃源郷の花でもある。桃源郷の花でもある。漁師が迷い込んだ山奥の村は桃の花咲くのどかな村だった(陶淵明《とうえんめい》「桃花源記《とうかげんき》」)。 関連 雛祭《ひなまつり》↓211/桃《もも》↓秋

昼舟に乗るやふしみの桃の花　桃隣

葛飾や桃の籬も水田べり　水原秋桜子

野に出れば人みなやさし桃の花　高野素十

ふだん着でふだんの心桃の花　細見綾子

角出して金平糖や桃の花　中村汀

▼京の南郊、淀川《よどがわ》の港のあった伏見《ふしみ》は桃の名所。▼こちらは東京近郊、葛飾《かつしか》の田園風景。「籬《まがき》」は垣根。▼桃の花咲く野に出ればみな大らかな心持ちになる。▼桃の花には絣《かすり》の着物のような飾らぬよさがある。▼金平糖《こんぺいとう》は小さな鬼の子のよう。

桃の花

李《すもも》の花《はな》

晩春

李花《りか》・李咲《すももさ》く

桃の花よりも少し遅れて、小さい白色の五弁花が密生して咲く。揚子江《ようすこう》流域が原産で古くに渡来し、『万葉集』にも詠まれた花。中国では「桃李《とうり》」といって、桃の花と並んで美しい花とされている。 関連 李《すもも》↓夏

隙間なく風吹いてゐる花李　廣瀬直人

李咲く秩父は母の胎なりき　二川茂徳

▼びっしりと咲いている李の花が揺れるのは、風が隙間《すきま》なく吹いているからと、とらえた。▼秩父《ちちぶ》(埼玉県)の風土に母性を感じている。李の花の優しい風情が添えられた。

李の花

梨《なし》の花《はな》

晩春

梨花《りか》・梨咲《なしさ》く

四月頃、葉が出るのとほぼ同時に白い花をつける。桜よりやや大きい直径三、四センチの五弁花が五〜一〇個ずつ枝先にかたまって咲くので、木全体が白くけぶって見える。果樹園では作業しやすい高さに枝を水平の棚状に伸ばして栽培する。花は数日で散ってしまうので、人工授粉をしている。 関連 梨《なし》↓秋

梨の花

青天や白き五弁の梨の花　原石鼎

山国の夜まっ白に梨の花　酒井弘司

調和《ちょうわ》▶寛永15年(1638)—正徳5年(1715)岸本氏。江戸俳壇にあって大勢力を誇るも蕉風の台頭もあり失速。

夭折はすでにかなはず梨の花　福永法弘

梨咲くと葛飾の野はとのぐもり　水原秋桜子

▼一幅の日本画さながらの格調を感じさせる一句。▼山国の深い闇との対比で、夜にも白々と見える花の色を浮き彫りにした。▼清潔なイメージの梨の花は、どこか「佳人薄命」を思わせる。「はかなさは美の極み」と、夭折に憧れていたのも若さゆえ。時は容赦なく流れてゆく。▼満開の梨の花も雲のよう。春の曇りがちの天気。

杏《あんず》の花《はな》

晩春

花杏《はなあんず》・からもも の花《はな》・杏咲《あんずさ》く・杏花村《きょうかそん》

三月から四月頃、葉に先がけて淡紅色または白の五弁花が咲き、あたり一面を染める。杏の花が一斉に咲いた村を「杏花村」と呼ぶのは、それが現実の光景とは思えない美しさだからだろう。中国原産。平安時代に薬用植物として渡来、今も果肉を食べるだけでなく、種から杏仁油《きょうにんゆ》を採るほか咳《せき》止めとしても用いる。関連 杏子《あんず》→夏

杏の花

花杏汽車を山から吐きにけり　飴山實

李白酔うて眠れる頃や花杏　大石悦子

▼満開の杏の花に覆われた真っ白い山から無骨な汽車が出てきたのを、「山から吐きにけり」と見たおもしろさ。▼詩人李白《りはく》は大の酒好き。その李白がすっかり酔って眠っている頃かという。中国原産の杏が誘う連想。

林檎《りんご》の花《はな》

晩春

花林檎《はなりんご》

林檎は実を食用とするために栽培されるが、花も美しい。北海道や青森・長野など寒冷地が主要な産地であるだけに、遅い春の訪れを知らせる花でもある。蕾《つぼみ》の時は赤く、五弁の花が開くと淡い紅を刷《は》いたようになるので、全体が濃淡をなして美しい。清楚な印象を与える花であり、西条八十作詞「林檎の花咲く町」など、流行歌にも歌われて親しまれている。関連 林檎《りんご》→秋

林檎の花

白雲や林檎の花に日のぬくみ　大野林火

風吹けば一村揺るる花林檎　宮坂静生

▼北国にもようやく春の雲がぽっかり浮かび、日射しもすっかり暖かくなってきた。▼風に揺れるのは林檎の花。村ごと揺れているかのように感じたのは、村中に林檎の花が満ちあふれているから。

内甲見てや折りとる鎧草：内甲《うちかぶと》は兜の内側のこと。知られたくない弱みのこともいう。

【伊予柑《いよかん》】

三春

伊予蜜柑《いよみかん》

秋から春にかけて収穫される柑橘《かんきつ》類のうち、春のものとして人気が高いのは伊予柑。外皮が剝《む》きやすくて果汁が豊富、香りがよく、甘さと酸味のバランスもよい。山口県で発見されたダイダイ類柑橘の一品種だが、明治中期に愛媛県が導入して栽培が広がり、主要産地となった。重さが二五〇〜三〇〇グラムと、✦蜜柑《みかん》に比べてかなり大形である。

伊予柑

伊予柑の地にすれすれの鬱金《うこん》かな　青野きみ

伊予柑を供へて永遠《とは》に秘仏かな　岸本尚毅

▼果樹は樹高を低く栽培するので、重い実が地に届きそうになる。「鬱金」と見たことで、いっそう重さが加わったかのよう。▼拝することができない秘仏を収める厨子《ずし》の前に供えられた伊予柑。金色が眩《まぶ》しく見える。

【ネーブル】

三春

甘橙《あまだいだい》

欧米では代表的な柑橘《かんきつ》類で、オレンジといえばネーブルオレンジをさすことが多い。「ネーブル」は臍《へそ》の意で、果実の先端が臍のように入り込んでいるのが特徴。十二月下旬に収穫し、春に市場に出すものが多いが、二月頃まで樹上で完熟させるといっそう風味が増す。

座りよきネーブル選りて墓に置く　名取文子

山国の夕日ひと粒甘橙　廣瀬町子

▼座りのよいものを選んで、というところが蜜柑《みかん》と違う。オレンジ色が墓に映え、供物としても美しい。▼夕日と一対のネーブル。オレン甘橙と名づけられたのは、日本にもたらされた時、その甘さに驚いたからだろう。

【木《こ》の芽《め》】

三春

きのめ・木《こ》の芽張《めは》る・木《こ》の芽垣《めがき》・名《な》の木《き》の芽《め》・雑木《ぞうき》の芽《め》・櫟《くぬぎ》の芽《め》・欅《けやき》の芽《め》

何の木かを問わず、春の木の芽のことをいう。読み方は「このめ」「きのめ」どちらでもいいが、✦山椒の芽を「きのめ」と呼んで、ほかの木の芽と区別することがある。「霞立ち木の芽もはるの雪降れば花なき里も花ぞ散りける」（紀貫之《きのつらゆき》『古今和歌集』）のように、古くは「木の芽張る」を「春」と掛けて詠むことが多かった。

木の芽

関連 木《こ》の芽時《めどき》→23／木《き》の芽漬《めづけ》→176／木《き》の芽和《めあえ》→177

蟬吟《せんぎん》▶寛永19年（1642）ー寛文6年（1666）藤堂氏。若き日の芭蕉が奉公した主家の三男。ともに俳諧を嗜んだ。

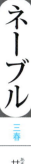

骨柴の刈られながらも木の芽かな　凡兆
一色に目白囀る木の芽かな　浪化
大原や木の芽すり行《ゆく》牛の頬《ほほ》　召波
木々《きぎ》おのおの名乗り出《いで》たる木の芽哉《かな》　一茶
大寺を包みてわめく木の芽かな　高浜虚子
金髪の如く美し木の芽伸ぶ　阿波野青畝
隠岐や今木の芽をかこむ怒濤かな　加藤楸邨

▼「骨柴《ほねしば》」とは葉を落として骨のようになった柴。▼目白と木の芽が同じ色。▼「大原」は洛北の大原。京の都の北東部の山里。▼名乗りをあげるかのように芽を出す木々。▼境内の木の芽がわめいているかのようなのだ。▼黄金色の木の芽。木の芽は緑だけでない。▼木の芽時の隠岐《おき》(島根県)を包む日本海の怒濤《どとう》。

蘖《ひこばえ》

仲春　ひこばゆ

「孫生《ひこば》え」の意で、春に木々の根元や、伐採された後の切り株から力強く伸びてくる新しい芽をいう。植物の生命力を強く感じさせる言葉である。「ひこばゆ」として動詞としても用いることができる。

蘖のうちかたまりて吹き靡き　高野素十
蘖に杣が新棚荒れにけり　芝不器男

▼新芽から伸び出た葉が豊かに育ちつつある。それを吹き靡《なび》かせる春風が強いのだろう。▼「杣《そま》」はきこりのこと。切りたての薪から新芽が出て、棚が乱れたように見えたという。

若緑《わかみどり》

晩春　松《まつ》の芯《しん》・緑立《みどりた》つ・若松《わかまつ》・初緑《はつみどり》・松《まつ》の緑《みどり》

晩春、松の枝先には蠟燭《ろうそく》を立てたような新芽が伸びる。それを「若緑」「松の芯」などという。二〇〇種もあるというマツ属のうち、日頃、目にすることが多いのは、黒松、赤松、五葉松など。とりわけ黒松は真っすぐに天をさすように伸びた芯が目立ち、すがすがしい印象を与える。

関連　松落葉《まつおちば》→夏／色変《いろか》へぬ松《まつ》→秋

志《こころざし》松にもありて松の芯　鷹羽狩行
松の芯ときに女も車座に　宇多喜代子
緑立つ西にみづみづしき筑紫　神尾久美子
緑立つ日々を癒えたし母のため　古賀まり子

▼こぞって天をさし示す松の芯に、高々と腕を突き上げる人間のような志を感じた。▼春たけなわ。女たちも時には車座になって怪気炎を上げる。▼筑紫《つくし》という九州の歴史ある古名にみずみずしさを感じるのも、その地に生まれ育った作者ならでは。「西」が遥々としたイメージを誘う。▼十代から闘病生活を続けた作者。老母のためにも病を治したいと思う。緑立つ松に励まされて。

柳《やなぎ》の芽《め》

仲春　芽柳《めやなぎ》・芽《め》ばり柳《やなぎ》

枯れたかと思われるような細い柳の枝から、淡い黄緑色の芽が吹き出る。その初々しい芽が日ごとにふくらんで葉となってゆくのを見るのは嬉《うれ》しいものである。河岸《かし》や堀端《ほりばた》で見ることが多い。

ほつかりと黄ばみ出でたり柳の芽　暁台
芽柳のおのれを包みはじめたる　野見山朱鳥
芽柳や風がみがきし大手門　遠藤信子

▼柳の芽が緑色を帯びる前は黄色であることを、ずばりといった。「ほつかりと」に驚きが出ている。▼まるで自ら全身を包むように、じわじわと芽吹き始めるしだれ柳。▼城の大手門の堂々とした構え。そこに吹く風は、小さな柳の芽を育てる風でもある。

柳の芽

【山椒《さんしょう》《さんせう》の芽《め》《め》】 仲春

山椒《さんしょ》の芽《め》・芽山椒《めざんしょう》・木の芽《きのめ》

三月から四月頃に芽吹く山椒の新芽を、とくに「木《き》の芽」という。さまざまな木の新芽は「木《こ》の芽」と呼び、区別する。煮物や焼き物の香りづけに、あるいはすり下ろして和《あ》え物《もの》にと、春の食卓に彩りを添える。古名を「はじかみ」といった。食用にする実を「青山椒」といい、夏の季語。

関連　木《き》の芽漬《めづけ》→176／木《き》の芽和《めあえ》→177／青山椒《あおざんしょう》→夏

擂鉢は膝でおさへて山椒の芽　草間時彦
山椒の芽母に煮物の季節来る　古賀まり子
一椀に木の芽のかをり山の音　長谷川櫂

▼木の芽和えにするのだろう。手馴《てな》れた様子が頼もしい。▼煮物を盛りつけ、両手でパンと叩《たた》いて香りをたたせた木の芽を添えればできあがり。▼吸い口に木の芽の香り。山深い宿の郷土料理の数々が運ばれてきそう。

【楓《かえで》《かへで》の芽《め》《め》】 仲春

楓の中で、日本で最もふつうに見られるのはイロハモミジ、オオモミジで、秋の紅葉が美しい。春には鮮紅色の芽がよじれたように出て、しだいに穂のようになり、開いてゆく。

関連　楓《かえで》→秋

楓の芽もはらに燃えてしづかなり　加藤楸邨

▼「もはらに」は「専《もっぱ》らに」。楓がこまごまと一斉に芽吹いてゆく色を「燃えて」といった。

【楤《たら》の芽《め》】 仲春

多羅《たら》の芽《め》・うどもどき・うどめ・たらめ・楤摘《たらつ》む・たらうど

楤の木の先端に出る新芽をいう。これを若いうちに採って天ぷらや和《あ》え物《もの》にすると、香りがあっておいしい。枝には鋭い棘《とげ》があり、「鳥止まらず」という異名もある。

楤の芽

素堂《そどう》▶寛永19年(1642)—享保元年(1716)山口氏。多芸に秀でた文人。芭蕉とは互いに尊敬しあう盟友であった。

岨の道くづれて多羅の芽ふきけり　川端茅舎
水音にも山国の張り楤芽あへ　鍵和田柚子

▼「岨《そば》」は山の切り立った斜面。道が崩れていて踏み込めず、楤の芽に手が届かない。▼山での暮らしに早春の水音が生き生きと聞こえる。

枸杞《く》《こ》の芽《め》

仲春

枸杞《くこ》・枸杞摘《くこつ》む・枸杞飯《くこめし》・枸杞茶《くこちゃ》

棘《とげ》のあるナス科の低木で、路傍や荒地などに自生する。春先、若芽を摘んで、味噌和《あ》えにしたり、新葉を炊き込み飯や枸杞茶などにする。晩秋に生《な》る赤い実は薬膳料理などに使われる。

関連 枸杞の実《くこのみ》→秋

枸杞の芽や旧街道の機の音　火村卓造

▼さびれかけた町並のどこかで機《はた》を織っているらしい。枸杞の芽が懐かしい日本の風景を印象づける。

五《う》加《こ》木《ぎ》

仲春

五加《うこぎ》・むこぎ・姫五加《ひめうこぎ》・五加垣《うこぎがき》・五加摘《うこぎつ》む・五加木飯《うこぎめし》

中国原産で、根の皮が「五加皮《ごかひ》」という生薬になることから、薬用植物としてもたらされた。花が咲くのは初夏だが、三月頃、若芽を摘んで食べるところから、春の季語になっている。若芽を炊き込んだ五加木飯は野趣があって喜ばれる。枝には棘《とげ》があり、生垣にすることも多い。

羚羊の出るといふ谿五加木摘む　三村純也
垣根より摘んでもてなす五加飯　滝沢伊代次

▼かつては栽培が盛んだったが、今では山中などで野生化しているものも。羚羊《かもしか》が出るというくらいだから深い谷だろう。▼生垣の新芽を摘んで、ご飯に炊き込む。香りもいちだんとよさそうである。

五加木

桑《くわ》《くは》

仲春

桑の芽《くわのめ》・山桑《やまぐわ》・桑畑《くわばたけ》・桑の花《くわのはな》

クワ科の落葉高木の総称。真桑、山桑等、養蚕用に栽培される桑は、丈が低く作られる。春に芽吹くと、新しい葉がぐんぐんと勢いよく育ってゆく。花は淡い黄緑色で穂のように垂れる。

関連 桑摘《くわつ》む→203／桑括《くわくく》る→秋／桑の実《くわのみ》→夏

枝川も激つ天竜桑芽ぶく　皆吉爽雨
呼ぶ我に答へし母も桑の中　倉田紘文

▼「枝川」は支流。「激《たぎ》つ」は、水が激しく波立つこと。雪解け水で天竜川の支流も勢いを増す頃に、桑が芽吹く。▼黙々と桑の葉を刈る母子が、時折短い会話を交わしている。

柳《やなぎ》

晩春

枝垂柳《しだれやなぎ》・糸柳《いとやなぎ》・川端柳《かわばたやなぎ》・柳の糸《やなぎのいと》・柳の雨《やなぎのあめ》・柳陰《やなぎかげ》・柳影《やなぎかげ》・水楊《すいよう》・杞楊《きよう》・楊柳《ようりゅう》

柳といえば、「枝垂柳」のこと。春、芽を吹き、やがて煙るような緑に包まれる。この姿を愛《め》でて春の季語にしている。街路樹や庭木にするほか、堀や池などの水辺に植える。人間の暮らしと関わりの深い木なので、四季ごとに柳の季語がある。春は「柳」のほかに、「柳の芽」「柳絮《りゅうじょ》」（柳の花）。夏は、「葉柳《はやなぎ》」。秋は、「柳散る《やなぎちる》」。冬は、「枯柳《かれやなぎ》」。「掛柳《かけやなぎ》」「柳箸《やなぎばし》」（太箸《ふとばし》）は新年。柳には霊力があり、神の依《よ》り代《しろ》となるとされてきた。柳の下には幽霊が出るなどというのは、その零落した姿。この枝垂柳のほか、枝が天に向かって伸びる種類もある。中国では「柳」が枝垂柳、「楊《やなぎ》」が枝が上に伸びる柳をあらわす。「川楊《かわやなぎ》」ともいう「猫柳《ねこやなぎ》」は後者である。

関連 葉柳《はやなぎ》→夏／柳散る《やなぎちる》→秋／枯柳《かれやなぎ》→冬／掛柳《かけやなぎ》→新年

八九間空《はっくけんそら》で雨ふる柳哉《かな》　芭蕉
引きよせて放しかねたる柳かな　丈草
木のまたのあでやかなりし柳かな　凡兆
舟かりて春見送らん柳陰　北枝
不二颪《ふじおろし》十三州のやなぎかな　蕪村
青々と柳のかかる築地かな　蝶夢
ゆつくりと時計のうてる柳かな　久保田万太郎
雪どけの中にしだるる柳かな　芥川龍之介

▼大きな枝垂柳に春雨が降っているところ。▼柳の糸が美しいので手を放すのが惜しまれる。▼「あでやか」とは、どことなく品があってなまめかしいこと。▼柳のもとから舟を出して、行く春を見送ろうというのだ。▼富士山の見える国は駿河《するが》、相模《さがみ》、甲斐《かい》をはじめ一三あるという。そのすべての柳が富士山から吹き降ろす風にそよいでいる。▼築地塀《ついじべい》の赤土の色と柳の糸の緑。▼柳の並木があるような堀沿いの町並みか。春の穏やかな物憂さ。▼雪解けの真っただ中、青々と芽吹く枝垂柳。

猫柳《ねこやなぎ》

初春　えのころやなぎ・川楊《かわやなぎ》

水辺に自生し、早春、まだ風が冷たい頃に、堅い外皮に包まれていた芽がふくらみ、花穂を出す。その花穂が猫の毛を思わせる艶やかさであるところから、「猫柳」という。花穂が水面に照り返す光や朝日を浴びて輝くさまは、他の木々にさきがけて、春の到来を告げているように見える。

猫柳

猫柳湖畔の春はとゝのはず　五十嵐播水
ときをりの水のささやき猫柳　中村汀女
来てみればほゝけちらして猫柳　細見綾子
一つづつ光輪まとひ猫柳　伊藤柏翠

▼猫柳以外は芽吹く気配がない、早春の景色。▼川辺に時々かすかな水音。その水のささやきに、猫柳が耳をそばだてているよう。▼慌ただしい毎日だった。見ないうちにすっかり蓬けてしまった猫柳。▼猫柳の輝きを光輪と見た。一つ一つが尊い光に守られているのである。

言水《ごんすい》▶慶安３年（1650）―享保７年（1722）池西氏。「凩の言水」。元禄期の俳壇で活躍。芭蕉とも交わった。

柳絮《りゅうじょ》《りうじよ》

晩春

柳《やなぎ》の花《はな》・柳《やなぎ》の絮《わた》・柳絮《りゅうじょ》飛ぶ

柳は晩春、花をつけ、実を結び、白い絮毛《わたげ》に覆われた種子が風に乗って飛びたつ。その空に漂うさまは、いかにものどかである。中国の柳と違い、日本の枝垂柳《しだれやなぎ》はあまり多くの絮は飛ばさない。ゆえにどこか大陸的な雰囲気がある季語である。

眠たさや柳絮《わた》ちる長堤　蝶夢

とらへたる柳絮を風に戻しけり　稲畑汀子

▼柳の絮が飛ぶ頃、人間は眠たくてしようがない。▼風に漂う柳絮を指先でとらえたのだ。それをまた放してやる。北海道での作。

松《まつ》の花《はな》

晩春

松《まつ》の花粉《かふん》・十返《とかえ》りの花《はな》

松の芯が伸び、そこに花がつくが、あまり目立たない。雌雄同株で、紫紅色の雌花が数個、枝先に、その下方に薄茶色の雄花がつく。雄花は風に散り、雌花はやがて松かさになる。

松の花

亀甲の幹の雄ごころ松の花　鍵和田秞子

家系さながらけぶりゐる松の花　茨木和生

▼松の幹は亀の甲のようにひび割れている。松の雄々しさ。▼松は格の高い木だが、花は地味で、いつの間にか散っている。そこに家系の有りさまが重なった。

杉《すぎ》の花《はな》

初春

杉花粉《すぎかふん》

花粉症の原因となる花粉を飛散させることから、有名になった。杉は松とともに雌雄同株の風媒花で、雌花は緑色の球形をしている。雄花は枝の先端に密集して黄色い花粉をつけ、これが花粉症を引き起こす。

杉の花

ただよへるものをふちどり杉の花　富安風生

杉の花しづかといふは墓の上　斎藤夏風

馬の首垂れて瀬にあり杉の花　小澤實

▼水面に杉の花粉が降りかかる。木の葉や芥《あくた》を縁取るようにして。▼花が咲き、枝を垂れる杉。何の音もせず、空白のような場所。そんな田舎の、墓参の記憶。▼水を飲んでいるのであろう馬の無防備な姿。花をつけた杉のエネルギーとのコントラストが浮き彫りに。

楓《かえで》《かへで》の花《はな》《はな》

晩春

花楓《はなかえで》

晩春の楓は芽がゆるんで、暗紅色をした地味な小花をひっそ

そよりともせいで秋立つことかいの：「まことの外に俳諧なし」と説き、口語調を駆使した。

りとつける。やがて実をつけると、まるで竹とんぼのように
くるくると回って地に落ちる。関連 楓《かえで》→秋

花楓細身の塔も雫せり　倉橋羊村

▼紅色が残る華奢《きゃしゃ》な古塔であろう。雨雫をしきりに落とす様子が、けなげな楓の花にふさわしい。

赤楊《はんのき》の花《はな》

初春

榛《はん》の花《はな》・はりの木《き》の花《はな》

田の畦《あぜ》に植えて、稲刈の後の稲架《はざ》に利用されてきた。雌雄同株で、雄花は前年の秋にでき、冬を越して暗紫色の円筒状に垂れる。雌花は紅紫色の楕円形で、雄花の下につく。

空ふかく夜風わたりて榛の花　飯田龍太

榛の花海へ瞼の重くなり　井上閑子

▼空の高みに風の動きを感じとったのは山が視界にあるのだろう。榛の花が人知れず揺れる夜。▼榛の花が咲いている岬か。海の明るさに目を細めている。

楓の花

赤楊の花

白樺《しらかば》の花《はな》

晩春

樺《かば》の花《はな》・かんばの花《はな》・花《はな》かんば

木肌の白さですぐにそれとわかる白樺の木だが、花は目立たない。雌雄同株で、葉が出始めると小枝の先に花がつく。紐《ひも》のように垂れ下がる穂が雄花。雌花は紅緑色で上向きにつく。

山羊死して白樺の花校舎に垂る　田沢健次郎

▼子供たちと仲のよかった山羊《やぎ》。白樺の花が静かに死を悼む。メルヘン的な哀愁が漂う。

白樺の花

木五倍子《きぶし》の花《はな》

仲春

木五倍子《きぶし》咲《さ》く・花《はな》きぶし

福島県・新潟県以西の山地に自生し、八メートルくらいにまで生長する。三月から四月頃、葉にさきがけて四〜一〇センチほどの穂状に垂れ下がる花序をつける。一つ一つの花は七ミリほどで、ベルのような形をしている。

枝しなひきぶしの金の鎖垂れ　岡田日郎

木五倍子の花

鬼貫《おにつら》▶万治4年(1661)―元文3年(1738)上島氏。伊丹の酒造業に生まれる。「東の芭蕉、西の鬼貫」と称された。

きぶし咲き山に水音還りくる　西山睦

いただきの岩に雲湧く花きぶし　三森鉄治

▼まさに金色の鎖を垂らしたよう。それも枝がしなうほどに。▼水量が増してきた川の水音といい、木五倍子の金色の花といい、本格的な春の到来を感じさせる。▼山頂あたりから湧き上がる白い雲と、木五倍子の花との遠近感が、空間の広がりをもたらしている。

枸橘《から》の花《はな》

晩春

枳殻《からたち》の花《はな》

「唐たちばな」の略でカラタチという。生垣にされることが多い。葉に先立って白色五弁の優婉《ゆうえん》な花が咲く。秋には黄色い実がなるが、食用にはしない。

からたちの花摘むように指切りは　坪内稔典

▼からたちの花の清純さに、初々しい恋が思い出されたのであろう。

枸橘の花

黄楊《つげ》の花《はな》

晩春

姫黄楊《ひめつげ》

櫛《くし》で知られる黄楊は常緑の小低木で、革質の葉に艶があって美しく、庭木に好まれる。春になると、淡黄色の小花が群がって咲くが、花弁はなく、一個の雌花を数個の雄花が囲んでいる。

黄楊の花

黄楊の花ふたつ寄りそひ流れくる　中村草田男

▼流れに浮かぶ黄色い二つの小花に詩情を抱いた。この花の楚々とした風情ならではの句。

樒の花

樒《しきみ》の花《はな》

晩春

樒は、その枝を仏前に供える木として知られている常緑高木。花は淡黄色の細い紐《ひも》が束ねられたように咲く。強い香りのある有毒植物で、とくに実は猛毒。花の名は「悪しき実」から転じたといわれる。

村人の見ざる樒の花を見る　相生垣瓜人

▼村の生活の中に溶け込んでいる樒は花が咲いても注目されないが、旅の人は旅愁を感じている。

通草《あけび》の花《はな》

晩春

木通《あけび》の花《はな》・花通草《はなあけび》

九億劫以前も同じけふの春：九億劫とは永遠のように長い時間のこと。はるか昔と変わらぬ新春を迎えた。

通草は蔓《つる》性の落葉低木で、四月頃、新葉とともに淡紫色の花をつける。小さいので見過ごしてしまいがちだが、山道を歩いていると、鈴を割ったような愛らしい花を目にすることがある。関連 通草《あけび》↓秋

先端は空にをどりて通草咲く　林徹

▼「空にをどりて」が、蔓の先に咲いた花の様子を描ききっている。春空の淡い青さと花の色が溶け合う。

通草の花

郁子《むべ》の花《はな》　晩春

うべの花《はな》・野木瓜《むべ》の花《はな》・常磐通草《ときわあけび》の花《はな》

郁子はアケビ科の蔓《つる》性低木。通草《あけび》とは異なり常緑なので、「常磐通草」と呼ばれる。花は晩春に白みがかった淡紅紫色の雄花と雌花が下向きに開き、秋に紅紫色の実がなる。庭園で棚に設《しつら》えたりする。関連 郁子《むべ》↓秋

女の瞳ひらきみつむる郁子の花　岸田稚魚

▼澄んだ瞳ですがすがしい花を見つめている女性の姿。確とした意志のある視線であろう。

郁子の花

鈴懸《すずかけ》の花《はな》　晩春

プラタナスの花《はな》・篠懸《すずかけ》の花《はな》

属名「プラタナス」の呼び名で親しまれている。樹皮がまだら模様でよく目立つ樹木だが、花は地味である。葉腋《ようえき》から花枝を伸ばし、球状の雄花と雌花が別々につく。のちに丸い褐色の実がなる。

千住往還鈴懸の花を愛でゆけり　大日方はるみ

▼江戸時代、「千住」は日光街道の第一宿であった。往還を行き交う人々を見送っている鈴懸の花。

竹《たけ》の秋《あき》　晩春

竹秋《ちくしゅう》

竹は常緑であるが、地中に筍《たけのこ》が育つ頃にはその勢いが衰え、葉が黄ばんでくる。それが木々の黄葉に似ているので、「竹の秋」と呼ぶ。さらに筍が地上に現われる頃、古い葉を落とすことを「竹落葉」といい、夏の季語になっている。関連 竹落葉《たけおちば》↓夏／竹《たけ》の春《はる》↓秋

竹の秋迅き流れが貫けり　林徹

夕暮れの数を重ねて竹の秋　櫛原希伊子

抜け道に鈴落ちてゐて竹の秋　川崎展宏

▼川の両側に竹林が広がるのを、逆に流れが竹林を貫くと見た。▼「日々を重ねて」とはいわず、「夕暮れの数を重ねて」として味わいを増した。▼女性が落としたにちがいない鈴。抜け道を通った

仏頂《ぶっちょう》▶寛永20年(1643)—正徳5年(1715)鹿島根本寺住職。禅における芭蕉の師。『鹿島詣』『おくのほそ道』に登場。

のはどんな人だろう。

春の筍《たけのこ》

晩春

春筍《はるたけのこ》・春筍《しゅんじゅん》

「筍」は夏の季語であるが、冬から春にかけてとれる早生種《わせ》を区別して、「春の筍」と呼ぶ。孟宗竹《もうそうちく》の筍は、その代表。地表に出るか出ないかの頃合を掘り上げると美味である。

関連 筍《たけのこ》→夏

春の筍

雲白き日に春筍のとどきけり　友岡子郷

▼雲が白いと感じる日は、空が青く日射しも眩《まぶ》しい。春めいたそんな日に掘りたての筍が届けられた。

春落葉《はるおちば》

晩春

春《はる》の落葉《おちば》

春、椎《しい》や樫《かし》などの常緑樹の葉が落ちること、あるいは落ちた葉をいう。冬の季語の「落葉」は、落葉樹の葉が散ることをいうが、常緑樹は晩春に緑の葉をつけたまま、静かに古い葉を落とす。言葉自体に趣が感じられる季語である。

関連 落葉《おちば》→冬

春落葉西行塚をすべり落つ　右城暮石

さびしさに慣るるほかなし春落葉　西嶋あさ子

▼西行塚《さいぎょうづか》に散りかかる春落葉がゆかしさを醸し出す。「すべり落つ」が落葉の質感を伝える。▼生きることは淋《さび》しさや悲しさを伴う。それに慣れ、耐えていくのも人生というもの。ひそやかな季語が働いている。

名句鑑賞

祇王寺は訪はで暮れけり竹の秋　鈴木真砂女

京都の嵯峨野《さがの》を散策した一日。祇王寺《ぎおうじ》は、平清盛《きよもり》の寵愛《ちょうあい》を受けた祇王・祇女《ぎじょ》・仏御前《ほとけごぜん》が隠棲《いんせい》した往生院《おうじょういん》の跡に建てられ、三人を祀《まつ》る『平家物語』ゆかりの寺として、今でも多くの人が訪れる。作者も訪ねるつもりでいたのだが、すでに暮色が濃くなり、諦めざるをえなかった。残念さのこもる「訪《と》はで暮れけり」という古典的な言い回しが、嵯峨野らしい美しい季語とあいまって、いにしえに思いを誘う味わい深い一句を成り立たせている。［片山］

雛菊《ひなぎく》

三春

デージー

一〇センチほどの茎に、白や淡紅色などの小さな花をつける。春の訪れを告げる花であり、朝開いて夕方閉じる。ヨーロッパに自生し、太陽崇拝の象徴となっている。学名の Bellis はギリシャ神話に登場する森の妖精で、果樹園の守り神に追われて雛菊に姿を変えたという。日本へは明治初年に入ってきた。

小《ち》さき鉢に取りて雛菊鮮かに　篠原温亭

デージーは星の雫に息づける　阿部みどり女

▼庭では目立たなかった花が、鉢に植えると見違えるような印象に。花の存在感を増す「小さき鉢」がポイント。▼星と交信するよ

うに美しい雫《しずく》を帯びる花。

金盞花《きんせんか》《きんせんくわ》

晩春

常春花《じょうしゅんか》・長春花《ちょうしゅんか》

春から夏にかけて、黄色または橙色《だいだい》の、菊に似た盃状《さかずき》の花を茎の先端につける。「常春花」「長春花」の和名は、花期が長いことによる。切花としてよく利用される。

金盞花いよ〳〵金に昼深し　田村木国

▼金盞花の金の盃は、真昼間の日射しをなみなみと受けて、黄金色に輝きを増している。

金盞花

黄水仙《きずいせん》

仲春

喇叭水仙《らっぱずいせん》

海岸などに自生して白い小花を咲かせる水仙は冬の花であり、南ヨーロッパ原産の黄水仙が咲き出すのは、春の三月頃から。眩《まぶ》しいほどの黄色が花壇を彩り、香りもよいので切花に好まれる。白や黄色の喇叭水仙が咲くのもこの頃。関連 水仙《すいせん》→冬

黄水仙人の声にも揺れゐたる　村沢夏風

日暮れまで日は遊びおり黄水仙　折笠美秋

水平に母の声来る黄水仙　鈴木節子

▼水仙は揺れやすい。風のせいだけではない。まるで人の声に反応しているようなおもしろさもある。▼「日暮れまで日は遊びおり」が、のどかな春の日を描ききっている。黄水仙が一日の充足感を象徴。▼子供を呼ぶ母の声だろうか。「水平に」が豊かさを感じさせる。

諸葛菜《しょかつさい》

仲春

紫花菜《むらさきはなな》

「紫花菜」の呼び名のとおり、桜が満開の頃、群れをなして紅紫色の四弁花を開き、辺り一面を染める。アブラナ科の一年草で、『三国志』に登場する諸葛孔明《こうめい》が飢饉の時に栽培を奨励したことから名づけられたというが、日本でいう諸葛菜はこれとは別種。花大根と花が似ていることから、混同されることも多い。

病室にむらさき充てり諸葛菜　石田波郷

東京を一日歩き諸葛菜　和田悟朗

諸葛菜

▼入院生活が長かった石田波郷には花の句が多い。病室に生けられた花には、自然の花とはまた別の表情がある。▼内堀、外堀の土手や山手線の線路沿いなど、春の東京は至る所に諸葛菜の紫の花があふれるように咲いている。

芭蕉《ばしょう》▶正保元年（1644）—元禄７年（1694）松尾芭蕉。俳諧を文芸として高め、蕉風を確立した。日本を代表する詩人。

クロッカス

初春

二月頃、松葉のような細い葉とともに花茎を伸ばし、チューリップを小さくしたような花をつける。水栽培でも咲かすことができる。花色は紫、白、黄色などのほか、斑《ふ》入りのものも。秋に咲くサフランと同じ植物の春咲きのものであり、「春咲きサフラン」とも呼ばれる。

クロッカスいきなりピアノ鳴り出しぬ　宮岡計次

尖塔の空晴れわたりクロッカス　大木さつき

並びゐて日向日陰のクロッカス　本井英

▼通りがかりの家の花壇のクロッカスに見とれていると、突然窓からピアノの音が聞こえてきた。▼教会の尖塔が青空へ向かって伸びている外国の街。たくさんの花の中でクロッカスはしっかり自己主張。▼日向《ひなた》と日陰で花の表情がまったく変わって見える花だ。

クロッカス

シクラメン

三春

篝火花《かがりびばな》

温室栽培のものは十二月に出荷が始まるが、露地ものが咲き出すのは春になってから。原産地は地中海沿岸だが、案外寒さに強く、時折雪が降るような地域でも育つ。園芸種は色とりどりで、花びらの形もいろいろ。最も一般的な赤い花は炎を思わせ、和名を「篝火花」としたのは植物分類学者の牧野富太郎。

恋文は短きがよしシクラメン　成瀬櫻桃子

頬杖も大事なる日やシクラメン　小檜山繁子

玻璃ごしの湖《うみ》荒れてゐるシクラメン　江中真弓

▼真っ赤な花は恋の連想を誘う。恋文の極意は、ひと言の殺し文句。▼頬杖《ほおづえ》の主は物思いに耽《ふけ》りつつ、その姿を誰かに見てほしいような趣。傍らのシクラメンは燃えるような赤。▼玻璃《はり》（ガラス）の外には波が立ち風が吹き荒れる湖。部屋には大事に育てられ花をつけたシクラメン。

名句鑑賞

部屋のことすべて鏡にシクラメン　中村汀女

大きな鏡のある部屋。調度品のあれこれがすべて映り、まるでそこにもう一つの部屋があるよう。人の動きも映し出し、鏡に何もかも見られているような不思議な気分である。窓辺に置いたシクラメンが鏡の中にも咲いている。もうすっかり春になったことを告げるかのように華やかに。〔片山〕

フリージア

晩春

葉は水仙に似て、花色は白、黄、紅、ピンク、薄紫、橙《だいだい》と多彩。細長い漏斗《ろうと》状の六弁花が花序の下から咲きのぼる。何よ

切られたる夢は誠か蚤の跡：奇抜な着想と大げさな言い回しが其角の特色。

り印象的なのは、花の香り。澄み透って優雅である。

うまさうなコップの水にフリージヤ　京極杞陽

▼普通のコップに水道の水。思わず飲み干したくなるのは、挿されたフリージアのみずみずしさのせいか。

【チューリップ】

晩春

牡丹百合《ぼたんゆり》・鬱金香《うっこんこう》

トルコ原産で、今や世界中に広まっている。オランダでとくに好まれ、十六世紀以降改良が進んだ。色鮮やかな花は春の花壇の主役であり、昨今は色だけでなく、形状もさまざまなものが増えている。日本には江戸時代後期に伝えられ、「牡丹百合」「鬱金香」などと呼ばれた。

子の描く太陽の顔チューリップ　下村非文

チューリップ喜びだけを持つてゐる　細見綾子

チューリップ花びら外れかけてをり　波多野爽波

チューリップ校歌はいつも高らかに　中山純子

▼子供が描く太陽には目鼻がある。隣には真っ赤なチューリップも。▼こんなにあっけらかんと明るい花をほかに知らない。▼花びらがばらばらに散ってゆくのを「花びら外れかけてをり」と即物的に詠んだところにリアリティーがあり、ユニーク。▼校舎から聞こえてくる校歌は歌詞もメロディーも明るい。

【アネモネ】

晩春

牡丹一華《ぼたんいちげ》・花一華《はないちげ》

「牡丹一華」「花一華」という和名のとおり、艶《あで》やかな花である。一重咲きから八重咲きまでさまざま。花色も赤、青、紫、ピンク、白と多彩。種には長い毛があり、風に運ばれる。

夜はねむい子にアネモネは睡い花　後藤比奈夫

真黒な怒りかくさずアネモネは　行方克巳

▼アネモネの語感は、眠りに絡め取られてゆく時の感じに似ている。子も花もくったりとして。▼その名の由来となったギリシャ・ローマ神話を彷彿《ほうふつ》とさせる。真っ黒な花芯は女神の嫉妬《しっと》の色だろうか。

【スイートピー】

晩春

麝香豌豆《じゃこうえんどう》

和名の「麝香豌豆」さながら、まさに芳香を放つエンドウである。「豆の花」を大きくしたような花はひらひらと舞う蝶のよう。白、ピンク、紅、橙《だいだい》、青など花色も多彩。

仮住の自由不自由スイトピー　山田弘子

▼あるべき物のない状態は身軽とも、辛抱とも。軽やかにスイートピーを飾ってみようか。

【ヒヤシンス】

晩春

風信子《ふうしんし》

花壇に植えられるが、水栽培でもおなじみの花。大きな球根から剣のような葉を伸ばし、花茎の周りに星形の小さな花をびっしりつける。ピンクや白などもあるが、真っ先に思い浮

其角《きかく》▶寛文元年（1661）—宝永4年（1707）宝井其角。蕉門最古参ながら華やかで伊達好みの作風。江戸座の祖となる。

かべるのは真っ青な花。英語のヒヤシンスも青紫のことをいう。地中海沿岸原産。名はギリシャ神話に登場する美少年ヒアキントスに由来。

みごもりてさびしき妻やヒヤシンス　瀧春一
水にじむごとく夜が来てヒヤシンス　岡本眸
ヒヤシンス女神も嫉妬深きかな　荻原都美子

▼初めて子を宿した妻か。不安からか時折表情が曇る妻に隔たりを感じる夫。傍らのヒヤシンスの青さが寂しげ。▼ひたひたと夜が迫る春の宵。花の色もしだいに闇に包まれて。▼ギリシャ神話のゼウスの妻ヘラは恋多き夫に悩まされ、嫉妬《しっと》の炎を燃え立たせた。

君《くん》子《し》蘭《らん》

仲春

長く美しい剣状の肉厚の葉が特徴で、何枚もの葉が重なり合う間から太い花茎を伸ばし、四月頃、頂に朱色の漏斗《ろうと》状の花をつける。一〇以上もの花が薬玉《くすだま》のようにかたまって咲くさまは豪華である。南アフリカ原産。

君子蘭

君子蘭の鉢を抱へる力なし　阿部みどり女
君子蘭部屋に日向と日陰あり　池田澄子
知らぬ間に花や遺愛の君子蘭　岡路美知子

▼長い葉に見合った大きな鉢を抱えることすらできない身の衰えを嘆く。▼日が射し込む部屋の中、君子蘭の鉢を日向《ひなた》へ動かしてやったのだろう。▼さほど手をかけなくてもちゃんと咲いてくれるありがたい花である。

貝《ばい》母《も》の花《はな》

仲春

編笠百合《あみがさゆり》・母栗《ははぐり》・初百合《はつゆり》・春百合《はるゆり》

四月頃、百合より小さい釣鐘形の、淡い黄緑色のひっそりとした花をいくつか下向きにつける。中国原産のユリ科の球根植物で、地下茎の二枚の鱗片《りんぺん》が向かい合うさまが貝に似ているとして「貝母」の名がある。「母栗」は鱗片の形が栗に似ているところから、母が子を抱く姿に見立てたもの。花の内側にある紫色の網状の紋が編笠を思わせるところから「編笠百合」とも。古くは「初百合」「春百合」とも呼んでいた。繊細な趣があり、茶花にも使われる。

貝母の花

やうやくに咲きし貝母はさびしき花　森田峠
貝母咲き小ごゑで足りる暮しかな　小出文子

▼どんな花かと楽しみに待ち、やっと咲いた花は思いのほかさびしげ。その風情が貝母の持ち味である。▼控えめに咲く貝母の花を思わせるような静かな暮らし。それはそれで落ち着いた不満の

ふとん着て寝たる姿や東山：京・東山のこんもりとした柔らかな稜線を、こう表現した。

ない日々である。

苧環《おだまき》《をだまき》の花《はな》《はな》

晩春

糸繰草《いとくりそう》

花の姿が苧環(糸巻の一種)に似ているところから名づけられた。晩春、長い花柄の先にうつむきがちに花をつける。花弁のように見えるのは萼片《がくへん》で、紫、白、薄紅などがある。

をだまきや乾きてしろき吉野紙　水原秋桜子

をだまきやどの子も子を負ひて　橋本多佳子

▼晩春の里山の生活風景。繊細な和紙が、真っ白く干しあがっている。▼子供が子供の面倒をみていた、今は昔の景。か細い首をかしげて子守歌でも歌っているのだろうか。

苧環の花

都《みやこ》忘《わす》れ

晩春

山地に自生する深山嫁菜《みやまよめな》の園芸品種で、野菊を思わせる可憐な花をつける。「都忘れ」という名は、その昔、承久《じょうきゅう》の乱(一二二一)に敗れて佐渡に流された順徳天皇が、かの地でこの花の美しさに慰められ、都を忘れるほどだと言ったという伝説に由来する。花以上にその名が印象的であることから、「野春菊」や「東菊」などの別名で句に詠まれることは稀《まれ》である。

都忘れ

むらさきのはつきり都忘かな　後藤比奈夫

喪に替ふる白衿都忘れ咲く　野見山ひふみ

とほく灯のともりし都忘れかな　倉田紘文

▼近年は白や桃色の花もあるが、やはり紫こそ、その名にふさわしい。▼紫との対照で、悲しみを象徴する喪服の白衿《しろえり》の眩《まぶ》しさが浮き彫りになる。▼闇迫る庭。点《とも》り始めた家の灯は、都忘れには届かない。

勿忘草《わすれなぐさ》

晩春

忘《わす》れな草《ぐさ》

春から夏にかけて、小さな瑠璃《るり》色の五弁花を咲かせる。園芸種にはピンクや白もある。日当たりのよい湿った場所を好む。友愛や誠実の象徴として親しまれている。

雨晴れて忘れな草に仲直り　杉田久女

空白の日記に挟む勿忘草　澤田緑生

▼雨のあとの空の色は忘れな草の花の色。「もうずっと仲良し」。花に誓いをたてたのだろう。▼日記の空白には文字にしきれない

勿忘草

嵐雪《らんせつ》▶承応3年(1654)—宝永4年(1707)服部氏。蕉門。江戸にあって其角と人気を二分。門流は雪門として発展。

ことが詰まっている。「この日を決して忘れない」と挟む一花。

霞草《かすみそう》《かすみさう》

晩春

茎の丈は三〇センチほどであるが、よく分枝し、小花を無数につける。群れて咲き揃うさまは春霞を思わせる。花束にはバラなどに添えて使われることが多い。

セロファンの中の幸せかすみ草　椎名智恵子

▼かすみ草ばかりで作った花束もいい。美しく温かそうに膨らんで。が、どこか摑《つか》みどころがない感じもする。

芝《しば》桜《ざくら》

晩春

花爪草《はなつめくさ》

繁殖力が強く、芝のように地上を埋め尽くす。濃淡のある桃色の花が咲きあふれるさまはみごとで、「芝桜」の名のとおりである。ほかに白や藤色の花も。「花爪草」とは、針のように細い葉の様子から。英名モスフロックスのモスは苔のこと。一面に広がる様子をいう。

芝ざくら遺影は若く美しや　角川源義

紅白が丘を二分の芝ざくら　鷹羽狩行

▼若くして亡くなった娘にも、春の庭を駆け回って笑い声をたてていた日があったはず。▼丘を埋めつくすほどの芝桜が紅白に分かれているという鮮やかさ。

菜《な》の花《はな》

晩春

菜種《なたね》の花《はな》・花菜《はなな》・油菜《あぶらな》

菜種油を採る「油菜」の花。明るい黄色の花であり、麦のように畑に育てるので、菜種油の産地では見わたすかぎり黄色の菜の花畑が出現する。菜種油の灯明が広まるのは江戸時代のことだから、菜の花が大々的に栽培されるのもそれ以降のこと。菜種から油を絞り取ったあとの糟《かす》は肥料として利用された。

関連 花菜漬《はななづけ》↓176

菜の花や淀も桂も忘れ水　言水

菜の花の中に城あり郡山　許六

菜の花や月は東に日は西に　蕪村

菜の花や鯨もよらず海暮《くれ》ぬ　蕪村

家々や菜の花色の燈をともし　木下夕爾

▼「忘れ水」とは水が忘れていった水。高台から京の町を見わたせば、遠くの淀川《よどがわ》も桂川《かつらがわ》も菜の花に埋もれて忘れ水のように見える。▼大和《やまと》郡山《こおりやま》(奈良県)のお城。▼夕暮の菜の花畑。月は昇り、日は沈む。▼鯨《くじら》を待ちくたびれたかのような春の夕暮。▼菜の花色の灯《ひ》に菜の花畑を思い出している。

大《だい》根《こん》の花《はな》

晩春

花大根《はなだいこん》・花大根《はなだいこ》

畑に残された大根は、春になると薹《とう》が立ち、白または薄紫の十字花を開く。種を採るために咲かせるものもある。菜の花

のような明るさや強さはないが、清楚で飾らない美しさは捨てがたい。「花大根」ともいう。関連 大根《だいこん》→冬

大根の花紫野大徳寺　高浜虚子
大根の花や青空白足らぬ　波多野爽波
夕月は母のぬくもり花大根　古賀まり子

▼京都の紫野《むらさきの》にある大徳寺《だいとくじ》は臨済宗の名刹《めいさつ》で、千利休《せんのりきゅう》との関わりも深い。「大根の花」と「紫野大徳寺」という名称がみごとに響き合うのは、紫野という地名の力である。▼白にやや紫色がさす大根の花。そのあいまいな色合いは、春の淡い空にも似ている。▼夕月と花大根が、「母恋い」で結ばれている。

大根の花

豆《まめ》の花《はな》

晩春

蚕豆《そらまめ》の花《はな》

晩春から初夏にかけて咲く豆の花のうち、代表的なものは蚕豆の花である。蝶が羽を広げたような形の蝶形花はマメ科の特徴で、花は白や薄紫の花弁に黒紫色の斑点《はんてん》がある。このほか、豌豆《えんどう》の花も、赤紫または白の蝶形花を咲かせる。関連 蚕豆《そらまめ》→夏

豆の花海にいろなき日なりけり　久保田万太郎
家低く山また低し豆の花　三田きえ子
まつすぐに海の風くる豆の花　大嶽青児
そら豆の花の黒き目数知れず　中村草田男

▼春の曇りがちな空。海も色を失い、豆の花の白や薄紅が点景となる。▼山がちの集落のひそやかな暮らしぶりを、豆の花が象徴している。▼海辺の畑には豆類がよく栽培される。「まつすぐ」から、作者の感じたすがすがしさが伝わってくる。▼蚕豆の花の黒い斑点は、ぱっちり見開いた目のようだ。無数の目に見つめられている気分。

豆の花

葱《ねぎ》坊《ぼう》主《ず》

晩春

葱《ねぎ》の花《はな》・葱《ねぎ》の擬宝《ぎぼ》

葱は、四月頃に中心から太い花茎を伸ばし、その頂に細かい花が集まった球状の花をつける。これが葱坊主。滑稽味《こっけいみ》のある呼び名だ。また、そのつぼみは先端がやや尖《とが》っていて、欄干の柱頭などにつける擬宝珠《ぎぼし》に似ているところから「葱の擬宝」ともいう。関連 葱《ねぎ》→冬

葱坊主

葱坊主子を憂ふればきりもなし　安住敦
葱坊主頭でつかちなるが折れ　松尾隆信

杉風《さんぷう》▶正保4年（1647）―享保17年（1732）杉山氏。蕉門最古参。幕府御用達の魚問屋で芭蕉を経済的にも支援。

一本の道のはじめの葱の花　鈴木節子

▼葱坊主は大きくなった子供の象徴。▼葱畑の畝の中で一番大きく育った葱坊主。その一本が折れていた。▼いつまでも記憶に残る出来事の発端に見えていた葱の花。

苺《いちご》の花《はな》　晩春

花苺《はないちご》・草苺《くさいちご》の花《はな》・苗代苺《なわしろいちご》の花《はな》・蛇苺《へびいちご》の花《はな》

野生種から食用種まで苺の種類は多いが、「苺の花」といえば、おもにオランダ苺の花をさす。葉の間から花柄を伸ばし、白色の五弁花をつける。果実の「苺」は夏の季語である。苗代苺と蛇苺は山野に生える野生の苺。苗代苺の花は薄桃色で実は食用になるが、蛇苺の花は黄色で実は食用にならない。関連 苺《いちご》→夏

苺の花

花の芯すでに苺のかたちなす　飴山實

▼言われてみればそのとおり。観察力と表現力がここに結実。

萵苣《ちしゃ》　三春

掻萵苣《かきちしゃ》・玉萵苣《たまちしゃ》・レタス・サラダ菜《な》・葉萵苣《はちしゃ》

「掻萵苣」は、下葉から掻き取って、おもに加熱調理に使われてきた。球状になるものが「玉萵苣」でレタスのこと。半結球のサラダ菜も玉萵苣。サニーレタスは「葉萵苣」である。

高原の風の軽さにレタス巻く　森田智子

▼高原に広がるレタス畑だろう。レタスの空気のような食感は、風の軽さを巻き取ったものだったのか。

菠薐草《ほうれんそう》《はうれんさう》　初春

菠薐草は一年中出回っているが、本来は秋に種を蒔《ま》いて冬から春にかけて収穫するもの。切れ込みのある濃い緑の葉と根元の赤さが特徴で、ビタミンや鉄分に富む。あくが強いので茹《ゆ》でたり炒めたりして食べるが、近頃はサラダ用のくせのない種類も栽培されている。

夫《つま》愛すはうれん草の紅愛す　岡本眸

菠薐草茹でて自愛や切なりと　宇多喜代子

▼栄養ある献立をとなると、菠薐草が食卓に上る。ささやかな家庭の幸せを象徴するような菠薐草の根元の赤さ。▼栄養豊富な菠薐草を茹でながら、自愛ということを思う。わが身を守るのは結局自分自身なのだから。

水菜《みずな》《みづな》　初春

京菜《きょうな》

油菜の変種で、水分が多く、しゃきしゃきとして歯ざわりがよい。「はりはり鍋」などの料理名もそこから生まれたのにちがいない。肉や油揚げと相性がよく、鍋物・煮物や漬物にす

白桃や雫も落ちず水の色：みずみずしく、今にも雫《しずく》が落ちそうな白桃。

るが、最近はサラダも人気。主産地が京都なので、関東では「京菜」と呼ぶこともある。いっぽう京都で「京菜」と呼ぶのは壬《み》生《ぶ》菜《な》。これも水菜に近い品種の青菜。

水菜採る畦の十字に朝日満ち　飯田龍太

下京や月夜月夜の水菜畑　庄司圭吾

夕空の晴れて京菜の洗ひたて　きくちつねこ

▼畦《あぜ》に朝日が照り返すなか、水分いっぱいの水菜を収穫。▼透き通るような緑の葉と白々とした茎の水菜は、月光を浴びて育つかのよう。▼水のしたたる京菜を両手で持ち上げたら、美しい夕晴れの空が広がっていた。

【壬《み》生《ぶ》菜《な》】

初春

＋水菜とよく似た野菜で、京都の壬生原産であるところからこの名がついた。葉に水菜のような切れ込みがなく、細長いのが特徴である。やや辛みがあり、漬物や鍋物にされる。関東で水菜を「京菜」と呼ぶのに対し、京都ではこの壬生菜を「京菜」と呼んでいる。

母とほく姉なつかしき壬生菜かな　大石悦子

壬生菜

壬生菜採る朝の愛宕の晴れを見て　茨木和生

▼母も姉も京都の女性だろう。母はすでに鬼籍に入っているのかもしれない。▼愛宕山《あたごやま》は京都北西部に位置する一〇〇〇メートル近い山で、山頂には雷神を祀《まつ》る愛宕神社がある。今日はその山も晴れて見えるので、壬生菜の収穫にとりかかっても大丈夫そうだ。

【茎《く》立《たち》】

三春

茎立《くきだち》・茎立《くきた》つ

主にアブラナ科の植物に薹《とう》が立つことをさす。薹とは花の茎のこと。一斉に花を咲かせ種を結ぶさまは、旺盛な生命力を感じさせる。どこかおかしみのある景でもある。

茎立の炎となっている雨夜　高野ムツオ

後ればせなる葉牡丹も茎立てり　右城暮石

▼雨にうちけぶる夜、茎立ちの畑には冷たい炎が揺れているかのよう。▼葉牡丹《はぼたん》はいわば観賞用キャベツ。春になると正月用の澄まし顔を捨て、立派に薹が立つ。

茎立

【芥《から》菜《し》】

三春

芥子菜《からしな》

アブラナ科の植物は茎立つと味が落ちるが、芥菜は例外。薹《とう》の立ち始める頃に収穫し、漬物などにして辛みと食感を楽し

桃隣《とうりん》▶？―享保４年（1719）天野氏。伊賀上野の人で芭蕉の血縁者。芭蕉の後援を得て江戸で一派をなす。

む。葉も茎も濃緑色で、紫色を帯びたものもある。

からし菜を買ふや福銭のこし置き　長谷川かな女

▼小銭で買えるようなからし菜である。財布の福銭をうっかり使ってしまわないようにちょっと注意。

【クレソン】三春
川菜《かわな》・みずがらし

濃い緑が鮮やかで、やや辛みがあり、肉料理の付け合わせとしてお馴染《なじ》みである。晩春から夏にかけて白い花をつける。明治初期にヨーロッパからもたらされた。

笹舟のゆくてクレソン花ざかり　大島民郎

クレソンやおほかた丸き洋食器　中川和子

▼クレソンは水のきれいな場所で栽培される。透き通る流れが見えるようだ。▼和食器には角皿もあるのに、洋食器はそのほとんどが丸い。丸皿に盛ってあるのはローストビーフとクレソンかもしれない。

【春《はる》大《だい》根《こん》】仲春

「大根」は多くは秋に種を蒔《ま》き、冬に収穫するので、冬の季語である。これに対し、寒さに強く、春になってから収穫する品種を「春大根」という。端境期《はざかい》のため重宝される。関連 大根《だいこん》↓冬

しなしなとして春大根買はれけり　秋元不死男

水やはらか春大根を洗ふとき　草間時彦

▼冬の大根に比べて春大根は細身である。手に取ると撓《しな》いたわむ感じがする。▼冬には冷たい水しぶきをあげながら洗った大根であるが、もう春なのだ。水がこんなにやわらかになって。

【独活《うど》】晩春
山独活《やまうど》・芽独活《めうど》・独活掘《うどほ》る

全国の山野に自生する、日本特産の野菜。古くから畑でも栽培されてきた。春先に萌え出る芽を、籾殻《もみがら》や土で覆って育てる。あくを抜いてサラダ、和《あ》え物《もの》、煮物、汁物などにして、歯ざわりと風味を楽しむ。夏に淡緑色の花が咲く。

独活

独活の芽に鋭き五官もてあます　長谷川かな女

山独活やひと日を陰の甕の水　桂信子

▼目、耳、鼻、舌、皮膚、すべての感覚器官で独活の芽を、すなわち春先の季節感を味わう。その痛みにも似た感覚。▼甕《かめ》の水は汲み置きの飲料水か。日の射すことのない厨《くりや》(台所)に終日《ひねもす》、山独活が香る。

【アスパラガス】晩春

和名の「和蘭雉隠《おらんだきじかくし》」は、雉が隠れるほど生い茂ることに由来す

る。「和蘭独活《うど》」の和名もあるが、独活とは別種。幼い芽を食用とする。グリーン、ホワイトともに、春、店頭に並ぶ。

山の唄アスパラガスを炒めつゝ　藤田湘子

▼心が弾んで思わず山の唄が出た。フライパンの中はグリーンアスパラガスか。

春菊《しゅんぎく》

三春　菊菜《きくな》

独特の苦味と香りがある深緑の若葉が食用になり、すき焼きや水炊きなどの鍋物に欠かせない。お浸しにしても美味。地中海原産で、日本には江戸時代に入ってきたという。キク科特有の黄色または白の花も観賞用になる。

春菊の大きな花は黄が褪めし　高野素十
春菊の青きをつつき別れとす　廣瀬一朗
春菊の湯をとほしたる香りかな　染谷秀雄
ひとたきに菊菜のかをりいや強く　高浜年尾

▼大きな春菊はすでに黄色が褪《さ》めて、大きいからといって得でもないような。大小の花が咲き乱れている様子が浮かぶ。▼別れると決めた二人が思いを胸に箸だけを動かしている。春菊のほろ苦さが別れを象徴している。▼湯を通していっそう冴《さ》えた春菊の青い香り。▼こちらは鍋物。噴き上がった時が最も香りが強い。

韮《にら》

仲春　ふたもじ

山野に自生するが、古くから畑でも栽培されてきた。年中収穫できるが、春の若芽は柔らかく香り高い。「においをきらう」の略という説があるほど、匂いが強い。「ふたもじ」は韮をいう女房詞《にょうぼうことば》。関連 韮《にら》の花《はな》↓夏

山の端に佗住む日々や韮の雨　山口草堂

▼自給自足の小さな畝《うね》に韮を育てているのだろうか。雨の日はことさらに静かな暮らしである。

蒜《にんにく》

仲春　大蒜《おおびる》・忍辱《にんにく》

日本へは中国経由で渡来し、古くから栽培されてきた。緑の若芽は韮に似る。地下にできる大きな鱗茎《りんけい》には独特の強烈な臭気がある。料理、薬用、強壮剤に利用される。

蔵王背に蒜洗ふ夕まぐれ　蓬田紀枝子

▼観光地でもある蔵王(宮城・山形県境の山)だが、ここに住む人は夕べには蒜を洗うなどして日々の暮らしを営んでいる。

胡葱《あさつき》

仲春　浅葱《あさつき》・糸葱《いとねぎ》・千本分葱《せんぼんわけぎ》

細長い緑の葉と小さな鱗茎《りんけい》を、茹《ゆ》でてお浸しや和《あ》え物《もの》にしたり、葉を薬味に用いる。三月三日の上巳《じょうし》の節句には胡葱で青《あお》

嵐蘭《らんらん》▶正保４年（1647）―元禄６年（1693）松倉氏。蕉門。島原藩士であったが諫言して致仕。剛直清廉の人。

饅《ぬた》を作る習慣もあった。薄紫の花を咲かせる。

胡葱や野川するどく街中へ　皆川盤水
胡葱をくるむ新聞とんがれる　山尾玉藻

▼胡葱の生える野を流れていた川が街へ向かって延びてゆく、その光景をいきいきと描いた。▼細葉を折らないようにくるんだ新聞が「とんがれる」とは楽しい。

分《わけ》葱《ぎ》　仲春

葱《ねぎ》より細く柔らかく匂いも薄い。赤褐色の薄皮で包まれた鱗《りん》茎《けい》も食用となる。生のまま刻んで薬味にするほか、茹《ゆ》でて饅《ぬた》にしたり、薬味・汁の実などに用いたりする。

小酌やひとりの宵の分葱の香　石塚友二

▼分葱をさっと茹でたものを一人の夕餉《ゆうげ》のささやかな酒の肴《さかな》として楽しむ。

防《ぼう》風《ふう》　三春

浜防風《はまぼうふう》・はまにがな・防風摘《ぼうふうつみ》・防風掘《ぼうふうほ》る・防風取《ぼうふうと》る

浜防風のことをいう。海岸に自生しているほか、畑でも栽培され、砂中に深く根を下ろす。香気があり色が美しいので、若芽を刺身のつまにしたり、茹《ゆ》でて和《あ》え物《もの》にしたりする。

防風やきらりきらりと砂つむじ　石田勝彦

▼よく晴れた日に海辺で防風を摘んでいると、折々吹く強い潮風に砂つむじが巻き上がるのが見える。

山葵《わさび》　晩春

土山葵《つちわさび》・葉山葵《はわさび》・畑山葵《はたわさび》・白山葵《しろわさび》・青茎山葵《あおくきわさび》・赤茎《あかくき》山葵《わさび》・山山葵《やまわさび》・山葵田《わさびだ》・山葵沢《わさびざわ》・山葵掘《わさびほり》

清らかな水の流れる谷間などに自生するほか、古くから渓流を利用した山葵田などで栽培されてきた。年ごとにごつごつと肥大する根茎を、香辛料や山葵漬の原料として用いる。

関連 山葵漬《わさびづけ》↓176／山葵の花《はな》↓夏

山葵田の隙といふ隙水流れ　清崎敏郎
紗のごとき雨来ては去る山葵沢　有馬籌子

▼山葵田の葉から見え隠れする清冽《せいれつ》な水は絶え間なく流れ、美しい水音を響かせる。▼山葵沢に細かい雨が降り辺りが柔らかく煙ったと思うとまた晴れてきた。

茗《みょう》荷《が》竹《たけ》　晩春

茗荷の若芽のことで、その形が筍に似ているので「茗荷竹」という。茗荷は日陰に育つため、家裏や木陰などに植えられる。香り高く色合いも美しいので、刺身のつまや薬味などに用いる。

関連 茗荷の子《みょうがのこ》↓夏／茗荷の花《みょうがのはな》↓秋

雨のあと夕日がのぞく茗荷竹　南部憲吉

▼雨が上がり、辺りがしっとりと濡《ぬ》れた。ほっそりした茗荷竹の群落を夕日がさし通す静かなひととき。

鵜のつらに篝こぼれて憐也：長良川《ながらがわ》での一句。魚を呑む鵜《う》の顔に篝火《かがりび》の粉がこぼれる。

慈《く》姑《わい》《くわゐ》

仲春

白慈姑《しろぐわい》・青慈姑《あおぐわい》・慈姑《くわい》の芽《め》・吹田慈姑《すいたぐわい》・壬生慈姑《みぶぐわい》

芽のついた淡い青磁色の塊茎《かいけい》を冬から春にかけて掘り、食用とする。「芽が出る」ことから、縁起物として正月料理にも用いられ、ほろ苦さとほくほくした食感に特徴がある。関連 慈姑《くわい》 掘《ほ》る↓202

慈姑煮るははの面影追ひながら　今川貴美子

▼丁寧《ていねい》に剝《む》いた慈姑を煮ている。煮物が得意だった母を懐かしく思い出し、いつしか母の手つきとなってゆく。

青《あお》《あを》麦《むぎ》

三春

麦青《むぎあお》む

晩秋から初冬にかけて種を蒔《ま》いた麦は冬の間に芽を出し、寒さに耐えながら少しずつ生長する。春になって暖かくなるとどんどん若葉を伸ばし、麦畑は青く彩られる。その著しい生長ぶりや真っすぐに伸びる勢いは溌剌《はつらつ》としていて、いかにも早春らしい。関連 麦《むぎ》↓夏

青麦

青麦や雲雀があがるありやさがる　鬼貫

青麦にいつ出てみても風があり　右城暮石

青麦に沿うて歩けばなつかしき　星野立子

▼若葉が穂を伸ばす頃、雲雀《ひばり》は好んで麦畑に巣を作る。上がり降りしながら囀《さえず》る雲雀と春の麦畑が一体だった時代の光景。▼まだ風の冷たい早春、遮るもののない麦畑は風の通り道。▼日本の麦の栽培は戦後、減少の一途をたどった。とくに東京近辺でそれが目立つ。

種《たね》芋《いも》

三春

芋種《いもだね》・種藷《たねいも》・芋《いも》の芽《め》・藷苗《いもなえ》

春に植え付けるため、納屋・土間などに貯蔵したり、地面に穴を掘って埋めたりして、冬を越した芋。里芋、馬鈴薯《じゃがいも》、甘藷《さつまいも》、長芋など、全般にいう。春に取り出し、植え付けの準備をする。関連 芋植《いもう》う↓199／芋《いも》↓秋

種芋を植ゑて二日の月細し　正岡子規

種芋のころがる土間へ牛の声　皆川盤水

▼種芋の植え付けを終えた日、夕空に春の繊月《せんげつ》が上がった。発芽を待つ心。▼植え付けのために取り出した種芋が土間に転がっている。牛小屋からはのどかな牛の声が聞こえてきた。

春《はる》の草《くさ》

三春

春草《しゅんそう》・芳草《ほうそう》・草芳《くさかぐわ》し・草芳《くさかんば》し

春になって萌《も》え出た草のこと。色もまだ浅く柔らかな草はみずみずしく匂うようで、春の喜びを実感させる。

春草や光りふくるゝ鳩の胸　松本たかし

荷兮《かけい》▶慶安元年（1648）―享保元年（1716）山本氏。尾張蕉門の中心的存在。しかし新風に馴染まずやがて離反。

春の草測量棒を寝かせけり　井上弘美

杖も身もなげうつて草芳しき　皆吉爽雨

▼春草を踏む鳩のぐっと膨らんだ胸に、春の輝きが満ちている。▼測量作業の技師たちが、柔らかく湿る春草の上に測量棒を寝かせた。▼春草の上に、杖《つえ》を投げ出して横たわった。その香りに、身も心もみずみずしくなってゆく。

下《した》萌《もえ》

初春

草萌《くさもえ》・萌《もえ》

冬枯れ一色だった野山に、春になると草の芽が出てくる。それを「萌える」という。「下萌」は地中からわずかに草の芽が生えてくる様子をあらわし、「草萌」はさらに地上に緑が広がってゆくさまをいう。「下萌」は和歌では早春の季節感を伝えるとともに、「春日野《かすがの》の下萌《したも》えわたる草の上《うへ》につれなく見ゆる春の淡雪《あはゆき》」（源国信《くにざね》『新古今和歌集』）のように「ひそかに恋い焦がれる」という意味をこめて用いられた。昔の人々にとって春の到来の喜びは、現代人の想像を超えたものであったにちがいない。

下萌や土の裂け目のものの色　太祇

下萌の大磐石をもたげたる　高浜虚子

下萌えて土中に楽のおこりたる　星野立子

草千里下萌えにはや牛放つ　里川水章

▼地面の割れ目からのぞくのは、冬枯れの地に潜んでいた下萌えのたしかな緑。▼柔らかな草にびっしり囲まれ、まるで持ち上げられているように見える大磐石《だいばんじゃく》（大岩）。下萌えの生命感が漲《みなぎ》る。▼行進曲か、ワルツか。まるで交響楽のように、さまざまな草木が芽生えてくる。▼阿蘇《あそ》の草千里に再び草が生え始め、牛も放牧された。春の早い九州らしい光景。

草《くさ》《くさ》青《あお》《あを》む

仲春

土手青《どてあお》む・堤青《つつみあお》む・丘青《おかあお》む・岸青《きしあお》む

春に芽生えた草（下萌《したもえ》）が伸びるにしたがって、地を緑に染めていくこと。土手や岸辺に伸び始めた草が風に吹かれているさまは、いかにも春らしい。まだまだ柔らかい草の様子が、「青む」という言葉からも伝わってくる。

石畳つぎ目つぎ目や草青む　一茶

草青む方へ亡き母亡き子連れ　飯田龍太

草青むうつろひやすき日の温み　廣瀬直人

▼石畳の石の隙間《すきま》のほんのわずかな土からも草が萌え出て丈を伸ばしている。春の息吹。▼緑が整い始めた野を、亡き母や亡き幼子のことを思いながら散策する。「連れ」に思いがにじむ。▼早春のすぐに冷めてしまう日の温《ぬく》もりにも、草は日々緑を増してゆく。

駒《こま》《こま》返《がえ》《がへ》る草《くさ》《くさ》

初春

草駒返《くさこまかえ》る・若返《わかがえ》る草《くさ》

「駒返る」は老いて再び若返ることで、『源氏物語』玉鬘《たまかずら》巻に「まめ人の、ひきたがへ、こま返るやうもありかし」（実直な人が、予想に反して、若返るようなこともあるのだよ）と使われ

蚕がひする人は古代のすがたかな：養蚕家の古代から変わらぬ質朴の姿を讃える。

ている言葉である。人だけでなく、衰えていた草も春になると蘇《よみがえ》るのである。宿根草の場合に用いられ、枯草の下から新たに草が萌え出る「下萌」とは違う。

駒返る草に綱干す色の浜　張替総史
人声の増え駒返る島の草　古賀まり子
井戸跡の草駒返る五合庵　本多衛

▼色の浜(種の浜。福井県敦賀《つるが》市)は芭蕉が「浪《なみ》の間や小貝にまじる萩《はぎ》の塵《ちり》」(『おくのほそ道』)と詠んだ美しい砂浜。▼戻ってきた活気を、駒返る草が象徴する。「駒返る島の草」は季語の発展的な使い方。▼五合庵《ごごうあん》は、良寛が十二年間を過ごした庵《いおり》で、新潟県燕《つばめ》市の国上山《くがみやま》中腹にあり、再建保存されている。

草《くさ》の芽《め》

仲春

名草《なくさ》の芽《め》

春に萌《も》え出るさまざまな草の芽のこと。特定の植物の芽をあらわす際は、桔梗《ききょう》の芽、芍薬《しゃくやく》の芽、菖蒲《しょうぶ》の芽などといい、これら名のある草の芽を総じて「名草の芽」と呼ぶ。

草の芽はは や八千種の情あり　山口青邨
ことごとく合掌のさま名草の芽　鷹羽狩行
芍薬の芽のほぐれたる明るさよ　星野立子
甘草の芽のとびとびのひとならび　高野素十

▼萌え出たばかりの芽であるが、早や八千種《やちぐさ》(さまざまな草)それぞれの盛りの美しさに繋《つな》がる情趣を帯びている。▼名のある草の芽がどれも合掌の形をしている。命への感謝のようだ。▼芍薬の赤い芽が柔らかくほぐれて春日を浴びている。▼蒔いたとおりに次々に芽が出てくる様子。写生の句として知られる。

ものの芽《め》

仲春

物芽《ものめ》・芽《め》

春に芽吹く植物の芽のこと。草の芽であることもあれば、木の芽をいうこともある。「ものの」は「もののあわれ」「ものの命」というように、それとはなしにそのものをあらわす言葉。

土塊を一つ動かし物芽出づ　高浜虚子
ほぐれんとして傾ける物芽かな　中村汀女
ものの芽のちひさき音をたてて出づ　斉藤真知子

▼小さな土塊《つちくれ》をのけて、何かの芽が出てきた。▼ものの芽が葉を広げようとするところ。▼その小さな音が聞こえる。

末《す》黒《ぐろ》の薄《すすき》

初春

焼野《やけの》の薄《すすき》・黒生《くろう》の薄《すすき》

早春の野焼きの焼け跡から生えてくる薄(芒《すすき》)をいう。「末」は根元ではなく草木の先端、「すぐろ」は「すえぐろ」が変化した言葉で、先が黒く焦げている状態をいう。「下萌《したもえ》のすぐろを洗ふ春雨に焼野のすすきくさだちにけり」(『夫木《ふぼく》和歌抄』)などと詠《うた》われてきた。辺り一面焼きつくされた跡から伸びてくる薄は、強い生命力を感じさせる。 関連 野焼《のや》く↓193／芒《すすき》↓秋

暁の雨やすぐろの薄はら　蕪村

曾良《そら》▶慶安2年(1649)—宝永7年(1710)河合氏。芭蕉の「奥の細道」の旅に随行したことで知られる篤実の人。

恋路しかすがに末黒の薄かな　　岩城久治

▼黒い部分が濡《ぬ》れて艶やかに見えるからか、末黒の薄がいきいきと感じられる。▼「しかすがに」は「そうはいうものの」という意味の古語。恋路とはいえ末黒の薄が伸び始めたところを通ってゆく。昔の恋の趣。

末黒の薄

双《ふた》葉《ば》

仲春

二葉《ふたば》

植物が芽を出した時の最初の子葉をいう。この後に出る葉の形はさまざまだが、双葉はみな丸く、二枚貝を開いたようで初々《ういうい》しい。畑に直蒔《じかま》きされた野菜、苗床に密生しているもの、鉢植えの花など、植物の種類は問わない。

豆双葉犇めき合うて穴を出でず　　高野素十

どくだみのわれはがほなる二葉かな　　富安風生

定住の意《こころ》となりし双葉かな　　藤田湘子

▼一斉に出た豆の芽が押し合いながら双葉を広げようとする。まだ土をかぶっているものも。まるで命が犇《ひし》めき合っているよう。▼双葉のうちから早くも自己主張している「われはがほなる」どくだみである。▼庭に花も育て、落ち着こうという決意が双葉に託されている。

若《わか》草《くさ》

仲春

若草野《わかくさの》・草若《くさわか》し

芽を出して間もない草や、萌え出たばかりの草のこと。言葉の響きも柔らかさを印象づけ、いきいきとした色彩を思わせる。

前髪もまだ若草の匂ひかな　　芭蕉

若草にハンカチ敷けば正午なり　　鈴木鷹夫

▼若草のみずみずしさになぞらえて人を称えた贈答句。「匂ひ」には美しく艶《つや》やかという意味もある。▼ちょうど鳴った正午のチャイム。若草の上にふわりとのったハンカチ。並んで昼食をという男女だろうか。

雀《すずめ》隠《がく》れ

晩春

萌《も》え出た草が伸びて、雀が隠れられるほどの丈になったさまをいう。発想の豊かさが生み出した言葉である。

草に坐す雀隠れの親しさに　　森澄雄

くるぶしを雀がくれに浸し行く　　神蔵器

▼雀隠れの野の緑に誘われて座ったのだと、「親しさ」が伝えている。▼雀隠れの若草に足を「浸し行く」といったところに、春の野を歩く喜びが感じられる。

夏の日や一息に飲酒の味：「一息に」に夏の暑さが出ている。現代ならばビールだろう。

古草《ふるくさ》 初春

宿根草が前年のまま冬を越した状態をいう。霜や雪に耐えてきた草は色もくすんでいるが、寒さを乗り越えた力強さを感じさせる。『万葉集』巻十四の東歌《あずまうた》にも「おもしろき野をばな焼きそ古草に新草《にひくさ》交じり生《お》ひは生《お》ふるがに」とあるように、古くからその趣が詠《うた》われてきた。

あとさきに母と古草踏みしこと　岸田稚魚

古草や野川かがよひ動きだす　宮岡計次

▼若草ではないところに、老いた母を感じさせる。早春の野をともに歩いたことが懐かしく思い出される。▼岸辺は古草のままだが、川の流れはもう春の輝き。

若芝《わかしば》 晩春

芝萌《しばも》ゆ・芝青《しばあお》む・春《はる》の芝《しば》

冬の間、枯れ一色だった芝生にも新芽が出てきて、緑が甦《よみがえ》る。庭先や公園、グラウンドなど、緑の絨毯《じゅうたん》を敷きつめたような芝生が目を楽しませてくれる季節である。関連 青芝《あおしば》→夏／枯芝《かれしば》→冬

若芝にノートを置けばひるがへる　加藤楸邨

▼学生たちの若々しさを想像させる光景。ノートの白いページと芝の緑のコントラストが鮮やか。

草若葉《くさわかば》 晩春

草《くさ》の若葉《わかば》

単に「若葉」といえば木の若葉で夏の季語だが、それより早く緑を広げる草の若葉は晩春のもの。菊若葉、菰《こも》若葉、葛《くず》若葉など、具体的な名を冠して呼ぶもののほかは、「草若葉」という。豊かな自然を思わせる言葉である。関連 若葉《わかば》→夏

草若葉眠たくなれば眠りけり　星野麥丘人

鉋屑透けて飛びけり草若葉　八幡昌子

▼春という季節の優しさに包まれている安堵《あんど》感。▼透けて見えそうな鉋屑《かんなくず》が勢いよく飛んでゆく。その傍らの青々とした草若葉。どちらもみずみずしい。

菫《すみれ》 三春

菫草《すみれぐさ》・花菫《はなすみれ》・相撲取草《すもうとりぐさ》・一夜草《ひとよぐさ》・壺《つぼ》すみれ・姫《ひめ》すみれ・菫野《すみれの》・菫摘《すみれつ》む

紫の小さな花。蓮華草《れんげそう》や蒲公英《たんぽぽ》とともに春に咲く野草の花の

名句鑑賞

古草もまたひと雨によみがへり　高浜年尾

「古草もまた」というのだから、そうではない若草が前提になっている。雨の後の生気を取り戻した古草を描くことで、同時に若草のみずみずしさも想像させる俳句特有の表現が効果的である。早春の頃はひと雨ごとに暖かくなるというが、草木も雨のたびに緑を増してゆくのがわかる。「よみがへり」と連用形で終わることで余韻が生まれ、再び冒頭へ返ってゆくようなゆるやかなうねりを感じさせる。［片山］

路通《ろつう》▶慶安2年（1649）—元文3年（1738）八十村氏。蕉門。諸国を行脚。しばしば芭蕉の勘気を蒙った。

一つ。多くの品種があり、その総称であるが、おもに「スミレ」という特定種をさすことが多い。「スミレ」には茎がないため、根際から葉や細長い花柄を出す。このため花はうつむき加減となり、可憐《かれん》な印象を与える。「相撲取草」は花と花とをひっかけて引き合って競った子供の遊びにちなむ。「一夜草」は山部赤人《やまべのあかひと》の歌（後出）に由来する。パンジー（三色菫）は改良種。関連 冬菫《ふゆすみれ》→冬

菫

近けれど菫摘む野やとまりがけ　守武
山路《やまぢ》来て何やらゆかしすみれ草《ぐさ》　芭蕉
菫ほどな小さき人に生れたし　夏目漱石
かたまつて薄き光の菫かな　渡辺水巴
「大和」よりヨモツヒラサカスミレサク　川崎展宏

▼すぐ近くなのに泊まりがけとは。山部赤人の歌「春の野にすみれ摘みにと来《こ》し我《われ》そ野をなつかしみ一夜《ひとよ》寝《ね》にける」（『万葉集』）を踏まえている。▼『源氏物語』は桐《きり》や藤や紫草など、紫にまつわる物語。山道に菫を見つけ、お前も「紫のゆかり」の花だったなあといっているのだ。▼野に咲く菫のように純朴に生きたいという思い。▼ひとかたまりの菫の可憐な光。▼海底に眠る戦艦大和《やまと》からの打電。「ヨモツヒラサカ」（黄泉平坂）は死者の国へ下りてゆく坂。

【紫雲英《げんげ》】

仲春

蓮華草《れんげそう》・げんげん・げんげ田《だ》・げんげ畑《ばた》・げんげ野《の》・げんげ道《みち》

かつて紫雲英の花が咲き満ちた田んぼは、春ならではの風景だった。刈り取りの終わった稲田に種を蒔《ま》くと、細い茎が地を這《は》って広がり、春には絨毯《じゅうたん》を広げたように一面に花が咲く。これを牧草にしたり、地中に鋤《す》き込んで緑肥としたりした。しかし、化学肥料の普及とともに紫雲英の栽培は急速に減少。今では野に茂る野生の紫雲英を見るばかりである。「紫雲英」の名は紫雲がたなびくさまから。「蓮華草」の名は花の形が蓮の花に似ているところから。

指ゆるめ紫雲英の束を寛《くつろ》がす　橋本美代子
どの道も家路とおもふげんげかな　田中裕明
野道行けばげんげんの束すててある　正岡子規
げんげ田の風がまるごと校庭に　小川軽舟

▼子供の頃、摘んで茎ごと編んだりした。摘んだ花を束にして握っていた、その指の力を抜いた時、紫雲英がほっとしているように感じた。▼紫雲英は郷愁を誘う花。「どの道も家路とおもふ」に懐かしさと優しさがこもる。▼なんとなく摘んで、持っているうちにしおれてしまう花。▼こんな学校で学ぶ子供たちはのび

紫雲英

ふりかねてこよひになりぬ月の雨：ここ数日もちこたえていた雨。あいにくの雨月となってしまった。

のびと育っていることだろう。「まるごと」が嬉《うれ》しい。

苜蓿《うまごやし》

晩春

苜蓿《もくしゅく》・白詰草《しろつめくさ》・クローバー

本来の苜蓿は黄色い花だが、同じマメ科の外来種で、白い小花を毬《まり》状につける「白詰草」（クローバー）のことも「苜蓿」と呼んでいる。俳句ではほとんどが後者で、「苜蓿《もくしゅく》」の名で詠むことも多い。子供が白い花を冠やレイに編んで遊ぶのは白詰草。ウマゴヤシは「馬肥やし」の意。

苜蓿

ラケットを二つ重ねてうまごやし　加藤耕子

苜蓿やいつも遠くを雲とほる　橋本鶏二

誰《た》が編みししろつめくさの花冠　髙田正子

▼苜蓿は繁殖力が旺盛で、柔らかな茎や葉は緑の絨毯《じゅうたん》となる。並んで座る二人は恋人同士だろうか。▼目を上げれば、遠くの空を白い雲がゆっくり流れている。▼そっと置かれている花冠は、作り上げることを楽しんだ少女が残していったものかもしれない。

薺《なずな》《なづな》の花《はな》《はな》

三春

花薺《はななずな》・三味線草《しゃみせんぐさ》・ぺんぺん草《ぐさ》

田畑や道端などどこにでも見られる。真っすぐ伸びた茎に白い小型の十字花を多数つけ、下から順に開花してゆく。実が扁平《へんぺい》な三角形で三味線のばちに似ることから、「三味線草」「ぺんぺん草」ともいう。

薺の花

よくみれば薺花さく垣ねかな　芭蕉

妹が垣根さみせん草の花咲きぬ　蕪村

夢の世やぺんぺん草の遊びせむ　甲斐由起子

▼垣根の裾《すそ》にひっそりと咲く薺の花に、美を見いだした。▼幼なじみか。思いを寄せる人の家。なずなの花が咲くなつかしさ。▼夢のようにたちまち過ぎる一生だと気づいた。薺の花を揺らして実が触れ合う微《かす》かな音に心遊ばせよう。

蒲公英《たんぽぽ》

三春

鼓草《つづみぐさ》・蒲公英《たんぽぽ》の絮《わた》

四月から五月、短い茎の上に花をつける。花の多くは鮮やかな黄色だが白もある。日射しをいっぱいに浴びて咲く花はいかにも春らしい。在来種と、ヨーロッパから入ってきた外来種とがある。古名「鼓草」は、短く切った茎の両端に切れ目を入れて水に放つと、丸まって鼓のような形になることから。「たんぽぽ」という名も鼓の音をあらわすという。花が終わると、ふわふわした白い綿毛のような種ができる。これを「蒲

尚白《しょうはく》▶慶安3年（1650）—享保7年（1722）江左氏。近江蕉門の古参ながら「かるみ」の新風に馴染めず疎遠となる。

公英の絮」という。

打ちすてて誰がぬしなるぞつづみ草　千代女
たんぽぽや日はいつまでも大空に　中村汀女
たんぽぽのぽぽと絮毛のたちにけり　加藤楸邨
たんぽぽや長江濁るとこしなへ　山口青邨

▼たっぷり遊んだ後、蒲公英の鼓を捨てていったのは、誰？▼金色に輝く蒲公英は小さな太陽のよう。日もすっかり長くなっている。▼プロペラのような冠毛をもつ絮毛は、風に乗って遠くへ運ばれてゆく。▼大陸の土や岩を削り、海へゆく大河の濁り。小さな花との対比が際やか。

蓬《よもぎ》　三春

餅草《もちくさ》・も草《ぐさ》・やき草《ぐさ》・さしも草《ぐさ》・蓬生《よもぎう》

かぐわしい春の野草。葉の形からわかるとおりキク科に属し、葉の裏は白い綿毛が密生している。柔らかく香り高い若葉を摘んで、蓬餅にしたり、風呂に入れたりする。成長した葉は乾燥させて裏の綿毛をとり集め、灸《きゅう》の艾《もぐさ》にする。また、古くは端午の節句に際して、菖蒲《しょうぶ》や蓬を軒に吊《つ》した。邪気を祓《はら》うと考えられていたためである。

関連　草餅《くさもち》↓181／端午《たんご》・夏蓬《なつよもぎ》↓夏

裏門の寺に逢着《ほうちゃく》す蓬かな　蕪村
蓬萌ゆ憶良旅人に亦吾に　竹下しづの女
俎の蓬を刻みたるみどり　山口誓子
蓬摘むそのほかは世を忘れをり　飴山實

▼蓬の茂る寺の裏門。▼万葉の歌人たちも摘んだであろう蓬。▼蓬餅にしようと刻んだのだろう。鮮やかな緑は、春到来の喜びの色。▼憂世を忘れ、野に悠々と蓬を摘む。

嫁《よめ》菜《な》　仲春

菟芽子《うはぎ》・薺蒿《おはぎ》・よめがはぎ・嫁菜摘《よめなつ》む・嫁菜飯《よめなめし》

畦道《あぜみち》や山野に生える。高さ三〇〜六〇センチ。艶のある葉の縁に粗《あら》い鋸歯《きょし》がある。摘んだ若菜を茹《ゆ》でて嫁菜飯やお浸しにする。秋に紫色の花が咲く。

炊きあげてうすきみどりや嫁菜飯　杉田久女

▼炊き上がったご飯に、茹でて水気を絞った嫁菜を刻んで加える。塩を利かせて、色も美しい春の味。

蕗《ふき》《ふき》の薹《とう》《たう》　初春

蕗《ふき》の芽《め》・蕗《ふき》の花《はな》・蕗《ふき》のしゅうとめ

蕗が春先につける花芽のことで、雪間に萌え出るものの一つ。何枚もの葉に、菊に似た小さな花が包まれている。初夏の蕗とはまた異なり、早春らしい香りとほろ苦さがある。丸のまま天ぷらにしたり、刻んで味噌と和《あ》え、蕗味噌にしたりする。「薹」とは野

蕗の薹

待春や氷にまじるちりあくた：氷に閉ざされている塵《ちり》や芥《あくた》もどこか春めいてみえる。

菜などの花をつける茎のこと。蕗の薹も摘まないでおくと、二、三〇センチに伸びる。これが「薹が立つ」という状態で、盛りの時期をむなしく過ぎてしまうことをいう。 関連 蕗味噌《ふきみそ》↓177／蕗《ふき》↓夏

襲ねたる紫解かず蕗の薹　後藤夜半
蕗の薹食べる空気を汚さずに　細見綾子
水ぐるまひかりやまずよ蕗の薹　木下夕爾

▼紫色を帯びる蕗の薹。紫は春の曙の空の色。▼早春の山菜。雪解の川や山の清らかさを汚したくない心持ちでいただく。▼春の光を撒《ま》き散らす水車。

春《はる》の蕗《ふき》　三春

早春に地中から顔をのぞかせた蕗の薹《とう》が開ききって花が咲いたあと、今度は地下茎から葉柄が伸び、まるい葉を広げ始める。この春の蕗は柔らかく、煮てもあっさりした味である。太い茎が伸びて大きな葉をかかげるのは、夏になってから。

関連 蕗《ふき》↓夏

摘んで煮て少しばかりや春の蕗　草間時彦
春の蕗剝きゐてすいと夜が来る　山田諒子
春の蕗母金色に煮てくれぬ　脇祥一

▼食通で知られた作者。食べ物は季節感を味わうことが大切で、量はわずかでもよいのだ。▼蕗の筋を取る時の気持よさ。「すいと」は、夜が来る様子でありながら、皮がむける感触も思わせる。▼薄味であっさりと仕上げた春の蕗。「煮てくれぬ」に母への思いがこもる。

片栗《かたくり》の花《はな》　初春

かたかごの花《はな》・ぶんだいゆり・かたばな・はつゆり

片栗は早春、薄紫の花を一斉に咲かせる。百合《ゆり》に似た可憐《かれん》な花だが、満開になると、花びらを折れ曲がるほど反らせる。日当たりのよい雑木林などで、まだ冷たい風に揺れている。地下の鱗茎《りんけい》からは片栗粉がとれるが、開発によって自生地が減り、今では稀少《きしょう》なものとなってしまった。『万葉集』には、この花を詠んだ大伴家《おおとものやか》持《もち》の歌がある。「もののふの八十娘子《やそをとめ》らが汲《く》みまがふ寺井《てらゐ》の上の堅香子《かたかご》の花」。大勢の少女たちが水を汲みにくるお寺の泉、そのほとりに咲き乱れている片栗の花よ。越中守《えっちゅうのかみ》として赴任した地(富山県高岡市)で詠んだ歌。

片栗の花

日洽し片栗の葉に花に葉に　石井露月
かたくりの花も傘さし雨の中　清水芳朗
かたくりは耳のうしろを見せる花　川崎展宏
片栗の花の韋駄天走りかな　綾部仁喜
かたかごに銀《しろがね》の日の懸りをり　石田勝彦

▼片栗を洽《あまね》く照らす春の日射し。▼作者も傘をさして片栗の花を

智月《ちげつ》▶？—？河合氏。乙州の姉。公私にわたり芭蕉を助けた蕉門きっての女流。

見ている。▼反った花びらが耳のように見える。▼風に揺れる片栗の花の様子。まるで走っているよう。▼片栗の花の上の、早春の銀色の太陽。

【土筆《つくし》】 仲春

つくづくし・つくしんぼ・筆《ふで》の花《はな》

春の野に顔を出す、子供たちにもおなじみの「つくしんぼ」。先端のふくらみが筆に似ていることから「土筆」と書く。古名を「つくづくし」。古来、食用にされてきた。袴《はかま》の部分を取り除いて茹《ゆ》で、佃《つくだ》煮《に》や酢の物などにするのだが、とくに美味というわけでもなく、野趣を味わうもの。土筆は杉菜の胞子茎で、地下茎でつながっている。

土筆

まゝ事の飯《いい》もおさいも土筆かな　星野立子
ひつそりと粉を吐いたる土筆かな　山西雅子
遥かなる青天を指しつくしんぼ　仙田洋子

▼作者が初めて作ったという俳句。子供のままごとの様子を見たままに描いた素朴な味わい。▼摘んできた土筆を置いておくと薄い緑色の胞子をこぼす。「粉を吐いたる」と表現された、ひそかな営み。▼小さな小さなつくしんぼの、大きな大きな志を感じさせる句だ。

名句鑑賞

せせらぎや駈けだしさうに土筆生《お》ふ　秋元不死男

土筆《つくし》は水辺の日当たりのよいところにかたまって生えることが多い。春の到来を実感させる光景であり、絵本のページを開いたような明るさと楽しさにあふれている。この句は、土手の土筆ではないだろうか。斜面に生え揃った茎が、一斉に「駈けだしさうに」見えたのである。春の小川のいきいきとした水音もそんな気分にさせる。［片山］

【杉菜《すぎな》】 晩春

接《つ》ぎ松《まつ》

トクサ科のシダ植物で、杉の形に似るのでこの名がある。土筆《つくし》が姿を消す頃、同じ地下茎から生える。土筆は胞子茎、杉菜は栄養茎で、養分の豊かな土地では杉菜ばかりが茂る。節のところで抜いたものを接いで遊ぶので、「接ぎ松」ともいう。

鉄道員雨の杉菜を照らしゆく　福田甲子雄
ひろびろと水のかくるる杉菜かな　千葉皓史

▼雨の夜、点検に来た鉄道員の灯りに照らされて線路脇に生えた杉菜が浮かび上がる。▼緑の杉菜が一面に生い茂り、川の流れをふわりと覆い隠している。

【蘩蔞《はこべ》】 三春

はこべら・花蘩蔞《はなはこべ》・あさしらげ

畑や道端などどこにでも生え、地面を這《は》うように茎が広がり、春になると白い小さな花をつける。柔らかい茎や葉は小動物

鮎さびて石とがりたる川瀬かな：秋の鮎の色が錆びてゆくように、川石は鋭くとがってゆく。

の餌として、また民間薬として利用されてきた。「あさしらげ」は、朝になると花が開くという意味の「朝開け」が転《てん》訛《か》したものらしい。春の七草の一つ。

栄達に遠しはこべら道に咲き　安住敦
はこべらや焦土のいろの雀ども　石田波郷
はこべらや雲より白き鶏《とり》駈けて　泉春花
はこべらや名をつけて飼ふ白うさぎ　大串章

▼蘩蔞には踏まれても増え続ける逞《たくま》しさがある。出世には縁のない人生と諦《あきら》めつつ眺める蘩蔞の花。▼地面を啄む雀の群れに、一面の焦土を思い出す。今その地に雑草が萌え出ている。▼真っ白な鶏が農家の庭先を自由に駆け回りながら蚯蚓《みみず》や蘩蔞をついばんでいる。▼兎《うさぎ》のために毎日新鮮な蘩蔞を採ってくるのは少年の役目だろうか。兎の白さが眩《まぶ》しい。

蘩蔞

【犬《いぬ》ふぐり】

初春

犬《いぬ》のふぐり・大犬《おおいぬ》のふぐり

早春の野を染める愛らしい花であるのに、犬ふぐりなどという気の毒な名(中央がくびれた球形の実が犬のふぐりに似ているということから)を与えられた。花の縁は赤く紫がかった筋が見られ、中心は白い。ただし近年、この花を見るのは稀《まれ》になり、外来種の鮮やかな瑠璃《るり》色のオオイヌノフグリが全国的に繁殖している。俳句で犬ふぐりとして詠んでいるのも、ほとんどはこちらである。

犬ふぐり星のまたゝく如くなり　高浜虚子
レールより雨降りはじむ犬ふぐり　波多野爽波
鎌倉は潮風強し犬ふぐり　山西雅子

▼そう言われると、本当に地上の星のよう。この世のものとは思えない輝きを放つ。▼雨が降り出すと、乾いたレールに水玉模様ができる。傍らの犬ふぐりも急な雨に慌てているだろう。▼春先の首をすくめたくなるような冷たい風に、足元の犬ふぐりも必死で耐えている。

犬ふぐり

【節《せつ》分《ぶん》草《そう》《さう》】

初春

二月から三月にかけて、一〇センチくらいの茎の頂に、白い五弁の花に見える萼片《がくへん》をつける。本当の花弁は小さくて目立たない。†節分の頃に咲き出すのでその名がある。

節分草つばらなる蕊もちゐたる　加藤三七子
咲くだけのひかり集めて節分草　高橋悦男

節分草

乙州《おとくに》▶?—?河合氏。近江大津の荷問屋。智月の弟。芭蕉を公私にわたって助けた。

屈まりてこゑ絡み合ふ節分草　細井三千代

▼「つばら」は細かいこと。細かい蕊《しべ》が密集している様子が特徴的な花。▼そこだけ明るくなったように感じられる愛らしい花を、「咲くだけのひかり集めて」と描いた。▼屈《かが》んで声が絡み合うほどに顔を寄せているのは、幼い子供と母親か、それとも恋人同士か。

【洲浜草《すはまそう》《すはまさう》】

初春

三角草《みすみそう》・雪割草《ゆきわりそう》

早春、白や淡い紫色の可憐《かれん》な花を咲かせる。草丈は五〜一〇センチ程度。葉の形が、祝いの席に飾る島台の洲浜に似ているところからこの名がある。同じキンポウゲ科の「三角草」やサクラソウ科の「雪割草」と混同され、俳句でもそれらの名前で親しまれている。

洲浜草

みんな夢雪割草が咲いたのね　三橋鷹女

洲浜草鞍馬はけふも雪降ると　後藤比奈夫

花終へし雪割草を地にかへす　軽部烏頭子

▼この世の生は美しくはかないもの。雪割草の咲く春もまた夢のごとく過ぎ去る。▼洛北《らくほく》の鞍馬《くらま》はまだ雪だという。早春の花は寒さをこらえてけなげに咲く。▼鉢植えで楽しんだ花を庭に植える。来年もよい花を咲かせてくれるようにと願いながら。

【猫《ねこ》の目《め》草《そう》】

初春

花猫《はなねこ》の目草《めそう》・深山猫《みやまねこ》の目草《めそう》

山地の湿地に、茎が横に伸びて地を覆うように生長し、茎の先端に黄色の小花が十数個かたまって咲く。種子が開くと現われる一本の筋が、瞳孔を閉じた時の猫の目に似ているというので、このユニークな名がついた。深山猫の目草は葉が大きく白斑があり、花猫の目草は白い萼片《がくへん》と暗紅色の葯《やく》(雄蕊《おしべ》の先端)のコントラストが美しい。

猫の目草

日向とは別の明かるさ猫の目草　高木瓔子

山の端にかかる昼月猫目草　野口光江

▼日陰が明るく見えるのは、たくさんの猫の目草のせい。▼昼の月のどこかうつろな印象と、猫の目草の対比の面白さ。あるいは猫の目のような形の月だったか。

【芹《せり》】

三春

つみまし草《ぐさ》・田芹《たぜり》・畑芹《はたぜり》・根芹《ねぜり》・芹田《せりた》・芹の水《みず》・芹摘《せりつみ》

春、水辺に生える香り高い草。摘んでお浸しにしたり、飯に炊き込んだりする。春の七草の一つ、根白草《ねじろぐさ》。旧暦では芹の萌《も》える立春の頃に新年もめぐってきたが、太陽暦では新年がひと月早まったために、根白草は新年の季語、芹は春の季語

うめの花赤いは赤いはあかいわさ：俗語や口語調を駆使した惟然流の「かるみ」の句。

となった。 関連 寒芹《かんぜり》→冬／根白草《ねじろぐさ》→新年

芹の香や摘みあらしたる道の泥　太祇

これきりに径尽《こみちつき》たり芹の中　蕪村

薄曇る水動かずよ芹の中　芥川龍之介

寂しさに摘む芹なれば籠《こ》に満たず　加倉井秋を

▼芹を摘んだあとに漂う芹の香り。▼通り抜けられると思った小道が途絶えてしまった。▼どんよりと曇る春の日。▼春の愁いか。たくさん摘んだつもりでも、ほんの一摑みにしかならない春先の芹。

野蒜《のびる》

仲春

野蒜摘《のびるつ》む

小さな白い鱗茎《りんけい》をもち、春、田の畦《あぜ》や荒地、土手など至る所で若葉を伸ばす。韮《にら》や葱《ねぎ》に似た匂いがあり、鱗茎ごと生食したり饅《ぬた》や胡麻和《ごまあ》えなどに用いて野趣を愛《め》でる。

引抜けば土塊躍る野蒜かな　阿部みどり女

一と鍬に野蒜の白き珠無数　川島彷徨子

野蒜掘る手に颯々と山の風　大串章

▼野蒜を掘り上げた。土から現れた真っ白な球が目に見えるようだ。▼土に一鍬《ひとくわ》入れただけでつやつやとした白い球形の鱗茎がざっくりと現われた。▼野蒜を掘り進んでいる手元は土の香りと野蒜の香り。そこに颯々《さつさつ》とした山の風が加わり、まことに気持がよい。

ぎしぎし

仲春

羊蹄《ぎしぎし》

水田の畦《あぜ》や川のほとりなど湿り気のある所に見られ、緑色で高さは一メートルほどにもなる。根の際《きわ》から噴き出すように伸びる楕円《だえん》形の葉は大きく波打ち、目を引く。 関連 ぎしぎしの花《はな》→夏

ぎしぎしやことば無頼の山仲間　水沼三郎

▼濃い緑色で逞《たくま》しいぎしぎしの葉を見ながら、言葉は乱暴だが心の温かい山仲間たちと歩いてゆく。

蕨《わらび》

仲春

蕨手《わらびで》・鍵蕨《かぎわらび》・早蕨《さわらび》・老蕨《おいわらび》・蕨狩《わらびがり》・煮蕨《にわらび》・蕨飯《わらびめし》・蕨汁《わらびじる》

蕨は日当たりのいい野山に群生する歯朶《しだ》である。春、赤ん坊の手のような芽を伸ばす。この芽蕨を「蕨」と呼ぶ。これを摘むのが蕨狩。薇《ぜんまい》や楤《たら》の芽とともに、春の山菜の一つである。あく抜きをしてから料理する。「石走《いはばし》る垂水《たるみ》の上のさわらびの萌《も》え出《い》づる春になりにけるかも」（志貴皇子《しきのみこ》『万葉集』）は春を迎える喜びの歌。蕨の出ていた場所を夏訪ねても蕨は見つからない。長《た》けて鳥の羽根のような緑の葉を広げている。 関連 蕨餅《わらびもち》→181／夏蕨《なつわらび》→夏

蕨

金色の仏ぞおはす蕨かな　水原秋桜子

良寛の天といふ字や蕨出づ　宇佐美魚目

早蕨や若狭を出でぬ仏たち　上田五千石

惟然《いぜん》▶？―正徳元年（1711）広瀬氏。師・芭蕉没後、風羅念仏を唱えながら諸国を行脚。

奈落より更に奈落へ蕨取り　佐々木まき

▼「仏ぞおはす」で切って読む。金色の仏像のあるお寺。そのまわりの野山に蕨が萌えている。▼ある時、良寛《りょうかん》は少年の凧《たこ》に天の字を書いた。▼若狭《わかさ》(福井県)は古い仏像の多い所。▼蕨を求めて谷底へ。

薇《ぜんまい》

仲春

狗背《ぜんまい》・犬蕨《いぬわらび》・鬼蕨《おにわらび》・薇採《ぜんまいとり》・干薇《ほしぜんまい》・薇飯《ぜんまいめし》

蕨とともに春の山菜の代表。仲春の頃、地中から褐色の毛に覆われた渦巻き状の若芽が顔を出す。それが銭《ぜに》に似ているところからこの名がある。犬蕨や鬼蕨の別名があるが、蕨とは別種。茹《ゆ》でてあく抜きした若芽を乾燥させた干薇は保存食となり、水で戻して煮物や白和《しらあ》えにする。

薇

ぜんまいのしの字と長けてしまひけり　角川照子

ぜんまいのほぐれゆく野のひかりかな　椿文恵

▼渦巻きがほとんど解けて、「し」という字ほどに伸びたというのが明快。▼日に日に眩《まぶ》しさを増す春の日射しを、ぜんまいの生長とともに印象づけている。

虎杖《いたどり》

仲春

さいたづま

名句鑑賞

ぜんまいののの字ばかりの寂光土　川端茅舎

地上に現われたばかりの「ぜんまい」。たくさん集まっている様子を「のの字ばかり」と見たところが面白い。しかもそこは「寂光土《じゃっこうど》」だという。寂光土は「常寂光土」の略で、生滅変化《しょうめつへんげ》を超えた永遠の浄土という意味である。作者にはこうした仏教用語を使った句が少なくないが、それは、病と闘いながら生きることを余儀なくされたことと無縁ではない。[片山]

春になると独活《うど》に似た芽を出す。この芽茎を食用にするところから春の季語となっている。茎は空洞で、紅色に赤紫の斑点《はんてん》があるのが虎を思わせることから、「虎杖」と書く。「さいたづま」は古歌にもうたわれている古名で、とくに芽が出たばかりの幼いものについていう。

虎杖

いたどりの一節《よ》の紅に旅曇る　橋本多佳子

虎杖を折ればいまでもぽんと音　山口いさを

▼虎杖は、北国にとくに多いように思う。目に飛び込んできた芽の赤さに旅情を感じたのだ。▼折り取った音に、子供の頃の記憶が蘇《よみがえ》ってきた。

酸葉《すいば》

仲春

酸模《すかんぽ》・すかんぽ

野原や田畑の畦道《あぜみち》などに生え、四月頃から小花が密生した花穂を伸ばす。若芽を折り取って食べるが、蓚酸《しゅうさん》を含んでいるため酸味が強い。酸葉という名は「酸っぱい葉」の意。「すかんぽ」の名は折る時の感覚からか。

すかんぽをかんでまぶしき雲とあり　吉岡禅寺洞
すかんぽや紀ノ川堤高からず　轡田進
すかんぽや叩いて頭やすませる　池田澄子
すかんぽや治りはじめの傷痒し　棚山波朗

▼懐かしさに若い茎を噛んでみる。空を仰ぐと子どもの頃と同じ白い雲が眩しかった。▼滔々《とうとう》と流れる紀《き》ノ川(紀伊半島)の豊かさが、すかんぽ越しに見える。▼すかんぽの名にはとぼけた味があり、ちょっとした仕草との取り合わせが楽しい。▼俳句では、酸葉よりすかんぽのほうが親しまれている。どこか郷愁を誘い、傷の絶えなかった子供の頃を思い出させる。

酸葉

【春蘭《しゅんらん》】

仲春

ほくろ・ほくり

二〇センチほどの野生蘭で、三月から四月、花茎の頂に紅紫色の斑点《はんてん》のある薄緑の花をつける。小さいながら気品が漂い、古くから観賞用に栽培されてきた。桜湯と同じく、祝いの席で花の塩漬けを「蘭湯」にして供する。

春蘭

春蘭や雨をふくみてうすみどり　杉田久女
春蘭の風をいとひてひらきけり　安住敦
春蘭や山の音とは風の音　八染藍子

▼薄い黄緑が雨に濡《ぬ》れていっそう透き通って見えたのだろう。野生蘭のひそやかな趣。▼開くといっても大きな花びらがあるわけではない。風を避けて口をすぼめているようにも見える花だ。▼春蘭も耳をそばだてているかのような穏やかな春の山。

【海老根《えびね》】

仲春

化偸草《えびね》・えびね蘭《らん》・黄《き》えびね・花《はな》えびね

日本各地に自生する二、三〇センチの野生の蘭。古くから珍重され、栽培もされてきた。地上から広がる葉の間から花茎が伸び、複数の小花が連なり咲く。「海老根」の名は地下茎の形からつけられたもの。

隠者には隠のたのしみ花えびね　林翔

▼世を離れてひっそりと住む隠者には、海老根の花の気品あるしみじみとした美しさが似つかわしい。

海老根

去来《きょらい》▶慶安4年(1651)―宝永元年(1704)向井氏。篤実の人で蕉門にあって人望を得た。編著に『猿蓑』『去来抄』等。

熊谷草《くまがいそう》《くまがいさう》

晩春

丘陵地の樹下や竹林などに生える多年草で、高さ二〇センチから四〇センチほど。四月頃、袋状の大きな花を一個だけつける。「熊谷草」の名は、一谷《いちのたに》の合戦で平敦盛《たいらのあつもり》を討った熊谷直実《くまがいなおざね》が背負っていた母衣《ほろ》に見立てたもの。母衣にちなんで「ほろかけぐさ」ともいう。

熊谷草を見せよと仰せありしとか　高浜虚子

見せばやと虚子の墓前へ熊谷草　三澤鏡子

熊谷草へ屈む背を風渡りけり　肥田埜恵子

▼誰が誰に言ったのか、敬語によってそれを想像させるおもしろさ。▼前句「熊谷草を……」を受けて。その虚子の墓に熊谷草を供えた。ほのぼのとした俳句の挨拶のこころ。▼熊谷草を見つけて屈《かが》む背には母衣もなく、風が渡るのみ。

熊谷草

金蘭《きんらん》

晩春

きんらん

山野の林に生える。高さ五〇センチぐらい。四、五月頃、茎の上のほうに黄色い花をつける。花の長さは約一・五センチ。金蘭よりもっと小ぶりで、白い花を穂のようにつけるのは銀蘭。

金蘭の霧の底ゆく人の声　角川源義

▼金蘭の咲く林は霧に包まれている。地面を伝うように人の声が聞こえてくる。

金蘭

蝮蛇草《まむしぐさ》

三春

蛇《へび》の大八《だいはち》・山蒟蒻《やまこんにゃく》

山野の木陰に生える。高さ五〇センチほど。茎や葉柄に紫褐色の斑点《はんてん》がある。花を包む苞《ほう》も紫褐色になる。苞の先が尖《とが》って前に突き出すその形が、蛇の鎌首に似るところから、この名がある。

蝮草人の居ぬ日の鏡の間　桂信子

まむし草蘂覗かむと指触るる　草間時彦

▼蝮草に、鏡のある誰もいない部屋を取り合わせた。理性では何もないとわかっていても不安が募る。▼苞の下の方を破ると肉穂《にくすい》の下部に花の蘂《しべ》が見える。あまり触れたくはないが。

蝮蛇草

一人静《ひとりしずか》《ひとりしづか》

仲春

吉野静《よしのしずか》・眉掃草《まゆはきそう》

林間の日向《ひなた》に自生し、春になると、茎の先端に輪生する四枚

下京や雪つむ上の夜の雨：下京は京都の三条より南。庶民が住んだ地。

の葉の間から白い花穂を伸ばす。「吉野静」は、その楚々とした花の趣から、義経《よしつね》の愛した静御前《しずかごぜん》になぞらえたもの。

花了へてひとしほ一人静かな　後藤比奈夫

花立ててひとりしづかとなりにけり　市村究一郎

枝折戸の易々《いい》と開きけり眉掃草　小出秋光

▼真っ白い花が茶色に変わり萎《しお》れるさまは、ことのほか哀れを誘う。▼四枚の葉に守られるように花穂を真っすぐ伸ばし、名にふさわしい姿が整った。▼眉掃草というと、いっそう健気《けなげ》さを感じる。

【二人静《ふたりしずか》】

晩春

狐草《きつねぐさ》

山野の湿った林床に生える。五月頃、頂の葉の間から花穂をふつう二本、多い時は五、六本伸ばし、白い小花をつける。謡曲「二人静」にちなんで名づけられたという。

二人静落石防止網の中　鷹羽狩行

▼ロマンチックな名をもつ二人静が、こともあろうに落石防止の金網の中に。人の思い入れにこだわらぬ野生。

一人静

二人静

【翁草《おきなぐさ》】

晩春

白頭翁《はくとうおう》・うばがしら

低い山の草地などに生える。茎や葉、暗紅色の花の外側など、全体に銀色の毛が密生している。花が終わると花茎が立ち上がり、長く伸びた雌蕊《めしべ》が、老人の白髪頭のような鞠《まり》状となる。ここから「翁草」「白頭翁」などの名がついた。

土の香のなにかたのしく翁草　飯田蛇笏

霧の中ことばはぐくむ翁草　青柳志解樹

▼山野草の愛好家にはよく知られているが、地味な花で、土の香りがしそう。そこが翁草の味わい。▼翁が何やらぶつぶつ言っていそうな、そんな連想を誘う。

翁草

【一輪草《いちりんそう》】

晩春

一花草《いちげそう》・裏紅一花《うらべにいちげ》

キンポウゲ科の多年草で各地の山野に生える。茎を一本出し、そこに梅の花に似た白色五弁の花を開く。花の下に羽状に裂けた葉が三枚輪生して花を引き立たせる。

一輪草

凡兆《ぼんちょう》▶？—正徳4年（1714）野沢氏。『猿蓑』編者に抜擢されたが蕉門を離反。のち罪を得て入獄。

一輪草一つといふは潔し　山崎ひさを

嫁がせて一輪草は一輪ぞ　友岡子郷

▼一つの茎に、花は一つだけ。可憐《かれん》な花の中に潔い意志の力を見た。▼大切に慈しみ育てた愛娘《まなむすめ》を嫁がせた。喜びの中にも淋《さび》しさが押しよせてくる。

錨《いかり》《いかり》草《そう》《さう》　晩春

碇草《いかりそう》

丘陵や雑木林・杉林の中などに、かたまって咲くことが多い。茎の先に咲く淡紫色の花は四枚の花弁に距《きょ》という突出部をもち、それが舟の錨に似ていることからこの名がある。

碇草生まれかはりて星となれ　鷹羽狩行

▼碇草の花は、碇の形のほか星の形をも思わせる。その花に優しく呼びかけた。

錨草

狐《きつね》の牡《ぼ》丹《たん》　晩春

畦道《あぜみち》や湿地に生える。高さ二〇～五〇センチ。葉は何枚かに裂けて鋸歯《きょし》がある。春から秋、茎の上の方に小さな黄色い五弁の花をつける。葉が牡丹に似ていなくもない。

狐にも狐の牡丹咲きにけり　相生垣瓜人

▼人の傍《そば》に牡丹の花が咲くように、狐のいる傍に狐の牡丹が咲く。どことなく微笑《ほほえ》ましい言葉遊びの句。

狐の牡丹

桜《さくら》《さくら》草《そう》《さう》　晩春

プリムラ

淡紅色の小花が、草丈二〇センチほどの茎の頂に集まって咲く可憐《かれん》な花。江戸時代に武士の内職として栽培が流行し、多くの品種が生まれた。その後、乱獲や環境の変化で自生する日本桜草は絶滅の危機に瀕《ひん》し、現在出回っているものは外来種プリムラの園芸種がほとんどである。

桜草

咲きみちて庭盛り上る桜草　山口青邨

花びらにかくるゝ蕾桜草　倉田紘文

▼花の盛りのさまが「庭盛り上る」によって活写された。▼小さな花よりさらに小さなその蕾《つぼみ》が、花びらに隠れていると見たところに俳句的発見がある。

雉《きじ》蓆《むしろ》　仲春

雉莚《きじむしろ》

山野や路傍に群生し、四月頃、黄色の小さな花をびっしりつ

桃柳くばりありくやをんなの子：桃の節句。祝いに来てくれた客人に桃の花と柳を配ってまわる女の子。

ける。深い緑の葉の広がっている様子を、雉が座る蓆に見立てた名。草丈二〇センチ、全体に粗い毛がある。

雉蓆咲く野を長き貨車の列　加藤耕子
薪積み湖畔ぐらしや雉蓆　川崎慶子
畦道を好き放題に雉筵　髙田正子

▼みずみずしい花と無機的な貨車のコントラストが鮮やか。▼湖畔の別荘地にありそうな光景。おのずと湖の広がりが浮かび、雉蓆が彩りを添える。▼まだ本格的な農作業が始まっていない季節を思わせる。

雉蓆

【金鳳花《きんぽうげ》】

晩春

馬《うま》の脚形《あしがた》

日当たりのいい場所に生え、途中で枝分かれしたその枝ごとに、黄色というより金色の花をつける。草丈五〇センチ以上。「馬の脚形」の名は葉の形から。有毒植物で、茎から出る液に触れると炎症を起こすことがある。西欧の小説や詩などによく登場する花でもある。

金鳳花

手捕りたる鮒の荒息きんぽうげ　岸風三楼
金鳳花ひとり下校の男の子　辻田克巳
きんぽうげ山雨ぱらりと降つて晴れ　岡田日郎

▼川辺の草叢《くさむら》の中の金鳳花が、まだ生きている鮒《ふな》の命の輝きを印象づける。▼無口な少年が辺りの草に触れながら歩いている姿が浮かぶ。▼山道を行けば、山の雨と粒立ちを競うかのようにあちらこちらに金鳳花。

【母子草《ははこぐさ》】

晩春

鼠麹草《ほうこぐさ》

四月頃、二、三〇センチほどの茎の先に黄色の小さな頭状花が集まって咲く。茎も葉も白い綿毛が密生している。春の七草の「御形《おぎょう》」（新年の季語）はこの若葉で、昔は餅に搗《つ》き込んだという。母子草と同種の「父子草《ちちこぐさ》」も春の季語だが、こちらは褐色で地味。関連 御行《おぎょう》→新年

老いて尚なつかしき名の母子草　高浜虚子
母子草やさしき名なり莟《つぼみ》もち　山口青邨

▼綿に包まれたような花がほのぼのとしていることもあるが、「母子草」という名前に関心が集まりやすい。どんなに年老いても母は母である。▼郷愁を誘うささやかな花の趣を描き出している。

母子草

羽紅《うこう》▶？—？凡兆の妻。夫と共に蕉門を離れたが、その晩年は寂しいものだった。

薊《あざみ》　晩春

野薊《のあざみ》・花薊《はなあざみ》

薊は種類が多く、日本では七、八〇種ほどあるという。咲く場所も季節もまちまち。共通しているのは、葉が鋸《のこぎり》状で全体に鋭い棘《とげ》があることと、赤紫の花をつけること。多くの野薊は春から夏にかけて咲くので、春の季語としている。

妻が持つ薊の棘を手に感ず　日野草城
第一花王冠のごと薊咲く　能村登四郎
北上の早瀬ひびける薊濃し　小原啄葉

▼愛する人が摘んだ薊。棘が痛くはないか。その感触をありありと感じるような錯覚。▼萼《がく》にまで鋭い棘があるのは、花を守るためか。しかし豪華な王冠に見える。▼「あざみの唄」さながらに、北上川のほとりに咲く薊。これは濃い赤紫。

関連 夏薊《なつあざみ》→夏／秋薊《あきあざみ》→秋

薊

茅花《つばな》　仲春

針茅《つばな》・あさぢがはな・茅花野《つばなの》・茅萱《ちがや》の花《はな》・ちばな・しらはぐさ・茅花《つばな》ぬく

野原や路傍に生える。三月頃、尖《とが》った苞《ほう》に包まれた小花をつけ、これを子供が抜いて食べることも。やがて苞が破れ、白い毛を密生した花穂となる。ほおけて銀白色になびく。

関連 茅花流《つばななが》し→夏

浮いてくる鮒の顔ある茅花かな　波多野爽波
帯馴らす後手茅花あかりかな　桂信子

▼水辺の茅花。ぽっかりと鮒《ふな》の顔が浮かんだ。▼茅花が柔らかく日を反射して一面が明るい道を歩きながら、後ろ手に帯の形を整えた。春の日射しにうっとり。

茅花

髢草《かもじぐさ》　晩春

雛草《ひなぐさ》・鬘草《かつらぐさ》

路傍や畑に生える高さ五〇～九〇センチの草。春から初夏に二〇センチほどの穂を垂れ、赤みがかった長い芒《のぎ》をのぞかせる。女児がその若葉で髪結い遊びをしたという。

母の櫛折りし記憶やかもじ草　越路雪子

▼遊んでいて母の櫛を折った。髢草に蘇《よみがえ》る記憶。女の子なら一度は親の化粧道具を壊した覚えがあるはず。

座《ざ》禅《ぜん》草《そう》　晩春

達磨草《だるまそう》

本州中部以北の湿地に生える。四、五月頃、暗い紫がかった大きな苞《ほう》をかかげ、その中に肉穂《にくすい》状の花をつける。それを達磨大師の座禅の姿に見立てた。

泥亀や苗代水の畦うつり：泥亀は鼈《すっぽん》。畦を越えて隣の苗代田へ移った。

水鏡暮れてゆけどもだるま草　阿波野青畝

打ち伏すものけぞるもあり座禅草　青柳志解樹

▼日暮れに水面に映る姿は暗くなっていく。が、座禅草そのものは姿も色も変わらぬまま。▼座禅草といえば直立の姿を思うが、実際には打ち伏すものあり、のけぞるものあり。

座禅草

水《みず》草《くさ》生《お》ふ《う》

仲春

水草生《みくさお》う・水草生《みずくさお》い初《そ》む

池や沼の水が温《ぬる》む頃になると、水中からさまざまな水生植物が生えてくる。それらを総称して「水草生ふ」といい、『万葉集』以来、用いられてきた。水草の中でも特徴のあるものについては、「萍《うきくさ》生ひ初む」「蓴《ぬなわ》生ふ」というように、個々の名を冠することもある。地上の草にやや遅れはするが、水中にも春がやってきているのがわかる。

関連 水草紅葉《みずくさもみじ》→秋

ゆふぐれのしづかな雨や水草生ふ　日野草城

水草生ふながるゝ泛子のつまづくは　篠田悌二郎

足音をよろこぶ水や水草生ふ　行方克巳

▼水面を叩《たた》くほどの雨ではなく、むしろ水草の生長を促すような静かな雨である。▼釣りをしていたら、泛子《うき》が突然ぎくしゃくした。水草に邪魔されたのである。春を迎えた水辺の生命感が伝わってくる。▼水草が見え始めた水辺に近づくと、足音の振動で水面に波紋が生まれる。水が喜んでいると見たのも春ならでは。

萍《うきくさ》生《お》ひ《い》初《そ》む

仲春

萍生《うきくさお》う

水田、池などの水面に浮かぶ水草。水底に沈んでいた冬芽が三、四月頃、浮かび上がり、水面に小さな円い葉を点ずる。やがて夏になると、水面に敷き詰めたように茂る。萍は夏の季語。

関連 萍《うきくさ》→夏

水泡より小さく萍生ひ初めし　片山由美子

▼夏になれば水面を覆うように繁茂するウキクサだが、生い初める頃は水の泡よりも小さい。

蓴《ぬなわ》生《お》ふ《う》

仲春

蓴菜生《じゅんさいお》う

蓴《ぬなわ》は蓴菜《じゅんさい》。池沼の水底に縄のように伸びる茎から芽を出し、その芽が若葉に生長して水面に浮かび出る。若葉も茎もぬるぬるした粘液に覆われている。夏に収獲する。「蓴菜」「蓴採る」は夏の季語。

関連 蓴菜《じゅんさい》→夏

蓴生ふ沼のひかりに漕ぎにけり　西島麦南

▼静かな沼に小舟を漕《こ》ぎ出す。蓴菜が生え始めた水にぼんやりと光が反射する。光の中を進むかのようだ。

史邦《ふみくに》▶?—?中村氏。去来の手引きで芭蕉に入門。おもに『猿蓑』で活躍。

蘆《あし》の角《つの》

仲春

蘆《あし》の芽《め》・蘆牙《あしかび》・角組《つのぐ》む蘆《あし》・蘆《あし》の錐《きり》

水辺に生える蘆の芽のこと。角のようなので、こう呼ぶ。芽の鋭く立つさまにちなんで、「蘆牙」「蘆の錐」ともいう。また「角組む蘆」の「組む」は、「芽ぐむ」の意。一斉に萌え出る蘆の角は、水辺の春の象徴。 関連 青蘆《あおあし》↓夏／蘆《あし》の花《はな》↓秋／枯蘆《かれあし》↓冬

見え初めて夕汐みちぬ芦の角　太祇

ちくくと潮満ち来るや芦の角　尾崎紅葉

日の当る水底にして蘆の角　高浜虚子

やゝありて汽艇の波や芦の角　水原秋桜子

柔かに岸踏みしなふ蘆の角　中村汀女

▼蘆の角に満ち潮の波頭が遠くから寄せてくるところ。▼「ちくくと」とは蘆の角の感触。▼まだ水の中の蘆の角。▼汽船の起こした波が遅れて届く。▼水辺の潤った泥。踏めば柔らかにしなう。

真《ま》菰《こ》の芽《め》

仲春

真菰生《まこもお》う・かつみの芽《め》・芽張《めは》るかつみ・若菰《わかこも》

沼地や川辺に生える大型の草。春に淡紅色を帯びた緑色の芽を出す。風になびくほどに生長した段階が若菰。根元や茎に菌がついて膨れたものを、菰筍《こじゅん》、菰角《こもづの》、マコモタケとして食べる。 関連 真菰《まこも》↓夏

杭を打つ音遅れて届く真菰の芽　鈴木鷹夫

▼河か池の向こうで杭を打っている。機械の動きに少し遅れて音が聞こえてくる。目の前には清新な真菰の芽。

春《はる》椎《しい》茸《たけ》

三春

春《はる》の椎茸《しいたけ》・春子《はるご》

「椎茸」は秋の季語だが、春にも収穫される。秋の椎茸が色濃く香りが強いのに対し、春の椎茸は見た目にもみずみずしくふっくらと育ち、食べても柔らかい。「春子」という呼び名には親しみが感じられる。栽培技術が進み、近年は年中収穫されるが、自然の中で採れた天然の春の椎茸には季節の恵みが感じられる。 関連 椎茸《しいたけ》↓秋

春椎茸雨足が見え波が見え　岸本尚毅

ながらへて春の椎茸薄味に　角川照子

日はのぼり尽して暗し春子採り　神尾久美子

かさかさと山鳩のゐる春子かな　蘭草慶子

▼雨の先には海の波。そんな景色を背景に、確かな存在として眼前にある春椎茸。▼肉厚で柔らかな春の椎茸ならではの味が引き立つ薄味である。▼すっかり日がのぼっても暗い山中の不気味さが思われる椎茸採り。▼枯葉を踏んで歩いているのは山鳩らしい。自然の中で育《はぐく》まれている春の椎茸。「かさかさ」に臨場感がある。

松《しょう》露《ろ》

晩春

松露掻《しょうろか》く・松露掘《しょうろほり》・松露取《しょうろとり》

四、五月頃、海岸の松原に浅く砂をかぶって生える。直径一～五センチの白い球状。掘り取ると赤みを帯びる。中が白い

唇に墨つく児のすずみかな：寺子屋だろうか。手習いを終えたばかりの児《ちご》が涼んでいる。

ものを吸物などに入れて食べる。

よべの雨松露の砂はやゝかたく　安宅信一

▼松露を掘りに朝の海岸に出る。昨夜の雨の名残で、砂が水気を帯びて固くなっている手触りが伝わる。

若布《わかめ》

三春

和布《わかめ》・めのは・若布売《わかめうり》・若布汁《わかめじる》

日本沿岸でとれる海藻。古代から日本人が食べてきた食品の一つ。春先から梅雨時にかけて、若布《め》刈舟《かりぶね》に乗り、若布《め》刈竿《かりざお》で海中の若布を刈り取る。生のまま、あるいは湯がいて食べるほか、保存するために塩漬けにしたり、干したりする。味噌汁や、筍《たけのこ》との炊き合わせ（若竹煮）など、さまざまな料理に使われる。激しい潮流に育つため風味の良い鳴《な》門《と》産や、大きく肉厚な三陸産のものなどが名高い。関連 若布刈る《わかめかる》→204／和布刈神事《めかりのしんじ》→冬

春深く和布の塩を払ひけり　召波

うしほ今和布《め》を東《ひんがし》に流しをり　高浜虚子

みちのくの淋代の浜若布寄す　山口青邨

▼若布の塩を払っていると、春もたけなわという思いがするのだ。▼今まさに東へと流れてゆく雄大な潮。▼淋代《さびしろ》は青森県三沢市の海岸。

鹿尾菜《ひじき》

三春

鹿角菜《ひじき》・ひじき刈《か》る・ひじき干《ほ》す

「鹿尾菜」の字をあてたのは、その形状から。よく食する海藻だが、晩冬から春にかけての岩場での刈り取りから、大きな釜で茹《ゆ》でて天日で干すまで、海岸での厳しい労働を必要とする。

怒濤去り鹿尾菜の巌の谷なせる　水原秋桜子

島々は伊勢の神領ひじき干す　長谷川櫂

▼鹿尾菜はまさに、この句のような厳しい場所で育つ。▼伊勢湾の多くの島々は神領。鹿尾菜を干すのもまた神に仕え、神に守られている人々なのだろう。

海雲《もずく》

三春

海雲採《もずくとり》・海雲売《もずくうり》・海雲桶《もずくおけ》・水雲《もずく》

褐色がかった海藻。糸状で細かく分岐し、三、四〇センチになる。柔らかくぬるぬるしている。春に採ったものをそのまま酢に和《あ》えて食べたり、また、塩漬けにして保存し、塩抜きして料理したりする。

汐鳴のこひしさに買ふ水雲かな　阿波野青畝

波立てば逆立ちもする海雲かな　岡田耿陽

▼もずくは海を感じさせる食べ物。潮鳴りを想像しつつもずくを買う。海が恋しい。▼海の生物としてのもずく。波のままに揺れ、波の勢いで逆立つこともある。

石蓴《あおさ》

三春

川菜《かわな》・坂東青《ばんどうあお》・石蓴採《あおさとり》

各地の浅い海に育つ緑色の膜状の海藻。岩石や他の海藻に着

千那《せんな》▶慶安4年（1651）—享保8年（1723）三上氏。近江堅田本福寺住職。近江蕉門における最古参の一人。

く。海辺に打ち上げられて乾いても色が変わらない。初春に採って食用にする。粉末にしてふりかけに入れることもある。

昃れば石蓴も波ももとの色　今井つる女
石蓴搔く媼の腰のラジオかな　眞榮城いさを
振り返るたびに石蓴の色遠く　岸本尚毅

▼日が当たっているときは鮮やかな緑色だったが、昃《かげ》って色彩を失った。海もまた。▼浅い海で岩に着いた石蓴を搔き落として収穫する。腰に提げたラジオを聴きながら。▼浜に打ち上げられた石蓴。振り返るたび、色鮮やかなまま遠くなる。

【海苔《のり》】初春

甘海苔《あまのり》・浅草海苔《あさくさのり》・紫海苔《むらさきのり》・葛西海苔《かさいのり》・十六島海苔《うっぷるいのり》

海苔全般をさすが、おもに浅草海苔(甘海苔)のこと。浅草海苔は九月頃、海の浅いところに海苔篊《のりひび》という竹を立てて網を張っておき、春、この網に生えた海苔をとる。これを細かく刻み、海苔簀《す》に薄く引きのばし、干し上げると乾海苔《ほしのり》ができあがる。最盛期にあわせて春の季語にしている。葛西海苔など、東京湾のものが本場であったが、現在では全国に産地は広がっている。青海苔、黒海苔、岩海苔なども春の季語。

関連 海苔搔《のりかき》↓204／新海苔《しんのり》↓冬

衰《おとろ》ひや歯に喰《くひ》あてし海苔の砂　芭蕉
此比《このごろ》の朝夕やすし海苔二枚　蓼太
誰訪ひに海苔の中行く小舟かな　蕪村
海苔粗朶にこまやかな波ゆきわたり　下田実花

▼芭蕉晩年の句。一粒の砂を知らずに嚙《か》んだことが妙にこたえる。▼このように毎日が安らかに過ぎてゆくこともある。▼海苔篊の中を漕《こ》ぐ舟。まるで恋人のもとへ急ぐかのように。▼小波を受けながら着実に海苔が育ってゆく。海の恵み。

【海髪《うご》】三春

おご・おごのり・うご・うごのり

淡水が混じり、砂や泥に覆われやすい海底の岩や貝殻によく着く。多数枝分かれした紐《ひも》状の藻が人の髪に似る。刺身のつまに用いたり、寒天の材料にする。海中では暗褐色だが、刺身のつまとして使われる時は鮮緑色。

海髪抱くその貝殻も数知れず　中村汀女
そのさまに干してありしは海髪といふ　清崎敏郎

▼波の間に海髪が揺らぐ。よく見ればその枝に抱かれるように細かな貝殻が混じっている。▼海髪が干してある。黒く乱れた様子がなるほど「海髪」の名のとおり。

夏がすみ曇り行く衛や時鳥：夏霞の中へ消えていった時鳥。「曇り行く」と「行方」を掛けた。

獣《けもの》交《つる》む

三春

獣交《けものさか》る・種《たね》つけ・かまい時《どき》

秋に交尾期を迎える鹿や、年間を通して繁殖する兎《うさぎ》、鼠《ねずみ》の類を除けば、おおかたの動物は春に発情し、子孫を増やす。一方、馬や牛など身近な家畜の場合は、年に数回行なわれる「種つけ」といわれる人工授精がほとんどのため、繁殖の時期が曖昧《あいまい》となっている。

種馬の胴かがやきて曳かれけり　黛執

交尾してほぐれて街の犬となる　畠山汝破

▼盛りのついた種馬が牝馬《めすうま》のところへ連れてこられるところ。すでに精力もみなぎり、毛並みも艶々《つやつや》としているのがわかる。▼人目かまわず交尾していた犬。終わると離れ、何ごともなかったように街に消えてゆく。

熊《くま》穴《あな》を出《い》づ

仲春

熊は冬になると、岩穴や樹洞、あるいは雪洞などに入り眠って過ごすが、生理学的には「冬眠」というより「冬籠」に近い。水や食物を摂《と》らず、排泄、排尿をまったくしない冬眠を終え、ねぐらを出るのは、雌より雄のほうが早い。冬眠中に出産した雌は、子が十分に動けるようになってから行動するために、雄より半月ほど遅く穴を出る。雌雄とも冬眠中に消耗した体力の回復のため、春先から初夏にかけて、植物や昆虫などの採食に夢中になる。

熊穴を出づるがはじめ牧之の書　松本千鶴子

熊穴を出で残雪を踏みゐたり　滝沢伊代次

関連　熊《くま》・熊穴《くまあな》に入《い》る→冬

▼鈴木牧之《すずきぼくし》の『北越雪譜《ほくえつせっぷ》』（天保七〜十二年）には、春を迎えて雪が降りやんだ頃、穴から出てくる熊を猟師たちが捕らえる様子が記されている。▼穴から出てきた熊が、あちこちに残る雪を踏む姿は寒々と見える。

若《わか》駒《ごま》

晩春

春駒《はるごま》・春《はる》の馬《うま》・春《はる》の駒《こま》

「駒」は、小馬または子馬（次項「馬の子」参照）、さらには若い馬のことをいうと同時に、馬の総称としても用いられる。「若駒」「春駒」は、冬の間、厩舎《きゅうしゃ》に閉じ込められていた馬が、陽光の降りそそぐ春の野に放牧され、体力を回復して、やがて凜《りん》とした姿に立ち戻ってゆくイメージをも含んでいる。

若駒の親にすがれる大き眼よ　原石鼎

若駒を愛撫平手で叩きては　檜紀代

春の駒東風にあらがふごと歩む　皆川盤水

一頭動き百頭動く春の駒　金箱戈止夫

▼仔馬《こうま》が潤んだ眼で親馬を見る様子。▼平手で叩《たた》く強さ、それが愛撫《あいぶ》という妙。▼抗《あらが》う如《ごと》くといっても東風《こち》（春風）だから気持よい。▼馬のなかにも先導する役目のものが。数詞の一と百が効果的。

木節《ぼくせつ》▶？—？望月氏。蕉門。近江大津の医師。芭蕉の信篤く、その臨終を託された。

馬《うま》の子《こ》

晩春

馬《うま》の仔《こ》・子《こ》馬《うま》・仔《こ》馬《うま》・馬《うま》の子《こ》生《う》る

馬は春から初夏にかけて繁殖期を迎え、翌年の春に子を一頭だけ出産する。子馬は十分に発育して生まれてくるので、間もなく立ち上がり、母乳を飲み始める。そして、四、五時間もすると、母馬について歩き回るようになり、五、六か月ほどで離乳する。密生している短く柔らかい羊毛状の産毛も、離乳時には抜け落ち、親と同様の毛になる。

馬の仔に母馬が目で力貸す　木附沢麦青

微風にも仔馬の聡き耳二つ　柴田白葉女

仔馬立ち上がる前脚うしろ脚　山田弘子

▼目で力貸すとは、見守る姿。▼「耳二つ」に仔馬の臆病《おくびょう》さを描く。▼「前脚うしろ脚」と表現することで、仔馬のやっと立ち上がる様子を伝えている。

馬の子

春《はる》の鹿《しか》

三春

鹿+は秋に交尾期を迎え、初夏から夏にかけて出産する。出産を控えた牝鹿《めじか》は、二、三月には妊娠していることが一目瞭然《りょうぜん》となり、換毛期でもあるため毛に艶《つや》がなく、どこかやつれて見える。一方、牡鹿《おじか》は角が生え替わる時期を迎え、神経質になっている。 関連 鹿《しか》↓秋

春鹿の眉ある如く人を見し　原石鼎

世にも清き濡れ眼かなしも春の鹿　森川暁水

▼春の鹿が人間を見る姿。動物である鹿が、愁眉《しゅうび》を開く(今までの心配が解けて安心する意)ように見える。春になったためだ。▼春の鹿の眼はとりわけ清らかで、悲しさをたたえている。

孕《はらみ》鹿《じか》

三春

春に子を宿した鹿+のことをいう。鹿は生後二年で妊娠し、出産する。妊娠期間はおおよそ七、八か月で、出産は翌年の五月中旬から六月上、中旬にピークを迎え、八月上旬頃まで続く。牝鹿《めじか》は分娩《ぶんべん》近くなると、右側腹部が大きくなっているのが目立つ。胎動も観察されるようになり、気怠《けだる》げに見える。乳房も腫脹《しゅちょう》し、落ち着きもなくなり、分娩を一週間後に控えた頃からは食欲も落ちる。 関連 鹿《しか》↓秋

起つときの脚の段取り孕鹿　鈴木鷹夫

何となきかへりみぐせや孕み鹿　西村和子

▼脚をたたんで伏していた孕鹿が起《た》ち上がる。体が重いせいか、一気にとはいかない様子。▼孕鹿が幾度となく後ろを振り向き、振り向き、歩く。どうも神経質になっているようだ。

跫もきえて時雨の又寝かな：時雨の夜、足音にふと目覚めたがふたたび寝入った。

落《おと》し角《づの》

晩春

鹿《しか》の角落《つのお》つ

春に牡鹿《おじか》から抜け落ちた角のこと。四月上旬から片方ずつ落ち、初夏になると再生する。落ちた角の跡には角座《つのざ》という柔らかい突起が残り、皮毛で覆われた血管が中に集まっている。これを「袋角《ふくろづの》」と呼び、八月下旬から十月中旬には立派な角へと成長する。 関連 袋角《ふくろづの》↓夏／鹿《しか》の角切《つのきり》↓秋

角落ちて淋しき奈良の月夜哉　正岡子規
角落ちし気の衰へや鹿の顔　石井露月
遥かなるもののつばらに落し角　宮坂静生

▼角を落とした鹿にもまして、奈良の町のこの侘《わ》びしさ。▼あるべきものがない不安を顔に見る。▼「遥か」とは、物との不意なる出合いをさす。

猫《ねこ》の恋《こい》《こひ》

初春

猫《ねこ》の妻《つま》・猫《ねこ》の夫《つま》・恋猫《こいねこ》・浮《う》かれ猫《ねこ》・戯《たわ》れ猫《ねこ》・通《かよ》う猫《ねこ》・春《はる》の猫《ねこ》

春は猫の恋する季節。電流が走ったかのように全身の毛を逆立てて争ったり、奇妙な声をあげたり。騒々しいものだが、身も世もあらぬ恋の炎にもだえていると思えば、猫とはいえ、あわれでもある。猫の恋の句はこうした狂態を写しとるばかりでなく、人間の恋の虚実を重ね合わせることになる。『北《ほう》条五代記《じょうごだいき》』に藤原定家作として「羨やまし声も惜しまずのら猫の心のままに妻恋ふるかな」を載せている。

羽二重の膝に飽きてや猫の恋　支考
菜の花にまぶれて来たり猫の恋　一茶
恋猫の皿舐めてすぐ鳴きにゆく　加藤楸邨
恋猫やからくれなゐの紐をひき　松本たかし
戀猫の火の玉となり失せ去んぬ　石塚友二
戻り来て浮かぬ顔なる恋の猫　小寺敬子

▼ぬくぬくと暮らしている猫も、時には恋の火遊びがしたくなる。▼菜の花まみれになって密会から帰ってくる猫。▼餌だけは食べに戻ってくる愛猫。家を出た瞬間、身も世もあらぬ恋猫に戻る。▼真紅の紐《ひも》でつながれ、座敷で大事に飼われている猫。▼恋とともに失せ去った。▼恋の首尾がはかばかしくなかったのだろう。

猫《ねこ》の子《こ》

晩春

子《こ》猫《ねこ》・仔《こ》猫《ねこ》・猫《ねこ》の親《おや》・孕猫《はらみねこ》

春に生まれた猫の子をいう。子犬は季語でないのに、子猫は春の季語。歳時記がそうしてきたのは猫に対する人間の深い愛情の証《あかし》である。飼い猫の子もあれば、野良《のら》に生まれる子や、すぐに棄てられてしまう子もある。「孕猫」は妊娠している親猫のこと。

スリッパを越えかねてゐる仔猫かな　高浜虚子
百代の過客しんがりに猫の子も　加藤楸邨
わが仔猫神父の黒き裾にのる　平畑静塔
淡海から風来て仔猫生れたる　飴山實

▼まだスリッパの高ささえも越えられない子猫。▼「月日《つきひ》は百代《はくたい》の

朱拙《しゅせつ》▶承応2年(1653)—享保18年(1733) 坂本氏。豊後の人。惟然に感化され蕉風へ。九州蕉門の祖。

過客《くわかく》にして、行《ゆき》かふ年も又旅人也《またたびびとなり》」（芭蕉『おくのほそ道』）。歳月は永遠の旅人（百代の過客）というのだが、この句のしんがりにいるのは一匹の子猫。何という可憐《かれん》。▼厳格な神父も、仔猫相手にどんな顔をすればいいか困るだろう。▼子猫がまるで風から生まれたかのよう。

亀《かめ》鳴《な》く

三春

亀《かめ》の看経《かんきん》

亀は鳴くのかどうか。それはわからないが、草陰で鳴く亀の声は春の深みから発する声でもある。お経を読む声に似ているというので「亀の看経」ともいう。秋の季語に「蚯蚓《みみず》鳴く」がある。俳句では鳴きそうもないものが鳴く。 関連 蚯蚓《みみず》鳴《な》く→秋

裏がへる亀思ふべし鳴けるなり　石川桂郎
亀鳴くを聞きたくて長生きをせり　桂信子
亀鳴くに似て林中へさそふもの　大島民郎
亀鳴くや大般若経六百巻　北側松太

▼食道がんでベッドに寝ている自分を、ひっくり返された亀にたとえた。声にならない泣き声。▼亀も鳴くことがあるらしい、ならば一度はきいてみたい。飽くなき好奇心。▼何やらあやしげな林の中の声。▼亀でも鳴きそうな経蔵の暗がり。

蟇《ひき》穴《あな》を出《い》づ

仲春

蟇出《ひきい》づ

蟇《ひきがえる》は短い脚、幅広い頭をもつ大型の蛙。体温を保ちつつ越冬する熊などの哺乳類と違い、体温を外気温と同じにして仮死状態で冬眠する両生類。その冬眠中の蟇が、春になって土の中から出てくることをいう。もともと動きが鈍いうえに、冬眠が終わったばかりであるため、その無骨なまでの動作は微苦笑を誘う。 関連 蟇《ひきがえる》→夏

蟇穴を出て仰向けの死を選ぶ　伊藤白潮
蟇穴を出て貫禄の一歩かな　梶原健伯

▼長かった冬から解放され穴から出た蟇。ずっと地面ばかり見ていたせいか、宙空を見つつ死にたいと思った。▼のそのそと穴を出てくる蟇、この貫禄にはちょっと誰もかなわない。

蛇《へび》穴《あな》を出《い》づ

仲春

蛇出《へびい》づ

三月下旬頃になると、土の中で眠っていた青大将、縞蛇《しまへび》、山《やま》棟蛇《かがし》などの蛇が地上に姿を現わす。冬眠から目覚めた当初は動きが鈍く、体を温めるためにとぐろを巻いた状態で、時に数匹絡まったまま動かずじっとしているが、やがて蛙、鼠《ねずみ》、小鳥、卵などを餌とした捕食行動に移る。この季語は「啓蟄《けいちつ》」などのように、時間を意識した用い方をしたい。 関連 蛇《へび》→夏／蛇穴《へびあな》に入《い》る→秋

穴を出て古石垣の蛇細し　正岡子規
穴出づるより嫌はれてなれは蛇　下村梅子

▼春は蛇が穴から這《は》い出す季節。古い石垣の隙間《すきま》から出て来る蛇の、なんと細いことよ。蓄えた養分も冬眠中に使い果たしてしまっ

たようだ。▼穴を出た途端に忌み嫌われる蛇。お前の名は蛇だから嫌だという人もいるくらい。

蜥蜴《とかげ》穴《あな》を出《い》づ　仲春

蜥蜴《とかげ》出《い》づ

冬眠していた蜥蜴は変温動物のため、土の中から出たばかりの頃は、まだ十分に体温調節ができていない。そのため、活発に活動し、すばやく巣穴に逃げ込むといういつもの姿は見られず、蛇同様に動きが鈍い。日当たりのよいガレ場、堤、石垣、草原、耕地などを行き来しながら体温を上げていく。

関連　蜥蜴《とかげ》→夏

蜥蜴出て既に朝日にかがやける　山口誓子
まだ飢ゑを知らざるまなこ蜥蜴出づ　山口速

▼蜥蜴の出没する気温になった。一匹の蜥蜴が朝日によって温められたものに乗っている。ぬんめりとした肌の光沢。▼愛くるしい小さな眼を見開いている蜥蜴。冬眠から覚めたばかりで腹が減った様子もない。

お玉杓子《たまじゃくし》　晩春

蝌蚪《かと》・蛙《かえる》の子《こ》

蛙の幼生。近代以降の俳人は「蝌蚪」という言葉を好んで使う。紐《ひも》状のゼリー層に包まれた卵からは十日ほどで黒い杓子形の幼生が孵《かえ》る。やがて長い尾でもって泳ぎだし、成長にともない手足が生えてくるのと同時に尾がとれる。この変態によりエラ呼吸から肺呼吸に切り替わる。

お玉杓子あそぶ古墳の影の中　大串章
川底に蝌蚪の大国ありにけり　村上鬼城
蝌蚪に足少しいでたる月夜かな　長谷川双魚
くらやみに蝌蚪の手足が生えつつあり　西東三鬼
蝌蚪に打つ小石天変地異となる　野見山朱鳥
考へてをらない蝌蚪の頭かな　後藤比奈夫

▼古墳の影のおよぶ堀、もしくは池に生まれたお玉杓子の群れ。▼水底にいるわいるわ、おびただしい数のお玉杓子が尾を振っている。▼折しも月夜の晩に覗《のぞ》いた蝌蚪の微小な変化。▼暗闇では見えないはずだが、心眼で透視するかのように表現する。「くらやみ」で不気味な雰囲気を。▼小石とて蝌蚪にすれば一大事。▼体のほとんどが頭だが、蝌蚪は考えて行動しているようには見えない。

蛙《かわず》《かはづ》　三春

かえる・殿様蛙《とのさまがえる》・赤蛙《あかがえる》・土蛙《つちがえる》・蛙合戦《かわずがっせん》・鳴《な》く蛙《かわず》・初蛙《はつかわず》・昼蛙《ひるかわず》・夕蛙《ゆうかわず》・夜蛙《よかわず》・遠蛙《とおかわず》

春になると水辺では、蛙たちが夜昼となくのどかな声で鳴き交わす。「蛙」と書いて「かわず」とも「かえる」とも読むが、俳句では蛙の声をいう時は「かわず」、姿をいう時は「かえる」とだいたい使い分けている。初蛙、昼蛙、夕蛙、夜蛙、遠蛙という季語も蛙の姿ではなく声をとらえたものだが、みな「かえる」ではなく「かわず」と読む。これには根拠があって、古くは声のよい河鹿《かじか》を「かわず」といい、それ以外は「かえる」と呼んでいた。ところが、時代が下るにつれてこの二つの呼び

許六《きょりく》▶明暦2年（1656）―正徳5年（1715）森川氏。彦根藩士。蕉門きっての論客として多くの俳論書を残した。

名が混用され、ふつうの殿様蛙や赤蛙も「かわず」と呼ぶようになった。青蛙、雨《あま》蛙、蟇《ひきがえる》、牛蛙、河鹿などは夏の蛙。

関連 蛙《かわず》の目借《めか》り時《どき》↓24／雨蛙《あまがえる》・河鹿《かじか》・牛蛙《うしがえる》・蟇《ひきがえる》↓夏／秋《あき》の蛙《かわず》↓秋

古池や蛙飛こむ水のおと　芭蕉
一畦はしばし鳴きやむ蛙哉　去来
いうぜんとして山を見る蛙哉　一茶
蛙の目越えて漣又さゞなみ　川端茅舎
國原の水満ちたらふ蛙かな　芝不器男
昼蛙どの畦のどこ曲らうか　石川桂郎
しばらくは水の声かと初蛙　村松二本

▼蛙が水に飛び込む音を聞いて、心の中に古池の面影が広がったという句。蛙の声ならぬ水音を詠む。▼いくつかの畦のうち一つはしばし休憩中。▼陶淵明《とうえんめい》の「飲酒」詩「菊を采る東籬《とうり》の下《もと》、悠然として南山《なんざん》を見る」を踏まえる。▼田植えの前の見通しのよい畦道。どこを通っても遠くて遥かな道か。▼水の鳴るような初蛙の声。▼蛙の目を越えてゆくさざ波。▼十分に水が満ち足りている山河。

蛙 ❶殿様蛙、❷土蛙、❸赤蛙。

春《はる》の鳥《とり》

三春

春禽《しゅんきん》

春に見かける鳥たちのことをいう。雪や氷が解け、枯れ一色だった野山の所々に芽吹きの緑が目立ち始め、それらはやがて花を咲かせる。そして、その蜜を求めて昆虫などが集まると、さらにはそれを餌に鶯《うぐいす》、雲雀《ひばり》、燕《つばめ》など数多くの鳥がやってくる。この季節が繁殖期にあたるため、求愛行動などの囀《さえず》りも盛んになる。

わが墓を止り木とせよ春の鳥　中村苑子
重たくて影捨てて飛ぶ春の鳥　八田木枯

▼春の鳥たちよ、もし止まるところを求めているならば、私の墓を止まり木にするがよい。▼春の鳥の軽やかさといったら、長い冬を脱ぎ捨てたかのよう。影まで捨ててしまったかのようだ。

貌《かお》《かほ》鳥《どり》《どり》

三春

容鳥《かおどり》・杲鳥《はこどり》

古くからその名は知られているが、いまだどんな鳥なのか実体はつかめていない。松永貞徳が記した『俳諧御傘《はいかいごさん》』（慶安四年）には「皃鳥《かほどり》、春なり。いろいろの説あれども、ただ美しき鳥と心得てすべし」とあるが、諸説紛々としている。実感はないのだが、用い方によっては空想をかきたてられる季語である。

貌鳥やインドの絹をひろげてをり　飯島晴子

猪に吹きかへさるるともしかな：松明の火でおびきよせようとしたが、猪の勢いに吹き返されてしまった。

生きてゐる証貌鳥来ては翔つ　鈴木飛鳥女

▼貌鳥の賑《にぎ》やかな集いのイメージとカラフルなインドシルクの彩りを重ねて、作者は夢幻境に遊ぶ。▼何のことはない日常ではあるが、貌鳥(呼子鳥《よぶこどり》という説も)が命を謳歌《おうか》するその証《あかし》のように飛んで来ては鳴き、また飛び立ってゆく。

花鳥《はなどり》　三春

「花鳥」とは、桜の花に来る鳥のことをいい、限定された鳥の種類をさすわけではない。季語としての働きをもつようになったのは、左に掲げた「蝙蝠《かうもり》も出でよ浮世の華に鳥」という芭蕉の句以来であるといわれている。単に「花鳥風月」をいっているわけではなく、いささか曖昧《あいまい》な季語である。

蝙蝠も出でよ浮世の華に鳥　芭蕉

十字路にあらゆる花鳥が集り居る　安井浩司

▼この桜の花の咲く時期、これほど鳥が謳歌《おうか》しているのだから、たとえ獣の身であったとしても、蝙蝠《こうもり》も出てくればいいではないか。▼この「十字路」は、たぶん作者がイメージしたもの。人々の往来する十字路は生活の交差点、文化の交流点でもある。そこに多種の花鳥も集まるとは、賑《にぎ》やか、かつ豪奢《ごうしゃ》、繁栄の様子を思う。

呼子鳥《よぶこどり》　晩春

百千鳥《ももちどり》、稲負鳥《いなおおせどり》とともに、「古今集の三鳥」の一つで、親がツツツと鳴くと子がやって来る筒鳥《つつどり》、「年寄り来よ来よ」と鳴く鳩、時には山彦《やまびこ》だとする説もある。ほかにも、郭公《かっこう》、時鳥《ほととぎす》、鶯《うぐいす》、鵺《ぬえ》、鵯《ひよどり》と、さまざまな説があるが、はっきりしていない。俳句実作においては、使いようで楽しめる空想季語かもしれない。

思はざれば外海は無し呼子鳥　三橋敏雄

世のゆがみ見えて花眼よ呼子鳥　友永佳津朗

▼その存在を信じなければ、果てしない外海は私にとってないに等しい。こう呼ぶように鳴き誘おうが。▼老眼(花眼)の私には世の中がゆがんで見える。それにしても春先、呼子鳥の鳴くことよ。

百千鳥《ももちどり》　三春

春になり、多くの小鳥たちが、野山や森などで囀《さえず》るさまをさいいあらわした春らしい季語といえるだろう。

おのづから膨るる大地百千鳥　村越化石

百千鳥ほんたうは来ぬ朝もある　宇多喜代子

▼鳥たちの囀りはまた大地の目を覚まし、さまざまな萌芽を促す。▼朝は必ずくると信じつつ、いつかくる自分の死後の朝を見る。

鶯《うぐいす》《うぐひす》　三春

黄鳥《うぐいす》・春告鳥《はるつげどり》・匂鳥《においどり》・歌詠鳥《うたよみどり》・経読鳥《きょうよみどり》

鶯は春を告げる鳥。鳥には姿を愛《め》でる鳥と声を愛でる鳥がいるが、鶯は後者。夏の時鳥《ほととぎす》、秋の雁《かり》と同じく、ことに初

正秀《まさひで》▶明暦３年（1657）—享保８年（1723）水田氏。蕉門。近江膳所藩の重役か。酒好きで豪快な人柄。『ひさご』刊行に尽

音(次項参照)をもてはやす。その声はホーホケキョと聞きなす。「梅に鶯」というように、梅の花につきものの鳥とされる。『万葉集』には「我がやどの梅の下枝《しづえ》に遊びつつうぐひす鳴くも散らまく惜しみ」(高氏海人《こうじのあま》)の歌がのる。鶯は季節によってすむ場所を変える漂鳥。春は人里近くにいるが、夏から冬にかけては山にいる。夏の鶯は「老鶯《おいうぐいす》」といい、冬の鶯は「笹子《ささこ》」、その声を「笹鳴《ささなき》」という。関連 老鶯《おいうぐいす》→夏／笹鳴《ささなき》・冬の鶯《ふゆうぐいす》→冬／初鶯《はつうぐいす》→新年

鶯や茶の木畑の朝月夜《あさづくよ》　丈草
鶯や下駄《げた》の歯につく小田《をだ》の土　凡兆
うぐひすの鳴くやちひさき口あけて　蕪村
鶯や御幸の輿もゆるめけん　高浜虚子
鶯や前山いよゝ雨の中　水原秋桜子
うぐひすや柱に掛けし蓑と笠　武藤紀子

▼茶畑にかかる有明の月。▼下駄の歯につく柔らかな春の土。▼小さな嘴《くちばし》を精一杯開けて鳴くけなげさ。写実の句。▼鶯の声を聞くために熊野詣の輿《こし》も、ゆっくりと進ませたにちがいない。▼山を包むやわらかな春の雨。▼京都嵯峨野《さがの》にある去来《きょらい》の別荘、落柿舎《らくししゃ》の土間の壁には今も蓑《みの》と笠《かさ》がかかっている。

初音《はつね》

初春

初音といえば鶯である。古人は春が間近になると、鶯の最初の声を待ちわびた。「年月をまつに引かれてふる人に今日うぐひすの初音きかせよ」(『源氏物語』初音巻)は、明石《あかし》の上《うえ》が娘の明石の姫君に贈った歌。長く待ち続けてきた私に、今日は鶯の初音を聞かせてくださいという意。鶯も冬のうちは笹《ささ》鳴《なき》といって歌もうまくないのだが、春が近づくと、ホーホケキョと朗々と鳴けるようになる。初音を待つ鳥には、鶯のほかに夏の時鳥《ほととぎす》、秋の雁《かり》がある。

鶯の身をさかさまに初音かな　其角
鶯の枝ふみはづすはつねかな　蕪村
うぐひすの初音のひゞく障子かな　日野草城

▼梅の小枝にぶらさがって鳴く元気のいい鶯。▼枝を踏みはずさんばかりに囀《さえず》っている。▼真っ白な春の障子である。

雉《きじ》

三春

雉子《きじ》・きぎす

日本の国鳥。雄は美しい縦縞《たてじま》の長い尾をもち、体長八〇センチほどで、目の周りに赤い肉垂れがある。雌は雄よりひと回り小さく、全体的に茶褐色で地味。春の繁殖期を迎えると、雄は縄張りを主張し、ケーンケーンと鳴いて翼を激しく体に打ちつけ、「雉のほろろ」と呼ばれる「母衣打《ほろう》ち」を行なう。

ちちははのしきりにこひし雉の声　芭蕉
撃ちとつて艶なやましき雉子かな　飯田蛇笏
雉子の眸のかうかうとして売られけり　加藤楸邨
耳立てて雉子走りけり芝の上　堀口星眠
雉子鳴きて三寸けむる雨後の土　福田甲子雄

▼雄の雉は、妻や子を守るために囮になって鳴くともいう。胸に迫る声。▼雄を撃ったのだろう。あまりにも美しすぎて見とれている。▼「かうかう」は「耿耿」か。▼「耳立てて」は作者か。雉の慌《あわ》てた様子の誇張ともとれる。▼土埃《つちぼこり》が雨で抑えられて鎮まりかけている。遠くで雉の鳴く声。

山鳥《やまどり》　三春

やまどり

キジ科の鳥。雄は全体に赤褐色。白、淡黄、黒、栗色からなる、節目模様の長い尾が特徴的。雌は雄よりふた回りほど小さく、尾は灰褐色で節目模様もなく短い。羽の色も赤みが少なく地味。山の斜面や渓流沿いに生息し、繁殖期になると、雄は両翼をドドドドッと打って求愛する。

雪原を来てやまどりの尾をひらふ　那須乙郎
辰雄の地山鳥の羽ちらばれり　土屋未知

▼「垂《しだ》り尾の……」と形容される山鳥の長い尾羽。雪原にそれを拾ったのだ。▼「或《あ》る小高い丘の頂きにある……」で始まる堀辰雄の小説『美しい村』の舞台にもなった、とある高原。山鳥の棲処《すみか》なのだろう、羽根が散乱している。

小綬鶏《こじゅけい》　三春

キジ科の鳥。鶉《うずら》よりひと回りほど大きい。体色は雌雄同じく赤褐色だが、頬から喉《のど》にかけての鮮やかな色合いが目を引く。大正八年（一九一九）に中国から飼い鳥として輸入され、東京、横浜で放鳥されたものが、野生状態のまま各地に広がった。現在のところ、本州以南の積雪の少ない地方に留鳥として生息している。「ちょっと来い、ちょっと来い」と聞きなされている鳴声はよく知られている。

小綬鶏の森へ海より日が差して　佐藤鬼房
小綬鶏が啼く竹林の夜明けかな　青柳志解樹

▼小綬鶏の棲《す》む森一帯に日が射し始める。潮の匂いが森の中まで届いているようだ。▼小綬鶏が盛んに鳴き始めた。鬱蒼たる竹林の夜明けだ。

雲雀《ひばり》　三春

初雲雀《はつひばり》・揚雲雀《あげひばり》・落雲雀《おちひばり》・雲雀野《ひばりの》・雲雀籠《ひばりかご》・告天子《こくてんし》・叫天子《きょうてんし》

雲雀が空で囀《さえず》るのは、春ののどかな眺めの一つ。春、川原の草の中や麦や菜の花の畑に巣を作り、卵を孵《かえ》し、雛《ひな》を育てる。そのために空に上って縄張りを主張しているのだ。これが

名句鑑賞

山鳥の羽音つつぬけ桑畑　皆川盤水

その名からして山を棲処《すみか》としていて、鬱蒼《うっそう》と葉の生い茂った森林の奥でひっそりと暮らす鳥である。雉《きじ》に似ているが、平野に生息する雉とは棲み分けが行なわれている。繁殖期なのだろうか、求愛のため雄の激しい羽音が目と鼻の先の桑畑《くわばたけ》から聞こえる。どうしてこんなところにまでやってきたのか。だが、警戒心が強いため、まずその姿を目にすることはできないだろう。しかし、狩猟鳥である山鳥の肉のおいしさを思うと、いささか食指が動く。〔中原〕

李由《りゆう》▶寛文２年（1662）―宝永２年（1705）河野氏。蕉門。近江光明遍照寺住職。許六の盟友にして彦根俳壇の重鎮。

「揚雲雀」。急転直下、空から降りてくる雲雀は「落雲雀」という。どこか愁いを感じさせるのは、「うらうらに照れる春日に雲雀あがり心かなしもひとりし思へば」（大伴家持《おおとものやかもち》『万葉集』）と詠まれて以来のことである。

関連 練雲雀《ねりひばり》↓夏／冬雲雀《ふゆひばり》↓冬

雲雀より空にやすらふ峠《たうげ》哉《かな》　芭蕉
永き日も囀《さへづり》たらぬひばり哉　芭蕉
松風の空や雲雀の舞ひわかれ　丈草
くさめして見失うたる雲雀かな　也有
うつくしや雲雀の鳴《なき》し迹《あと》の空　一茶

▼『笈《おい》の小文《こぶみ》』の旅の途中、大和の初瀬《はつせ》から吉野《よしの》へ抜ける細峠《ほそとうげ》（臍《ほぞ》峠）での句。雲雀より高い所にあるというのだ。▼太陽が西に傾いても空から降りてこない雲雀。▼高々と空に別れゆく二羽の行方。▼小さな点となって空で囀る雲雀。くしゃみをしたとたん、見失った。▼雲雀が降りてしまっても、その声がまだ聞こえてくるような、ほのぼのと霞む春の青空。

麦《むぎ》鶉《うずら》

晩春

合生《あいう》・ひひ鳴《なき》

昔から肉が美味なため狩猟の対象とされ、江戸時代には愛玩用にもされた鶉だが、麦が伸びる晩春の頃、とくに味がよくなることから「麦鶉」と呼ぶ。この時期は繁殖期で、雄は雌の気を引こうと縄張りで猛々しくグワックルルルと鳴き、雌もこれに応えてヒヒと鳴くことを「ひひ鳴き」という。「合生」とは、この時期の雌のこと、あるいは鳴声を利用して雄を捕らえる時に使う囮《おとり》の雌のことをいう。

関連 田鼠化《でんそか》して鴽《うずら》と為《な》る↓24／鶉《うずら》↓秋

われにある出家ごころや麦鶉　藤田あけ烏
麦鶉ひるの眠りのあさかりし　田中裕明

▼麦の中で育てられる麦鶉は、成長すると巣離れをする。麦鶉を見るにつけ、家を出て仏門に入りたいという気持がわくのだと述懐する。▼昨夜は寝たはずなのに、太陽が昇っても寝たりないのか、うつらうつらとしている。

鷽《うそ》

三春

鷽鳥《うそどり》・琴弾《ことひ》き鳥《どり》・鷽《うそ》の琴《こと》・照鷽《てりうそ》・雨鷽《あまうそ》

雀より少し大きく、丸みのある嘴《くちばし》を持ち、ずんぐりとしていて動作は鈍い。雄の体は明るい灰色で、頭の上部、翼、尾が光沢のある黒色、頰は赤みを帯びたバラ色をしているため、「照鷽」ともいう。雌の体は褐色のため「雨鷽」と呼ばれる。口笛のようにフィッと柔らかい声で鳴く。

鷽

てり雨や滝をめぐれば鷽の啼く　白雄
屋根に来てかゞやく鷽や紙つくり　水原秋桜子
照鷽と雨鷽つるむあさの雨　丸山海道

▼てり雨（日照雨《そばえ》）のなか、滝を見ながら歩いていると、優しい鷽の

雁がねもしづかに聞けばからびずや：雁《かり》の声にも枯淡な味わいがありますよね、の意。師への挨拶。

声。さてどこにいるのだろう。▼春先、和紙を漉く家。陽光が鷽の薔薇色の胸を輝かす。干された紙の白さもまた眩しい。▼朝からの雨。照鷽(雄)と雨鷽(雌)が来て睦《むつ》まじく交《つる》んでいる。

河原鶸《かわらひわ》《かはらひは》

三春

小河原鶸《こかわらひわ》

雀と同じほどの大きさで、暗緑色の体にピンク色の嘴《くちばし》の対比が鮮やかである。大きな黄斑がある翼は飛ぶ時、一瞬目を引く。山麓、低地の松林や人家周辺の庭木、生垣などでよく見かける。キリリリ、コロロロと鳴きながら飛び、時々高い枝や電線の上でギィーンと囀《さえず》る。

河原鶸青唐松の折れし秀に　木津柳芽

河原鶸機屋のひるのしづもりに　山谷春潮

▼河原鶸が青唐松《あおからまつ》の高枝、それも風か何かで折れてしまった秀先《ほさき》にとまっている。▼河原鶸が鳴いている。ちょうど機屋《はたや》も昼餉《ひるげ》どきなのか、静かで、その声がよく聞こえる。

河原鶸

頬白《ほおじろ》《ほほじろ》

晩春

画眉鳥《がびちょう》・深山頬白《みやまほおじろ》

成鳥は雀とほぼ同じ大きさだが、尾羽が長い分だけ大きく見える。顔は喉《のど》、頬、眉斑《びはん》が白く目立ち、「頬白」の和名はこれによる。森林などが明るく開けた場所に生息し、地上や低い樹上で活動。繁殖期、雄は「ピッピチュ、ピーチュー」と囀《さえず》り、この鳴声は「一筆啓上仕《つかまつ》り候《そうろう》」「源平つつじ白つつじ」などと聞きなされている。

頬白のこゑに蹤きゆく薄暮かな　加藤楸邨

頬白に座を立つ刻をのばしけり　松崎鉄之介

頬白へ一筆啓上吾病めり　山田みづえ

▼「一筆啓上仕り候」と聞こえる雄の姿を見たいと蹤《つ》いていく夕暮。▼近くに来ている頬白を気遣って座を立たずにいる作者。▼作者も一筆「病んでいます」と伝えたい心細さ。

頬白

春《はる》の鵙《もず》

三春

繁殖期となる春、雌雄とも嘴《くちばし》が黒褐色に変化する。雄は雌の眼前で首を大げさに振り、ほかの小鳥の鳴き真似を駆使して求愛行動に出る。それに応えて雌が甘えた声で鳴き始めると、雄は求愛給餌をする。そしてほかの鳥にさきがけて雌雄共同で営巣作業を行なう。関連 鵙《もず》→秋

眦に金ひとすぢや春の鵙　橋本鶏二

越人《えつじん》▶?—?越智氏。蕉門。名古屋にて活躍。『更科紀行』の旅に同行。

昨日《きぞ》の声たれにゆづりし春の鵙　野澤節子

▼春の鵙の眦《まなじり》に金色に見えるひと筋があって、気持を豊かにさせる。▼昨日まで鋭い声で鳴いていた鵙だが、今日はまた別の鳥の声色を真似ている。そのことを「たれにゆづりし」といっている。

岩燕《いわつばめ》《いはつばめ》

晩春　だけつばめ

燕より小型で、尾は短く切れた燕尾、背中は青色系の光沢ある黒色、腹側は汚白色、脚には白い羽毛がある。山の断崖や海岸の垂直な岩場に群れて巣を作るため、この名がある。日本ではもともと山地に生息していたが、近年では高層建築物の多い市街地などでもよく目にする。

岩燕泥濘たぎち火口なり　橋本多佳子

下車一人のホーム弓なり岩燕　望月紫晃

▼ぬかるみ、それも激しく滾《たぎ》っている火口に、岩燕は軽やかに飛び交っていて自由なことよ。▼断崖が迫っているのでホーム自体が弓なりにカーブしている山峡の駅。下車した一人は山にでも向かうのだろうか。

燕《つばめ》

仲春　乙鳥《つばめ》・玄鳥《つばめ》・つばくら・つばくろ・初燕《はつつばめ》・朝燕《あさつばめ》・夕燕《ゆうつばめ》・燕《つばめく》来る

燕は春の半ば、南から日本に渡ってきて、秋、南へと去る。その間、家の軒に巣を作り、町や田園を飛び交い、雛《ひな》を育てる。雀とともに人間の生活圏の中にいる野鳥。人の住むところ、燕がいる。燕が街なかを飛び交い始めると、いよいよ春もたけなわの感じとなる。関連 燕《つばめ》の子《こ》・夏燕《なつつばめ》→夏／燕帰《つばめかえ》る→秋／通《とお》し燕《つばめ》→冬

蔵並ぶ裏は燕の通ひ道　凡兆

燕や酢の看板を抜けて行く　也有

人住んで燕すみなす深山かな　白雄

つばくらめ斯くまで竝ぶことのあり　中村草田男

つばめつばめ泥が好きなる燕かな　細見綾子

▼蔵の裏手をすいすいと飛び交う燕。▼酢屋の看板をすっと抜けてゆく燕。酢を飲むと痩せられる、骨が柔らかくなるといわれていた。▼世を離れて山深く住む人。こんなところにも燕がいる。▼電線に何羽も並んでいるところ。▼ぬかるみの泥をくわえてきては、巣作りに励む燕。

引鶴《ひきづる》

仲春　帰《かえ》る鶴《つる》・鶴去《つるさ》る

越冬のために渡ってきていた鶴が北方に帰ることをさす。山口県や鹿児島県出水《いずみ》市などに飛来するナベヅル、マナヅルがよく知られている。北海道の釧路《くしろ》湿原の丹頂鶴は基本的には留鳥である。関連 鶴来る《つるきたる》→秋／鶴《つる》→冬

硯なほ氷のごとし鶴引きし　宇佐美魚目

空深し嬉し重しと鶴帰る　池田澄子

▼春、鶴が去る頃といっても、手に触れる硯《すずり》には冬の冷たさが残っていて氷のよう。▼嬉々として帰ってゆく鶴だが、旅路のことを

考えるとそうばかりでもない。

白鳥帰る《はくちょうかえる／はくてうかへる》

仲春

白鳥引《はくちょうひ》く・残《のこ》る白鳥《はくちょう》

越冬のため日本に飛来した大白鳥や小白鳥などが、北の地に帰ることをいう。二、三月になると、白鳥は本州のそれぞれの渡来地で帰る支度を始め、四月には北海道東部の湖沼に集結し、五月上旬から始まる繁殖のためにシベリアに向かって飛び立つ。関連 白鳥《はくちょう》→冬

声を継ぎ風継ぎ白鳥帰るなり　北光星

白鳥の引きゆくひかり縺れつつ　三嶋隆英

▼隊列をなして白鳥が帰っていく。先頭の者が後者に声を継いでゆき、それはまた風を継いでいくようでもある。▼白鳥が列をなして帰るさまは、光が上下しつつ縺《もつ》れるように見える。

春《はる》の雁《かり》

晩春

残《のこ》る雁《かり》

越冬した真雁《まがん》や菱喰《ひしくい》は、群れをなして北へ帰るため数が減ってゆく。その頃の雁を「春の雁」と呼ぶ。病気や怪我《けが》で群れに加われないもの、また、渡りをせずそのまま残っているものなどとは、「残る雁」として区別する。どこか哀愁をひきずっており、春がいよいよ深まったという実感がある。関連 雁風呂《がんぶろ》

→214／雁《かり》→秋

天心にして脇見せり春の雁　永田耕衣

くらくらと日の燃え落ちし春の雁　藤田湘子

▼「天心」は晴れわたった空のこと。脇見をする雁をユーモラスに描く。▼「くらくら」が夕暮時の恍惚感《こうこつかん》をあらわす。

雁帰る《かりかえる／かりかへる》

仲春

帰雁《きがん》・行《ゆ》く雁《かり》・雁《かり》の名残《なごり》・雁《かり》の別《わか》れ

秋、営巣のために渡ってきた雁が、春になり繁殖地である北方へ帰ることをいう。雁の仲間は、一度つがいになると一生離れることはなく、一夫一婦を守り通す。家族の結びつきも強い。群れとなって鉤《かぎ》状あるいは棹《さお》状になって飛んでいく姿は哀れを誘う。古歌にも「行く雁」「雁の名残」「雁の別れ」などと詠われている。関連 雁《かり》→秋

大学生おほかた貧し雁帰る　中村草田男

雁帰るこの日古風に夕焼けて　中村苑子

見送りて目薬をさす帰雁かな　丸谷才一

▼いつの時代もたいてい学生は金がない。雁帰る頃の憂愁と貧し

名句鑑賞

胸の上に雁行きし空残りけり　石田波郷

日本で越冬した雁《かり》は春になると北に帰る。その行く雁と、仰臥《ぎょうが》する作者の間には、果てしない距離があり、かつ計算しがたい位置関係が存在している。おそらく自分の体は屋外にあったわけではなく、開け放たれた窓から北に帰ってゆく雁を見ていたのだろう。そして、雁が帰ることでそこには寂寥《せきりょう》感のある空だけが残った。中国の華北に出征してほどなく肺結核を患った作者は、その後何度か入退院を繰り返した。昭和二十五年（一九五〇）、『惜命《しゃくみょう》』所収。〔中原〕

土芳《どほう》▶明暦3年（1657）—享保15年（1730）服部氏。伊賀蕉門の重鎮。芭蕉晩年の俳論を『三冊子《さんぞうし》』にまとめた。

さがオーバーラップする。▼夕焼に今風と古風があるのかは知らないが、子供の頃見た夕焼と雁の列を思い出しながら見ている。▼雁を見送るために目を凝らしたのだろう、遠くが見づらくなった。目薬でも差しておこうとは愉快。

引《ひき》鴨《がも》

仲春

鴨帰《かもかえ》る・行《ゆ》く鴨《かも》

越冬のため日本に渡ってきた鴨⁺が、再び北の地に帰っていくことをら和歌に詠まれていた「帰雁《きがん》」などと違い、近代以降、俳句に詠みこまれるようになった。 関連 初鴨《はつかも》→秋／鴨《かも》→冬

鴨引くや人生うしろふりむくな　鈴木真砂女

ひかり捨てひかり捨て鴨引きゆけり　中戸川朝人

▼鴨が引いていく。が、決して後ろを振り向いたりしない。だから来し方を振り向くものでない。▼鴨が引いていく。列をなすもの、少し離れるもの、それぞれが光を捨てるかのように腹の白い部分が見える。

残《のこ》る鴨《かも》

晩春

春《はる》の鴨《かも》

春、鴨⁺の多くの種は、繁殖のため、つがいを形成してシベリアなど北の地を目ざし、越冬地である日本を飛び立つ。怪我《けが》や病気をしてその行動に移れないものを「残る鴨」と呼ぶ。また、「春の鴨」といった場合には、これから帰る鴨も含む。 関連 鴨《かも》→冬

波に乗り残り鴨とはいへぬ数　深見けん二

春の鴨をりをり声を思ひ出し　石田勝彦

残りしか残されゐしか春の鴨　岡本眸

▼波間に浮かぶ鴨、これだけいるなら、「残り鴨」ともいいがたい。▼春の日射しの中でまどろんでいるのか、じっと黙っている鴨。時折、思い出したかのように声を上げる。▼残った鴨だろうか、それとも帰ることのできなかった鴨だろうか、それにしても屈託もなく泳ぎ回ることだ。

海《うみ》猫《ねこ》渡《わた》る

仲春

海猫渡《ごめわた》る

春、海猫⁺が繁殖のため、各地の離島や岩礁などに渡ることをいう。その時期以外は海上で過ごすことが多い。「ミャーオ、ミャーオ」という鳴声が猫のそれに似ているところからこの名がある。 関連 海猫《うみねこ》→夏／海猫帰《うみねこかえ》る→秋

海猫渡る艤装《ぎそう》さなかの遠洋船　藤木倶子

海を見るひとりの午后をごめ渡る　きくちつねこ

▼完成間近の試航を目ざす遠洋船を尻目に、海猫は渡っていく。▼久方ぶりに一人で海を見に来ている。午後の時間の中を海猫が群れて渡っていくのが見える。

鳥《とり》《とり》帰《かえ》《かへ》る

仲春

小鳥帰《ことりかえ》る・鳥引《とりひ》く

日本で越冬した渡り鳥⁺が、春になり北の地に帰ることをいう。

この比の氷ふみわる名残かな：芭蕉を見送って一人帰った折の句。氷を踏み割って帰る。

大型の白鳥、鶴、鴨《かも》、雁《かり》などは悠然と隊列を組んで帰るためか、それぞれ「白鳥帰る」「引鶴《ひきづる》」「引鴨《ひきがも》」「雁帰る」という季語がある。それらに加えて、大きな集団で騒々しく帰っていく小鳥たちも含めて、「鳥帰る」となる。 関連 渡《わた》り鳥《どり》↓秋

鳥帰るいづこの空もさびしからむに　安住敦
帰らんと我はいづくへ鳥帰る　森澄雄
余呉の湖鳥ことごとく帰りけり　細川加賀

▼どこへ帰るにしても、よりどころのない大空があるばかり。▼帰巣本能のある鳥たちは、季節が来れば故国へ帰っていくが、いったいこの私はどこへ帰るというのだろう。▼余呉《よご》湖（滋賀県）に羽を休める鳥は多い。しかし、季節になればほとんど帰ってしまい、寂しいものだ。

鳥《とり》雲《くも》に入《い》る

仲春

雲《くも》に入《い》る鳥《とり》・鳥雲《とりくも》に

春、北へ帰る渡り鳥が雲にまぎれて見えなくなること。「鳥雲に」とは略していったもの。「鳥帰る」という春の季語と同じ現象をとらえているのだが、「鳥雲に入る」という季語には、雲間《くもま》へ消えゆく鳥たちの後ろ姿を見送り、名残を惜しむ感じがある。 関連 鳥曇《とりぐもり》↓47

鳥雲に入りて草木の光りかな　闌更
雲に鳥人間海に遊ぶ日ぞ　一茶
少年の見遣るは少女鳥雲に　中村草田男
履きなれしものにも果や鳥雲に　飴山實
上げ潮の千住大橋鳥雲に　山﨑千枝子

▼渡り鳥が去るのは、草木が輝き始める頃。▼鳥ははるかに雲に入り、人間は春の渚に遊ぶ。▼遠くにいる一人の少女ばかり見ている一人の少年。その距離感が「鳥雲に」という季語の世界と響き合う。▼長く大事に履いていた靴がついに履けなくなった。その名残惜しさを季語に託した。▼北へ帰る鳥の群れが雲間に消える。旅の幸先のよい「上げ潮」。

囀《さえず》《さへづ》り

三春

鳥囀《とりさえず》る・囀《さえず》る

小鳥たちの恋の歌が「囀り」。ふつう春にかぎらず小鳥の鳴声すべてを「囀り」というが、歳時記は春、繁殖期を迎えた小鳥の求愛の歌のみを「囀り」と呼ぶ。風に揺れる大樹の中で何羽も一緒に囀っていることもあれば、高い枝にとまって一羽きりで囀ることもある。

囀やあはれなるほど喉ふくれ　原石鼎
囀や天地金泥に塗りつぶし　野村喜舟
囀りをこぼさじと抱く大樹かな　星野立子
空深き囀りは人忘じをり　飯田龍太
囀や粥は一匙づつ熱し　坂内文應

▼必死に声を出そうと、膨《ふく》れあがっている鳥の喉《のど》。▼小鳥たちのきらめくような囀りを、金色の絵の具にたとえる。音を目に見えるようにあらわした。▼風にそよぐ大きな木で囀る小鳥たち。▼人間がそこにいることなど、すっかり忘れたかのように、恋の歌

杜国《とこく》▶？―元禄３年（1690）坪井氏。名古屋の人。蕉風草創期に活躍。『笈の小文』の旅では芭蕉に随行。

を夢中で囀り続ける小鳥たち。▼病後の療養をする人だろうか。

鳥《とり》交《さか》る　晩春

鳥《とり》つるむ・鳥《とり》つがう・鳥《とり》の恋《こい》・鶴《つる》の舞《まい》・雀《すずめ》の恋《こい》

鳥は春から初夏にかけて繁殖期を迎える。雄は雌の気を引くため、さまざまな行動に出る。求愛のための「囀《さえず》り」があり、お互いの気が合えば交尾する。雄鶴が雌鶴の前で行なう「鶴の舞」と呼ばれるダンスも求愛行動の一つ。また、雀の交るのも人目につきやすい。

山里の橋は短し鳥の恋　三橋敏雄

太陽は古くて立派鳥の恋　池田澄子

▼山里の橋は短かろうが、飛べる鳥たちには関係のないこと。▼日を浴びながら恋を謳歌《おうか》する鳥よりも、太陽を主体に描く。

孕《はらみ》雀《すずめ》　仲春

孕鳥《はらみどり》・子持雀《こもちすずめ》

雀の卵は二週間程度で孵《ふ》化《か》する。「孕雀」とは、その卵が腹の中にある状態の雀をさす。もともとコロコロしていて雄か雌かも区別がつきにくいのに、ましてや孕雀など見分けるのも難しい。また、抱卵していたり、雛《ひな》を育てたりしている親鳥をさすこともある。関連 稲雀《いなすずめ》→秋

古庭を歩いて孕雀かな　村上鬼城

街騒やほとほとねむき孕鳥　秦夕美

▼いつも見慣れたわが庭。孕雀が何かついばんでいる。▼賑《にぎ》やかな通りの音が届く所。孕雀は重いまぶたを開け閉めしているが、とても眠そうに見える。

雀《すずめ》の子《こ》　晩春

黄雀《きすずめ》・親雀《おやすずめ》・春《はる》の雀《すずめ》

ひとつがいの雌雄で繁殖する雀は、丸い形の粗雑な巣に四個から六個の卵を産む。雌雄交代で抱卵し、卵は十二日から十四日で孵《ふ》化《か》。最初、青虫などの昆虫を雛《ひな》に与えているが、のちに稗《ひえ》などの植物の種子になってゆく。二週間もすると、雛は羽がととのい、巣から飛び立つが、その後もしばらくは親と暮らしている。

雀の子道の半ばに出て飛べり　星野恒彦

原爆ドーム仔雀くぐり抜けにけり　草間時彦

▼道の真ん中まで出て遊んでいる、怖《こわ》いもの知らずの雀の子。危ないよ、と声をかけたい思いの作者。▼人が立ち入らぬ原爆ドームは雀にとって格好の棲処《すみか》。哀《かな》しみの歴史も知らず、仔雀がドームに入っていった。

鳥《とり》の巣《す》　三春

巣籠《すごも》り・巣隠《すがく》れ・巣鳥《すどり》・小鳥《ことり》の巣《す》・巣《す》づくり

鳥の巣は、鳥が産卵をし、卵を抱いて温め、孵《ふ》化《か》した雛《ひな》が育ち、巣立ちの日を迎えるまでの居場所である。木の洞《ほら》のような天然のものを利用するにしても、巣組みをするには小枝、枯草、木の皮や、鳥の種類によっては金属製のハンガーや犬や猫の

麦喰し雁と思へどわかれ哉：畑の麦を散々食った憎い雁だが、いざ別れとなるとさびしい。

毛を使ったりもする。

鳥の巣に鳥が入つてゆくところ　波多野爽波

てのひらに鳥の巣といふもろきもの　石寒太

▼鳥の巣にちょうど鳥が入っていくところ。まさに瞬間をそのまま書いた。頭が隠れ尻尾《しっぽ》がいま見えなくなった。▼これが鳥の巣かと、まじまじと観察する作者。卵を産み、雛を育てるものにしては粗末にできている。

巣《す》箱《ばこ》　三春

野鳥が繁殖するように人工的に作られた、穴のあいた箱。十分な奥行きと深さがあり、利用する鳥に合った穴の大きさであること、箱の中が暗く、湿っていないことなどが必要で、繁殖期である春に備えて、前年の秋に野外の木に取り付けられる。中に入る鳥は、四十雀《しじゅうから》、山雀《やまがら》、椋鳥《むくどり》、啄木鳥《きつつき》など。樹木の害虫を捕食する、農林業にとって有益な鳥が多い。

雲水の巣箱づくりも作務《さむ》のうち　大島民郎

いま掛けし巣箱の中でねむりたし　成田清子

▼僧が巣箱を作っているが、それも殺生をしない仏道修行の一つ。▼小鳥のために掛けた小さな巣箱。こんな中で眠れたらいいだろうにと、作者。

古《ふる》巣《す》　三春

古い巣、あるいは雛《ひな》が巣立って空っぽになった巣のこと。ふつう鳥は、雛が巣立ってしまうと、もう古巣を顧みることはない。また、翌年同じ場所に戻ってきても、古巣を作り直して使うことはほとんどなく、その都度新しい巣に卵を産む。しかし、鷹や鷲《わし》などの大型の鳥、また、雀や燕《つばめ》などは、古巣を作り直して使うことがある。

やや高く破船に似たる古巣あり　七田谷まりうす

林中の雨きららなる古巣かな　今野福子

▼木立の高みに鳥の巣が見える。どうも住人はいる様子でもなく、難破船のように傾いている。▼林全体を覆うような雨も上がり、梢《こずえ》の巣から雨滴がきらきら滴っている。

燕《つばめ》の巣《す》　三春

巣燕《すつばめ》・巣《す》乙鳥《つばめ》

夏鳥として春先に飛来した燕は、軒下や梁《はり》、またある時は屋内にまで、泥と枯草や藁《わら》などを唾液で固めた椀形の巣を作る。毎年、同じ場所に新しく営巣するが、時として前年の古い巣に手を加えて使うこともある。人の住む賑《にぎ》やかな環境に巣を作るという習性は、鴉《からす》などの天敵を避けるためといわれている。

関連 燕《つばめ》→138

巣燕の悲しみ合ふを人知らず　河東碧梧桐

髪高く結はれて嫁ぐ巣燕に　百合山羽公

▼喜々として見える燕にもじつは悲しみがあるのだが、人はそんなことをまるで知らない。▼文金高島田《ぶんきんたかしまだ》を結って嫁いでゆく娘。

野水《やすい》▶明暦４年（1658）―寛保３年（1743）岡田氏。蕉門、のちに離反。名古屋の呉服商で千家流の茶人でもあった。

玄関先で巣燕にさよならをする。

雀《すずめ》の巣《す》

三春

巣引雀《すびきすずめ》

雀は春、繁殖期を迎えると、雌雄ひとつがいで暮らすようになる。そして、石垣や屋根の隙間《すきま》、屋根瓦や橋の下、時には樹木の茂みの中に藁屑《わらくず》を集めた球形の粗雑な巣を作る。雀は人の生活圏内に近い場所に生息するが、そのわりに警戒心が強く、巣は人の背丈より高い位置に作られることが多い。

雀の巣かの紅絲をまじへをらむ　橋本多佳子
ジャム舐めて子よ巣づくりの雀らよ　千代田葛彦

▼雀の巣の中には男女の縁《えにし》の糸、紅《あか》い糸もきっと交じっていよう。▼今はジャムを舐《な》めている子供だけれど、雀のように巣作りに励むのもすぐのことだろう。

巣《す》立《だち》鳥《どり》

晩春

親鳥《おやどり》・子鳥《ことり》

成長した雛《ひな》が巣から飛び立つことをいう。親鳥は、その時期が来ると盛んに枝を飛び移り、鳴いてその時期が来たことを雛に告げる。それに素直に応える雛もいれば、なかなか行動に移せない雛もいる。孵化《ふか》してから巣立つまでの日数は鳥の種類によって異なるが、ほとんどの小鳥は十一日から十四日程度である。

巣立鳥東塔西塔啼きかはし　福田蓼汀
みくまのは重畳の山巣立鳥　倉橋羊村

▼東塔・西塔というと奈良の薬師寺《やくしじ》を思う人が多いだろうが、はたしてどこの塔か。東塔で鳴き、また西塔で鳴き、日がな一日、巣立鳥は楽しげである。▼み熊野(「み」は接頭語)は幾重にも重なる山また山の地。巣立鳥にはこのうえなき棲処《すみか》である。

桜鯛《さくらだい》《さくらだひ》

晩春

花見鯛《はなみだい》・乗込鯛《のっこみだい》

桜の花時の真鯛を桜鯛という。真鯛は桜色の鱗《うろこ》で覆われる美しい魚である。大物になると一メートル以上にも及ぶ。ふくよかな白身の味もよく、まさに海の魚の王である。ふだんは海深く悠々と泳いでいるが、四月の産卵期が近づくと、群れをなして湾の浅瀬に乗り込んでくる。これを「乗込鯛」といい、花見の時期でもあるので「花見鯛」とも呼んで賞味する。

関連　寒鯛《かんだい》→冬

俎板に鱗ちりしく桜鯛　正岡子規
砂の上曳ずり行くや桜鯛　高浜虚子
よこたへて金ほのめくや桜鯛　阿波野青畝
大額たもをはみ出し櫻鯛　星野恒彦

▼俎板《まないた》に散らばる鯛の鱗を桜の花びらに見立てた。▼大ぶりな鯛が豪快に曳《ひ》きずられてくる。浜辺の風景。▼金色の光をほのかに帯びるみごとな桜鯛。▼桜鯛をたも網ですくっているところ。

江戸時代の魚図 『梅園魚譜』『梅園魚品図正』より。❶鯛、❷眼張、❸鰊、❹鱵、❺桜鯎。 国立国会図書館

魚島《うおじま》《うをじま》

晩春

魚島時《うおじまどき》

瀬戸内海では、鯛が産卵のために、四月半ばから八十八夜の頃(五月二日頃)にかけて、外海から大量に入り込んで海面を盛り上げ、あたかも小さな島の様相を呈することがある。鯛だけでなく、鰤《ぶり》、鰆《さわら》、鯖《さば》にもあり、瀬戸内海以外でも見られる。この時期を「魚島時」、略して「魚島」といい、豊漁をいうこともある。瀬戸内海地方の方言。

魚島の瀬戸の鷗の数しれず　森川暁水

魚島や雨ふりさうな葉のゆらぎ　対中いずみ

▼数多《あまた》の鷗《かもめ》は、魚島時の魚を狙って集まる。▼作者は陸にいて、葉のゆらぎから、遠く魚島のほうを気にかけている。

眼張《めばる》

三春

黒《くろ》めばる・赤《あか》めばる

目が見張るように大きいところから、この名がある。色は深さによって極端に変化し、浅い所にすむものは黒褐色、深くなるに従って赤みを増す。そのため、「赤めばる」「黒めばる」「金めばる」などの名でも呼ばれる。若いうちは藻が生えている所にすむが、成魚になると岩礁地帯に移る。群れで泳ぎ回り、時に頭を上にして立ち泳ぎをする。焼き魚や煮魚が美味。

めばる煮てこころをわかつ皿二つ　古舘曹人

夜は風の眼張の骨の硬かりき　斎藤夏風

涼菟《りょうと》▶万治２年（1659）—享保２年（1717）岩田氏。伊勢神宮神官。支考と交友、伊勢派の祖ともいわれる。

▼眼張の煮付けが二皿。甲乙つけがたく、悩む。▼眼張の煮付けをこよなく好む作者。骨までしゃぶるが、今夜はなぜか骨が硬い。外は風も出てきたようだ。

鰊《にしん》　晩春

鯡《にしん》・春告魚《にしん》・かど・高麗鰯《こうらいいわし》・鰊曇《にしんぐもり》・鰊群来《にしんくき》

寒流性の回遊魚で、春になると、産卵のため北海道西岸に回遊する。大きく剝がれやすい鱗《うろこ》、青みがかった背中と銀白色の腹部が特徴的で、魚体も大きく、脂肪に富んでいる。海産魚であるが汽水にも耐えられるため、海とつながる湖に入ることがある。かつては豊漁で鰊御殿が建つほどだったが、近年は漁獲量が激減した。塩焼きや酢漬け、身欠鰊《みがきにしん》などにして食べる。

唐太の天ぞ垂れたり鰊群来　山口誓子
日毎食ふ鰊や蝦夷に住みつくか　相馬遷子
鰊群来海が元気に濁りだす　関谷雁夫

▼「唐太」は樺太《からふと》（サハリン）のこと。鰊が大群でやってくる時の鰊曇りを「天ぞ垂れたり」と表現した。▼昔から下魚《げうお》と蔑《さげす》まれてきた鰊だが、毎日のように食べても飽きない。作者はいっそのこと蝦《え》夷《ぞ》（北海道）に住んだらどうかと考える。▼海が濁るほどの大群が「鰊群来」。歳時記に残るのみと思いきや、今復活しつつある喜び。

鰆《さわら》《さはら》　晩春

馬鮫魚《さわら》・狭腰《さごし》・いぬさわら

春が旬であることから、「鰆」と書く。体長一メートルにもなる大きな魚で、金属的な光沢に富み、背中は青灰色で腹側は白っぽく、体側に灰色の小紋の列が七、八本並ぶ。季節的な回遊を行ない、暖かい時期には浅い層、寒い時期には深場に移動する。魚食性で鰯《いわし》、鯖《さば》、鮊子《いかなご》などを貪欲に食べる。産卵期は春季と秋季に分かれ、春漁期は大型の産卵群、秋漁期は小、中型の成長群をとる。新鮮なものを刺身にするほか、塩焼きや漬け魚などにする。

白日のなかへ入りゆく鰆船　友岡子郷
踊場に置く手籠から鰆の尾　西川章夫

▼春の陽光がちょうど逆光となり眩《まぶ》しい。その光の中に鰆船がまた一艘《そう》入って見えなくなった。▼市場か、それとも店舗の入っているビルの踊り場か。仕入れたばかりのピンと尾の張った鰆が籠からのぞいている。

鱵《さより》　三春

細魚《さより》・水針魚《さより》・針嘴魚《さより》・針魚《はりお》・さいより

「針魚」「細魚」とも書くように、三〇センチほどの針のような細身の魚で、長い下顎が嘴《くちばし》のように突き出している。産卵期の春になると、岸近く群れて水面に長い嘴をつけるようにしてすいすいと泳いでいる。これを捕らえて刺身にし、吸物の椀種《わんだね》や天ぷら、塩焼きなどにする。味はまことに淡泊、見た目も美しい。

汐早し鱵おくるゝごとくなり　岡田耿陽

おもふ事だまつて居るか蟇：蟇《ひきがえる》よ、お前は言いたいことも言えず黙っているのか。

美貌なる鱵の吻《くち》は怖るべし　安住敦
ちりやすくあつまりやすく鱵らは　篠原梵
椀だねのくるりと結び針魚かな　松本梓

▼潮の流れに向かって泳ぎながら、しだいに流されてゆく鱵。▼たおやかな姿とは裏腹に、鋭い下顎を持つ鱵。近寄りがたい麗人の姿を重ねた。▼水面にぱっと散っては、またすぐ群れる。▼椀の蓋をとれば、鱵のお澄まし。

子《こ》持《もち》鯊《はぜ》

仲春

春《はる》の鯊《はぜ》

秋の季語である鯊⁺はハゼ科の魚の総称で、国内でも一五〇種ほどが生息する。鯊は、水温の下がるに従って越冬のため深い所へと移動し、春先に再び産卵のために浅瀬に戻り、雄が砂泥底に巣穴を掘って雌を呼び込み、産卵させる。よく天ぷら、甘露煮などにされるが、この春の時期、ことに卵が好まれ、塩干しにもなる。このため「子持鯊」が春の季語となった。関連 鯊《はぜ》→秋

子持鯊笊もろともに乾きけり　木村里風子
うきうきと男が帰る子持鯊　横田昭子

▼とれたての子持鯊を笊《ざる》に入れてしばらくして見ると、笊ごと乾いてしまった。▼子持鯊がたくさん釣れたのだろう。男の歩き方からして違う。

鯥五郎《むつごろう》《むつごらう》

晩春

むつ・本《ほん》むつ・むつ飛《と》ぶ・鯥《むつ》掛け

干潟に穴を掘ってすみ、皮膚呼吸をする水陸両生魚で、日本では九州の有明海《ありあけかい》と八代海《やつしろかい》にしかいない。全身に白か青の斑《はん》点《てん》があり、両目は頭部から飛び出し、剽軽《ひょうきん》な貌《かお》をしている。漁は、潟橇《がたそり》という板で泥上を滑り、特殊な針に引っ掛けて釣る。この「鯥掛け」と呼ばれる伝統漁法は、春の有明海の風物詩として知られている。

鯥五郎跳ねて潟の日汚したる　岡部六弥太
口の泥吐いては吐いては鯥五郎　D・J・リンズィー

▼てらてらの潟《かた》に映った太陽を泥まみれに、の意。▼人間ならずとも口に入る泥はまずいのか吐き出す、ユーモラスな姿。

鮊子《いかなご》

晩春

玉筋魚《いかなご》・こうなご・かますご

小型のものを「小女子《こうなご》」と呼ぶが、地域ごとの名も多い。腹鰭《はらびれ》のない円筒形の非常に細長い体は最大で二五センチほどにもなる。青みがかった背中、体側と腹部は銀白色である。昼は遊泳生活をするが、夜は砂底でじっとしていることが多く、あまり移動することがない。水温の高くなる夏には砂の中に潜り、夏眠《かみん》をする。晩冬から初夏にかけて漁獲され、釘煮《くぎに》などにされる。

働けるいかなご舟の四人見ゆ　星野立子

曲水《きょくすい》▶万治３年（1660）—享保２年（1717）菅沼氏。曲翠とも。近江膳所藩の重臣にして近江蕉門の重鎮。

小女子《こうなご》の袋よく鳴る天気かな　原田喬

▼鮊子をとっている舟。遠くからでも、四人がキビキビ働いているのがわかる。▼小女子をとって入れる袋が強風でブワブワ鳴る。春風といえど、海の上では強風である。

白魚《しらうお／しらうを》　初春

しらお・白魚舟《しらおぶね》・白魚捕り《しらおとり》・白魚汲む《しらおくむ》・白魚網《しらおあみ》・白《しら》魚火《おび》

白魚は古来、その味よりもその姿を愛《め》でてきた魚。体長一〇センチほどの半透明の魚で、蒸したり煮たりすると真っ白になる。そこで「白魚」という。女性の白くてほっそりとした指を、「白魚のような指」ということもある。シラウオ科の魚で、春先、海から河口に入って産卵する。これを待ち構えて捕らえるのが白魚漁。捕らえられると、たちまち命を失う。「おどり食い」にするのは白魚ではなく、ハゼ科の素魚《しろうお》。

白魚やさながら動く水の色　来山
明けぼののやしら魚しろきこと一寸《いっすん》　芭蕉
白魚のどつと生《うま》るるおぼろ哉　一茶
美しや春は白魚かひわり菜　白雄
白魚は仮名ちるごとく煮えにけり　阿波野青畝
篝火に飛び込む雪や白魚舟　松本たかし

▼白魚の泳ぐさまは水が動くよう。▼『野ざらし紀行』の旅、桑名(三重県)での一句。▼朧夜《おぼろよ》は、白魚がどっと生まれる気配がする。▼白魚の白に貝割菜の緑が映える。▼ひらがなのように鍋に散らばる白魚。▼雪の夜明けの白魚漁。

鱒《ます》　晩春

本鱒《ほんます》・桜鱒《さくらます》・紅鱒《べにます》・鱒上《ますのぼ》る

サケ科の魚だが、単一の種類は存在しない。釣人はこれらを漠然と「鱒」と呼び、海と淡水域を行き来する降海型の本鱒(桜鱒)が春に遡上するところから、春の季語に分類する。一方、一生を淡水域で過ごす陸封型の本鱒が、体長三〇センチほどにしかならない山女《✦やまめ》(夏の季語)である。 関連 山女《やまめ》→夏

餌をせりて水盛りあぐる鱒の群　村上冬燕
鱒群れて水にさからふ紅させり　山上樹実雄

▼「水盛りあぐる」に鱒の生命感があふれている。▼流されまいとする姿を「さからふ」に見る。

諸子《もろこ》　三春

諸子といえば、琵琶湖《びわこ》。日本各地の湖沼に生息するが、琵琶湖特産の魚として知られる。淡水にすむ鯉《こい》の仲間の美しい小魚で、体長一〇センチから一三センチ。産卵期に入る前の春が旬。網にのせ、炭火で香ばしく炙《あぶ》って食べる。

門川や諸子釣る子のみだれ髪　嘯山
筏踏んで覗けば浅き諸子かな　高浜虚子
比良ばかり雪をのせたり初諸子　飴山實

▼春風に乱れる少女の髪。▼岸につないだ筏《いかだ》から水中を覗《のぞ》きこんでいるところ。▼初物の諸子。比良《ひら》山系はまだ雪景色。

しかももとの水にはあらず今日の月：『方丈記』の「行く川の流れはたえずして」のパロディ。

公魚《わかさぎ》　初春

鰙《わかさぎ》・桜魚《さくらうお》・ちか

背中は暗灰色、体側は銀白色で、サケ目特有の脂鰭《あぶらびれ》がある。刺網《さしあみ》や帆引網《ほびきあみ》などで漁獲されるが、冬になると湖沼に張った氷に穴をあけて釣る「穴釣り」が風物詩となっている。茨城県の霞《かすみ》ケ《が》浦《うら》産のものが公方《くぼう》(将軍)に献上されたことから、「公」の字を当てるようになった。

公魚のよるさゞなみか降る雪に　渡辺水巴
公魚にうす墨の縞あるあはれ　辻田克巳
わかさぎは生死《しょうじ》どちらも胴を曲げ　宇多喜代子

▼湖面に降る雪。さざ波が立っているが、これは公魚が寄ってくるさざ波であろうか。▼公魚の体に沿った縞《しま》。それほどはっきりとした縞ではないが、それに気づくこともなく食べられてしまう、公魚のあわれ。▼公魚は、生きていても死んでいても体は曲がっているようで、真っすぐという記憶がない。

桜鯎《さくらうぐい》《さくらうぐひ》　晩春

花《はな》うぐい

河川の上流から下流域、湖沼と、広い範囲にすむ魚。一部に降海型もいて、山女《やまめ》などと同じく、北に行くほどその比率は増す。産卵期である桜の頃になると、「アカハラ」と呼ぶ地方があるように、雌雄ともに、体側に鮮やかな赤色の婚姻色が入る。産卵場所は毎年ほぼ決まっている。

水を染め桜うぐひの渦を巻く　森田峠
花鯎とて金鱗に朱一線　福田蓼汀

▼婚姻色の赤が、あたかも水を染めたように見えるところに着眼。▼「朱一線」が鯎の俊敏な動きを強調。

柳鮠《やなぎはえ》　三春

鮠《はえ》・はや

柳鮠とは固有の魚の名前ではない。左右に平たく細長い体で細かい鱗《うろこ》をもつ「鯎《うぐい》」や、鯎より体が平らで、大きく長い尻鰭《しりびれ》(繁殖期の雄はとくに顕著)をもつ「追河《おいかわ》」などをさす。ともにコイ科の小型魚で雑食性。体が細長く、すばやく泳ぐ姿形が柳の葉を思わせることからの名。

水門に少年の日の柳鮠　川端茅舎
高麗川や人の逢はねば柳鮠　加藤楸邨
瀬の色に紛れまぎれず柳鮠　大橋敦子

▼水門の所には昔から柳鮠がたくさん集まっていたものだが……。少年の頃を思い出す。▼その昔、高句麗から渡来した人々が住んだ地を流れることからその名がついた高麗川《こまがわ》(埼玉県)。その末裔《まつえい》にも逢わなくなって、今は柳鮠だけが泳いでいる。▼川の浅瀬に柳鮠がいる。瀬の色に紛れて見えなくなる時も、よく見える時も。

露川《ろせん》▶寛文元年(1661)―寛保3年(1743)沢氏。尾張蕉門。諸国を行脚、同じく勢力拡大を図る支考と対立。

鮒《ふな》の巣《す》離《ばな》れ

仲春

鮒《ふな》の巣《す》立《だ》ち

鮒は冬季には大きな河川や湖沼の底の泥や水草の陰などに潜んで越年するが、二、三月頃、暖かくなると、身を隠していた水草や泥から少しずつ離れて餌を求めて動き出す。この季節のものを「巣離れ」といい、だんだんと食欲も旺盛になるため、釣果《ちょうか》も目立って上がってくる。

巣離れの鮒に流るる朱《あけ》の泛子《うき》　赤尾兜子

ふるさとや鮒の巣立ちの水明り　高室有子

▼巣離れの始まった鮒に浮子《うき》を投げる釣人。何か留まることを促すように。▼子供の頃に見た鮒の巣立ちの景色。きらきらと光る水面を今でもよく覚えている。

乗込鮒《のっこみぶな》

晩春

水底の泥に頭を突っ込んで冬眠していた鮒は、二月になると目を覚ます。水の温かくなる三月末から四月初めにかけ、産卵のために浅瀬、時には小川や水田の中までも、すごい勢いで乗っ込んでくることから、この名がある。新題探求意識の強い水原秋桜子が使い始めた戦後生まれの季語。

堰ひらく渦なり鮒も乗込めり　水原秋桜子

群れのぼる鮒は見えねど川ながる　篠田悌二郎

乗込みの鮒にしのつく淀の雨　阿波野青畝

▼待っていたかのように堰の水圧を借りて移動する鮒。▼「群れのぼる」で、乗っ込みとわかる。▼淀《よど》（桂川、宇治川、木津川の合流点）か。激しい雨が降って乗っ込みに加勢する風情。

子持鮒《こもちぶな》

晩春

春《はる》の鮒《ふな》

三、四月頃の、腹に卵をもった鮒のことで、鮒の種類をさすのではない。おいしいのは寒鮒《かんぶな》だが、子持鮒は刺身にして卵をまぶした子付膾《こつけなます》にする。また、内臓を取り除いて塩漬けにしたものに飯を詰めて発酵させる鮒鮓《ふなずし》は滋賀県の名産として知られている。 関連 寒鮒《かんぶな》→冬

掌に重く有明色の春の鮒　加藤楸邨

春鮒を頒ち貧交十年《とせ》まり　能村登四郎

▼掌《てのひら》にのせた鮒は子を孕《はら》んでずしりと重い。そして有明《ありあけ》色（夜が明けてくる時の色）をしている。▼とれた春鮒を分け合うような貧しい付き合いも十年余りとなる。感慨深げなる作者。

若鮎《わかあゆ》

晩春

小鮎《こあゆ》・鮎《あゆ》の子《こ》・稚鮎《ちあゆ》・上《のぼ》り鮎《あゆ》

河口近くの暖かな海で冬を越した鮎の稚魚は、春、水が温《ぬる》んでくると、一斉に川を上り始める。春たけなわの頃、川の堰《せき》や急流を体をきらめかせながら上る姿が見られる。日本画の画題としてよく描かれる。 関連 鮎《あゆ》→夏

若鮎やうつつ心に石の肌　祇空

時鳥啼くや湖水のささ濁り：折からの五月雨に薄濁りした琵琶湖。はるかから時鳥《ほととぎす》の声がする。

若鮎の鰭ふりのぼる朝日かな　蓼太

若鮎の二手になりて上りけり　正岡子規

▼「うつつ心」とは、夢から覚めたような心持ちをいう。若鮎が水苔に覆われた石をつついているところ。▼早瀬を上る元気のいい若鮎。▼水の流れに従って二手に分かれる若鮎の群れ。

雪代山女《ゆきしろやまめ》　仲春

雪代岩魚《ゆきしろいわな》・雪代鱒《ゆきしろます》

一生を淡水域で過ごす、体長三〇センチほどにしかならない桜鱒（本鱒）を山女というが、春先、雪解け水に身を躍らせる山女を「雪代山女」と呼び、釣り人にとっては絶好の対象となる。これと同じように、この時期の岩魚を「雪代岩魚」、鱒を「雪代鱒」と呼ぶ。関連 山女《やまめ》→夏

幼くて雪代山女反りにけり　黒田杏子

川音す雪代岩魚皿にのせ　森澄雄

▼釣れたばかりの雪代山女が幼魚のようで、木の葉のように反り返る。▼宿の人が釣れたてという雪代岩魚を見せにくる。宿の脇を流れる川音が、雪解け水を集めて轟《とどろ》いている。

彼岸河豚《ひがんふぐ》　仲春

名古屋河豚《なごやふぐ》

産卵期にあたる春の彼岸の頃に最も美味であるため、この名がついた。体長三〇センチほどで、粒状の突起物に覆われ、黒みがかった不規則な斑点《はんてん》がある。肝臓、卵巣は猛毒。皮、腸も毒が強いが、美味なので、虎河豚《とらふぐ》の盛りが過ぎた後に珍重されている。関連 河豚《ふぐ》→冬

死に残りたる人ばかり彼岸河豚　桑原三郎

いぎたなきまなこの彼岸河豚釣れし　茨木和生

▼毒性の強い河豚を前に、彼岸河豚を食そうとする面々。毒に中《あた》ることなく生き延びている人たちばかり。▼寝穢《いぎたな》き、とは、なかなか目を覚まさないという意。目をつむったままで釣られてきた彼岸河豚。

菜種河豚《なたねふぐ》　晩春

河豚の種類をさす言葉ではない。河豚は菜の花の咲く春先に最も毒が強くなるので、この時期の河豚を口にしてはいけないという、禁忌の言葉である。関連 河豚《ふぐ》→冬

菜種河豚食らひて予後もしたたかに　梶山千鶴子

魚市や花烏賊過ぎて菜種河豚　古久根蔦堂庵

▼九州雲仙《うんぜん》地方ではガンバ料理（毒がいっそう強くなるので棺桶を用意して食うところからこの名がある）といって好まれるようだが、そんな危険をおかした後は、したたかに生きると気丈。▼魚市の景。花烏賊《はないか》の時期が過ぎて、今は菜種河豚の時期であると。

蛍烏賊《ほたるいか》　晩春

まついか・こいか

体長五～六センチの小型の烏賊で、体は褐色、体表に数百の

丈草《じょうそう》▶寛文２年（1662）—元禄17年（1704）内藤氏。蕉門。義仲寺無名庵、仏幻庵に住し、亡師の追善に勤しんだ。

発光器があり、青緑色に発光する。その発光するさまから、昆虫の蛍の名をとり、「蛍烏賊」と名づけられた。ふだんは深海に生息しているが、晩春から初夏までの産卵期は浅い所を群遊し、富山湾のその眺めはことに有名である。生食されたり、沖漬けなどにされる。

まつくらな海へ見にゆく蛍烏賊　深見けん二
箒星去りてより湧く蛍烏賊　大屋達治
螢烏賊光る方へと舟かしぐ　廣野實子

▼発光するところをぜひとも見たい作者。▼箒星の輝きがあたかも海面に移ったような錯覚。▼蛍烏賊見たさに身を乗り出し、舟が傾く。

花《はな》烏《い》賊《か》　晩春

桜烏賊《さくらいか》・甲烏賊《こういか》・尻焼烏賊《しりやけいか》・墨烏賊《すみいか》

コウイカ科にハナイカという種類の烏賊がいるが、季語としての「花烏賊」はそれではなく、桜の咲く頃にとれる、甲烏賊をはじめとする烏賊全般をさす。「桜鯛」と同じような命名である。肉厚の背中に「舟」と呼ばれる貝殻の痕跡である石灰質の甲があるところからその名があり、また、大量の墨を吐くところから「墨烏賊」とも呼ばれる。

花烏賊のいでゐる息の墨の泡　阿波野青畝
花烏賊の冷えびえたるを舌にせり　上田五千石

▼花烏賊が今吐いたばかりの墨の中のたくさんの気泡。さっきまで生きていた証《あかし》だと思うと、少々かわいそう。▼花烏賊の刺身を通して海水の温度を感じている。

名句鑑賞

ほたるいか更けては陸の風匂ふ　金尾梅の門

昼、海は暖まりにくく、反対に夜、陸の空気は速く冷える。このため、海岸地帯では昼には海から陸へと風が吹き、夜は陸から海へ風が吹く。また、ふつう海風のほうが陸風より強い。この句は、「蛍烏賊《ほたるいか》」という季語をうまく使い、漁師町近辺の景、そして時間の流れさえも鮮やかに切り取っている。陸風と海風が切り替わる凪《なぎ》の時刻を経て夜も更けてくると、陸からの風が吹いてくるのではなく、やわらかに、かつ、どこか気怠《けだる》く匂ってくるのである。［中原］

飯蛸《いいだこ》《いひだこ》　初春

望潮魚《いいだこ》・高砂飯蛸《たかさごいいだこ》・いしだこ

波穏やかな内海にいる、体長二〇センチほどの小さな蛸。春には体内が飯粒のような卵でいっぱいになるので、この名がある。その卵が美味であるため、雌が珍重される。煮て食べるほか唐揚げなどにもする。播州《ばんしゅう》高砂（兵庫県）の名産。

飯蛸のあはれやあれで果てるげな　来山
飯蛸に猪口才《ちょこざい》な口ありにけり　中原道夫

▼飯蛸はあんな小さなままで死んでしまうそうだ。「げな」は伝聞をあらわす言葉。▼飯蛸の生意気そうな尖《とが》った口。

栄《さ》螺《ざえ》　三春

拳螺《さざえ》

堅固な拳《こぶし》の形をしている巻貝の一種。水深二〇メートルぐらいままでの岩礁に生息する。外海にすむものは棘《とげ》がよく発達しているが、瀬戸内海などの内湾のものは棘のないものが多い。これは波の強さに関係しているといわれ、さらに遺伝的な要因もあるとされる。関連 壺焼《つぼやき》→180

はるばると海よりころげきし栄螺　秋元不死男
どう置いても栄螺の殻は安定す　加倉井秋を
しんかんと栄螺の籠の十ばかり　飯田龍太
安定せざる栄螺の殻を座右にす　中村和弘

▼栄螺の棘の不安定さを見るにつけ、遠くの海から転がりきたものに思えてくる。▼不安定のように見えて、置けば殻は安定する栄螺。▼蓋をぴったり閉ざした栄螺。はかない命を抱きしめた沈黙。▼そのたびにぐらつく栄螺の殻だが、傍らに置いて眺めている。

蛤《はまぐり》　三春

蛤鍋《はまぐりなべ》・蒸蛤《むしはまぐり》・蛤《はま》つゆ・焼蛤《やきはまぐり》

ふくよかな身の二枚貝。産卵期前の春が旬。殻のまま蛤つゆ、焼蛤、酒蒸しなどの料理になる。加熱すると、花のように殻を開き、その姿がめでたいので、お祝い事、とくに雛祭《ひなまつり》にはなくてはならない材料の一つでもある。蛤の美しく滑らかな殻は、絵を描かれて貝合わせの貝となり、磨かれて白の碁石となり、砕かれて絵具の胡粉《ごふん》となる。潮干狩の獲物の一つ。ふだんは遠浅の砂の中にいるが、粘液を出し、これを羽衣のようにして潮流に乗り、移動することもできる。

蛤や塩干に見えぬ沖の石　西鶴
尻ふりて蛤ふむや南風　涼菟
大愚蛤而して口を開きけり　日野草城
蛤や怒濤の鍋へ一摑み　唐振昌

▼潮が引いても見えない海中の石。「小倉百人一首」にとられた二《に》条院讃岐《じょういんのさぬき》の歌「わが袖《そで》は潮干《しほひ》に見えぬ沖の石の人こそ知らねかわく間《ま》もなし」から。▼砂の中の蛤を足で探っているところ。▼口を開いてしまった蛤は見るからに愚か。▼ぐらぐらと煮立つ蛤鍋。

浅蜊《あさり》　三春

鬼浅蜊《おにあさり》・姫浅蜊《ひめあさり》・浅蜊汁《あさりじる》・浅蜊舟《あさりぶね》

潮干狩などでなじみの深い二枚貝。煮ると褐色になる殻の色は、幼い貝ほど鮮明だが、個体によって差異が著しい。殻付きのものは砂を吐かせて味噌汁やすまし汁に、むき身は湯通しをして酢味噌で和えた饅《ぬた》やかき揚げ、佃煮、酒蒸しに。また、むき身を飯に炊き込んだり、油揚げや葱《ねぎ》と煮て飯の上にかける深川飯が有名である。

吸り泣く浅蜊のために灯を消せよ　磯貝碧蹄館
浅蜊の舌別の浅蜊の舌にさはり　小澤實

▼チュッチュッという音は浅蜊の泣く音。さあ、暗くして、もっと泣かせよう。▼砂を吐かされている浅蜊。浅黄色の舌が隣の舌に触れる。少々肉感的なシーン。

野坡《やば》▶寛文2年（1662）—元文5年（1740）志太氏。師・芭蕉の「かるみ」を最もよく体現した。『炭俵』を編纂。

【月日貝《つきひがい》《つきひがひ》】

三春

円形で膨らみがゆるい二枚貝。貝の片方は平滑で光沢があり淡黄白色、もう片方は濃い赤色をしている。これを月と太陽に見立てたところから、この名がある。体の中央部にある大きな丸い貝柱で殻を激しく開閉して、水を噴射した反動で泳ぎ、プランクトンなどを食べる。

月日貝加齢といふ語美しき　三嶋隆英

蜑《あま》の子のもつ月日貝吾《あ》も欲しや　大石悦子

▼月日貝の名のとおり、歳月を重ねる「加齢」という言葉は美しい。▼蜑(海女)の子が裏と表の色が違う月日貝を見せてくれた。何とも美しく私も欲しい。

【赤貝《あかがい》《あかがひ》】

三春

蚶《きさ》・血貝《ちがい》

大型で、よく膨らんだ二枚貝。血液にヘモグロビンを含み、肉が赤みを帯びているため、「赤貝」という。殻には約四二本の太い溝があり、黒褐色の毛が密生している。殻の端に多数の小さい歯が並び、殻を閉じると互いに嚙《か》み合う。刺身、酢の物、鮨種《すしだね》などにする高級貝。

赤貝

赤貝の剝かれて赤さ増しにけり　鈴木久美子

赤貝の割れし殻もて進みをる　山田真砂年

▼手早く剝《む》かれて俎板《まないた》に置かれた赤貝の身。うねりつつ、だんだん朱色が濃くなってくるようだ。▼水中の景か。殻が傷ついているというのに、まるで関係ないかのように動いている。

【常節《とこぶし》】

三春

小鮑《とこぶし》・ながしこ・万年貝《まんねんがい》

海底の岩礁に床伏《とこぶ》して付着する様子から、この名がある。鮑《あわび》に似ているが、殻の縁にある穴は、鮑が四個から五個であるのに対して六個から八個で、その穴も鮑より小さく、盛り上がっていない。黒褐色の殻の内側は真珠色の光沢がある。肉は柔らかくておいしく、塩蒸しや含め煮などに向く。

常節を採るには海が明る過ぎる　加倉井秋を

常節のこぼれしひとつちぢみけり　宮津昭彦

▼太陽の光が潮だまりとか濡れた岩肌に反射し、眩《まぶ》しくてしようがない。▼とってきた常節の一つを落としてしまった。貝も驚いたに違いない。身が縮んだままだ。

常節

【馬蛤貝《まてがい》《まてがひ》】

三春

馬刀貝《まてがい》・馬刀《まて》・剃刀貝《かみそりがい》

朝めしの湯を片膝や庭の花：朝飯の白湯を片膝に、ゆるりとながめる庭の桜。

長さ一二、三センチほどの長円筒形の二枚貝。その殻の形態から「剃刀貝」とも呼ばれる。殻は薄く、光沢のある黄色で、合わせても口が開いている。大きな黄橙色《おうとうしょく》の足を小刻みに動かし、巧みに砂を掘って垂直に穴を作り、潜る。肉は茹《ゆ》でて酢味噌和えなどにすると、甘さが引き立つ。

馬刀貝の吐きたる泡と思はるる　栗島弘

大汐の鳥居の下の馬刀の穴　辻桃子

▼水面に時折昇ってくる気泡は、馬刀貝の吐く泡と思われる。▼海の上に立つ鳥居（安芸《あき》の宮島、厳島《いつくしま》神社か）。潮が引いて砂上に見える小さな穴は馬刀貝の穴。

馬珂貝《ばかがい》《ばかがひ》

三春

馬鹿貝《ばかがい》・あおやぎ・青柳《あおやぎ》

蛤《はまぐり》によく似た二枚貝で、内湾の浅い砂底に生息する。薄質で灰白色の殻はもろく軟体は朱色で足は斧《おの》の形をしている。弱りやすく、死ぬと、開いた殻からこの足をだらりと出す様子を、馬鹿者が舌を出すのに見立てて、名がついたという。上総国《かずさのくに》青柳村（千葉県市原市）で多くとれたことから、「青柳」の名がある。鮨種《すしだね》や酢の物にする。

馬鹿貝の逃げも得せずに掘られけり　村上鬼城

細くやさしき舌や馬鹿貝の名を負ひて　加藤楸邨

馬珂貝

▼馬鹿貝はあっけなく掘られ、ばかみたいにとれる。▼その名に似ない、何ともすらりと美しい舌（足）。

潮吹《しおふき》《しほふき》

三春

潮吹貝《しおふきがい》

潮吹貝のこと。潮干狩+などでよく見る二枚貝。殻は丸みのある三角形状で、頂点部分は紫色を帯びている。肉は白く柔らかい。砂の中から掘り出すと、水管から海水を吹くことからこの名がある。佃煮《つくだに》やむき身にする。

次の世は潮吹貝にでもなるか　能村登四郎

潮吹貝潮吹く産屋のこる村　石田野武男

▼多難続きの人生なんてまっぴら。来世は潮吹貝にでもなるほうがましか。▼潮吹貝の水を吐き出す様子に、お産の時の破水をイメージしたのだろうか。昔は産屋《うぶや》も産婆《さんば》さんも健在だった村なのだろう。

名句鑑賞

面白や馬刀の居る穴居らぬ穴　正岡子規

あちこちに潮だまりがあるが、すっかり海水が引いてしまった内湾。ふと足下に目をやると、ところどころに親指ほどの穴が見える。ははぁと思ってその穴に塩をひとつまみ入れてみると、案の定、馬刀《まて》貝《がい》が穴の口からスーッと飛び出してきた。これを間一髪つかみ取ってゆく。次から次へそうしてみるが、どうも主《あるじ》が居《い》ないのもあるらしく面白い。だが、穴の中で呼吸し、水管などを露出してくつろいでいる身にしてみれば、海水より濃度の高い塩には驚くわけである。［中原］

孤屋《こおく》▶？—？小泉氏。蕉門。越後屋の手代（番頭とも）。同僚の野坡、利牛と『炭俵』を編む。

細螺《きさご》 三春

喜佐古《きさご》・きしゃご・ぜぜ貝《がい》

浅海の砂底にすむ小ぶりの巻貝。殻の模様は多様だが、黄色地に黒斑が絣《かすり》状に並んだものが多い。その貝殻の色彩の美しさから、おはじきとして利用された。

浪退けば細螺おびたゞしきことよ　阿波野青畝
老《おい》拾ふ細螺もほまち稼ぎとか　岡安仁義

▼浪《なみ》が引くたびに、小石混じりの、いや細螺のほうが多いくらい、打ち寄せられている。▼老人が何をとっているかと思えば細螺。こんなものでも小遣い稼ぎ(ほまち稼ぎ)になるのだという。

桜《さくら》《さくら》貝《がい》《がひ》 三春

花貝《はながい》・紅貝《べにがい》

桜の花びらのような小さな二枚貝。波の引いた後の砂浜に散らばっている。海中に桜の木があって花びらが潮に運ばれてきたかのように。どれも身のない貝殻。二枚揃っていることもあるが、たいていは一枚だけである。薄い貝殻で、目に当てれば世界が桜色に透けて見える。

桜貝軒端の砂にうちまじり　阿波野青畝
離りきて松美しや桜貝　中村汀女
眼にあてて海が透くなり桜貝　松本たかし
桜貝大和島根のあるかぎり　川崎展宏

▼雨垂れで洗われた軒端の砂。海近くの家。▼砂浜の松を遠く離れて眺める。桜貝を手に。▼花の色に染まる海。▼麗しい日本列島よ、いつまでも、という祈りをこめた一句。

蜆《しじみ》 三春

蜆貝《しじみがい》・大蜆《おおしじみ》・大和蜆《やまとしじみ》・瀬田蜆《せたしじみ》・蜆売《しじみうり》

河口や湖の砂地にすむ小さな二枚貝。殻は艶やかな黒褐色。蜆汁、味噌汁、蜆飯、佃煮《つくだに》などにして食べる。白く濁る汁には濃いうまみがある。肝臓の妙薬とされ、天ぷらに添えられるのは蜆汁。近江《おうみ》の名産、瀬田蜆の旬にちなんで春の季語となったとされる。夏の土用蜆、冬の寒蜆も滋養がある。

関連 蜆汁《しじみじる》→178／寒蜆《かんしじみ》→冬

むき蜆石山のさくら散《ちり》にけり　蕪村
辛崎の朧問はばや蜆売　樗堂
すり鉢に薄紫の蜆かな　正岡子規
蜆舟国引のこの湖に　阿波野青畝

▼琵琶《びわ》湖の南、瀬田の蜆は、むき蜆として知られた。近くの石山寺の桜が散る頃、ふっくらと太る。▼琵琶湖から来た蜆売りに、近頃唐崎《からさき》(辛崎《からさき》)の朧《おぼろ》はどうか尋ねてみたいというのだ。唐崎は湖の西岸、芭蕉が「辛崎の松は花より朧にて」と詠んだ地。▼すり鉢の水に浸けてある蜆。蜆の蝶番《ちょうつがい》のあたりは紫を帯びている。▼国《くに》引《びき》神話の地、出雲《いずも》の宍道湖《しんじこ》の蜆もまた名高い。

蜷《にな》 三春

みな・河貝子《かばいし》・蜷《にな》の道《みち》

長さ三、四センチほどの巻貝。海水産の海蜷《うみにな》や磯蜷もあるが、俳句に詠まれるのは、川や水路などの淡水にすむ川蜷。春になると活動が活発になり、池床、川底をあちこち動き回る。その這《は》った跡が道のように鮮やかに残るところから、これを「蜷の道」と呼び、季語として好んで使われる。

蜷

蜷の水とび損ねたるおぼえあり　山本洋子

悉くこれ一日の蜷の道　高野素十

一年はゆつくり早し蜷の道　桑原三郎

▼子供の頃、蜷の棲む小川を跳び損ねたという思い出。▼水底に曲がりくねって続いている蜷の道。遅々とした歩みなのにこんなにもと驚く。▼遅いようでけっこう速い蜷。そして歳月も。

北寄貝《ほっきがい》《ほつきがひ》　三春

ほっき・うば貝《がい》

北方の外洋に面した浅い海の砂地にすむ、厚く大きな殻をもつ二枚貝。海が荒れると、海岸によく打ち上げられているのを見かける。冬から春にかけ、桁網《けたあみ》（袋状の網口を金属や木の枠で固定した引き網）で捕獲する。肉は柔らかく美味で、酢の物にしたり、乾物や缶詰にする。

北寄舟にぎはひ見せて雪の中　深見けんじ

馬鍬一基積みて揺れゐる北寄船　古内静子

▼北寄貝をとる舟が出ている。雪が降り出すなか、何とも活気を感じる。▼馬鍬《まぐわ》（馬に曳《ひ》かせる鍬）で海底を鋤《す》いて北寄貝をとるのだが、その馬鍬を降ろせないくらい、波で船が揺れている。

田螺《たにし》　三春

大田螺《おおたにし》・丸田螺《まるたにし》・長田螺《ながたにし》・姫田螺《ひめたにし》・つぶ・たつび・田螺鳴《たにしな》く

丸みのある殻をもつ淡水産巻貝で、水田や河川・湖などにすむ。長い卵形をしたものや球状に近い形のものがある。冬には冬眠をし、春になると活発に動き回り、泥上の有機物を食べる。日本には、大田螺、螺塔《らとう》の各層が丸く膨らむ丸田螺、琵琶湖《びわこ》特産で食用となる長田螺、小型で、飼っている鳥や養魚の飼料になる姫田螺などがいる。料理は、泥を吐かせてから茹《ゆ》で、和え物や煮物にする。

月の出のおそきをなげく田螺かな　久保田万太郎

千金の夜とて田螺も鳴けるなり　藤田湘子

葛飾の田螺のこゑに覚えあり　今井杏太郎

▼夜行性の田螺。歩こうにも、こう月の出が遅くては。▼春宵《しゅんしょう》一刻値千金《いっこくあたいせんきん》。こんな夜ならば、鳴くか鳴かぬか論争のある田螺も鳴いてみせようというもの。▼葛飾《かつしか》辺りの田螺の声なら、ほかと違って覚えている。

田螺

利牛《りぎゅう》▶？—？池田氏。芭蕉監修の下、越後屋の同僚の野坡、孤屋と『炭俵』を編纂。

桜蝦《さくらえび》

晩春

ひかり蝦《えび》

薄い甲殻をもつ小さな蝦。赤色系の色素細胞が多く、桜色に見えるところから、この名がある。また体側、腹面に多数の発光器があるので、「ひかり蝦」とも呼ばれる。相模《さがみ》湾、東京湾にも分布するが、駿河《するが》湾の富士川河口から沖合いにかけてが、おもな漁場となっている。生食や干し蝦にするが、とくに河川敷などに一面に干された桜蝦と富士山の光景は、春の風物詩となっている。

ゆふぐれが一つ古びるさくら蝦　八田木枯

波音の筵成したり桜えび　佐野鬼人

▼日ごと訪れながらも、太古より一つとして同じ夕暮はない。夕暮が一つ古びると表現し、その残照があたかも桜蝦の紅にも及ぶように、とする。▼桜蝦を干す筵《むしろ》全体がさわさわと波音をたてているように思われる。

望潮《しおまねき》《しほまねき》

三春

潮招《しおまねき》・潮《しお》まねき・田打蟹《たうちがに》

干潟にすむ小さな蟹+で、おもに九州の有明海《ありあけかい》沿岸から鹿児島、宮崎、種子島《たねがしま》に一〇種類ほどが生息する。雄は、左右どちらかに異常に大きな鋏《はさみ》をもち、求愛行動として上下させるが、これが潮を招くように見えることから、その名となった。また、鍬《くわ》を振り上げ田を打つ姿に似ているところから、「田打蟹」とも呼ばれる。蟹の塩辛「蟹漬《がんづけ》」にする。

望潮

次の帆の現るるまで潮まねき　鷹羽狩行

一望のダリの砂浜田打蟹　横山白虹

▼遠く海原をヨットが行く。ゆっくりと次の帆が現われるまで望潮の方に注意を払う。▼波のめくれる波打ち際やずっと続く静かな海を描いたダリ。そんなダリの画のような海岸に、田打蟹は大きな鋏を掲げている。

寄居虫《やどかり》

三春

宿借り《やどかり》・ごうな

種類は多く、海老《えび》や蟹《かに》に似るが、ヤドカリ(宿借り)という名が示すように、空の貝殻に体を収めて生活する。巻貝の空き殻に入るが、成長に合わせて、入る貝の大きさを変えていく。体は頭と胸からなる部分と腹部に分かれ、柔らかい腹部を守るためにも貝殻は必要である。いつもは貝殻から頭胸部だけを出して歩き回っているが、危険を察すると、素早く殻の中に引っ込む。

寄居虫

やどかりや覚束なくもかくれ顔　高浜虚子

やどかりの中をやどかり走り抜け　波多野爽波

跡さして炬燵に寝たは夢かそも：友の其角、嵐雪と三人、夜具もなく寒さを凌いだ若き日を懐かしんだ句。

▼殻の中に慌てて身を隠した寄居虫。自分では隠れきったつもり。いや、手脚はしまいきれていないし、どこかおぼつかない風情。▼寄居虫がたくさん出没している中を、一匹の寄居虫が、なぜか韋駄天《いだてん》走りで駆け抜ける。

磯巾着《いそぎんちゃく》　三春

いしぼたん

海中の岩礁《がんしょう》などに着生している腔腸《こうちょう》動物で、上面にある口の周りから、幻想的な触手を揺らしている。その姿が巾着に似ていることからこの名がある。赤、紫、緑、斑紋が入ったものなど体色はさまざま。触手には毒があり、小魚を餌とするが、ほとんどの種類の磯巾着の毒は人間に影響を与えない。春から夏にかけて繁殖する種類が多いことから、また磯遊び、潮干狩などでよく目にすることから、春の季語とされている。

忘れ潮いそぎんちゃくも夢を見る　藤田湘子
少年の影じつとして磯巾着　川崎展宏

▼引き潮でできた潮だまり（忘れ潮）に小魚が泳ぎ、磯巾着がうつらうつらと触手を揺らす。▼しゃがんだまま動こうともせず、磯巾着をじっと見ている少年。

雲丹《うに》　晩春

海胆《うに》・海栗《うに》

浅い海の砂地や岩場に生息する棘皮《きょくひ》動物。栗のいがに似た形は、球形、半球形、平板形など、種類によってさまざま。体表は多数の棘《とげ》で覆われ、防御とともに運動器官の役割も果たしている。成熟した生殖巣を食用にし、春から夏にかけてが旬。簎《やす》で突いたり、潜って捕獲する。「海胆」は生きている状態、「雲丹」は中身を取り出した状態をいう。

海胆怒る漆黒の棘ざうと立ち　橋本鶏二
うに食べて日の出月の出絵に遺し　宇佐美魚目
海胆割つてゐる銀鼠の雨の中　友岡子郷

▼天敵を威嚇するために立てた棘のすさまじさ。生き物への畏敬の念がこもる。▼日がな一日飲んで、戯《ざ》れ書き三昧《ざんまい》か。▼銀鼠《ぎんねず》の雨から暗澹《あんたん》たる海を思わせる。

雪虫《ゆきむし》　初春

早春に雪の上で活動を始める跳虫《とびむし》、川螻蛄《かわげら》、揺蚊《ゆすりか》などの俗称。時としてその発生が雪の表面を数メートルにわたり真っ黒に染める跳虫、幼虫時には「ざざ虫」と呼ばれ食用にもなる川螻蛄、川や池の近くで蚊柱をつくる揺蚊。これらは幼虫の時は水中で暮らし、冬が終わる頃になると水から這《は》い出して羽化する。また、冬の季語である「綿虫《わたむし》」を「雪虫」ともいうが、これは別の虫である。

雪虫や瞼閉づるはあたたかき　豊長みのる
雪虫の飛んでいのちを使ふかな　江澤艶子

▼雪虫が出没するようになった。作者はふっと瞼《まぶた》を閉じて夢想し

破笠《はりつ》▶寛文３年（1663）—延享４年（1747）小川氏。蕉門。蒔絵師。晩年は津軽藩のお抱えとなった。

ている。その時間の何と温かに感じられることよ。▼雪虫という小さな存在は、飛ぶということで命を擦り減らす。

地《じ／ぢ》虫《むし／むし》穴《あな／あな》を出《い／い》づ

仲春

冬ごもりをしていた虫が、春の暖かさに誘われて穴から出てくることをいう。いわば「啓蟄《けいちつ》」である。地虫とは本来、地中に生息し植物の根を食べる、コガネムシ科の幼虫をさす。しかしここでは、万物が芽吹くこの時期に這《は》い出す、あらゆる地中の虫をさす。関連 啓蟄《けいちつ》→14

地虫出づふさぎの虫に後れつつ　相生垣瓜人
走り根のがんじがらめを地虫出づ　倉橋羊村

▼気分が晴れない。ふさぎ虫にとりつかれてしまったか。地虫はそのふさぎ虫の後から出てくる。▼縦横無尽に張りめぐらされた走り根。とても這い出る穴などありそうもないと思うのは人間だけ。

蟻《あり》穴《あな》を出《い》づ

仲春

蟻《あり》出《い》づ

蟻は秋、冬ごもりのために雑草の種などを地中の巣に集め、食べて越冬する。その蟻が春になり地表に現われることをいう。「地虫《じむし》穴を出づ」や「啓蟄《けいちつ》」と同様のニュアンスをもつ。関連 啓蟄《けいちつ》→14

蟻穴を出でておどろきやすきかな　山口誓子
蟻穴を出てすぐ蟻とすれ違ふ　山崎ひさを
蟻出でておもひおもひの道選ぶ　福永耕二

▼穴の出口でちょっと怯《ひる》むかのように周囲を確かめる蟻。まだ外の世界を警戒しているのだ。▼春先に穴を出た蟻。すでに多くの蟻が働いている。生命の躍動である。▼穴を出てそれぞれが行きたい方向へ出かけていく蟻。どこか巣立って社会に出ていく卒業生のようだ。

初《はつ／はつ》蝶《ちょう／てふ》

仲春

その年の春に初めて見かける蝶をいう。紋白蝶《もんしろちょう》、条黒白蝶《すじぐろしろちょう》、紋黄蝶《もんきちょう》など、白色や黄色の翅《はね》をもち、中型種が大半を占めるシロチョウ科の蝶は、ほかのタテハチョウ科、シジミチョウ科の蝶に比べると、目にする機会がいくらか早い。美しい蝶を春先に目にすることは、春における一つの喜びともいえよう。

初蝶の流れ光陰ながれけり　阿部みどり女
初蝶に遇ひぬ奇遇と言ふべきか　相生垣瓜人
初蝶やわが三十の袖袂　石田波郷
初蝶の死んでそれより蝶の春　鈴木鷹夫

▼初蝶が風に乗ってよろよろと流れていくのを見て、季節の巡りのはやさを思う。▼そんなにたくさん飛び交うとは思えない初蝶に出会った。▼風にはためく袖《そで》の袂《たもと》の傍らを初蝶が飛び交う。ある種の志というものを秘めていただろう三十歳の悠揚迫らぬ態度。

俎板に人参の根の寒さ哉：ひょろひょろと伸びた人参の根。どこか寒々しい。

▼最初に世に飛び出した蝶が死んだ頃から、やっと春本番となる。

蝶《ちょう》《てふ》　三春

蝶々《ちょうちょう》・胡蝶《こちょう》・白蝶《しろちょう》・黄蝶《きちょう》・紋白蝶《もんしろちょう》・小灰蝶《しじみちょう》・春《はる》の蝶《ちょう》・眠《ねむ》る蝶《ちょう》・狂《くる》う蝶《ちょう》

蝶は春を代表する昆虫。陽気に誘われて、色鮮やかな大きな翅《はね》を羽ばたかせながら、花の蜜を求めて飛びめぐる。その美しくもはかなげな姿から、しばしば夢と関わることになる。『荘子《そうじ》』斉物論編《せいぶつろんへん》に「胡蝶《こちょう》の夢」の話がある。古代中国の思想家、荘子はうたた寝をしていて、蝶となって飛びめぐる夢を見た。目覚めると、自分が夢の中で蝶になったのか、蝶が夢の中で自分になっているのかと自問する。世界で最も美しい、蝶の話。

蝶

関連　夏《なつ》の蝶《ちょう》→夏／秋《あき》の蝶《ちょう》→秋／冬《ふゆ》の蝶《ちょう》→冬

蝶《てふ》の飛《とぶ》ばかり野中の日かげ哉　芭蕉
猫の子のくんづほぐれつ胡蝶かな　其角
釣鐘にとまりて眠る胡てふかな　蕪村
うつつなきつまみごゝろの胡蝶《こてふ》哉　蕪村
山国の蝶を荒しと思はずや　高浜虚子
あをあをと空を残して蝶別れ　大野林火

▼夏近い頃だろう、野原の木陰で蝶が舞っている。▼からかうように子猫にまつわる蝶。それをとらえようとする子猫。▼釣鐘にとまっている蝶。釣鐘の静かさが蝶に伝わっているのか、蝶の静かさが釣鐘に伝わっているのか。▼「うつつなき」とは、蝶の翅が薄いのでつまんでいる実感がない、まるで夢のようだというのである。▼終戦直後、信州小諸《こもろ》に疎開していた時代の句。はるばると訪ねてきた弟子たちへの問いかけ。▼もつれながら空へゆく二つの蝶が、やがて離れて視界から消えた。

蜂《はち》　三春

足長蜂《あしながばち》・熊蜂《くまばち》・地蜂《じばち》・蜜蜂《みつばち》・雀蜂《すずめばち》

春、木や草が花々を付け始めると、蜂はその蜜を求めて草原や林の中を飛び交う。蜜蜂、雀蜂、足長蜂など、種類が大変多く、また、その生活も、樹上や土中に営巣するもの、他の昆虫に寄生するものなど、さまざまである。蜜蜂などに見られる、女王蜂、働き蜂、雄蜂による集団生活は、このような営巣生活が極度に発達した例である。一部を除いて蜂のほとんどが食植性のため、害虫のように見られがちだが、蜜蜂などは野菜や果物の受粉に必要な存在であり、人間の暮らしや生態系の維持に大きく貢献している。

関連　蜂《はち》の仔《こ》→秋／冬《ふゆ》の蜂《はち》→冬

蜂の尻ふはふはと針をさめけり　川端茅舎
朝刊に日いつぱいや蜂あゆむ　橋本多佳子
てのひらに蜂を歩ませ歓喜仏　三橋鷹女
蜜蜂に持たせすぎたかしら伝言　ふけとしこ

▼ホバリングしながら針を引っ込めた蜂。小さな生き物の営みを

沾圃《せんぽ》▶寛文3年(1663)―延享2年(1745)服部氏。宝生流の能役者。芭蕉晩年の弟子。『続猿蓑』を企画編集。

しかと観察した。▼朝刊を広げて読んでいる。新聞紙の温まったことを察知したかのように蜂が歩く。▼広げた掌《てのひら》に蜂がとまる。それでも歓喜仏《かんぎぶつ》は笑みをたたえている。▼花から花へと蜜を集める蜜蜂。ついでに言伝《ことづて》を頼んだのだが……。かわいらしい反省。

蜂《はち》の巣《す》

三春

蜂《はち》の窩《す》

蜂の巣として身近なのは、蜜蜂《みつばち》、雀蜂《すずめばち》、足長蜂《あしながばち》であろう。蜜蜂の巣は中空の六角柱が数多く並列に接続した巣板からなる。雀蜂の巣は何段にもなった巣盤とボール状の外皮からなり、その外皮は樹皮などを齧《かじ》り取ったものと唾液とを混ぜて作る。足長蜂の巣はシャワーの噴出し口が下を向いた形をしていて、六角形の小部屋からなる。

蜂の巣をもやす夜のあり谷向ひ　原石鼎

蜂の巣に蜜のあふれる日のおもたさ　富澤赤黄男

蜂の巣を険しき貌の出てゆきぬ　中原道夫

▼蜂の巣退治は蜂が活発になる前がよい。ここ吉野(奈良県)でも夜、蜂の巣に火をつけて焼き落としている。▼巣の外からではわからないが、日ごとに蜜が充たされ重さを増しているに違いない。▼雀蜂などは隈取《くまどり》が施されたような顔つきで怖そう。次々と巣から出て行く様子は、まるでこれから喧嘩をしに行くようだ。

名句鑑賞

指輪ぬいて蜂の毒吸ふ朱唇かな　杉田久女

蜜蜂《みつばち》にでも刺されたのか、そう刺激は強くないとみえる。刺したのも雌なら、刺されたほうも女性という面白さ。そして、指輪という何気ない小道具をもってきて、遠いところで自分は人妻であるとイメージさせつつも、その毒を吸う口をあえて「朱唇《しゅしん》」としたところが、どこか悪女っぽくて一筋縄ではいかないものを感じさせる。十七文字のなかに、ちょっとした戯曲が見え隠れしている作品。どちらにしても艶冶《えんや》な構図ではある。［中原］

虻《あぶ》

晩春

姫虻《ひめあぶ》・花虻《はなあぶ》・青虻《あおあぶ》・黄虻《きあぶ》

ハエ目(双翅《そうし》目)に属する昆虫のうちの一部のものの総称。✢蠅《はえ》に似ているが体は大きく、また✢蜂にも類似するが、蜂の持つ四枚の翅《はね》に対し二枚の翅があり、美しく光沢のある複眼をもつ。人や家畜の血を吸う牛虻、蜜を求めて花に集まる花虻など、その種類は多い。

虻とんで海のひかりにまぎれざる　高屋窓秋

死ぬや虻死のよろこびは仰向きに　河原枇杷男

ぶんぶんとむかしの音を春の虻　平井照敏

▼海原を背景に飛び立つ虻。小さな生き物にたくましい命を見た。▼仰向けに死んでいる虻を「死のよろこび」と穿《うが》つアイロニー。▼羽音に懐かしさを覚えている作者。

春《はる》の蚊《か》

晩春

初蚊《はつか》

蚊は夏の季語だが、春でも暖かい日などには、その耳障りな羽音を聞くことがある。蚊はふつう春から秋にかけ、卵、幼虫、蛹《さなぎ》、成虫という完全変態を数回繰り返すが、なかには成虫で冬を越したものがいて、春にまた活動を始めるのである。

関連 蚊《か》→夏

春の蚊の耳打ちをして次の間へ　岡本まち子

初蚊落ちてわが水割に溺るるよ　安住敦

▼耳もとで、か細い声の春の蚊が鳴く。刺すでなく、またふっといなくなった。次の間に行ってしまったようだ。▼気がつけば、初蚊が、飲んでいた水割りのグラスの中に落ちている。そうかオマエも酒が好きだったか。

春《はる》《はる》の蠅《はえ》《はへ》

三春

蠅は「五月蠅《うるさ》い」という言葉が示すように、夏に動きが活発になる昆虫で、夏の季語である。しかし、春にもその姿を目にすることがある。これらは、蛹《さなぎ》から羽化したばかりの蠅（次項「蠅生る《はえうま》」参照）ではなく、成虫の状態で越冬したもので、生まれたばかりの蠅とは違って、数も少なければ、どこかしら元気もない。

関連 蠅《はえ》→夏

次の間に春の蠅舞ふ祭膳　大島民郎

春の蠅タイルの目地を歩きをり　藤田かをり

▼作者のいるこの間《ま》ではなく、隣の間に置かれている料理。客人をもてなそうとしている身とすれば、気が気ではない。▼春の蠅がタイルの上を歩いている。タイルはまだ冷たいのか、温かそうな目地の上を歩く。

蠅《はえ》《はへ》生る《うま》《うま》

晩春

蠅《はえ》の子《こ》

春になって、蠅の蛹《さなぎ》が羽化して、成虫の蠅となることをいう。蠅は生まれた直後でも飛ぶことに長《た》けていて、複雑で敏捷《びんしょう》な動作をこなせる。成虫で越冬した「春の蠅」（前項参照）とは違い、生命力がある。

関連 蠅《はえ》→夏

生れたる蠅に憎しみまだかけず　百合山羽公

蠅生る白銀無垢の翅をもち　有馬朗人

▼夏の蠅と違い、汚れていないことがそう思わせる。▼昆虫本来の美しさを再発見。

名句鑑賞

蠅生れ早や遁走の翅使ふ　秋元不死男

蠅《はえ》は、卵、幼虫、蛹《さなぎ》、成虫という完全変態をなす昆虫である。成虫の飛翔《ひしょう》能力は非常に高く、京極杞陽《きょうごくきよう》の「蠅とんでくるや簞笥《たんす》の角よけて」の句にもあるように、高速での急激な方向転換など、複雑かつ敏捷《びんしょう》な飛び方をする。羽化したばかりの蠅の子であっても、飛ぶ力は大人（成虫）顔負けのものをもっている。「早や」で蠅の子の的確な写生と把握を行ない、「遁走《とんそう》」というやや時代がかった言葉で、微苦笑を誘うウイットに富んだ句になっている。［中原］

園女《そのめ》▶寛文4年（1664）―享保11年（1726）斯波氏。伊勢の人。芭蕉の伊勢神宮参詣の際に入門。のちに江戸へ出て活躍。

蚕《かいこ》《かひこ》

晩春

蚕《こ》・春蚕《はるご》・桑蚕《くわご》

養蚕は古くに渡来したが、広まったのは近世からである。「かいこ」は、「山蚕《やまこ》(山繭)」に対して、飼育する「飼い蚕」をさす。蚕は卵で越冬し、春(あるいは春と夏)、孵化《ふか》する。鼠色または濃い藤色をした卵は、孵化の前に青みを帯び、黒色で疎らな毛に覆われた「毛蚕《けご》」という幼虫が生まれる。蛹《さなぎ》になるまで休眠と脱皮を四回繰り返し、頭部を8字形に動かしながら盛んに糸を吐き、繭を作る。「春蚕」は、蚕の飼育期による区別で、春に飼育する蚕。夏蚕、秋蚕に対していう。その糸は、質・量ともによい品だとされる。関連 蚕飼《こがい》→203／上蔟《じょうぞく》・夏蚕《なつご》→夏／秋蚕《あきご》→秋

月更けて桑に音ある蚕かな　召波
頭を上げる力のこれる捨て蚕かな　加倉井秋を
朝日煙る手中の蚕妻に示す　金子兜太
蚕盛りの家うつうつと野に籠り　飯田龍太
ふるさとは框這ひゆく春蚕かな　石寒太

▼蚕が音を立てているのではなく、「桑に音ある」としたところが眼目。▼捨て蚕《ご》の哀れさを見逃さずに書く。▼春蚕の成長ぶりを通して見せる夫婦愛。▼飼育が最盛期となった農家では、まるで野に籠ったように作業が続く。▼蚕棚《かいこだな》から逃げた春蚕が悠然と上《あが》り框《かまち》を行くのどかさ。

春《はる》蟬《ぜみ》

晩春

春《はる》の蟬《せみ》

本州・四国・九州の松林で最も早く鳴き出す蟬は松蟬で、初夏の季語となっている。なかには春に鳴き始めるものもいて、これを春蟬と呼んでいる。松蟬は蜩《ひぐらし》を小さく、黒くしたような蟬で、翅《はね》は透明。市街地にはまず出現せず、生息域も局所的である。関連 蟬《せみ》→夏

春蟬にひる三日月のたしかさよ　石橋秀野
こころ澄む日のまれにして春の蟬　桂信子

▼蟬の声にふと見上げた空に残っていた三日月。▼こころ澄ませば稀《まれ》に聞こえるというかそけき声。

生活行事

梅見《うめみ》

初春

観梅《かんばい》

まだ寒さの残る頃、梅林や山野に出かけたりして、馥郁《ふくいく》とした梅の香りを愛《め》でること。旧暦二月中頃が見頃。賑《にぎ》やかな桜の花見とは異なり、静かで清楚《せいそ》な趣がある。江戸時代の『江戸名所図会』に「梅見の茶屋」の絵があるが、梅見客はみな女性。長い冬を過ごした女たちにとって、観梅は早春の戸外を歩く楽しみな日であったろう。一方、まだ咲いていない梅の在処《ありか》まで足を延ばすことを「探梅」といい、冬の季語である。 関連 梅《うめ》↓62／探梅《たんばい》↓冬

境内の刈芝を踏む梅見かな　河東碧梧桐

首回りゆるきもの着て梅見かな　岡崎るり子

観梅やよく日の当る谷の中　渋沢渋亭

▼境内の梅を見るために出向く。数多《あまた》のものを踏みながら梅に近づく。▼マフラーを外し、タートルネックなどを脱ぎ、春向きの装いで出かける。ゆるやかな気持のうかがえる句だ。▼よく日の当たる谷の斜面に沿って降りてゆき、見頃の梅に巡り合う。

梅見

人事

生活

踏青《とうせい》《たふせい》

晩春

青《あお》き踏《ふ》む・青《あお》を踏《ふ》む

春、草が芽生えた野に遊ぶこと。もともとは古代中国の江南地方の風俗で、川での禊《みそぎ》と同じく呪術的な行事であったという。月ごとの行事を記した、初唐の『千金月令《せんきんがつりょう》』に「三月三日踏青」とあり、日本でも三月三日、もしくは三月中に行なう地域がある。歳時記では春の野遊びとして用いている。

踏青や世界遺産の平城趾　磯野充伯

青き踏む左右の手左右の子にあたへ　加藤楸邨

来し方に悔なき青を踏みにけり　安住敦

子は母の影を出で入り青き踏む　伊藤敬子

▼奈良県の平城趾《へいじょうし》は世界遺産に指定された今も一面の野原。▼まさしく両手に花。子の手を引いて「青き踏む」野に出てゆく。二度と戻らぬよき日。▼春の野を歩き、これまでの人生に思いを馳せた。悔いなきと言い、自身を納得させている。▼目に見えぬ紐《ひも》があるのか、子はけっして母から遠く離れない。

野遊《のあそび》

晩春

山遊《やまあそび》・春遊《はるあそび》・野《の》がけ・ピクニック

草木の息吹が聞こえ始める春、野山に出かけて飲食に興じたり摘み草をしたりして楽しむこと。古くは、本格的に農事を開始する儀礼的な日としての意味合いをもっており、中国に伝わる習俗にも、野遊びと儀式が合体したような農村行事が

呵られて次の間へ出る寒さかな：師に叱られて次の間へ下がる。芭蕉を看病中の一句。

ある。筆者(宇多)が雲南《うんなん》省の農村に滞在していた時、村人が野に集い、未婚の女性が鞦韆《しゅうせん》(ぶらんこ)をこいで農耕神を蘇《よみがえ》らせ、春の農事を開始するという行事の場に出合ったことがあった。日本においても野遊びの風習は古くからあり、『万葉集』にも「野遊」と題して「春日野の浅茅《あさぢ》が上に思ふどち遊ぶ今日の日忘らえめやも」など四首が見られる。地域にもよるが、旧暦三月三日に催していたとする記録が多い。関連 春《はる》の野《の》↓50

野遊や肱つく草の日の匂ひ　大須賀乙字

野遊びの家に鍵して一夫婦　草間時彦

野遊びのひとりひとりに母のこゑ　橋本榮治

▼広い野に肱《ひじ》を枕《まくら》に寝転がる。草が匂い、日が匂い、風が匂う。▼そう若くはない夫婦のようだ。鍵をかけたことを確認しながら家をあとにする。野遊びの楽しさが伝わってくる。▼野に散らばっている子供らに母親が声を飛ばす。母親の声の届く範囲が子供らの領域。

摘草《つみくさ》　三春

草摘《くさつ》む・蓬摘《よもぎつ》む・芹摘《せりつ》む

春の野に出て、雑菜や草花を摘むこと。「花見」や「野遊」「潮干狩」と同じように、戸外に出てゆく古くからの伝統行事。蕗《ふき》の薹《とう》や芹《せり》、蓬《よもぎ》や嫁菜《よめな》などの春の香りの種々《くさぐさ》を摘むのは実益にも適《かな》っている。関連 春《はる》の野《の》↓49

摘草やよそにも見ゆる母娘　太祇

摘草の子は声あげて富士を見る　横光利一

摘草の人また立ちて歩きけり　高野素十

▼開放的な気分や、行楽の楽しさにあふれている。▼まだ幼い子供が、久々に野に出ての摘み草に声を出して富士を仰ぐ。▼「摘草の人」は「摘み草をしている人」の意。動詞を省く俳句独特の手法。

花見《はなみ》　晩春

お花見《はなみ》・花見客《はなみきゃく》・花《はな》の宴《えん》・花見酒《はなみざけ》・花見船《はなみぶね》・桜狩《さくらがり》・花人《はなびと》・桜人《さくらびと》

桜の花を愛《め》でること。早春の梅見や秋の紅葉狩《もみじがり》にはない、華やいだ気分がある。ちらほら咲きの頃から、満開時を経て、落花の頃までの短い期間の桜の花を、おおいに楽しむ。花の名所に出向き、茣蓙《ござ》を延べ、飲食を共にしながら桜の美しさを賞することが通例となっている。遠くの山里の桜を求めながら歩くことを「桜狩」といい、古来、和歌の題にもなっている。また、花見客のことを「花人」「桜人」などともいう。このほか「花筵《はなむしろ》」「花衣《はなごろも》」など、花見に関連する季語は数多い。

名句鑑賞

野遊びの着物のしめり老夫婦　桂信子

春の野に出向いた老夫婦が、若草の上に腰をおろして時を過ごしている。若い人たちとはちがい、とくに何をするでもない。やがて立ち上がる。着物にしっとりとした野のしめり、草のしめりがうつる。この「しめり」は春ならではのもので、他季では駄目だろう。桂信子の五十八歳の作。婚後二年で寡婦となり、生涯ひとりで過ごした作者にとって、この老夫婦の景はまさしく憧れの景であったろう。[宇多]

支考《しこう》▶寛文5年(1665)—享保16年(1731)各務氏。蕉門屈指の俳論家。芭蕉没後、美濃派を起こし蕉風の伝播に貢献。

関連 花時《はなどき》↓24／桜《さくら》↓64

何事ぞ花見る人の長刀　去来
もろともに一時に咳や花見連れ　中村汀女
みな袖を胸に重ねし花見かな　中村草田男
花にゆく老の歩みの遅くとも　高浜虚子
帯留の小粒燦たり花の宴　阿波野青畝
少年の髪白みゆく桜狩　齋藤愼爾

▼花見客の中に長刀を差した人がいた。その違和感に驚く。▼花見の幾人かが一斉に咳《せき》をした。▼まだうっすらと寒さの残っている花時《はなどき》。▼花を見る時のポーズ。なんとも愛らしい。▼当然のことながら老いの脚は遅い。それでも花見には行きますという意気。▼華やかな宴であるにもかかわらず目に留まった帯留の飾り。それも小粒。花にも宴にも負けていない。▼白く耀《かがや》く桜に少年の髪が白っぽく見えたのだろう。桜狩に出かけている時間にも少年は老いてゆく。

花見

花筵《はなむしろ》 晩春

花見茣蓙《はなみござ》

山野や公園などでの花見の宴に用いる筵のこと。本来は藁《わら》製の筵をいったが、現在では、藺草《いぐさ》製の茣蓙やビニールシートなど、敷物全般をさしていう。花の下に筵を延べる人、桜からやや離れて宴席を設ける人など、さまざま。

居ないやうに居るひと佳けれ花筵　鈴木鷹夫
花筵遊行柳の見ゆる辺に　黒田杏子
萱の株あればふくらみ花筵　倉田紘文

▼こんな人と花を見ると、花が数倍美しく見えてくる。▼遊行《ゆぎょう》上人は時宗の指導者。「遊行柳」は上人ゆかりの柳。上人を偲《しの》びつつ、桜を愛でる。▼座ると妙に気になるものだ。

夜桜《よざくら》 晩春

夜、咲いている桜をいい、これを見物することをいう。桜は、朝桜、夕桜などと、時間によって花の趣に変化が生じる。ことに夜桜は、妖艶な雰囲気をかもす。花の名所の篝火《かがりび》やライトアップもいいが、月下の桜、暗闇の桜の美しさは格別。

関連 桜《さくら》↓64

夜桜となりし根元で婚約す　秋元不死男
夜桜やうらわかき月本郷に　石田波郷
夜櫻のべつとりとある水の上　藤田湘子
夜桜や流水白き崖をなす　鍵和田秞子
吾人も仰臥ただしき夜の桜　田中裕明

▼しっとりとした雰囲気の婚約。夜の訪れを待っていたのか。▼柔らかな月光に見る本郷の夜桜。本郷は東京大学のある街。若々

しい抒情。▼「べつとり」という表現も夜桜の一面をとらえた表現。▼激する水が、静かな桜を浮き立たせる。▼自分も他人もじっと横たわっている。夜桜にさらわれそうな気分になる。

花《はな》篝《かがり》　晩春

夜桜の美しさを引き立たせるために、花の下に置く篝火のこと。設《しつら》えがことごとしいとかえって興がそがれるが、ほどほどに揺れる闇には幽玄の気が漂う。当節はライトアップが主流だが、薪《まき》を足すたびに火の粉が舞い上がり桜の花が浮き上がる篝火の情感とは趣が異なる。

たをやかに花は揺れゐて篝かな　野村泊月
燃え出づるあちらこちらの花篝　日野草城
水中の闇をうごかし花篝　木内怜子

▼あますところなく表現された夜桜の艶《あで》やかな美しさ。花の後ろに広がるのは漆黒の夜空。▼遠近に一基二基と篝火が見える。火勢の強弱が見えるよう。▼篝火の炎が水に映える。炎の一瞬の揺らぎが闇を動かす。

花《はな》守《もり》　晩春

桜守《さくらもり》・花《はな》の主《あるじ》

桜の花を管理する番人や、公園や名所の桜の手入れをする人のこと。四季を通して施肥の世話、大気汚染からの庇護など、桜を守り育てることに関わる。また、桜の花の咲く家の主をいうこともあり、この場合には「花のあるじ」がふさわしい。

一里《ひとさと》はみな花守の子孫かや　芭蕉
花守の野良着干されて山の寺　吉田鴻司
花守のさらさらと水のみにけり　岡井省二

▼この里は伊賀《いが》花垣荘《はながきのしょう》。一条天皇の后が八重桜の料として興福寺に寄進した地。そこで、里の誰もが花守の子孫かと問うている。▼この守人が守っているのは寺の桜。ひと仕事終わった後だろう。野良着《のらぎ》がすがすがしい。▼水をさらさらと飲む。花守の無欲のさまが窺《うかが》える。

花《はな》疲《づか》れ　晩春

花見疲《はなみづか》れ

花見疲れのこと。花見に出向き、くたくたに疲れることをいう。昼間は暑く夕方は冷える不安定な気候に、多い人出。埃《ほこり》っぽい中を歩き回り、わが家に帰り着いた頃にはすっかりくたびれてしまう。

名句鑑賞

花疲れ吊革分かつ知らぬ人　吉屋信子

花見帰りの車中でのこと。車内が混んでいることがわかる。一つの吊革《つりかわ》に二人がぶら下がっている。通勤通学の際にもこのような場に遭遇することはよくあるが、花見疲れの帰途となれば、もう立っているだけでくたくた。ついつい先客の吊革に手を伸ばす。この時、小声で「ごめんなさい」と声をかける。すると暗黙の了解で「どうぞ」と手をずらす。このあたりの呼吸を小説家らしい視点でとらえた句である。［宇多］

北枝《ほくし》▶？—享保3年（1718）立花氏。加賀の人。「北方の逸士」と称され、蕉門で重きをなした。

小筵や花草臥のどやどやと　一茶
花疲れかくしもならぬ起居かな　高浜年尾
坐りたるまゝ帯とくや花疲れ　鈴木真砂女
土手につく花見疲れの片手かな　久保より江

▼「花草臥」は「花疲れ」のこと。「どやどやと」に、気のおけない連中寄り集まっての花見であることがわかる。▼起居《たちい》に出る、じわっとくる疲れ。▼家に着いたとたん疲れが出た様子。▼足のもつれるような疲れ。

磯遊《いそあそび》

晩春

磯祭《いそまつり》・花散《はなち》らし

海岸沿いに住む人たちが、春の到来を待って海辺に出て貝をとったり、飲食を楽しんだりする。春の風が南から吹き始める旧暦三月三日を、磯に出る日と定めているところが多い。潮干狩(下段参照)とはいささか趣が異なり、春の到来を寿《ことほ》ぐ祭りの意味合いをもつ。北九州ではこの行事を三月三日の翌日に行なう風習があり、「花散らし」と呼んでいるという。旧暦のこの時節の海風が桜を散らすところから、そう呼ばれるらしい。

岩の間に手をさし入れて磯遊び　山口誓子
月はいま地球の裏か磯遊び　大峯あきら

▼目で確かめられないが、岩と岩の間に何かうごめくものがいる。▼空に雲ひとつない明るい真昼の磯で、ふと、この浜を皓々《こうこう》と照らす月のことを考える。

観潮《かんちょう》《くわんてう》

仲春

渦潮《うずしお》

観潮船で渦潮を見物すること。潮の流れの激しい狭い海峡で起こる潮の渦が渦潮。大潮の干満の差の大きい三月半ば頃に、鳴門《なると》海峡や広島湾の音戸瀬戸《おんどのせと》などでこの現象を見ることができる。渦の直径が一〇メートル以上にもなる鳴門の渦潮は規模も大きく壮観。

渦潮の中に入りゆく舳を向けて　山口誓子
渦潮の底より光生れ来る　出口善子
渦潮や真上に滲むルドンの目　佐怒賀正美

▼今から渦に近寄るぞ、という期待をあらわした、具象的な句。▼大いなる自然現象である渦には神秘の光がある。次々に湧き上がる光を「底より」「生れ来る」ととらえた。▼ルドンは幻想的な色彩で知られる十九世紀末から二十世紀にかけてのフランスの画家。渦潮の神秘の描くさまざまな光彩に、ルドンの絵画への思いを重ねた句。

潮干狩《しおひがり》《しほひがり》

晩春

汐干《しおひ》・潮干貝《しおひがい》・汐干貝《しおひがい》

潮の引いた浜で浅蜊《あさり》や蛤《はまぐり》などの貝類をとること。採取が目的だが、磯遊び同様、春の遊びの要素が大きい。適した時期は旧暦三月初旬の大潮の頃。小型の熊手と籠《かご》を手に干潟に出る。かつて筆者(宇多)は十歳の手で三升くらいを掘った記憶がある。潮風の心地よさ、潮の匂いなど、今も生々しく蘇《よみがえ》る。

松の葉をつめたう握るほたる哉：松の葉にすがりつくあわれな蛍。その光が冷たい。

関連 潮干潟《しおひがた》↓53

三月の四日五日も汐干かな　許六
汐干より今帰りたる隣かな　正岡子規
まんまるくお尻濡らせり汐干狩　星野恒彦

▼折からの大潮の頃。成果も上々だったにちがいない。▼隣家の賑《にぎ》やかな様子から、成果が気になる。▼はじめは濡《ぬ》れないようにと気をつけているのだが、いつしかお尻から濡れてくる。お尻の主は、たぶん子供。

大試験《だいしけん》　晩春

学年試験《がくねんしけん》・進級試験《しんきゅうしけん》・卒業試験《そつぎょうしけん》・及第《きゅうだい》・入学試験《にゅうがくしけん》

学期末試験を「小試験」、卒業や進級を前にした学年末試験を「大試験」という。近年は就職試験などの多様化にともない、三月に集中して大試験が行なわれることが少なくなった。

大試験山の如くに控へたり　高浜虚子
大試験今終りたる比叡かな　五十嵐播水
大試験疲れといふを母もまた　山田弘子

▼進級・卒業のかかる試験への緊張と重圧。大きな山が目の前に立ちはだかるよう。▼満足のいく答案が出せたのだろう。仰ぐ比《ひ》叡山《えいざん》のなんとすがすがしいことか。作者は京都大学医学部卒。▼一家を挙げて大試験の態勢をとる。当人はさておき、母の疲れは大きい。

卒《そつ》《そつ》業《ぎょう》《げふ》　晩春

卒業生《そつぎょうせい》・卒業式《そつぎょうしき》・卒業証書《そつぎょうしょうしょ》・卒業期《そつぎょうき》

小、中学校や高校、大学、その他の学校で三月、卒業証書を受け取り、なじんだ学舎に別れを告げる。進学あるいは就職と、それぞれの道に進む人生の起点となる日でもある。かつては「仰げば尊し」「蛍の光」がよく歌われた。大学では、袴《はかま》姿で臨む女子学生も多い。

校塔に鳩多き日や卒業す　中村草田男
卒業の吾子の矢絣飛ぶごとく　藤田湘子
雲あふれ卒業の日の水たまり　片山由美子
卒業生黒く集り黒く散る　伊丹三樹彦
足跡の渚にあまた卒業期　遠藤若狭男

▼普段気に留めない校塔の鳩も、卒業の日には懐かしく見える。今日はその鳩の数が多い。▼矢絣《やがすり》模様の着物で臨む卒業式。きびきびした子の動きが見えるよう。▼校門の外に希望の日々。あふれる思いを水たまりに映る雲に託して。▼学生集団を「黒」で表現し、「集り・散る」でその動きをとらえた句。▼学業から解放された若者たちの声が渚《なぎさ》にはじける。

春休《はるやすみ》　仲春

春休《はるやす》み

三月下旬の学期末から四月上旬の次の新学期までの間の休暇。新しい教科書を開いたり、文房具を揃えたりするのも春休み

浪化《ろうか》▶寛文11年（1671）—元禄16年（1703）蕉門。越中瑞泉寺住職。平明な叙景句に優れる。

ならではの過ごし方。温暖な地方では花見の時期でもあり、開放的な浮き浮きした気分が漂う。

鉛筆一本田川に流れ春休み　森澄雄
ケーキ焼く子が厨占め春休　稲畑汀子
学校の兎にながき春休み　八染藍子

▼子供が使ったものか、一本の鉛筆が田川に流れている。のんびりとした春休みらしい景。▼お休みを待ってましたとばかりにケーキづくりを始める子。粉や道具が厨《くりや》(台所)を占領。▼いつもは兎《うさぎ》当番が餌をやるのだが、さて春休みの間、兎の世話は誰がするのかしら。

【入学《にゅうがく》《にふがく》】 晩春

入学式《にゅうがくしき》

小、中学校や高校、大学、その他の学校に新しく入ること。入学式は通常、春の息吹あふれる四月上旬に行なわれる。暖かさが増す春は新しい環境にも適応しやすい。新調した服を身につけた入学児に保護者が付き添う姿。新しいランドセルを背負う小学一年生。だぶだぶ気味の中学一年生の制服姿も目立つ。難関を突破して入学した高校生、大学生など、いかにも新スタートを切ったという喜びにあふれ、緊張の中にも晴れやかな雰囲気が満ちる。

入学の吾子人前に押し出だす　石川桂郎
入学のどれも良き名のよき返事　松倉ゆずる
入学の子のなにもかも釘に吊る　森賀まり

一樹なき小学校に吾子を入れぬ　石田波郷

▼新入生のわが子の背中を押し、人前に出した。子の成長を実感。▼あの子の名、この子の名。元気に育てという両親の願望がこもった名ばかり。▼帽子、上履きの袋、運動のシャツ……。増えた持ち物をみな「釘《くぎ》に吊《つ》る」。▼街なかだろうか、校庭につきものの桜の木がない小学校。それでも子は生き生きと校門をくぐって入ってゆく。

【遠足《えんそく》《ゑんそく》】 晩春

春になって暖かくなった野山や海浜、名所旧跡などに出かけること。冬の間出ることのなかった戸外へ、弁当や水筒を持った幼稚園児や小学生らが集団で出て行く。初夏や秋に行なうところもあるが、俳句の季語としては、新年度が始まった春が似つかわしい。

遠足の列大丸の中とおる　田川飛旅子
遠足といふ一塊の砂埃　後藤比奈夫
遠足にとり囲まれて象孤独　野中亮介

▼行程の都合で思わぬところを歩く羽目になる。ぞろぞろと。▼大勢が歩くと、遠足の子らも砂埃《すなぼこり》と化す。▼動物園はいつも遠足

遠足

の子供でいっぱい。子供たちに見られている象は、何を見ているのだろう。

春闘《しゅんとう》

三春

春季闘争《しゅんきとうそう》

労働組合が賃上げなどを要求して、春季に全国的に行なう共同闘争で、「春季闘争」の略。当初は官公労組中心の秋季闘争と民間労組の春季闘争に分かれていたが、昭和三十年に両者が一丸となって春季に統一闘争を展開して以来、春闘は春の行事となった。昭和三十年代には、私鉄労組のストライキで交通機関が止まったこともあったが、昭和五十年代以降、社会的背景の変動や組合員の減少などにより、かつてほどの盛り上がりは見られなくなった。

汽車止めて春闘といふ誰が為ぞ　石塚友二

春闘妥結トランペットに吹き込む息　中島斌雄

春闘の解けて素直なバスの尻　松倉ゆずる

▼通勤通学の足を止められて、思わず「誰《た》が為《ため》ぞ」とぶつけたくもなる。▼厄介《やっかい》なのが妥結。満足してか、ほどほどのところでか。金管楽器に吹きこむ息にこもる気分を察する。▼バスが運転を再開。やれやれである。バスの後ろ姿をユーモラスにとらえた句。

春装《しゅんそう》《しゅんさう》

三春

春《はる》の服《ふく》・春服《しゅんぷく》・春《はる》の着物《きもの》

洋装・和装の別なく、春に身につける衣服をいう。とくに決まりはないが、和服の場合は羽織を脱ぎ、帯つきの装いとなる。洋服は素材やデザインも軽やかに、色や柄などにも春らしさの感じられるものが好まれる。春袷《はるあわせ》、春コート、春セーター、春ショール、春帽子、春手袋など、それぞれ春の季語だが、「春装」はこれらをひっくるめたもの。当節は季節の風光や暑さ寒さを配慮しない装いが多いが、平安文学に見られる春の「かさね」の色目《いろめ》は菫衣《すみれごろも》、鶯《うぐいす》衣、柳重《やなぎがさね》、躑躅《つつじ》衣、桜《さくら》衣、山吹《やまぶき》衣など、まことに多彩。日本の春の装いに欠かせぬ色の知識であろう。

春の服買ふや余命を意識して　相馬遷子

わが病めば子のよごさずに春の服　岡本差知子

春服や武家町ふかく鷗来る　大峯あきら

てのひらの上で畳めり春手袋　檜紀代

▼漠然と、余命なるものを意識する。この道具、あと何年もつかな、ここに来るのも最後かな、などと。▼母親が臥《ふ》せることほど子にとって心細いことはない。ご飯も炊けない、洗濯もできない。おのずと物わかりがよくなる。▼こんなところに鷗《かもめ》がいる。そう思いつつ武家町へ入っていく。春服をつけた足取りも軽快に。▼いとも愛らしく優雅な春手袋らしさを、掌の上で畳めると捉えた。

春袷《はるあわせ》《はるあはせ》

三春

単に「袷」といえば、裏地のついた着物のことで、初夏の季語。季節によって「春袷」「秋袷」と、呼び方が変わる。春袷とは、

洒堂《しゃどう》▶？—元文２年（1737）浜田氏。芭蕉期待の若手であったが、同門内で軋轢があり転落。

春の日の輝かしい光にふさわしい柄や色目《いろめ》、軽やかな布地で仕立てた袷のこと。近世の更衣では、冬の綿入れを袷にするのが旧暦四月一日から五月四日まで、夏衣から袷にするのが旧暦九月一日から八日までというのが約束事。現在では、とくにこのような決まりもなく楽しんでいる。

関連 袷《あわせ》→夏

夫なしのわが身に裁つや春袷　桂信子
うら若くして闘病の春袷　青柳志解樹
母ならぬ身に紐つよく春袷　井上雪
くるぶしに触るゝ親しさ春袷　松葉夫美世

▼婚後二年で夫と死別した作者。そんな身の上にも春は廻《めぐ》り来る。▼春袷を着ているのは闘病中の人。いや、着たくても着ることができないのか。明るい季節に着る着物がもたらす哀感。▼春袷に託した女性のいうにいわれぬ感情のほとばしった句。▼着物の裾《すそ》が立ち居のたびにくるぶしに触れる。春の到来への喜びあふれる句。

【花衣《はなごろも》】 晩春

花見小袖《はなみこそで》・花見衣《はなみごろも》

花見に出かける時に着る着物のこと。現在では花の咲く時期に着る和服をさすが、元禄時代には豪華な花見小袖を着て花見に出かけた。花見にゆかりの襲《かさね》の色目《いろめ》は表が白、裏が赤花(紅色)の「桜がさね」。この衣装を「桜衣」という。また、脱いだ小袖を張り巡らした綱に掛け連ねて幕の代用とすることを「小袖幕」という。花の時分が終わり、これら花衣を小袖簞笥《たんす》に納めることを「小袖納《こそでおさめ》」という。俳句実作用の言葉というより、惜春の情がにじむ言葉として、残しておきたい季語の一つである。

半衿の色変へてけふ花衣　古賀まり子
現し身の修羅をつつめる花衣　山上樹実雄
花衣女がさぐるうしろ帯　筑紫磐井

▼花見にゆく日の気分の弾みが伝わる。▼「現《うつ》し身の修羅」にドキリ。修羅の身をさりげなく包む着物にまたドキリ。花見の女人が修羅の集まりに見えてくる。▼和服の女性が必ずする仕草なれど、この女人、妙に人目を惹《ひ》く。

名句鑑賞

花衣ぬぐやまつはる紐いろく　杉田久女

花見のための着物を着ていそいそと出かけていく。花に酔い、人に倦《う》んで戻ってきて着物を脱ぐ。和服には、まるでしがらみのように幾本かの紐《ひも》が胴に巻きついている。帯締めを解き、帯を解き、長襦袢《ながじゅばん》の紐を解く。着物に籠《こも》っていた温かみが身から離れる時の、ほっとするまでのわずかな時間と転換する気分の変化。「ぬぐやまつはる」と一気に読むと、その時間と作者の解放感がそのまま伝わる。作者の代表句として知られた一句。［宇多］

【春外套《はるがいとう》】 三春

春《はる》コート・合《あい》オーバー・スプリングコート

春になって着るオーバーコートのこと。朝夕の冷え込みに何か羽織りたくなるが、かといって防寒コートを着るほどでもない。そんな時期に着用するコートで、一般にはスプリングコートと呼ぶが、秋にも着るところから合オーバーともいう。

薄手の生地に春らしい色調のものが多い。春の埃《ほこり》よけにも役に立つ。関連 外套《がいとう》→冬

鉄橋の雨蕭条と春コート　柴田白葉女

礁に置くボタン大きな春コート　舘岡沙緻

鬱然と父匂ひけり合オーバー　大石悦子

▼煙るように降る春の雨に、春コートの肩が心持ち寒い。▼海辺までコートをひっかけてきたのだが、脱いで潮の引いた礁《いわ》の上に置いた。ボタンはデザイン上のアクセントか。▼父の匂いを「鬱然（気が滅入る）」と感じる繊細な娘。春ならではである。

春《はる》ショール　三春

春専用のショール+のこと。春になっても襟元に風の冷たさを感じる時、冬のショールでは重苦しいので、肩掛けも春物にする。パステル調の色彩で、薄手の布やレース編みなどの軽いものが多い。関連 ショール→冬

春ショールして茫々と歩むなり　柴田白葉女

春ショール落ちやすきゆゑ華やぎぬ　佐藤麻績

大阪の灯の生き生きと春ショール　西村和子

▼なにか考え事があるのか、春の駘蕩《たいとう》の気の中を「茫々《ぼうぼう》と（ぼんやりしつつ）」足を運んでいる。▼素材が軽いうえ、ふんわりと肩に掛けているので滑りやすい。その風情を「華やぎぬ」とみている。▼活気ある大阪。夜の灯さえいきいきと感じられる。春ショールが軽快。

春《はる》帽《ぼう》子《し》　三春

春先の風の冷たさを防ぐ役割もあるが、夏の日差し除けや冬の防寒に被る実用的な用途よりも、お洒落《しゃれ》小物の一つとして色合いや形を楽しむ。春帽子には、出掛けていくのが楽しくなるような気持の明るさがある。関連 夏帽子《なつぼうし》→夏／冬帽子《ふゆぼうし》→冬

春帽子太平洋の色を買ふ　今瀬剛一

▼「太平洋の色」という明るさが春帽子らしい。鮮やかなブルーの帽子。

春《はる》日《ひ》傘《がさ》　晩春

春《はる》の日傘《ひがさ》・春《はる》のパラソル

「日傘」+は夏の季語だが、春も終わる頃になると、日射しも強くなり、早々と日傘を持ち歩くようになる。「春日傘」と呼び、夏日傘と区別している。関連 日傘《ひがさ》→夏

持って出て少し日の欲し春日傘　細井みち

遠出せしごとくにたたみ春日傘　鷹羽狩行

▼日が少し翳《かげ》った。手に持つ日傘が恨めしい。▼近所への外出だったのに、さも遠路帰ってきたように大仰に日傘をたたむ。晩春の日射しが強かったせいか。

乙由《おつゆう》▶延宝３年（1675）―元文４年（1739）中川氏。伊勢にて麦林派（伊勢派）を組織。平俗な句風で勢力を築く。

山葵漬《わさびづけ》

仲春

高冷地の清冽《せいれつ》な水の流れを好んで育つ山葵。その茎、根、葉を細かく刻んで塩漬けにし、砂糖を加えて練りあげた酒粕《さけかす》に漬けたものが山葵漬。強い香りと辛みが好まれ、酒肴《しゅこう》に珍重される。浅い樽形容器入りの商品が静岡駅で売り出されたことから普及した。 関連 山葵《わさび》→102

ほろ〳〵と泣き合ふ尼や山葵漬　高浜虚子

わさび漬フランスパンに塗りて食ふ　岩城久治

▼俗世から遠い尼さんが泣き合うとは、ギョッとする風景だが、鼻奥に山葵がしみたのだろう。「山葵漬」が種明かしのよう。▼山葵漬は熱々のご飯と思っていたが、これはまた新趣向。まねてみようと思わせる。

山葵漬

木の芽漬《きのめづけ》

仲春

木《き》の芽煮《めだき》

もとは諸木の春芽を刻んで塩蔵し、陰干ししたものをさしたらしいが、現在では「木の芽煮」とも呼ぶように、刻んだ山椒《さんしょう》の芽と昆布を煮たものをいう。京都の鞍馬《くらま》が発祥といわれ、土産物として有名。東北では現在も、通草《あけび》の蔓《つる》や木天蓼《またたび》の葉を塩漬けにしたものを「木の芽漬」と呼ぶそうだが、鞍馬でも古くは通草の蔓を塩漬けにしたという。 関連 木《こ》の芽《め》→81／山椒《さんしょう》の芽《め》→83

木の芽漬

粗供養ののし紙かけし木の芽漬　岩城久治

水音の鞍馬泊りや木芽漬　浦歌子

▼追善供養の品に木の芽漬を選んだ。好物であったか、それとも鞍馬に縁があったか。木の芽漬に思い出が詰まっている。▼木の芽漬を製する頃、鞍馬の渓谷の水音が活発になる。食膳の小皿にも木の芽漬がつく。

花菜漬《はななづけ》

晩春

菜《な》の花漬《はなづけ》

菜の花の若い蕾《つぼみ》を葉や茎とともに塩漬けにしたもので、菜花漬の名で親しまれている。ほろっとした苦味がある。浅い緑の葉茎の中に菜の花の黄色がちらほらと見えると、あたりに早春の景が広がる。 関連 菜《な》の花《はな》→96

人の世をやさしと思ふ花菜漬　後藤比奈夫

うれしさの啄むやうに花菜漬　川崎展宏

夫の忌は嫁にもどりて花菜漬　赤尾恵以

▼早春は風も光も草木の緑さえもやさしい。わけても「人」のやさしさに、この世のよさをしみじみ思う。花菜漬が引き出す感慨。▼花菜にひしめくいくつもの小さな蕾。小鳥が餌を啄《ついば》むように、その粒々の一つ一つを啄む。▼作者の夫君は俳人・赤尾兜子《とうし》。花菜漬にひかれて、その忌日に家庭人としての夫を偲《しの》ぶ。

桜漬《さくらづけ》
晩春

花漬《はなづけ》・桜湯《さくらゆ》・塩桜《しおざくら》

桜の花の塩漬け。八重桜の花を八分咲きの頃に摘み、塩漬けしたもの。これに直接熱湯を注いだのが、祝いの席などで供される「桜湯」。湯の中に淡い桜色の花が開き、程よい塩気が口中に広がる。塩抜きして吸物に浮かせたり、ちらし鮨に飾ったりもする淡い花の美しさ、馥郁《ふくいく》とした香りが春の情緒によく合う。関連 八重桜《やえざくら》↓66

桜漬白湯にひらきてゆくしじま　黒田杏子
さくら湯の花のゆつくりひらきけり　関戸靖子
桜湯のかなたは風の雲となる　友岡子郷

▼音もなく白湯《さゆ》に開く桜。開ききるまでのわずかな間が永遠に思われる。▼静かに湯を注ぐ。ふわーっと花びらが開く。まさに「ゆっくりひらきけり」としかいいようがない。▼湯の中で満開になる桜が花の山とも見えてくる。かなたには風に運ばれる雲までもが見える。

桜漬

蕗味噌《ふきみそ》
初春

蕗《ふき》の薹《とう》味噌《みそ》

蕗の薹を入れた舐《な》め味噌のこと。顔を出したばかりの硬い蕗の薹を茹《ゆ》でて水にさらして灰汁《あく》を抜き、刻んで砂糖や味醂《みりん》を加えた味噌で練り上げる。子供の頃、あまりの苦さに毒かと思った記憶がある。苦味が酒肴《しゅこう》に合い、早春の食卓に揃えたくなる一品である。関連 蕗《ふき》の薹《とう》↓110

蕗味噌の適う小器《こうつは》晩年や　文挟夫佐恵
蕗味噌に夜もざんざんと山の雨　鷲谷七菜子
蕗味噌や山は一夜の雪被り　田中裕明

▼ほろりと苦い蕗味噌が晩年の意識によく寄り添う。わずかを箸の先で舌先に運ぶ。好みの小器で楽しめるのも蕗味噌なればこそ。▼山の草木の芽を育《はぐく》む朝からの雨。早春の夜の浅酌に合う蕗味噌。▼一夜で真っ白になった山が早春のすがすがしさを感じさせる。強い切れ字で立つ「蕗味噌」という季語を、春の淡い雪景色が背後から支える。「雪」も季語だが、主季語は「蕗味噌」。俳句の季重なりは、時に効果的。いつ季語として周知されたかなど、個々の場合に応じて鑑賞すればいい。

蕗味噌

木《き》の芽《め》和《あえ》
三春

山椒和《さんしょうあえ》・木《き》の芽《め》味噌《みそ》

「木の芽」とは山椒の芽。柔らかい山椒の芽を擂《す》り鉢で擂り、味噌と砂糖を加え、これで烏賊《いか》や筍《たけのこ》を和える。味と香りを楽しむ春ならではの一品として珍重される。ことに酒の肴《さかな》に喜ばれる。関連 山椒《さんしょう》の芽《め》↓83

人事 生活 食

希因《きいん》▶元禄 13 年 (1700)—寛延 3 年 (1750) 和田氏。北枝門。のち支考、乙由に師事。伊勢派の代表的俳人。

着流しのまま暮れてゆく木の芽和　橋閒石

ぐい呑を小鉢代りの木の芽和　草間時彦

▼一日をゆっくり過ごす幸せに、夕餉《ゆうげ》の木の芽和がぴったり。▼大ぶりのぐい呑み。木の芽和を盛るのに好都合。木の芽の香りを箸先にのせる。酒がうまい。

【田楽《でんがく》】 仲春

木《き》の芽《め》田楽《でんがく》・田楽豆腐《でんがくどうふ》・田楽焼《でんがくやき》・田楽刺《でんがくざし》

豆腐料理の一つ。薄く切った豆腐を串に刺し、味噌を塗って炭火で炙《あぶ》る。田楽は年中食べられるが、木の芽田楽をもって、春の季語にしている。木の芽田楽は山椒《さんしょう》の芽を擂《す》った木の芽味噌を塗ったもの。山椒の芽の溌剌《はつらつ》とした風味がいかにも春らしい。関連 山椒《さんしょう》の芽《め》→83

田楽や板一枚の下は谷　永田青嵐

田楽やいと鄙びたる塗の箱　小路紫峡

▼崖に張り出した茶屋の田楽。▼田楽には専用の田楽箱という器がある。

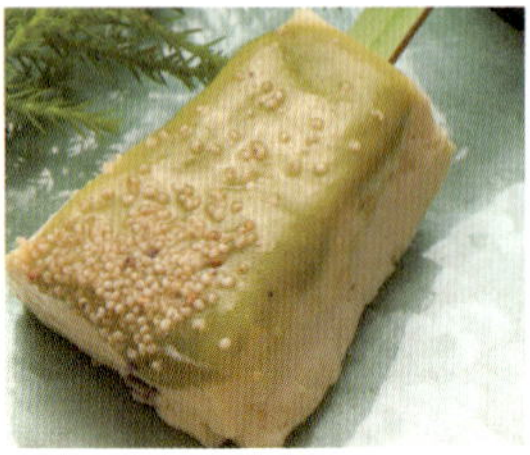

田楽

【青饅《あおぬた》】 三春

葱《ねぎ》ぬた

胡葱《あさつき》など緑の野菜を茹《ゆ》でて酢味噌で和《あ》えたもの。赤貝や浅蜊《あさり》の剝《む》き身など、魚介と混ぜることがあるほか、酢味噌に木の芽(山椒《さんしょう》の芽)を加えることもある。鮮やかな緑が見た目にも春らしい。

月うるむ青饅これを忘るまじ　石田波郷

青饅や家路の果に家はあり　友岡子郷

▼朧月夜《おぼろづきよ》の青饅。「これを忘るまじ」とは青饅だけでなく、主の今宵のもてなしを忘れないということ。▼家路の果ての夕餉《ゆうげ》。しじみと青饅を味わう。

【蜆汁《しじみじる》】 三春

砂を吐かせるために真水か薄い塩水に浸けておいた蜆を、ごしごしと洗う。これを味噌汁にしたものが蜆汁。土用蜆、寒蜆など、蜆は年間を通して食べられるが、旬は春。古くから肝臓によいと伝えられている。関連 蜆《しじみ》→156

ほんの少し家賃下りぬ蜆汁　渡辺水巴

蜆汁一病もまた神の寵　藤村多加夫

十三湖濁る大景蜆汁　蓬田紀枝子

▼「ほんの少し」がどのくらいか、どれほど嬉《うれ》しいか、それを伝えるのが「蜆汁」。▼一病息災もまた、神さまに愛されたゆえと享受する。▼十三湖《じゅうさんこ》は青森県の湖で蜆の産地。砂山に続く風景が四季折々の風貌をみせる。

蒸鰈　三代歌川広重「若狭国蒸鰈製造之図」（明治時代）　人間文化研究機構国文学研究資料館

蒸《むし》《むし》鰈《がれい》《がれひ》

仲春

柳虫鰈《やなぎむしがれい》・やなぎむし

塩をした鰈を蒸して陰干しにしたもの。さっと焼けば骨が透けるほど身が白くなり、身離れがよくなる。子持ちはことに珍重され、酒の肴《さかな》などにも合う。若狭《わかさ》（福井県西南部）、越前《えちぜん》（福井県北部）の柳虫鰈が有名。✚干鰈《ほしがれい》に比べて身がしっとりしている。

若狭出て一夜のものかむし鰈　松瀬青々

若狭には仏多くて蒸鰈　森澄雄

暮れ切つてよりの集ひや蒸鰈　小林貴子

▼おいしいのは「若狭出て一夜のもの」。▼福井県の小浜《おばま》での作。小浜は古寺が多い町。古寺拝観の旅人にとって、若狭湾でとれた柳虫鰈は珍味として好まれている。▼よい蒸鰈によい酒が揃って、よい集まり。

干《ほし》《ほし》鰈《がれい》《がれひ》

仲春

鰈《かれい》干《ほ》す

鰈の腸《はらわた》を除き、薄塩をして一夜干しまたは天日に干したもの。鰈は白身の柔らかな魚で、一夜干ししたものは軽く炙《あぶ》って食べる。「鰈干す」でも詠んでみたい。

山の名の酒は立山干鰈　小島健

沖暗く鰈干さるる雫やむ　松村蒼石

▼身離れのよい干鰈は日本酒にうってつけの魚、常温か冷酒がよ

千代女《ちよじょ》▶元禄16年（1703）—安永4年（1775）加賀松任生まれ。20歳で夫に先立たれ、後に剃髪。支考門。

い。▼一夜干しされてしばらくたった鰈、滴っていた雫《しずく》がやむのを観た目が鋭い。

白子干《しらすぼし》　三春

ちりめんじゃこ・ちりめん・白子干《しらすほし》す

真鰯《まいわし》、片口鰯《かたくち》などの稚魚を「白子」と呼び、これの茹《ゆ》でたてのものが「釜揚げ」、それを天日に干したのが「白子干」。橙《だいだい》や柚子《ず》をしぼった汁や大根おろし、醤油味で食べる。

きらきらと明石の海の白子干　諸冨清子
白からぬもの混じりゐて白子干す　森田峠

▼白子漁の始まった明石《あかし》(兵庫県)の海はきらきらとまばゆい。青空の下の干された白子の白もまばゆい。▼「白からぬもの」は、まじっている蛸《たこ》や鯵《あじ》などの稚魚。

目刺《めざし》　三春

目刺鰯《めざしいわし》・頰刺《ほおざし》・ほざし

鰯の目に藁《わら》や竹串を通し、数匹まとめて干物にしたもの。安くて、うまくて、栄養がある。起源は、桑名(三重県)で名物の白魚を目刺にしたもの。このため、春の季語に分類している。

雪となりて火のうるはしき目刺焼く　渡辺水巴
殺生の目刺の藁を抜きにけり　川端茅舎
目刺し焼くここ東京のド真中　鈴木真砂女
藁しべで契るあはれの目刺かな　丸谷才一

▼目刺を炙《あぶ》る炎が艶《あで》やか。▼目刺の目を貫く一本の藁。この藁によって目刺は命を奪われた。▼作者は銀座の小料理屋の主だった人。▼一本の藁しべでつながれる目刺。まるで契りを結ぶかのように。

干鱈《ひだら》　三春

乾鱈《ほしだら》・棒鱈《ぼうだら》

真鱈《まだら》や助宗鱈《すけそう》の身を開いて、薄塩をして干したもの。ひと炙《あぶ》りして身を細かく裂き、酒の肴《さかな》にしたり、お茶漬けにのせたりする。よく干した「棒鱈」は正月の食材に使う。　関連 鱈《たら》・助宗《すけそう》　鱈《たら》→冬

軒うらや干鱈かけたる鹿の角　暁台
潮の香のぷんぷん干鱈焙りゐる　池田都貴

▼作者には、「信楽の茶うりが提げし干鱈かな」という句もあるが、干す鱈を鹿の角に掛けて軒吊《づ》りするのは風流。▼直火で干鱈を炙っている場面。

壺焼《つぼやき》　三春

焼栄螺《やきさざえ》・栄螺《さざえ》の壺焼《つぼやき》

殻に入った栄螺を生のまま火にかけて焼くこと。わずかに醤油をたらし、磯の香りの漂う野趣に富んだ味わいを堪能する。身を取り出して刻み、殻に戻して調理する方法もあ

壺焼

秋風や鼠のこかす杖の音：立てかけてあった杖《つえ》。鼠がぶつかって倒していった。

る。「栄螺の壺焼」というのが本来だが、季語では「壺焼」だけでこれをあらわす。関連 栄螺《さざえ》→152

壺焼の壺傾きて火の崩れ　内藤鳴雪
壺焼やいの一番の隅の客　石田波郷
壺焼やこの人は磨けばひかる　田中裕明

▼もとより不安定なかたちの栄螺。ぐらりと傾き、せっかくの火を崩す。▼店の隅っこは、壺焼の好きな客の定席《じょうせき》。▼壺焼を食べながら、眼前の人物の才能を直感している。

鶯《うぐいす》餅《もち》　初春

✚鶯《うぐひす》をかたどる春の餅菓子。餡《あん》を包んだ柔らかな餅に青黄粉《あおきなこ》をまぶして鶯の姿に似せる。青黄粉とは青大豆の粉。とはいうものの、薄緑の紡錘形をしていて、必ずしも鶯には似ていない。鶯をかたどったというより、鶯を抽象的にあらわしている。その素朴な形と色と名称から、鶯を思い浮かべればいい。

鶯餅の持重りする柔かさ　篠原温亭
街の雨鶯餅がもう出たか　富安風生
喉元のつめたき鶯餅の餡　川崎展宏

▼鶯餅の重さは確かに柔らかな重さ。▼雨の降る街並。本格的な春の到来よりもひと足先に店頭にならんだ鶯餅を喜んだ。▼漉《こ》し餡の冷ややかさ、滑らかさ。それを喉元で感じたところがいかにもリアル。

蕨《わらび》餅《もち》　初春

✚蕨の根を干して細かく砕き、水に晒《さら》して澱粉《でんぷん》をとる。これにもち米の粉を混ぜたのが蕨餅粉。これを加熱し、透明な餅状になるまで練り、冷水で固める。これを適当な大きさに切り、黄粉《きなこ》や黒蜜《くろみつ》をかけて食べる。寛永二十年刊の『料理物語』にも出ているというから、古くから食されていたらしい。関連 蕨《わらび》→115

大仏の時なし鐘や蕨餅　鈴鹿野風呂
光琳の百花の皿の蕨餅　日野草城
塗り箸を渡してゆるきわらび餅　金久美智子

▼奈良の大仏だろうか。のどかな情感が伝わる。時折、ゴーンと鐘の音。▼蕨餅ごときが「光琳《こうりん》の百花の皿」で出される驚きか。もしくは、かような皿こそ蕨餅にふさわしいという納得か。いずれにせよ絢爛《けんらん》である。▼練りがあまかったのか、くにゃりとしてうまく箸にかからない。塗り箸だから、よけいにツルツルする。

草《くさ》餅《もち》　仲春

草《くさ》の餅《もち》・蓬餅《よもぎもち》・母子餅《ははこもち》

✚蓬の葉を入れて搗《つ》いた餅。「蓬餅」ともいう。若く柔らかい蓬の葉を摘んで、茹《ゆ》でて灰汁《あく》を抜き、餅に搗き込む。色は緑で、すがすがしい独特の香味があり、春の野を思わせる。古くは蓬ではなく、✚母子草《ははこぐさ》（御行《おぎょう》）を使い、✚雛祭《ひなまつり》の菓子とされた。

祇空《ぎくう》▶寛文3年（1663）—享保18年（1733）稲津氏。其角門。その作風は「法師風」といわれ平明にして閑寂。

ゆえに母子餅ともいう。菱餅《ひしもち》に緑の餅があるのはその名残。

関連 蓬《よもぎ》→110／母子草《ははこぐさ》→121

両の手に桃とさくらや草の餅　芭蕉
草餅の草より青き匂かな　春和
草餅を焼く天平の色に焼く　有馬朗人

▼弟子の其角《きかく》と嵐雪《らんせつ》を桃と桜にたとえ、蕉門の繁栄をみずから讃《たた》えた句。▼草餅は草を搗いて入れるので、草よりも緑が深い。▼草餅を焼き、その焼き色に古代を見た。草餅に歴史的印象が加わる。

桜餅《さくらもち》

晩春

塩漬けの桜の若葉で包んだ餅菓子。京都、大阪生まれの和菓子が多いなかで、桜餅は東京の生まれ。向島《むこうじま》(墨田区)の長命寺《ちょうめいじ》門前の山本やが元祖である。ただ、東と西では中の餅の作りが異なる。関東では、小麦粉、白玉粉、砂糖を練った生地を薄く延ばして焼いた皮で餡《あん》を包む。関西では、もち米を蒸して日に干した道明寺《どうみょうじ》糒《ほしい》を使った生地で餡を包む。関連 桜《さくら》→64

三つ食へば葉三片や桜餅　高浜虚子
さくら餅食ふやみやこのぬくき雨　飯田蛇笏
とりわくるときの香もこそ桜餅　久保田万太郎

桜餅 ❶関東風、❷関西風(道明寺)。

▼「三」の繰り返しがリズムを生んでいる。▼桜餅といい、暖かな雨といい、都の春らしい。▼桜餅の香りを讃《たた》える一句。

椿餅《つばきもち》

三春

糝粉《しんこ》や道明寺《どうみょうじ》粉で作った種で餡《あん》を包み、二枚の椿の葉で上下を挟んだもの。『源氏物語』に「つばいもち」と出ており、日本最古の餅菓子といわれる。春も少し闌《た》けてから店頭に出る。

関連 椿《つばき》→63

妻在らず盗むに似たる椿餅　石田波郷
京はまだしばらく寒く椿餅　青木紅酔

▼妻が用意してくれた椿餅だが、妻の留守に一人で食べることへの後ろめたさがなくもない。▼春の餅菓子の最後に出る椿餅だが、京都ではまだしばらく寒の戻りの日が続く。

菱餅《ひしもち》

仲春

雛《ひな》の餅《もち》・菱形餅《ひしがたもち》

雛《ひな》の節句に供える赤・白・緑の三色を重ねた一対の菱形の餅。赤は梔子《くちなし》を用いて桃の花を模し厄《やく》を払い、白は菱の実を用いて身の清浄を、緑は蓬《よもぎ》を用いて穢《けが》れを払うとされた。関連 雛《ひな》祭《まつり》→211

菱餅の上の一枚そりかへり　川本臥風
ひし餅のひし形は誰が思ひなる　細見綾子
菱餅の淡々と色重ねけり　河野邦子

井戸端の桜あぶなし酒の酔：浮かれた花見客が井戸に落ちそう。少女時代の句。

▼雛壇に供えられた菱餅は時を経ずに、まず上の一枚から乾き、反る。即妙の句。▼雛祭の菱餅に対する素朴な疑問。どうして菱形なのか。▼合成着色料などを用いない手作りの菱餅。「淡々と」重ねた菱餅の色に、雛を祭る人の心があらわれる。

雛《ひな》あられ

仲春　雛菓子《ひながし》

雛壇に供えるあられ菓子のこと。あられ餅、もち米、大豆などを炒《い》り、砂糖をからめて着色する。関連する古季語「雛あらし」は、雛人形を飾った女の子の家に、子供たちが雛あられなどの雛菓子をもらい歩く古くからのしきたり。菓子を食べる機会の少なかった時代のお福分けだったのだろう。

関連 雛祭《ひなまつり》↓211

手にとりし雛のあられの双子かな　上野泰

手のひらに色を遊ばせ雛あられ　上野章子

少女来てふはりと坐る雛あられ　永方裕子

▼二つくっついたあられを「双子」とみた愛らしい句。▼ピンク、白、草色……。大人にとっても懐かしい色とりどりのあられを掌《てのひら》にとり、まず眼で楽しむ。▼いかにも少女らしいしぐさである。あられを一粒ずつつまんで食べる様子までが見えてくる。

白酒《しろざけ》

仲春　白酒売《しろざけうり》・白酒徳利《しろざけとくり》

雛祭《ひなまつり》の客をもてなす酒。蒸したもち米に、米麹《こめこうじ》、味醂《みりん》を混ぜてひと月発酵させ、その醪《もろみ》を滑らかになるまですりつぶして作る。白く甘く、とろりとしている。

白酒の紐の如くにつがれけり　高浜虚子

今は酔ひて耳の遠さよお白酒　阿波野青畝

▼注ぎ口から細い紐のように流れ出る白酒。▼不覚にも白酒に酔ってしまった老人であるが、雛祭ということもあり、どこか華やかでめでたい。

菜《な》飯《めし》

三春

ごく薄く塩と酒で味付けをした飯に、茹《ゆ》でてこまかく刻んだ春の菜を混ぜ込んだもの。菜は大根の葉の柔らかなところ、小松菜など、早緑《さみどり》の鮮やかなものであればいい。食べ頃を見計らって混ぜるのがコツ。熱い飯に早々と菜を混ぜると、菜の色が失せる。東海道の菊川宿《きくがわしゅく》では、菜飯を名物にしていたという。

岬へ発つ菜飯田楽たひらげて　櫻井博道

とりどりの菜飯を散らし母老いぬ　石寒太

菜飯食べ終へて午後より予定あり　星野高士

▼輝かしい岬の道。腹ごしらえをすませて、颯爽《さっそう》と出てゆく。▼ひたすら家族のために生きた母。母のオリジナル菜飯を子に食べさせる歳月を送っているうちに、その母もいつしか老いた。母との日々を髣髴《ほうふつ》とさせる句。▼そそくさと菜飯を食べ、午後の時間へ身を運ぶ。

秋色《しゅうしき》▶寛文9年(1669)—享保10年(1725)大目氏。江戸生まれの女流俳人。上野公園の秋色桜で有名。

白魚飯《しらうおめし》《しらうをめし》

初春

白魚飯《しらおめし》・白魚鍋《しらおなべ》・白魚汁《しらおじる》

薄く味付けをした飯を炊きあげ、上に生の白魚をのせて蒸らしたもの。白魚を崩さないように混ぜる。春の淡い情趣が好まれる上品なご馳走。「しらおめし」ともいう。白魚は早春の魚。生きている時は透明で、死ぬと白くなる。踊り食いで知られる素魚《しろうお》は、白魚に似ているが、まったくの別種。関連 白魚《しらうお》 ↓148

襟足の奥の瞑さよ白魚飯　寺井谷子

惜別の一盞ここに白魚汁　高野素十

漢籍に倦みし夕や白魚汁　沖あき

▼和服を着た女性の襟足の美しさを白魚飯に語らせた句。▼別れの席での一景。動詞を排して、しんみりする情を抑えている。▼漢文の書物を読むのに飽いて気づけばもう夕方。椀種の白魚の淡さが気分を鎮める。

味噌豆煮る《みそまめにる》

初春

味噌玉《みそだま》

春先に、大豆を柔らかく煮て搗《つ》き潰し、ソフトボール大くらいに丸め、梁《はり》や軒下に吊《つ》るしたり棚に並べたりして乾燥させて味噌玉をつくる。秋、これを割って砕き、麹《こうじ》や塩を仕込んで発酵熟成させて、豆味噌とする。

月齢三日味噌豆の煮えたちぬ　廣瀬直人

味噌玉の面魂を吊すかな　大石悦子

味噌玉搗け流人の裔の少年たち　村上しゆら

▼空には細い三日月。ふっくらと煮えた豆からは湯気が立ち、いい味噌ができあがりそう。▼味噌玉の並ぶ姿はまことに「味噌玉の面魂《つらだましい》」といいたくなるほど。▼かつての流刑地。流人の裔《すえ》（末裔《まつえい》）の少年たちは、どの子も元気で明るく、味噌玉づくりに懸命だ。

味噌豆煮る

数の子作る《かずのこつくる》

晩春

数《かず》の子製《こせい》す・新数の子《しんかずのこ》

数の子というと、正月や婚礼の縁起物の食材だが、これを作るのは鰊《にしん》漁の最盛期である春である。鰊の腹から出した卵巣を塩水に漬け、水を何度も替えてから干して作る。関連 鰊《にしん》 ↓146

数の子を製す蓆のまあたらし　成田智世子

櫂をもて干し数の子をひろげけり　石田雨圃子

▼数の子を作る現場は見られないが、かつての景を思いやっての句。蓆《むしろ》を新しくしたのも良質の数の子を作るため。▼むらなく乾燥させる作業場風景。

はつ雪や波のとどかぬ岩のうへ：波に消されることなく初雪が積もるめでたさ。

春灯《しゅんとう》
三春

春《はる》の灯《ひ》・春《はる》の燈《ひ》・春灯《はるともし》・春《はる》の燭《しょく》・春燈《しゅんとう》

春の灯火《ともしび》のこと。春の朧《おぼろ》にぼんやりとにじむ灯には、華やぎと艶やかな情趣がある。俳句では、「しゅんとう」と音読みにする場合と、「はるのひ」と訓読みにする場合とがある。用いる字も「燈」「灯」「燭」などがあるが、蠟燭《ろうそく》の明かりを「燭」とするほかは、多く「灯」を用いる。

春燈や衣桁に明日の晴の帯　富安風生
春灯の衣桁に何もなかりけり　清崎敏郎
春灯のもと愕然と孤独なる　桂信子
春の燈や女は持たぬのどぼとけ　日野草城
やりすごす夜汽車の春の灯をつらね　木下夕爾

▼晴れの席に着る衣装を用意する。ことに帯の光沢と、それを照らす春灯が艶やか。▼何もかかっていない衣桁《いこう》の空間を、春の灯が浮き立たせる。▼春灯下での孤独の自覚。寡婦《かふ》となった作者の身の上が思われる句である。▼春灯に照らされる女の喉。春の夜の艶やかな雰囲気。▼暗闇を走る夜汽車。車窓の明かりをただ見ている。闇にうるんだ灯が光陰のように過ぎてゆく。

春《はる》障《しょう》子《じ》
三春

春《はる》の障子《しょうじ》

冬の季語である「障子+」には、外の寒気を防ぐ目的が強いが、春、暖かくなってからの障子からは、外光の明るい気配や、春ならではの風光の変化が感じられるようになる。これが「春障子」。物の影の動きが活発になってくる頃である。関連 障子《しょうじ》→冬

いつの間に楠の影置く春障子　川崎展宏
ひと坐り春の障子のひかりけり　田中裕明

▼室内にいて、障子に射してくる楠《くすのき》の影にはっとする。日永となり、外が明るくなったのだ。▼人が坐《すわ》ったことで、障子が耀《かがや》きを増した。春の明るさと、人の明るさ。

春《はる》の炉《ろ》
三春

春炉《はるろ》

春になっても、なお焚《た》いている炉+のこと。必ずしも暖かい日ばかりではなく、+冴返《さえかえ》ることもある春の、寒さをあらわす具体的なものの一つ。囲炉裏《いろり》でもよく、茶の湯の炉でもよく、暖炉でもいい。関連 炉《ろ》→冬

惜しみなく白樺焚いて春炉なる　大橋越央子
大いなる魚籠置きありし春炉かな　友岡子郷
次々に客くる春の大炉かな　武藤紀子

▼高原の山荘だろう。▼春の炉のそばに、魚籠《びく》が干してあるところ。▼人が集まるのは主の人徳であるとともに炉の徳でもある。

春《はる》炬《ご》燵《たつ》
三春

春《はる》の炬燵《こたつ》

春になっても出したままになっている炬燵+。寒さ厳しい冬の

淡々《たんたん》▶延宝2年(1674)―宝暦11年(1761)松木氏。京都俳壇にあって中興を担うが、隆盛の一方で堕落を招いた。

炬燵とは違って、暖かな春の炬燵にはどことなくもの憂い雰囲気がある。関連 炬燵《こたつ》→冬

物おもふ人のみ春の炬燵かな　大魯
誰をかも待つ身の如し春炬燵　松本たかし
近江には国盗りの夢春炬燵　河村蓉子

▼春の炬燵に恋のもの思いにふける人が一人。▼待つ人などいないのに、誰かを待っているような気分になる。▼近江はかつて戦国武将たちが合戦した所。

【春《はる》火《ひ》鉢《ばち》】

三春

春火桶《はるひおけ》

春になったが冷え冷えとする日もあり、暖房器具が手放せない。そんな日に用いる火鉢、火桶のこと。冬に火鉢を使うことのなくなった現代では、春火鉢という言葉もその存在も遠いものになった。関連 火鉢《ひばち》→冬

春火鉢手相読ませし手をかざす　中村汀女
男来て声をつつしむ春火鉢　廣瀬直人
手をあてし春の火桶に蒔絵あり　池内たけし

▼火鉢を挟んで手相を見てもらう。春の火鉢の火はもはやかっかと熾《おこ》った火ではない。手相にはどのような運勢が出ていたのやら。▼声の大きな男がやって来たが、春火鉢の情趣に思わず小声で話している。▼これは上等な火桶。寒くて手をあてたというより、蒔絵《まきえ》に目をやり、春を楽しんでいる。

【炬《こ》燵《たつ》塞《ふさ》ぐ】

晩春

まだ冷える日があるのでしまわずにおいた炬燵を、本格的な暖かさが続くようになって、いよいよ片付けることをいう。それまで部屋の真ん中にあった炬燵がなくなると、なんだか部屋が広く感じられる。「炬燵の名残」など、情緒に富んだ言葉もあるが、俳句の実用にはいささか不似合い。関連 炬燵《こたつ》→冬

手焙りや炬燵塞ぎて二三日　小杉余子
炬燵塞ぎしばらく正座してゐたり　浦歌子

▼炬燵を片付けたが何となく寒い。せめて手焙《てあぶ》りで手を暖める日を送っているうちに、いつしか春も闌《た》けてゆく。▼炬燵がなくなった、がらんとした部屋。炬燵の跡にしばらく正座してみる。

【炉《ろ》塞《ふさぎ》】

晩春

炉《ろ》の名残《なごり》

冬の間使っていた炉に炉蓋《ろぶた》をしたり、掘炬燵《ほりごたつ》に畳を入れたりすること。かつては、まだ寒さが残っていても旧暦三月晦日《みそか》（三十日）に炉を塞ぐのが約束事であったが、現在では実情に即して行なっている。「炉の名残」は、茶の湯の炉を風炉《ふろ》に替える日の茶会のこと。俳句では主に暖房のための炉が詠まれることが多い。関連 炉《ろ》→冬

炉塞や坐つて見たり寝て見たり　藤野古白
炉塞ぎて笛の稽古を思ひ立つ　大石悦子

蝶の羽のさはれば切るる紙衣哉：蝶の羽を鋭利な刃先のように感じたのだ。

▼使っていた炉を炉蓋で覆うだけで部屋の様子が変わって見える。作者は正岡子規の従弟《いとこ》。▼炉を塞ぐと広々とした空間が生まれる。かがみがちだった姿勢もピンとなり、笛の音が広がってゆくような気分になる。

北《きた》窓《まど》開《ひら》く　仲春

北開《きたひら》く

北風や寒気を防ぐために閉ざしていた北窓を、春になって開けること。菰《こも》を巻いたり、雨戸を閉め切ったり、厚いカーテンを張ったりしていた窓を開けると、冬にはなかった外光が射し込み、春の到来を実感する。同類の季語に「目貼剝《めばりは》ぐ」があるが、これは隙間風《すきまかぜ》を防ぐために貼っていた目貼を剝ぎ取ること。関連 北窓塞《きたまどふさ》ぐ→冬

北窓をけふ開きたり友を待つ　相馬遷子
北窓をひらく誰かに会ふやうに　今井杏太郎
七回忌済みし北窓ひらきけり　東野礼子

▼閉塞《へいそく》の季節からの開放感をあらわした句。▼冬の間、閉めっぱなしだった窓を開ければ、久方ぶりの誰かに会うような心地がする。▼七回忌というけじめの時の気分を、「北窓」を開くことに重ねた句。

雪《ゆき》割《わり》　晩春

雪切《ゆききり》・雪切夫《ゆききりふ》・雪消《ゆきけ》し

長く雪に閉ざされて冬を過ごした人々が一刻も早く土を見ようと、家の周りの凍《い》てて踏まれて硬く固まった雪を、つるはしやスコップなどで割ったり起こしたりして雪解けを早めること。除雪機や融雪剤のない時代には地域ぐるみの仕事だった。雪解けを促すために雪の上に土や黒い灰をまくことを「雪消し」という。燃やした杉葉の灰などを雪消しのために確保していた地域もある。いずれも早く土に触れたいという雪国の人々の切実な願望である。関連 雪《ゆき》・雪搔《ゆきかき》→冬

雪割りて真青な笹ひらめかす　加藤楸邨
胸紅き鳥の来てをり雪を割る　金箱戈止夫
雪割に青女房も駆り出して　大石悦子

▼長く雪の下に埋まっていた笹か。緑が見えてきた時の喜びが「ひらめかす」に存分に出ている。▼雪の中に鳥の胸の紅を目にした喜びが、春の到来をいきいきと伝える。▼嫁に来たばかりの若奥さんも出ていかなければならない。役に立つ立たぬは二の次。

雪囲《ゆきがこい》《ゆきがこひ》とる　仲春

雪囲解《ゆきがこいと》く・雪垣《ゆきがき》とる

雪の多い地方では、家の周りや、出入り口、鶏小屋などを筵《むしろ》や簀《す》、板などで囲って風雪から護《まも》る。その雪囲いを春になって、取り外すことをいう。急に明るくなり、春の到来を実感する。関連 雪囲《ゆきがこい》→冬

雪囲除れし仏間に日本海　木村蕪城
雪囲取りたる鯉の散らばらず　茨木和生

▼雪囲いが目隠しになり、冬の間見えなかった海の明るさが、仏《ぶつ》

吏登《りとう》▶天和元年 (1681)—宝暦 5 年 (1755) 桜井氏。師・嵐雪より雪中庵を継承。晩年、十八句のみ残して句稿を焼却。

間《ま》に戻ってきた。▼冬眠していた鯉は、あたりが明るくなっても急には動けない。

霜《しも》除《よけ》とる　晩春

霜除《しもよけ》解《と》く・霜囲《しもがこい》とる

冬の間、樹木・花・野菜などを覆っていた藁《わら》や菰《こも》やシートなどの霜除けを、春になって取り外すこと。しかし、時に思わぬ霜の被害を受けることもあり、俗に「八十八夜の別れ霜」という。 関連 別《わか》れ霜《じも》→43／霜除《しもよけ》→冬

霜除をとりし牡丹のうひうひし　高浜虚子

霜除を解かざる寺に忌を修す　森田峠

▼藁囲いを取った牡丹《ぼたん》が、まるでヴェールを取った娘さんのよう。▼誰の忌日なのか、どこの寺なのか書かれていないだけに、想像をたくましくしてしまう。

屋根替《やねがえ》《やねがへ》　仲春

葺替《ふきかえ》・屋根葺《やねふ》く

春を迎えて、ひと冬越して雪で傷んだ屋根を修理したり、葺き替えたりすることをいう。かつて日本の農村には、萱葺《かやぶ》き屋根の民家がたくさんあった。萱は、茅《ちがや》、菅《すげ》、芒《すすき》、蘆《あし》などの総称で、それらで葺いた屋根は断熱性や保温性に富み、夏涼しく、冬暖かい住空間を作り出した。大切に修理していけば長持ちする屋根であったが、葺き替えの大変さからその数は急激に減っている。

葺替のもつぱら萱を運ぶ役　石田勝彦

高々と屋根替の日の懸るなり　大峯あきら

▼村人総出の葺替えの作業。萱を運ぶ役は若造か。屋根に上るのはベテランばかり。▼屋根替の作業を祝福するかのように高々と日が昇っている。

春《はる》場《ば》所《しょ》　仲春

三月場所《さんがつばしょ》・大阪場所《おおさかばしょ》

日本相撲協会が主催する大相撲六場所の一つ。三月、大阪府立体育館で開かれ、「三月場所」ともいう。春場所は新弟子が入門してくる時期でもあり、春らしい華やぎがたちこめる。

春場所の大阪寿司を土産とす　尾池和夫

思ひきや弔旗ある春場所を観る　阿波野青畝

▼「大阪寿司」は箱鮨《はこずし》とも呼ばれる押鮨のこと。上にのる具の彩りも美しく、相撲見物の土産には最適。▼平成元年作。一月に昭和天皇が崩御されたが、弔旗を掲げての春場所だったのだ。

ボートレース　晩春

競漕《きょうそう》

ボートレースは三月から十一月まで開催されるが、「お花見レガッタ」とも呼ばれる春のレースが最も華やぐ。大学や企業対抗の伝統あるレースには観客も多い。東京は隅田《すみだ》川、関西では瀬田《せた》川の競漕が有名。

夕日陰競漕赤の勝ちとかや　高浜虚子

梅咲いて人の怒りの悔もあり：梅を前にして、つまらぬことで怒ったことを後悔している。

競漕のオールをさめてなほ滑る　本井英

▼競漕が終わった川面に夕日が映え、見物人がレースの結果を話しながら帰っていくのだろう。▼ゴールに入り一斉にオールを納めるが、ボートは興奮のうちにしばらく滑る。

凧《たこ》　三春

いかのぼり・いか・はた・凧揚《たこあ》げ・凧合戦《たこがっせん》・絵凧《えだこ》・字凧《じだこ》・奴凧《やっこだこ》・洋凧《ようだこ》・凧日和《たこびより》

+春風に乗って大空に舞い上がる凧は、竹籤《たけひご》と紙で作られる。紙の足のなびく姿が蛸《たこ》に似ているので「たこ」というが、「いか」「いかのぼり」というところもある。正月の子供の遊びでもあるが、本来は春の遊び。子供ではなく、大の男たちが凧揚げを競うところもある。凧にかぎらず、+風船、+風車《かざぐるま》、+石鹸《しゃぼん》玉《だま》、+鞦韆《しゅうせん》(ぶらんこ)など、春の遊びはみな春風と関係がある。

関連　春風《はるかぜ》→33／正月《しょうがつ》の凧《たこ》→新年

木の枝にしばしかかるやいかのぼり　嵐雪
凧《いかのぼり》きのふの空のありどころ　蕪村
持つ糸の果ての凧とは思はれず　原子公平
やはらかき凧の骨格引き降す　櫻井博道
青空へ色を加へんいかのぼり　坂内文應

▼「しばし」に味がある。凧が木に引っかかるのも「しばし」なら、人がこの世にいるのも「しばし」。▼この「きのふ」は前日ではなく「昔」のこと。空を漂う凧を見ていると、少年の頃、凧揚げをした空を思い出すというのだ。遥かな昔へ時を遡る句。▼凧が高く揚がった。凧糸で自分の手とつながっているが、そうではない感覚がある。▼紙と木で作られた凧の意外にも柔らかな質感。まるで生き物のようだ。▼空の青だけでは寂しいというのだ。

風《ふう》船《せん》　三春

風船売《ふうせんうり》・紙風船《かみふうせん》・ゴム風船《ふうせん》・風船玉《ふうせんだま》

風船には紐《ひも》のついた赤や黄のゴム製のものや、五色の紙を貼り合わせて作ったものなどがある。今は見ることもなくなったが、富山の置き薬屋さんが、おまけに配った四角の紙風船も懐かしい。空中をゆるりと移動する風船は、春ののどかな気分にぴったりだ。

畳みぐせとほりに紙風船たたむ　加倉井秋を
置きどころなくて風船持ち歩く　中村苑子
風船消ゆ空の渚にこゑのこし　石原八束
紙風船息吹き入れてかへしやる　西村和子

▼丸い風船も真四角な風船も、いったん膨らませるとたたむのが難しい。▼何かのキャンペーンで手にした風船もいずれは荷厄介《にやっかい》。持ち歩くよりほかない。▼風船が上って消えた空。そこに渚を見、風船の残した音を聞いた。▼子とのラリーが始まる。

風《かざ》車《ぐるま》　三春

風車売《かざぐるまうり》

色紙や経木《きょうぎ》、柔らかいセルロイドなどを、車輪形に曲げて作った玩具。平安中期に中国から渡来した。風に向かってかざすとくるくると回る。走るとますます強く回る。春の初めに作

露沾《ろせん》▶明暦元年(1655)—享保18年(1733)内藤氏。風虎の次男。沾徳、沾涼らを育て江戸俳壇に一勢力を築いた。

られることが多かったところから、春の季語。春風を受けて始動する色とりどりの美しさ楽しさは、いかにも春の明るさを感じさせる。現在も縁日などで売っているが、かつてはこれを藁束《わらたば》に挿して売り歩いたという。

風車まはり消えたる五色かな　鈴木花蓑
風車とまりかすかに逆まはり　京極杞陽
街角の風を売るなり風車　三好達治
風車色を飛ばして廻り初め　上野泰

▼回っているうちに五色が一色に。▼たしかに、止まったあと、わずかに逆に動く。鋭い観察眼。▼「風を売る」が春風の軽さ、春の到来の楽しさをよくあらわしている。売りものになる風は春風のみ。▼風車が回り始めた。その静止していた色が動く瞬間をとらえる。

【石鹸玉《しゃぼんだま》】

三春　たまや

ストローの先に石鹸水《せっけんすい》をつけて吹くと、七色の石鹸玉が次々に生まれる。春風に流れてゆく眺めをたたえて、春の季語にしている。

向う家にかゞやき入りぬ石鹸玉　芝不器男
流れつつ色を変へけり石鹸玉　松本たかし
しやぼん玉割れてあをぞらのこりけり　細川加賀

▼きらきらと輝きながら塀を越えていく。▼太陽の光やまわりの色によって石鹸玉は色が変わる。▼空の真ん中で割れた石鹸玉。あとには青空だけが残った。

【鶯笛《うぐいすぶえ／うぐひすぶえ》】

初春　雲雀笛《ひばりぶえ》

青竹を切って作った笛で、管の端を指で押さえ、指の調子を加減して吹くと、鶯のような音が出る。もともと鶯の付声《つけごえ》（声ならし）に用いていたものが、のちに幼児の玩具《おもちゃ》になったといわれる。これと同類のもので、雲雀のような音が出るように、竹や陶器で作った笛が「雲雀笛」。雲雀を捕まえるための道具だが、玩具でもある。関連 鶯《うぐいす》→133

霞む野に鶯笛を籟すかな　松瀬青々
鶯笛紅き吹口ありにけり　千葉皓史

▼春、霞む野に鶯笛の音が響く。鶯の音とは違うが、それを鶯と聞くところに、本物の鶯を待つ気分がつのる。▼お祭りなどで売っている鶯笛の吹き口が紅に彩色されている。時には目白《めじろ》と混同されて、抹茶色の胴に目の周りを白く塗ったものが売られていたりする。

【鞦韆《しゅうせん／しうせん》】

三春　秋千《しゅうせん》・ぶらんこ・ふらここ・ふらんど・ゆさわり・半仙戯《はんせんぎ》

「ぶらんこ」の名から西洋伝来の遊びと思われているが、中国の鞦韆が伝わったものである。古代中国では、寒食《かんしょく》（清明《せいめい》の前日、四月四日頃）、あるいは春節《しゅんせつ》（旧正月）に鞦韆に乗る風習があった。唐の玄宗《げんそう》皇帝は「半仙戯」と呼んだ。乗って漕げば半ば仙人になったような気分になるというのだ。日本での呼び名は「ぶらんこ」をはじめ、「ふらここ」「ふらんど」「ゆさわり」など、どれも「振る」「揺る」に関わりがある。

ふらここや花を洩れ来るわらひ声　嘯山
ふらここの会釈こぼるるや高みより　太祇
ふらんどや桜の花をもちながら　一茶
鞦韆を蹴つて下り立つ芝生かな　数藤五城
鞦韆は漕ぐべし愛は奪ふべし　三橋鷹女
鞦韆に腰かけて読む手紙かな　星野立子

▼満開の桜の蔭でブランコを漕ぐ人。▼何と華やかな笑み。ブランコが高く上がったその一瞬をとらえた。▼ブランコが揺れ、人が揺れ、その手の花が揺れる。▼体操選手の着地のよう。▼ぶらんこは思い切り漕ぎ、恋愛には積極的であるべきだ。女性としての個性を主張。▼ブランコに腰掛けて読む手紙とは誰からきたどんな手紙だろうか。

春《はる》の風《か》邪《ぜ》　三春

風邪は冬のものと油断していると、思わぬ風邪をひく。つらいのは冬の風邪と同じだが、どこかのどかな感じがするのが春の風邪。しかし、つい侮《あなど》っていると、思わぬ病に進展することもある。　関連 風邪《かぜ》→冬

蒲団著て手紙書く也春の風邪　正岡子規
妻の名を呼ぶこと多し春の風邪　山崎ひさを
口許に目許に春の風邪心地　稲畑汀子

▼寝ていればいいのに、ついつい何かし始める。冬の風邪であれば神妙に寝ているのだが。▼病床にあって気の弱りのためか。何かにつけて、妻を呼ぶ。▼目許《めもと》だけでなく口許もうるんでいて、妙に色っぽく感じられる。

雁《がん》瘡《がさ》癒《い》ゆ　三春

「雁瘡」とは、雁が渡ってくる頃、小児や老人に多く発症する、じくじくして痒《かゆ》い吹出物ができる痒疹《ようしん》性皮膚病のことで、晩秋の季語。春には治ることから「雁瘡癒ゆ」を春の季語とする。医療の発達した現今、作例も少ないが、季をたがえずに飛来する雁が季節や暮らしの自然暦となっていたことを覚えておきたい。　関連 雁《かり》→秋

雁瘡の癒えをる熊野王子かな　山本洋子
みづうみの濁り雁瘡癒ゆる頃　茨木和生

▼熊野地方には「雁瘡が痒くなると雁がくる」という言い伝えが残っている。「王子」とは、熊野詣《くまのもうで》の道筋にある小社。▼冬、集まっていた雁が去り、水かさが増し、動きが活発になった湖の濁りが目につく。

朝《あさ》寝《ね》　三春

暑からず寒からずの春は、一年中で最も寝心地がよい。明け

沾徳《せんとく》▶寛文2年(1662)―享保11年(1726)水間氏。其角と盟友関係を結び、江戸俳壇の中心となる。

方、うつらうつらとしているうちに寝入り、寝過ごしてしまうのだが、春ののどかな雰囲気にふさわしいところから、春の季語になった。先行季語として、「春眠」（次項参照）がある。春眠に比べて、朝寝はわかりやすく親しみやすいが、卑俗のおもしろさを出すのは意外と難しい。

美しき眉をひそめて朝寝かな　高浜虚子
よき旅をしたる思ひの朝寝かな　村越化石
帰国して畳の朝寝ほしいまま　岡安仁義

▼麗しい女性の朝寝の表情を描く。春らしい艶やかな気分がある。▼朝寝の心地よさは格別。まるで極上の旅をして、うつらうつらと気分よく過ごしているようだ。▼ベッドの暮らしが続いたのだろう。「畳の朝寝」の気分のよさをあますところなく伝えた句。

春眠《しゅんみん》　三春

春《はる》の眠《ねむ》り・春睡《しゅんすい》・春眠《はるねむ》し

春はぽかぽか暖かいのですぐ眠たくなる。また、よく眠れる。「春眠」は、春の眠りの心地よさを讃《たた》える季語。唐の詩人孟浩《もうこう》然《ねん》の詩「春暁《しゅんぎょう》」の中の「春眠　暁《あかつき》を覚《おぼ》えず」から生まれた。孟浩然の詩は朝の眠り（朝寝）だが、昼でも夜でも春眠という。関連

春昼《しゅんちゅう》→18

金の輪の春の眠りに入りけり　高浜虚子
春眠の大き国よりかへりきし　森澄雄
春眠の中に入り来て鯉うごく　廣瀬直人
春眠のひとときに乳たまりけり　関根千方

▼眠りに落ちる時、ぼんやりと大きな金の輪が見えたのだ。春眠の国の入口。▼はるばると大国を旅してきたかのような寝ざめ。▼夢を妨げに来たかのような鯉《こい》。▼育児中の若いお母さん。

春愁《しゅんしゅう》　三春

春愁《はるうれ》い・春思《しゅんし》・春恨《しゅんこん》・春《はる》かなし

生き物が活動を開始し、草木が芽を吹き出す、生気あふれる春。ところが、そんな春ならではの物憂い気分に襲われることがある。わけもなく妙に物思いに耽《ふけ》ったり、物悲しくなったり。秋には「秋思《しゅうし》」という季語があるが、それと同じく、せつない季節の感情を託す季語として用いられている。関連

秋思《しゅうし》→秋

春愁や冷えたる足を打ち重ね　高浜虚子
春愁や孤りと孤独とは違ふ　田畑美穂女
春愁ふことなく生きてありがたし　高岡智照尼

▼足の状態と動きによって、春愁という心理を具体的に見せる。▼孤《ひと》りと孤独の違いなど、言葉にあらわすのは困難。だけれど、よくわかる。そんな理解の仕方も春愁。▼作者は京都嵯峨《さが》の祇王寺《ぎおうじ》の庵主《あんじゅ》であった。さまざまな世を見てきた身の上ならではの境地だろう。

我が門に富士のなき日の寒さ哉：悪天候の日。当時は江戸市中からも富士がよく見えた。

【麦踏《むぎふみ》】

初春

麦《むぎ》を踏《ふ》む

麦は、日本では稲作の裏作として栽培されてきた。稲を刈り入れた後の田に、畝《うね》を立てて麦を蒔《ま》く。麦が晩冬から早春にかけて伸びすぎないように、霜で浮き上がった根を踏み込んで根の張りをよくする。これが「麦踏」である。それは、のどかな早春の情趣といった気楽なものではない。寒風が吹きすさぶなか、手拭いを巻いたり頬被《ほおかぶ》りや懐手《ふところで》をして、足裏でしっかりと踏んでゆく。現在ではめったに見ることはなくなった農作業風景である。

関連 麦《むぎ》→夏／麦蒔《むぎまき》→冬

麦踏

幼な顔ときどきに上げ麦踏めり　後藤夜半

子は母の影に入りては麦を踏む　馬場移公子

人ひとり影ひとつ曳き麦を踏む　蔦三郎

▼顔を上げるのは、時に不安になるのか、飽きたのか、親を確認するためか。▼農村の就学前の子供は、農作業をする親の近くで遊ぶことが多かった。この子も母のそばで麦を踏む。少し離れ、またくっつく。▼畝を端から端まで行き来してもついてくるのは影ばかり。畑仕事から離れられない宿命のようなものを感じさせる。

【野《の》焼《や》く】

初春

野焼《のやき》・野火《のび》・草焼《くさや》く・堤焼《つつみや》く

早春、野原の枯草などを焼くこと。風のない晴天の日に行なう。害虫を殺し、土地を肥やし、蕨《わらび》や薇《ぜんまい》など草木の芽立ちを促す効果がある。古代の焼畑農業の名残である。「草焼く」は近代以降みられる用例。「野火」は野を焼く火そのものをさす。

関連 焼野《やけの》→50

古き世の火の色うごく野焼かな　飯田蛇笏

野を焼けば焰一枚立ちすすむ　山口青邨

ぱつと火になりたる蜘蛛や草を焼く　高浜虚子

▼野焼の色は遠い昔の火の色。▼大火焰となって進む野焼の火。▼一瞬のうちに火にまかれた蜘蛛《くも》。

【山《やま》焼《や》く】

初春

山焼《やまやき》・山火《やまび》

早春、牛馬の飼料や肥料用の草を栽培するために、野や土手、

名句鑑賞

麦踏みのまたはるかなるものめざす　鷹羽狩行

麦踏みの人が、遠景を見ながら足を動かしている様子のわかる句。「また」が麦踏みという作業の単調な時間を感じさせる。携帯ラジオも携帯電話もなかった頃、私たちは、今以上に「はるかなるもの」を見ていたように思う。雲のかたちに鯨や象を見たり、風の音にオーケストラの演奏を聴いたりする自前の時間をもっていた。「はるかなるもの」を目ざしつつ、田一枚、また一枚と麦を踏んでゆく。〔宇多〕

沾洲《せんしゅう》▶寛文 11 年 (1671)─寛保 2 年 (1742) 貴志氏。師・沾徳を援け其角・嵐雪没後の江戸俳壇を席巻。

田畑に火をつけて旧年の枯草や枯葉を焼く。害虫の駆除にも有効で、焼いた後にできる灰は肥料にもなる。なかでも大掛かりなのが山焼き。とくに山口県の秋吉台《あきよしだい》の山焼きは大規模で有名である。山火事を起こさないよう風のない日を選び、厳重な監視のもとに行なう。

みちのくの町暗くして山焼くる　遠藤梧逸
雨を無視して山焼きの始まりぬ　能村登四郎
山火燃ゆ乾坤の闇ゆるぎなく　竹下しづの女

▼「暗くして」は、夜闇《やあん》の暗さというより、陰鬱な冬の名残におおわれた「みちのくの町」の印象だろう。それを払拭《ふっしょく》する象徴が山火。▼雨より火のほうが強いのは、春の雨がしとしとと弱いからか。▼一気に読み下す大ぶりな表現。厳粛な気分にさせられる句だ。

畑《はた》焼《や》く　初春

畦焼《あぜや》く・畦焼《あぜやき》・畦火《あぜび》

春の畑や畦に残っている作物の残りや枯草、藁屑《わらくず》などを焼くこと。文化五年刊の季寄せ『改正月令博物筌《がつりょうはくぶつせん》』に「田畑を焼くは、虫の根をたつためなり」とあるように、畑の掃除や、虫の卵や幼虫の駆除にもなる。春まだ浅い畑に見える炎や白い煙は、春の耕作への期待を促す。

畠焼くや一本の梅に凝る煙　高田蝶衣
はしりきて二つの畦火相搏てる　加藤楸邨
畦焼く火にじりてゐしが立ち上る　邊見京子

▼畑の中に枝を広げた野梅がある。畑を焼く煙が地表を這《は》い、梅の木に纏《まと》いつき、やがて何処《いずこ》へともなく消えてゆく。▼畦を焼く火があちこちから走ってくる。ぶつかった炎がひときわ大きく燃え上がり、獣のようにも見える。▼畦をのろのろと這っていた火が、いきなりパッと大きく立ち上がる。その瞬間をとらえた句。

耕《たがやし》　三春

春耕《しゅんこう》・耕人《こうじん》・耕馬《こうば》・耕牛《こうぎゅう》

種蒔《たねま》きや苗を植える前に、冬の間、休ませておいた田畑の土を鋤《す》き返し、土塊《つちくれ》を細かく砕き、柔らかくほぐしていくことをいう。人力だけでなく、牛馬の力を借りることもある。春の農事はこの作業から始まる。しかし昭和三十年代を境に、それまでの牛耕、馬耕の風景は見られなくなった。現在では、耕耘機《こううんき》を用いてこの作業を行なっている。「たがやし」とは「田返し」の転訛《てんか》したものだといわれる。

関連　秋耕《しゅうこう》→秋／冬耕《とうこう》→冬

耕すや鳥さへ啼かぬ山かげに　蕪村
耕して天より帰り来るごとし　鷹羽狩行
天耕の峯に達して峯を越す　山口誓子

耕

山吹に犬の欠（あくび）の日脚かな：山吹が咲く頃ののどかな春の日脚。犬も眠たげ。

耕牛の反芻言葉待つ如く　藤田湘子

▼「耕すや」に「鳥も啼《な》かないこんなところで」という作者の驚きが出ている。▼土を耕す人の存在感。天から帰ってきたようだと言い、その営みを神聖なものと見る。▼少しでも多く作物を育てたいという思い。▼もぐもぐと草を食《は》んでいる牛。ねぎらいの言葉を待つ。

田打《たうち》　仲春

田《た》を打《う》つ・春田打《はるたうち》・田返《たがえ》し・田《た》を返《かえ》す・田《た》を鋤《す》く・田起《たおこ》し

秋の稲刈をすませた後、田は静かに冬を過ごす。春、その田を起こし、土塊《つちくれ》を砕き、田植えのできる田にする。この作業を「田打」という。耕耘機《こううんき》の普及で作業は楽になったが、かつては牛馬の力で粗く起こし、鍬《くわ》でこれをさらに細かく砕く作業をしていた。同様の季語「耕《たがやし》」が田畑全般についていうのに対して、「田打」は稲田についてのみに使う。関連 春田《はるた》→54

汽車見えてやがて失せたる田打かな　芝不器男

百年後の見知らぬ男わが田打つ　齊藤美規

遠く鋤く人の手力みえにけり　松村蒼石

▼蒸気機関車だろうか、彼方《かなた》から黒くて長い列車が現われて、走り去ってゆく、その間も手を止めることなく田を打ち続ける。▼百年後にこの田を打っている人は誰だろうか。百年が遠くに思われたり、近くに思われたり、不思議な感覚。▼「人の手力」で繋《つな》いできた田の命。遠景に田を鋤く人を見て、作者も思わず手に力が入る。

畑打《はたうち》　三春

畑打《はたう》つ・畑鋤《はたす》く・畑返《はたかえ》す

春に作物の種を蒔《ま》いたり苗を植えたりするため、畑の土を起こすこと。春の農事は田打ちと畑打ちの作業から始まる。時期は地域で異なるが、おおよそ彼岸過ぎから八十八夜までを目安に行なう。冬の間、雪や枯れた景色の中に埋もれていた畑に人の動きが見えるようになると、春が来たことを感じる。耕耘機《こううんき》の普及で、かつてのような重労働ではなくなったが、眠っていた土の黒艶《くろつや》が現われるのを見る気持は、今も昔も変わりはない。同様の季語の「耕《たがやし》」が田畑全般についていうのに対して、「畑打」は野菜や園芸用の畑について使う。

動くとも見えで畑打つ男かな　去来

海を見て十歩に足りぬ畑を打つ　夏目漱石

畑打つて酔へるが如き疲れかな　竹下しづの女

天近く畑打つ人や奥吉野　山口青邨

名句鑑賞

生きかはり死にかはりして打つ田かな　村上鬼城

この国の農民の免れがたい宿命であるかのように、春の田打ちを始める。親もその親も、このように田を打って生涯を終えた。春、時節が到来すれば田打ちを始め、種を蒔《ま》き、夏になれば五風十雨(五日に一度の風と十日に一度の雨)の恵みを乞い、秋の豊穣を祈る。子も孫もその循環を幾年か繰り返して、この国の根太《ねだ》を支えて生きてきたのだ。村上鬼城は、大正期「ホトトギス」の黄金時代を推進した一人。骨格の大きな句を多々残している。［宇多］

沾涼《せんりょう》▶延宝8年(1680)―延享4年(1747)菊岡氏。和漢の学に通暁、『江戸砂子』等の地誌や随筆でも知られる。

▼「動くとも見えで」は、男の動作だけをいうのではない。駘蕩《たいとう》の春景色の朧《おぼろ》にかすむ点景をとらえた句。▼盥《たらい》ほどの空き地があれば何かを植える。海山の間の狭い土地で暮らしてきたこの国の人々の宿命でもあろう。▼自分の意志ではどうにもならない「酔へるが如き」疲れ。▼平地の少ない奥吉野（奈良県）。なぞえ畑（斜面の畑）を耕してきた山国の人たちの歴史がある。

【水口祭《みなくちまつり》】晩春

苗代祭《なわしろまつり》・みと祭《まつり》

✝田植え準備の時期に、めいめいの田の取水口にあたる水口で田植えの無事祈願をする田祭りのこと。地域によってやり方は異なるが、幣《ぬさ》や生木の枝を立てて田の神の依代《よりしろ》を設《しつら》えると、供え物として焼米や赤飯を置くことなどは共通する。米を供えるのは、田の神を運んでくる鳥に与えるためとも、苗代を荒らされぬように鳥に食わせるのだともいう。現在ではあまり見られなくなったが、時折、幣のみを立てた水口を目にすることがある。

蛙みなうたふ水口まつりかな　正岡子規

水口を祭る種々蓑のうち　西山泊雲

▼田に水が入った頃、蛙が一斉に鳴き始める。祝歌のように。▼田の神に献ずる種々《くさぐさ》を、蓑《みの》でくるんで大事に扱っていると解すると、句に深みが出てくる。

【畦塗《あぜぬり》】晩春

畔塗《くろぬり》

耕した田に水を入れ、代掻《しろか》き（水を入れた田の土を砕きならしていくこと）の準備を行なう。田水が抜けないように畦に泥土を盛り、後ずさりしながら鍬《くわ》の裏で丁寧に塗り固めていく。これが畦塗り。最後に田と田の区切りをしっかりとつける。水田の水を漏らさぬためにも、農作業のために歩く畦道としても堅牢に仕上げなくてはならない。泥がほぼ固まり乾いたところで豆を蒔《ま》くと、畦豆《あぜまめ》として秋に収穫できる。近年、畦塗り機の普及で、鍬を使っての畦塗りを見ることも少なくなった。

花過ぎし峡田の畦を塗る音か　加藤楸邨

畦塗のぐうつと曲りゐるところ　清崎敏郎

畦塗つて畦の高さのあらはるる　藤本美和子

▼誰もいない山間にペタリペタリと泥を打つ音が響く。▼曲線の山田の畦を塗るのは難しい。▼稲作に欠かせぬ最初の田仕事が畦塗。畦の高さは稲作の要である。

【種物《たねもの》】仲春

物種《ものだね》・種袋《たねぶくろ》・種売《たねうり》

稲の種である✝籾《もみ》以外の、春に蒔《ま》く穀類、野菜、草花などの種一切をいう。前年に収穫した種は、乾燥させた後、虫害・鼠《そ》害《がい》から防いで保管しておく。農家では自家採種するが、一般

梅でのむ茶屋もあるべし死出の山：辞世句。死出の山にも梅見しながら酒が飲める茶屋があることだろう。

には種物専門の業者から買う。作物の絵や扱いの注意書きなどが書かれた紙袋を手にすると、早く蒔きたい気持がはやる。

関連 種採《たねとり》→秋

もの種や八十八夜はまだ遠し　高野素十

働きし大きな手なり種袋　今井つる女

釘箱から夕がほの種出してくる　飴山實

▼朝顔など、八十八夜をめどに種を蒔く。早く蒔きたいが、もう少し待とう。▼何もかもこなしてきた勲章のような手。生きる強さを存分に出した句。▼引出しや裁縫箱など、思わぬ所から種が出てくることがある。釘箱《くぎばこ》もいかにもありそうな種の隠し場所。

種選《たねえらび》

仲春

種選《たねよ》り

前年にとっておいた種籾《たねもみ》の中から、塩水に浸して浮き上がった軽いものを取り除くなど、播種《はしゅ》に適したよい種を選ぶことをいう。豆や野菜の種を選ぶこともいう。

うしろより風が耳吹く種撰み　飴山實

種選るや野を吹き覚ます風の音　西村信男

▼耳朶《みみたぶ》に受ける風の感触。耳に吹く風が春を知らせてくれる。そんな中で種を選ぶ。▼春風が野を走り、春の到来を知らせる。種を蒔《ま》く季節の到来でもある。

種選

種浸《たねひたし》

晩春

種漬《たねつ》ける・種井《たねい》・種池《たねいけ》・種俵《たねだわら》

種選びのすんだ種籾《たねもみ》を、発芽を促すために俵や布袋に入れて、十日前後、水に浸しておくこと。そのための俵を「種俵」といい、種を浸す池や田の一角を「種井」と呼ぶ。

横に沈み縦に沈めり種俵　高野素十

すこやかな種は沈みぬ種浸し　斎藤夏風

▼種を入れた俵は大きさも形もさまざま。枕形の俵ゆえか、縦にも横にも沈む。▼種選びをすませた籾は重い。まさに「すこやかな種」だ。豊作への期待の句。

種蒔《たねまき》

晩春

種降《たねお》ろし・籾蒔《もみま》く・すじ蒔《ま》き

種選びをした後の種籾《たねもみ》を、種井《たねい》に浸して水を切り、日光に当

名句鑑賞

ものの種にぎればいのちひしめける　日野草城

何かの種を握りしめる。しばらく握っていると、種が動き始めるような感覚が全身に伝わる。やがて芽が出て花が咲き、実がなる。まさしく「いのちひしめける」だ。ひらがなの一字一字が、種の一粒一粒に見えてくる。「握れば命犇《ひし》めける」では、この感じは出ないだろう。「春の夜や檸檬《れもん》に触るる鼻のさき」「くちびるに触れてつぶらやさくらんぼ」などと同じく、大正時代の草城が拓《ひら》いた、触覚を表現した句である。〔宇多〕

子葉《しよう》▶寛文12年（1672）－元禄16年（1703）赤穂浪士の一人、大高源五。俳諧は沾徳に師事。其角とも親しかった。

て、むらのないようにパラパラと苗代《なわしろ》（苗代田《なわしろた》）に蒔く。時期は地域により異なるが、八十八夜までにすませるようにと言い伝えられているところが多い。現代では、田植機に都合のよい箱の苗代が多くなり、苗代田にじかに種籾を蒔くことは少なくなった。かつては種籾の入った籾俵を水害や鼠害《そがい》から守るために天井から下げておいたが、種蒔きのためにこれを降ろすことを「種降し」という。

関連 苗代《なわしろ》

種蒔

↓54／籾《もみ》↓秋

遠くにも種播く拳閉づ開く　西東三鬼
きら〱輝く種を蒔きにけり　星野立子
手をこぼれて土に達するまでの種　高浜虚子

▼近景にも遠景にも、種を握りパッと開く姿が見える。いきいきとした光景。▼キラキラ光るのは種にこもる命の光。春の光が種を蒔く人のまわりに輝く。▼蒔かれた種が着地するまでの時間をとらえた。種の命をとらえたともいえる。

【種《たね》案山子《かがし》】晩春

種籾《たねもみ》を蒔《ま》くと、すぐに小鳥がついばみにくる。その鳥害を防ぐために苗代田に立てる案山子のこと。秋の田の案山子に比べて簡素なものが多い。

関連 案山子《かがし》・籾《もみ》↓秋

種案山子波照の奥の鬼界島　角川源義
小波に足を濡らして種案山子　大石悦子

▼南西諸島に見た種案山子。稲作の原風景に近い景ともいえる苗代の案山子。▼籾を蒔いた苗代田の水面を小波《さざなみ》が走る。案山子の一本足に目をとめた句。

【苗床《なえどこ》《なへどこ》】仲春

苗障子《なえしょうじ》・種床《たねどこ》

野菜、園芸用草花、樹木などの種を蒔《ま》き、ある程度に育つまでを保護するところ。苗障子と呼ばれるガラスやビニールなどで覆い、日当たりと風通しをよくする。

ぽか〱とするという日の苗障子　高野素十
苗床やいろ〱の仮名氾濫す　森田峠

▼簡便な温室。「ぽかぽか」のポ音に、土に届いたいい日射しがあふれている。▼苗の名の仮名表記。漢字の妙味を知る者にはなんとなくなじめない。

【物《もの》種《だね》蒔《ま》く】仲春

藍《あい》蒔《ま》く・麻《あさ》蒔《ま》く・胡瓜《きゅうり》蒔《ま》く・南瓜《かぼちゃ》蒔《ま》く・糸瓜《へちま》蒔《ま》く・牛蒡《ごぼう》蒔《ま》く・甜瓜《まくわ》蒔《ま》く・西瓜《すいか》蒔《ま》く・瓢箪《ひょうたん》蒔《ま》く・茄子《なすび》蒔《ま》く

「物種」とは、種籾以外の野菜や草花などの種一切をいい、それを蒔くことをまとめて「物種蒔く」という。春に蒔き、秋以降に収穫する野菜、根菜、開花する草花などの種を蒔くことで、苗代《なわしろ》に種籾を蒔くことは「種蒔」「籾蒔く」などと別途の扱いとなる。また、品種ごとに個別に立項して季語とし、「胡瓜蒔く」「牛蒡蒔く」「南瓜蒔く」「茄子蒔く」「藍蒔く」「麻蒔く」などと用いる場合も多い。

牛蒡蒔く土を篩にかけてをり　福田甲子雄
ひたすら種を播き続けをり種見えず　大串章

▼篩《ふるい》にかけて発芽によい土を作る。手間のかかることだ。▼細かい種は土に紛れてしまう。何となく不安だ。

【花《はな》種《たね》蒔《ま》く】 仲春

夕顔蒔《ゆうがおま》く・朝顔蒔《あさがおま》く・鶏頭蒔《けいとうま》く

春に草花の種を蒔くこと。春蒔きと秋蒔きがあるが、春蒔きにかぎり「花種蒔く」という。種蒔きの時期は花の種類や地域によって異なるが、おおよその目安は彼岸前後から八十八夜くらいまで。花の名を個別に立てて季語とし、「朝顔蒔く」「鶏頭蒔く」などともいう。

花の種まき終りたる如露かな　飯田蛇笏
朝顔を蒔いてすることなかりけり　星野麥丘人
花種蒔く古きスプーンも一用具　岡崎光魚
産み月のころほひに咲く種を蒔く　いのうえかつこ
花の如花種袋土に挿し　上野泰

▼窪《くぼ》みに種を蒔いて薄く土をかけ、如雨露《じょうろ》の水をかける。あとは芽の出る日を待つのみ。▼ひと仕事の後。こんな気分になることがある。▼かつてカレーライスなどを食べたスプーン。これが窪みを作るのに役に立つ。▼産み月の頃にこの花は咲く、そう信じきって花種を蒔く。健やかな子の誕生を願う気持がこもる。▼蒔いた後、花の絵を描いた種袋を差し込んでおけば、しばらくは花が咲いた気分を味わえる。

【芋《いも》植《う》う】 仲春

里芋植《さといもう》う

三月から四月にかけ、保水条件のよい場所を選び、八頭《やつがしら》、唐芋《からいも》など里芋の種芋を植え付ける。畝《うね》の中央に種芋の芽を上にして植える。これらの芋は連作を嫌う。イモも馬鈴薯《じゃがいも》には「薯」を用い、甘藷《さつまいも》には「藷」の字を用いる。蒟蒻《こんにゃく》や蓮の植え付けも同じ時期に行なう。関連 芋《いも》→秋

清明節の朝しめりよし芋を植う　西山泊雲
芋植うる土ねんごろに砕きをり　林徹

▼清明節は四月五日頃。水気の好きな里芋を植えるによい時節だ。▼この作業を怠ると、次々に子を生むはずの芋がすくすくと育たない。

【馬鈴薯《じゃがいも》植《う》う】 仲春

馬鈴薯《じゃがいも》の種《たね》おろし

秋の収穫時に取り分けておいた大きめの馬鈴薯を、春、種《たね》薯《いも》として植え付ける。丸ごと一つを種にするか、大きな薯を切り分けて、病菌を防ぐために切り口に灰をまぶして植える。畝《うね》を立て、芽のある面を上に向け、三〇～

素丸《そまる》▶正徳3年(1713)—寛政7年(1795) 溝口氏。葛飾派を組織。門人に一茶ら。芭蕉の発句注釈に功績。

五〇センチ間隔に置いて土をかける。大規模栽培を行なっている北海道などでは「馬鈴薯蒔《ま》く」ともいうらしい。関連 馬鈴薯《じゃがいも》↓秋

海鳴る丘摑みて重き薯植ゑゆく　加藤知世子
じゃが薯を植ゑることばを置くごとく　矢島渚男

▼小高い丘での馬鈴薯の植え付け。「摑《つか》みて重き」に、薯のどっしりした重さが感じられる。▼心のうちに薯に語りかけながら、一個一個の種薯を置いてゆく。

木《こ》の実《み》植《う》う　三春

橡《とち》、樫《かし》、楢《なら》、椎《しい》、櫟《くぬぎ》、茶、山桜など、実生《みしょう》の苗木を育てるために秋に拾っておいた木の実を苗床に植えたり、山に直播《じかま》きしたりして苗木に育てる。ある程度の大きさになると、苗木は山に移植する。関連 木の実《こみ》↓秋

子等さざめく何の木の実を植えて来し　寺井谷子
文鳥の墓のかたへに木の実植う　松尾賢
一冬を机に置きし木の実植う　安田三代子

▼山の小学校の児童たち、思い思いの木の実を植えて戻ってきた時の賑《にぎ》わい。▼飼っていた文鳥が死んで、小さな墓を作った。その傍らに木の実を植えた、その優しさ。▼冬の間、机上に愛《め》でていた木の実。

植木市《うえきいち》《うゑきいち》　仲春

苗木市《なえぎいち》・苗札《なえふだ》

春は植樹に絶好の季節。陽気のよい日、広場や社寺の縁日の参道などでは植木を売る市が立つ。庭木や果樹の苗木、観葉植物、草花などが並べられ、木の名や手入れ方法を記した苗札が付けられる。

植木市当て字ばかりの名札付く　右城暮石
その中の勿忘草や植木市　石田勝彦
夜を経たるひかりの中の苗木市　長谷川双魚

▼たとえば「山椒《さんしょう》」が「山升」、「山帰来《さんきらい》」が「三帰来」になるがごとき当て字。ほほえましいといえばほほえましいが。▼苗木が林立する中に、ささやかな勿忘草《わすれなぐさ》が。ありそうな光景だが、何だか特別な配置に思われる。▼苗木の若さ、みずみずしさ。光の輝かしさ。

剪定《せんてい》　初春

剪枝《せんし》

三月に入ると、林檎《りんご》、桃、梨《なし》などの果樹の芽が伸び始める。枝や葉が重ならないように、伸びた枝を切り落とすと木の奥にまで日光が入り、よい実がなる。もちろん庭木や盆栽などにも施す。ただし知識が必要で、剪定を誤ると、花や実がつかなくなる。

剪定の一人の鋏音を立て　深見けん二
剪定のこころときどき地に遊ぶ　廣瀬直人

すがたみにうつる月日や更衣：姿見に映ったおのれの姿に、歳月を感じた。

剪定枝束ねて色の濃かりけり　宮坂静生

▼ここぞと思う枝に思い切りよく鋏《はさみ》を入れる音。一人の楽しさを満喫できるのはこんな時。▼葡萄《ぶどう》の木の剪定か。見上げての作業だが、時折、集中を少し緩めて、下を向く。▼切り落とした枝の束が濃いのは、まるで伸びようとしていた命の色のよう。

接木《つぎき》

仲春

接穂《つぎほ》・接木苗《つぎきなえ》・芽接《めつぎ》

木の枝や芽を切り取り、根を持った他の植物に接ぐこと。果樹の栽培などに行なわれる繁殖法の一つ。直接土に挿して苗木を作るのは「挿木《さしき》」という。

うれしさよ接木の椿花一つ　正岡子規

主も犬も土に同坐や接木畑　相島虚吼

▼椿《つばき》の接木をしたところ、花が一つついた。ああ嬉《うれ》しい。▼接木をするための畑に犬を連れてゆく。一人と一匹が座り込んでいる。仕事をしているのは人。

菊根分《きくねわけ》

仲春

菊《きく》の根分《ねわけ》・菊分《きくわか》つ・菊植《きくう》う

菊作りは一年がかりの仕事で、まず春に株分けをする。これが菊根分。菊の古い根株から出てきた細やかな新芽を、細根とともに根株から切り離し、一本ずつ分けて畑や鉢に植え替えるのである。関連 菊《きく》→秋

名のなきも交りて菊の根別かな　柳糸

降る雨に濡れ濡れ菊の根分かな　二松

▼何という名か、知らない菊の苗もある。▼春雨に濡《ぬ》れながら、菊の根分けをしているところ。

萩根分《はぎねわけ》

仲春

萩《はぎ》の根分《ねわけ》・萩植《はぎう》う

萩は春になると、古株の根元付近から勢いよく新芽を出す。その頃、古株を掘り起こして、根分けした新芽を移植する。そうすると、秋にはまた、美しい花を咲かせてくれる。関連 萩《はぎ》→秋

白毫寺萩の根分けを僧もする　今井妙子

萩寺より根分の知らせ電話にて　能村登四郎

▼白毫寺《びゃくごうじ》は奈良市にある椿《つばき》と萩の寺。参道の磴《いしだん》を狭めるように咲く花も、僧の根分けがあってのこと。▼萩の根分けをする寺からの吟行の誘いの電話。

名句鑑賞

剪定の腰手拭や一日晴　村越化石

「腰手拭《こしてぬぐい》や」だけで、作業をしている人の仕事ぶりがよくわかる句。農作業だけでなく、外での仕事に欠かせないのが手拭い。これは季節を問わず、まことに重宝。気持のいい晴れの一日。まさに剪定日《せんていび》和である。作者はハンセン病を患った過去をもつ。その長い苦悩の日々も今も、発表される句はどれも命尊しを基調にした滋味のある佳句ばかり。そんな句のなかで、掲句の軽さもまた貴重である。［宇多］

也有《やゆう》▶元禄15年（1702）—天明3年（1783）横井氏。尾張藩士。俳文に優れ、『鶉衣』により俳文の大成者と称される。

慈姑《くわい》《くわゐ》掘《ほ》る
三春

水田に育つ慈姑は、十一月頃になると葉が枯れ始めて収穫期を迎える。泥の中に入って、地下茎についた塊茎を採るのは足腰にこたえる重労働。近年は高圧ポンプの助けを借りて掘り起こす。縁起物の芽を傷つけぬよう気を遣う。正月料理用の需要に応じる年末が出荷の最盛期だが、収穫は春まで続き、春の季語となっている。広島県福山市、埼玉県越谷市が代表的産地。

慈姑掘る

関連 慈姑《くわい》→103

花に行く群集の道やくわゐ掘　嘯山

海の上に昼月冴えて慈姑掘り　松村蒼石

▼着飾ってぞろぞろと花見に向かう人々。泥にまみれた慈姑掘との対照の妙。▼まだ春浅い時期だろう。海から冷たい風の吹くなか、黙々と作業は続く。

牧《まき》開《びら》き
仲春

放牧地開きのこと。繁殖用や農耕用の牛馬を山野に放ち、草を食べさせ、のびやかに過ごさせる。晩秋まで、たまの見回りのほか、牛馬に舐《な》めさせる塩を配るくらいであまり手がからない。関連 牧閉《まきとざ》す→秋

牧開白樺花を了りけり　水原秋桜子

朝霧に寄り添ふ牛や牧びらき　相馬遷子

この島の馬柵のいらざる牧開き　平松三平

▼白樺《しらかば》の花が終わる頃、牧開きが始まる。開放的な牧の明るさが春の到来を告げる。▼朝霧に添う牧の牛。広々とした牧の一日が始まる。▼住人の少ない、人と牛馬がともに暮らしているような島なのだろう。馬も牛も柵《さく》のない島の暮らしを堪能しているよう。

羊《ひつじ》の毛《け》刈《か》る
晩春

羊剪毛《ひつじせんもう》・剪毛期《せんもうき》・山羊《やぎ》の毛刈《けか》る

牧場で飼育されている羊の毛を刈るのは四月か五月の頃。北海道の大規模牧場には剪毛舎があって、電気バリカンで刈られる。農家では剪毛鋏《ばさみ》を使う。

毛を刈る間羊に言葉かけとほす　橋本多佳子

毛を剪りし羊の足の立上り　依田明倫

▼毛を刈られている間、羊はおとなしいが、それは羊飼いがいたわりの言葉をかけているから。▼毛を刈られた羊はす早く立ち上がって牧場に出ていく。

霜《しも》くすべ
三春

春遅く、思わぬ霜が降り、茶葉や、蚕に与える桑の葉など

の作物に害を及ぼすことがある。そんな日には、かつては籾殻《もみがら》や木の葉を燻《くす》べて煙幕を流し、霜害を防いだ。現在は、ファンで空気を攪拌《かくはん》したり、防霜用のシートを用いたりする。

関連 別《わか》れ霜《じも》↓43／霜《しも》↓冬

霜くすべ三里かなたに信濃口　飯田龍太

波うつて八ケ岳立つ霜くすべ　澤田緑生

▼霜くすべの流れる信濃《しなの》の村の入口まで、三里（約一二キロ）ある。昔はみな歩いたものだった。▼山に囲まれた畑を霜くすべが覆う。八《やつ》ケ岳《がたけ》の稜線が美しい。

桑摘む《くわつむ》《くはつむ》

晩春

桑解《くわと》く・桑籠《くわかご》・桑摘女《くわつみめ》

雪による枝折れを防ぐために、晩秋、桑の枝を縄で括《くく》る「桑括る」が、春になると、その括りを解く。これが「桑解く」。蚕《かいこ》の成長に従って桑の葉を摘んで与える。これが「桑摘む」。はじめは若い桑の葉を、そして昼夜となく食欲旺盛な蚕のために、終わりには桑の枝を切って与える。関連 桑括《くわくく》る↓秋

大空のあるばかりなり桑を摘む　五十嵐春男

桑を解く伊吹に雪の厚けれど　茨木和生

▼広い桑畑の上は輝くばかりの大空があるだけ。そんな青空の下での桑摘みは作業も捗《はかど》る。▼琵琶湖畔《びわこはん》、伊吹山《いぶきやま》の雪が厚くても地面の雪が解けると桑の枝を解く。

蚕飼《こがい》《こがひ》

晩春

養蚕《ようさん》・掃立《はきたて》・蚕《こ》の眠《ねむ》り・眠《ねむ》り蚕《ご》・蚕時《こどき》・蚕飼時《こがいどき》・飼屋《かいや》・蚕棚《こだな》

絹糸を取るために、蚕《かいこ》を卵から飼い、繭を取ること。春に孵化《ふか》した蚕を「春蚕《はるご》」、夏から秋にかけて孵化したものを「夏蚕《なつご》」「秋蚕《あきご》」という。かつては一般農家でも飼われていたが、現在ではほとんど見られなくなった。蚕飼いの時期には、桑の葉の調達、病蚕や糞の始末などに忙しい。孵化して一か月くらい経った四眠蚕《よんみんさん》（孵化して四度脱皮した蚕）を、「蔟《まぶし》」と呼ばれる蚕具に移すと、繭を作り始める。これを「上蔟《じょうぞく》」という。養蚕の歴史は古く、『万葉集』などにも詠まれている。蚕蛾に卵を産み付けさせた紙を「蚕卵紙《たねがみ》」、新繭が出回る前に前年の繭から作った糸を「春挽糸《はるびきいと》」といい、ともに春の季語。関連 蚕《かいこ》↓164／上蔟《じょうぞく》・繭《まゆ》・夏蚕《なつご》↓夏／秋蚕《あきご》↓秋

ことしより蚕はじめぬ小百姓　蕪村

高嶺星蚕飼の村は寝しづまり　水原秋桜子

ねむり蚕にひとつゆらめくかうべあり　皆吉爽雨

▼大規模の養蚕農家ではないのだが、いささかの実入りになればと今年から蚕を飼うことにした。▼蚕飼い作業がすみ、ようやく村が静かになった。くっきりした山稜、輝く星が静けさを深める。▼ねむり蚕は脱皮する直前の蚕。あまり動かないのだが、その中の一つが頭を動かした。

馬光《ばこう》▶貞享2年（1685）—寛延4年（1751）長谷川氏。『五色墨』に参加し点取俳諧を批判。蕉風復古の先駆となる。

茶《ちゃ》摘《つみ》

晩春

茶《ちゃ》摘《つみ》唄《うた》・茶《ちゃ》摘《つみ》籠《かご》・手《て》始《はじめ》・一《いち》番《ばん》茶《ちゃ》・二《に》番《ばん》茶《ちゃ》・茶《ちゃ》園《えん》・茶《ちゃ》畠《ばたけ》・聞《きき》茶《ちゃ》

茶の芽が出揃うと、茶摘みが始まる。「夏も近づく八十八夜」と唱歌「茶摘」にもあるとおり、最盛期は八十八夜（立春から八十八日目。五月二日頃）の前後。この頃、その年に出た最初の新芽を摘んで作るのが「一番茶」。以後、摘んでいく順に「二番茶」「三番茶」となり、夏に入っても茶摘みは続く。最初の頃に摘んだ茶葉を製茶したものが「新茶」。「新茶」は夏の季語である。 関連 八《はち》十《じゅう》八《はち》夜《や》↓25／新《しん》茶《ちゃ》↓夏

山門を出れば日本ぞ茶摘うた　菊舎

我庭に歌なき妹の茶摘かな　正岡子規

むさし野もはてなる丘の茶摘かな　水原秋桜子

摘みし葉の茶籠に押され又ふくれ　上野章子

▼京都府宇《う》治《じ》市の黄《おう》檗《ばく》山《さん》万《まん》福《ぷく》寺《じ》での句。万福寺は中国風のお寺。山門を出れば、中国から日本に帰ったかのよう。▼庭で茶摘みをする妹。茶摘唄など、知るべくもない。▼広大な武蔵野の片隅で茶を摘んでいる。▼お茶の若葉の柔らかさ。

製《せい》茶《ちゃ》

晩春

茶《ちゃ》作《づく》り・茶《ちゃ》揉《も》み・焙《ほい》炉《ろ》茶《ちゃ》・焙《ほい》炉《ろ》場《ば》・茶《ちゃ》の葉《は》選《え》り

茶の新芽を摘み、蒸《せい》籠《ろう》で蒸し、焙炉で乾かし、手で揉むという一日の工程で茶は仕上がる。この荒《あら》茶《ちゃ》の精粗をより分けるのが「茶の葉選り」。針のように細く仕上げるのが製茶の極意である。 関連 新《しん》茶《ちゃ》↓夏

懐柔を事とするなる製茶かな　相生垣瓜人

貼り重ね塗り重ねあり焙炉籠　金久美智子

▼手揉みの茶の製法の極意を、「懐柔」のひと言が言いとめている。▼何代にもわたって使われてきた焙炉籠《かご》。しみ込んだ茶の渋が歴史を物語って重い。

若《わか》布《め》刈《か》る

三春

若《わか》布《め》刈《かり》・めかり・若《め》布《かり》刈《ぶ》舟《ね》・若《め》布《かり》刈・鎌《がま》・若《め》布《かり》刈《ざ》竿《お》・若《わか》布《め》干《ほ》す

若布の採取は、新芽の出る三月に始まる。舷《ふなばた》から身を乗り出し、箱眼鏡を覗《のぞ》きながら若布刈鎌で海底の礁《いわ》に生えた若布を刈る。春とはいえ、冷たい海での作業は楽ではない。 関連 若《わか》布《め》↓125／和《め》布《かり》刈《の》神《しん》事《じ》↓冬

わかめ刈乙女に袖はなかりけり　召波

ばらばらに漕いで若布刈りの舟散らす　橋本多佳子

▼若い女性が着ている作業着は袖なしか。春の海風は寒いだろうに。▼若布刈舟は、誰が指令するわけでもないのに、近寄りもしなければ離れもしない。

海《の》苔《り》掻《かき》

初春

海《の》苔《り》採《と》る・海《の》苔《り》篊《ひび》・海《の》苔《り》舟《ぶね》・海《の》苔《り》干《ほ》す・海《の》苔《り》簀《す》

塩分の少ない水域で養殖された甘海苔（アサクサノリなど）を掻いて採取すること。川水の流れ込む浅瀬に立てた海苔篊に海苔の胞子を付着させ、発芽、生長させたのち、手でしご

紅梅に青く横たふ筧かな：真新しい竹製の筧《かけい》。紅と青の色彩の妙。

きとる。洗って裁断し、海苔簀で乾燥させる。現在では採取に電気器具を用いる。関連 海苔《のり》↓126

海苔掻は他を見ず岩を見て去りぬ　渡辺水巴

きらきらと海苔を掬へば日も掬ひ　上野泰

海苔篊の見ゆる航空写真かな　能村研三

▼沖や陸に目をやることもなく、海苔のみを見て去っていく。▼掻いたばかりの海苔を掬《すく》う。日が海を照らし、海苔が日を受けて輝く。▼あれが見える、これも見える、そんな航空写真の中に、海苔の篊が見えた。

【鮎《あゆ》汲《くみ》】仲春

子《こ》鮎《あゆ》汲《くみ》・鮎苗《あゆなえ》

冬の間、湖や海で過ごした稚鮎《ちあゆ》は、三、四月頃には川に遡上してくる。その稚鮎を網で採ったり、堰《せき》に寄っている稚鮎を掬《すく》ったりする。出荷用の稚鮎を「鮎苗」と呼ぶ。関連 若鮎《わかあゆ》↓150／鮎《あゆ》↓夏

子鮎汲み暮れたる空に雪の比良　西村公鳳

鮎汲衆柄杓逆手に構へけり　尾池和夫

▼竿先《さおさき》に結った鴉《からす》の羽で水面を叩《たた》いて寄せた稚鮎を叉手網《さであみ》で掬う琵琶湖《びわこ》の追叉手《おいさで》漁。雪の比良山《ひらさん》は暮れ残っている。▼魞《えり》(次項参照)での稚鮎汲みの勇ましい姿。

【魞《えり》挿《さ》す】初春

「魞」は、二月から三月にかけて、河川、湖沼などで行なわれる定置漁法の一つ。魚の通り道に、岸近くから沖にかけて竹の支柱を挿して竹や葭《よし》の簀《す》を張り、先端に仕掛けた魞壺《えりつぼ》に魚を誘い込み捕獲する。この魞を設置することを「魞挿す」という。よく知られている琵琶湖《びわこ》の魞は仕掛けも大掛かり。比《ひ》叡《えい》・比良《ひら》の山々や伊吹山《いぶきやま》にまだ雪が残る頃の、早春の風物として親しまれている。

魞を挿す力のかひな見ゆるかな　高浜年尾

魞挿して浪をなだむる奥琵琶湖　福永耕二

雪の日もまだありながら魞を挿す　三村純也

▼早春の湖上はまだ寒い。舟で作業するその両腕に頼もしい力がこもる。▼作業が終わり、湖面も静かに。奥琵琶湖のしっとりとした風光の漂う句。▼魞挿す時期はまさに余寒の頃。あたりの山《やま》襞《ひだ》にも尾根の北面にも、まだ雪が残るなか、季節の仕事は着々と進められる。

【上《のぼ》り簗《やな》】三春

春《はる》の簗《やな》

鮎《あゆ》や鮭《さけ》など、川を遡上する習性をもつ魚を捕獲するために、川瀬に仕掛ける装置。竹や木などを打ち並べて水を堰《せ》き、流れに逆らって上ってくる魚を捕る。ことに春の簗にかかる若鮎は珍重される。関連 簗《やな》↓夏／下《くだ》り簗《やな》↓秋

上り簗雨の篁うちかぶり　水原秋桜子

鳶の笛ひねもす零りぬ上り簗　大石悦子

柳居《りゅうきょ》▶貞享3年(1686)—延享5年(1748)佐久間氏。沾洲門。『五色墨』に参加、乙由門へ移り蕉風復古を志す。

▼雨を孕《はら》んで重くなった篁《たかむら》(竹林)が、川にのしかかる。まるで上り簗に蓋《ふた》をするように見える。▼上天気の空で鳶《とび》が高らかに鳴く。その声が一日中降りしきる。

鯛《たい》《たひ》網《あみ》《あみ》

晩春

鯛葛網《たいかつらあみ》・五智網《ごちあみ》・鯛地漕網《たいじこぎあみ》

春に美味となる鯛を捕るための漁法。多くの舟で網の両端を絞りつつ引いてゆくのが「鯛葛網」で、夜、船板を叩《たた》いて鯛を網のほうに集めるのが「五智網」。広島県鞆《とも》の浦《うら》の鯛網は観光行事として有名。関連 桜鯛《さくらだい》→144

鯛網のすみたる海の平らかに　五十嵐播水

しぼりゆく鯛網ふるへはじめけり　森田峠

▼賑《にぎ》わっていた海がもとの落ち着きを取り戻す。▼網の震えは鯛の震え。引き上げられた多くの鯛が、狭い網の中で一斉にうごめく様子が見えるよう。

磯《いそ》竈《かまど》

初春

磯焚火《いそたきび》

海女《あま》が漁を始めるのは早春。おもに若布《わかめ》、天草《てんぐさ》などの海藻を採る。海女漁に焚《た》き火《び》は欠かせないが、春寒い時期には、特別に「磯竈」を設《しつら》える。竹笹や丸太で囲って幾人か入れるほどの空間をつくり、内に竈をつくって温まる。入口は東に向ける。男子禁制だが、たとえ女性であっても無遠慮に覗《のぞ》き込むのは御法度である。

鯛網

貝の形《なり》保ちたる灰磯竈　阿波野青畝

磯かまどファッション雑誌焦げ残り　嶋田修

磯竈より大勢の眼に見らる　山口波津女

▼海女の去った後の磯竈。貝はたまたま木切れに紛れていたものか、それとも海女たちが食べたものか。▼この句も海女のいない場面。海女たちが談笑の折にファッション雑誌を見ていた様子が

一雫こぼして延る木の芽かな：木の芽が伸びるとき雫《しずく》をこぼした。みずみずしい生命感。

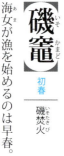

ありありとわかる句。▼男たちが海女不在の磯竈を覗くのとは逆に、作者は向こうから見られて身を縮めている。何をしに来たのか、という眼だったのだろう。両者ともに女性の眼だ。

磯開《いそびらき》

晩春　海下《うみおり》・磯《いそ》の口開《くちあ》け

海藻や栄螺《さざえ》、鮑《あわび》などの貝類の増殖と保護のため、秋から冬の間禁じていた漁を解禁すること。地域によって異なるが、三月に行なわれるところが多い。「磯の口開(明)け」「浜の口開(明)け」ともいう。

法螺の音風吹きちぎる磯開　堀古蝶

磯開海女の踝うひうひし　山田弘子

▼磯の口開けを知らせるのに現在はサイレンや有線放送を使っているが、かつては法螺貝《ほらがい》を鳴らしていた。▼磯開きを待っていた海女の心躍り。

磯菜摘《いそなつみ》

三春

春になって潮も温《ぬる》んでくると、女性たちは磯に出て、鹿尾菜《ひじき》や石蓴《あおさ》、ふのりなどの海藻を摘む。これら食用の海藻を「磯菜」という。磯菜は自家用の味噌汁の具や煮炊きにも使うが、乾燥させて商品にもする。

防人の妻恋ふ歌や磯菜摘む　杉田久女

磯菜摘ときに腰打つ波の来て　関清子

▼磯菜を摘みながら思いやった、『万葉集』に詠まれた防人《さきもり》の妻を恋い慕う歌の切なさ。▼磯の浅い所に屈《かが》んで磯菜を摘むが、時には腰にまで波が。

海女《あま》

晩春　磯人《いそど》・かつぎ・もぐり・磯笛《いそぶえ》・磯《いそ》なげき

海に潜って鮑《あわび》や栄螺《さざえ》を採る女性。古代から行なわれている最も原初的な漁法の一つ。男性の場合は「海士」と書くが、季語になっているのは「海女」のみ。自分で桶《おけ》を持ち磯近くで仕事をする「磯海女」と、夫婦で舟で沖に出て潜る「沖海女」とがある。潜水して一気に海面に出てヒュウと息を整えるこの息を、「磯なげき」「磯笛」「海女の笛」などと呼ぶ。福岡県の鐘ケ崎《かねがさき》、石川県の輪島《わじま》、三重県の志摩《しま》、千葉県の安房《あわ》などの海女がよく知られている。

命綱たるみて海女の自在境　津田清子

磯海女のひとりがピアスしてゐたり　福田甲子雄

▼舟の上の夫が妻の命綱を握る。その綱をたるませて海女は自在に海中を動き、海底を這《は》う。▼一人前になった海女。お洒落《しゃれ》をしたい年頃でまだ若い。

諸九尼《しょきゅうに》▶正徳4年（1714）―天明元年（1781）有井氏。俳人浮風と出奔。浮風没後は剃髪し旅に明け暮れた。

事《こと》始《はじめ》

仲春

御《お》事《こと》汁《じる》・六《む》質《しつ》汁《じる》・いとこ煮《に》

「事始」の「事」とは、祭事、農事など。これらを始める日で、旧暦二月八日とする地域が多い。この日きまって食べるのが「御事汁」。芋《いも》、大根、人参、牛蒡《ごぼう》、小豆、蒟蒻《こんにゃく》などを具とした味噌汁で、醤油汁だと「六質汁」「いとこ煮」などという。また「事納《ことおさめ》」とされる十二月八日を歳神《としがみ》の来臨に備える「事始」の日とし、農事を始める日を二月八日と決めている地域もある。関西では、十二月十三日を正月「事始」の日として正月の準備を始めるなど、日取り、内容など、地域によってさまざま。関連 事納《ことおさめ》→冬

うかとしてまた驚くや事始　松瀬青々

いささかの塵もめでたや事始　森川暁水

▼まだ先だと思っていたのに、あっという間に年に一度の事始の日となった。巡り来る時の早さ。▼人の暮らしと縁の深い塵《ちり》。事始の最初に塵を払う。が、塵があるということは人が無事に暮らしているということ。

春《はる》ごと

仲春

春《はる》の事《こと》・事《こと》日《び》・事《こと》祭《まつり》

「春の事」(「事」は祭事の意)で、春の「事祭」のこと。旧暦二月から四月の間、日を定めて野で食事をしたり、餅を搗《つ》いたりする。農事開始の祝いと、秋の豊作の予祝のような一日。おもに近畿、中国で行なわれる。

春ごとの存分に田を走りけり　上島清子

板の間に立つ春事の酒の瓶　辻田克巳

▼春、それまで静かだった山河がうごめき始める。開放感を全開させて、凍《い》てのゆるんだ田を走る。▼これから酒宴。座敷に出る前の酒瓶《さかびん》が待機している。

春《はる》祭《まつり》

三春

各地で春季に行なわれる神社の祭のこと。季節恒例の祭は、春は二月、夏は四月、秋は七月、冬は十一月に行なわれていた。春の祭は、新年にその年の豊作を予祝する祭のほか、暖かくなってから神社で執り行なわれる祭典や、おもに西日本で三月に行なわれる「春ごと」(前項参照)といわれる農村の慰労的行事をいう。関連 祭《まつり》→夏

わが生徒笙つかまつる春祭　能村登四郎

山国の星の大粒春祭　石田勝彦

祝詞すぐ田の風に乗り春祭　鍵和田秞子

我影に追ひ付きかぬるこてふかな：ひらひらと舞う蝶。自らの影に追いついてこられない。

初午　楊洲周延「江戸風俗十二ヶ月之内　初午稲荷祭之図」（明治時代）　山口県立萩美術館・浦上記念館

▼作者は教師。目立たぬ存在だった生徒がいきいきと笙《しょう》を吹いている。「つかまつる」に生徒への思いが出ている。▼大きな星も「星の大粒」と表現されるとより立派に見える。山国に到来した春を簡潔に表現した句。▼神主の祝詞《のりと》が春風に運ばれる。軽やかな春祭の光景。

初《はつ》午《うま》

初春

一《いち》の午《うま》・二《に》の午《うま》・三《さん》の午《うま》・午祭《うままつり》・初午芝居《はつうましばい》・初午狂言《はつうまきょうげん》

二月最初の午の日に、全国に四万あるといわれる稲荷《いなり》神社や稲荷の祠《ほこら》で行なわれる祭礼。稲荷神社の総本山である伏見《ふしみ》稲荷大社（京都市）に神が降臨されたことにちなみ、この日を縁日とする。旧暦二月に行なう地域もある。稲荷神社の祭神倉稲魂神《うかのみたまのかみ》は、農耕神が商業神や屋敷神などに拡大したもので、商売繁盛、出世開運を願う人で賑《にぎ》わう。伏見稲荷や大神《おおみわ》神社（奈良県）では、願いが成就するという神木の杉の枝「験《しるし》の杉《すぎ》」を参詣人に授ける。初午の後、二の午があり、年によって三の午もある。いずれも賑わうが、今井つる女の「二の午や幟《のぼり》の外に何もなし」の句のように、初午の参詣ほどではない。

初午の祠ともりぬ雨の中　芥川龍之介

初午の雪洞の絵の狐さま　清崎敏郎

撥ね強き枝をくぐりて一の午　石田郷子

▼小さな祠だろう、揺れる神灯が雨ににじんで見える。▼稲荷の神の使いは狐《きつね》。雪洞《ぼんぼり》に描かれた狐に、からかいをこめて「狐さま」と呼びかける。▼参道に伸びた木の枝。お参りに行くという勢い

不角《ふかく》▶寛文２年（1662）—宝暦３年（1753）立羽氏。江戸の書肆《しょし》。奇矯な題材を詠みこむ俳風で一世を風靡《ふうび》。

がみなぎる。

【針《はり》供《く》養《やう》】（針《はり》供《く》養《よう》）

初春

針納《はりおさ》め・針祭《はりまつ》る

一年間使った針を休め、古針は淡島神《あわしまのかみ》に納め、供養する日。多くは二月八日に行なうが、十二月八日の地域もある。和歌山市加太《かだ》の淡嶋《あわしま》神社に始まったという。女性を加護する淡島信仰にゆかりの神を針才天女《はりさいてんにょ》と伝えたところから、女性に縁の深い針の供養を行なうようになったという。日頃、硬いものを縫っている針を労《いたわ》って、豆腐や蒟蒻《こんにゃく》など柔らかいものに古針を刺し、これを川などに流す地域もある。裁縫をする人が少なくなった現在、この行事も一般的ではなくなったが、仕立て業などを営む人の間にかろうじて残っている。祖母や母の時代はこの日、錆《さ》び針《ばり》や折れ針を紙に包み、針の功徳を言いながら土に埋めていた。この日の献立が豆腐と風呂吹大根であったことなど、遠い記憶となってしまった。

山里や男も遊ぶ針供養　村上鬼城

針供養椿の花に刺してやり　井上弘美

針納めちらつく雪に詣でけり　高橋淡路女

老の目に納めし針のもう見えぬ　江川虹村

▼お参りに出かける女たちにあやかって、男たちもゆっくりする。娯楽の少なかった頃の山村の休暇の日。▼柔らかく美しい椿《つばき》の花。針も嬉《うれ》しかろう。▼縁日ならば、雨でも雪でも出かけなければならない。▼豆腐にでも刺した針か。馴染《なじ》んだ針が手元から離れた感慨。

【建《けん》国《こく》記《き》念《ねん》の日《ひ》】

初春

建国《けんこく》の日《ひ》・紀元節《きげんせつ》・梅花節《ばいかせつ》・梅佳節《ばいかせつ》

二月十一日。もとは『日本書紀』の伝える神武天皇即位の日の一月二十九日を、明治五年（一八七二）に太陽暦に換算し紀元節と名づけて建国の日とした。第二次大戦後にいったん廃止されたが、昭和四十一年（一九六六）に復活、国民の祝日「建国記念の日」として制定された。戦時中、学校の式典では唱歌「紀元節」を斉唱、神武即位の訓話を聞き、紅白の饅頭《まんじゅう》を持ち帰った。教育勅語などを納めた奉安殿《ほうあんでん》の横に梅が植えられていたのは、明治期にこの日を「梅花節」「梅佳節」と呼んでいたことの名残だったのか。

式場の今歌となる紀元節　中村汀女

草の根に日のゆきわたる建国日　三田きえ子

庭の木の芯まで濡れて建国日　片山由美子

▼「雲に聳《そび》ゆる高千穂《たかちほ》の、高嶺《たかね》おろしに、草も木も」に始まる「紀元節」を斉唱する、式典の極みの時。▼早春の清く澄んだ風や光の見え始めるのがこの頃。▼冬眠から目覚めるように、雨を受けて呼吸を始めた庭の諸々《もろもろ》が元気をみなぎらせている。折しも今日は建国記念日。

【祈《き》年《ねん》祭《さい》】

初春

年祈《としご》いの祭《まつり》

平安時代、二月四日に神祇官《じんぎかん》（律令制における祭祀《さいし》をつかさど

小男鹿も寝に来よ萩に一夜庵：一夜庵は俳諧の祖・宗鑑が讃岐《さぬき》観音寺に結んだ庵。

る中央最高官庁)で行なわれていた五穀豊穣《ごこくほうじょう》、国の安泰を祈願した歳事。中世に廃絶したが、明治になって国家行事として復興。二月四日に諸神に幣帛《へいはく》(神への奉納品)を供え、十七日に祭儀を行なうようになった。現在では宮中三殿の一つ、賢《かし》所《こ》《どころ》で祭典がある。民間の豊穣祈願の祭として、各地の神社でも祭儀を行なうところが多い。

祈年祭森にあめんぼ生れけり　大島民郎

年祈いの祭や雨の予報出て　浦歌子

▼春、森に生きるものが次々に生まれる。森の水溜まりにも小さい命が生まれた。▼秋の豊作を助ける大きな恵みが、この祭の頃の雨。

雛《ひな》市《いち》　仲春

雛《ひな》の市《いち》

雛の節句前に立つ、雛人形や雛祭道具などを売る市。『東都歳時記』(天保九年)に「街上に仮屋をしつらひて雛人形諸器物にいたるまで、金玉を鏤《ちりば》め造りて商ふ」とあり、朝市や縁日の賑《にぎ》わいが想像される。江戸時代には、江戸の尾張町《おわりちょう》、麹町《こうじまち》、人形町《にんぎょうちょう》、十軒店《じっけんだな》(現在の中央区日本橋室町三丁目付近)などで、二月末から三月二日まで開かれたという。時代が遷《うつ》り、人形専門店やデパートの特設売場ができたりして、雛市は見られなくなった。

鞠躬如として雛市に従へり　安住敦

雛店の雛雪洞の総てに灯　大橋敦子

遠方を見てゐし雛買はれけり　五十嵐研三

▼鞠躬如《きっきゅうじょ》として(かしこまって)雛市について行く。先を行くのは女房、娘たちだろう。▼雛壇の雪洞《ぼんぼり》に灯を入れて売る。華やかな市の様子を伝える句。▼人形の眼は、みな遠くを見ているよう。どこの誰に買われたのか、ほのかに人形の哀れが漂う。

雛《ひな》祭《まつり》　仲春

桃《もも》の節句《せっく》・雛《ひな》・雛《ひいな》・雛遊《ひなあそ》び・雛飾《ひなかざ》り・雛人形《ひなにんぎょう》・紙雛《かみびな》・立雛《たちびな》・土雛《つちびな》・初雛《はつびな》・古雛《ふるびな》

三月三日の女の子の幸せを願う行事である。雛人形を飾り、雛料理を作って祝う。桃の花を飾るので桃の節句ともいう。古代中国の上巳《じょうし》の節句(三月三日)と、日本に古くからあった形代《かたしろ》の風習が、長い歳月をかけて融合して誕生した行事である。形代とは、人の身代わりに災いを負う人形《ひとがた》

雛祭　福岡県柳川市の「つるし雛」。

名句鑑賞

土雛は昔流人や作りけん　渡辺水巴

どこだろうか、辺鄙《へんぴ》な土地に古くから伝わる土のお雛さま。たしかに鄙《ひな》びてはいるが、どことなく雅《みやび》やかな感じがするのは、その昔、きっと都からここへ流されてきた流人《るにん》が作り始めたものだからにちがいない。［長谷川］

盧元坊《ろげんぼう》▶元禄元年（1688）―延享４年（1747）仙石氏。里紅とも号した。支考に師事し、美濃派の道統を継ぐ。

で、「流し雛」(雛流し)は穢《けが》れを負った形代を水に流す形代流しの名残である。江戸時代には人日《じんじつ》(一月七日)、端午《たんご》(五月五日)、七夕《たなばた》(七月七日)、重陽《ちょうよう》(九月九日)とともに五節句の一つに定められた。雛祭はもともと旧暦三月三日(太陽暦四月上旬頃)の行事だったが、明治の改暦以降、ひと月早まった。「桃の節句」とはいっても、太陽暦の雛祭には桃の花は間に合わない。

草の戸も住み替はる代ぞ雛の家　芭蕉
綿《わた》とりてねびまさりけり雛の顔　其角
消えかかる燈もなまめかし夜の雛　蓼太
紙雛や奈良の都の昔ぶり　蝶夢
たらちねの抓《つま》まずありや雛の鼻　蕪村
美しきぬるき炬燵や雛の間　高浜虚子
天平のをとめぞ立てる雛かな　水原秋桜子
仕《つかまつ》る手に笛もなし古雛　松本たかし

▼わび住まいの自分の家も、旅立った後は他人が住む。雛人形を飾る明るい家となるだろう。▼お雛さまを飾ろうと、顔を包んでいた綿をとると、去年より大人びて艶やかに見えた。▼夜更けの雛の間《ま》。▼奈良に伝わる昔ながらの紙のお雛さま。▼お雛さまに母親がいれば、きっとつまんだにちがいないと思いたくなるほど、お雛さまの鼻はかわいい。▼女性の部屋らしい美しい炬燵《こたつ》。▼お雛さまは天平時代の乙女のようにふっくらとしていらっしゃる。▼長い歳月のうちに手の笛も失われた雛。五人囃子《ごにんばやし》の笛方だろう。

雛《ひな》流《なが》し

仲春

流《なが》し雛《びな》・捨雛《すてびな》

三月三日の夕方に、雛を川や海に流すこと。雛人形をそのまま流すところもあれば、桟俵《さんだわら》(米俵の両端にあてる円い藁《わら》の蓋《ふた》)にのせて流すところなど、地域によってさまざま。本来の目的は、女児の身の障《さわ》りや禍《わざわい》を形代《かたしろ》(人間の身代わりとした人形《ひとがた》)に移して祓《はら》うこと。今も和歌山市加太《かだ》の淡嶋《あわしま》神社の雛流しには多くの雛が集まり、小舟にのせられて沖に流れゆく雛を見送る人で賑《にぎ》わう。鳥取の用瀬の雛流しもよく知られている。

流し雛堰落つるとき立ちにけり　鈴木花蓑
流し雛袖をつらねてゆきたまふ　下村梅子
日当りてさびしかりけり捨雛　山口青邨
天仰ぎつづけて雛流れゆく　大橋敦子

▼川波の遅速に身をゆだね流れゆく雛が、堰《せき》を落ちる一瞬立ち上がり、そのまま見えなくなる。意志あるように。▼雛が手に手を取り合って流れてゆく。▼川や海のない地域では祠《ほこら》の前などに雛を集める。それが捨雛。穢《けが》れを引き受けて捨てられた雛のさみしい情景。▼桟俵にねかせられた二体が天を仰ぎ続ける。雛の念か。

雛《ひな》《ひな》納《おさめ》《をさめ》

仲春

雛《ひな》しまう

雛祭の後に、雛人形や雛道具をしまうこと。人形の顔や手先を柔らかい和紙で包んだり、薄い綿をあてがったりして箱に

曲水の宴　岩手県平泉町毛越寺。

入れ、虫除けの樟脳《しょうのう》を入れる。小筆で埃《ほこり》を払ったり、和紙を揉《も》みほぐしたり、こまごまとしたものを包んだりしていると、来年まで会うことのない人形が、ひとしお愛《いと》おしく思われてくる。昔は雛の日が過ぎた後も飾ったままにしておくと婚期を逃すといわれ、女児の親はそそくさと雛納めに取り掛かったものだった。

水茎の古りにし反古や雛をさめ　松本たかし
死者のごと面輪をつつみ納め雛　山上樹実雄
昼闌けて紙の雛を納めけり　永島靖子
まず目鼻塞ぎ雛を納めたり　宇多喜代子

▼手習いに用いた反古《ほご》紙で雛や諸道具を包む。何年も使っているうちに紙も墨の文字も古びてきて。▼はっとさせられる句。飾っているうちは生き生きと見えていた雛が、生気を失って見える。これも雛納めの実景。▼昼をすぎて、紙の雛も絵の雛も、豪華な雛と同じく視界から姿を消す。だからこそ再会が楽しいのだろう。▼雛人形を箱に納める。最初に目鼻を塞いだと言い、人形への愛着がにじむ。

曲水《きょくすい》

晩春

曲水《きょくすい》の宴《えん》

かつて朝廷で旧暦三月の上巳《じょうし》の日に行なわれていた風流の行事で「曲水の宴」の略。庭園内の小流れのほとりに貴族たちが間隔をあけて座り、上流から流れてくる盃《さかずき》が自分の前に至るまでに詩歌を作り、盃の酒を飲み、次へ流すという、のどか

鳥酔《ちょうすい》▶元禄 14 年 (1701)—明和 6 年 (1769) 白井氏。蕉風復古の先駆者。鴫立庵を再興。弟子に白雄がいる。

にして慌ただしい行事。水に流すという風習がのちの人形《ひとがた》流し、雛流《ひなながし》しなどの起源になった。今も京都の城南宮《じょうなんぐう》や、福岡県太宰府《だざいふ》天満宮、岩手県平泉の毛越寺《もうつうじ》などで行なわれている。

曲水の詩や盃に遅れたる　正岡子規

はしり書する曲水の懐紙かな　松瀬青々

▼盃の遅速を気にする詩歌の詠み手の心情に注目したところに作者の目が生きている。▼推敲《すいこう》する間《ま》もなく、思いついた詩句を走り書きする実作者の思い。

【雁風呂《がんぶろ》】

仲春　雁供養《かりくよう》

秋、雁が渡来する時、海上で羽を休めるためにそれぞれが小さな木切れをくわえて飛んでくる。浜辺に落とされた木切れは、翌年の春に雁が北に帰る時、また、くわえて持ち去られる。しかし、命を落とした雁の木切れは浜に残る。供養のためにその木切れを集めて風呂を焚《た》くという話が、青森県の津軽半島北部の外ケ浜《そとがはま》と呼ばれる海岸沿いに伝わっている。そんな哀れな物語のある木切れで焚いた風呂を「雁風呂」といい、「諸人に浴せしむ」と江戸期の俳諧歳時記『栞草《しおりぐさ》』にある。実際には外ケ浜の場所も定かではなく、雁が木切れをくわえて飛び来ることも雁風呂のことも、言い伝えにすぎない話だが、春の浜辺に流れ着いた流木や木切れを集めて風呂の薪《まき》に用いたことは事実であったのだろう。虚実はともかく、春に去る雁に思いを寄せた哀惜の念のこもった言葉として捨てがたく、帰ることのできなかった雁を思う句が、現在も多く作られている。

関連　雁帰る《かりかえる》→139／雁《かり》→秋

雁風呂に海のつづきの波がたつ　澁谷道

雁風呂に火を入れて人低唱す　藤木倶子

砂山にぽかと月あり雁供養　永田青嵐

乾びたる藻を焚き付けに雁供養　棚山波朗

▼風呂の湯のかすかな音に波音がかぶさる。雁のことを思いつつの風呂。▼風呂を沸かす火を入れた。小声で歌う歌に、冬死んだ鳥への供養の気持ちがこもる。▼春の月を仰ぎつつ、命果てた雁を供養する。砂山の果てに続く海が暗い。▼「雁風呂」というものがいかにもありそうと思えてくる。一切が言い伝えと納得しつくしたうえでの句作である。

【三月十日《さんがつとおか》《さんぐわつとをか》】

仲春　三月戦災忌《さんがつせんさいき》

第二次世界大戦中の昭和二十年（一九四五）三月十日、東京が爆撃機B29を主力とする米空軍の大空襲を受けた日。八万とも一〇万ともいわれる人が焼き殺され、東京の全建物の四分の一が破壊されて約一〇〇万人が家を失った。零時八分、深川に始まった爆弾投下は、早暁にかけておもに下町中心に被害が広がった。それまでの軍事施設を的にした昼間の爆撃とは異なり、非戦闘員を巻き込む夜間の焼夷弾《しょういだん》爆撃は、米軍の日本爆撃作戦の転機を画したものとなり、その後も各地に及んだ。筆者（宇多）が山口県徳山市（今の周南市）で被爆し、奇

うちかける鯨の波や峰の松：沖で鯨がたてた波が峰の松まで届いた。

跡的に殺傷を免れた空襲も同年七月二十六日、同じく夜間の焼夷弾爆撃でB29の空爆時間は約七〇分、使用された爆弾は人畜殺傷爆弾と呼ばれていたものであった。関連 沖縄忌《おきなわき》↓夏／原爆《げんばく》の日《ひ》・終戦記念日《しゅうせんきねんび》↓秋

墨堤の三月十日茜燃ゆ　松本実

土筆など摘まな三月戦災忌　上田五千石

▼「墨堤《ぼくてい》」とは隅田川《すみだがわ》の土手。ここで幾人の人が息絶えたのだろう。茜《あかね》があの日の炎の色を思い出させる。▼忌まわしい思い出ばかりの「三月戦災忌」。この日と土筆《つくし》の繋《つな》がりはわからないけれど、何だかじっとしていられない気分にかられる作者の心中が伝わってくる。

【東日本震災忌《ひがしにほんしんさいき》】

仲春

東日本大震災《ひがしにほんだいしんさい》

平成二十三年（二〇一一）三月十一日午後二時四六分、三陸沖を震源とするマグニチュード9・0の地震が発生した。その約三〇分後、高さ十数メートルにも及ぶ巨大な津波が日本列島の太平洋沿岸を幾度も襲い、とくに東北の三陸沿岸では津波の一部は沿岸から数キロの内陸部にまで達した。沿岸部の港湾施設、漁業関係施設はもとより、数多くの役所や学校、一般家屋が押し流され、一帯は瓦礫《がれき》の山と化した。被災地域は、東北太平洋岸を中心に、関東地方にまで及び、死者・行方不明者は合わせて二万人近くに達した。津波に襲われた農地や漁場だけでなく、工場なども数多く倒壊・流出・焼失し、日本経済に大きな打撃を与えた。戦後最大の地震災害であり、「東日本大震災」または「東北・関東大震災」と呼ばれる。また、この地震と津波により、福島県の福島第一原子力発電所では原子炉の冷却ができなくなり、過酷な原発事故が出来した。関連 震災忌《しんさいき》（関東大震災）↓秋／関西震災忌《かんさいしんさいき》（阪神・淡路大震災）↓冬

帰る雁死体は陸《くが》へ戻りたく　小原啄葉

みちのくの今年の桜すべて供花　高野ムツオ

停電の街に大きな春の月　逸見貴

原子炉のしづまり給へ花鎮め　野村三千代

三・一一神はゐないかとても小さい　照井翠

▼津波によって沖へ流された人々。春、北の地へ帰る雁の姿に鎮魂の気持ちを重ねる。▼すべての桜とは盛大な供花。犠牲者の数を思えば、それでも足りない。作者は宮城県多賀城市の人。▼原発事故で計画停電が実施された。真っ暗な街に浮かぶみごとな春の月。▼事故を起こせば原子炉は手に負えない魔物。鎮静化を祈らずにはおれない。「花鎮め」は桜が散り急がぬよう祈ること。▼三・一一という日付が震災の記憶を蘇らせる。多くの犠牲者と甚大な被害。その絶望感。

【春分《しゅんぶん》の日《ひ》】

晩春

国民の祝日。昭和二十三年（一九四八）七月に「自然をたたえ、生物をいつくしむ」日として制定された。二十四節気の一つ、彼岸の中日《ちゅうにち》にあたり、三月二十一日前後。太陽が真東から昇

巴人《はじん》▶延宝4年（1676）―寛保2年（1742）早野氏。其角、嵐雪門。夜半亭を結び宋阿と改号。蕪村の師である。

り真西に沈むため、昼と夜の長さがほぼ等しくなる。春の気があたりに満ち、墓参りや行楽に出かけたりする。関連 春分《しゅんぶん》↓15／秋分《しゅうぶん》の日《ひ》↓秋

正午さす春分の日の花時計　松岡ひでたか

見上《みあ》げゐる春分の日の時刻表　井上康明

▼暖かくなる頃、花時計の花も息づき始める。▼昼夜の時間が同じだと思うと、妙に時間が気になる。時刻表を見上げるのは、この日に限ったことではないのだが。出かけることが億劫《おっくう》でなくなるのもこの時期。

【四月馬鹿《しがつばか》《しぐわつばか》】晩春

エイプリルフール・万愚節《ばんぐせつ》

四月一日。この日の午前中にかぎり、嘘《うそ》で人を驚かしてもいいという欧米の風習が、明治の頃に「万愚節」の呼び名で日本に入ってきたもの。あくまでも混乱に陥らない軽いジョーク、人を傷つけない嘘にかぎること。

万愚節明けて三鬼の死を報ず　渡辺白泉

四月馬鹿桃流れくる筈はなし　星野麥丘人

▼作者の盟友西東三鬼《さいとうさんき》の忌日は四月一日。嘘と現実の狭間《はざま》でその死を受け取る。▼川辺での句か。ふと童話「桃太郎」の冒頭を思い、たちまち現実に戻る。

【黄金週間《おうごんしゅうかん》《わうごんしうかん》】晩春

ゴールデンウイーク・五月連休《ごがつれんきゅう》

四月二十九日の「昭和の日」、五月三日の「憲法記念日」、四日の「みどりの日」、五日の「こどもの日」を中心とした約一週間の連続休暇。大げさな呼称に思えるが、「国民の祝日に関する法律」が制定された昭和二十三年（一九四八）当時、働き蜂《ばち》の勤労者にとってはまさに黄金のような休暇であった。最近、G・Wなどと略表記した句が散見されるが、これは無理だろう。

五月連休子の恋人の親にも会ひ　安住敦

ゴールデンウィーク寝巻で屋根の上にゐる　如月真菜

▼緊張するのは、子や子の恋人より双方の親。「五月連休」に会うというだけで、顔合わせ成功の感じがする。▼このひとときを退屈とみるか、黄金とみるか。これぞ黄金週間だと思うのだけれど。

【昭和の日《しょうわのひ》《せうわのひ》】晩春

みどりの日《ひ》

国民の祝日。四月二十九日。もとは昭和天皇誕生日で「天皇誕生日」として親しまれていたが、今上天皇即位後、平成元年（一九八九）、「みどりの日」と改称し、平成十七年の「国民の祝日に関する法律」改正の折、「激動の日々を経て、復興を遂げた昭和の時代を顧み、国の将来に思いをいたす」ことを趣旨として「昭和の日」と改称された。

昭和史のおほかたを生きみどりの日　千手和子

沖縄忌原爆忌その昭和の日　諸角せつ子

母と生きし歳月深し昭和の日　古賀まり子

LIBERTY の花柄が好き昭和の日　須川洋子

▼昭和天皇の長い波瀾《はらん》の在位。その大方を共に生きた感慨は深い。▼激動の日々の中には沖縄戦があり、広島・長崎の被爆があった。それらを礎《いしずえ》としての「昭和の日」であることを忘れてはならない。▼母と二人で寄り添って生きてきた昭和という時代への感慨。母ありてこその思いが深い。▼戦後、日本に輸入された英国のリバティ・プリントは、独特のエレガントで可憐《かれん》な花柄に人気があった。

【メーデー】晩春

労働祭《ろうどうさい》・メーデー歌《か》・メーデー旗《き》

五月一日に行なわれる国際的な労働者の祭典。この日、労働者は仕事を休んでデモに参加し、労働者の連帯を深める。一八八六年五月一日、アメリカの労働者が八時間労働制度を要求してストライキを行なったことが起源。日本の第一回メーデーは、大正九年（一九二〇）に行なわれた。

ガスタンクが夜の目標メーデー来る　金子兜太

ごみ箱に乗りメーデーの列を見る　加倉井秋を

▼あのガスタンクまで。そう思いつつ、メーデーに参加する。ガスタンクが巨大なものの象徴としてである。▼デモを傍観する立場からの句。「ごみ箱」の語に健全なる悲哀がこもる。

人事　行事

【憲法記念日】晩春

憲《けん》《けん》法《ぽう》《ぱふ》記《き》《き》念《ねん》《ねん》日《び》《び》

国民の祝日。五月三日。昭和二十二年（一九四七）五月三日、日本国憲法は施行された。「日本国憲法の施行を記念し、国の成長を期する」ことを趣旨として、翌年、憲法記念日が制定された。

投書欄大きく憲法記念の日　前田攝子

憲法記念日狂言を観て帰る　富吉浩

▼例年この時期になると、改憲派・護憲派の論議が高まる。新聞の投書欄も多くのスペースを割いて対応する。▼人情の機微をうがった狂言だったのか。憲法記念日の句としては異色。

【みどりの日《ひ》】三春

植樹祭《しょくじゅさい》・みどりの月間《げっかん》・みどりの募金《ぼきん》

国民の祝日。五月四日。「自然に親しむとともにその恩恵に感謝し、豊かな心をはぐくむ」ことを趣旨として、平成十九年（二〇〇七）に制定された。また、「みどり」に対する意識を高めるために、四月十五日から五月十四日までは「みどりの月間」と位置づけられ、みどりの式典や全国植樹祭が開催される。かつて四月二十九日の昭和天皇誕生日を今上天皇即位後に「みどりの日」と称した時期があったことから、現在の「昭和の日」の意味で「みどりの日」の季語が使われることもある。

宋屋《そうおく》▶元禄元年（1688）―明和３年（1766）巴人門。師没後、一門をよく率いて嘯山、蝶夢ら秀英を育てた。

みどりの日雨のディズニーランドかな　山田みづえ

植樹祭雨の滴のみどり濃く　的場美智子

乙女駆くみどりの月間の森よ　森響雨

▼「自然に親しむとともにその恩恵に感謝し、豊かな心をはぐくむ」ためのみどりの日。しかるに巨大遊園地に人は遊ぶ。▼雨の日の植樹祭。植栽されたばかりの木から滴る雫《しずく》の緑が濃い。▼長い髪をなびかせて、新緑のむせぶような森を少女が駆け抜けてゆく。

開帳《かいちょう》《かいちやう》

三春

出開帳《でかいちょう》・居開帳《いかいちょう》

期間を限って、平素閉ざしている厨子《ずし》の扉を開け、寺の秘仏を拝観させること。毎年、または三年に一度、七年に一度などと定期的に行なう。なかには三十三年目、六十年目というところもある。開帳の日には多くの拝観者が集い、門前には賑《にぎ》やかな出店が並ぶ。かつては見世物小屋や芝居小屋もかかった。自坊で行なうものを「居開帳」、ほかの場所でのものを「出開帳」という。近年は各地の美術館などで行なわれることもある。

開帳に逢《あ》ふや雀もおや子連《づれ》　一茶

開帳や大きな頬の観世音　阿波野青畝

旗立てて迎へ申しぬ出開帳　田村木国

▼ご開帳に巡り逢えた喜び。雀《すずめ》や蛙《かえる》を見逃さない一茶の目が、この日の「雀のおや子」に向く。▼どんな仏さまかと固唾《かたず》を呑む思いで開帳の日を待つ。▼仏さまを迎える人々の喜びがほとばしり出る、臨場感のある句。

遍路《へんろ》

三春

遍路道《へんろみち》・遍路宿《へんろやど》・四国巡《しこくめぐ》り

弘法《こうぼう》大師ゆかりの四国八十八か所の霊場札所を巡拝すること。または巡礼している人をさす。白装束に納経箱を下げ、金剛《こんごう》杖《づえ》、数珠、鈴を持ち、草鞋《わらじ》をはき、「同行二人《どうぎょうににん》」と書いた笠をかぶって歩く。徳島の霊山寺《りょうぜんじ》を第一霊場として始まり、中世以降、盛んになったという。秋に歩く遍路を「秋遍路」という。現代では、季節を問わず観光バスで巡る人たちも増えている。

関連　秋遍路《あきへんろ》→秋

道のべに阿波の遍路の墓あはれ　高浜虚子

夕遍路いまさらさらと米出しあふ　中村草田男

▼遍路中、どこで果てても郷里には知らせないのが、遍路の覚悟。瞑目《めいもく》の思いが通う。▼沿道で恵まれたわずかな米を出し合う。その日の糧となるのか。

伊勢参《いせまいり》《いせまゐり》

三春

お蔭参《かげまいり》・抜参《ぬけまいり》

伊勢神宮にお参りすること。単独で参詣するだけでなく、かつては村単位で講《こう》を組んで出向くことが多かった。講とは、村人が共同で積み立てた資金で代参者がお参りする制度。熊《くま》野《の》講、大師《だいし》講などと同じく、信仰にかこつけて公然と出かける庶民の行楽、物見の旅でもあった。籤《くじ》で決めたり、指名さ

初秋や蚊屋にたばこの一二ふく：秋になって蚊も少なくなった。ほっと一服、二服しているところ。

れたりして、誰が行くかを決める。代参の人が土産を手に帰ってくる日には、村境まで迎えの人も出たという。二十年に一度の遷宮のあった翌年に「お蔭をこうむるように」とお参りをするのを「お蔭参」、親や主人に断りなくこっそり出かけるのを「抜参」という。宮（神宮）の地のゆかりの品を笥《け》（容器）に入れて持ち帰ることを「宮笥」つまりミヤゲというのだといわれている。

ひょんなことよりのこたびの伊勢参　田畑美穂女
伊勢参ここより志摩へ抜ける道　稲畑汀子
抜参り一と目でそれと知られけり　辻田克巳

▼春の陽気に楽しげに伊勢参り。「ひょんなこと」が何かを想像する楽しさにつきる。▼思いもかけぬところに見つけた志摩《しま》への連絡道。参拝者には便利な道でもあったろう。▼お参りに行ってきました、と大声で言えず、こそこそと戻ってくる。

涅槃会《ねはんえ》

初春

涅槃《ねはん》・お涅槃《ねはん》・涅槃絵《ねはんえ》・涅槃図《ねはんず》・涅槃像《ねはんぞう》・寝《ね》釈迦《しゃか》・仏《ほとけ》の別《わか》れ

釈迦入滅の日の法要のこと。旧暦時代は二月十五日だったが、明治の改暦以降は、旧暦二月十五日が毎年動くので太陽暦二月十五日か月遅れの三月十五日のところが多い。この日、寺では釈迦入滅の様子を描いた涅槃図を掲げて法要がある。釈迦入滅の日は定かではないが、インド暦で、第二の月の満月の日とされる。そこで旧暦では二月十五日としてきた。この日は、「願はくは花の下にて春死なむそのきさらぎの望月の頃」（『山家集』）と詠み、文治六年（一一九〇）二月十六日に亡くなった西行の忌日でもある。

涅槃会や花も涙をそそぐやと　素堂
西行の慾のはじめやねはん像　蕪村
土不踏ゆたかに涅槃し給へり　川端茅舎
葛城の山懐に寝釈迦かな　阿波野青畝

▼人間や動物だけでなく、植物の花も涙を流している。釈迦の傍らに生えていた二本の沙羅《さら》（沙羅双樹）は花がたちまち白に変じた。▼西行が涅槃の日に死にたいと願ったことを「西行の慾《よく》のはじめ」といった。▼涅槃像の足裏にふくらみを見出した。その時から一層、この像に親しみを覚える。▼葛城山《かつらぎさん》は奈良盆地の南西、金剛《こんごう》山地の山の一つ。

修二会《しゅにえ》

仲春

お松明《たいまつ》・修二月会《しゅにがつえ》

旧暦二月一日から十四日までの間、各寺院で行なわれる法会で、五穀豊穣《ごこくほうじょう》・国家安寧を祈願して奈良時代から行なわれてきた行事。最も有名なのは東大寺二月堂の修二会。この期間に行なわれる「お水取」（次頁参照）は、厳しい精進潔斎をすませた僧による若狭井《わかさい》のお香水《こうずい》を汲《く》む行《ぎょう》。夜空を焦がす大松明が堂に上がるのも勇壮で、多くの参詣の人たちで賑わう。明治の初めに暦が太陽暦になって以来、三月一日から十四日に行なわれるところが多く、東大寺でもこの期間に営まれる。

修二会僧女人のわれの前通る　橋本多佳子

存義《ぞんぎ》▶元禄15年（1702）―天明2年（1782）馬場氏。江戸座の代表的宗匠の一人。蕪村とも交友した。

迅雷のごとくに駆けて修二会僧　三嶋隆英

走る走る修二会のわが恋ふ御僧も　大石悦子

▼行の場所の中には女人禁制の所も多く、参詣の女性たちはやむなく格子越しに中の様子を覗《のぞ》いたりする。そんな作者の前を僧が通っていく。それだけであるのに艶やかな気が漂う。▼行の凄《すご》さがうかがえる句。そのスピード、その熱気はまさしく「迅雷《じんらい》」のよう。▼この僧もただひたすら走る。頬を上気させた僧に、ついつい加勢したくなる。

【若狭《わかさ》のお水送《みずおく》り】 仲春

お水送《みずおく》り・送水会《そうずいえ》

福井県小浜《おばま》市の若狭神宮寺《わかさじんぐうじ》で、三月二日夕から執行される儀式。護摩火《ごまび》から移した松明《たいまつ》を持って鵜《う》の瀬《せ》までの二キロの道を歩く。そこでお水切りの儀があり、ご香水《こうずい》を遠敷《おにゅう》川に流すのが「お水送り」。

加はりてお水送りの手松明　右城暮石

送水会天に沖する大護摩火　藤本安騎生

▼護摩火から移した手松明を持って鵜の瀬まで残雪の道を歩く。▼神宮寺での送水会では大護摩火が焚《た》かれる。炎が、火の粉が、闇の天に高く昇る。

【お水取《みずとり》】 仲春

水取《みずとり》

東大寺二月堂で三月十二日に営まれる、奈良に春を呼ぶ行事。旧暦時代は二月に行なわれたので「修二会《しゅにえ》」ともいう。この夜、二月堂では回廊での籠松明《かごたいまつ》、閼伽井屋《あかいや》でのお香水汲《こうずいく》み、内陣での達陀《だったん》の行法が夜を徹して行なわれる。お水取は本来、三月十二日深夜のお香水汲みのことをいうのだが、一般的にはお香水汲みだけでなく三月十二日の籠松明から達陀(三月十三、十四日にも行なわれる)に至る一連の行事をさす。しかしこれだけではなく、「別火《べっか》」と呼ばれる精進潔斎(二月二十日)、「十一面悔過《けか》」という本行(三月一日～)を含めた、二月から三月にかけての行事全体を「お水取」ということもある。閼伽井屋の水は奈良の真北、若狭小浜《わかさおばま》の遠敷《おにゅう》川の鵜《う》の瀬《せ》から地下を通って送られてくるという壮大な伝説がある。閼伽井屋の井戸を若狭井とも呼ぶのはこのため。初めて若狭から水が送られた時、水とともに黒と白の二羽の鵜が飛び出したという。

水とりや氷《こほり》の僧の沓《くつ》の音　芭蕉

水取の魁けの火の現れし　大橋櫻坡子

内陣を火の海にしてお水取　岩根壽美

▼僧たちが履くのは分厚い檜《ひのき》の板に緒をすげた差懸《さしかけ》という下駄。芭蕉は堂奥から響くその音を聞いた時、氷の音と思ったのだ。「籠《こも》りの僧」の誤りという人もいるが、それではただの説明になってしまう。▼二月堂の回廊を行き来する籠松明。それがいよいよ始まろうとしているのだ。▼二月堂内陣で行なわれる達陀の行法。

ふらここの会釈こぼるるや高みより：ぶらんこに乗っているのは若い女性だろう。

【彼岸会《ひがんえ》《ひがんゑ》】 仲春

お彼岸《ひがん》・お中日《ちゅうにち》・彼岸詣《ひがんもうで》・彼岸寺《ひがんでら》・彼岸《ひがん》餅《もち》・彼岸団子《ひがんだんご》・彼岸婆《ひがんばば》

春分の日を中日とする七日間を「お彼岸」といって、営む仏事が「彼岸会」。「彼岸詣」といって寺に詣でたり、祖霊供養のために彼岸団子や彼岸餅を作って仏壇に供えたり、近隣に配ったりする。「暑さ寒さも彼岸まで」といわれ、過ごしやすい季節で、山遊び、野遊びなどをする地方もある。 関連 彼岸《ひがん》↓15

卒寿われ母に彼岸の燭ともす　山口青邨

彼岸会の回向鐘ただわんわんと　右城暮石

▼九十歳になった喜びを、彼岸の仏壇に燭《しょく》を点《とも》して感謝する。▼彼岸寺では祖霊供養の鐘がわんわんと鳴り続ける。

【踊念仏《おどりねんぶつ》《をどりねんぶつ》】 仲春

念仏踊《ねんぶつおどり》

鉦《かね》や鼓《つづみ》などの調子に合わせて踊りながら念仏を唱えること。盆踊りの起源かといわれている。空也《くうや》上人が始め、時宗《じしゅう》の開祖一遍《いっぺん》上人以来、盛んになった時宗の修行。正徳三年刊の『滑稽雑談《こっけいぞうだん》』に、四天王寺《してんのうじ》では毎年彼岸の中日に踊念仏を行なうとある。関東の天道《てんどう》念仏もこの日の落日を拝みながら行なったという。出雲《いずも》の阿国《おくに》の女歌舞伎《おんなかぶき》も踊念仏が発展したものとか。今も一部の寺で執行されているが、次第に形式的なものになりつつある。

嬉しいか念仏をどりの柄杓ふり　嵐雪

念仏踊男の跣足なまなまし　文挾夫佐恵

念仏踊ぽつりぽつりと花の雨　岸田稚魚

▼柄杓《ひしゃく》を手に踊る衆は無我の境地。その陶酔の表情の奥の喜びは傍目《はため》にはわからない。▼「一遍上人絵伝」を見ると、かつての念仏衆はみな跣足《はだし》。踊っているのは現世の男か。作者が目にとめたのはその表情ではなく、跣足。▼花時は雨が多い。せっかく踊っているのに無情の雨とは。

【御影供《みえいく》】 晩春

正御影供《しょうみえいく》・みえく・空海忌《くうかいき》

旧暦三月二十一日、真言宗で弘法大師《こうぼうだいし》(空海)入定《にゅうじょう》の日に営む法要。京都の東寺では毎月二十一日を御影供、四月二十一日を「正御影供」と呼び、弘法市で賑《にぎ》わう。高野山金剛峯寺《こうやさんこんごうぶじ》では三月二十一日を正御影供とする。

御影供の今日を高野の雨に会ふ　西村公鳳

春深く御影供といふ一と日あり　後藤比奈夫

▼今日は御影供と思い、遠路を来て高野山に登ったのであるが、あいにくの雨。濃い山霧の中に寺々は静まる。▼淡々と詠んでいて趣が深い。

【比良八講《ひらはっこう》】 仲春

かつて旧暦二月二十四日に、滋賀県の比良大明神(白鬚《しらひげ》神社)で行なわれた、比叡山延暦寺の衆徒による法華経八巻の読経

太祇《たいぎ》▶宝永6年（1709）—明和8年（1771）炭氏。蕪村の盟友。諸国行脚の後、島原遊廓に不夜庵を結び宗匠となる。

と供養の法会。現在は三月二十六日に、大津市長等の本福寺に衆徒や山伏などが集まって、浜大津港まで練り歩いたのち、琵琶湖《びわこ》上で慰霊法要や湖上安全祈願が行なわれる。ちょうどこの頃、寒気がぶり返し、比良山地から吹き下ろす強風によって琵琶湖が荒れることから、この強風を「比良八荒《ひらはっこう》」といい、春の天文の季語となっている。

関連 比良八荒《ひらはっこう》→35

北むけば比良八講の寒さかな　松瀬青々

湖見えて比良八講の荒れと知る　百瀬美津

▼吹き下ろす強風は早春の息吹、厳粛なものをも感じとっている。▼鉛色の波を上げて荒れ模様の琵琶湖に、「比良八講」を実感しているのである。

【仏生会《ぶつしょうえ》《ぶつしやうゑ》】晩春

灌仏会《かんぶつえ》・降誕会《こうたんえ》・誕生会《たんじょうえ》・仏誕会《ぶつたんえ》・浴仏会《よくぶつえ》

四月八日は釈迦《しゃか》の誕生日。これを祝う行事を仏生会という。この日、寺では花で屋根を葺《ふ》いた花御堂を建て、その中の誕生仏に参拝者が甘茶を注ぐ。これを「灌仏《かんぶつ》」といい、仏生会を「灌仏会」ともいう。本来は旧暦四月八日とされ、初夏の行事だったが、明治の改暦以降は太陽暦の四月八日に移った。新旧の暦で季節感が大いに異なる。旧暦では若葉の季節だったが、新暦では桜の季節である。

灌仏の日に生《うま》れあふ鹿《か》の子哉《かな》　芭蕉

御仏の生れしけさや不二の山　乙二

灌仏や鳶の子笛を吹きならふ　川端茅舎

▼花御堂のお釈迦さまに甘茶を注ぐのが灌仏。子鹿《こじか》が生まれるのは初夏。芭蕉の時代、仏生会は初夏の行事だった。▼釈迦の誕生を祝うかのようにそびえる富士山。▼灌仏の日、鳶《とび》の子が鳴き方を習っている声が聞こえる。

【花祭《はなまつり》】晩春

花御堂《はなみどう》

旧暦四月八日の釈迦《しゃか》の生誕を祝う仏生会《ぶっしょうえ》のこと。各地の寺院では法要を行ない、寺の境内や堂内に設《しつら》えた花御堂に誕生仏を安置し、甘茶をかけて祝う。野山の花を持ち寄って屋根などを飾った小さな堂が花御堂。張りぼての白象を掲げ、着飾った稚児《ちご》行列が行なわれるなど、寺は子供たちの声で賑《にぎ》わう。「花祭」の名称で呼ぶようになったのは近年のこと。浄土宗の寺院のみが用いたものだったが、現在では各宗で用いている。

わらべらに天かゞやきて花祭　飯田蛇笏

花まつり母の背ぬくし風甘し　楠本憲吉

太古の火太古の闇や花祭　馬場駿吉

▼春の空が明るくなり、陽光がキラキラ幼児らに降りそそぎ、あたり一帯のものが輝く。▼四月の風が遠い日の母を思い出させる。おんぶをしてもらっていた頃の記憶か。究極の母恋の句。▼闇をおそれ闇を敬い、火をおそれ火を敬っていた原初の時空が蘇《よみがえ》る。

雪晴れて湖北へ貫けり：雪が晴れて、ぐんと北へ視界が開けた湖。

甘茶《あまちゃ》

晩春

五香水《ごこうずい》・甘茶仏《あまちゃぶつ》・甘茶寺《あまちゃでら》

四月八日の釈迦《しゃか》誕生の日に、参詣の人々が誕生仏に甘茶を注ぐ。本来は諸々《もろもろ》の妙香の湯を用いるところ、江戸時代から甘露に倣《なら》い甘茶となった。甘茶はアマチャヅルの葉を煎じたもので甘く、飲むと邪を祓《はら》うとされる。

地を指せる御手より甘茶おちにけり　中村草田男

くろがねの丹田ひかる甘茶仏　野澤節子

ぬれたまひいよよ金色甘茶仏　中村汀

▼童形仏《どうぎょうぶつ》の御手が天上天下《てんじょうてんげ》を指す。注いだ甘茶が左の手指を伝いしたたる。▼幾年も甘茶をかけ続けた甘茶仏。いつしかおなかのあたりが光るまでになってしまった。▼甘茶を浴びる金色の誕生仏。

やすらい祭《まつり》

晩春

やすらい花《ばな》・やすらい・安良居祭《やすらいまつり》

京都紫野《むらさきの》の今宮《いまみや》神社の鎮花祭。もともとは悪疫を祓《はら》う祭だった。風流傘《ふりゅうがさ》(花傘)のまわりで鬼や子鬼が囃子《はやし》に合わせて歌を歌い、踊る。その歌詞から「やすらい祭」と呼ばれるようになった。旧暦時代は三月十日に行なわれたが、現在は四月第二日曜日に移った。

やすらい祭

尻餅もやすらひ花よ休らひよ　一茶

▼祭の人ごみに押されて尻餅をついてしまったのだ。

吉野花会式《よしのはなえしき》《よしのはなゑしき》

晩春

鬼踊《おにおどり》

四月十一、十二日、奈良県吉野町にある金峯山寺《きんぷせんじ》蔵王堂《ざおうどう》で行なわれる修験道《しゅげんどう》最大の法会《ほうえ》で、正式には花供懺法会《はなくせんぼうえ》という。蔵王権現《ごんげん》に供える餅を運ぶ大行列と稚児《ちご》行列が竹林院を出発して蔵王堂まで練り歩くのは圧巻。蔵王堂内では鬼踊りの式が行なわれる。

花会式かへりは国栖に宿らんか　原石鼎

花会式稚児は抱かれて帰りをり　黛まどか

▼奈良県東吉野村に住んでいた作者は朝早くに家を出て、歩いて吉野山に登っている。帰りは途中の国栖《くず》で宿をとろうと戻り始めた。▼一・五キロの道を歩いた稚児たちはもうぐったり。父に抱かれて家々に戻ってゆく。

十三詣《じゅうさんまいり》《じふさんまゐり》

晩春

十三参《じゅうさんまいり》・智恵詣《ちえもうで》・智恵貰《ちえもらい》

旧暦三月十三日(現在は四月十三日あるいはその前後)、京都市西京区法輪寺の本尊虚空蔵菩薩《こくうぞうぼさつ》に、十三歳の少年少女が、知恵や福運などを授かるためにお参りすること。境内では、宝珠・独鈷《とっこ》などをかたどった干菓子が売られ、参詣《さんけい》す

嘯山《しょうざん》▶享保3年（1718）—享和元年（1801）三宅氏。太祇、蕪村らと交わる。京俳壇の重鎮として蕉風復古を推進。

る人々はこれを虚空蔵に供えたり、家に持ち帰って食べたりする。十三日であるのは、虚空蔵の縁日が十三日であることによる。

人の子の花の十三参かな　松根東洋城
石段にかゝぐる袂智恵詣　阿部蒼波

▼法輪寺のある嵐山は桜の季節。花の中を行く晴れ着姿の少女に目を奪われる。▼かつては少女のための祭事で、本裁ちの着物に華やかに帯を結んで参詣した。

【山王祭《さんのうまつり》《さんわうまつり》】晩春

日吉祭《ひえまつり》・申祭《さるまつり》

滋賀県大津市坂本の日吉《ひよし》大社の祭礼。山王権現の使者が猿であることから、かつては旧暦四月の中の申《さる》の日に行なわれ、現在は四月十二日からの四日間におもな行事が開催される。十二日には「午《うま》の神事」、十三日には甲冑《かっちゅう》姿の子供たちが神様に花を供える「花渡り式」、十四日には七基の神輿《みこし》が琵琶《びわ》湖《こ》を渡る「神輿渡御」など、春を迎えた比叡山と琵琶湖を背景に、さまざまな行事が繰り広げられる。各地の山王祭はこの祭が伝わったものである。

峯とよむ祭や湖の水なれ棹　嘯山
警蹕に一騎前駆す花吹雪　若林泡生

▼「水《み》なれ棹《ざお》」は水によく馴《な》れた棹。神輿が湖《うみ》を渡る際の、豪快な棹さばきをとらえた。▼「警蹕《けいひつ》」とは、神事などの先払い。駆け抜ける一騎に桜吹雪が散る。

【高山祭《たかやままつり》】晩春

山王祭《さんのうまつり》

岐阜県高山市で春と秋に開催される祭で、高山市を南北に分け、春には南の山王社（日枝神社）で、秋には北の桜山八幡（八幡神社）で行なわれる。春の高山祭は四月十四、十五日に行なわれ、飛騨《ひだ》の匠の手になるという豪奢な漆《うるし》塗りの屋台が十二台繰り出される。なかには精巧なからくり人形が乗ったものもある。屋台の渡御に続いて、獅子舞《ししまい》や雅楽など、数百人の行列が、春を迎えた飛騨高山の町を練り歩く。

嶺の雪の照り合ふ高山祭かな　金尾梅の門
山車囃甘甘棒は飛騨の菓子　上村占魚

▼「照り合ふ」がいかにも春。残雪の山々を背景に、祭は絢爛《けんらん》に繰り広げられる。▼山車囃子《だしばやし》の音色も、甘甘棒の素朴な味わいも、飛騨に伝承されてきたもの。

【御忌《ぎょき》】晩春

法然忌《ほうねんき》・円光忌《えんこうき》・御忌詣《ぎょきもうで》・衣裳競べ《いしょうくらべ》・弁当始《べんとうはじめ》

建暦《けんりゃく》二年（一二一二）の正月二十五日に没した浄土宗の宗祖法然上人の忌日法要。浄土宗で最も重要な年中行事で、上人の遺徳を偲《しの》び、各地の寺院で法要を行なう。京都東山《ひがしやま》の浄土宗総本山知恩院《ちおんいん》では、現在は四月十八日午後から二十五日まで。かつては弁当持参で着飾って出かけるなど遊山《ゆさん》の気分を味わう寺参りであったから、「衣裳競べ」「弁当始」などと呼ば

竹の雪勧学院もこのあたり：勧学院は平安期の最高学府。かつての面影を偲んだ。

れていた。

なには女や京を寒がる御忌詣　蕪村

教区旗後生大事と御忌詣　西村和子

▼着飾ってお詣《まい》りに来た大坂の女性が、「おお寒い」と京都の春寒さに身を縮めている。▼団体での参詣。他の教区に紛れぬように先頭の旗についてゆく。

鎮花祭《はなしずめまつり》《はなしづめまつり》　晩春

鎮花祭《ちんかさい》・はなしずめ

桜の花の散る頃、かつては旧暦三月、現在は四月十八日に、奈良県桜井市の大神《おおみわ》神社と、その摂社である狭井《さい》神社で行なわれる祭。桜花が散るとともに疫病も広がると考えられていたことから、花の飛散を鎮めて疫病を抑えるために催されたもので、現在は疫病除けの祭として、全国の薬業関係者が参《さん》詣《けい》し、数多くの薬が奉納される。

恋の神えやみの神や鎮花祭　松瀬青々

花鎮め花を被けるうなゐ髪　文挟夫佐恵

▼「えやみ」は疫病。恋に病に神々も忙しい。▼「うなゐ髪」はうなじで束ねた髪、またはうなじで切り揃《そろ》えた髪。巫《み》女《こ》の黒髪にさした桜の簪《かんざし》が美しい。

御身拭《おみぬぐい》《おみぬぐひ》　晩春

「御身拭」とは、寺院で、本尊を白布で拭《ぬぐ》い清める行事をいう。とくに、旧暦三月十九日、現在は四月十九日に、嵯峨《さが》の清《せい》涼寺《りょうじ》(京都市右京区)で行なわれる御身拭いがよく知られている。鎌倉時代、後堀河天皇の准母である安嘉門院《あんかもんいん》が、亡き母が牛に転生しているという夢告に、その牛を飼い養い、死んだ時には釈迦を拭った布で作った経帷子《きょうかたびら》を着せて火葬したところ、往生したという故事にちなむ。なお、御身拭を冬に行なう寺院も多いが、歳時記ではこの清涼寺の御身拭をもって、春の季語としている。

埃たつうき世の嵯峨や御身拭　蝶夢

唱名の沸きたつなかに御身拭　村田橙重

▼蝶夢は京の俳人。「うき世の性《さが》」に、「嵯峨」を掛けた。▼「沸きたつ」の把握が眼目。「御身拭」には、苔寺から奉納した清水に香をたきしめた香湯を使う。

靖国祭《やすくにまつり》　晩春

招魂祭《しょうこんさい》

四月二十一日から三日間にわたる、東京九段の靖国神社の春季例大祭。靖国神社は幕末・明治以降の戦没者を神霊として祀《まつ》る。祭儀は神饌《しんせん》をもって神霊を慰め、境内では各種芸能奉納や献華展が催される。靖国神社の例大祭は春季と秋季があるが、春の季語としている。

招魂祭遠く来りし顔と遭ふ　三橋敏雄

▼賑《にぎ》やかな境内で遠方の知人の顔に出くわした。いや、あいつはたしか南方で戦死したはずだ。

麦水《ばくすい》▶享保3年(1718)—天明3年(1783)堀氏。支麦派に反発、蕉風初期「虚栗《みなしぐり》調」に傾倒、「新虚栗調」を唱える。

壬《み》生《ぶ》狂《きょう》言《げん》《みぶきやうげん》

晩春

壬生念仏《みぶねんぶつ》・壬生踊《みぶおどり》・壬生《みぶ》の鉦《かね》・壬生《みぶ》の面《めん》・壬生祭《みぶまつり》

四月二十一日から二十九日までの間、京都の壬生寺（京都市中京区）で行なわれる大念仏法要。鎌倉時代、寺の中興の祖、円覚《えんがく》上人が疫病退治のために、融通念仏を講じたことに由来する。数百の炮烙《ほうらく》を落とす「炮烙割」をはじめ、全曲目を、面をつけ、無言のまま仕種《しぐさ》だけで演じてゆく。境内には賑《にぎ》やかな晩春の雰囲気が漂う。

怒るとき片足上げる壬生狂言　桂信子

赤鬼は青年らしき壬生狂言　花谷和子

子を食ひし口をぬぐへり壬生の面　井上弘美

▼いま、怒る、あっ、笑ったと、演者の所作だけで演目の内容を知ってゆく。▼勇壮な動き、衣装に隠された体格はたしかに青年だ。▼生々しい仕種と面の形相にドキリとする。無言劇の恐ろしさ。

聖《しょう》霊《りょう》会《え》《しやうりやうゑ》

晩春

貝《かい》の華《はな》

聖徳太子の忌日に、ゆかりの大阪の四天王寺《してんのうじ》や太子創建になる奈良の法隆寺で行なわれる。一般には四月二十二日の四天王寺で修される舞楽が有名。かつては貝で舞台を飾ったことから「貝の華」とも呼ばれる。

関連 貝寄風《かいよせ》↓34

花になく燕来たり貝の華　松瀬青々

たらたらと華籠の紅紐聖霊会　古舘曹人

▼燕《つばくろ》の来るこの時期、四天王寺あたりの浜に西風の運ぶ貝が打ち寄せる。それを飾りとして舞楽を修する。▼華籠《けこ》は散華《さんげ》の花を入れる仏具。長い紅紐《べにひも》が目につく。

バレンタインの日《ひ》

初春

バレンタインデー

二月十四日。キリスト教の聖人バレンタインの記念日。聖バレンタインは二七〇年頃に殉教したローマの司教。この殉教の日の二月十四日を「愛の日」と定めたもので、恋人たちがカードや贈り物を交わす日となった。日本では、女性が意中の男性に愛を打ちあける日として、チョコレートを贈ることが盛んに行なわれている。

毒舌は健在バレンタインデー　古賀まり子

バレンタインデー積らぬ雪の降りにけり　角川春樹

大いなる義理とて愛のチョコレート　堀口星眠

▼大人のバレンタインデーらしい。毒舌氏の風貌が見えるよう。▼バレンタインデーに降る春の雪。降っても降っても積もらない。愛の無情か、無償の愛か。▼商業主義が闊歩《かっぽ》する義理チョコの風景。

謝《しゃ》肉《にく》祭《さい》

初春

カーニバル

カトリックで、四旬節《しじゅんせつ》の前に行なわれる民俗的な祭。時期は年によって変わり二月上旬から三月上旬頃。節制と悔悛《かいしゅん》を求

浪うつてよせ来る勢子や花薄：大名の猪狩。猪を追い込むべく勢子が押し寄せてくる。

められる四旬節の前に歓楽に興じる。かつては四旬節に肉食を断ったため謝肉祭の名がある。リオデジャネイロやベネチアのカーニバルは観光化して有名。

謝肉祭水売女踊り出す　有馬朗人

▼街を満たす謝肉祭の高揚感に刺激されて、水売りの女性まで思わず踊り出した。ブラジルでの嘱目吟《しょくもくぎん》。

復活祭《ふっかつさい》《ふくくわつさい》　晩春

イースター・復活節《ふっかつせつ》・聖週間《せいしゅうかん》・染卵《そめたまご》

キリストが死んでから三日目に復活したことを記念する祭。春分後の最初の満月直後の日曜日に行なわれる。「聖週間」は復活祭直前の一週間をいい、復活前の一週間のキリストの受難に対して祈る。

満天星《どうだん》の千の鐘揺れ復活祭　宮脇白夜

卵の影二重に復活祭の夜　有馬朗人

赤い鳥青い鳥描き染卵　大橋麻紗子

▼満天星《どうだんつつじ》は復活祭の頃、白い壺状の花を多数咲かせる。主の復活を祝福するかのようだ。▼卵の影が二重に見えている。復活祭が生み出した幻想的な景。▼復活祭には卵に絵を描き、親しい人への贈り物にする。染卵作りに興じているものであろう。

義士祭《ぎしさい》　晩春

義士《ぎし》まつり

赤穂《あこう》義士の墓のある東京都港区高輪《たかなわ》の泉岳寺《せんがくじ》で、毎年四月一日から七日まで行なわれる催し。以前は三十日まで行なわれた。義士の追善法要が営まれ、大石内蔵助《おおいしくらのすけ》の守り本尊である摩利支天《まりしてん》像などの寺宝が公開される。討ち入りの日にあたる十二月十四日の行事（義士会）とは区別する。関連 義士会《ぎしかい》→冬

曇天の花重たしや義士祭　石川桂郎

▼義士祭は桜の季節。曇天に咲き満ちた花の風情に、壮挙を遂げた義士たちの思いが偲《しの》ばれる。

都《みやこ》を《お》どり　晩春

都踊《みやこおどり》

京都・祇園《ぎおん》の祇園甲部歌舞練場で、毎年四月一日から三十日まで開催される、祇園の芸妓《げいこ》による舞踊会。明治五年（一八七二）に始まったもので、京舞井上流の振り付けで行なわれ、京都の春を彩る風物詩である。俳句では「都踊」とも書くが、正式な表記は「都をどり」である。この都をどりの後、五月一日から二十四日まで、京都・先斗町《ぽんと》の芸妓による「鴨川《かもがわ》をどり」が、先斗町歌舞練場で開催される。

せり上る都踊の那智の滝　大橋越央子

春の夜や都踊はよういやさ　日野草城

▼趣向を凝らした舞台装置を、「せり上る」「滝」の意外性で表現した。▼「都をどりは」の声に、「よういやさ」と芸妓たちが応えて舞台は華麗に始まる。

不白《ふはく》▶享保4年(1719)—文化4年(1807)川上氏。茶人。江戸千家不白流の祖。俳諧は沾洲らに学ぶ。

どんたく

晩春

博多《はかた》どんたく

五月三日、四日の両日に行なわれる九州博多《はかた》の祭礼。語源はオランダ語で日曜日を意味するゾンターク。馬に乗った福禄寿、恵比須《えびす》、大黒の三福神と稚児が練り歩く松囃子《まつばやし》の伝統を保持しながら、市民参加の大規模なパレードが繰り出す賑《にぎ》やかな行事に発展している。

どんたくの鼓の音ももどりなる　吉岡禅寺洞

どんたくの仮面はづせし人の老い　橋本多佳子

▼練り歩いた戻りともなれば、一行の緊張感もゆるみ、鼓《つづみ》の音もくつろいで聞こえる。▼福神に扮した男か。少々くたびれた。上気した顔に、老いの影が濃い。

西行忌《さいぎょうき》《さいぎやうき》

仲春

円位忌《えんいき》

旧暦二月十五日。平安末期から鎌倉初期に活躍した歌人であり僧である西行（一一一八～九〇）。法名円位）の忌日。西行は、旧暦二月十六日、満開の桜の季節に、河内《かわち》（大阪府）の弘川寺《ひろかわでら》で、七十三歳の生涯を終えた。「願はくは花の下にて春死なむそのきさらぎの望月《もちづき》の頃」と歌で望んだとおりの大往生だった。歌を詠み、花を愛《め》で、旅に明け暮れ、仏に仕えた生涯だった。「如月の望月の頃」とは旧暦二月十五日、釈迦《しゃか》入滅の日である。それにちなみ、二月十五日を忌日としている。

ほしいまま旅したまひき西行忌　石田波郷

花あれば西行の日とおもふべし　角川源義

▼旅人であった西行を讃《たた》える一句。▼桜の花が咲いてさえいれば、西行の亡くなった日であるという。

利休忌《りきゅうき》《りきうき》

仲春

宗易忌《そうえきき》・利久忌《りきゅうき》

旧暦二月二十八日は安土桃山《あづちももやま》時代の茶人千利休《せんのりきゅう》の忌日。堺《さかい》の商家に生まれた利休は、織田信長、豊臣秀吉に仕えて茶の湯を総合芸術として大成したが、秀吉の怒りに触れて自刃した。菩提寺《ぼだいじ》は大徳寺聚光院《じゅこういん》。三千家（表千家・裏千家・武者小路千家）では、三月二十七日または二十八日に追善茶会を行なう。利休忌には利休が愛したとされる菜の花を生ける習わしがある。

強情の千の利休の忌なりけり　相生垣瓜人

山椿さはに見たりき利休の忌　森澄雄

▼時の権力にも抗った千利休を強情の一語で描き、その忌日にしのぶ。▼山椿《やまつばき》の花をたっぷり見た。地に落ちても蘂《しべ》を凛《りん》と張っている。その姿が利休の最期を思わせる。

虚子忌《きょしき》

晩春

椿寿忌《ちんじゅき》・惜春忌《せきしゅんき》

四月八日。俳人高浜虚子の忌日。虚子は明治七年（一八七四）に松山（愛媛県）に生まれ、同郷の正岡子規《まさおかしき》に師事、俳句

傘のにほうてもどるあつさかな：帰りにはやんだ雨。たたんだ傘が雨後の暑さにむっと匂う。

革新に尽力した。子規の没後しばらくは小説に没頭したが、子規のもとで共に研鑽《けんさん》した河東碧梧桐《かわひがしへきごとう》が新傾向俳句を提唱実践することに反対して俳句に復帰。明治三十年に松山で柳原極堂《やなぎはらきょくどう》が創刊した「ホトトギス」を翌年に継承。選句を通して多くの俊英俳人を見出し、近代俳句潮流の基盤を築いた。昭和三十四年(一九五九)四月八日に永眠。享年八十五。神奈川県鎌倉市の寿福寺《じゅふくじ》に葬られる。椿《つばき》を愛したことから戒名は虚子庵高吟椿寿居士。この戒名から忌日を「椿寿忌」ともいう。分骨は比叡山横川《ひえいざんよかわ》に祀《まつ》られ、十月十四日に「西の虚子忌」を修《しゅ》している。

又花の雨の虚子忌となりしかな　高浜年尾

うら〳〵と今日美しき虚子忌かな　星野立子

花待てば花咲けば来る虚子忌かな　深見けん二

▼虚子忌は仏生会の日で、また春霖《しゅんりん》の頃でもある。情を抑えながらも思いがこもった句。▼桜の盛りのよい日和の時もある。同じくさらっとした思いを讃《たた》えた句だ。▼有縁《うえん》の人にとって忌日とは、故人を偲《しの》び、故人の思いにわが思いを重ねる日。まるで生前の対面と同じようにわくわくして。そんな思いを静かに伝える句である。

【人《ひと》麻《ま》呂《ろ》忌《き》】

晩春

人丸忌《ひとまろき》・人麿忌《ひとまろき》

旧暦三月十八日は『万葉集』を代表する歌人、柿本人麻呂《かきのもとのひとまろ》の忌日とされる。人麻呂は比類ない声調の雄勁《ゆうけい》な歌により持統《じとう》・文武《もんむ》両朝の宮廷歌人として活躍したが、その生涯は明らかではない。生没年も不明だが、国司として赴いた石見《いわみ》国の鴨島《かもじま》で亡くなったと伝わる。終焉《しゅうえん》の地、島根県益田《ますだ》市の高津《たかつ》柿本《かきのもと》神社では、毎年四月十五日に例祭を行なう。

いはみのくにいまも遠しや人丸忌　山口青邨

▼交通の発達した現代でも石見は遠い。人麻呂はどんな思いを抱いて彼の地で世を去ったのだろう。

【啄《たく》木《ぼく》忌《き》】

晩春

四月十三日は明治時代の歌人、石川啄木の忌日。啄木は岩手県渋民《しぶたみ》村(現盛岡市)出身。盛岡中学を中退して文学を志すものの生活は苦しく、代用教員や新聞記者などの職を求めて、岩手、北海道、東京を転々とし、肺結核で二十六年の生涯を閉じた。『一握《いちあく》の砂』『悲しき玩具《がんぐ》』の二冊の歌集に残された三行書きの短歌は、孤独と生活苦を詠《うた》いながら親しみやすく、広く愛唱されている。

啄木忌いくたび職を替へてもや　安住敦

便所より青空見えて啄木忌　寺山修司

▼戦後の貧窮。転職しても暮らし向きは改善しない。啄木の生涯を思う。▼便所の窓から見る青空。啄木のいたましい若さに共鳴する。作者の高校時代の作。

涼袋《りょうたい》▶享保4年（1719）—安永3年（1774）建部綾足。画業、国学、読本執筆と多岐にわたって才を発揮。

写真協力者一覧
（アイウエオ順、本文掲載順に頁数を表記）

朝倉秀之
73、78（上・下）、87（下・左）、158

石田信一郎
80（上）

植松国雄
109（下）、115、116（下・左）、117（上・右）、161

おくやまひさし
72、74（下）、79（下・左）、88、90、91（下）、92、99（下）、116（下）、122（下）、156、157、132

熊谷元一／熊谷元一写真童画館
184、193、194、198

佐藤秀明
9、21、40、45、59、67、109（上）、112、119（下・左）、128、166、168、197、202、211

竹前朗
62、223

中村英俊
70（下）、75（上）、76、77、78（上・上）、81、85、86、87（上・下）、88（下・下）、91（上）、94（下）、97

野呂希一
37

広瀬雅敏
71、74（上）、78（下）、83（上）、94（上）、116（上）、120（上・左）

増村征夫
17、50、55、70（上）、75（下）、79、80（下）、83（下）、89（上）、95、96、103、106、108、109（下）、110、111、113、114、117、118、119、120、121、122（上）、123、172

水野克比古
29

相澤弘
136、137

※公共施設（寺社、図書館、博物館等）所蔵の写真・図版についてはキャプションに掲載した。
※小学館所蔵または提供先記載不要のものについては掲載しなかった。

付録

季語と季節

日本の季節を知る大事な目安は、立春に始まり大寒に終わる二十四節気である。二十四節気は旧暦時代に使われていたため、月の運行にもとづくものと勘違いしている人が多いが、太陽の一年の周期を二十四等分したものである。

二十四節気の柱となるのは、夏至と冬至、春分と秋分。この四つの節気はそれぞれ、夏と冬、春と秋の真ん中に位置している。次に、四季それぞれの始まりが立春、立夏、立秋、立冬である。この四つを境にして、日本の季節は春・夏・秋・冬に分かれる。

この合計八つの節気が二十四節気の基本である。この八節気の間に、それぞれ二つずつ節気が入る。これが二十四節気全体の構造である。

この二十四節気はもともと中国で考えられたものだが、旧暦とともに日本に伝わった。なぜ旧暦時代に二十四節気が必

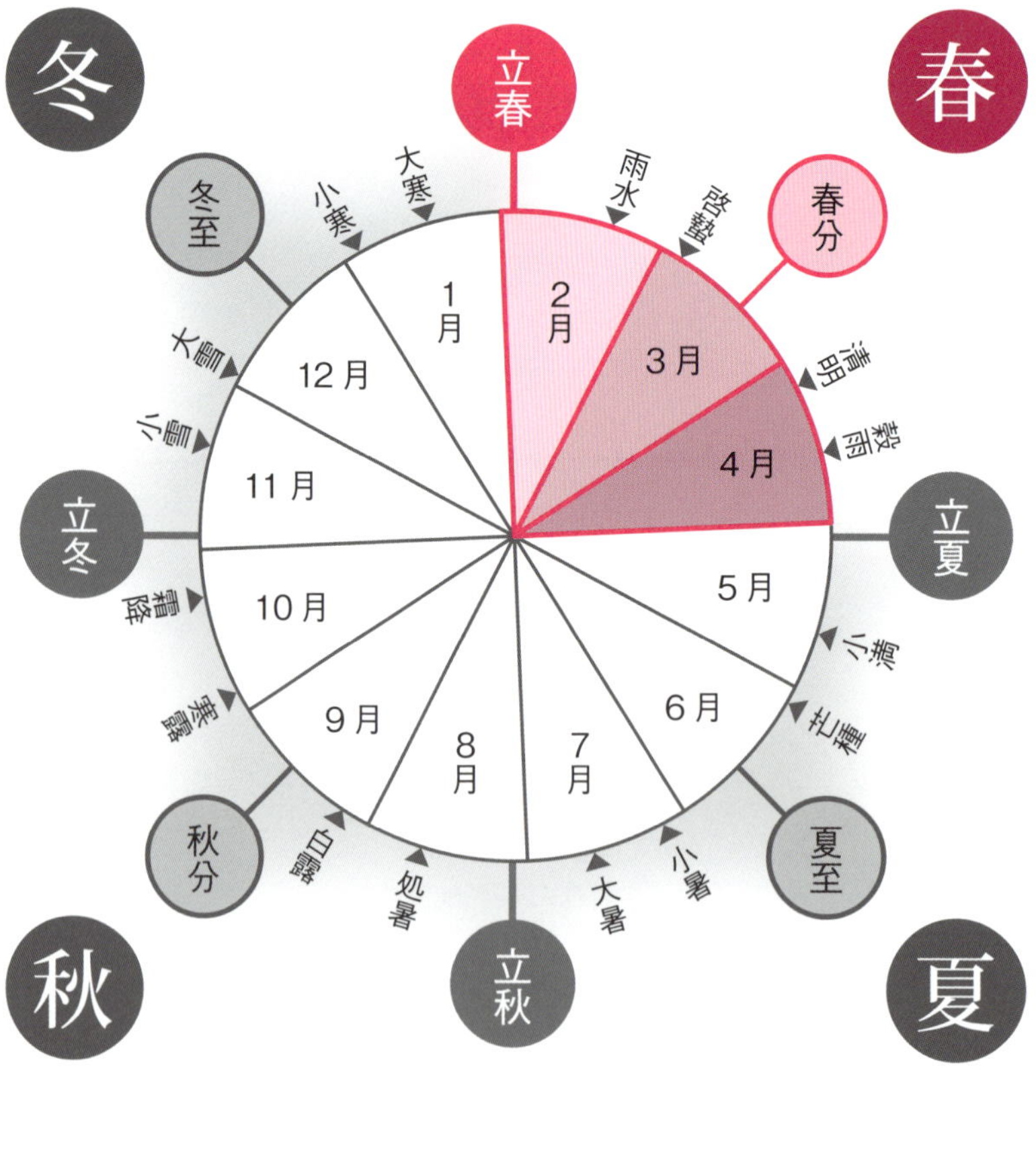

要だったのだろうか。

　月の満ち欠けをもとにした旧暦の一年十二か月は、太陽の一年の周期より十日ほど短く、このずれを調整するために、旧暦では、二、三年おきに閏月を入れて、一年を十三か月にしていた。その結果、年によって旧暦の月は季節と大幅にずれてしまうので、旧暦の月だけでは季節がわからない。そこで、旧暦時代には二十四節気を併用して季節の目安にしていた。

　一方、太陽暦（新暦）の月は太陽に基づいている。明治時代に太陽暦を採用してから二十四節気は不要になったはずだが、季節の区分けを知るためには、やはりなくてはならないものなのであり、大切な季語となっている。

　この二十四節気それぞれを三分したものが七十二候であり、その日本での解釈となる「獺《かわうそ》魚《うお》を祭る」「魚氷《うおひ》に上《のぼ》る」などは、季語としてもよく使われている。

［長谷川］

季節	気節	二十四節気	日取り（頃）	七十二候	日取り（頃）	七十二候
春						
初春	正月節	立春《りっしゅん》	2月4日	初候	2月4日～8日	東風《とうふう》凍《こおり》を解《と》く
				次候	2月9日～13日	蟄虫《ちっちゅう》始めて振《ふる》ふ
				末候	2月14日～18日	魚氷《うおひ》に上《のぼ》る
	正月中	雨水《うすい》	2月19日	初候	2月19日～23日	獺魚《かわうそうお》を祭《まつ》る
				次候	2月24日～28日	鴻雁《こうがん》来《きた》る
				末候	3月1日～5日（平年）	草木《そうもく》萌動《ほうどう》す
仲春	二月節	啓蟄《けいちつ》	3月6日	初候	3月6日～10日	桃《もも》始《はじ》めて華《はな》く
				次候	3月11日～15日	倉庚《そうこう》鳴《な》く
				末候	3月16日～20日	鷹《たか》化《か》して鳩《はと》と為《な》る
	二月中	春分《しゅんぶん》	3月21日	初候	3月21日～25日	玄鳥《げんちょう》至《いた》る
				次候	3月26日～30日	雷乃《かみなり》ち声《こえ》を発《はっ》す
				末候	3月31日～4月4日	始《はじ》めて電《いなびかり》す
晩春	三月節	清明《せいめい》	4月5日	初候	4月5日～9日	桐《きり》始《はじ》めて華《はな》く
				次候	4月10日～14日	田鼠《でんそ》化《か》して鴽《うずら》と為《な》る
				末候	4月15日～19日	虹《にじ》始《はじ》めて見《あらわ》る
	三月中	穀雨《こくう》	4月20日	初候	4月20日～24日	萍《うきくさ》生《お》ひ初《そ》む
				次候	4月25日～29日	鳴鳩《めいきゅう》その羽《はね》を払《はら》ふ
				末候	4月30日～5月4日	戴勝《たいしょう》桑《くわに》降《くだ》る

五十音順 春の全季語索引

- 本書に収録した見出し季語および傍題、季語解説文中で取り上げた季語を収録した。
- 配列は現代仮名遣いによる五十音順とした。
- 赤字は見出し季語を示す。重要季語は、季語の後に★を付した。
- 部分けは、時＝時候、天＝天文、地＝地理、植＝植物、動＝動物、生＝生活、行＝行事をあらわす。
- 季語解説文中で触れたものについては、解説のある季語名を〔 〕内に示した。

あ

蟻穴《ありあな》を出《い》づ……動 160
蟻《あり》出《い》づ……動 160
淡雪《あわゆき》……天 041
泡雪《あわゆき》……天 041
沫雪《あわゆき》……天 041
杏咲《あんずさ》く……植 080
杏《あんず》の花《はな》……植 080

い

イースター……生 227
飯蛸《いいだこ》……動 152
望潮魚《いいだこ》……動 152
いか……生 189
居開帳《いかいちょう》……行 218
鮊子《いかなご》……動 147
玉筋魚《いかなご》……動 147
いかのぼり……生 189
錨草《いかりそう》……植 120
碇草《いかりそう》……植 120
いしだこ……動 152
いしぼたん……動 159
衣裳競《いしょうくら》べ……行 225
伊勢参《いせまいり》……行 218
磯遊《いそあそび》……生 170
磯竈《いそかまど》……生 206
磯巾着《いそぎんちゃく》……動 158
磯焚火《いそたきび》……生 206
磯人《いそど》……生 207
磯《いそ》なげき……生 207
磯菜摘《いそなつみ》……生 207
磯《いそ》の口開《くちあ》け……生 207
磯開《いそびらき》……生 207
磯笛《いそぶえ》……生 207
磯祭《いそまつり》……生 170
いたちぐさ……植 073
いたちはぜ……植 073
虎杖《いたどり》……植 116
一花草《いちげそう》……植 119
苺《いちご》の花《はな》……植 098
一《いち》の午《うま》……行 209
一番茶《いちばんちゃ》……生 204
一輪草《いちりんそう》……植 119
冱返《いてかえ》る……時 010
凍《いて》解《と》くる……地 058
凍解《いてどけ》……地 058
凍《いて》ゆるむ……地 058
糸繰草《いとくりそう》……植 095
いとこ煮《に》……行 208
糸桜《いとざくら》……植 065
糸葱《いとねぎ》……植 101
糸柳《いとやなぎ》……植 084
糸遊《いとゆう》……天 045
いぬさわら……動 146
犬《いぬ》のふぐり……植 113
犬《いぬ》ふぐり……植 113
犬蕨《いぬわらび》……植 116
茨《いばら》の芽《め》……植 069
芋植《いもう》う……生 199
芋種《いもだね》……植 103
藷苗《いもなえ》……植 103
芋《いも》の芽《め》……植 103
伊予柑《いよかん》……植 081
伊予蜜柑《いよみかん》……植 081
入《い》り彼岸《ひがん》……時 015
岩朧《いわおぼろ》……天 032
岩躑躅《いわつつじ》……植 075
岩燕《いわつばめ》……動 138

う

植木市《うえきいち》……生 200
魚島《うおじま》……動 145
魚島時《うおじまどき》……動 145
魚氷《うおひ》に上《のぼ》る……時 011
浮《う》かれ猫《ねこ》……動 129
萍生《うきくさお》ひ初《そ》む……植 123
萍生《うきくさお》う……植 123
浮氷《うきごおり》……地 060
鶯《うぐいす》★……動 133
黄鳥《うぐいす》……動 133
鶯笛《うぐいすぶえ》……生 190
鶯餅《うぐいすもち》……生 181
うご……植 126
海髪《うご》……植 126
五加木《うこぎ》……植 084
五加《うこぎ》……植 084
五加垣《うこぎがき》……植 084
五加《うこぎ》摘《つ》む……植 084
五加木飯《うこぎめし》……植 084
うごのり……植 126
雨水《うすい》……時 012
薄霞《うすがすみ》……天 044
薄紅梅《うすこうばい》……植 062
薄氷《うすごおり》……地 059
渦潮《うずしお》……生 170
薄墨桜《うすずみざくら》……植 064
薄氷《うすらい》★……地 059
鷽《うそ》……動 136
鷽鳥《うそどり》……動 136
鷽《うそ》の琴《こと》……動 136
歌詠鳥《うたよみどり》……動 133
鬱金香《うっこんこう》……植 093
十六島《うっぷるい》海苔《のり》……植 126
独活《うど》……植 100
独活《うど》掘《ほ》る……植 100
うどめ……植 083
うどもどき……植 083
雲丹《うに》……動 159
海胆《うに》……動 159
海栗《うに》……動 159
うば貝《がい》……動 157
うばがしら……植 119
菟《う》芽子《はぎ》……植 110
姥桜《うばざくら》……植 064
うべの花《はな》……植 089
苜蓿《うまごやし》……植 109

馬《うま》の脚形《あしがた》……植 121
馬《うま》の子《こ》……動 128
馬《うま》の仔《こ》……動 128
馬《うま》の子《こ》生《う》る……動 128
午祭《うままつり》……行 209
海下《うみおり》……生 207
海猫渡《うみねこわた》る……動 140
梅《うめ》★……植 062
梅《うめ》が香《か》……植 062
梅東風《うめごち》……天 033
梅見《うめみ》……生 166
梅見月《うめみづき》……時 013
うらうら……時 021
裏紅一花《うらべにいちげ》……植 119
うらら……時 021
麗《うらら》か★……時 021
うららけし……時 021
雲仙躑躅《うんぜんつつじ》……植 075

え

永日《えいじつ》……時 022
エイプリルフール……行 216
絵凧《えだこ》……生 189
えのころやなぎ……植 085
海老根《えびね》……植 117
化偸草《えびね》……植 117
えびね蘭《らん》……植 117
魞挿《えりさ》す……生 205
円位忌《えんいき》……行 228
円光忌《えんこうき》……行 224
遠足《えんそく》……生 172

お

老桜《おいざくら》……植 064
老蕨《おいわらび》……植 115
黄金週間《おうごんしゅうかん》……行 216
黄梅《おうばい》……植 071
大犬《おおいぬ》のふぐり……植 113
大阪場所《おおさかばしょ》……生 188
大島桜《おおしまざくら》〔八重桜〕……植 066
大蜆《おおしじみ》……動 156
大田螺《おおたにし》……動 157
大干潟《おおひがた》……地 053
大蒜《おおびる》……植 101
丘青《おかあお》む……植 104
お蔭参《かげまいり》……行 218
翁草《おきなぐさ》……植 119
おご……植 126
御事汁《おことじる》……行 208
おごのり……植 126
遅《おそ》き日《ひ》……時 022
遅桜《おそざくら》……植 066
獺《おそ》の祭《まつり》……時 012
獺祭《おそまつり》……時 012
お松明《たいまつ》……行 219
苧環《おだまき》の花《はな》……植 095
お玉杓子《たまじゃくし》……動 131
落椿《おちつばき》……植 063
落雲雀《おちひばり》……動 135
お中日《ちゅうにち》……行 221
落《おと》し角《づの》……動 129
乙女椿《おとめつばき》……植 063
踊念仏《おどりねんぶつ》……行 221
鬼浅蜊《おにあさり》……動 153
鬼踊《おにおどり》……行 223
鬼蕨《おにわらび》……植 116
お涅槃《ねはん》……行 219
薺蒿《おはぎ》……植 110
雄蜂《おばち》〔蜂〕……動 161
お花見《はなみ》……生 167
お花見《はなみ》レガッタ〔ボートレース〕……生 188
お彼岸《ひがん》……行 221
朧《おぼろ》★……天 032
朧影《おぼろかげ》……天 032
朧月《おぼろづき》……天 031
朧月夜《おぼろづきよ》……天 031
朧夜《おぼろよ》……天 032
お水送《みずおく》り……行 220
お水取《みずとり》★……行 220
御身拭《おみぬぐい》……行 225
面影草《おもかげぐさ》……植 077
親雀《おやすずめ》……動 142
親鳥《おやどり》……動 144

か

カーニバル……行 226
蚕《かいこ》★……動 164
海市《かいし》……天 047
開帳《かいちょう》……行 218
海棠《かいどう》……植 073
貝《かい》の華《はな》……行 226
解氷《かいひょう》……地 060
解氷期《かいひょうき》……地 060
飼屋《かいや》……生 203
かいやぐら……天 047
貝寄風《かいよせ》……天 034
貝寄《かいよせ》……天 034
花影《かえい》……植 064
楓《かえで》の花《はな》……植 086
楓《かえで》の芽《め》……植 083
かえる……動 131
帰《かえ》る鶴《つる》……動 138
蛙《かえる》の子《こ》……動 131
貌鳥《かおどり》……動 132
容鳥《かおどり》……動 132
鏡草《かがみぐさ》……植 077
篝火花《かがりびばな》……植 092
搔萵苣《かきちしゃ》……植 098
かぎろい……天 045
鍵蕨《かぎわらび》……植 115
学年試験《がくねんしけん》……生 171
陰雪《かげゆき》……地 056

陽炎《かげろう》★……天045
野馬《かげろう》……天045
陽炎《かげろう》燃《も》ゆ……天045
葛西海苔《かさいのり》……植126
風車《かざぐるま》……生189
風車売《かざぐるまうり》……生189
数《かず》の子《こ》製《せい》す……生184
数《かず》の子《こ》作《つく》る……生184
霞《かすみ》★……天044
霞隠《かすみがく》れ……天044
霞草《かすみそう》……植096
霞棚引《かすみたなび》く……天044
風《かぜ》なだれ……地057
風光《かぜひか》る★……天036
かたかごの花《はな》……植111
片栗《かたくり》の花《はな》……植111
かたばな……植111
かたびら雪《ゆき》……天041
堅雪《かたゆき》……地056
かつぎ……生207
かつみの芽《め》……植124
鬘草《かつらぐさ》……植122
蝌蚪《かと》……動131
かど……動146
鐘朧《かねおぼろ》……天032
河貝子《かばいし》……動156
樺《かば》の花《はな》……植087
画眉鳥《がびちょう》……動137
南瓜蒔《かぼちゃま》く……生198
かまい時《どき》……動127
かますご……動147
剃刀貝《かみそりがい》……動154
紙雛《かみびな》……行211
紙風船《かみふうせん》……生189
亀鳴《かめな》く……動130
亀《かめ》の看経《かんきん》……動130
鴨帰《かもかえ》る……動140
鴨川《かもがわ》をどり〔都をどり〕……行227
髢草《かもじぐさ》……植122
通《かよ》う猫《ねこ》……動129
芥菜《からしな》……植099
芥子《からし》菜《な》……植099
枸橘《からたち》の花《はな》……植088
枳殻《からたち》の花《はな》……植088
唐木瓜《からぼけ》……植078
からもの花《はな》……植080
雁帰《かりかえ》る……動139
雁供養《かりくよう》……行214
雁《かり》の名残《なごり》……動139
雁《かり》の別《わか》れ……動139
鰈干《かれいほ》す……生179
獺《かわうそ》　魚《うお》を祭《まつ》る……時012
蛙《かわず》★……動131
蛙合戦《かわずがっせん》……動131
蛙《かわず》の目《め》借《か》り時《どき》……時024
川菜《かわな》(石蓴《あおさ》)……植125
川菜《かわな》(クレソン)……植100
川蜷《かわにな》〔蜷〕……動157
川端柳《かわばたやなぎ》……植084
川楊《かわやなぎ》……植085
河原鶸《かわらひわ》……動137
寒《かん》明《あ》くる……時008
寒明《かんあけ》……時008
寒《かん》明《あ》け……時008
寒返《かんかえ》る……時010
雁瘡癒《がんがさい》ゆ……生191
寒《かん》過《す》ぐ……時008
観潮《かんちょう》……生170
広東木瓜《かんとんぼけ》……植078
寒《かん》の明《あ》け……時008
観梅《かんばい》……生166
かんばの花《はな》……植087
灌仏《かんぶつ》〔仏生会〕……生222
灌仏会《かんぶつえ》……行222
雁風呂《がんぶろ》……行214
寒戻《かんもど》り……時010

き

黄虻《きあぶ》……動162
黄《き》えびね……植117
帰雁《きがん》……動139
きぎす……動134
聞茶《ききちゃ》……生204
菊植《きくう》う……生201
菊菜《きくな》……植101
菊根分《きくねわけ》……生201
菊《きく》の根分《ねわけ》……生201
菊分《きくわか》つ……生201
菊若葉《きくわかば》〔草若葉〕……植107
喜見城《きけんじょう》……天047
紀元節《きげんせつ》……行210
蚶《きさ》……動154
細螺《きさご》……動156
喜佐古《きさご》……動156
如月《きさらぎ》……時013
衣更着《きさらぎ》……時013
雉《きじ》……動134
雉子《きじ》……動134
岸青《きしあお》む……植104
ぎしぎし……植115
羊蹄《ぎしぎし》……植115
義士祭《ぎしさい》……行227
義《ぎ》士《し》まつり……行227
雉蓆《きじむしろ》……植120
雉筵《きじむしろ》……植120
きしゃご……動156
季春《きしゅん》……時016
黄《き》水仙《ずいせん》……植091
黄雀《きすずめ》……動142
北開《きたひら》く……生187
北窓開《きたまどひら》く……生187
黄蝶《きちょう》……動161
狐草《きつねぐさ》……植119
きつねだな……天047

狐《きつね》の牡丹《ぼたん》……植 120
祈年祭《きねんさい》……行 210
きのめ……植 081
木《き》の芽《め》……植 083
木《き》の芽和《めあえ》……生 177
木《き》の芽煮《めだき》……生 176
木《き》の芽漬《めづけ》……生 176
木《き》の芽田楽《めでんがく》……生 178
木《き》の芽味噌《めみそ》……生 177
木五倍子咲《きぶしさ》く……植 087
木五倍子《きぶし》の花《はな》……植 087
九春《きゅうしゅん》……時 006
旧正《きゅうしょう》……時 007
旧正月《きゅうしょうがつ》……時 007
及第《きゅうだい》……生 171
胡瓜蒔《きゅうりま》く……生 198
杞楊《きよう》……植 084
杏花村《きょうかそん》……植 080
競漕《きょうそう》……生 188
叫天子《きょうてんし》……動 135
京菜《きょうな》……植 098
経読鳥《きょうよみどり》……動 133
御忌《ぎょき》……行 224
御忌詣《ぎょきもうで》……行 224
曲水《きょくすい》……行 213
曲水《きょくすい》の宴《えん》……行 213
虚子忌《きょしき》★……行 228
霧島躑躅《きりしまつつじ》……植 075
金盞花《きんせんか》……植 091
金鳳花《きんぽうげ》……植 121
金蘭《きんらん》……植 118
きんらん……植 118
銀蘭《ぎんらん》〔金蘭〕……植 118
金縷梅《きんろばい》……植 070

く

空海忌《くうかいき》……行 221
茎立《くきだち》……植 099
茎立《くきた》つ……植 099
茎立《くくたち》……植 099
枸杞《くこ》……植 084
枸杞茶《くこちゃ》……植 084
枸杞摘《くこつ》む……植 084
枸杞《くこ》の芽《め》……植 084
枸杞飯《くこめし》……植 084
草青《くさあお》む……植 104
草苺《くさいちご》の花《はな》……植 098
草朧《くさおぼろ》……天 032
草芳《くさかぐわ》し……植 103
草芳《くさかんば》し……植 103
草駒返《くさこまかえ》る……植 104
草摘《くさつ》む……生 167
草《くさ》の芽《め》……植 105
草《くさ》の餅《もち》……生 181
草《くさ》の若葉《わかば》……植 107
草木瓜《くさぼけ》の花《はな》……植 078
草萌《くさもえ》……植 104
草餅《くさもち》★……生 181
草焼《くさや》く……生 193
草若《くさわか》し……植 106
草若葉《くさわかば》……植 107
櫟《くぬぎ》の芽《め》……植 081
熊穴《くまあな》を出《い》づ……動 127
熊谷草《くまがいそう》……植 118
熊蜂《くまばち》……動 161
雲《くも》に入《い》る鳥《とり》……動 141
狂《くる》う蝶《ちょう》……動 161
暮遅《くれおそ》し……時 022
暮《く》れかぬる……時 022
クレソン……植 100
暮《くれ》の春《はる》……時 026
黒生《くろう》の薄《すすき》……植 105
クローバー……植 109
クロッカス……植 092
畔塗《くろぬり》……生 196
黒《くろ》めばる……動 145
桑《くわ》……植 084
慈姑《くわい》……植 103
慈姑《くわい》の芽《め》……植 103
慈姑掘《くわいほ》る……生 202
桑籠《くわかご》……生 203
桑蚕《くわご》……動 164
桑摘女《くわつみめ》……生 203
桑摘《くわつ》む……生 203
桑解《くわと》く……生 203
桑《くわ》の花《はな》……植 084
桑《くわ》の芽《め》……植 084
桑畑《くわばたけ》……植 084
君子蘭《くんしらん》……植 094

け

迎春花《げいしゅんか》……植 071
啓蟄《けいちつ》★……時 014
鶏頭蒔《けいとうま》く……生 199
毛蚕《けご》〔蚕〕……動 164
獣交《けものさか》る……動 127
獣交《けものつる》む……動 127
欅《けやき》の芽《め》……植 081
紫雲英《げんげ》……植 108
げんげ田《だ》……植 108
げんげ野《の》……植 108
げんげ畑《ばた》……植 108
げんげ道《みち》……植 108
げんげん……植 108
建国記念《けんこくきねん》の日《ひ》……行 210
建国《けんこく》の日《ひ》……行 210
憲法記念日《けんぽうきねんび》……行 217

こ

蚕《こ》……動 164
小鮎《こあゆ》……動 150
子鮎汲《こあゆくみ》……生 205
こいか……動 151
恋猫《こいねこ》……動 129
甲烏賊《こういか》……動 152

膏雨《こうう》……天038
耕牛《こうぎゅう》……生194
黄沙《こうさ》……天037
耕人《こうじん》……生194
降誕会《こうたんえ》……行222
後天木瓜《こうてんぼけ》……植078
ごうな……動158
こうなご……動147
耕馬《こうば》……生194
紅梅《こうばい》……植062
光風《こうふう》……天036
仔馬《こうま》……動128
子馬《こうま》……動128
高麗鰯《こうらいいわし》……動146
氷消《こおりき》ゆ……地060
氷解《こおりと》く……地060
氷解《こおりどけ》……地060
氷流《こおりなが》るる……地060
ゴールデンウイーク……行216
蚕飼《こがい》……生203
蚕飼時《こがいどき》……生203
五月連休《ごがつれんきゅう》……行216

小河原鶸《こかわらひわ》……動137
穀雨《こくう》……時025
告天子《こくてんし》……動135
五香水《ごこうずい》……行223
小米桜《こごめざくら》……植076
小米花《こごめばな》……植076
小綬鶏《こじゅけい》……動135
御所桜《ごしょざくら》……植064
小袖納《こそでおさめ》〔花衣〕……生174
小袖幕《こそでまく》〔花衣〕……生174
炬燵《こたつ》の名残《なごり》〔炬燵塞ぐ〕……生186
炬燵塞《こたつふさ》ぐ……生186
蚕棚《こだな》……生203
東風《こち》★……天033
五智網《ごちあみ》……生206
こち風《かぜ》……天033
胡蝶《こちょう》……動161
小手鞠《こでまり》……植076
小粉団《こでまり》の花《はな》……植076
蚕時《こどき》……生203
事始《ことはじめ》……行208
事日《ことび》……行208

琴《こと》弾《ひ》き鳥《どり》……動136
事祭《ことまつり》……行208
子鳥《ことり》……動144
小鳥帰《ことりかえ》る……動140
小鳥《ことり》の巣《す》……動142
仔猫《こねこ》……動129
子猫《こねこ》……動129
蚕《こ》の眠《ねむ》り……生203
木《こ》の実《み》植《う》う……生200
木《こ》の芽《め》★……植081
木《こ》の芽雨《めあめ》……時023
木《こ》の芽垣《めがき》……植081
木《こ》の芽風《めかぜ》……時023
木《こ》の芽時《めどき》……時023
木《こ》の芽《め》張《は》る……植081
木《こ》の芽晴《めばれ》……時023
木《こ》の芽冷《めび》え……時023
小彼岸桜《こひがんざくら》〔彼岸桜〕……植065
辛夷《こぶし》……植071
木筆《こぶし》……植071
こぶしはじかみ……植071

牛蒡《ごぼう》蒔《ま》く……生198
駒返《こまがえ》る草《くさ》……植104
ゴム風船《ふうせん》……生189
海猫《ごめ》渡《わた》る……動140
子持雀《こもちすずめ》……動142
子持鯊《こもちはぜ》……動147
子持鮒《こもちぶな》……動150
菰若葉《こもわかば》〔草若葉〕……植107

さ

西行忌《さいぎょうき》★……行228
さいたづま……植116
さいより……動146
冴返《さえかえ》る★……時010
囀《さえず》り★……動141
囀《さえず》る……動141
佐保姫《さおひめ》……天044
桜《さくら》★……植064
桜烏賊《さくらいか》……動152
桜魚《さくらうお》……動149
桜鯎《さくらうぐい》……動149
桜蝦《さくらえび》……動158
桜貝《さくらがい》……動156

桜《さくら》がさね〔花衣〕……生174
桜狩《さくらがり》……生167
桜東風《さくらごち》……天033
桜衣《さくらごろも》〔花衣〕……生174
桜蘂降《さくらしべふ》る……植068
桜草《さくらそう》……植120
桜鯛《さくらだい》★……動144
桜月《さくらづき》……時016
桜漬《さくらづけ》……生177
桜時《さくらどき》……時024
桜人《さくらびと》……生167
桜吹雪《さくらふぶき》……植067
桜鱒《さくらます》……動148
桜餅《さくらもち》★……生182
桜守《さくらもり》……生169
桜湯《さくらゆ》……生177
狭腰《さごし》……動146
栄螺《さざえ》……動152
拳螺《さざえ》……動152
栄螺《さざえ》の壺焼《つぼやき》……生180
挿木《さしき》〔接木〕……生201
さしも草《ぐさ》……植110
座禅草《ざぜんそう》……植122

里芋《さといも》植《う》う…生199
里桜《さとざくら》…植064
鱵《さより》…動146
水針魚《さより》…動146
細魚《さより》…動146
針嘴魚《さより》…動146
更紗木瓜《さらさぼけ》…植078
更紗木蓮《さらさもくれん》…植074
サラダ菜《な》…植098
申祭《さるまつり》…行224
鰆《さわら》…動146
馬鮫魚《さわら》…動146
早蕨《さわらび》…植115
残花《ざんか》…植068
三月《さんがつ》…時013
三月尽《さんがつじん》…時028
三月戦災忌《さんがつせんさいき》…行214
三月十日《さんがつとおか》…行214
三月場所《さんがつばしょ》…生188
山市《さんし》…天047
三色菫《さんしきすみれ》〔菫〕…植108
山茱萸《さんしゅゆ》の花《はな》…植070
三春《さんしゅん》…時006
山椒和《さんしょうあえ》…生177
山椒《さんしょう》の芽《め》…植083
山椒《さんしょ》の芽《め》…植083
残雪《ざんせつ》★…地056
三《さん》の午《うま》…行209
山王祭《さんのうまつり》…行224
山王祭《さんのうまつり》（高山祭《たかやままつり》）…生224

し

塩桜《しおざくら》…生177
汐干《しおひ》…生170
汐干貝《しおひがい》…生170
潮干貝《しおひがい》…生170
潮干潟《しおひがた》…地053
潮干狩《しおひがり》…生170
潮吹《しおふき》…動155
潮吹貝《しおふきがい》…動155
望潮《しおまねき》…動158
潮《しお》まねき…動158
潮招《しおまねき》…動158
四月《しがつ》…時016
四月尽《しがつじん》…時028
四月馬鹿《しがつばか》…行216
鹿《しか》の角《つの》落《お》つ…動129
樒《しきみ》の花《はな》…植088
シクラメン…植092
四国巡《しこくめぐ》り…行218
地《じ》こすり…地057
蜆《しじみ》…動156
蜆売《しじみうり》…動156
蜆貝《しじみがい》…動156
蜆汁《しじみじる》…生178
小灰蝶《しじみちょう》…動161
四旬節《しじゅんせつ》〔謝肉祭〕…行227
時正《じしょう》…時015
字凧《じだこ》…生189
下萌《したもえ》★…植104
枝垂桜《しだれざくら》…植065
枝垂桃《しだれもも》…植078
枝垂柳《しだれやなぎ》…植084
幣辛夷《しでこぶし》…植071
樝子《しどみ》の花《はな》…植078
地梨《じなし》の花《はな》…植078
芝青《しばあお》む…植107
芝桜《しばざくら》…植096
地蜂《じばち》…動161
芝萌《しばも》ゆ…植107
しみ返《かえ》る…時010
地虫穴《じむしあな》を出《い》づ…動160
霜囲《しもがこい》とる…生188
霜《しも》くすべ…生202
紫木蓮《しもくれん》…植074
霜《しも》の果《はて》…天043
霜《しも》の別《わか》れ…天043
霜除《しもよけ》解《と》く…生188
霜除《しもよけ》とる…生188
馬鈴薯《じゃがいも》植《う》う…生199
馬鈴薯《じゃがいも》の種《たね》おろし…生199
麝香豌豆《じゃこうえんどう》…植093
謝肉祭《しゃにくさい》…行226
石鹼玉《しゃぼんだま》…生190
三味線草《しゃみせんぐさ》…植109
十三詣《じゅうさんまいり》…行223
十三参《じゅうさんまいり》…行223
終雪《しゅうせつ》…天042
鞦韆《しゅうせん》…生190
秋千《しゅうせん》…生190
終霜《しゅうそう》…天043
修二会《しゅにえ》…行219
修二月会《しゅにがつえ》…行219
春陰《しゅんいん》…天046
春寒《しゅんかん》…時011
春菊《しゅんぎく》…植101
春季闘争《しゅんきとうそう》…生173
春暁《しゅんぎょう》…時018
春禽《しゅんきん》…動132
春景《しゅんけい》…天030
春月《しゅんげつ》…天031
春光《しゅんこう》…天030
春江《しゅんこう》…地052
春耕《しゅんこう》…生194
春恨《しゅんこん》…生192
蓴菜生《じゅんさいお》う…植123
春霰《しゅんさん》…天042
春思《しゅんし》…生192
春日《しゅんじつ》…天029
春日遅々《しゅんじつちち》…時022
春愁《しゅんしゅう》★…生192
春筍《しゅんじゅん》…植090
春宵《しゅんしょう》…時020

春色《しゅんしょく》……天030
春塵《しゅんじん》……天036
春水《しゅんすい》……地051
春睡《しゅんすい》……生192
春星《しゅんせい》……天032
春夕《しゅんせき》……時019
春雪《しゅんせつ》……天039
春草《しゅんそう》……植103
春装《しゅんそう》……生173
春霜《しゅんそう》……天043
春昼《しゅんちゅう》……時018
春潮《しゅんちょう》……地053
春朝《しゅんちょう》……時018
春泥《しゅんでい》★……植055
春天《しゅんてん》……天030
春闘《しゅんとう》……生173
春濤《しゅんとう》……地053
春灯《しゅんとう》……生185
春燈《しゅんとう》……生185
春風《しゅんぷう》……天033
春服《しゅんぷく》……生173
春分《しゅんぶん》……時015
春分《しゅんぶん》の日《ひ》……行215
春暮《しゅんぼ》……時019
春望《しゅんぼう》……天030
春眠《しゅんみん》★……生192
春夜《しゅんや》……時020
春雷《しゅんらい》……天044
春蘭《しゅんらん》……植117
春霖《しゅんりん》……天038
春嶺《しゅんれい》……地049
招魂祭《しょうこんさい》……行225
上巳《じょうし》〔雛祭〕……行211
常春花《じょうしゅんか》……植091
正御影供《しょうみえいく》……行221
聖霊会《しょうりょうえ》……行226
松露《しょうろ》……植124
松露《しょうろ》掻《か》く……植124
松露取《しょうろとり》……植124
松露掘《しょうろほり》……植124
昭和《しょうわ》の日《ひ》……行216
女王蜂《じょおうばち》〔蜂〕……動161
諸葛菜《しょかつさい》……植091
植樹祭《しょくじゅさい》……行217
蜀木瓜《しょくぼけ》……植078
初春《しょしゅん》……時006
白魚《しらうお》★……動148
白魚飯《しらうおめし》……生184
しらお……動148
白魚網《しらおあみ》……動148
白魚《しらお》汲《く》む……動148
白魚汁《しらおじる》……生184
白魚《しらお》捕《と》り……動148
白魚鍋《しらおなべ》……生184
白魚火《しらおび》……動148
白魚舟《しらおぶね》……動148
白魚飯《しらおめし》……生184
白樺《しらかば》の花《はな》……植087
白子干《しらすぼし》……生180
白子《しらす》干《ほ》す……生180
しらはぐさ……植122
白藤《しらふじ》……植077
白桃《しらもも》……植078
尻焼烏賊《しりやけいか》……動152
白慈姑《しろぐわい》……植103
白酒《しろざけ》……生183
白酒売《しろざけうり》……生183
白酒徳利《しろざけとくり》……生183
白蝶《しろちょう》……動160
白躑躅《しろつつじ》……植075
白椿《しろつばき》……植063
白詰草《しろつめくさ》……植109
白木瓜《しろぼけ》……植078
白山吹《しろやまぶき》……植077
白山葵《しろわさび》……植102
新数《しんかず》の子《こ》……生184
進級試験《しんきゅうしけん》……生171
蜃気楼《しんきろう》……天047
蜃市《しんし》……天047
沈丁《じんちょう》……植072
沈丁花《じんちょうげ》……植072
蜃楼《しんろう》……天047

す

スイートピー……植093
西瓜《すいか》蒔《ま》く……生198
瑞香《ずいこう》……植072
吹田慈姑《すいたぐわい》……植103
酸葉《すいば》……植116
水楊《すいよう》……植084
末《すえ》の春《はる》……時026
巣隠《すがく》れ……動142
すかんぽ……植116
酸模《すかんぽ》……植116
杉花粉《すぎかふん》……植086
杉菜《すぎな》……植112
杉《すぎ》の花《はな》……植086
末黒《すぐろ》……地050
末黒《すぐろ》野《の》……地050
末黒《すぐろ》の薄《すすき》……植105
巣籠《すごも》り……動142
すじ蒔《まき》……生197
鈴懸《すずかけ》の花《はな》……植089
篠懸《すずかけ》の花《はな》……植089
雀隠《すずめがく》れ……植106
雀《すずめ》の子《こ》……動142
雀《すずめ》の恋《こい》……動142
雀《すずめ》の巣《す》……動144
雀蜂《すずめばち》……動161
巣立鳥《すだちどり》……動144
巣《す》づくり……動142
巣乙鳥《すつばめ》……動143
巣燕《すつばめ》……動143
捨雛《すてびな》……行212
巣鳥《すどり》……動142

砂《すな》あらし……天036
巣箱《すばこ》……動143
洲浜草《すはまそう》……植114
巣引雀《すびきすずめ》……動144
スプリングコート……生174
墨烏賊《すみいか》……動152
菫《すみれ》★……植107
菫草《すみれぐさ》……植107
菫摘《すみれつ》む……植107
菫野《すみれの》……植107
相撲取草《すもうとりぐさ》……植107
李咲《すももさ》く……植079
李《すもも》の花《はな》……植079

せ

聖週間《せいしゅうかん》……行227
青春《せいしゅん》……時006
製茶《せいちゃ》……生204
清明《せいめい》……時017
清明節《せいめいせつ》……時017
惜春《せきしゅん》……時027
惜春忌《せきしゅんき》……行228
ぜぜ貝《がい》……動156
瀬田蜆《せたしじみ》……動156
雪泥《せつでい》……地056
節分草《せつぶんそう》……植113
芹《せり》★……植114
芹田《せりた》……植114
芹摘《せりつみ》……植114
芹摘《せりつ》む……生167
芹《せり》の水《みず》……植114
剪枝《せんし》……生200
浅春《せんしゅん》……時009
剪定《せんてい》……生200
千本桜《せんぼんざくら》……植064
千本分葱《せんぼんわけぎ》……植101
薇《ぜんまい》……植116
狗背《ぜんまい》……植116
薇採《ぜんまいとり》……植116
薇飯《ぜんまいめし》……植116
剪毛期《せんもうき》……生202

そ

宗易忌《そうえきき》……行228
霜害《そうがい》……天043
雑木《ぞうき》の芽《め》……植081
早春《そうしゅん》……時008
送水会《そうずいえ》……行220
底《そこ》なだれ……地057
卒業《そつぎょう》……生171
卒業期《そつぎょうき》……生171
卒業式《そつぎょうしき》……生171
卒業試験《そつぎょうしけん》……生171
卒業証書《そつぎょうしょうしょ》……生171
卒業生《そつぎょうせい》……生171
染井吉野《そめいよしの》〔桜〕……植064
染卵《そめたまご》……行227
蚕豆《そらまめ》の花《はな》……植097

た

鯛網《たいあみ》……生206
鯛葛網《たいかつらあみ》……生206
大根《だいこん》の花《はな》……植097
大試験《だいしけん》……生171
鯛地漕網《たいじこぎあみ》……生206
田打《たうち》……生195
田打蟹《たうちがに》……動158
田打桜《たうちざくら》……植071
田起《たおこ》し……生195
田返《たがえ》し……生195
鷹《たか》化《か》して鳩《はと》と為《な》る……時014
高砂飯蛸《たかさごいいだこ》……動152
耕《たがやし》★……生194
高山祭《たかやままつり》……行224
啄木忌《たくぼくき》……行229
だけつばめ……動138
竹《たけ》の秋《あき》……植089
凧《たこ》……生189
凧揚《たこあ》げ……生189
凧合戦《たこがっせん》……生189
凧日和《たこびより》……生189
田芹《たぜり》……植114
立雛《たちびな》……行211
獺祭《だっさい》……時012
獺祭魚《だっさいぎょ》……時012
たつび……動157
谷朧《たにおぼろ》……天032
田螺《たにし》……動157
田螺鳴《たにしな》く……動157
種井《たねい》……生197
種池《たねいけ》……生197
種芋《たねいも》……植103
種藷《たねいも》……植103
種売《たねうり》……生196
種選《たねえらび》……生197
種降《たねおろ》し……生197
種案山子《たねかがし》……生198
蚕卵紙《たねがみ》〔蚕飼〕……生203
種俵《たねだわら》……生197
種《たね》つけ……動127
種漬《たねつ》ける……生197
種床《たねどこ》……生198
種浸《たねひたし》……生197
種袋《たねぶくろ》……生196
種蒔《たねまき》★……生197
種物《たねもの》……生196
種選《たねよ》り……生197
たびら雪《ゆき》……天041
玉萵苣《たまちしゃ》……植098
たまや……生190
たらうど……植083
楤摘《たらつ》む……植083
楤《たら》の芽《め》……植083

猫柳《ねこやなぎ》……植 085
寝釈迦《ねしゃか》……行 219
根芹《ねぜり》……植 114
涅槃《ねはん》……行 219
涅槃会《ねはんえ》★……行 219
涅槃絵《ねはんえ》……行 219
涅槃図《ねはんず》……行 219
涅槃像《ねはんぞう》……行 219
涅槃西風《ねはんにし》……天 034
涅槃雪《ねはんゆき》……天 042
眠《ねむ》り蚕《ご》……生 203
睡花《ねむりばな》……植 073
眠《ねむ》る蝶《ちょう》……動 161
ねむれる花《はな》……植 073
念仏踊《ねんぶつおどり》……行 221

の

野薊《のあざみ》……植 122
野遊《のあそび》★……生 166
野茨《のいばら》の芽《め》……植 069
野《の》がけ……生 166
残《のこ》る鴨《かも》……動 140
残《のこ》る雁《かり》……動 139
残《のこ》る桜《さくら》……植 068
残《のこ》る寒《さむ》さ……時 010
残《のこ》る白鳥《はくちょう》……動 139
残《のこ》る花《はな》……植 068
残《のこ》る雪《ゆき》……地 056
野春菊《のしゅんぎく》〔都忘れ〕・植 095
野田藤《のだふじ》……植 077
乗込鯛《のっこみだい》……動 144
乗込鮒《のっこみぶな》……動 150
長閑《のどか》★……時 022
のどけし……時 022
野火《のび》……生 193
野蒜《のびる》……植 115
野蒜《のびる》摘《つ》む……植 115
野藤《のふじ》……植 077
上《のぼ》り鮎《あゆ》……動 150
上《のぼ》り簗《やな》……生 205
野焼《のやき》……生 193
野焼《のや》く★……生 193
海苔《のり》……植 126
海苔掻《のりかき》……生 204
海苔簀《のりす》……生 204
海苔《のり》採《と》る……生 204
海苔篊《のりひび》……生 204
海苔舟《のりぶね》……生 204
海苔《のり》干《ほ》す……生 204

は

霾《ばい》……天 037
梅園《ばいえん》……植 062
梅佳節《ばいかせつ》……行 210
梅花節《ばいかせつ》……行 210
霾天《ばいてん》……天 037
貝母《ばいも》の花《はな》……植 094
梅林《ばいりん》……植 062
鮠《はえ》……動 149
蠅生《はえうま》る……動 163
蠅《はえ》の子《こ》……動 163
馬珂貝《ばかがい》……動 155
馬鹿貝《ばかがい》……動 155
博多《はかた》どんたく・行 228
萩植《はぎう》う……生 201
掃立《はきたて》……生 203
萩根分《はぎねわけ》……生 201
萩《はぎ》の根分《ねわけ》……生 201
白鳥帰《はくちょうかえ》る……動 139
白鳥引《はくちょうひ》く……動 139
白頭翁《はくとうおう》……植 119
白梅《はくばい》……植 062
白木蓮《はくもくれん》……植 074
はくれん……植 074
白木蓮《はくれん》……植 074
杲鳥《はこどり》……動 132
蘩蔞《はこべ》……植 112
はこべら……植 112
はた……生 189
畑打《はたうち》……生 195
畑打《はたう》つ……生 195
畑返《はたかえ》す……生 195
畑鋤《はたす》く……生 195
畑芹《はたぜり》……植 114
畑焼《はたや》く……生 194
はだら……天 041
働《はたら》き蜂《ばち》〔蜂〕……動 161
はだら雪《ゆき》……天 041
斑雪《はだれ》……天 041
はだれ野《の》……天 041
斑雪山《はだれやま》……天 041
はだれ雪《ゆき》……天 041
畑山葵《はたわさび》……植 102
蜂《はち》……動 161
葉萵苣《はちしゃ》……植 098
八十八夜《はちじゅうはちや》……時 025
蜂《はち》の巣《す》……動 162
蜂《はち》の窩《す》……動 162
初午《はつうま》……行 209
初午狂言《はつうまきょうげん》……行 209
初午芝居《はつうましばい》……行 209
初蚊《はつか》……動 162
初蛙《はつかわず》……動 131
八荒《はっこう》……天 035
八講《はっこう》の荒《あ》れ……天 035
初桜《はつざくら》……植 063
初蝶《はつちょう》……動 160
初燕《はつつばめ》……動 138
初虹《はつにじ》……天 043
初音《はつね》……動 134
初花《はつはな》……植 063
初花月《はつはなづき》……時 013
初雛《はつびな》……行 211
初雲雀《はつひばり》……動 135
初緑《はつみどり》……植 082

はつゆり（片栗《かたくり》の花《はな》）……植 111
初百合《はつゆり》（貝母《ばいも》の花《はな》）植 094
初雷《はつらい》……天 044
花《はな》★……植 064
花明り《はなあかり》……植 064
花通草《はなあけび》……植 088
花薊《はなあざみ》……植 122
花馬酔木《はなあしび》……植 075
花虻《はなあぶ》……動 162
花荒れ《はなあれ》〔春の雨〕・天 038
花杏《はなあんず》……植 080
花烏賊《はないか》……動 152
花筏《はないかだ》……植 068
花一華《はないちげ》……植 093
花苺《はないちご》……植 098
花うぐい《はな》……動 149
花えびね《はな》……植 117
花貝《はながい》……動 156
花海棠《はなかいどう》……植 073
花楓《はなかえで》……植 086
花篝《はなかがり》……生 169
花かんば《はな》……植 087
花きぶし《はな》……植 087
花屑《はなくず》……植 067
花供懺法会《はなくせんぼうえ》〔吉野花会式〕……行 223
花曇《はなぐもり》……天 046
花衣《はなごろも》……生 174
花盛り《はなざかり》……植 064
はなしずめ……行 225
鎮花祭《はなしずめまつり》……行 225
花しどみ《はな》……植 078
花過ぎ《はなすぎ》……時 024
花菫《はなすみれ》……植 107
花田《はなた》……地 054
花大根《はなだいこ》……植 097
花大根《はなだいこん》……植 097
花種蒔く《はなたねま》……生 199
花便り《はなだより》……植 064
花散らし《はなち》……生 170
花散る《はなち》……植 066
花疲れ《はなづか》……生 169
花月夜《はなづきよ》……植 064
花漬《はなづけ》……生 177
花躑躅《はなつつじ》……植 075
花爪草《はなつめくさ》……植 096
花時《はなどき》……時 024
花鳥《はなどり》……動 133
花菜《はなな》……植 096
花薺《はななずな》……植 109
花菜漬《はななづけ》……生 176
花盗人《はなぬすびと》……植 064
花猫の目草《はなねこのめそう》……植 114
花の雨《はなのあめ》……天 039
花の主《はなのあるじ》……生 169
花の宴《はなのえん》……生 167
花の雲《はなのくも》……植 064
花のころ《はな》……時 024
花の塵《はなのちり》……植 067
花の宿《はなのやど》……植 064
花蘩蔞《はなはこべ》……植 112
花冷え《はなび》……時 023
花人《はなびと》……生 167
花びら《はな》……植 066
花房《はなぶさ》……植 064
花吹雪《はなふぶき》……植 067
花木瓜《はなぼけ》……植 078
花祭《はなまつり》……行 222
花見《はなみ》……生 167
花見客《はなみきゃく》……生 167
花見茣蓙《はなみござ》……生 168
花見小袖《はなみこそで》……生 174
花見衣《はなみごろも》……生 174
花見酒《はなみざけ》……生 167
花見鯛《はなみだい》……動 144
花見疲れ《はなみづかれ》……生 169
花見月《はなみづき》……時 016
花御堂《はなみどう》……行 222
花見船《はなみぶね》……生 167
花筵《はなむしろ》……生 168
花守《はなもり》……生 169
花林檎《はなりんご》……植 080
母栗《ははぐり》……植 094
母子草《ははこぐさ》……植 121
母子餅《ははこもち》……生 181
蛤《はまぐり》★……動 153
蛤鍋《はまぐりなべ》……動 153
蛤つゆ《はま》……動 153
はまにがな……植 102
浜の口開け《はまのくちあ》〔儀開〕……生 207
浜防風《はまぼうふう》……植 102
はや……動 149
薔薇の芽《ばらのめ》……植 069
孕鹿《はらみじか》……動 128
孕雀《はらみすずめ》……動 142
孕鳥《はらみどり》……動 142
孕猫《はらみねこ》……動 129
針魚《はりお》……動 146
針納め《はりおさ》……行 210
針供養《はりくよう》……行 210
はりの木の花《はな》・植 087
針祭る《はりまつ》……行 210
春《はる》★……時 006
春曙《はるあけぼの》……時 018
春浅し《はるあさ》……時 009
春あした《はる》……時 018
春遊《はるあそび》……生 166
春暑し《はるあつ》……時 026
春嵐《はるあらし》……天 036
春霰《はるあられ》……天 042
春袷《はるあわせ》……生 173
春一《はるいち》……天 035
春一番《はるいちばん》……天 035

春《はる》愁《うれ》い……生192
春《はる》惜《お》しみ月《づき》……時016
春《はる》惜《お》しむ……時027
春《はる》落葉《おちば》……植090
春《はる》外套《がいとう》……生174
春《はる》霞《がすみ》……天044
春《はる》風《かぜ》★……天033
春《はる》かなし……生192
春《はる》川《かわ》……地052
春《はる》兆《きざ》す……時011
春《はる》暮《く》る……時026
春《はる》来《く》る……時008
春《はる》景色《げしき》……天030
春《はる》子《ご》……植124
春《はる》蚕《ご》……動164
春《はる》コート……生174
春《はる》黄《こ》金花《がねばな》……植070
春《はる》炬燵《ごたつ》……生185
春《はる》ごと……行208
春《はる》駒《ごま》……動127
春《はる》さき……時008
春《はる》咲《さ》きサフラン〔クロッカス〕……植092
春《はる》寒《さむ》……時011
春《はる》寒《さむ》し……時011
春《はる》雨《さめ》★……天038
春《はる》雨傘《さめがさ》……天038
春《はる》さる……時008
春《はる》三番《さんばん》……天035
春《はる》椎茸《しいたけ》……植124
春《はる》時雨《しぐれ》……天038
春《はる》驟雨《しゅうう》……天038
春《はる》障子《しょうじ》……生185
春《はる》ショール……生175
春《はる》セーター〔春装〕……生173
春《はる》蟬《ぜみ》……動164
春《はる》空《ぞら》……天030
春《はる》田《た》……地054
春《はる》大根《だいこん》……植100
春《はる》田《た》打《うち》……生195
春《はる》闌《た》く……時025
春《はる》闌《たけなわ》……時025
春《はる》筍《たけのこ》……植090
春《はる》立《た》つ……時008
春《はる》月夜《づきよ》……天031
春《はる》尽《つ》く……時027
春《はる》告草《つげぐさ》……植062
春《はる》告鳥《つげどり》……動133
春《はる》手袋《てぶくろ》〔春装〕……生173
春《はる》出水《でみず》……地058
春《はる》怒濤《どとう》……地053
春《はる》灯《ともし》……生185
春《はる》二番《にばん》……天035
春《はる》眠《ねむ》し……生192
春《はる》の暁《あかつき》……時018
春《はる》の曙《あけぼの》……時018
春《はる》の朝《あさ》……時018
春《はる》の朝日《あさひ》……天029
春《はる》の汗《あせ》……時026
春《はる》の暑《あつ》さ……時026
春《はる》の雨《あめ》……天037
春《はる》の霰《あられ》……天042
春《はる》の磯《いそ》……地052
春《はる》の入日《いりひ》……天029
春《はる》の色《いろ》……天030
春《はる》の馬《うま》……動127
春《はる》の海《うみ》……地052
春《はる》の江《え》……地052
春《はる》の沖《おき》……地052
春《はる》の落葉《おちば》……植090
春《はる》の終《おわ》り……時016
春《はる》の蚊《か》……動162
春《はる》の風《かぜ》……天033
春《はる》の風邪《かぜ》……生191
春《はる》のかたみ……時027
春《はる》の鴨《かも》……動140
春《はる》の雁《かり》……動139
春《はる》の川《かわ》……地052
春《はる》の川波《かわなみ》……地053
春《はる》の着物《きもの》……生173
春《はる》の草《くさ》……植103
春《はる》の雲《くも》……天030
春《はる》の暮《くれ》★……時019
春《はる》の炬燵《こたつ》……生185
春《はる》の事《こと》……行208
春《はる》の駒《こま》……動127
春《はる》の寒《さむ》さ……時011
春《はる》の椎茸《しいたけ》……植124
春《はる》の潮《しお》……地053
春《はる》の鹿《しか》……動128
春《はる》の時雨《しぐれ》……天038
春《はる》の芝《しば》……植107
春《はる》の霜《しも》……天043
春《はる》の障子《しょうじ》……生185
春《はる》の燭《しょく》……生185
春《はる》の雀《すずめ》……動142
春《はる》の蟬《せみ》……動164
春《はる》の空《そら》……天030
春《はる》の田《た》……地054
春《はる》の筍《たけのこ》……植090
春《はる》の蝶《ちょう》……動161
春《はる》の塵《ちり》……天036
春《はる》の月《つき》★……天031
春《はる》の土《つち》……植055
春《はる》の鳥《とり》……動132
春《はる》の泥《どろ》……植055
春《はる》の長雨《ながあめ》〔春の雨〕……天037
春《はる》の渚《なぎさ》……地052
春《はる》の名残《なごり》……時027
春《はる》の波《なみ》……地053
春《はる》の浪《なみ》……地053
春《はる》の虹《にじ》……天043
春《はる》の猫《ねこ》……動129

春《はる》の眠《ねむ》り……生192
春《はる》の野《の》……地049
春《はる》の蠅《はえ》……動163
春《はる》の鯊《はぜ》……動147
春《はる》の果《はて》……時027
春《はる》の浜《はま》……地052
春《はる》のパラソル……生175
春《はる》の日《ひ》……天029
春《はる》の灯《ひ》……生185
春《はる》の燈《ひ》……生185
春《はる》の日傘《ひがさ》……生175
春《はる》の昼《ひる》……時018
春《はる》の蕗《ふき》……植111
春《はる》の服《ふく》……生173
春《はる》の鮒《ふな》……動150
春《はる》の星《ほし》……天032
春《はる》の水《みず》……地051
春《はる》の霙《みぞれ》……天042
春《はる》の湊《みなと》……時027
春《はる》の鵙《もず》……動137
春《はる》の簗《やな》……生205
春《はる》の山《やま》……地049
春《はる》の闇《やみ》……天032
春《はる》の夕《ゆう》……時019
春《はる》の夕暮《ゆうぐれ》……時019
春《はる》の夕日《ゆうひ》……天029
春《はる》の夕《ゆうべ》……時019
春《はる》の夕焼《ゆうやけ》……天048
春《はる》の雪《ゆき》★……天039
春《はる》の行方《ゆくえ》……時027
春《はる》の夜《よ》★……時020
春《はる》の夜明《よあけ》……時018
春《はる》の宵《よい》……時020
春《はる》の雷《らい》……天044
春《はる》の炉《ろ》……生185
春《はる》の別《わか》れ……時027
春薄暮《はるはくぼ》……時019
春場所《はるばしょ》……生188
春疾風《はるはやて》……天036
春颱《はるはやて》……天036
春日《はるひ》……天029
春火桶《はるひおけ》……生186
春日影《はるひかげ》……天029
春日傘《はるひがさ》……生175
春挽糸《はるびきいと》〔蚕飼〕……生203
春日射《はるひざし》……天029
春日向《はるひなた》……天029
春火鉢《はるひばち》……生186
春深《はるふか》し……時025
春深《はるふか》む……時025
春更《はるふ》く……時025
春吹雪《はるふぶき》……天039
春帽子《はるぼうし》……生175
春埃《はるぼこり》……天036
春祭《はるまつり》……行208
春満月《はるまんげつ》……天031
春霙《はるみぞれ》……天042
春《はる》めく……時011
春休《はるやすみ》……生171
春休《はるやす》み……生171
春山《はるやま》……地049
春行《はるゆ》く……時027
春百合《はるゆり》……植094
春四番《はるよばん》……天035
春炉《はるろ》……生185
春《はる》を惜《お》しむ……時027
バレンタインデー……行226
バレンタインの日《ひ》……行226
葉山葵《はわさび》……植102
万愚節《ばんぐせつ》……行216
パンジー〔菫〕……植108
晩春《ばんしゅん》……時016
半仙戯《はんせんぎ》……生190
晩霜《ばんそう》……天043
坂東青《ばんどうあお》……植125
赤楊《はんのき》の花《はな》……植087
榛《はん》の花《はな》……植087

ひ

雛《ひいな》……行211
日吉祭《ひえまつり》……行224
灯朧《ひおぼろ》……天032
東日本震災忌《ひがしにほんしんさいき》……行215
東日本大震災《ひがしにほんだいしんさい》……行215
干潟《ひがた》……地053
ひかり蝦《えび》……動158
彼岸《ひがん》★……時015
彼岸会《ひがんえ》……行221
彼岸桜《ひがんざくら》……植065
彼岸過《ひがんすぎ》……時015
彼岸団子《ひがんだんご》……行221
彼岸中日《ひがんちゅうにち》……時015
彼岸寺《ひがんでら》……行221
彼岸西風《ひがんにし》……天034
彼岸婆《ひがんばば》……行221
彼岸河豚《ひがんふぐ》……動151
彼岸前《ひがんまえ》……時015
彼岸詣《ひがんもうで》……行221
彼岸餅《ひがんもち》……行221
蟇穴《ひきあな》を出《い》づ……動130
蟇《ひき》出《い》づ……動130
引鴨《ひきがも》……動140
引鶴《ひきづる》……動138
ピクニック……生166
蘖《ひこばえ》……植082
ひこばゆ……植082
菱形餅《ひしがたもち》……生182
鹿尾菜《ひじき》……植125
鹿角菜《ひじき》……植125
ひじき刈《か》る……植125
ひじき干《ほ》す……植125
菱餅《ひしもち》……生182

ま

み

む

鮭五郎《むつごろう》……動 147
むつ飛《と》ぶ……動 147
むつみ月《づき》……時 006
郁子《むべ》の花《はな》……植 089
野木瓜《むべ》の花《はな》……植 089
紫《むらさき》 海苔《のり》……植 126
紫 花菜《むらさきはなな》……植 091

め

芽《め》……植 105
芽独活《めうど》……植 100
メーデー……行 217
メーデー歌《か》……行 217
メーデー旗《き》……行 217
めかり……生 204
若布刈鎌《めかりがま》……生 204
若布刈竿《めかりざお》……生 204
若布刈舟《めかりぶね》……生 204
目刺《めざし》……生 180
目刺鰯《めざしいわし》……生 180
芽山椒《めざんしょう》……植 083
芽立《めだち》……時 023
芽接《めつぎ》……生 201
めのは……植 125
目貼《めは》ぐ〔目貼《めば》り〕・冬・生
芽《め》ばり柳《やなぎ》……植 082
眼張《めばる》……動 145
芽《め》張《は》るかつみ・植 124
芽柳《めやなぎ》……植 082

も

萌《もえ》……植 104
も草《ぐさ》……植 110
苜蓿《もくしゅく》……植 109
もぐり……生 207
木蓮《もくれん》……植 074
木蘭《もくれん》……植 074
木蓮花《もくれんげ》……植 074
海雲《もずく》……植 125
水雲《もずく》……植 125
海雲売《もずくうり》……植 125
海雲桶《もずくおけ》……植 125
海雲採《もずくとり》……植 125
餅草《もちくさ》……植 110
物種《ものだね》……生 196
物種蒔《ものだねま》く……生 198
ものの芽《め》★……植 105
物芽《ものめ》……植 105
籾蒔《もみま》く……生 197
桃咲《ももさ》く……植 078
桃園《ももぞの》……植 078
百千鳥《ももちどり》……動 133
桃《もも》の節句《せっく》……行 211
桃《もも》の花《はな》★……植 078
桃《もも》の宿《やど》……植 078
桃畑《ももばたけ》……植 078
桃見《ももみ》……植 078
諸子《もろこ》……動 148
紋白蝶《もんしろちょう》……動 161

や

八重桜《やえざくら》……植 066
八重椿《やえつばき》〔椿〕……植 063
八重山吹《やえやまぶき》……植 077
やき草《ぐさ》……植 110
焼栄螺《やきさざえ》……生 180
山羊《やぎ》の毛刈《けか》る・生 202
焼蛤《やきはまぐり》……動 153
焼野《やけの》……地 050
焼野《やけの》の薄《すすき》……植 105
焼野原《やけのはら》……地 050
焼原《やけはら》……地 050
八塩躑躅《やしおつつじ》……植 075
靖国祭《やすくにまつり》……行 225
やすらい……行 223
やすらい花《ばな》……行 223
やすらい祭《まつり》……行 223
安良居祭《やすらいまつり》……生 223
奴凧《やっこだこ》……生 189
寄居虫《やどかり》……動 158
宿借《やどか》り……動 158
柳《やなぎ》★……植 084
柳影《やなぎかげ》……植 084
柳陰《やなぎかげ》……植 084
柳《やなぎ》の雨《あめ》……植 084
柳《やなぎ》の糸《いと》……植 084
柳《やなぎ》の花《はな》……植 086
柳《やなぎ》の芽《め》……植 082
柳《やなぎ》の絮《わた》……植 086
柳鮠《やなぎはえ》……動 149
やなぎむし……生 179
柳虫鰈《やなぎむしがれい》……生 179
屋根替《やねがえ》……生 188
屋根葺《やねふ》く……生 188
野梅《やばい》……植 062
藪椿《やぶつばき》……植 063
山遊《やまあそび》……生 166
やまあららぎ・植 071
山独活《やまうど》……植 100
山霞《やまがすみ》……天 044
山桑《やまぐわ》……植 084
山蒟蒻《やまこんにゃく》……植 118
山桜《やまざくら》……植 065
山躑躅《やまつつじ》……植 075
山椿《やまつばき》……植 063
大和蜆《やまとしじみ》……動 156
山鳥《やまどり》……動 135
やまどり……動 135
山火《やまび》……生 193
山吹《やまぶき》★……植 077
山藤《やまふじ》……植 077
山木蓮《やまもくれん》……植 071
山焼《やまやき》……生 193
山焼《やまや》く……生 193
山山葵《やまわさび》……植 102

山笑《やまわら》ふ★……地050
弥生《やよい》……時016
弥生尽《やよいじん》……時028

ゆ

夕顔《ゆうがお》蒔《ま》く……生199
夕霞《ゆうがすみ》……天044
夕蛙《ゆうかわず》……動131
夕東風《ゆうごち》……天033
夕桜《ゆうざくら》……植064
遊糸《ゆうし》……天045
夕燕《ゆうつばめ》……動138
夕永《ゆうなが》し……時022
夕長《ゆうなが》し……時022
雪垢《ゆきあか》……地056
雪垣《ゆきがき》とる……生187
雪囲《ゆきがこい》解《と》く……生187
雪囲《ゆきがこい》とる……生187
雪形《ゆきがた》……地056
雪切《ゆききり》……生187
雪切夫《ゆききりふ》……生187
雪《ゆき》くずれ……地057
雪解《ゆきげ》★……地058
雪消《ゆきげ》……地058
雪解川《ゆきげがわ》……地058
雪消《ゆきけ》し……生187
雪解雫《ゆきげしずく》……地058
雪解月《ゆきげづき》……時013
雪解水《ゆきげみず》……地058
雪解道《ゆきげみち》……地058
雪汁《ゆきじる》……地058
雪《ゆき》しろ……地058
雪代岩魚《ゆきしろいわな》……動151
雪代鱒《ゆきしろます》……動151
雪《ゆき》しろ水《みず》……地058
雪代山女《ゆきしろやまめ》……動151
雪椿《ゆきつばき》〔椿〕……植063
雪解《ゆきどけ》……地058
雪《ゆき》なだれ……地057
雪濁《ゆきにご》り……地058
雪涅槃《ゆきねはん》……天042
雪《ゆき》の終《おわり》……天042
雪残《ゆきのこ》る……地056
雪《ゆき》の絶間《たえま》……地057
雪《ゆき》の名残《なごり》……天042
雪《ゆき》の果《はて》……天042
雪《ゆき》のひま……地057
雪《ゆき》の別《わか》れ……天042
雪間《ゆきま》……地057
雪虫《ゆきむし》……動159
雪柳《ゆきやなぎ》……植076
雪割《ゆきわり》……生187
雪割草《ゆきわりそう》……植114
行《ゆ》く鴨《かも》……動140
行《ゆ》く雁《かり》……動139
行《ゆ》く春《はる》★……時027
ゆさわり……生190
夢見月《ゆめみづき》……時016

よ

宵《よい》の春《はる》……時020
陽焰《ようえん》……天045
養花天《ようかてん》……天046
楊貴妃桜《ようきひざくら》……植064
養蚕《ようさん》……生203
陽春《ようしゅん》……時006
洋凧《ようだこ》……生189
楊柳《ようりゅう》……植084
夜蛙《よかわず》……動131
余寒《よかん》……時010
浴仏会《よくぶつえ》……行222
夜桜《よざくら》……生168
吉野桜《よしのざくら》……植065
吉野静《よしのしずか》……植118
吉野花会式《よしのはなえしき》……行223
霾晦《よなぐもり》……天037
よなぼこり……天037
呼子鳥《よぶこどり》……動133
よめがはぎ……植110
嫁菜《よめな》……植110
嫁菜摘《よめなつ》む……植110
嫁菜飯《よめなめし》……植110
蓬《よもぎ》★……植110
蓬生《よもぎう》……植110
蓬摘《よもぎつ》む……生167
蓬餅《よもぎもち》……生181
夜半《よわ》の春《はる》……時020

ら

落花《らっか》……植066
喇叭水仙《らっぱずいせん》……植091

り

李花《りか》……植079
梨花《りか》……植079
利休忌《りきゅうき》……行228
利久忌《りきゅうき》……行228
立春《りっしゅん》★……時008
立春大吉《りっしゅんだいきち》……時008
柳絮《りゅうじょ》……植086
柳絮飛《りゅうじょと》ぶ……植086
竜天《りゅうてん》に登《のぼ》る……時014
流氷《りゅうひょう》……地060
流氷期《りゅうひょうき》……地060
流氷盤《りゅうひょうばん》……地060
料峭《りょうしょう》……時011
林檎《りんご》の花《はな》……植080

れ

麗日《れいじつ》……時021
レタス……植098
連翹《れんぎょう》……植073
蓮華草《れんげそう》……植108
蓮華躑躅《れんげつつじ》……植075

ろ

労働祭《ろうどうさい》……行 217
炉《ろ》の名残《なごり》……生 186
炉塞《ろふさぎ》……生 186

わ

若鮎《わかあゆ》……動 150
若返《わかがえ》る草《くさ》……植 104
若草《わかくさ》……植 106
若草《わかくさ》野《の》……植 106
若駒《わかごま》……動 127
若菰《わかこも》……植 124
公魚《わかさぎ》……動 149
鰙《わかさぎ》……動 149
若桜《わかざくら》……植 064
若狭《わかさ》のお水送《みずおく》り……行 220
若芝《わかしば》……植 107
若松《わかまつ》……植 082
若緑《わかみどり》……植 082
若布《わかめ》★……植 125
和布《わかめ》……植 125
若布《わかめ》売《うり》……植 125
若布《わかめ》刈《かり》……生 204
若布刈《わかめか》る……生 204
若布汁《わかめじる》……植 125
若布《わかめ》干《ほ》す……生 204
別《わか》れ霜《じも》……天 043
分葱《わけぎ》……植 102
山葵《わさび》……植 102
山葵《わさび》沢《ざわ》……植 102
山葵《わさび》田《だ》……植 102
山葵漬《わさびづけ》……生 176
山葵掘《わさびほり》……植 102
忘《わす》れ霜《じも》……天 043
勿忘草《わすれなぐさ》……植 095
忘《わす》れな草《ぐさ》……植 095
忘《わす》れ雪《ゆき》……天 042
綿雪《わたゆき》……天 041
蕨《わらび》★……植 115
蕨狩《わらびがり》……植 115
蕨汁《わらびじる》……植 115
蕨手《わらびで》……植 115
蕨飯《わらびめし》……植 115
蕨餅《わらびもち》……生 181

忌日一覧

旧暦1月

3日　慈恵大師良源《じえだいしりょうげん》（僧）　永観3年（985）〔元三会《がんざんえ》・元三忌《がんざんき》・慈恵大師忌《じえだいしき》〕

7日　足利義政《あしかがよしまさ》（室町幕府八代将軍）　延徳2年（1490）〔慈照院殿忌《じしょういんでんき》〕

25日　法然《ほうねん》（浄土宗開祖）　建暦2年（1212）〔御忌《ぎょき》〕→ 224

27日　源《みなもとの》　実朝《さねとも》（鎌倉幕府三代将軍）　建保7年（1219）〔金槐忌《きんかいき》〕

2月

1日　河東碧梧桐《かわひがしへきごとう》　昭和12年（1937）〔寒明忌《かんあけき》〕

12日　司馬遼太郎《しばりょうたろう》（小説家）　平成8年（1996）〔菜《な》の花忌《はなき》〕

20日　内藤鳴雪《ないとうめいせつ》　大正15年（1926）〔老梅忌《ろうばいき》〕

22日　富安風生《とみやすふうせい》　昭和54年（1979）〔艸魚忌《そうぎょき》〕

25日　斎藤茂吉《さいとうもきち》（歌人）　昭和28年（1953）〔赤光忌《しゃっこうき》〕

旧暦2月

4日　大石良雄《おおいしよしお》（赤穂義士）　元禄16年（1703）〔大石忌《おおいしき》〕

毎年3月20日に京都の一力茶屋で法要が営まれる。

14日　祇王《ぎおう》（白拍子）　没年未詳〔祇王忌《ぎおうき》〕

15日　西行《さいぎょう》（歌人・僧）　文治6年（1190）〔円位忌《えんいき》〕→ 228

28日　千利休《せんのりきゅう》（茶人）　天正19年（1951）〔利久忌《りきゅうき》・宗易忌《そうえきき》〕→ 228

30日　宝井其角《たからいきかく》　宝永4年（1707）〔晋翁忌《しんおうき》・晋子忌《しんしき》〕

3月

1日　久米正雄《くめまさお》（小説家）　昭和27年（1952）〔三汀忌《さんていき》・海棠忌《かいどうき》〕

本来は29日だが閏日のため3月1日としている。

3日　星野立子《ほしのたつこ》　昭和59年（1984）〔雛忌《ひなき》〕

24日　梶井基次郎《かじいもとじろう》（小説家）　昭和7年（1932）〔檸檬忌《れもんき》〕

旧暦3月

8日　俊芿《しゅんじょう》（鎌倉時代の僧）　嘉禄3年（1227）〔泉涌寺開山忌《せんにゅうじかいさんき》〕

18日　柿本人麻呂《かきのもとのひとまろ》（万葉歌人）　没年不詳〔人麿忌《ひとまろき》・人丸忌《ひとまるき》〕→ 229

21日　空海《くうかい》（真言宗開祖・弘法大師）　承和2年（835）〔御影供《みえいく》〕→ 221

25日　蓮如《れんにょ》（本願寺第8世）　明応8年（1499）〔中宗会《ちゅうそうえ》・吉崎詣《よしざきもうで》〕

4月

2日　高村光太郎《たかむらこうたろう》（彫刻家・詩人）　昭和31年（1956）〔連翹忌《れんぎょうき》〕

5日　三好達治《みよしたつじ》（詩人）　昭和39年（1964）〔三好忌《みよしき》・鷗忌《かもめき》〕

8日　高浜虚子《たかはまきょし》　昭和34年（1959）〔椿寿忌《ちんじゅき》・惜春忌《せきしゅんき》〕→ 228

9日　野澤節子《のざわせつこ》　平成7年（1995）〔桜忌〕

16日　川端康成《かわばたやすなり》（小説家）　昭和47年（1972）〔川端忌《かわばたき》〕

20日　内田百閒《うちだひゃっけん》（小説家）　昭和46年（1971）〔百鬼園忌《ひゃっきえんき》・木蓮忌《もくれんき》〕

21日　篠田悌二郎《しのだていじろう》　昭和61年（1986）〔春蟬忌《しゅんせんき》〕

30日　永井荷風《ながいかふう》（小説家）　昭和34年（1959）〔偏奇館忌《へんきかんき》〕

2日………輪王寺強飯式《りんのうじごうはんしき》（日光山輪王寺）栃木県日光市　山盛の飯を戴く「強飯頂戴の儀」が有名。

5日………水谷神社鎮花祭《みずやじんじゃちんかさい》（水谷神社）奈良市　疫病の流行を鎮める神事。

上旬………御 柱 祭《おんばしらさい》（～6月上旬／諏訪大社）長野県諏訪市　→夏

第1土曜…香取神宮御田植祭《かとりじんぐうおたうえさい》（～翌日曜）千葉県香取市　日本三大御田植祭の一つ。

犬山祭《いぬやままつり》（～翌日曜／針綱《はりつな》神社）愛知県犬山市　人形の乗る三層の車山《やま》が町を練る。

第1日曜…西方寺踊念仏《さいほうじおどりねんぶつ》　長野県佐久市　太鼓と鉦に合わせて踊る踊り念仏。

上旬の土･日曜………嵯峨大念仏 狂 言《さがだいねんぶつきょうげん》（清凉寺）京都市　せりふを使わず仕草だけの無言劇。

7日………青柴垣神事《あおふしがきしんじ》（美保《みほ》神社）島根県松江市　一年神主を船に乗せ美保湾内を一周。

10日前の日曜………天津司《てんづし》の舞《まい》（天津司神社）山梨県甲府市　日本最古とされる「傀儡田楽《くぐつでんがく》」。

10日……糸魚川《いといがわ》けんか祭《まつり》（～11日／天津《あまつ》神社）新潟県糸魚川市　けんか神輿と舞楽の奉納。

桜　祭 神幸祭《さくらまつりしんこうさい》（平野神社）京都市　時代衣装を身につけた一行が町内を練り歩く。

11日……花供懺法会《はなぐせんぼうえ》（～12日／金峯山寺《きんぷせんじ》）奈良県吉野町　吉野花会式《よしのはなえしき》→223

12日……山王祭《さんのうまつり》（～15日／日吉《ひよし》大社）大津市　→224

14日……高山祭《たかやままつり》（～15日／日枝《ひえ》神社）岐阜県高山市　→224

15日……長浜曳山祭《ながはまひきやままつり》（長浜八幡宮）滋賀県長浜市　絢爛豪華な曳山と「子ども歌舞伎」。

第2土･日曜 西大寺大茶盛《さいだいじおおちゃもり》（西大寺）奈良市　大茶碗に点てた茶が振る舞われる。

美濃祭《みのまつり》（八幡神社）岐阜県美濃市　大小三十余りの花みこしが市内を練る。

第2日曜……やすらい祭《まつり》（今宮神社）京都市　→223

中旬……鞍馬《くらま》の花供養《はなくよう》（15日間／鞍馬寺）京都市　本尊に花を供え琴や三味線を演奏。

18日……知恩院御忌詣《ちおんいんぎょきもうで》（～25日）京都市　御忌→224

鎮 花 祭《はなしずめまつり》（大神《おおみわ》神社・狭井《さい》神社）奈良県桜井市　→225

19日……古川祭《ふるかわまつり》（～20日／気多若宮《けたわかみや》神社）岐阜県飛騨市　大太鼓の櫓と三層屋台の巡行。

清凉寺御身拭式《せいりょうじおみぬぐいしき》（清凉寺）京都市　御身拭→225

20日頃の日曜………稲荷祭《いなりまつり》（～5月3日／伏見稲荷大社《ふしみいなりたいしゃ》）京都市　神輿が市内を巡幸。

20日以降日曜………松尾大社神幸祭《まつのおたいしゃしんこうさい》　京都市　通称「おいで」。神輿が桂川を渡る「船渡御」。

21日……靖国祭《やすくにまつり》（～23日／靖国神社）東京都千代田区　→225

東寺正御影供《とうじしょうみえいく》　京都市　空海の忌日法要。灌頂院北門、御影堂が開扉される。

壬生狂言《みぶきょうげん》（～29日／壬生寺）京都市　→226

22日……聖　霊会《しょうりょうえ》（四天王寺）大阪市　→226

25日……大阪天満宮鎮花祭《おおさかてんまんぐうちんかさい》　大阪市　疫病を鎮め、心身の健康を祈る祭。

興福寺文殊会《こうふくじもんじゅえ》（興福寺）奈良市　智恵が授かるようにという稚児行列が可愛らしい。

27日……上高地開山祭《かみこうちかいざんさい》　長野県松本市　上高地の山開き。北アルプスに夏を告げる行事。

道成寺鐘供養会式《どうじょうじかねくようえしき》　和歌山県日高川町　張り子の大蛇によるジャンジャカ踊が有名。

第4日曜…孔子祭《こうしさい》（釈奠《せきてん》／湯島聖堂）東京都文京区　酒、生鯉、野菜などを供え、孔子を顕彰。

29日……下関《しものせき》ふく供養祭《くようさい》　山口県下関市　河豚《ふぐ》の供養と関係者による放魚が行なわれる。

旧3月3日 もちがせ流《なが》しびな　鳥取市　男女一対の紙雛を千代川《せんだいがわ》に流し無病息災を祈る。

旧3月13日……十　三詣《じゅうさんまいり》（法輪寺）京都市　→223

23日……五大力尊仁王会《ごだいりきそんにんのうえ》（醍醐寺）京都市　五代明王の力によって平和を願う。

25日……北野天満宮梅花祭《きたのてんまんぐうばいかさい》（北野天満宮）京都市　道真公に梅を献花。北野菜種御供《きたのなたねごく》とも。

最終土・日曜………勝山左義長《かつやまさぎちょう》　福井県勝山市　櫓を建てて、勝山左義長囃子を行なう。

旧1月7日…………蘇民祭《そみんさい》（黒石寺《こくせきじ》）岩手県奥州市　「蘇民将来」と唱えて蘇民袋を奪い合う裸祭。

椿《つばき》まつり（～9日／椿神社）愛媛県松山市　伊予路に春を呼ぶ祭「お八日」。

旧1月13日……儺追神事《なおいのしんじ》（尾張大国霊《おわりおおくにたま》神社）愛知県稲沢市　「国府宮のはだか祭」として有名。

3月

1日………宝鏡寺《ほうきょうじ》ひなまつり（宝鏡寺）京都市　「人形の寺」で開かれる雛祭。

修二会《しゅにえ》（～14日／東大寺二月堂）奈良市　→219

2日………若狭《わかさ》のお水送《みずおく》り（神宮寺）福井県小浜市　→220

3日………浦佐《うらさ》の堂押《どうおし》（普光寺毘沙門堂）新潟県南魚沼市　男衆が水垢離《みずごり》の後、裸で押し合う祭。

雛流《ひななが》し（淡嶋神社）和歌山市　人形に願い事を書いて舟に乗せて流し成就を願う。

9日………祭頭祭《さいとうさい》（鹿島神宮）茨城県鹿嶋市　「出陣の祭」とも言われる勇壮な祭。

10日……帆手祭《ほでまつり》（鹽竈《しおがま》神社）宮城県塩竈市　江戸時代より続く火伏の祭。荒れ神輿で知られる。

12日……お水取《みずとり》（東大寺二月堂）奈良市　→220

13日……春日祭《かすがまつり》（春日大社）奈良市　勅使の参向を仰ぎ、国家の安泰と国民の繁栄を祈る。

第2日曜……火渡《ひわた》り祭《さい》（高尾山薬王院）東京都八王子市　世界平和や災厄消除を祈念する火の行。

山田《やまだ》の春祭《はるまつり》（恒持《つねもち》神社）埼玉県秩父市　壮麗な山車が繰り出す春祭。「恒持祭」。

15日……嵯峨《さが》の 柱　炬《はしらたいまつ》（清凉寺釈迦堂）京都市　涅槃会《ねはんえ》の行事に行なわれるお松明式。

春日《かすが》の御田植神事《おたうえしんじ》（春日大社）奈良市　田植歌にあわせて田植舞が奉納される。

中旬………火振《ひぶ》り神事《しんじ》（阿蘇神社）熊本県阿蘇市　氏子が火振りで姫君を迎える「御前《ごぜ》迎え」神事。

18日……平国祭《おいでまつり》（～23日／気多《けた》大社）石川県羽咋市　気多本宮（七尾市）へ渡御する神幸祭。

19日……湯祈禱《ゆぎとう》（～21日／道後温泉）愛媛県松山市　道後温泉で行なわれる湯に感謝する神事。

21日……正御影供《しょうみえいく》（金剛峯寺《こんごうぶじ》）和歌山県高野町　空海の忌日に「御衣」を御影堂に安置・供養。

法隆寺《ほうりゅうじ》お会式《えしき》（～24日）奈良県斑鳩町　聖徳太子の忌日法要の行事。

22日……千本釈迦念仏《せんぼんしゃかねんぶつ》（大報恩寺）京都市　遺教経を奉唱することから「遺教経会《ゆいきょうぎょうえ》」とも。

25日……河内《かわち》の春《はる》ごと（道明寺天満宮）大阪府藤井寺市　菅原道真公忌日に菜種を供える。

26日……比良八講《ひらはっこう》（本福寺）大津市　→221

28日……泥打祭《どろうちまつり》（阿蘇神社）福岡県朝倉市　代宮司に泥を塗りつけて豊作を予祝する。

30日……花会式《はなえしき》（～4月5日／薬師寺）奈良市　修二会。十種の造花をご本尊に供える。

4月

1日………東《あずま》をどり（新橋演舞場）東京都中央区　京都の都をどりにならい新橋の芸者たちが群舞。

義士祭《ぎしさい》（～7日／泉岳寺）東京都港区　→227

廿日会祭《はつかえさい》（浅間祭《せんげんさい》／～5日／静岡浅間神社）静岡市　稚児舞楽や牛が山車を曳く。

都《みやこ》をどり（～30日／祇園甲部歌舞練場）京都市　→227

花換《はなかえ》まつり（金崎宮）福井県敦賀市　「桜の小枝」を福娘や参詣者同士で交換。

ちゃんちゃん祭《まつり》（大和神幸祭《おおやまとしんこうさい》／大和神社）奈良県天理市　鉦を鳴らして神輿が巡幸。

春の行事一覧

2月

1日………黒川能《くろかわのう》（～2日／春日神社）山形県鶴岡市櫛引地区　黒川能→冬

尾鷲《おわせ》ヤーヤ祭《まつり》（～5日／尾鷲神社）三重県尾鷲市　「喧嘩の裸祭」として知られる。

永平寺涅槃会摂心《えいへいじねはんえせつしん》（～7日／永平寺）福井県永平寺町　昼夜不眠で坐禅を行なう。

2日………節分祭《せつぶんさい》（～4日／吉田神社）京都市　節分の前後三日間、鬼やらい神事を行なう。

3日………あまめはぎ　石川県能登町　節分の日に行なわれる村の繁栄と豊作を祈る行事。

年越祭《としこしまつり》（鬼鎮《きじん》神社）埼玉県嵐山町　諸国の鬼が逃げこむといわれる節分祭。

茗荷祭《みょうがまつり》（阿須須伎《あすすぎ》神社）京都府綾部市　茗荷のなり具合から豊凶を占う。

春日万灯籠《かすがまんとうろう》（春日大社）奈良市　→冬

節分会《せつぶんえ》（金峯山寺《きんぷせんじ》蔵王堂）奈良県吉野町　鬼の調伏式で、「鬼火の祭典」として有名。

5日………日本二十六聖人殉教祭《にほんにじゅうろくせいじんじゅんきょうさい》　長崎市　殉教の地で日本最初の殉教者二十六人を悼む。

6日………お灯《とう》まつり（神倉神社）和歌山県新宮市　白装束の上り子が階段を駆け下りる火祭。

第1日曜…おんだ祭《まつり》（飛鳥坐《あすかにいます》神社）奈良県明日香村　豊作を予祝する夫婦和合の奇祭。

8日………針供養《はりくよう》（淡嶋神社）和歌山市　→210

戸沢藁馬《とざわわらうま》ひき　長野県上田市　親子で藁馬を引いて練り歩き道祖神に詣でる。

10日……刈和野《かりわの》の大綱引《おおつなひ》き　秋田県大仙市　周囲2メートルの大綱を引き合う年占行事。

竹割祭《たけわりまつり》（菅生石部《すごういそべ》神社）石川県加賀市　青竹を打ち砕き悪を払う勇壮な御願《ごがん》神事。

豊橋《とよはし》の鬼《おに》まつり（～11日／安久美神戸神明社《あくみかんべしんめいしゃ》）愛知県豊橋市　鬼が飴を撒き豊作祈願。

11日……カセ鳥《どり》　山形県上山市　蓑を被りカセ鳥に扮した若者が練り歩く火伏せの行事。

徳丸北野神社田遊《とくまるきたのじんじゃたあそ》び（徳丸北野神社）東京都板橋区　農作業を演じ、豊作を祈願。

雪中花水祝《せっちゅうはなみずいわい》（八幡宮）新潟県魚沼市　夫婦和合を祈願して水を掛ける。

鳥羽《とば》の火祭《ひまつ》り（鳥羽神明社）愛知県西尾市　大松明の燃え方で天候や豊凶を占う。

紀元祭《きげんさい》（橿原《かしはら》神宮）奈良県橿原市　神武天皇の建国即位を祝う祭典。

13日……赤塚諏訪神社田遊《あかつかすわじんじゃたあそ》び（赤塚諏訪神社）東京都板橋区　もがり神事で豊作を祈願。

第2日曜…大室山山焼《おおむろやまやまや》き　静岡県伊東市　伊東に春を告げる山焼き行事。

御弓《おゆみ》神事（沼名前《ぬなくま》神社内八幡神社）広島県福山市　年頭に一年の悪鬼を射祓う。

14日……火振《ひぶり》かまくら　秋田県仙北市　火をつけた炭俵を振り回して、一年の無事を祈る。

長谷《はせ》のだだおし（長谷寺）奈良県桜井市　修二会結願の行事。鬼が暴れた後、退散。

15日……横手《よこて》の雪祭《ゆきまつ》り（～16日）秋田県横手市　かまくらが市内一円に出現。

黒森歌舞伎《くろもりかぶき》（17日も／日枝《ひえ》神社）山形県酒田市　三百年の伝統を持つ古典歌舞伎。

17日……八戸《はちのへ》えんぶり（～20日）青森県八戸市　えんぶり→冬

旭岡山《あさひおかやま》ぼんでん（旭岡山神社）秋田県横手市　依代《よりしろ》であるぼんでんを担いで奉納。

18日……谷汲踊《たにぐみおどり》（華厳寺など）岐阜県揖斐川町　羽根のような「しない」を背負い太鼓を打つ。

20日……一夜官女祭《いちやかんじょさい》（野里住吉《のざとすみよし》神社）大阪市　氏子の中から選ばれた少女が神饌を奉納する。

第3土曜…どんづき祭《まつり》（上赤谷山神社）新潟県新発田市　男衆が裸で押し合う厄払い神事。

会陽《えよう》（西大寺）岡山市　→冬

夜長《よなが》……秋・時
夜《よ》なべ……秋・生
夜庭《よにわ》……秋・生
夜咄《よばなし》……冬・生
夜振《よぶり》……夏・生
夜店《よみせ》……夏・生
読初《よみぞめ》……新年・生
嫁《よめ》が君《きみ》……新年・動
夜《よる》の秋《あき》……夏・時

ら

雷鳥《らいちょう》……夏・動
ラグビー……冬・生
落花生《らっかせい》……秋・植
辣薤《らっきょう》……夏・植
ラムネ……夏・生
蘭《らん》……秋・植

り

立夏《りっか》……夏・時
立秋《りっしゅう》……秋・時
立冬《りっとう》……冬・時
流星《りゅうせい》……秋・天
竜《りゅう》の玉《たま》……冬・植
良夜《りょうや》……秋・天
緑蔭《りょくいん》……夏・植
林檎《りんご》……秋・植
竜胆《りんどう》……秋・植

る

縷紅草《るこうそう》……夏・植

れ

礼受《れいうけ》……新年・生
冷夏《れいか》……夏・時
茘枝《れいし》……秋・植
礼者《れいじゃ》……新年・生
冷蔵庫《れいぞうこ》……夏・生
冷房《れいぼう》……夏・生
レース……夏・生
檸檬《れもん》……秋・植
連雀《れんじゃく》……秋・動
練炭《れんたん》……冬・生

ろ

炉《ろ》……冬・生
蠟梅《ろうばい》……冬・植
臘八会《ろうはつえ》……冬・生
六月《ろくがつ》……夏・時
六斎念仏《ろくさいねんぶつ》……秋・生
六道参《ろくどうまいり》……秋・生
炉開《ろびらき》……冬・生

わ

若楓《わかかえで》……夏・植
若潮《わかしお》……新年・生
若竹《わかたけ》……夏・植
若菜《わかな》……新年・植
若菜摘《わかなつみ》……新年・生
若菜野《わかなの》……新年・地
若葉《わかば》……夏・植
若水《わかみず》……新年・生
別烏《わかれからす》……秋・動
病葉《わくらば》……夏・植
山葵《わさび》の花《はな》……夏・植
鷲《わし》……冬・動
早稲《わせ》……秋・植
棉《わた》……秋・植
綿入《わたいれ》……冬・生
綿菅《わたすげ》……夏・植
綿取《わたとり》……秋・生
棉《わた》の花《はな》……夏・植
綿虫《わたむし》……冬・動
渡《わた》り鳥《どり》……秋・動
侘助《わびすけ》……冬・植
笑初《わらいぞめ》……新年・生
藁盒子《わらごうし》……新年・生
藁仕事《わらしごと》……冬・生
藁塚《わらづか》……秋・生
われから……秋・動
吾亦紅《われもこう》……秋・植

む

六日《むいか》……新年・時
迎火《むかえび》……秋・生
零余子《むかご》……秋・植
むかご飯《めし》……秋・生
蜈蚣《むかで》……夏・動
麦《むぎ》……夏・植
麦刈《むぎかり》……夏・生
麦《むぎ》こがし……夏・生
麦《むぎ》の秋《あき》……夏・時
麦《むぎ》の芽《め》……冬・植
麦笛《むぎぶえ》……夏・生
麦蒔《むぎまき》……冬・生
麦飯《むぎめし》……夏・生
麦湯《むぎゆ》……夏・生
麦藁《むぎわら》……夏・生
木槿《むくげ》……秋・植
椋鳥《むくどり》……秋・動
葎《むぐら》……夏・植
無患子《むくろじ》……秋・植
無月《むげつ》……秋・天
鼯鼠《むささび》……冬・動
虫《むし》……秋・動
虫売《むしうり》……秋・生
虫送《むしおく》り……夏・生
虫篝《むしかがり》……夏・生
虫籠《むしかご》……秋・生
虫干《むしぼし》……夏・生
武者人形《むしゃにんぎょう》……夏・生
結昆布《むすびこんぶ》……新年・生
霧氷《むひょう》……冬・天
郁子《むべ》……秋・植
紫草《むらさき》……夏・植
紫 式部《むらさきしきぶ》……秋・植
室咲《むろざき》……冬・植

め

名月《めいげつ》……秋・天
和布《め》刈神事《かりのしんじ》……冬・生
飯饐《めしす》える……夏・生
眼白《めじろ》……夏・動
目高《めだか》……夏・動
目貼《めばり》……冬・生
メロン……夏・植

も

毛布《もうふ》……冬・生
藻刈《もかり》……夏・生
虎落笛《もがりぶえ》……冬・天
木犀《もくせい》……秋・植
土竜打《もぐらうち》……新年・生
鵙《もず》……秋・動
鵙《もず》の贄《にえ》……秋・動
餅《もち》……冬・生
餅搗《もちつき》……冬・生
餅花《もちばな》……新年・生
木斛《もっこく》の花《はな》……夏・植
藻《も》の花《はな》……夏・植
籾《もみ》……秋・生
紅葉《もみじ》……秋・植
紅葉《もみじ》かつ散《ち》る……秋・植
紅葉狩《もみじがり》……秋・生
紅葉散《もみじち》る……冬・植
紅葉鍋《もみじなべ》……冬・生
紅葉鮒《もみじぶな》……秋・動
桃《もも》……秋・植
股引《ももひき》……冬・生

や

灸 花《やいとばな》……夏・植
夜学《やがく》……秋・生
焼芋《やきいも》……冬・生
焼鳥《やきとり》……冬・生
厄 払《やくばらい》……冬・生
灼《や》くる……夏・時
矢車《やぐるま》……夏・生
矢車菊《やぐるまぎく》……夏・植
夜光虫《やこうちゅう》……夏・動
夜食《やしょく》……秋・生
八手《やつで》の花《はな》……冬・植
八目鰻《やつめうなぎ》……冬・動
宿木《やどりぎ》……冬・植
簗《やな》……夏・生
柳散《やなぎち》る……秋・植
藪入《やぶいり》……新年・生
藪《やぶ》枯《か》らし……秋・植
藪柑子《やぶこうじ》……冬・植
藪 虱《やぶじらみ》……秋・植
藪巻《やぶまき》……冬・生
破《やぶ》れ傘《がさ》……夏・植
山雀《やまがら》……夏・動
やませ……夏・天
山眠《やまねむ》る……冬・地
山開《やまびら》き……夏・生
山葡萄《やまぶどう》……秋・植
山法師《やまぼうし》……夏・植
天蚕《やままゆ》……夏・動
山女《やまめ》……夏・動
楊梅《やまもも》……夏・植
山粧《やまよそお》ふ……秋・地
闇汁《やみじる》……冬・生
守宮《やもり》……夏・動
やや寒《さむ》……秋・時
破芭蕉《やればしょう》……秋・植
敗荷《やれはす》……秋・植
八幡放生会《やわたほうじょうえ》……秋・生

ゆ

夕顔《ゆうがお》……夏・植
夕顔《ゆうがお》の実《み》……秋・植
夕河岸《ゆうがし》……夏・生
夕菅《ゆうすげ》……夏・植
夕立《ゆうだち》……夏・天
夕月夜《ゆうづきよ》……秋・天
夕凪《ゆうなぎ》……夏・天
夕焼《ゆうやけ》……夏・天
浴衣《ゆかた》……夏・生
雪《ゆき》……冬・天
雪 遊《ゆきあそび》……冬・生
雪 兎《ゆきうさぎ》……冬・生
雪起《ゆきおこ》し……冬・天
雪折《ゆきおれ》……冬・植
雪下《ゆきおろ》し……冬・生
雪 女《ゆきおんな》……冬・天
雪掻《ゆきかき》……冬・生
雪 囲《ゆきがこい》……冬・生
雪合羽《ゆきがっぱ》……冬・生
雪沓《ゆきぐつ》……冬・生
雪《ゆき》しまき……冬・天
雪達磨《ゆきだるま》……冬・生
雪吊《ゆきつり》……冬・生
鴨足草《ゆきのした》……夏・植
雪晴《ゆきばれ》……冬・天
雪踏《ゆきふみ》……冬・生
雪見《ゆきみ》……冬・生
雪眼《ゆきめ》……冬・生
雪眼鏡《ゆきめがね》……冬・生
雪 催《ゆきもよい》……冬・天
雪焼《ゆきやけ》……冬・生
行《ゆ》く秋《あき》……秋・時
行《ゆ》く年《とし》……冬・時
湯気立《ゆげた》て……冬・生
湯《ゆ》ざめ……冬・生
柚子《ゆず》……秋・植
柚子湯《ゆずゆ》……冬・生
山桜桃《ゆすら》の実《み》……夏・植
楪《ゆずりは》……新年・植
ユッカ……夏・植
湯豆腐《ゆどうふ》……冬・生
湯殿詣《ゆどのもうで》……夏・生
油団《ゆとん》……夏・生
柚《ゆ》の花《はな》……夏・植
柚餅子《ゆべし》……秋・生
柚味噌《ゆみそ》……秋・生
弓 始《ゆみはじめ》……新年・生
弓張月《ゆみはりづき》……秋・天
百合《ゆり》……夏・植

よ

宵闇《よいやみ》……秋・天
余花《よか》……夏・植
夜着《よぎ》……冬・生
横這《よこばい》……秋・動
夜寒《よさむ》……秋・時
葭切《よしきり》……夏・動
葭簀《よしず》……夏・生
吉田火祭《よしだひまつり》……秋・生
葭戸《よしど》……夏・生
夜濯《よすすぎ》……夏・生
寄鍋《よせなべ》……冬・生
夜鷹《よたか》……夏・動
夜鷹蕎麦《よたかそば》……冬・生
四日《よっか》……新年・時
ヨット……夏・生
夜盗虫《よとう》……夏・動

冬服《ふゆふく》……冬・生
冬帽子《ふゆぼうし》……冬・生
冬北斗《ふゆほくと》……冬・天
冬牡丹《ふゆぼたん》……冬・植
冬芽《ふゆめ》……冬・植
冬《ふゆ》めく……冬・時
冬萌《ふゆもえ》……冬・植
冬紅葉《ふゆもみじ》……冬・植
冬館《ふゆやかた》……冬・生
冬休《ふゆやすみ》……冬・生
冬夕焼《ふゆゆうやけ》……冬・天
冬林檎《ふゆりんご》……冬・植
芙蓉《ふよう》……秋・植
鰤《ぶり》……冬・動
鰤網《ぶりあみ》……冬・生
鰤起《ぶりおこ》し……冬・天
古暦《ふるごよみ》……冬・生
古日記《ふるにっき》……冬・生
フレーム……冬・生
風炉茶《ふろちゃ》……夏・生
風炉《ふろ》の名残《なごり》……秋・生
風呂吹《ふろふき》……冬・生
文化《ぶんか》の日《ひ》……秋・生
噴水《ふんすい》……夏・生

へ

ベゴニア……夏・植
糸瓜《へちま》……秋・植
糸瓜《へちま》の水取《みずと》る……秋・生
べつたら市《いち》……秋・生
紅《べに》の花《はな》……夏・植
蛇《へび》……夏・動
蛇穴《へびあな》に入《い》る……秋・動
蛇苺《へびいちご》……夏・植
蛇衣《へびきぬ》を脱《ぬ》ぐ……夏・動
放屁虫《へひりむし》……秋・動
弁慶草《べんけいそう》……秋・植

ほ

ポインセチア……冬・植
報恩講《ほうおんこう》……冬・生
芒種《ぼうしゅ》……夏・時
鳳仙花《ほうせんか》……秋・植
豊年《ほうねん》……秋・生
孑孒《ぼうふら》……夏・動
魴鮄《ほうぼう》……冬・動
蓬萊《ほうらい》……新年・生
宝恵駕《ほえかご》……新年・生
朴落葉《ほおおちば》……冬・植
頬被《ほおかむり》……冬・生
鬼灯《ほおずき》……秋・植
鬼灯市《ほおずきいち》……夏・生
鬼灯《ほおずき》の花《はな》……夏・植
ボート……夏・生
朴《ほお》の花《はな》……夏・植
捕鯨《ほげい》……冬・生
干草《ほしくさ》……夏・生
星月夜《ほしづきよ》……秋・天
干菜《ほしな》……冬・生
干菜汁《ほしなじる》……冬・生
干菜湯《ほしなゆ》……冬・生
榾《ほた》……冬・生
菩提子《ぼだいし》……秋・植
帆立貝《ほたてがい》……夏・動
蛍《ほたる》……夏・動
蛍籠《ほたるかご》……夏・生
蛍狩《ほたるがり》……夏・生
蛍袋《ほたるぶくろ》……夏・植
穂俵《ほだわら》……新年・植
穂俵飾《ほだわらかざ》る……新年・生
牡丹《ぼたん》……夏・植
牡丹焚火《ぼたんたきび》……冬・生
牡丹鍋《ぼたんなべ》……冬・生
牡丹根分《ぼたんねわけ》……秋・生
ホップ……秋・植
ぽつぺん……新年・生
仏《ほとけ》の座《ざ》……新年・植
時鳥《ほととぎす》……夏・動
杜鵑草《ほととぎす》……秋・植
海鞘《ほや》……夏・動
鯔《ぼら》……秋・動
盆《ぼん》……秋・生
盆狂言《ぼんきょうげん》……秋・生
盆《ぼん》の月《つき》……秋・天
盆用意《ぼんようい》……秋・生

ま

マーガレット……夏・植
舞初《まいぞめ》……新年・生
舞茸《まいたけ》……秋・植
鼓虫《まいまい》……夏・動
牧閉《まきとざ》す……秋・生
蠛蠓《まくなぎ》……夏・動
鮪《まぐろ》……冬・動
甜瓜《まくわうり》……夏・植
真菰《まこも》……夏・植
マスク……冬・生
木天蓼《またたび》……秋・植
松納《まつおさめ》……新年・生
松落葉《まつおちば》……夏・植
松過《まつすぎ》……新年・時
松茸《まつたけ》……秋・植
松茸飯《まつたけめし》……秋・生
松手入《まつていれ》……秋・生
松《まつ》の内《うち》……新年・時
松葉牡丹《まつばぼたん》……夏・植
松迎《まつむかえ》……冬・生
松虫《まつむし》……秋・動
松虫草《まつむしそう》……秋・植
待宵《まつよい》……秋・天
祭《まつり》……夏・生
茉莉花《まつりか》……夏・植
俎始《まないたはじめ》……新年・生
俎開《まないたびらき》……新年・生
間引菜《まびきな》……秋・植
蝮《まむし》……夏・動
豆植《まめう》う……夏・生
豆引《まめひ》く……秋・生
豆撒《まめまき》……冬・生
豆飯《まめめし》……夏・生
繭《まゆ》……夏・生
繭玉《まゆだま》……新年・生
檀《まゆみ》の実《み》……秋・植
鞠始《まりはじめ》……新年・生
万歳《まんざい》……新年・生
曼珠沙華《まんじゅしゃげ》……秋・植
万両《まんりょう》……冬・植

み

三日月《みかづき》……秋・天
蜜柑《みかん》……冬・植
蜜柑《みかん》の花《はな》……夏・植
短夜《みじかよ》……夏・時
水遊《みずあそ》び……夏・生
水中《みずあた》り……夏・生
水争《みずあらそい》……夏・生
水貝《みずがい》……夏・生
水涸《みずか》る……冬・地
水着《みずぎ》……夏・生
水木《みずき》の花《はな》……夏・植
水草紅葉《みずくさもみじ》……秋・植
水澄《みずす》む……秋・地
水鳥《みずとり》……冬・動
水芭蕉《みずばしょう》……夏・植
水洟《みずばな》……冬・生
水番《みずばん》……夏・生
水引《みずひき》の花《はな》……秋・植
水見舞《みずみまい》……夏・生
水虫《みずむし》……夏・生
水餅《みずもち》……冬・生
水羊羹《みずようかん》……夏・生
晦日蕎麦《みそかそば》……冬・生
御祓《みそぎ》……夏・生
鷦鷯《みそさざい》……冬・動
溝蕎麦《みぞそば》……秋・植
味噌搗《みそつき》……冬・生
千屈菜《みそはぎ》……秋・植
霙《みぞれ》……冬・天
三日《みっか》……新年・時
蜜豆《みつまめ》……夏・生
水無月《みなづき》……夏・時
南風《みなみ》……夏・天
身《み》に入《し》む……秋・時
峯入《みねいり》……夏・生
蓑虫《みのむし》……秋・動
蚯蚓《みみず》……夏・動
木菟《みみずく》……冬・動
蚯蚓鳴《みみずな》く……秋・動
耳袋《みみぶくろ》……冬・生
都鳥《みやこどり》……冬・動
茗荷《みょうが》の子《こ》……夏・植
茗荷《みょうが》の花《はな》……秋・植

火恋《ひこい》し……秋・生
膝掛《ひざかけ》……冬・生
日盛《ひざかり》……夏・天
瓢《ひさご》の花《はな》……夏・植
鯷《ひしこ》……秋・動
鯷 漬《ひしこづけ》……秋・生
菱《ひし》の花《はな》……夏・植
菱《ひし》の実《み》……秋・植
美術展覧会《びじゅつてんらんかい》……秋・生
避暑《ひしょ》……夏・生
被昇天祭《ひしょうてんさい》……秋・生
氷頭 膾《ひずなます》……秋・生
鶲《ひたき》……秋・動
穭田《ひつじだ》……秋・地
旱《ひでり》……夏・天
単衣《ひとえ》……夏・生
一《ひと》つ葉《ば》……夏・植
火取虫《ひとりむし》……夏・動
雛罌粟《ひなげし》……夏・植
日向《ひなた》ぼこり……冬・生
日向水《ひなたみず》……夏・生
火《ひ》の番《ばん》……冬・生
火鉢《ひばち》……冬・生
胼《ひび》……冬・生
向日葵《ひまわり》……夏・植
氷室《ひむろ》……夏・生
姫女菀《ひめじょおん》……夏・植
ひめ始《はじめ》……新年・生
糄糅 始《ひめはじめ》……新年・生
百 日草《ひゃくにちそう》……夏・植
日焼《ひやけ》……夏・生
冷《ひや》し瓜《うり》……夏・生
冷《ひや》し酒《ざけ》……夏・生
冷汁《ひやじる》……夏・生
冷索麺《ひやそうめん》……夏・生
冷麦《ひやむぎ》……夏・生
冷《ひや》やか……秋・時
冷奴《ひややっこ》……夏・生
雹《ひょう》……夏・天
氷菓《ひょうか》……夏・生
氷河《ひょうが》……夏・地
氷 海《ひょうかい》……冬・地
氷湖《ひょうこ》……冬・地
屏風《びょうぶ》……冬・生
日除《ひよけ》……夏・生
鵯《ひよどり》……秋・動
瓢《ひょん》の実《み》……秋・植
鮃《ひらめ》……冬・動
蛭《ひる》……夏・動
昼顔《ひるがお》……夏・植
昼寝《ひるね》……夏・生
蛭 蓆《ひるむしろ》……夏・植
鰭酒《ひれざけ》……冬・生
鶸《ひわ》……秋・動
枇杷《びわ》……夏・植
枇杷《びわ》の花《はな》……冬・植

ふ

鞴 祭《ふいごまつり》……冬・生
風船 葛《ふうせんかずら》……秋・植
風船虫《ふうせんむし》……夏・動
風知草《ふうちそう》……夏・植
風蘭《ふうらん》……夏・植
風鈴《ふうりん》……夏・生
プール……夏・生
蒸 飯《ふかしめし》……冬・生
蕗《ふき》……夏・植
吹流《ふきなが》し……夏・生
河豚《ふぐ》……冬・動
福寿草《ふくじゅそう》……新年・植
河豚汁《ふぐじる》……冬・生
河豚鍋《ふぐなべ》……冬・生
福引《ふくびき》……新年・生
瓢《ふくべ》……秋・植
梟《ふくろう》……冬・動
袋 掛《ふくろかけ》……夏・生
袋 角《ふくろづの》……夏・動
福 沸《ふくわかし》……新年・生
福藁《ふくわら》……新年・生
福 笑《ふくわらい》……新年・生
噴井《ふけい》……夏・地
更待月《ふけまちづき》……秋・天
五倍子《ふし》……秋・植
ふしだか……秋・植
柴漬《ふしづけ》……冬・生
富士《ふじ》の初雪《はつゆき》……秋・天
富士《ふじ》の雪解《ゆきげ》……夏・地
藤 袴《ふじばかま》……秋・植
臥待月《ふしまちづき》……秋・天
仏手柑《ぶしゅかん》……冬・植
衾《ふすま》……冬・生
襖《ふすま》……冬・生
襖 外《ふすまはず》す……夏・生
蕪村忌《ぶそんき》……冬・生
札 納《ふだおさめ》……冬・生
二日《ふつか》……新年・時
仏桑花《ぶっそうげ》……夏・植
仏法僧《ぶっぽうそう》……夏・動
仏名会《ぶつみょうえ》……冬・生
蚋《ぶと》……夏・動
太藺《ふとい》……夏・植
葡萄《ぶどう》……秋・植
葡萄酒醸《ぶどうしゅかも》す……秋・生
懐 手《ふところで》……冬・生
太箸《ふとばし》……新年・生
蒲団《ふとん》……冬・生
船 遊《ふなあそび》……夏・生
船虫《ふなむし》……夏・動
吹雪《ふぶき》……冬・天
文月《ふみづき》……秋・時
冬《ふゆ》……冬・時
冬暖《ふゆあたた》か……冬・時
冬安居《ふゆあんご》……冬・生
冬 苺《ふゆいちご》……冬・植
冬 柏《ふゆかしわ》……冬・植
冬 霞《ふゆがすみ》……冬・天
冬 構《ふゆがまえ》……冬・生
冬 鷗《ふゆかもめ》……冬・動
冬枯《ふゆがれ》……冬・植
冬木《ふゆき》……冬・植
冬菊《ふゆぎく》……冬・植
冬木《ふゆき》の桜《さくら》……冬・植
冬草《ふゆくさ》……冬・植
冬景色《ふゆげしき》……冬・地
冬木立《ふゆこだち》……冬・植
冬 籠《ふゆごもり》……冬・生
冬鷺《ふゆさぎ》……冬・動
冬 桜《ふゆざくら》……冬・植
冬座敷《ふゆざしき》……冬・生
冬《ふゆ》ざれ……冬・時
冬珊瑚《ふゆさんご》……冬・植
冬支度《ふゆじたく》……秋・生
冬 菫《ふゆすみれ》……冬・植
冬田《ふゆた》……冬・地
冬滝《ふゆだき》……冬・地
冬蒲公英《ふゆたんぽぽ》……冬・植
冬尽《ふゆつ》く……冬・時
冬 椿《ふゆつばき》……冬・植
冬 隣《ふゆどなり》……秋・時
冬菜《ふゆな》……冬・植
冬野《ふゆの》……冬・地
冬《ふゆ》の朝《あさ》……冬・時
冬《ふゆ》の虻《あぶ》……冬・動
冬《ふゆ》の雨《あめ》……冬・天
冬《ふゆ》の泉《いずみ》……冬・地
冬《ふゆ》の蝗《いなご》……冬・動
冬《ふゆ》の 鶯《うぐいす》……冬・動
冬《ふゆ》の海《うみ》……冬・地
冬《ふゆ》の梅《うめ》……冬・植
冬《ふゆ》の蚊《か》……冬・動
冬《ふゆ》の風《かぜ》……冬・天
冬《ふゆ》の川《かわ》……冬・地
冬《ふゆ》の霧《きり》……冬・天
冬《ふゆ》の雲《くも》……冬・天
冬《ふゆ》の暮《くれ》……冬・時
冬《ふゆ》の鹿《しか》……冬・動
冬《ふゆ》の空《そら》……冬・天
冬《ふゆ》の蝶《ちょう》……冬・動
冬《ふゆ》の月《つき》……冬・天
冬《ふゆ》の波《なみ》……冬・地
冬《ふゆ》の虹《にじ》……冬・天
冬《ふゆ》の蠅《はえ》……冬・動
冬《ふゆ》の蜂《はち》……冬・動
冬《ふゆ》の日《ひ》……冬・天
冬《ふゆ》の灯《ひ》……冬・生
冬《ふゆ》の星《ほし》……冬・天
冬《ふゆ》の水《みず》……冬・地
冬《ふゆ》の虫《むし》……冬・動
冬《ふゆ》の鵙《もず》……冬・動
冬《ふゆ》の山《やま》……冬・地
冬《ふゆ》の夜《よ》……冬・時
冬《ふゆ》の雷《らい》……冬・天
冬薔薇《ふゆばら》……冬・植
冬晴《ふゆばれ》……冬・天
冬雲雀《ふゆひばり》……冬・動
冬深《ふゆふか》し……冬・時

蠅除《はえよけ》……夏・生
博多祇園山笠《はかたぎおんやまかさ》……夏・生
歯固《はがため》……新年・生
墓参《はかまいり》……秋・生
袴着《はかまぎ》……冬・生
袴能《はかまのう》……夏・生
萩《はぎ》……秋・植
掃納《はきおさめ》……冬・生
萩刈《はぎか》る……秋・生
掃初《はきぞめ》……新年・生
白菜《はくさい》……冬・植
薄暑《はくしょ》……夏・時
白鳥《はくちょう》……冬・動
白夜《はくや》……夏・時
白露《はくろ》……秋・時
葉鶏頭《はげいとう》……秋・植
羽子板《はごいた》……新年・生
羽子板市《はごいたいち》……冬・生
箱庭《はこにわ》……夏・生
繁蔞《はこべら》……新年・植
箱眼鏡《はこめがね》……夏・生
稲架《はさ》……秋・生
葉桜《はざくら》……夏・植
端居《はしい》……夏・生
芭蕉《ばしょう》……秋・植
芭蕉忌《ばしょうき》……冬・生
芭蕉布《ばしょうふ》……夏・生
走《はし》り梅雨《づゆ》……夏・天
蓮《はす》……夏・植
蓮根掘《はすねほ》る……冬・生
蓮《はす》の浮葉《うきは》……夏・植
蓮《はす》の実《み》……秋・植
蓮見《はすみ》……夏・生
鯊《はぜ》……秋・動
鯊釣《はぜつり》……秋・生
櫨紅葉《はぜもみじ》……秋・植

パセリ……夏・植
裸《はだか》……夏・生
肌寒《はださむ》……秋・時
跣足《はだし》……夏・生
肌脱《はだぬぎ》……夏・生
鰰《はたはた》……冬・動
巴旦杏《はたんきょう》……夏・植
八月《はちがつ》……秋・時
八月大名《はちがつだいみょう》……秋・生
鉢叩《はちたたき》……冬・生
蜂《はち》の仔《こ》……秋・動
初茜《はつあかね》……新年・天
初明《はつあか》り……新年・天
初秋《はつあき》……秋・時
初商《はつあきない》……新年・生
初嵐《はつあらし》……秋・天
初伊勢《はついせ》……新年・生
初市《はついち》……新年・生
初卯《はつう》……新年・生
初鶯《はつうぐいす》……新年・動
初閻魔《はつえんま》……新年・生
初鏡《はつかがみ》……新年・生
初神楽《はつかぐら》……新年・生
初炊《はつかし》ぎ……新年・生
初霞《はつがすみ》……新年・天
初鰹《はつがつお》……夏・動
初釜《はつがま》……新年・生
初竈《はつかまど》……新年・生
初鴨《はつかも》……秋・動
初鴉《はつがらす》……新年・動
初観音《はつかんのん》……新年・生
葉月《はづき》……秋・時
初句会《はつくかい》……新年・生
初景色《はつげしき》……新年・地
初声《はつこえ》……新年・動
初氷《はつごおり》……冬・地
初護摩《はつごま》……新年・生
初暦《はつごよみ》……新年・生
初勤行《はつごんぎょう》……新年・生
八朔《はっさく》……秋・時
八朔《はっさく》の祝《いわい》……秋・生
初座敷《はつざしき》……新年・生
初潮《はつしお》……秋・地
初時雨《はつしぐれ》……冬・天
初東雲《はつしののめ》……新年・天
初芝居《はつしばい》……新年・生
初霜《はつしも》……冬・天
初写真《はつしゃしん》……新年・生
初雀《はつすずめ》……新年・動
初硯《はつすずり》……新年・生
初刷《はつずり》……新年・生
初席《はつせき》……新年・生
初染《はつぞめ》……新年・生
初空《はつぞら》……新年・天
蝗蚸《ばった》……秋・動
初大師《はつだいし》……新年・生
初茸《はつたけ》……秋・植
初辰《はつたつ》……新年・生
初旅《はつたび》……新年・生
初便《はつだより》……新年・生
初手水《はつちょうず》……新年・生
初天神《はつてんじん》……新年・生
初電話《はつでんわ》……新年・生
初寅《はつとら》……新年・生
初鶏《はつとり》……新年・動
初凪《はつなぎ》……新年・天
初荷《はつに》……新年・生
初場所《はつばしょ》……新年・生
初鳩《はつばと》……新年・動
初春《はつはる》……新年・時
初日《はつひ》……新年・天
初富士《はつふじ》……新年・地
初不動《はつふどう》……新年・生
初冬《はつふゆ》……冬・時
初巳《はつみ》……新年・生
初弥撒《はつみさ》……新年・生
初詣《はつもうで》……新年・生
初紅葉《はつもみじ》……秋・植
初薬師《はつやくし》……新年・生
初山《はつやま》……新年・生
初湯《はつゆ》……新年・生
初雪《はつゆき》……冬・天
初夢《はつゆめ》……新年・生
初漁《はつりょう》……新年・生
初猟《はつりょう》……冬・生
鳩吹《はとふ》く……秋・生
花氷《はなごおり》……夏・生
花茣蓙《はなござ》……夏・生
花咲蟹《はなさきがに》……秋・動
花菖蒲《はなしょうぶ》……夏・植

バナナ……夏・植
花野《はなの》……秋・地
花火《はなび》……秋・生
羽抜鳥《はぬけどり》……夏・動
羽子《はね》……新年・生

パパイヤ……夏・植
帚木《ははきぎ》……夏・植
柞紅葉《ははそもみじ》……秋・植
母《はは》の日《ひ》……夏・生
葉牡丹《はぼたん》……冬・植
浜豌豆《はまえんどう》……夏・植
玫瑰《はまなす》……夏・植
浜昼顔《はまひるがお》……夏・植
浜木綿《はまゆう》の花《はな》……夏・植
破魔弓《はまゆみ》……新年・生
鱧《はも》……夏・動
鱧《はも》の皮《かわ》……夏・生
葉柳《はやなぎ》……夏・植
隼《はやぶさ》……冬・動
薔薇《ばら》……夏・植
腹当《はらあて》……夏・生
鮞《はららご》……秋・生
パリ祭《さい》……夏・生
春着《はるぎ》……新年・生
春着縫《はるぎぬ》ふ……冬・生
春駒《はるこま》……新年・生
春駒踊《はるこまおどり》……新年・生
春隣《はるとなり》……冬・時
春待《はるま》つ……冬・時
鷭《ばん》……夏・動
晩夏《ばんか》……夏・時

ハンカチ……夏・生
半夏生《はんげしょう》……夏・時
晩秋《ばんしゅう》……秋・時
晩冬《ばんとう》……冬・時
斑猫《はんみょう》……夏・動
万緑《ばんりょく》……夏・植

ひ

日脚伸《ひあしの》ぶ……冬・時
柊《ひいらぎ》 挿《さ》す……冬・生
柊《ひいらぎ》 の花《はな》……冬・植

ビール……夏・生
稗《ひえ》……秋・植
氷魚《ひお》……冬・動
射干《ひおうぎ》……夏・植
日傘《ひがさ》……夏・生
日雀《ひがら》……夏・動
蟇《ひきがえる》……夏・動
蜩《ひぐらし》……秋・動

団栗《どんぐり》……秋・植
とんぶり……秋・生
蜻蛉《とんぼ》……秋・動
蜻蛉《とんぼう》生《ま》る……夏・動

な

ナイター……夏・生
苗売《なえうり》……夏・生
薯蕷《ながいも》……秋・植
長月《ながつき》……秋・時
泣初《なきぞめ》……新年・生
夏越《なごし》の祓《はらえ》……夏・生
梨《なし》……秋・植
茄子《なす》……夏・植
茄子《なす》植《う》う……夏・生
茄子漬《なすづけ》……夏・生
薺《なずな》……新年・植
薺《なずな》打《う》つ……新年・生
茄子《なす》の馬《うま》……秋・生
茄子《なす》の鴫焼《しぎやき》……夏・生
茄子《なす》の花《はな》……夏・植
菜種刈《なたねかり》……夏・生
菜種《なたね》蒔《ま》く……秋・生
刀豆《なたまめ》……秋・植
夏《なつ》……夏・時
夏薊《なつあざみ》……夏・植
夏霞《なつがすみ》……夏・天
夏鴨《なつがも》……夏・動
夏草《なつくさ》……夏・植
夏蚕《なつご》……夏・動
夏木立《なつこだち》……夏・植
夏衣《なつごろも》……夏・生
夏座敷《なつざしき》……夏・生
夏座蒲団《なつざぶとん》……夏・生
夏芝居《なつしばい》……夏・生
夏《なつ》シャツ……夏・生
夏大根《なつだいこん》……夏・植
夏足袋《なつたび》……夏・生
夏燕《なつつばめ》……夏・動
夏手袋《なつてぶくろ》……夏・生
納豆汁《なっとうじる》……冬・生
夏葱《なつねぎ》……夏・植
夏野《なつの》……夏・地
夏《なつ》の暁《あかつき》……夏・時
夏《なつ》の雨《あめ》……夏・天
夏《なつ》の海《うみ》……夏・地
夏《なつ》の風邪《かぜ》……夏・生
夏《なつ》の川《かわ》……夏・地
夏《なつ》の霧《きり》……夏・天
夏《なつ》の雲《くも》……夏・天
夏《なつ》の潮《しお》……夏・地
夏《なつ》の蝶《ちょう》……夏・動
夏《なつ》の月《つき》……夏・天
夏《なつ》の露《つゆ》……夏・天
夏《なつ》の波《なみ》……夏・地
夏《なつ》の果《はて》……夏・時
夏《なつ》の日《ひ》……夏・天
夏《なつ》の灯《ひ》……夏・生
夏《なつ》の星《ほし》……夏・天
夏《なつ》の山《やま》……夏・地
夏《なつ》の夕《ゆう》……夏・時
夏《なつ》の夜《よ》……夏・時
夏暖簾《なつのれん》……夏・生
夏羽織《なつばおり》……夏・生
夏萩《なつはぎ》……夏・植
夏場所《なつばしょ》……夏・生
夏服《なつふく》……夏・生
夏蒲団《なつぶとん》……夏・生
夏帽子《なつぼうし》……夏・生
夏蜜柑《なつみかん》……夏・植
夏《なつ》めく……夏・時
棗《なつめ》の実《み》……秋・植
夏館《なつやかた》……夏・生
夏休《なつやすみ》……夏・生
夏痩《なつやせ》……夏・生
夏蓬《なつよもぎ》……夏・植
夏料理《なつりょうり》……夏・生
夏炉《なつろ》……夏・生
夏蕨《なつわらび》……夏・植
撫子《なでしこ》……秋・植
ななかまど……秋・植
七種《ななくさ》……新年・生
七草籠《ななくさかご》……新年・生
七草爪《ななくさづめ》……新年・生
七日《なぬか》……新年・時
名《な》の木《き》散《ち》る……秋・植
名《な》の草枯《くさか》る……冬・植
鍋焼《なべやき》……冬・生
海鼠《なまこ》……冬・動
鯰《なまず》……夏・動
なまはげ……新年・生
生節《なまぶし》……夏・生
波《なみ》の花《はな》……冬・地
菜虫《なむし》……秋・動
蛞蝓《なめくじ》……夏・動
滑子《なめこ》……冬・植
奈良《なら》の山焼《やまや》き……新年・生
成木責《なりきぜめ》……新年・生
鳴子《なるこ》……秋・生
鳴滝《なるたき》の大根焚《だいこたき》……冬・生
縄飛《なわとび》……冬・生
南天《なんてん》の花《はな》……夏・植
南天《なんてん》の実《み》……冬・植
南蛮煙管《なんばんぎせる》……秋・植

に

新 嘗 祭《にいなめのまつり》……冬・生
煮凝《にこごり》……冬・生
濁《にご》り酒《ざけ》……秋・生
濁《にご》り鮒《ぶな》……夏・動
虹《にじ》……夏・天
錦木《にしきぎ》……秋・植
西日《にしび》……夏・天
虹鱒《にじます》……夏・動
二重廻《にじゅうまわ》し……冬・生
日日草《にちにちそう》……夏・植
日記買《にっきか》ふ……冬・生
日記始《にっきはじめ》……新年・生
日光黄菅《にっこうきすげ》……夏・植
二百十日《にひゃくとおか》……秋・時
入 梅《にゅうばい》……夏・時
繞 道祭《にょうどうさい》……新年・生
韮《にら》の花《はな》……夏・植
人参《にんじん》……冬・植

ぬ

縫初《ぬいぞめ》……新年・生
暖 鳥《ぬくめどり》……冬・動
白膠木紅葉《ぬるでもみじ》……秋・植

ね

葱《ねぎ》……冬・植
葱鮪《ねぎま》……冬・生
根切虫《ねきりむし》……夏・動
寝茣蓙《ねござ》……夏・生
寝酒《ねざけ》……冬・生
捩花《ねじばな》……夏・植
寝正月《ねしょうがつ》……新年・生
根白草《ねじろぐさ》……新年・植
鼠黐《ねずみもち》の花《はな》……夏・植
女貞《ねずみもち》の実《み》……冬・植
根木打《ねっきうち》……冬・生
熱帯魚《ねったいぎょ》……夏・動
根釣《ねづり》……秋・生
寝冷《ねび》え……夏・生
佞武多《ねぶた》……秋・生
合歓《ねむ》の花《はな》……夏・植
練供養《ねりくよう》……夏・生
練雲雀《ねりひばり》……夏・動
年賀《ねんが》……新年・生
年賀状《ねんがじょう》……新年・生
年酒《ねんしゅ》……新年・生
ねんねこ……冬・生
年末賞与《ねんまつしょうよ》……冬・生

の

凌霄《のうぜん》の花《はな》……夏・植
野菊《のぎく》……秋・植
残《のこ》る虫《むし》……秋・動
後《のち》の月《つき》……秋・天
後《のち》の雛《ひな》……秋・生
のっぺい汁《じる》……冬・生
野牡丹《のぼたん》……夏・植
幟《のぼり》……夏・生
野馬追《のまおい》……夏・生
蚤《のみ》……夏・動
乗初《のりぞめ》……新年・生
野分《のわき》……秋・天

は

羽蟻《はあり》……夏・動
パイナップル……夏・植
海螺廻《ばいまわ》し……秋・生
蠅《はえ》……夏・動
蠅 叩《はえたたき》……夏・生
蠅 虎《はえとりぐも》……夏・動

炭団《たどん》……冬・生
七夕《たなばた》……秋・生
狸《たぬき》……冬・動
狸罠《たぬきわな》……冬・生
種採《たねとり》……秋・生
種茄子《たねなす》……秋・植
煙草《たばこ》の花《はな》……秋・植
足袋《たび》……冬・生
田雲雀《たひばり》……秋・動
玉子酒《たまござけ》……冬・生
玉《たま》せせり……新年・生
玉葱《たまねぎ》……夏・植
玉巻《たまま》く芭蕉《ばしょう》……夏・植
玉虫《たまむし》……夏・動
田水沸《たみずわ》く……夏・地
鱈《たら》……冬・動
鱈場蟹《たらばがに》……冬・動
ダリア……夏・植
達磨市《だるまいち》……新年・生
俵編《たわらあみ》……秋・生
端午《たんご》……夏・生
短日《たんじつ》……冬・時
探梅《たんばい》……冬・生
湯婆《たんぽ》……冬・生
暖房《だんぼう》……冬・生
暖炉《だんろ》……冬・生

ち

竹婦人《ちくふじん》……夏・生
父《ちち》の日《ひ》……夏・生
秩父夜祭《ちちぶよまつり》……冬・生
千鳥《ちどり》……冬・動
茅《ち》の輪《わ》……夏・生
粽《ちまき》……夏・生
茶立虫《ちゃたてむし》……秋・動
ちやつきらこ……新年・生
茶《ちゃ》の花《はな》……冬・植
ちやんちやんこ……冬・生
仲夏《ちゅうか》……夏・時
中元《ちゅうげん》……秋・生
仲秋《ちゅうしゅう》……秋・時
仲冬《ちゅうとう》……冬・時
朝賀《ちょうが》……新年・生
帳綴《ちょうとじ》……新年・生
手斧始《ちょうなはじめ》……新年・生
重陽《ちょうよう》……秋・生
草石蚕《ちょろぎ》……新年・生
ちんぐるま……夏・植

つ

月《つき》……秋・天
月見《つきみ》……秋・生
月見草《つきみそう》……夏・植
つくつく法師《ぼうし》……秋・動
衝羽根《つくばね》……秋・植
筑摩祭《つくままつり》……夏・生
鶫《つぐみ》……秋・動
蔦《つた》……秋・植
筒鳥《つつどり》……夏・動
綱引《つなひき》……新年・生
椿《つばき》の実《み》……秋・植
茅花流《つばななが》し……夏・天
燕帰《つばめかえ》る……秋・動
燕《つばめ》の子《こ》……夏・動
冷《つめ》たし……冬・時
梅雨《つゆ》……夏・天
露《つゆ》……秋・天
梅雨明《つゆあけ》……夏・時
露草《つゆくさ》……秋・植
露寒《つゆさむ》……秋・天
梅雨寒《つゆざむ》……夏・時
梅雨茸《つゆだけ》……夏・植
梅雨《つゆ》の月《つき》……夏・天
梅雨晴《つゆばれ》……夏・天
氷柱《つらら》……冬・地
釣忍《つりしのぶ》……夏・生
釣船草《つりふねそう》……秋・植
釣堀《つりぼり》……夏・生
鶴《つる》……冬・動
蔓梅擬《つるうめもどき》……秋・植
鶴来《つるきた》る……秋・動
吊《つる》し柿《がき》……秋・生
蔓《つる》たぐり……秋・生
釣瓶落《つるべおと》し……秋・天
石蕗《つわ》の花《はな》……冬・植

て

梯梧《でいご》……夏・植
出初《でぞめ》……新年・生
鉄線花《てっせんか》……夏・植
手袋《てぶくろ》……冬・生
手毬《てまり》……新年・生
繡毬花《てまりばな》……夏・植
出水《でみず》……夏・地
照葉《てりは》……秋・植
貂《てん》……冬・動
天瓜粉《てんかふん》……夏・生
天神祭《てんじんまつり》……夏・生
瓢虫《てんとうむし》……夏・動
天皇誕生日《てんのうたんじょうび》……冬・生

と

籐椅子《とういす》……夏・生
冬瓜《とうが》……秋・植
灯火親《とうかした》しむ……秋・生
唐辛子《とうがらし》……秋・植
冬耕《とうこう》……冬・生
冬至《とうじ》……冬・時
冬至粥《とうじがゆ》……冬・生
杜氏来《とうじきた》る……冬・生
冬至梅《とうじばい》……冬・植
凍傷《とうしょう》……冬・生
投扇興《とうせんきょう》……新年・生
陶枕《とうちん》……夏・生
冬眠《とうみん》……冬・動
玉蜀黍《とうもろこし》……秋・植
灯籠《とうろう》……秋・生
蟷螂生《とうろううま》る……夏・動
蟷螂枯《とうろうか》る……冬・動
灯籠流《とうろうながし》……秋・生
十日戎《とおかえびす》……新年・生
十日夜《とおかんや》……冬・生
通《とお》し鴨《がも》……夏・動
通《とお》し燕《つばめ》……冬・動
蜥蜴《とかげ》……夏・動
鴇《とき》……秋・動
時《とき》の記念日《きねんび》……夏・生
常磐木落葉《ときわぎおちば》……夏・植
木賊刈《とくさか》る……秋・生
毒茸《どくたけ》……秋・植
時計草《とけいそう》……夏・植
野老飾《ところかざ》る……新年・生
心太《ところてん》……夏・生
登山《とざん》……夏・生
年惜《としお》しむ……冬・時
年男《としおとこ》……新年・生
年木《としぎ》……新年・生
年越《としこし》……冬・時
年越詣《としこしもうで》……冬・生
年籠《としごもり》……冬・生
年玉《としだま》……新年・生
歳徳神《としとくじん》……新年・生
年取《としとり》……冬・生
年《とし》の市《いち》……冬・生
年《とし》の内《うち》……冬・時
年《とし》の暮《くれ》……冬・時
年《とし》の火《ひ》……冬・生
年《とし》の夜《よ》……冬・時
年守《としまも》る……冬・生
年湯《としゆ》……冬・生
年用意《としようい》……冬・生
鰌鍋《どじょうなべ》……夏・生
泥鰌掘《どじょうほ》る……冬・生
年忘《としわすれ》……冬・生
屠蘇《とそ》……新年・生
栃《とち》の花《はな》……夏・植
橡《とち》の実《み》……秋・植
橡餅《とちもち》……秋・生
褞袍《どてら》……冬・生
飛魚《とびうお》……夏・動
飛《と》び込《こ》み……夏・生
鳥総松《とぶさまつ》……新年・生
海桐《とべら》の花《はな》……夏・植
海桐《とべら》の実《み》……秋・植
トマト……夏・植
照射《ともし》……夏・生
土用《どよう》……夏・時
土用鰻《どよううなぎ》……夏・生
土用波《どようなみ》……夏・地
虎《とら》が雨《あめ》……夏・天
虎鶫《とらつぐみ》……夏・動
虎尾草《とらのお》……夏・植
鳥追《とりおい》……新年・生
鳥威《とりおどし》……秋・生
酉《とり》の市《いち》……冬・生
とろろ汁《じる》……秋・生

震災忌《しんさいき》……秋・生
人日《じんじつ》……新年・時
新渋《しんしぶ》……秋・生
ジンジャーの花《はな》……秋・植
新馬鈴薯《しんじやが》……夏・植
新酒《しんしゅ》……秋・生
新樹《しんじゅ》……夏・植
新蕎麦《しんそば》……秋・生
新松子《しんちぢり》……秋・植
新茶《しんちゃ》……夏・生
新豆腐《しんどうふ》……秋・生
新年《しんねん》……新年・時
新年会《しんねんかい》……新年・生
神農祭《しんのうまつり》……冬・生
新海苔《しんのり》……冬・生
甚平《じんべい》……夏・生
新米《しんまい》……秋・生
新涼《しんりょう》……秋・時
新緑《しんりょく》……夏・植
新藁《しんわら》……秋・生

す

西瓜《すいか》……秋・植
忍冬《すいかずら》の花《はな》……夏・植
芋茎《ずいき》……秋・植
水仙《すいせん》……冬・植
水中花《すいちゅうか》……夏・生
水飯《すいはん》……夏・生
水盤《すいばん》……夏・生
睡蓮《すいれん》……夏・植
すが漏《も》り……冬・生
スキー……冬・生
杉《すぎ》の実《み》……秋・植
隙間風《すきまかぜ》……冬・天
すき焼《やき》……冬・生
頭巾《ずきん》……冬・生
酢茎《すぐき》……冬・生
スケート……冬・生
助宗鱈《すけそうだら》……冬・動
冷《すさ》まじ……秋・時
鮓《すし》……夏・生
涼風《すずかぜ》……夏・天
芒《すすき》……秋・植
鱸《すずき》……秋・動
涼《すず》し……夏・時
蘿蔔《すずしろ》……新年・植
菘《すずな》……新年・植
篠《すず》の子《こ》……夏・植
煤払《すすはらい》……冬・生
納涼《すずみ》……夏・生
鈴虫《すずむし》……秋・動
鈴蘭《すずらん》……夏・植
硯洗《すずりあらい》……秋・生
酢橘《すだち》……秋・植
簾《すだれ》……夏・生
すててこ……夏・生
ストーブ……冬・生
砂日傘《すなひがさ》……夏・生
スノーチェーン……冬・生
滑歯莧《すべりひゆ》……夏・植
炭《すみ》……冬・生
炭焼《すみやき》……冬・生
炭焼夫《すみやきふ》……冬・生
住吉《すみよし》の御田植《おたうえ》……夏・生
相撲《すもう》……秋・生
李《すもも》……夏・植
ずわい蟹《がに》……冬・動

せ

盛夏《せいか》……夏・時
成人《せいじん》の日《ひ》……新年・生
歳暮祝《せいぼいわい》……冬・生
清和《せいわ》……夏・時
セーター……冬・生
施餓鬼《せがき》……秋・生
咳《せき》……冬・生
石炭《せきたん》……冬・生
石竹《せきちく》……夏・植
鶺鴒《せきれい》……秋・動
世田谷《せたがや》のぼろ市《いち》……冬・生
節振舞《せちぶるまい》……新年・生
雪加《せっか》……夏・動
雪渓《せっけい》……夏・地
雪原《せつげん》……冬・地
雪上車《せつじょうしゃ》……冬・生
節分《せつぶん》……冬・時
背蒲団《せなぶとん》……冬・生
蟬《せみ》……夏・動
ゼラニウム……夏・植
ゼリー……夏・生
セル……夏・生
仙翁花《せんおうげ》……秋・植
千日草《せんにちそう》……夏・植
扇風機《せんぷうき》……夏・生
千枚漬《せんまいづけ》……冬・生
仙蓼《せんりょう》……冬・植

そ

雑木紅葉《ぞうきもみじ》……秋・植
霜降《そうこう》……秋・時
添水《そうず》……秋・生
雑炊《ぞうすい》……冬・生
漱石忌《そうせきき》……冬・生
雑煮《ぞうに》……新年・生
早梅《そうばい》……冬・植
走馬灯《そうまとう》……夏・生
爽籟《そうらい》……秋・天
ソーダ水《すい》……夏・生
そぞろ寒《さむ》……秋・時
蘇鉄《そてつ》の花《はな》……夏・植
外寝《そとね》……夏・生
蕎麦掻《そばがき》……冬・生
蕎麦《そば》の花《はな》……秋・植
蚕豆《そらまめ》……夏・植
橇《そり》……冬・生

た

田遊《たあそび》……新年・生
体育《たいいく》の日《ひ》……秋・生
大寒《だいかん》……冬・時
大根《だいこん》……冬・植
大根洗《だいこんあら》ふ……冬・生
大根引《だいこんひき》……冬・生
大根干《だいこんほ》す……冬・生
大根蒔《だいこんま》く……秋・生
泰山木《たいさんぼく》の花《はな》……夏・植
大師講《だいしこう》……冬・生
大暑《たいしょ》……夏・時
大豆《だいず》……秋・植
大豆干《だいずほ》す……秋・生
大雪《たいせつ》……冬・時
橙《だいだい》……冬・植
橙 飾《だいだいかざ》る……新年・生
台風《たいふう》……秋・天
大文字《だいもんじ》……秋・生
大文字草《だいもんじそう》……秋・植
鯛焼《たいやき》……冬・生
ダイヤモンドダスト……冬・天
玉珧《たいらぎ》……冬・動
田植《たうえ》……夏・生
鷹《たか》……冬・動
鷹狩《たかがり》……冬・生
高《たか》きに登《のぼ》る……秋・生
鷹《たか》の塒出《とやで》……秋・動
簟《たかむしろ》……夏・生
田亀《たがめ》……夏・動
宝船《たからぶね》……新年・生
鷹渡《たかわた》る……秋・動
滝《たき》……夏・地
薪能《たきぎのう》……夏・生
焚火《たきび》……冬・生
沢庵漬製《たくあんづけせい》す……冬・生
田草取《たくさとり》……夏・生
竹植《たけう》う……夏・生
竹馬《たけうま》……冬・生
竹落葉《たけおちば》……夏・植
茸狩《たけがり》……秋・生
竹伐《たけき》る……秋・生
竹床几《たけしょうぎ》……夏・生
竹煮草《たけにぐさ》……夏・植
竹《たけ》の皮《かわ》脱《ぬ》ぐ……夏・植
筍《たけのこ》……夏・植
筍飯《たけのこめし》……夏・生
竹《たけ》の春《はる》……秋・植
田鳧《たげり》……冬・動
章魚《たこ》……夏・動
蛇笏忌《だこつき》……秋・生
畳替《たたみがえ》……冬・生
立葵《たちあおい》……夏・植
太刀魚《たちうお》……秋・動
橘《たちばな》……秋・植
立待月《たちまちづき》……秋・天
龍田姫《たつたひめ》……秋・天
立浪草《たつなみそう》……夏・植
竹瓮《たっぺ》……冬・生
蓼《たで》の花《はな》……秋・植

皐月《さつき》……夏・時
五月晴《さつきばれ》……夏・天
五月富士《さつきふじ》……夏・地
五月闇《さつきやみ》……夏・天
甘 藷《さつまいも》……秋・植
薩摩汁《さつまじる》……冬・生
甘 蔗《さとうきび》……秋・植
里神楽《さとかぐら》……冬・生
早苗《さなえ》……夏・植
早苗饗《さなぶり》……夏・生
真 葛《さねかずら》……秋・植
鯖《さば》……夏・動
さびたの花《はな》……夏・植
サフランの花《はな》……秋・植
仙人掌《さぼてん》の花《はな》……夏・植
朱欒《ざぼん》……冬・植
五月雨《さみだれ》……夏・天
寒《さむ》し……冬・時
鮫《さめ》……冬・動
冴《さ》ゆ……冬・時
晒井《さらしい》……夏・生
蝲蛄《ざりがに》……夏・動
松 蘿《さるおがせ》……夏・植
猿酒《さるざけ》……秋・生
百日紅《さるすべり》……夏・植
サルビア……夏・植
猿廻《さるまわ》し……新年・生
沢桔梗《さわぎきょう》……秋・植
爽《さわ》やか……秋・時
三《さん》が日《にち》……新年・時
三寒四温《さんかんしおん》……冬・時
残菊《ざんぎく》……秋・植
サングラス……夏・生
三光鳥《さんこうちょう》……夏・動
三社祭《さんじゃまつり》……夏・生
残暑《ざんしょ》……秋・時
山椒魚《さんしょううお》……夏・動
山椒《さんしょう》の実《み》……秋・植
三伏《さんぷく》……夏・時
秋刀魚《さんま》……秋・動

し

椎茸《しいたけ》……秋・植
椎《しい》の花《はな》……夏・植
椎《しい》の実《み》……秋・植
椎若葉《しいわかば》……夏・植
塩鮭《しおざけ》……冬・生
紫苑《しおん》……秋・植
鹿《しか》……秋・動
鹿《しか》の角切《つのきり》……秋・生
鴫《しぎ》……秋・動
子規忌《しきき》……秋・生
ジギタリス……夏・植
敷松葉《しきまつば》……冬・生
時雨《しぐれ》……冬・天
茂《しげり》……夏・植
仕事始《しごとはじめ》……新年・生
猪垣《ししがき》……秋・生
地芝居《じしばい》……秋・生
獅子舞《ししまい》……新年・生
柳葉魚《ししゃも》……冬・動
四十雀《しじゅうから》……夏・動
紫蘇《しそ》……夏・植
地蔵盆《じぞうぼん》……秋・生
紫蘇《しそ》の実《み》……秋・植
歯朶《しだ》……新年・植
時代祭《じだいまつり》……秋・生
歯朶飾《しだかざ》る……新年・生
歯朶刈《しだかり》……冬・生
滴《したた》り……夏・地
舌 鮃《したびらめ》……夏・動
七月《しちがつ》……夏・時
七月場所《しちがつばしょ》……夏・生
七五三《しちごさん》……冬・生
七福神 詣《しちふくじんまいり》……新年・生
しづり……冬・天
樝子《しどみ》の実《み》……秋・植
自然薯《じねんじょ》……秋・植
芝神明 祭《しばしんめいまつり》……秋・生
四方拝《しほうはい》……新年・生
終 大師《しまいだいし》……冬・生
終 天神《しまいてんじん》……冬・生
紙魚《しみ》……夏・動
清水《しみず》……夏・地
凍豆腐《しみどうふ》……冬・生
地虫鳴《じむしな》く……秋・動
注連 飾《しめかざり》……新年・生
注連飾《しめかざ》る……冬・生
占地《しめじ》……秋・植
注連 作《しめつくり》……冬・生
霜《しも》……冬・天
霜枯《しもがれ》……冬・植
霜月《しもつき》……冬・時
霜月 鰈《しもつきがれい》……冬・動
繡線菊《しもつけ》……夏・植
霜 柱《しもばしら》……冬・地
霜焼《しもやけ》……冬・生
霜夜《しもよ》……冬・時
霜除《しもよけ》……冬・生
社会鍋《しゃかいなべ》……冬・生
馬鈴薯《じゃがいも》……秋・植
馬鈴薯《じゃがいも》の花《はな》……夏・植
著莪《しゃが》の花《はな》……夏・植
尺 蠖《しゃくとり》……夏・動
石楠花《しゃくなげ》……夏・植
芍 薬《しゃくやく》……夏・植
ジャケツ……冬・生
蝦蛄《しゃこ》……夏・動
蝦蛄葉仙人掌《しゃこばさぼてん》……冬・植
沙羅《しゃら》の花《はな》……夏・植
十 一《じゅういち》……夏・動
十 一月《じゅういちがつ》……冬・時
驟雨《しゅうう》……夏・天
秋果《しゅうか》……秋・植
秋 海棠《しゅうかいどう》……秋・植
十 月《じゅうがつ》……秋・時
秋気《しゅうき》……秋・時
秋 耕《しゅうこう》……秋・生
秋思《しゅうし》……秋・生
終 戦記念日《しゅうせんきねんび》……秋・生
絨 毯《じゅうたん》……冬・生
十二月《じゅうにがつ》……冬・時
十二月八日《じゅうにがつようか》……冬・生
秋 分《しゅうぶん》……秋・時
秋 分《しゅうぶん》の日《ひ》……秋・生
十夜《じゅうや》……冬・生
十 薬《じゅうやく》……夏・植
十 六むさし《じゅうろく》……新年・生
淑気《しゅくき》……新年・天
熟柿《じゅくし》……秋・植
数珠玉《じゅずだま》……秋・植
樹 氷《じゅひょう》……冬・天
棕櫚《しゅろ》の花《はな》……夏・植
蓴 菜《じゅんさい》……夏・植
生姜《しょうが》……秋・植
生姜酒《しょうがざけ》……冬・生
正 月《しょうがつ》……新年・時
正 月事始《しょうがつのことはじめ》……冬・生
正 月《しょうがつ》の凧《たこ》……新年・生
生姜湯《しょうがゆ》……冬・生
小 寒《しょうかん》……冬・時
上 元《じょうげん》の日《ひ》……新年・生
障子《しょうじ》……冬・生
障子貼《しょうじは》る……秋・生
障子襖《しょうじふすま》を入《い》れる……秋・生
小 暑《しょうしょ》……夏・時
小 雪《しょうせつ》……冬・時
上 蔟《じょうぞく》……夏・生
焼 酎《しょうちゅう》……夏・生
菖蒲《しょうぶ》……夏・植
上布《じょうふ》……夏・生
菖蒲葺《しょうぶふ》く……夏・生
菖蒲湯《しょうぶゆ》……夏・生
ショール……冬・生
初夏《しょか》……夏・時
暑気中《しょきあた》り……夏・生
暑気払《しょきばらい》……夏・生
処暑《しょしょ》……秋・時
除雪車《じょせつしゃ》……冬・生
除 虫 菊《じょちゅうぎく》……夏・植
暑中見舞《しょちゅうみまい》……夏・生
塩 汁鍋《しょっつるなべ》……冬・生
除夜《じょや》の鐘《かね》……冬・生
白鷺《しらさぎ》……夏・動
白玉《しらたま》……夏・生
不知火《しらぬい》……秋・地
虱《しらみ》……夏・動
紫蘭《しらん》……夏・植
海霧《じり》……夏・天
代掻《しろか》く……夏・生
白 絣《しろがすり》……夏・生
白靴《しろぐつ》……夏・生
代田《しろた》……夏・地
白南風《しろはえ》……夏・天
師走《しわす》……冬・時
新絹《しんぎぬ》……秋・生

草市《くさいち》……秋・生
草蜉蝣《くさかげろう》……夏・動
草刈《くさかり》……夏・生
草枯《くさか》る……冬・植
臭木《くさぎ》の花《はな》……秋・植
臭木《くさぎ》の実《み》……秋・植
草茂《くさしげ》る……夏・植
草泊《くさどまり》……秋・生
草取《くさとり》……夏・生
草《くさ》の花《はな》……秋・植
草《くさ》の実《み》……秋・植
草雲雀《くさひばり》……秋・動
草笛《くさぶえ》……夏・生
嚔《くさめ》……冬・生
草紅葉《くさもみじ》……秋・植
草矢《くさや》……夏・生
串柿飾《くしがきかざ》る……新年・生
鯨《くじら》……冬・動
葛《くず》……秋・植
葛切《くずきり》……夏・生
樟蚕《くすさん》……夏・動
薬玉《くすだま》……夏・生
葛《くず》の花《はな》……秋・植
葛掘《くずほ》る……秋・生
葛饅頭《くずまんじゅう》……夏・生
葛餅《くずもち》……夏・生
葛湯《くずゆ》……冬・生
薬狩《くすりがり》……夏・生
薬喰《くすりぐい》……冬・生
薬降《くすりふ》る……夏・天
薬掘《くすりほ》る……秋・生
崩《くず》れ簗《やな》……秋・生
樟若葉《くすわかば》……夏・植
下《くだ》り簗《やな》……秋・生
口切《くちきり》……冬・生
梔子《くちなし》の花《はな》……夏・植
轡虫《くつわむし》……秋・動
櫟《くぬぎ》の花《はな》……夏・植
九年母《くねんぼ》……冬・植
熊《くま》……冬・動
熊穴《くまあな》に入《い》る……冬・動
熊突《くまつき》……冬・生
熊《くま》の架《たな》……秋・動
蜘蛛《くも》……夏・動
雲《くも》の峰《みね》……夏・天
水母《くらげ》……夏・動
グラジオラス……夏・植
蔵開《くらびらき》……新年・生
鞍馬《くらま》の火祭《ひまつり》……秋・生
栗《くり》……秋・植
クリスマス……冬・生
クリスマスローズ……冬・植
栗《くり》の花《はな》……夏・植
栗虫《くりむし》……秋・動
栗飯《くりめし》……秋・生
胡桃《くるみ》……秋・植
胡桃《くるみ》の花《はな》……夏・植
暮《くれ》の秋《あき》……秋・時
黒川能《くろかわのう》……冬・生
黒鯛《くろだい》……夏・動
黒南風《くろはえ》……夏・天
黒百合《くろゆり》……夏・植
鍬形虫《くわがたむし》……夏・動
桑括《くわくく》る……秋・生
桑《くわ》の実《み》……夏・植
鍬始《くわはじめ》……新年・生

け

稽古始《けいこはじめ》……新年・生
毛糸編《けいとあ》む……冬・生
鶏頭《けいとう》……秋・植
敬老《けいろう》の日《ひ》……秋・生
毛皮《けがわ》……冬・生
解夏《げげ》……秋・生
毛衣《けごろも》……冬・生
夏至《げし》……夏・時
蚰蜒《げじげじ》……夏・動
罌粟《けし》の花《はな》……夏・植
罌粟坊主《けしぼうず》……夏・植
懸想文売《けそうぶみうり》……新年・生
月下美人《げっかびじん》……夏・植
毛見《けみ》……秋・生
毛虫《けむし》……夏・動
螻蛄《けら》……夏・動
螻蛄鳴《けらな》く……秋・動
厳寒《げんかん》……冬・時
源五郎《げんごろう》……夏・動
けんちん汁《じる》……冬・生
現《げん》の証拠《しょうこ》……夏・植
原爆《げんばく》の日《ひ》……秋・生

こ

鯉幟《こいのぼり》……夏・生
紅蜀葵《こうしょっき》……夏・植
香水《こうすい》……夏・生
河骨《こうほね》……夏・植
蝙蝠《こうもり》……夏・動
黄葉《こうよう》……秋・植
黄落《こうらく》……秋・植
氷《こおり》……冬・地
氷水《こおりみず》……夏・生
氷餅《こおりもち》……冬・生
凍《こお》る……冬・時
蟋蟀《こおろぎ》……秋・動
五月《ごがつ》……夏・時
金亀虫《こがねむし》……夏・動
凩《こがらし》……冬・天
穀象《こくぞう》……夏・動
苔《こけ》の花《はな》……夏・植
木下闇《こしたやみ》……夏・植
古酒《こしゅ》……秋・生
小正月《こしょうがつ》……新年・時
コスモス……秋・植
去年今年《こぞことし》……新年・時
炬燵《こたつ》……冬・生
鯒《こち》……夏・動
胡蝶蘭《こちょうらん》……夏・植
小晦日《こつごもり》……冬・時
事納《ことおさめ》……冬・生
今年《ことし》……新年・時
こどもの日《ひ》……夏・生
子供《こども》の日《ひ》……夏・生
小鳥《ことり》……秋・動
鰶《このしろ》……秋・動
木《こ》の葉《は》……冬・植
木《こ》の葉髪《はがみ》……冬・生
木《こ》の葉山女《はやまめ》……秋・動
木《こ》の実《み》……秋・植
海鼠腸《このわた》……冬・生
小春《こはる》……冬・時
小判草《こばんそう》……夏・植
牛蒡引《ごぼうひ》く……秋・生
独楽《こま》……新年・生
胡麻《ごま》……秋・植
氷下魚《こまい》……冬・動
胡麻刈《ごまか》る……秋・生
駒草《こまくさ》……夏・植
駒鳥《こまどり》……夏・動
胡麻《ごま》の花《はな》……夏・植
ごまめ……新年・生
米搗虫《こめつきむし》……夏・動
御用納《ごようおさめ》……冬・生
御用始《ごようはじめ》……新年・生
暦売《こよみうり》……冬・生
御来迎《ごらいごう》……夏・天
鮴《ごり》……夏・動
更衣《ころもがえ》……夏・生
昆虫採集《こんちゅうさいしゅう》……夏・生
蒟蒻掘《こんにゃくほ》る……冬・生
昆布《こんぶ》……夏・植
昆布飾《こんぶかざ》る……新年・生
昆布刈《こんぶかり》……夏・生

さ

サーフィン……夏・生
皀角子《さいかち》……秋・植
サイダー……夏・生
採氷《さいひょう》……冬・生
砕氷船《さいひょうせん》……冬・生
幸木《さいわいぎ》……新年・生
早乙女《さおとめ》……夏・生
鷺草《さぎそう》……夏・植
左義長《さぎちょう》……新年・生
裂膾《さきなます》……秋・生
桜《さくら》の実《み》……夏・植
桜紅葉《さくらもみじ》……秋・植
さくらんぼ……夏・植
石榴《ざくろ》……秋・植
石榴《ざくろ》の花《はな》……夏・植
鮭《さけ》……秋・動
鮭打《さけうち》……秋・生
豇豆《ささげ》……秋・植
笹鳴《ささなき》……冬・動
ざざ虫《むし》……冬・動
山茶花《さざんか》……冬・植
杜鵑花《さつき》……夏・植

萱《かや》……秋・植
蚊帳《かや》……夏・生
萱刈《かやか》る……秋・生
蚊帳吊草《かやつりぐさ》……夏・植
榧《かや》の実《み》……秋・植
蚊遣火《かやりび》……夏・生
粥占《かゆうら》……新年・生
粥杖《かゆづえ》……新年・生
粥柱《かゆばしら》……新年・生
乾鮭《からざけ》……冬・生
神等去出《からさで》の神事《しんじ》……冬・生
烏瓜《からすうり》……秋・植
烏瓜《からすうり》の花《はな》……夏・植
鴉《からす》の子《こ》……夏・動
烏柄杓《からすびしゃく》……夏・植
からすみ……秋・生
空梅雨《からつゆ》……夏・天
落葉松《からまつ》散《ち》る……冬・植
狩《かり》……冬・生
雁《かり》……秋・動
刈田《かりた》……秋・地
雁渡《かりわた》し……秋・天
榠櫨《かりん》の実《み》……秋・植
刈萱《かるかや》……秋・植
歌留多《かるた》……新年・生
軽鳧《かる》の子《こ》……夏・動
枯蘆《かれあし》……冬・植
枯銀杏《かれいちょう》……冬・植
枯尾花《かれおばな》……冬・植
枯木《かれき》……冬・植
枯菊《かれぎく》……冬・植
枯桑《かれくわ》……冬・植
枯欅《かれけやき》……冬・植
枯芝《かれしば》……冬・植
枯園《かれその》……冬・地
枯蔦《かれつた》……冬・植
枯蔓《かれづる》……冬・植
枯野《かれの》……冬・地
枯葉《かれは》……冬・植
枯萩《かれはぎ》……冬・植
枯芭蕉《かればしょう》……冬・植
枯蓮《かれはす》……冬・植
枯葎《かれむぐら》……冬・植
枯柳《かれやなぎ》……冬・植
翡翠《かわせみ》……夏・動
川蜻蛉《かわとんぼ》……夏・動
皮剝《かわはぎ》……夏・動
川開《かわびら》き……夏・生
川床《かわゆか》……夏・生
寒猿《かんえん》……冬・動
寒雁《かんがん》……冬・動
雁木《がんぎ》……冬・生
寒菊《かんぎく》……冬・植
寒禽《かんきん》……冬・動
寒苦鳥《かんくちょう》……冬・動
寒犬《かんけん》……冬・動
寒鯉《かんごい》……冬・動
寒肥《かんごえ》……冬・生
寒垢離《かんごり》……冬・生
関西震災忌《かんさいしんさいき》……冬・生
寒曝《かんざらし》……冬・生
樏《かんじき》……冬・生
寒蜆《かんしじみ》……冬・動
元日《がんじつ》……新年・時
甘藷植《かんしょう》う……夏・生
甘蔗刈《かんしょかり》……冬・生
寒雀《かんすずめ》……冬・動
寒昴《かんすばる》……冬・天
寒施行《かんせぎょう》……冬・生
寒芹《かんぜり》……冬・植
萱草《かんぞう》の花《はな》……夏・植
寒鯛《かんだい》……冬・動
寒卵《かんたまご》……冬・生
神田祭《かんだまつり》……夏・生
邯鄲《かんたん》……秋・動
寒中水泳《かんちゅうすいえい》……冬・生
寒潮《かんちょう》……冬・地
寒造《かんづくり》……冬・生
寒釣《かんづり》……冬・生
寒天製《かんてんせい》す……冬・生
竿灯《かんとう》……秋・生
カンナ……秋・植
神無月《かんなづき》……冬・時
寒念仏《かんねぶつ》……冬・生
寒《かん》の雨《あめ》……冬・天
寒《かん》の入《いり》……冬・時
寒《かん》の内《うち》……冬・時
寒《かん》の水《みず》……冬・地
寒鮠《かんばや》……冬・動
寒緋桜《かんひざくら》……冬・植
干瓢剝《かんぴょうむ》く……夏・生
寒鮒《かんぶな》……冬・動
寒鰤《かんぶり》……冬・動
寒紅《かんべに》……冬・生
寒木瓜《かんぼけ》……冬・植
寒鰡《かんぼら》……冬・動
寒参《かんまいり》……冬・生
寒見舞《かんみまい》……冬・生
寒詣《かんもうで》……冬・生
寒餅《かんもち》……冬・生
寒蘭《かんらん》……冬・植
甘藍《かんらん》……夏・植
寒林《かんりん》……冬・植
寒露《かんろ》……秋・時

き

木苺《きいちご》……夏・植
喜雨《きう》……夏・天
祇園会《ぎおんえ》……夏・生
黄顙魚《ぎぎ》……秋・動
桔梗《ききょう》……秋・植
菊《きく》……秋・植
菊供養《きくくよう》……秋・生
菊吸虫《きくすいむし》……秋・動
菊膾《きくなます》……秋・生
菊人形《きくにんぎょう》……秋・生
菊《きく》の酒《さけ》……秋・生
菊日和《きくびより》……秋・天
菊枕《きくまくら》……秋・生
義士会《ぎしかい》……冬・生
ぎしぎしの花《はな》……夏・植
鱚《きす》……夏・動
帰省《きせい》……夏・生
着衣始《きそはじめ》……新年・生
北風《きたかぜ》……冬・天
北窓塞《きたまどふさ》ぐ……冬・生
啄木鳥《きつつき》……秋・動
狐《きつね》……冬・動
狐《きつね》の剃刀《かみそり》……秋・植
狐《きつね》の提灯《ちょうちん》……夏・植
狐火《きつねび》……冬・地
狐罠《きつねわな》……冬・生
衣被《きぬかつぎ》……秋・生
砧《きぬた》……秋・生
茸《きのこ》……秋・植
黍《きび》……秋・植
着《き》ぶくれ……冬・生
貴船菊《きぶねぎく》……秋・植
擬宝珠《ぎぼうし》の花《はな》……夏・植
木守《きまもり》……冬・植
キャンプ……夏・生
休暇明《きゅうかあ》け……秋・生
九州場所《きゅうしゅうばしょ》……冬・生
吸入器《きゅうにゅうき》……冬・生
胡瓜《きゅうり》……夏・植
京鹿子《きょうがのこ》……夏・植
凶作《きょうさく》……秋・生
行水《ぎょうずい》……夏・生
夾竹桃《きょうちくとう》……夏・植
御慶《ぎょけい》……新年・生
去来忌《きょらいき》……秋・生
霧《きり》……秋・天
螽蟖《きりぎりす》……秋・動
切山椒《きりざんしょう》……新年・生
きりたんぽ……冬・生
桐《きり》の花《はな》……夏・植
桐《きり》の実《み》……秋・植
桐一葉《きりひとは》……秋・植
切干《きりぼし》……冬・生
金柑《きんかん》……秋・植
金魚《きんぎょ》……夏・動
金魚売《きんぎょうり》……夏・生
金魚草《きんぎょそう》……夏・植
金魚玉《きんぎょだま》……夏・生
銀杏《ぎんなん》……秋・植
金蓮花《きんれんか》……夏・植
勤労感謝《きんろうかんしゃ》の日《ひ》……冬・生

く

喰積《くいつみ》……新年・生
水鶏《くいな》……夏・動
九月《くがつ》……秋・時
九月尽《くがつじん》……秋・時
茎漬《くきづけ》……冬・生
枸杞《くこ》の実《み》……秋・植
草《くさ》いきれ……夏・植

えんぶり……新年・生

お

老鶯《おいうぐいす》……夏・動
花魁草《おいらんそう》……夏・植
扇《おうぎ》……夏・生
黄蜀葵《おうしょっき》……夏・植
楝《おうち》の花《はな》……夏・植
桜桃忌《おうとうき》……夏・生
狼《おおかみ》……冬・動
車前《おおばこ》の花《はな》……夏・植
大服《おおぶく》……新年・生
大晦日《おおみそか》……冬・時
大山蓮華《おおやまれんげ》……夏・植
大瑠璃《おおるり》……夏・動
苧殻《おがら》……秋・生
荻《おぎ》……秋・植
沖膾《おきなます》……夏・生
沖縄忌《おきなわき》……夏・生
御行《おぎょう》……新年・植
送《おく》り梅雨《づゆ》……夏・天
送《おく》り火《び》……秋・生
白朮詣《おけらまいり》……新年・生
起《おこ》し絵《え》……夏・生
尾越《おごし》の鴨《かも》……秋・動
虎魚《おこぜ》……夏・動
御降《おさが》り……新年・天
含羞草《おじぎそう》……夏・植
押《お》しくら饅頭《まんじゅう》……冬・生
鴛鴦《おしどり》……冬・動
白粉花《おしろいばな》……秋・植
尾白鷲《おじろわし》……冬・動
落鮎《おちあゆ》……秋・動
落鰻《おちうなぎ》……秋・動
落鱚《おちぎす》……冬・動
落鯛《おちだい》……秋・動
落葉《おちば》……冬・植
落穂《おちぼ》……秋・植
おでん……冬・生
男郎花《おとこえし》……秋・植
落《おと》し文《ぶみ》……夏・動
落《おと》し水《みず》……秋・地
囮《おとり》……秋・生
踊《おどり》……秋・生
踊子草《おどりこそう》……夏・植
鬼打木《おにうちぎ》……新年・生
鬼《おに》やらひ……冬・生
斧仕舞《おのじまい》……冬・生
尾花蛸《おばなだこ》……秋・動
お花畑《はなばたけ》……夏・地
帯解《おびとき》……冬・生
御火焚《おほたき》……冬・生
女郎花《おみなえし》……秋・植
御神渡《おみわたり》……冬・地
御命講《おめいこう》……秋・生
沢瀉《おもだか》……夏・植
万年青《おもと》の実《み》……秋・植
泳《およ》ぎ……夏・生
オリーブの実《み》……秋・植
織初《おりぞめ》……新年・生
女正月《おんなしょうがつ》……新年・時
御柱祭《おんばしらさい》……夏・生

か

蚊《か》……夏・動
蛾《が》……夏・動
カーネーション……夏・植
ガーベラ……夏・植
海水浴《かいすいよく》……夏・生
買初《かいぞめ》……新年・生
鳰《かいつぶり》……冬・動
外套《がいとう》……冬・生
貝焼《かいやき》……冬・生
傀儡師《かいらいし》……新年・生
懐炉《かいろ》……冬・生
貝割菜《かいわりな》……秋・植
楓《かえで》……秋・植
帰《かえ》り花《ばな》……冬・植
顔見世《かおみせ》……冬・生
案山子《かがし》……秋・生
案山子揚《かかしあげ》……冬・生
鏡開《かがみびらき》……新年・生
鏡餅《かがみもち》……新年・生
ががんぼ……夏・動
柿《かき》……秋・植
牡蠣《かき》……冬・動
柿落葉《かきおちば》……冬・植
書初《かきぞめ》……新年・生
燕子花《かきつばた》……夏・植
柿《かき》の花《はな》……夏・植
牡蠣船《かきぶね》……冬・生
牡蠣剥《かきむ》く……冬・生
柿紅葉《かきもみじ》……秋・植
柿若葉《かきわかば》……夏・植
額《がく》の花《はな》……夏・植
杜父魚《かくぶつ》……冬・動
角巻《かくまき》……冬・生
神楽《かぐら》……冬・生
霍乱《かくらん》……夏・生
掛乞《かけごい》……冬・生
掛香《かけこう》……夏・生
懸巣《かけす》……秋・動
掛柳《かけやなぎ》……新年・生
蜉蝣《かげろう》……秋・動
籠枕《かごまくら》……夏・生
鵲《かささぎ》……秋・動
重《かさ》ね着《ぎ》……冬・生
風花《かざはな》……冬・天
風除《かざよけ》……冬・生
飾《かざり》……新年・生
飾臼《かざりうす》……新年・生
飾売《かざりうり》……冬・生
飾海老《かざりえび》……新年・生
飾納《かざりおさめ》……新年・生
飾米《かざりごめ》……新年・生
火事《かじ》……冬・生
河鹿《かじか》……夏・動
鰍《かじか》……秋・動
悴《かじか》む……冬・生
かじけ猫《ねこ》……冬・動
梶《かじ》の葉《は》……秋・生
樫《かし》の実《み》……秋・植
賀状書《がじょうか》く……冬・生
樫若葉《かしわかば》……夏・植
柏餅《かしわもち》……夏・生
春日万灯籠《かすがまんとうろう》……冬・生
春日若宮御祭《かすがわかみやおんまつり》……冬・生
粕汁《かすじる》……冬・生
数《かず》の子《こ》……新年・生
風邪《かぜ》……冬・生
風薫《かぜかお》る……夏・天
風死《かぜし》す……夏・天
風《かぜ》の盆《ぼん》……秋・生
数《かぞ》へ日《び》……冬・時
片蔭《かたかげ》……夏・天
蝸牛《かたつむり》……夏・動
酸漿《かたばみ》の花《はな》……夏・植
搗栗飾《かちぐりかざ》る……新年・生
かちわり……夏・生
鰹《かつお》……夏・動
脚気《かっけ》……夏・生
郭公《かっこう》……夏・動
河童忌《かっぱき》……夏・生
門松《かどまつ》……新年・生
門松立《かどまつた》つ……冬・生
カトレア……冬・植
方頭魚《かながしら》……冬・動
蟹《かに》……夏・動
鉦叩《かねたたき》……秋・動
鹿《か》の子《こ》……夏・動
蚊柱《かばしら》……夏・動
黴《かび》……夏・植
鹿火屋《かびや》……秋・生
蕪《かぶ》……冬・植
兜虫《かぶとむし》……夏・動
蕪汁《かぶらじる》……冬・生
蕪鮓《かぶらずし》……冬・生
蕪蒸《かぶらむし》……冬・生
南瓜《かぼちゃ》……秋・植
南瓜《かぼちゃ》の花《はな》……夏・植
蒲《がま》……夏・植
鎌鼬《かまいたち》……冬・天
鎌祝《かまいわい》……秋・生
蟷螂《かまきり》……秋・動
かまくら……新年・生
髪洗《かみあら》ふ……夏・生
髪置《かみおき》……冬・生
天牛《かみきり》……夏・動
紙子《かみこ》……冬・生
紙漉《かみすき》……冬・生
雷《かみなり》……夏・天
神《かみ》の旅《たび》……冬・生
亀《かめ》の子《こ》……夏・動
鴨《かも》……冬・動
羚羊《かもしか》……冬・動
賀茂《かも》の競馬《くらべうま》……夏・生

油虫《あぶらむし》……夏・動
溢蚊《あぶれか》……秋・動
雨蛙《あまがえる》……夏・動
雨乞《あまごい》……夏・生
甘酒《あまざけ》……夏・生
天《あま》の川《がわ》……秋・天
アマリリス……夏・植
網戸《あみど》……夏・生
江鮭《あめのうお》……秋・動
雨休《あめやすみ》……夏・生
飴湯《あめゆ》……夏・生
水馬《あめんぼ》……夏・動
綾取《あやとり》……冬・生
渓蓀《あやめ》……夏・植
鮎《あゆ》……夏・動
洗膾《あらい》……夏・生
荒鷹《あらたか》……秋・動
霰《あられ》……冬・天
霰餅《あられもち》……冬・生
蟻《あり》……夏・動
有明月《ありあけづき》……秋・天
蟻地獄《ありじごく》……夏・動
アロエの花《はな》……冬・植
粟《あわ》……秋・植
阿波踊《あわおどり》……秋・生
袷《あわせ》……夏・生
泡立草《あわだちそう》……秋・植
鮑《あわび》……夏・動
行火《あんか》……冬・生
安居《あんご》……夏・生
鮟鱇《あんこう》……冬・動
鮟鱇鍋《あんこうなべ》……冬・生
杏子《あんず》……夏・植

い

飯桐《いいぎり》の実《み》……秋・植
烏賊釣《いかつり》……夏・生
烏賊《いか》干《ほ》す……秋・生
息白《いきしろ》し……冬・生
生身魂《いきみたま》……秋・生
池普請《いけぶしん》……冬・生
鮊《いさざ》……冬・動
十六夜《いざよい》……秋・天
石鯛《いしだい》……夏・動
泉《いずみ》……夏・地
伊勢海老《いせえび》……新年・動
伊勢《いせ》の御田植《おたうえ》……夏・生
鼬《いたち》……冬・動
鼬罠《いたちわな》……冬・生
虎杖《いたどり》の花《はな》……夏・植
一位《いちい》の実《み》……秋・植
一月《いちがつ》……冬・時
苺《いちご》……夏・植
無花果《いちじく》……秋・植
鳶尾草《いちはつ》……夏・植
銀杏落葉《いちょうおちば》……冬・植
銀杏《いちょう》散《ち》る……秋・植
銀杏紅葉《いちょうもみじ》……秋・植
冱《い》つ……冬・時
五日《いつか》……新年・時
一茶忌《いっさき》……冬・生
凍鶴《いてづる》……冬・動
竈馬《いとど》……秋・動
糸取《いととり》……夏・生
糸蜻蛉《いととんぼ》……夏・動
稲負鳥《いなおおせどり》……秋・動
蝗《いなご》……秋・動
稲雀《いなすずめ》……秋・動
稲妻《いなずま》……秋・天
稲虫《いなむし》……秋・動
稲《いね》……秋・植
稲刈《いねかり》……秋・生
稲扱《いねこき》……秋・生
稲《いね》の花《はな》……秋・植
稲干《いねほ》す……秋・生
亥《い》の子《こ》……冬・生
牛膝《いのこずち》……秋・植
猪《いのしし》……秋・動
藺《い》の花《はな》……夏・植
茨《いばら》の花《はな》……夏・植
茨《いばら》の実《み》……秋・植
今川焼《いまがわやき》……冬・生
居待月《いまちづき》……秋・天
芋《いも》……秋・植
芋煮会《いもにかい》……秋・生
芋虫《いもむし》……秋・動
蠑螈《いもり》……夏・動
海豚《いるか》……冬・動
色変《いろか》へぬ松《まつ》……秋・植
色鳥《いろどり》……秋・動
色《いろ》なき風《かぜ》……秋・天
岩鏡《いわかがみ》……夏・植
鰯《いわし》……秋・動
鰯雲《いわしぐも》……秋・天
鰯引《いわしひ》く……秋・生
岩煙草《いわたばこ》……夏・植
岩魚《いわな》……夏・動
隠元豆《いんげんまめ》……秋・植

う

鵜《う》……夏・動
植田《うえた》……夏・地
鵜飼《うかい》……夏・生
萍《うきくさ》……夏・植
浮巣《うきす》……夏・動
浮人形《うきにんぎょう》……夏・生
鶯《うぐいす》音《ね》を入《い》る……夏・動
雨月《うげつ》……秋・天
兎《うさぎ》……冬・動
兎狩《うさぎがり》……冬・生
蛆《うじ》……夏・動
牛蛙《うしがえる》……夏・動
牛冷《うしひや》す……夏・生
薄翅蜉蝣《うすばかげろう》……夏・動
太秦《うずまさ》の牛祭《うしまつり》……秋・生
埋火《うずみび》……冬・生
羅《うすもの》……夏・生
薄紅葉《うすもみじ》……秋・植
鶉《うずら》……秋・動
鷽替《うそかえ》……新年・生
うそ寒《さむ》……秋・時
歌会始《うたかいはじめ》……新年・生
打水《うちみず》……夏・生
団扇《うちわ》……夏・生
団扇撒《うちわまき》……夏・生
卯月《うづき》……夏・時
空蟬《うつせみ》……夏・動
靫草《うつぼぐさ》……夏・植
優曇華《うどんげ》……夏・動
鰻《うなぎ》……夏・動
卯波《うなみ》……夏・地
卯《う》の花《はな》……夏・植
卯《う》の花腐《はなくた》し……夏・天
馬追《うまおい》……秋・動
馬肥《うまこ》ゆ……秋・動
馬下《うまさ》げる……冬・生
海雀《うみすずめ》……冬・動
海猫《うみねこ》……夏・動
海猫帰《うみねこかえ》る……秋・動
海《うみ》の日《ひ》……夏・生
海開《うみびら》き……夏・生
海酸漿《うみほおずき》……夏・動
梅酒《うめしゅ》……夏・生
梅干《うめぼし》……夏・生
梅擬《うめもどき》……秋・植
末枯《うらがれ》……秋・植
瓜《うり》……夏・植
瓜漬《うりづけ》……夏・生
瓜《うり》の花《はな》……夏・植
瓜番《うりばん》……夏・生
瓜揉《うりもみ》……夏・生
漆紅葉《うるしもみじ》……秋・植
潤目鰯《うるめいわし》……冬・動
浮塵子《うんか》……秋・動
雲海《うんかい》……夏・天
運動会《うんどうかい》……秋・生

え

えごの花《はな》……夏・植
絵双六《えすごろく》……新年・生
枝打《えだうち》……冬・生
枝豆《えだまめ》……秋・生
江戸山王祭《えどさんのうまつり》……夏・生
金雀枝《えにしだ》……夏・植
狗尾草《えのころぐさ》……秋・植
恵比須講《えびすこう》……冬・生
恵方詣《えほうまいり》……新年・生
衣紋竹《えもんだけ》……夏・生
会陽《えよう》……新年・生
襟巻《えりまき》……冬・生
円座《えんざ》……夏・生
槐《えんじゅ》の花《はな》……夏・植
炎暑《えんしょ》……夏・時
炎昼《えんちゅう》……夏・時
炎天《えんてん》……夏・天
豌豆《えんどう》……夏・植

五十音順 夏・秋・冬／新年の見出し季語総索引

●本書の「夏」「秋」「冬／新年」巻に収録予定の見出し季語を収録した。

●配列は現代仮名遣いによる五十音順とした。

●赤字は重要季語を示す。

●各季語の季節と部分けを示した。部分けは、時＝時候、天＝天文、地＝地理、植＝植物、動＝動物、生＝生活と行事をあらわす。

あ

アイスコーヒー……夏・生
アイスホッケー……冬・生
愛鳥週間《あいちょうしゅうかん》……夏・生
藍《あい》の花《はな》……秋・植
アイリス……夏・植
青蘆《あおあし》……夏・植
青嵐《あおあらし》……夏・天
葵祭《あおいまつり》……夏・生
青梅《あおうめ》……夏・植
青柿《あおがき》……夏・植
青木《あおき》の実《み》……冬・植
青胡桃《あおくるみ》……夏・植
青鷺《あおさぎ》……夏・動
青山椒《あおざんしょう》……夏・植
蒿雀《あおじ》……夏・動
青芝《あおしば》……夏・植
青写真《あおじゃしん》……冬・生
青芒《あおすすき》……夏・植
青田《あおた》……夏・地
青蔦《あおつた》……夏・植
青葉《あおば》……夏・植
青葉潮《あおばしお》……夏・地
青芭蕉《あおばしょう》……夏・植
青葉木菟《あおばずく》……夏・動
青葡萄《あおぶどう》……夏・植
青蜜柑《あおみかん》……秋・植
青《あお》みどろ……夏・植
青柚《あおゆ》……夏・植
青林檎《あおりんご》……夏・植
赤《あか》い羽根《はね》……秋・生
赤鱏《あかえい》……夏・動
皸《あかぎれ》……冬・生
藜《あかざ》……夏・植
アカシアの花《はな》……夏・植
赤蜻蛉《あかとんぼ》……秋・動
赤《あか》のまんま……秋・植
赤富士《あかふじ》……夏・地
秋《あき》……秋・時
秋薊《あきあざみ》……秋・植
秋鰺《あきあじ》……秋・動
秋袷《あきあわせ》……秋・生
秋麗《あきうらら》……秋・時
秋扇《あきおうぎ》……秋・生
秋収《あきおさ》め……秋・生
秋惜《あきお》しむ……秋・時
秋風《あきかぜ》……秋・天
秋鰹《あきがつお》……秋・動
秋渇《あきがわ》き……秋・生
秋草《あきくさ》……秋・植
秋茱萸《あきぐみ》……秋・植
秋曇《あきぐもり》……秋・天
秋蚕《あきご》……秋・動
秋鯖《あきさば》……秋・動
秋寂《あきさ》び……秋・時
秋寒《あきさむ》……秋・時
秋時雨《あきしぐれ》……秋・天
秋簾《あきすだれ》……秋・生
秋澄《あきす》む……秋・時
秋高《あきたか》し……秋・天
秋近《あきちか》し……夏・時
秋出水《あきでみず》……秋・地
秋茄子《あきなす》……秋・植
秋《あき》の朝《あさ》……秋・時
秋《あき》の雨《あめ》……秋・天
秋《あき》の色《いろ》……秋・天
秋《あき》の海《うみ》……秋・地
秋《あき》の蚊《か》……秋・動
秋《あき》の蚊帳《かや》……秋・生
秋《あき》の蛙《かわず》……秋・動
秋《あき》の金魚《きんぎょ》……秋・動
秋《あき》の雲《くも》……秋・天
秋《あき》の暮《くれ》……秋・時
秋《あき》の声《こえ》……秋・天
秋《あき》の潮《しお》……秋・地
秋《あき》の霜《しも》……秋・天
秋《あき》の蟬《せみ》……秋・動
秋《あき》の空《そら》……秋・天
秋《あき》の田《た》……秋・地
秋《あき》の蝶《ちょう》……秋・動
秋《あき》の七草《ななくさ》……秋・植
秋《あき》の虹《にじ》……秋・天
秋《あき》の野《の》……秋・地
秋《あき》の蠅《はえ》……秋・動
秋《あき》の蜂《はち》……秋・動
秋《あき》の初風《はつかぜ》……秋・天
秋《あき》の浜《はま》……秋・地
秋《あき》の日《ひ》……秋・天
秋《あき》の灯《ひ》……秋・生
秋《あき》の昼《ひる》……秋・時
秋《あき》の星《ほし》……秋・天
秋《あき》の蛍《ほたる》……秋・動
秋《あき》の水《みず》……秋・地
秋《あき》の山《やま》……秋・地
秋《あき》の夕焼《ゆうやけ》……秋・天
秋《あき》の夜《よ》……秋・時
秋《あき》の雷《らい》……秋・天
秋《あき》の炉《ろ》……秋・生
秋場所《あきばしょ》……秋・生
秋薔薇《あきばら》……秋・植
秋晴《あきばれ》……秋・天
秋日傘《あきひがさ》……秋・生
秋彼岸《あきひがん》……秋・時
秋深《あきふか》し……秋・時
秋遍路《あきへんろ》……秋・生
秋祭《あきまつり》……秋・生
秋《あき》めく……秋・時
通草《あけび》……秋・植
明易《あけやす》……夏・時
麻《あさ》……夏・植
朝顔《あさがお》……秋・植
朝顔市《あさがおいち》……夏・生
朝顔《あさがお》の実《み》……秋・植
麻刈《あさかり》……夏・生
朝曇《あさぐもり》……夏・天
朝寒《あささむ》……秋・時
浅漬《あさづけ》……秋・生
朝焼《あさやけ》……夏・天
鰺《あじ》……夏・動
蘆刈《あしかり》……秋・生
紫陽花《あじさい》……夏・植
鰺刺《あじさし》……夏・動
蘆《あし》の花《はな》……秋・植
蘆火《あしび》……秋・生
網代《あじろ》……冬・生
小豆《あずき》……秋・植
小豆粥《あずきがゆ》……新年・生
汗《あせ》……夏・生
汗疹《あせも》……夏・生
温《あたた》め酒《ざけ》……秋・生
熱燗《あつかん》……冬・生
暑《あつ》き日《ひ》……夏・時
暑《あつ》し……夏・時
厚司《あつし》……冬・生
敦盛草《あつもりそう》……夏・植
獦子鳥《あとり》……秋・動
貛《あなぐま》……冬・動
穴子《あなご》……夏・動
油照《あぶらでり》……夏・天

校正　中山英子
編集協力　兼古和昌
　　　　　高橋由佳
編集　矢野文子
制作　望月公栄
制作企画　直居裕子
資材　坂野弘明
宣伝　浦城朋子
販売　奥村浩一（以上、小学館）

読んでわかる俳句
日本の歳時記 春

２０１４年１月29日　初版第1刷　発行

編著　宇多喜代子
　　　西村和子
　　　中原道夫
　　　片山由美子
　　　長谷川櫂

編集　株式会社 小学館

発行者　蔵敏則

発行所　株式会社 小学館
〒１０１-８００１
東京都千代田区一ツ橋 ２-３-１
編集 ０３-３２３０-５１１８
販売 ０３-５２８１-３５５５

印刷所　日本写真印刷株式会社

製本所　牧製本印刷株式会社

ISBN 978-4-09-388342-9